COLLECTION FOLIO

F. Scott Fitzgerald

Les heureux et les damnés

Traduit de l'anglais par Louise Servicen

Gallimard

Titre original :

THE BEAUTIFUL AND DAMNED

Francis Scott Fitzgerald est né le 24 septembre 1896 à Saint Paul (Minnesota), dans le Middle West. Il est d'ascendance irlandaise. D'origine modeste, fils d'un représentant de commerce, il put néanmoins entrer dans la prestigieuse université de Princeton. Il devait y découvrir le monde des riches, qui le fascinera toujours en même temps qu'il s'en sentira toujours rejeté, et surtout quand il s'agit de conquérir une femme. Ce sera le thème de *Gatsby le Magnifique*, de *Tendre est la nuit*, de beaucoup d'autres de ses œuvres. De l'époque de Princeton, il garda deux regrets : de n'avoir pu faire partie de l'équipe de football, et que la guerre ait fini trop tôt pour qu'il ait, lui aussi, franchi l'Atlantique avec le corps expéditionnaire américain.

La chance lui sourit pourtant, avec son premier roman, *L'Envers du Paradis*. Il paraît en 1920, fait scandale, est un énorme succès. Fitzgerald devient le porte-parole de la génération nouvelle, de l'âge du jazz, des *flappers*, les danseuses de charleston aux cheveux courts et aux genoux nus. Riche et célèbre, il peut épouser la fille qu'il convoite, la plus belle, Zelda Sayre. Mais la gloire de Scott ne dure que le temps des années folles. Après la crise économique de 1929-1930, son univers passe de mode. Il travaille à Hollywood, oublié. Zelda, folle, a dû être enfermée. Il meurt d'une crise cardiaque, le 21 décembre 1940, laissant un beau roman inachevé : *Le Dernier Nabab*.

Aujourd'hui Fitzgerald a retrouvé la place qu'il mérite. Celle d'un vrai écrivain professionnel qui a su créer un monde à lui, brillant, mais toujours marqué d'une touche de désastre. Son style a un charme et ses personnages qui courent à leur perte continuent à vivre, dans une immortalité littéraire tout à fait justifiée.

A SHANE LESLIE, GEORGE JEAN NATHAN
ET MAXWELL PERKINS

en témoignage de gratitude
pour la grande aide
et l'encouragement
qu'ils m'ont apportés.

F. S. F.

« *Le vainqueur fait partie des dépouilles.* »

ANTHONY PATCH.

LIVRE PREMIER

1

Anthony Patch

En 1913, lorsque Anthony Patch eut vingt-cinq ans, deux années s'étaient déjà écoulées depuis que l'ironie, le Saint-Esprit de notre époque, était, du moins théoriquement, descendue sur lui. L'ironie était le vernis final de la chaussure, le dernier coup de la brosse à habits, une sorte de « nous y voilà ! » intellectuel, et pourtant, au seuil de cette histoire, Anthony n'avait pas encore dépassé le stade conscient. Tel qu'il nous apparaît pour la première fois, il se demande souvent s'il n'est pas dépourvu d'honneur et un peu toqué, une honteuse, mince et hideuse pellicule scintillant à la surface du monde, comme de l'huile sur un étang impollué. Ces occasions alternent, bien entendu, avec celles où il se croit un jeune homme assez exceptionnel, complètement sophistiqué, très accordé à son milieu et un peu plus intéressant que toutes les personnes de sa connaissance.

C'était là son état sain, et qui le rendait gai, agréable, fort attachant pour les hommes intelligents et pour toutes les femmes. Dans cet état, il estimait qu'il réaliserait un jour une œuvre discrète et subtile, que les élus jugeraient valable, et qu'après sa mort il rejoindrait les astres de moindre éclat, dans un ciel vague et nébuleux, à mi-chemin entre la mort et l'immortalité. Jusqu'à ce que le moment fût venu pour cet effort, il serait Anthony Patch — non point le portrait d'un homme, mais une personnalité distincte, dynamique, dédaigneuse, fonctionnant du dedans vers le dehors — un homme qui se rendait compte que l'honneur n'existait pas, mais qui pourtant avait de l'honneur, qui connaissait le sophisme du courage, et pourtant était brave.

UN HOMME DE MÉRITE ET SON FILS BIEN DOUÉ.

Anthony se sentait aussi assuré de sa sécurité, sur le plan mondain, du fait d'être le petit-fils d'Adam J. Patch, que s'il avait pu faire remonter sa lignée, par-delà les mers, jusqu'aux Croisés. C'est inévitable. Les Virginiens et les Bostoniens forment une aristocratie fondée sur l'argent — sauf exception —, ce qui présuppose la fortune pour chaque individu.

Or, Adam J. Patch, plus familièrement connu sous le nom de *Cross Patch*[1], avait quitté la ferme de son père à Tarrytown, au début de 1861, pour rejoindre un régiment de cavalerie de New York. Il revint de la guerre général de brigade, fonça sur Wall Street et parmi beaucoup d'agitations, de fumée, d'applaudissements et de mauvaise volonté, il acquit pour son compte quelque soixante-quinze millions de dollars.

Cette activité absorba ses énergies, jusqu'à l'âge de cinquante-sept ans. A la suite d'une forte attaque d'artériosclérose, il décida alors de consacrer le reste de sa vie à la régénération morale du monde. Il devint un réformateur entre tous les réformateurs. Rivalisant avec les magnifiques efforts d'Anthony Comstock, dont son petit-fils portait le

1. Patch le Bougon.

nom, il assena une volée de coups de poing et de horions aux boissons alcooliques, à la littérature, au vice, à l'art, aux médicaments patentés et aux spectacles du dimanche. Son esprit, sous l'action de cette moisissure insidieuse qui se forme sur tous les êtres hormis une poignée d'individus, s'abandonna avec fureur à toutes les indignations de l'âge. Du fond d'un fauteuil du bureau de son domaine, à Tarrytown, il dirigea contre l'immense ennemi hypothétique, l'Immoralité, une campagne qui dura quinze ans, et au cours de laquelle il se révéla un monomane enragé, un fléau indestructible et un insupportable raseur.

L'année où commence notre récit le trouve d'humeur mélancolique. Sa campagne avait lassé les gens. 1861 se traînait tout doucement vers 1895 ; ses pensées se tournaient souvent vers la Guerre civile, parfois vers sa défunte épouse et son fils et — à une dose presque infinitésimale — vers son petits-fils Anthony.

De bonne heure, à l'aube de sa carrière, Adam Patch avait épousé une demoiselle anémique de trente ans, Alicia Withers, qui lui apporta cent mille dollars et ses grandes entrées dans les milieux bancaires de New York. Aussitôt, et non sans courage, elle lui avait donné un fils ; après quoi, complètement dévitalisée, eût-on dit, par la splendeur de cette prouesse, elle s'était désormais effacée entre les quatre murs obscurs de la « nursery ». Le garçon, Adam Ulysse Patch, devint un pilier invétéré des clubs, arbitre du savoir-vivre et conducteur de tandems. A l'âge surprenant de vingt-six ans, il commença à écrire ses Mémoires, sous le titre : « La Société de New York telle que je l'ai vue. » Dès que le bruit s'en répandit, les éditeurs se disputèrent l'ouvrage, mais comme, après la mort de l'auteur, il se révéla d'une verbosité incontinente et d'un accablant ennui, il n'obtint jamais les honneurs de l'impression, pas même à titre privé.

Ce Chesterfield de la Cinquième Avenue se maria à vingt et un ans. Il épousa Henrietta Lebrune, le « Contralto mondain » de Boston, et l'unique rejeton né de leur union fut, à la demande de son aïeul, baptisé Anthony Comstock Patch. Quand il alla à Harvard, le Comstock tomba de son nom pour choir dans un profond enfer d'oubli, et l'on n'en entendit jamais plus parler.

Le jeune Anthony possédait une photographie de son père et sa mère réunis ; cette photo, à force de se trouver sous ses yeux depuis son enfance, avait acquis l'impersonnalité d'un meuble, mais tous ceux qui entraient dans sa chambre l'examinaient avec intérêt. Elle représentait un dandy des années 90, mince et joli garçon, debout à côté d'une dame grande et brune avec un manchon et une vague tournure. Entre eux se tenait un petit garçon aux longues boucles brunes, vêtu d'un costume en velours de petit lord Fauntleroy. C'était Anthony à cinq ans, l'année où sa mère mourut.

Ses souvenirs au Contralto mondain de Boston étaient nébuleux et musicaux. C'était une dame qui chantait, chantait, chantait, dans la salle de musique de leur maison de Washington Square — parfois avec des invités groupés autour d'elle, les hommes, bras croisés, se balançant à perdre haleine au bord des sofas, les femmes, leurs mains sur les genoux, chuchotant parfois du côté des hommes, applaudissant toujours très vivement, et poussant de petits roucoulements après chaque air. Souvent elle chantait pour Anthony seul, en italien ou en français, ou dans un dialecte terrible qu'elle imaginait être le langage des nègres du Sud.

Les souvenirs qu'il conservait du galant Ulysse, le premier homme d'Amérique à porter des revers de manteau roulés, étaient beaucoup plus vifs. Après que Henrietta Lebrune Patch eut « rejoint un autre chœur », comme son veuf faisait remarquer de temps en temps d'une voix enrouée, le père et le fils vécurent chez grand-papa, à Tarrytown, et Ulysse entrait tous les jours dans la nursery d'Anthony, et proférait des paroles agréables fortement parfumées, parfois pendant près d'une heure. Il promettait continuellement à Anthony des parties de chasse et de pêche, et des excursions à Atlantic City — « Oh ! un jour prochain à présent » —, mais aucune de ces promesses ne se réalisait jamais. Ils firent tout de même un voyage. Lorsque Anthony eut onze ans, ils allèrent à l'étranger, en Angleterre et en Suisse, et là, dans le meilleur hôtel de Lucerne, son père mourut avec force suées et grognements, et en réclamant de l'air à grands cris. En proie à une panique de désespoir et de terreur, Anthony fut ramené en Amérique, atteint d'une vague mélancolie qui ne devait plus le quitter durant le reste de sa vie.

LE PASSÉ ET LA PERSONNE DU HÉROS.

A onze ans, il avait l'horreur de la mort. Au cours de six années impressionnantes, ses parents étaient morts et sa grand-mère avait décliné et s'était éteinte, presque imperceptiblement, et pour la première fois depuis son mariage, sa personne avait exercé durant un jour une indubitable suprématie dans son propre salon. Ainsi, pour Anthony, la vie était une lutte contre la mort qui vous attendait à tous les tournants. Par une concession à son imagination hypocondriaque, il prit l'habitude de lire au lit. Cela le calmait. Il lisait jusqu'à ce qu'il fût fatigué et souvent s'endormait, les lumières encore allumées.

Sa distraction préférée jusqu'à l'âge de quatorze ans fut sa collection de timbres, énorme, presque aussi complète que pouvait l'être celle d'un jeune garçon — son grand-père estimait stupidement qu'ainsi il apprenait la géographie. Anthony entretint donc une correspondance avec une demi-douzaine de sociétés « Timbres et Estampilles » et il était rare que le courrier manquât de lui apporter de nouveaux albums ou des paquets de scintillants feuillets. Mystérieusement fasciné, il transférait sans cesse ses acquisitions d'un album à l'autre. Les timbres étaient son plus grand bonheur et il adressait d'impatients froncements de sourcils à quiconque l'interrompait lorsqu'il s'amusait avec eux. Ils dévoraient son argent de poche chaque mois et Anthony restait éveillé la nuit à réfléchir sans se lasser à leur variété et à leur splendeur multicolore.

A seize ans, il avait vécu presque entièrement replié sur lui-même — garçon malhabile à s'exprimer, aussi peu Américain que possible et poliment effaré par ses compatriotes. Il avait passé les deux années précédentes en Europe avec un précepteur, qui le persuada que Harvard était « ce qui s'imposait », que cette université lui « ouvrirait des portes », serait un magnifique stimulant et lui vaudrait d'innombrables amis pleins d'abnégation et de dévouement. Il s'en fut donc à Harvard — aucune autre solution logique ne restait pour lui.

Oublieux du système social, il vécut quelque temps seul et sans que l'on recherchât sa compagnie, dans une chambre haut perchée, à Beck Hall — garçon brun et mince de taille moyenne, à la bouche fine et sensitive, et plus que largement pourvu en argent de poche. Il acquit les éléments d'une bibliothèque en achetant à un bibliophile ambulant des premières éditions de Swinburne, Meredith et Hardy et une lettre autographe jaunie et illisible de Keats, pour s'apercevoir plus tard qu'on lui avait extorqué une somme exorbitante. Il devint un dandy raffiné, amassa une collection assez émouvante de pyjamas de soie, de robes de chambre en brocart et de cravates trop flamboyantes pour être portées. Paré de ces élégances clandestines, il se pavanait devant un miroir, dans sa chambre, ou s'étendait en déshabillé de satin sur la banquette de la fenêtre, regardait dans la cour en contrebas et prenait vaguement conscience de ce charivari, haletant et immédiat, auquel il ne semblait pas destiné à participer jamais.

A sa surprise, il s'aperçut, durant la quatrième et dernière année, qu'il avait acquis une situation dans sa classe. Il apprit qu'on le considérait comme un personnage plutôt romanesque, un lettré, un reclus, un monument d'érudition. Cela l'amusa et, en secret, lui fit plaisir. Il commença à sortir, d'abord peu, et puis énormément. Il confectionna le pouding. Il but modérément et selon la bonne tradition. On disait de lui que s'il n'était pas venu aussi jeune au collège, il aurait pu « très bien tourner ».

En 1909, quand il obtint son diplôme, il ne comptait que vingt ans.

Ensuite, nouveau voyage à l'étranger — à Rome cette fois, où il s'occupa d'architecture et de peinture en amateur et, tour à tour, commença le violon, écrivit quelques détestables sonnets italiens et les méditations d'un moine du XIIIe siècle sur les joies de la vie contemplative. Ses intimes de Harvard s'habituèrent à le croire fixé à Rome et ceux d'entre eux qui se trouvaient à l'étranger cette année-là vinrent le voir et découvrirent avec lui, au cours de maintes excursions au clair de lune, bien des choses antérieures à la Renaissance et même à la république. Maury Noble de Philadelphie, par exemple, resta deux mois ; ensemble, ils apprécièrent le charme des femmes latines et éprouvèrent le sentiment délicieux de leur jeunesse et de leur liberté, dans une civilisation très vieille et libre. Plusieurs des connaissances de son grand-père lui rendirent visite et il n'eût tenu qu'à lui d'être *persona grata* auprès du corps diplomatique — en fait, il s'aperçut que ses penchants l'inclinaient de plus en plus vers l'esprit de société, mais qu'une attitude distante tout au long de son adolescence et la timidité qui en résultaient continuaient à déterminer sa conduite.

En 1912, il regagna l'Amérique, à cause d'une des soudaines maladies de son grand-père, et après un entretien excessivement ennuyeux avec le vieillard en perpétuelle convalescence, il décida d'ajourner jusqu'après la mort de son aïeul le projet de s'établir à l'étranger. Après des recherches prolongées, il loua un appartement dans la 52e Rue et, selon toutes les apparences, s'installa pour de bon.

En 1913, l'adaptation d'Anthony Patch à l'univers était en voie d'accomplissement. Au physique, il avait gagné depuis sa période estudiantine. Toujours trop mince, ses épaules s'étaient du moins élargies et son visage bistré avait perdu l'expression effrayée de sa première année de collège. Il était, en secret, ordonné et toujours vêtu avec une extrême recherche. Ses amis déclaraient ne l'avoir jamais vu ébouriffé. Son nez était trop pointu, et sa bouche, un de ces malencontreux miroirs qui reflètent l'humeur, avait tendance à s'infléchir visiblement aux instants où il se sentait malheureux, mais il avait des yeux bleus charmants, tantôt pétillants d'intelligence, ou mi-clos, voilés de mélancolie.

Dépourvu de la symétrie de traits essentielle à l'idéal aryen, il passait pourtant, dans maints endroits, pour joli garçon. De plus, il était très soigné, en apparence et en réalité, avec cette netteté spéciale qui dérive de la beauté.

L'APPARTEMENT IMPECCABLE.

La Cinquième et la Sixième Avenue formaient, semblait-il à Anthony, les montants d'une gigantesque échelle qui s'étendait de Washington Square à Central Park. Lorsqu'il gagnait le haut de la ville sur l'impériale d'un autobus, roulant vers la 52e Rue, il avait toujours la sensation de se hisser, à la force du poignet, sur une série d'échelons traîtres et quand l'autobus, dans un cahot, s'arrêtait à son propre échelon, il éprouvait comme un soulagement en descendant les dangereuses marches métalliques jusqu'au trottoir.

Après quoi, il n'avait plus qu'à suivre la 52e Rue, contourner la moitié d'un pâté d'immeubles, dépasser une famille de lourdes maisons de pierre brunâtres et en un clin d'œil il se trouvait sous le haut plafond de sa grande pièce de la façade. Elle le satisfaisait en tous points. C'était là, après tout, que commençait la vie. Là il couchait, déjeunait, lisait et recevait.

La maison en soi était d'un matériau datant de la fin du XIXe siècle. Pour répondre à la demande croissante de petits appartements, chaque étage avait été entièrement transformé et loué à part. Des quatre logements, celui d'Anthony, au deuxième étage, offrait le maximum d'avantages.

La pièce de la façade s'ornait d'un beau plafond élevé et de trois grandes fenêtres qui dominaient agréablement la 52e Rue. Son aménagement évitait, par une bonne marge de sécurité, de se rattacher à une période particulière. Il éludait la raideur, l'encombrement, la nudité et la décadence. Il ne sentait ni le tabac, ni l'encens. La pièce vaste, bleuâtre, contenait un divan profond, recouvert de crin brun moelleux brut, et une vague somnolence y planait comme une buée. Un haut paravent de laque chinoise, en grande partie occupé par des pêcheurs géométriques et des chasseurs noir et or, formait une alcôve de coin ; elle abritait un volumineux fauteuil que gardait une lampe à pied, orangée. Enfoncé dans l'âtre, un écran carré, calciné avait pris un ton noir brouillé.

Après avoir traversé la salle à manger, qui représentait simplement une possibilité magnifique — Anthony ne prenant chez lui que son petit déjeuner —, et passé par un hall assez long, on arrivait au cœur et au noyau de l'appartement — la chambre à coucher d'Anthony et sa salle de bains.

Toutes deux immenses. Sous le plafond de la première, le grand lit à baldaquin lui-même semblait de dimensions moyennes. Sur le plancher, un tapis exotique de velours cramoisi offrait la douceur d'une toison à ses pieds nus. Sa salle de bains, en contraste avec le caractère assez solennel de la chambre, était gaie, animée, fort habitable, voire un brin facétieuse. Encadrées au mur, figuraient les photographies de quatre célèbres beautés du jour, disciples de Thespis : Julia Sanderson dans *La Fille du soleil*, Ina Claire dans *La Fille Quaker*, Billie Burke dans *La Fille Prenez-garde-à-la-peinture* et Hazel Dawn dans *La Dame en rose*. Entre Billie Burke et Hazel Dawn pendait une gravure représentant un grand paysage de neige que dominait un soleil froid et formidable, le symbole de la douche froide, aux dires d'Anthony.

La baignoire, munie d'un ingénieux porte-livres, était basse et grande. A côté, un placard mural regorgeait de linge suffisant pour trois hommes et toute une génération de cravates. Au lieu d'une parcimonieuse serviette-éponge promue carpette, s'étalait un riche tapis, un miracle de douceur, comme celui de sa chambre qui semblait presque masser le pied mouillé émergeant de la baignoire...

Bref, une chambre évocatrice — il était facile de voir qu'Anthony s'y habillait, y arrangeait sa chevelure immaculée, en fait y accomplissait tous les actes de sa vie, sauf dormir et manger. Cette salle de bains faisait son orgueil. Il sentait qu'amoureux, il eût accroché le portrait de sa belle juste en face de la baignoire, en sorte que, perdu dans les vapeurs apaisantes de l'eau chaude, il eût pu rester étendu et lever les yeux vers elle, et rêver avec ardeur et sensibilité à sa beauté.

NI NE FILE...

L'appartement était entretenu par un domestique anglais, porteur du nom singulier, presque théâtralement approprié de Bounds, dont seul le col mou déparait la présentation technique. S'il avait été entièrement le Bounds d'Anthony, on eût remédié plus ou moins à ce défaut, mais il était aussi le Bounds de deux autres gentlemen du voisinage. De huit à onze heures du matin, il appartenait en propre à Anthony. Il arrivait avec le courrier et préparait le petit déjeuner. A neuf heures trente, il rabattait le bord de la couverture d'Anthony et prononçait quelques mots secs. Anthony ne se rappelait jamais au juste ce que c'était, et les soupçonnait un peu d'exprimer un reproche. Il servait ensuite le petit déjeuner sur une table à jeu dans la pièce de la façade, faisait le lit et, après avoir demandé avec quelque maussaderie s'il n'y avait rien d'autre, se retirait.

Dans la matinée, au moins une fois par semaine, Anthony allait voir son agent de change. Ses revenus se montaient à un peu moins de sept mille dollars par an, intérêts d'une somme héritée de sa mère. Son grand-père, qui n'avait pas permis à son propre fils de dépasser le chiffre d'une pension d'ailleurs fort libérale, jugeait cette somme suffisante pour les besoins du jeune Anthony. A chaque Noël, il lui envoyait un titre de rente de cinq cents dollars, qu'Anthony, d'habitude, essayait de vendre, car il était toujours un peu — pas très — à court.

Les visites à son agent de change alternaient entre des causeries semi-mondaines et des discussions sur la sécurité des investissements à 8 %, et Anthony y prenait toujours plaisir. Le grand immeuble de la Trust Company lui semblait le relier définitivement aux grosses fortunes dont il respectait la solidité et lui assurer qu'il était dûment chaperonné par la hiérarchie des finances. Ces gens affairés lui procuraient le même sentiment de sécurité qu'il avait en considérant la fortune de son grand-père — et même davantage, car cette fortune lui apparaissait vaguement comme un prêt, consenti par le monde à la rectitude morale d'Adam Patch, alors que son argent à lui, dans le quartier des affaires, lui semblait plutôt acquis et conservé grâce à des forces indomptables et d'extraordinaires prodiges de volonté. En outre, c'était à ses yeux — d'une façon plus définitive et explicite — de l'argent.

Quelque soin que prît Anthony à surveiller de près ses revenus, il les tenait pour suffisants. Un jour doré, bien entendu, il serait à la tête de plusieurs millions. Entre-temps il se découvrait une *raison d'être*[1], dans la création théorique d'essais consacrés aux pages de la Renaissance. Ceci nous ramène en arrière, à l'entretien qu'il eut avec son grand-père, aussitôt après son retour de Rome.

Il espérait trouver son grand-père mort mais, en téléphonant du quai, avait appris qu'Adam Patch était plus ou moins rétabli. Le lendemain, dissimulant sa déception, il s'était rendu à Tarrytown. A cinq milles de la gare, son taxi pénétra dans une allée soigneusement entretenue, où courait un véritable réseau de murs et de fils barbelés qui protégeaient le domaine — ceci, affirmait la rumeur

1. En français dans le texte.

publique, parce qu'on savait pertinemment que si les socialistes accédaient au pouvoir, l'un des premiers hommes qu'ils assassineraient serait le vieux Cross Patch.

Anthony arriva en retard et le vénérable philanthrope l'attendait dans un solarium à parois de verre, où il parcourait pour la seconde fois les journaux du matin. Son secrétaire Edward Shuttleworth — qui, avant sa régénération, avait été joueur, tenancier de bar et réprouvé, en général — introduisit Anthony dans la pièce, en exhibant son rédempteur et bienfaiteur, comme s'il montrait un trésor d'une valeur immense.

Ils se serrèrent gravement la main.

— Je suis vraiment heureux d'apprendre que vous allez mieux, dit Anthony.

Patch l'aîné, de l'air d'avoir vu son petit-fils la semaine précédente, tira sa montre.

— ... Train en retard ? demanda-t-il sur un ton amène.

Attendre Anthony l'avait irrité. Il avait non seulement l'illusion d'avoir, dans sa jeunesse, réglé ses affaires pratiques avec le plus grand scrupule, au point de respecter chaque rendez-vous à la minute, mais il voyait dans cette ponctualité la cause directe et première de son succès.

— Il a souvent eu du retard ce mois-ci, fit-il remarquer.

Et l'ombre d'un faible reproche passa dans sa voix — puis, après un silence :

— Assieds-toi.

Anthony observait son aïeul avec l'ébahissement que lui inspirait toujours sa vue. Se pouvait-il vraiment que ce vieil homme débile, inintelligent, fût assez puissant pour pouvoir acheter directement ou indirectement la conscience de tous les hommes de la République, hormis (malgré ce qu'affirmaient les journaux à scandale) une poignée d'hommes à peine assez nombreux pour peupler White Plains ?

Cela semblait aussi inadmissible que de croire qu'il avait été jadis un bébé rose et blanc.

Les soixante-quinze années de son existence avaient exercé sur lui l'effet d'un soufflet magique. Le premier quart de siècle l'avait gonflé de vie, et les années suivantes avaient tout résorbé. Résorbé les joues et le torse, les biceps du bras et les muscles des jambes. Tyranniquement exigé ses dents une à une, suspendu les petits yeux noirs dans des sacs d'un noir bleuâtre, plumé ses cheveux, et fait virer son teint du gris au blanc par endroits, du rose au jaune en d'autres endroits — transposant brutalement les couleurs comme un enfant qui essaye une boîte de peinture. Puis, à travers le corps et l'âme, le temps avait miné le cerveau. Il lui avait envoyé des sueurs nocturnes, des larmes, des terreurs sans cause. Il avait brisé son caractère profondément normal, en l'affligeant de crédulité et de suspicion. Dans la matière brute de son enthousiasme, il avait découpé des douzaines d'obsessions faibles mais pétulantes. Son énergie s'était ratatinée pour devenir la mauvaise humeur d'un enfant gâté ; et à sa volonté de puissance se substituait une aspiration vaniteuse et puérile à un royaume terrestre de harpes et de cantiques.

Après avoir échangé avec réticence des propos amènes, Anthony sentit qu'on attendait qu'il exposât ses intentions — et en même temps une lueur dans les yeux du vieil homme l'avertit de ne pas faire allusion pour l'instant à son dessein de vivre à l'étranger. Il souhaita que Shuttleworth eût assez de tact pour quitter la pièce — il détestait Shuttleworth —, mais le secrétaire s'était installé avec calme dans un fauteuil balançoire et promenait tour à tour sur les deux Patch les regards de ses yeux ternes.

— A présent que te voilà ici, tu devrais *faire* quelque chose, dit doucement son grand-père. Accomplir quelque chose.

Anthony attendit qu'il parlât de « laisser quelque chose d'achevé derrière toi quand tu quitteras ce monde ». Puis il fit une suggestion :

— Je pensais... il m'a semblé que peut-être je suis surtout doué pour écrire...

Adam Patch frémit, envisageant un poète dans la famille, avec des cheveux longs et trois maîtresses.

— ... l'histoire, acheva Anthony.

— L'histoire ? L'histoire de quoi ? La Guerre civile ? La Révolution ?

— Mais... non, *sir*. Une histoire du Moyen Age.

En même temps, l'idée lui vint d'une histoire des papes de la Renaissance, vue sous un angle nouveau. Toutefois, il fut content d'avoir dit : « Moyen Age ».

— Moyen Age ? Pourquoi pas ton propre pays ? Quelque chose que tu connaisses ?

— Mais, voyez-vous, j'ai si longtemps vécu à l'étranger...

— Je ne sais pas pourquoi tu veux écrire sur le Moyen Age. L'Age des Ténèbres, comme nous l'appelions. Personne ne sait ce qui s'est passé et personne ne s'en soucie, sauf pour se dire que c'est passé, à présent.

Il s'étendit pendant quelques minutes sur l'inutilité de toute information à ce sujet, parla, bien entendu, de l'Inquisition espagnole et de la « corruption des monastères ». Enfin :

— Tu crois que tu pourras travailler à New York — mais, d'ailleurs, as-tu vraiment l'intention de travailler ?

Cette dernière phrase prononcée avec un doux cynisme presque imperceptible.

— Mais oui, j'y compte, *sir*.

— Quand auras-tu fini ?

— Eh bien, il faudra tracer un plan — vous comprenez... et beaucoup de lectures préliminaires.

— J'aurais cru que tu en avais déjà assez fait, jusqu'à présent.

L'entretien se poursuivit à bâtons rompus pour aboutir à une conclusion assez brusque, lorsque Anthony se leva, consulta sa montre, et fit observer qu'il avait rendez-vous avec son agent de change cet après-midi. Il avait eu l'intention de passer quelques jours avec son grand-père, mais il se sentait las et irascible après une traversée agitée, et fort peu disposé à subir une mercuriale subtile et édifiante. Il dit qu'il reviendrait dans quelques jours.

Néanmoins, grâce à cette escarmouche, l'idée du travail s'introduisit dans sa vie, sous une forme permanente. Durant les années écoulées depuis lors, il avait dressé plusieurs listes d'auteurs compétents, même essayé quelques titres de chapitres et la division de son ouvrage en périodes, mais pas une ligne n'avait été tracée jusqu'à présent, ni ne semblait devoir l'être jamais. Il ne faisait rien — et, à l'encontre de la logique des manuels les plus accrédités, il s'arrangeait pour se divertir, avec une satisfaction au-dessus de la moyenne.

APRÈS-MIDI.

C'était en octobre 1913, au milieu d'une semaine de journées agréables, avec le soleil qui s'attardait aux carrefours et l'atmosphère si languide qu'elle semblait alourdie par la chute fantomatique des feuilles. Délices de rester assis oisif, devant la fenêtre ouverte, pour achever un chapitre d'*Erewhon*. Délices de bâiller vers cinq heures, de jeter le livre sur une table et de traverser le hall nonchalamment, en fredonnant pour aller prendre un bain.

Vers... vous... ô bè-elle-dame...

chantait-il en tournant le robinet.

Je lève... les... yeux ;
Vers... vous... ô bè...elle... dââââme,
Mon... cœur... soupire...

Il haussa la voix pour rivaliser avec le jet d'eau liquide qui se déversait dans la baignoire, et lorsqu'il regarda le portrait de Hazel Dawn au mur, il plaça un violon imaginaire contre sa propre épaule et le caressa avec un archet-fantôme. A travers ses lèvres closes, il laissa échapper un bourdonnement, qu'il se figura vaguement ressembler au son d'un violon. Au bout d'un instant, ses mains cessèrent leurs girations, et se dirigèrent vers sa chemise qu'il commença à défaire. Dénudé et prenant une pose athlétique, comme l'homme-à-la-peau-de-tigre de la réclame publicitaire, il se regarda dans le miroir avec quelque satisfaction, en s'interrompant pour plonger un pied tâtonnant dans l'eau. Il rajusta un robinet, s'offrit le plaisir de quelques grognements préliminaires et glissa dans la baignoire.

Une fois accoutumé à la température de l'eau, il se détendit, dans un état de béatitude confuse. Son bain pris, il s'habillerait sans se presser et descendrait la Cinquième Avenue jusqu'au Ritz où il avait rendez-vous pour le dîner, avec deux de ses compagnons les plus habituels, Dick Caramel et Maury Noble. Ensuite, lui et Maury iraient au théâtre. Caramel s'en retournerait sans doute en trottinant chez lui et travaillerait à son livre, sur le point d'être achevé.

Anthony se réjouit de n'être pas, *lui,* occupé à travailler à *son* livre. L'idée de s'asseoir et d'évoquer, non seulement des mots pour en revêtir ses pensées, mais des pensées dignes d'être revêtues — tout cela dépassait absurdement ses désirs.

Il émergea de son bain, se polit avec la méticuleuse attention d'un cireur de bottes. Après quoi il entra dans la chambre et tout en sifflotant une mélodie étrange, incertaine, erra de-ci de-là, en se boutonnant, s'ajustant, et jouissant de la chaleur de l'épais tapis sous ses pieds.

Il alluma une cigarette, jeta l'allumette par le vasistas ouvert de la fenêtre, et soudain s'arrêta (la cigarette, à deux pouces de sa bouche, chavira légèrement de biais) et fixa des yeux un point coloré, brillant, sur le toit d'une maison située plus bas dans l'avenue.

C'était une jeune fille en déshabillé rouge, qui séchait ses cheveux au soleil encore chaud de la fin d'après-midi. Le sifflotement d'Anthony s'éteignit dans l'air lourd de la chambre. Il avança avec précaution d'un pas vers la fenêtre, avec l'impression soudaine que la jeune fille était belle. Assise sur le parapet de pierre, auprès d'un coussin de la même couleur que son vêtement, elle se penchait, les deux bras appuyés sur la balustrade, pour regarder la voie ensoleillée, en contrebas, où Anthony pouvait entendre les enfants jouer.

Il l'observa pendant plusieurs minutes. Quelque chose s'émouvait en lui, quelque chose que la chaude odeur de l'après-midi ou le flamboiement triomphant du rouge ne suffisait pas à motiver. Il sentait de façon continue que la jeune fille était belle — puis tout à coup il comprit. C'était à cause de la distance, non la rare et précieuse distance de l'âme, mais pourtant la distance, fût-elle mesurée en mètres terrestres. L'air automnal les séparait, et les toits, et les voix confondues. Pourtant, durant une seconde point tout à fait explicable, suspendue paradoxalement dans le temps, son émotion avait été plus près de l'adoration que le plus profond baiser qu'il eût jamais connu.

Il acheva de s'habiller, trouva une cravate noire — un nœud carré — et l'ajusta avec soin devant le miroir à trois faces de la salle de bains. Cédant à une impulsion, il alla d'un pas vif dans la chambre à coucher et regarda de nouveau par la fenêtre. La femme à présent se levait, sa chevelure rejetée en arrière, et il put la voir en pied. Elle était grasse, tout à fait dépourvue de distinction et comptait trente-cinq ans bien sonnés. Avec un petit claquement des lèvres, il regagna la salle de bains et refit sa raie.

Vers... vous... ô bè...elle... dame,

chantonnait-il doucement.

Je... lève... mes regards...

Sur quoi, après un dernier coup de brosse qui laissa une surface iridescente d'un pur éclat, il quitta sa salle de bains et son appartement et descendit la Cinquième Avenue en direction du *Ritz-Carlton*.

TROIS HOMMES.

A sept heures, Anthony et son ami Maury Noble sont assis à une table de coin, sur le toit frais. Maury Noble ne ressemble à rien autant qu'à un grand chat mince et imposant. Ses yeux sont étroits, et toujours plissés de clignotements incessants prolongés. Sa chevelure est lisse et plate, comme léchée par une mère chatte hypothétique — et en ce cas herculéenne. A l'époque où Anthony était à Harvard, Maury passait dans sa classe pour un personnage unique en son genre, le plus brillant, le plus original — élégant, calme et comptant parmi les élus.

Tel est l'homme qu'Anthony considère comme son meilleur ami. Tel est le seul homme parmi ses connaissances qu'il admire et que — plus qu'il ne voudrait se l'avouer — il envie.

Ils sont contents de se revoir — leurs yeux expriment la bienveillance, car chacun éprouve le choc de la nouveauté après une brève séparation. La présence de chacun apporte à l'autre une détente, une sérénité nouvelle. Peu s'en faut que Maury Noble, avec son beau visage absurdement félin, ne ronronne. Et Anthony, nerveux comme un feu follet, toujours agité, est à présent calmé.

Ils sont engagés dans une de ces conversations faciles, à bâtons rompus, auxquelles s'abandonnent seuls les hommes de moins de trente ans ou les hommes accablés par une grande préoccupation.

ANTHONY : Sept heures ? Où est le Caramel ? (*Impatient :*) Je voudrais bien qu'il finisse son interminable roman. J'ai passé plus de temps affamé...

MAURY : Il lui a trouvé un nouveau titre : « L'Amant démoniaque » — pas mal, hein ?

ANTHONY, *intéressé :* « L'Amant démoniaque » ? Oh ! plainte de femme... » Non... pas mal du tout ! Pas mal du tout — tu crois ?

MAURY : Assez bon. Quelle heure as-tu dit ?

ANTHONY : Sept heures.

MAURY, *les paupières baissées — sans malveillance, mais pour exprimer une légère désapprobation :* M'a rendu fou l'autre jour.

ANTHONY : Comment cela ?

MAURY : Avec sa manie de prendre des notes.

ANTHONY : Moi aussi. Paraît que j'avais dit la veille au soir quelque chose qu'il considérait comme du matériau, mais il l'avait oublié — alors il s'en est pris à moi. Il me disait : « Tu ne pourrais pas concentrer ta pensée ? » Et je disais : « Tu me rases à en pleurer, comment me rappellerais-je ? »

Maury se met à rire, sans bruit, par une sorte de dilatation de ses traits, inexpressive et approbatrice.

MAURY : Dick n'a pas nécessairement un champ de vision plus étendu que n'importe qui. Seulement, il est capable de noter une plus grande proportion de ce qu'il voit.

ANTHONY : Un talent assez impressionnant.

MAURY : Oh ! oui. Impressionnant !

ANTHONY : Et de l'énergie — une énergie ambitieuse, bien dirigée. Il est si amusant — si extraordinairement stimulant et excitant. Souvent, quand on est avec lui, on a presque le souffle coupé.

MAURY : Oh ! oui.

Silence. Puis :

ANTHONY, *avec ce visage mince, un peu indécis, qu'il a lorsqu'il est le plus convaincu :* Mais pas une énergie indomptable. Un jour, peu à peu, elle se dissipera et son talent assez impressionnant avec elle, et il ne restera plus qu'un bout d'homme, agité, égoïste et bavard.

MAURY, *riant :* Nous voilà en train de jurer l'un à l'autre que le petit Dick voit le fond des choses moins que nous. Et je parie que de son côté, il se croit une bonne dose de supériorité — celle de l'esprit créateur sur l'esprit purement critique et tout le bataclan.

ANTHONY : Oui. Mais il a tort. Il a tendance à céder à un million d'absurdes enthousiasmes. N'était qu'il est plongé dans le réalisme et doit en conséquence adopter le vêtement du cynique, il serait — il serait crédule comme un directeur de collège religieux. C'est un idéaliste. Oh oui ! Il se figure le contraire, sous prétexte qu'il a rejeté le christianisme. Tu te souviens de lui au collège ? Il avalait n'importe quel écrivain, tout entier, l'un après l'autre, idées, techniques et caractères, Chesterton, Shaw, Wells, et chacun aussi facilement que le dernier.

MAURY, *rêvant toujours à la remarque qu'il a faite lui-même en dernier lieu :* Je me souviens.

ANTHONY : C'est vrai. Un adorateur de fétiches né. Prends l'art...

MAURY : Commandons le dîner. Il sera...

ANTHONY : Bien sûr. Commandons. Je lui ai dit...

MAURY : Le voilà. Regarde. Il va se cogner contre le serveur. *(Il lève le doigt comme un signal, ou comme une griffe, douce et amicale.)* Te v'là, Caramel.

UNE VOIX NOUVELLE, *avec violence : Hello !* Maury, *Hello !* Anthony Comstock Patch ? Comment va le petit-fils du vieil Adam ? Les débutantes sont toujours à tes trousses, hein ?

Au physique, Richard Caramel est petit et blond — il sera chauve à trente-cinq ans. Il a des yeux jaunâtres — l'un d'eux étonnamment limpide, l'autre opaque comme une mare boueuse — et le front bombé, saillant comme un bébé de journal comique. Il a encore d'autres parties proéminentes : le ventre saillant ; ses mots ont l'air de saillies prophétiques ; même les poches de son smoking saillent comme par contagion, bourrées d'un assortiment d'horaires, de programmes, et de divers bouts de papier écornés sur lesquels il prend ses notes en plissant ses yeux jaunes dépareillés et en réclamant le silence, d'un geste de sa main gauche inoccupée.

Lorsqu'il atteint la table, il serre la main à Anthony et à Maury. Il est de ces hommes qui serrent invariablement la main, même à des gens qu'ils ont vus une heure plus tôt.

ANTHONY : *Hello !* Caramel. Content que tu sois là. Nous avions besoin d'un intermède comique.

MAURY : Tu es en retard. Tu courais après le facteur, autour du pâté de maisons ? Nous nous faisions les griffes sur ton caractère.

DICK, *fixant avec avidité Anthony, de son œil vif :* Qu'avez-vous dit ? Répétez-le-moi et je vais le noter. J'ai supprimé trois mille mots de ma Première Partie, cet après-midi.

MAURY : Noble esthète. Et moi, j'ai versé de l'alcool dans mon estomac.

DICK : Je n'en doute pas. Je parie que vous êtes attablés ici depuis une heure à parler liqueurs.

ANTHONY : Nous n'en mourons jamais, mon blanc-bec.

MAURY : Nous ne ramenons jamais chez nous les dames que nous rencontrons lorsque nous sommes éméchés.

ANTHONY : Somme toute, nos parties de plaisir se caractérisent par une certaine distinction hautaine.

DICK : Le genre particulièrement sot, qui se vante d'être des « réservoirs ». Le hic, c'est que tous deux vous êtes en plein XVIIIe siècle. L'école du vieux squire anglais. Boire tranquillement jusqu'au moment où l'on roule sous la table. Ne jamais prendre du bon temps. Oh ! non, cela ne se fait pas.

ANTHONY : Voilà un extrait du chapitre VI, je parie.

DICK : Vous allez au théâtre ?

MAURY : Oui. Nous comptons passer la soirée en profondes méditations sur le problème de la vie. Cette histoire s'intitule, en termes lapidaires : *La Femme,* Je présume qu'elle sera de « bon rendement ».

ANTHONY : Grands dieux ! C'est cela, la pièce ? Retournons plutôt aux *Folies.*

MAURY : J'en suis excédé. J'ai vu le spectacle trois fois. (*A Dick :*) La première fois, nous sommes partis après le premier acte, et nous avons découvert un bar tout à fait sensationnel. A notre retour, nous nous sommes trompés de théâtre.

ANTHONY : Avons eu une dispute interminable avec un jeune couple terrifié, que nous avions cru occuper nos places.

DICK, *comme s'il se parlait à lui-même :* Je crois que lorsque j'aurai fait encore un roman et une pièce, et peut-être un volume de nouvelles, j'écrirai une comédie musicale.

MAURY : Je sais — avec des morceaux lyriques intellectuels que personne n'écoutera. Et tous les critiques gémiront et grogneront en parlant du « cher vieux Pinafore ». Et moi je continuerai à resplendir comme une figure brillamment absurde, dans un monde sans signification.

DICK, *pompeux :* L'art n'est pas dépourvu de signification.

MAURY : Il l'est en soi. Il ne l'est pas en ce qu'il s'efforce de rendre la vie moins absurde.

ANTHONY : En d'autres termes, Dick, tu joues devant une grande salle peuplée de fantômes.

MAURY : Donne-nous, au moins, un bon spectacle.

ANTHONY, *à Maury :* Au contraire, si je sentais que le monde n'a pas de sens, pourquoi écrire ? La tentative même de lui en donner un serait insensée.

DICK : Eh bien, même en admettant tout cela, sois un pragmatiste convenable et accorde à un pauvre diable l'instinct de vivre. Voudrais-tu que tout le monde accepte ces fadaises sophistiquées ?

ANTHONY : Oui, je suppose.

MAURY : Non, monsieur ! je crois que tout le monde en Amérique, hormis un millier de personnes appartenant à l'élite, devrait être contraint d'accepter un système de morale très rigide — le catholicisme par exemple. Je ne me plains pas de la morale conventionnelle. Je me plains plutôt des médiocres hérétiques qui s'emparent des découvertes de la sophistication et affectent une liberté morale à laquelle leur intelligence ne leur donne aucunement droit.

Ici, entrée du potage, et tout ce que Maury aurait pu continuer à dire est perdu pour l'éternité.

NUIT.

Après cela, ils se rendirent dans une agence théâtrale et, au prix fort, obtinrent des places pour une nouvelle comédie musicale intitulée *High Jinks*. Au foyer du théâtre, ils attendirent quelques instants pour voir entrer la foule des premières. Manteaux d'opéra, agrémentés de soies multicolores et de fourrures. Joyaux ruisselants des bras, des gorges, et des lobes d'oreilles blancs et roses. Innombrables chatoiements au centre d'innombrables hauts-de-forme. Escarpins dorés et couleur de bronze, et rouges, et d'un noir luisant. Hautes coiffures serrées de nombreuses femmes et chevelures lisses, calamistrées d'hommes soignés et surtout, l'effet de vague refluant, coulant, bavardant, gloussant, écumant, roulant lentement, de cette joyeuse mer humaine, tandis que ce soir elle déverse son torrent pailleté dans le lac artificiel des rires...

Après le spectacle, ils se séparèrent, Maury pour aller danser au *Sherry's*, Anthony pour regagner son logis et son lit.

Il se fraya lentement un passage à travers la foule nocturne, bousculée de Times Square, que la course des chars du Carnaval et ses mille satellites rendaient étrange, éclatant et intime. Des visages tournoyaient autour de lui, un kaléidoscope de filles laides, laides comme le péché — trop grasses, trop maigres, et cependant flottant dans cette atmosphère automnale comme sur leur propre souffle chaud et passionné exhalé dans la nuit. En dépit de leur vulgarité, elles se paraient, pensa-t-il, d'un vague et subtil mystère. Il respira soigneusement, inhala dans ses poumons du parfum et l'odeur point déplaisante de multiples cigarettes. Il surprit l'œillade que lui décocha une jeune beauté brune assise, solitaire, dans un taxi fermé. Ses yeux dans la pénombre évoquaient la nuit et des violettes, et un instant il sentit remuer en lui le souvenir lointain, à demi oublié, de l'après-midi.

Deux jeunes juifs le dépassèrent, parlant à voix haute et haussant le cou de-ci de-là, avec des regards fats et dédaigneux. Ils arboraient les costumes exagérément collants, qui, à l'époque, jouissaient d'une certaine vogue. Leurs cols rabattus s'emboîtaient dans leur pomme d'Adam. Des guêtres grises gainaient leurs pieds et ils avaient suspendu leurs gants gris au pommeau de leur canne.

Passa une vieille dame effarée, portée comme un panier d'œufs, entre deux hommes qui célébraient à son intention les merveilles de Times Square — les expliquaient si vite que la vieille dame appliquée à marquer un intérêt impartial agitait la tête en tous sens, comme une vieille pelure d'orange tourmentée par le vent. Anthony happa des bribes de leur conversation :

— Voilà l'*Astor*, maman !

— Tiens ! Regarde le poteau indicateur de la course des chars...

— C'est là que nous étions aujourd'hui. Non, là !

— Miséricorde !

— Faites-vous du souci, et vous deviendrez mince comme une dîme[1].

1. Un dixième de dollar U.S. (N.d.T.)

Il reconnut au passage la plaisanterie courante de l'année, lorsqu'elle jaillit, stridente, des lèvres d'un des couples qui le coudoyaient.

— Et alors je lui ai dit, que je te dis...

Le mouvement ralenti des taxis auprès de lui, et des rires, des rires rauques comme un croassement, incessants et bruyants, avec le grondement du métro sous terre — et au-dessus de tout cela, les révolutions de la lumière, le jet et le retrait de la lumière —, la lumière se divisant en perles, se formant et se reformant en barres scintillantes, en cercles et en monstrueuses figures grotesques, bizarrement profilées sur le ciel.

Il se tourna avec soulagement vers le silence qui soufflait comme un vent sombre, du fond d'une rue latérale, dépassa une rôtisserie à la devanture de laquelle une douzaine de poulets tournaient sans arrêt sur une broche automatique. De la porte affluaient des bouffées d'odeur chaude, pâteuse et rose. Un *drugstore,* à côté, exhalait une odeur de médicaments, de soda répandu, avec un agréable relent sous-jacent, venu du comptoir des cosmétiques ; puis il côtoya une blanchisserie chinoise encore ouverte, pleine de vapeur et étouffante, sentant le linge plié et vaguement jaune. Tout cela le déprima. Arrivé à la Sixième Avenue, il s'arrêta à un débit de cigares et en ressortit revigoré — le débit de cigares était gai, l'humanité baignait dans une brume bleu marine : acheter était un luxe...

Une fois dans son appartement, il fuma une dernière cigarette, assis dans le noir, devant la fenêtre de la façade, grande ouverte. Pour la première fois depuis plus d'un an, il se trouvait jouir entièrement de New York. La ville recelait on ne sait quoi de rare, de poignant, une qualité presque méridionale. Une ville solitaire, pourtant. Grandi dans l'isolement, il avait appris ces derniers temps à éviter la solitude. Au cours des mois passés, il s'était appliqué, lorsqu'il n'avait pas d'engagement pour la soirée, à aller dans un de ses clubs et à trouver un compagnon de fortune. Oh ! il y avait ici une solitude...

Sa cigarette dont la fumée ourlait les minces plis du rideau, avec des volutes de faible vapeur blanche, brilla jusqu'à ce que l'horloge de Sainte-Anne, au bout de la rue, sonnât une heure, avec une beauté plaintive et élégante.

La voie ferrée aérienne, à un demi-bloc de maisons plus loin, résonna comme un roulement de tambours — et en se penchant par la fenêtre, il eût pu voir le train, tel un aigle furieux, prendre le virage sombre au coin de la rue. Anthony se rappela un roman fantastique lu naguère, où des trains aériens bombardaient des villes, et un moment il imagina que Washington Square avait déclaré la guerre à Central Park et que c'était là une menace dirigée vers le Nord, chargée de bataille et de mort soudaine. Mais à mesure que le train passait, l'illusion s'évanouit ; elle se réduisit au plus faible des tambourinages — puis se mua en un bruissement d'aigle au loin...

Il percevait les cloches et la rumeur confuse, continue, des avertisseurs d'auto de la Cinquième Avenue, mais sa propre rue était silencieuse et là, il se sentait préservé de toutes les menaces de la vie — car il y avait là sa porte, et le long hall, et sa chambre gardienne —, à l'abri, à l'abri ! La lampe à arc reflétée dans sa fenêtre semblait, à cette heure, pareille à la lune, mais une lune plus éclatante et plus belle.

« FLASH BACK » AU PARADIS.

La Beauté, qui renaît tous les cent ans, était assise dans une sorte d'antichambre en plein air, que traversaient des rafales de vent blanc, et parfois une étoile hors d'haleine, pressée. Les étoiles lui adressaient au passage des signes familiers et le vent faisait doucement bruire sa chevelure.

Elle était incompréhensible, car en elle, âme et esprit ne faisaient qu'un — la beauté de son corps se confondait avec l'essence de son âme. Elle représentait cette unité vainement cherchée par les philosophes à travers les âges. Dans cette antichambre des vents et des étoiles, à l'air libre, elle était assise depuis un siècle, en paix, occupée à se contempler.

Elle prit conscience, à la longue, qu'elle allait naître de nouveau. En soupirant, elle entama une longue conversation avec une voix qui était celle du vent blanc. L'entretien dura plusieurs heures et je n'en puis restituer qu'un fragment.

LA BEAUTÉ, *remuant à peine les lèvres, le regard comme toujours replié sur elle-même :* Où me mènera à présent mon voyage ?

LA VOIX : Vers une contrée nouvelle — un pays que tu n'as jamais vu.

LA BEAUTÉ, *avec pétulance :* Je déteste tomber sur ces nouvelles civilisations. Combien de temps y resterai-je ?

LA VOIX : Quinze ans.

LA BEAUTÉ : Et comment s'appelle ce lieu ?

LA VOIX : C'est le pays le plus opulent, le plus magnifique de la terre — un pays où les plus sages ne sont guère plus sages que les plus abrutis ; un pays où les gouvernants ont la mentalité de petits enfants, et où ceux qui édictent les lois croient au père Noël ; où des femmes laides commandent à des hommes forts...

LA BEAUTÉ, *stupéfaite :* Comment ?

LA VOIX, *très déprimée :* Oui, en vérité, un spectacle mélancolique. Des femmes aux mentons fuyants et aux nez informes circulent en plein jour et disent : « Faites ceci ! » et « Faites cela ! » Et tous les hommes, même les plus riches, obéissent implicitement à leurs femmes auxquelles ils se réfèrent par des appellations sonores comme « Mrs Une telle » ou « notre épouse ».

LA BEAUTÉ : Mais ce n'est pas possible ! Je puis comprendre, bien sûr, qu'ils obéissent à des créatures de charme — mais à des femmes obèses ? à des femmes osseuses ? à des femmes aux joues rêches ?

LA VOIX : Parfaitement.

LA BEAUTÉ : Mais moi ? quelle chance aurai-je ?

LA VOIX : Ce sera « plus dur » si je puis risquer cette phrase.

LA BEAUTÉ, *après une pause mécontente :* Pourquoi pas les vieilles terres, le pays du raisin et des hommes au doux parler, où le pays des vaisseaux et des mers ?

LA VOIX : On pense qu'ils seront bientôt très occupés.

LA BEAUTÉ : Oh !

LA VOIX : Ta vie sur terre sera, comme toujours, l'intervalle entre deux regards significatifs dans un miroir mondain.

LA BEAUTÉ : Qui serai-je ? Dis-le-moi ?

LA VOIX : Tout d'abord, on pensait que tu irais cette fois comme actrice de cinéma, mais après tout, ce n'est pas à conseiller. Tu seras déguisée, durant tes quinze années, en ce que l'on appelle une « jeune fille du monde ».

LA BEAUTÉ : Qu'est-ce que c'est ?

On perçoit dans le vent un bruit nouveau que pour notre propos nous devons interpréter comme La Voix *se grattant la tête.*

LA VOIX, *après un temps :* C'est une sorte de simili-aristocrate.

LA BEAUTÉ : Simili ? Que signifie simili ?

LA VOIX : Cela aussi, tu le découvriras dans ce pays. Tu y trouveras beaucoup de simili. Et tu feras aussi beaucoup de choses qui seront du simili.

LA BEAUTÉ, *placide :* Cela rend un son bien vulgaire.

LA VOIX : Pas moitié aussi vulgaire que ce ne l'est. Tu seras connue, durant tes quinze années, éprise de *ragtime,* une petite jeune fille, un bébé-de-jazz et un bébé-vamp. Tu danseras des danses nouvelles, avec ni plus ni moins de grâce que tu n'as dansé les anciennes.

LA BEAUTÉ, *dans un murmure :* Serai-je payée ?

LA VOIX : Oui, comme toujours — en amour.

LA BEAUTÉ, *avec un faible rire qui ne dérange que momentanément l'immobilité de ses lèvres :* Et il me plaira d'être appelée un bébé-de-jazz ?

LA VOIX, *tranquillement :* Tu adoreras cela...

Le dialogue s'arrête là avec La Beauté, *toujours paisiblement assise, les étoiles arrêtées en une extase d'admiration, le vent, blanc et saccadé, soufflant à travers sa chevelure.*

Tout ceci a eu lieu sept ans avant qu'Anthony, assis devant les fenêtres de façade de son appartement, écoutât le carillon de Sainte-Anne.

2

Portrait d'une sirène

Un froid vif s'abattit sur New York un mois plus tard, apportant novembre, les trois grands matches de football et un grand papillonnage de fourrures le long de la Cinquième Avenue. Il apporta aussi un sentiment de tension dans la ville et d'excitation refoulée. Chaque matin, à présent, les invitations pleuvaient au courrier d'Anthony. Trois douzaines de vertueuses créatures féminines de la première couche de la société proclamaient leur aptitude, sinon leur empressement spécifique, à donner des enfants à trois douzaines de millionnaires. Cinq douzaines de vertueuses créatures féminines de la seconde couche sociale proclamaient non seulement cette aptitude, mais en outre une formidable ambition indomptée, à l'égard des premières trois douzaines de jeunes gens, qui étaient naturellement invités à chacune des quatre-vingt-seize réceptions — tout comme le groupe de la jeune demoiselle, composé d'amis de la famille, de connaissances, d'anciens condisciples de collège et de jeunes *outsiders* avides. Venait ensuite une troisième couche, issue des franges de la ville, de Newark et de la banlieue de Jersey, jusqu'à l'âpre Connecticut et une section inadmissible de Long Island — et sans doute d'autres couches contiguës descendant jusqu'aux bas quartiers de la ville : des juives débutaient dans une société d'hommes et de jeunes juives de Riverside au Bronx, et attendaient avec impatience un jeune courtier ou joaillier d'avenir, et un mariage kashère ; des filles irlandaises jetaient les yeux, avec enfin licence de le faire, sur une société de jeunes politiciens de Tammany, pieux entrepreneurs de pompes funèbres, et enfants de chœur à présent adultes.

Et naturellement, l'atmosphère contagieuse des « entrées » dans le monde contaminait la ville — les ouvrières, pauvres créatures laides, occupées à empaqueter du savon dans des usines, ou à montrer des fanfreluches dans les grands magasins, rêvaient que peut-être, grâce à l'excitation spectaculaire de cet hiver, elles décrocheraient pour leur compte le mâle convoité — comme dans une foule de carnaval un voleur à la tire peut penser que ses chances ont augmenté. Et les cheminées commençaient à fumer, et la fétidité du chemin de fer souterrain se trouvait rafraîchie. Et les actrices débutaient dans des pièces nouvelles, et les éditeurs débutaient en lançant des livres nouveaux, et les Castles débutaient en « sortant » des danses nouvelles. Et les chemins de fer publiaient de nouveaux indicateurs contenant des erreurs nouvelles au lieu des anciennes dont les usagers avaient pris l'habitude.

La ville entière débutait !

Anthony, qui marchait dans la 42e Rue, un après-midi sous un ciel d'acier gris, se heurta à l'improviste contre Richard Caramel, qui émergeait de la boutique du coiffeur du *Manhattan Hotel.* C'était une journée froide, la première vraiment froide, et Caramel portait un de ces paletots descendant jusqu'aux genoux et doublés de peau de mouton, adoptés par les ouvriers du Middle West et que le monde commençait à tolérer. Sous son feutre mou d'un marron discret, son œil clair flamboyait comme une topaze.

Il arrêta Anthony avec enthousiasme, lui tapa sur le bras, plutôt par désir de se réchauffer que par esprit de camaraderie, et, après son inévitable poignée de main, explosa :

— Un froid du diable. Bon Dieu, j'ai travaillé comme un fou toute la journée, jusqu'à ce que ma chambre se refroidisse au point que j'ai cru que j'allais attraper une pneumonie. La sacrée propriétaire qui économise son charbon est montée après que j'ai hurlé une demi-heure du haut de l'escalier pour l'appeler. Elle a commencé à m'expliquer pourquoi, et tout le reste. Seigneur ! d'abord elle m'a rendu fou, et puis j'ai pensé qu'elle était une sorte de personnage et j'ai pris des notes pendant qu'elle parlait, à son insu, tu comprends, comme si j'écrivais au hasard...

Il avait saisi le bras d'Anthony et l'entraînait d'un pas vif dans Madison Avenue.

— Où vas-tu ?

— Nulle part en particulier.

— Alors, à quoi bon ? interrogea Anthony.

Ils s'arrêtèrent et se dévisagèrent, et Anthony se demanda si le froid rendait son visage aussi repoussant que celui de Dick Caramel, qui avait le nez cramoisi, le front protubérant tout bleu, des yeux jaunes disparates rouges et aqueux sur les bords. Au bout d'un moment, ils reprirent leur marche.

— Bien travaillé à mon roman. — Dick adressait avec emphase ses paroles et ses regards au trottoir. — Mais il faut que je sorte de temps en temps.

Il jeta à Anthony un coup d'œil d'excuse comme pour quêter un encouragement.

— J'ai besoin de parler. Je soupçonne que très peu de gens *pensent* vraiment, je veux dire s'assoient pour méditer, et ont des idées qui s'enchaînent. Je pense, moi, en écrivant ou en causant. Il faut avoir un point de départ, comme qui dirait quelque chose à défendre ou à contredire — tu ne crois pas ?

Anthony grogna et retira doucement son bras.

— Cela m'est égal de te porter, Dick, mais avec ce manteau...

— Je veux dire, continua gravement Richard Caramel, que, sur le papier, ton premier paragraphe contient l'idée que tu vas envoyer au diable ou développer. Dans la conversation, tu as la dernière remarque de ton *vis-à-vis* — mais lorsque tu te bornes à réfléchir, eh bien, tes idées se succèdent comme des projections de lanterne magique et l'une chasse l'autre.

Ils dépassèrent la 45ᵉ Rue et ralentirent légèrement le pas. Tous deux allumèrent des cigarettes, exhalèrent d'immenses nuages de fumée, et la buée de leur haleine glacée.

— Allons jusqu'au *Plaza* et prenons un *egg-nog,* suggéra Anthony. Ça te fera du bien. L'air débarrassera tes poumons de cette sacrée nicotine. Viens. Je te laisserai parler de ton bouquin tout le long du chemin.

— Je ne veux pas, si cela t'ennuie. Je veux dire, tu n'as pas besoin de m'accorder cela comme une faveur.

Les mots jaillirent en se bousculant et, bien qu'il essayât de garder une mine indifférente, son visage se plissa, hésitant. Anthony fut obligé de protester.

— M'ennuyer ? Tu penses bien que non !

— J'ai une cousine... commença Dick, mais Anthony l'interrompit en étendant les bras et en respirant avec un long cri d'exultation.

— Beau temps, s'écria-t-il, n'est-ce pas ? J'éprouve la même sensation que lorsque j'avais dix ans ! Prêt au meurtre ! O mon Dieu ! A une minute, ce monde est à moi, et à la minute suivante, je suis le bouffon du monde. Aujourd'hui, le monde m'appartient et tout est facile, facile. Même « rien » est facile.

— J'ai une cousine au *Plaza*. Une fille épatante. Nous pourrions aller la voir. Elle passe là tout l'hiver — du moins, elle l'a fait, récemment — avec son père et sa mère.

— Savais pas que tu avais des cousins à New York.

— Elle s'appelle Gloria. Elle est de chez nous — Kansas City. Sa mère est une bilphiste pratiquante et son père tout à fait terne, mais un parfait gentleman.

— Qui sont-ils ? Du matériau littéraire ?

— Ils essaient de l'être. Le vieux ne fait que de me répéter qu'il vient de rencontrer le plus étonnant personnage à mettre dans un roman. Ensuite, il me parle d'un idiot de ses amis. Après quoi, il dit : « Tiens, voilà un personnage pour toi ! Pourquoi n'écris-tu rien sur lui ? Un type comme lui intéresserait tout le monde. » Ou bien il me parle du Japon ou de Paris ou d'un autre endroit très connu, et dit : « Pourquoi n'écris-tu pas une histoire qui se déroulerait là-bas ? Ce serait un merveilleux cadre, pour une histoire ? »

— Et la fille ? demanda Anthony négligemment. Gloria — Gloria quoi ?

— Gilbert. Oh ! tu as entendu parler d'elle — Gloria Gilbert. Elle va aux sauteries des collèges — ce genre de chose.

— J'ai entendu son nom.

— Jolie — en fait, fichtrement attrayante.

Ils atteignirent la 50ᵉ Rue et bifurquèrent vers l'avenue.

— Je ne me soucie pas des jeunes filles, par principe, dit Anthony en fronçant le sourcil.

Ce n'était pas tout à fait vrai. Il avait l'impression que la débutante moyenne passait chaque heure de sa journée à se préoccuper, à parler de ce que le grand monde avait prévu qu'elle fît durant l'heure suivante ; toute fille qui vivait uniquement de ses charmes l'intéressait énormément.

— Gloria est fichtrement gentille — et pas une once de cervelle dans sa tête.

Anthony marqua son hilarité par un grognement monosyllabique.

— Tu entends dire qu'elle n'a pas le moindre bagout littéraire ?

— Non, pas du tout.

— Dick, tu sais ce qui passe à tes yeux pour un cerveau chez une fille. Les jeunes personnes sérieuses qui s'assoient avec toi dans un coin, et discutent sérieusement de la vie ; le genre qui, à seize ans, discutait d'un air grave s'il était mal de s'embrasser et si, pour des étudiants de première année, boire de la bière était immoral.

Richard Caramel fut offensé. Sa moue se crispa comme un papier froissé.

— Non... commença-t-il, mais Anthony interrompit impitoyablement.

— Oh ! si, le genre qui à présent s'assied dans des coins et pérore sur le dernier Dante scandinave accessible en traduction anglaise.

Dick se tourna vers lui, et toute son attitude trahit un curieux affaissement. Sa question fut presque une imploration.

— Qu'avez-vous donc, Maury et toi ? Vous parlez quelquefois comme si j'étais une sorte d'être inférieur ?

Anthony fut confus, mais en même temps il avait froid et se sentait un peu gêné. Aussi recourut-il à l'offensive.

— Je ne crois pas que ton cerveau ait de l'importance, Dick.

— Bien sûr, il a de l'importance ! s'écria Dick, irrité. Que veux-tu dire ? Pourquoi n'en aurait-il pas ?

— Tu risquerais d'en savoir trop long pour ta plume.

— Il n'est pas possible que cela m'arrive.

— J'imaginerais volontiers, insista Anthony, un homme

qui en saurait plus long que son talent ne pourrait l'exprimer. Suppose, par exemple, que j'aie plus de sagesse que toi, et moins de talent. Voilà qui me priverait de tout moyen d'expression. Toi, au contraire, tu as assez d'eau pour remplir le seau, et un seau assez grand pour contenir l'eau.

— Je ne te suis pas du tout, gémit Dick sur un ton penaud.

Profondément consterné, toute sa personne semblait s'arquer en une protestation. Il regardait fixement Anthony et carambola une série de passants qui lui lancèrent de terribles et fulminants regards de reproche.

— J'entends simplement dire qu'un talent comme celui de Wells pourrait exprimer l'intelligence d'un Spencer. Mais un talent inférieur ne peut être séduisant que s'il exprime des idées inférieures. Et plus tu considères une chose de près, plus tu peux te montrer divertissant en parlant d'elle.

Dick réfléchit, incapable de discerner le degré exact de critique impliqué par les remarques d'Anthony. Mais Anthony, avec cette aisance qui chez lui semblait fréquemment couler de source, continua, ses yeux noirs brillant dans son visage mince, le menton levé, la voix haussée, tout son être physique soulevé :

— Mettons que je suis fier, et sensé, et sage — un Athénien parmi les Grecs. Eh bien, je pourrais échouer, là où un homme inférieur à moi réussirait. Il pourrait imiter, il pourrait enjoliver, il pourrait se montrer enthousiaste, il pourrait être constructeur avec confiance. Mais ce Moi hypothétique serait trop fier pour imiter, trop sensé pour céder à l'enthousiasme, trop sophistiqué pour être utopiste, trop grec pour enjoliver.

— Alors tu ne penses pas que l'artiste travaille avec son intelligence ?

— Non. Il continue à améliorer, s'il le peut, ce qu'il imite en matière de style, et à choisir (selon sa propre interprétation des choses qui l'entourent) ce qui constitue son matériau. Mais après tout, chaque écrivain écrit parce que c'est son mode de vie. Ne me dis pas que tu aimes cette rengaine de la « divine fonction de l'artiste » ?

— Je n'ai pas l'habitude, même en pensée, de me dire un artiste.

— Dick, fit Anthony en changeant de ton, je voudrais te demander pardon.

— De quoi ?

— Pour cette sortie. J'en suis franchement fâché. Je parlais pour faire de l'effet.

Un peu radouci, Dick repartit :

— J'ai souvent dit qu'au fond du cœur tu étais un philistin.

Un crépuscule grésillant était tombé lorsqu'ils franchirent la façade blanche du *Plaza,* et savourèrent lentement la mousse et l'onctuosité jaune d'un *egg-nog.* Anthony regarda son compagnon. Le nez et le front de Richard Caramel se rapprochaient graduellement d'une coloration uniforme ; le rouge quittait son nez et le bleu désertait son front. Jetant un coup d'œil dans une glace, Anthony fut content de constater que sa propre peau n'était pas décolorée. Au contraire, ses joues se teintaient d'un léger éclat — il lui sembla n'avoir jamais été plus à son avantage.

— Assez pour moi, déclara Dick, sur le ton d'un athlète à l'entraînement. Je voudrais me lever et voir les Gilbert. Tu ne viens pas ?

— Eh bien, oui. A condition que tu ne me livres pas aux parents et ne files pas dans un coin avec Dora.

— Pas Dora. Gloria.

Un employé les annonça par téléphone, et une fois montés au dixième étage, ils suivirent les méandres d'un corridor et frappèrent au 1088. La porte fut ouverte par une dame entre deux âges — Mrs Gilbert elle-même.

— Comment allez-vous ? — Elle s'exprimait dans le langage conventionnel des « dadames » américaines. — Je suis *ab*-solument ravie de vous voir.

Interjections hâtives de Dick, puis :

— Mr Pats ? Eh bien, entrez et laissez là votre pardessus.

Elle désigna une chaise et l'inflexion de sa voix se mua en un rire dépréciateur, ponctué de minuscules halètements :

— C'est vraiment charmant, charmant. Mais Richard, il y a *si* longtemps que tu n'es pas venu — non ! non !

Ces derniers monosyllabes servaient à moitié de répliques, à moitié de périodes oratoires, en réponse à quelques vagues tentatives de Dick.

— Allons, assieds-toi et raconte-moi ce que tu as fait.

On se croisait et se recroisait, on restait debout et l'on s'inclinait en faisant assaut de courtoisie ; on souriait à tout bout de champ, avec une stupidité impuissante ; on se demandait si la dame finirait par s'asseoir — enfin on se laissa choir avec soulagement dans un fauteuil et l'on s'installa en vue d'une agréable visite.

— Je suppose que c'est parce que tu as été occupé autant que pour toute autre chose, fit en souriant Mrs Gilbert, de façon un peu ambiguë.

L'expression « autant que pour toute autre chose » lui semblait équilibrer ses phrases trop boiteuses. Elle disposait en outre de deux autres formules, « du moins c'est ma façon de voir » et « purement et simplement ». Ces trois-là, alternées, donnaient à chacune de ses remarques l'air d'être une réflexion générale sur la vie, comme si elle avait calculé toutes les causes et, à la longue, mis le doigt sur la cause finale.

Anthony constata qu'à présent le visage de Richard

Caramel était tout à fait normal, son front et ses joues redevenus couleur chair, son nez poliment effacé. Il fixait sur sa tante son œil vif et jaune avec cette attention exagérée et soutenue que les jeunes mâles ont accoutumé de consacrer à toutes les créatures féminines qui n'ont plus d'autre valeur.

— Vous êtes écrivain, vous aussi, Mr Pats ? Bon. Peut-être pouvons-nous tous nous chauffer au soleil de la gloire de Richard.

Rires courtois, orchestrés par Mrs Gilbert.

— Gloria est sortie, dit-elle, de l'air de poser un axiome dont elle allait tirer des déductions. Elle est en train de danser quelque part. Gloria va, elle va, elle va. Je lui dis que je me demande comment elle résiste. Elle danse tout l'après-midi et toute la nuit, je crois qu'elle va s'exténuer jusqu'à n'être plus qu'une ombre. Son père s'inquiète beaucoup à son sujet.

Elle sourit de l'un à l'autre. Tous deux sourirent.

Elle se composait, s'aperçut Anthony, d'une succession de demi-cercles et de paraboles, comme ces figures que les gens doués tracent sur leur machine à écrire : tête, bras, buste, hanches, cuisses et chevilles formaient une effarante superposition de rondeurs. Nette et soignée, elle avait des cheveux d'un gris soutenu artificiel ; son grand visage abritait des yeux bleus battus et s'ornait d'une moustache blanche presque imperceptible.

— Je dis toujours, fit-elle observer à Anthony, que Richard est une âme antique.

Dans le silence tendu qui suivit, Anthony médita une plaisanterie sur le fait qu'en ce cas on avait dû beaucoup humilier Dick à travers les siècles.

— Nous avons tous des âmes d'un âge différent, poursuivit Mrs Gilbert, radieuse. Du moins c'est ma façon de voir.

— Peut-être, approuva Anthony, de l'air de se rallier vivement à une idée encourageante.

La voix continua de jacasser :

— Gloria a une âme très jeune — irresponsable autant que toute autre chose. Elle n'a aucun sens de la responsabilité !

— Elle est étincelante, tante Catherine, dit Richard aimablement. Le sens de la responsabilité la gâterait. Elle est trop jolie.

— Eh bien, concéda Mrs Gilbert, tout ce que je sais est qu'elle va, elle va, elle va...

Le nombre des allées et venues portées au discrédit de Gloria se perdit dans le bruit que fit le bouton de porte en tournant pour laisser entrer Mr Gilbert.

C'était un bout d'homme avec une moustache posée comme un petit nuage au-dessous de son nez dépourvu de distinction. Il avait atteint le stade où sa valeur sociale était un négatif noir et impondérable. Ses idées étaient des illusions populaires vieilles de vingt ans. Son esprit se mouvait, chancelant et anémique, dans le sillage des éditoriaux des quotidiens. Après des études dans une université occidentale, petite mais terrifiante, il était entré dans une affaire de celluloïd, et comme elle ne requérait que la dose d'intelligence infime qu'il y apportait, il réalisa des bénéfices pendant plusieurs années — en fait jusqu'en 1911, époque où il se mit à conclure des contrats, de vagues accords avec l'industrie cinématographique. Ladite industrie cinématographique avait décidé de ne faire qu'une bouchée de Mr Gilbert, et à cette époque il était pour ainsi dire en équilibre instable, délicatement balancé à la pointe de sa langue. Entre-temps, remplissant les fonctions de super-directeur de l'Association Mid-Western Film Materials Company, il passait six mois à New York et le reste à Kansas City et Saint Louis. Il éprouvait le sentiment confiant qu'un événement heureux allait se produire dans sa vie — sa femme le pensait aussi, et sa fille partageait cette conviction.

Il désapprouvait la conduite de Gloria. Elle rentrait tard, elle ne mangeait jamais à table, elle était toujours dans la pagaille — il l'avait irritée plus d'une fois et elle lui avait jeté des mots dont il ne soupçonnait pas qu'ils fissent partie de son vocabulaire. Sa femme était plus accommodante. Après quinze ans de guérillas incessantes, il l'avait conquise — c'était une guerre de l'optimisme confus contre l'ennui organisé, et le nombre de « oui » par quoi il pouvait empoisonner une discussion n'avait pas peu contribué à lui assurer la victoire.

« Oui — oui — oui — oui, disait-il, oui — oui — oui — oui. Voyons, c'était pendant l'été de — voyons — 91 ou 92 — oui — oui — oui — oui. »

Quinze ans de « oui » avaient eu raison de Mrs Gilbert. Quinze autres années de cette incessante affirmation qui n'affirmait rien, accompagnée du secouement perpétuel des champignons tombés de trente-deux mille cigares, l'avaient brisée. A cet époux, elle fit la suprême concession de la vie conjugale, plus totale, plus irrévocable que la première — elle l'écouta. Elle se disait que les années l'avaient rendue tolérante — en réalité, elles avaient anéanti la somme de courage moral qu'elle possédait.

Elle le présenta à Anthony.

— Mr Pats, dit-elle.

Le jeune homme et le vieux se palpèrent la main. La chair de Mr Gilbert était flasque, usée jusqu'à ressembler à la pulpe d'un pamplemousse pressé. Mari et femme échangèrent des saluts — il lui dit qu'il faisait plus froid dehors ; il expliqua qu'il avait marché jusqu'à un kiosque de journaux pour acheter un journal de Kansas City. Il comptait rentrer par le « bus », mais il avait trouvé qu'il faisait trop froid, oui — oui — oui — oui, trop froid.

Mrs Gilbert ajouta du zeste à son aventure en se montrant impressionnée par son courage à braver l'air cinglant.

— Eh bien, vous avez du cran ! s'exclama-t-elle avec admiration. Vous avez du cran ! Je ne serais sortie pour rien au monde.

Mr Gilbert, avec une impassibilité vraiment virile, ignora la terreur qu'il avait suscitée chez son épouse. Il se tourna vers les deux jeunes gens et les mit triomphalement dans l'embarras en leur parlant du temps. Richard Caramel fut sommé de se rappeler le mois de novembre au Kansas. Néanmoins, à peine ce sujet lui eut-il été suggéré, qu'il fut aussitôt violemment repêché pour être médité, caressé, étiré et en général dévitalisé par son auteur.

La thèse immémoriale, selon laquelle les journées étaient chaudes quelque part, mais les nuits très agréables, fut proposée avec succès et ils discutèrent de la distance exacte, sur une obscure ligne ferroviaire, entre deux points que Dick avait mentionnés à l'étourdie. Anthony fixait sur Mr Gilbert un regard ferme et tomba dans une sorte de transe que troua, au bout d'un moment, la voix de Mrs Gilbert.

— J'ai l'impression que le froid est plus humide ici. J'ai l'impression qu'il me ronge les os.

Comme cette remarque, congrûment accucillie par des oui — oui, s'était trouvée sur le bout de la langue de Mr Gilbert, on ne saurait le blâmer d'avoir dévié l'entretien assez brusquement.

— Où est Gloria ?

— Elle devrait être ici d'un instant à l'autre.

— Avez-vous rencontré ma fille, monsieur ?

— Je n'ai pas eu ce plaisir. J'ai entendu souvent Dick parler d'elle.

— Elle et Richard sont cousins.

— Oui ?

Anthony sourit avec quelque effort. Peu accoutumé à la société de ses aînés, il se sentait la bouche raide à force d'enjouement exagéré. Quelle pensée agréable que Gloria et Dick fussent cousins. Il s'arrangea pour lancer, à la minute suivante, un regard supplicié à son ami.

Richard Caramel craignait qu'il ne leur fallût se sauver.

Mrs Gilbert en fut désolée.

Mr Gilbert trouva que c'était vraiment regrettable.

Mrs Gilbert, prise d'une nouvelle inspiration, se déclara charmée de leur venue, même s'ils n'avaient vu qu'une vieille dame trop âgée pour flirter avec eux. Anthony et Dick considérèrent évidemment cette remarque comme une fine saillie, car leur rire se prolongea pendant une mesure à quatre temps.

Reviendraient-ils bientôt ?

Oh ! oui.

Gloria serait *ter*-riblement désolée.

Au revoir…

Au revoir…

Sourires !

Sourires !

Bang !

Deux jeunes gens inconsolables suivent le corridor du dixième étage du *Plaza*, en direction de l'ascenseur.

LES JAMBES D'UNE DEMOISELLE.

Derrière la séduisante indolence de Maury Noble, ses inconséquences et son ironie facile, se cachait une surprenante et inflexible maturité d'intention. Son dessein, ainsi qu'il le déclarait au collège, avait été de passer trois ans à voyager, trois ans dans une oisiveté complète — et ensuite d'acquérir une immense fortune, le plus vite possible.

Ses trois années de voyage étaient achevées. Il avait fait le tour du globe avec une ardeur et une curiosité qui chez tout autre eussent semblé pédantes, sans spontanéité qui le rachetât, presque comme un Baedeker humain s'éditant lui-même, mais, en l'occurrence, cela semblait un propos mystérieux, un dessein significatif — comme si Maury Noble était quelque antéchrist prédestiné, poussé par la fatalité à aller partout où l'on pouvait aller sur le globe, et voir tous les trillions d'humains qui procréaient et pleuraient et s'entre-tuaient de-ci de-là, sur cette terre.

De retour en Amérique, il recherchait des distractions avec la même application tenace. Lui qui n'avait jamais absorbé plus de quelques cocktails ou une pinte de vin à une réunion, s'entraîna à boire, de même qu'il se serait entraîné à apprendre le grec. Comme le grec, ce serait pour lui la porte d'accès à un trésor d'états psychiques nouveaux, de sensations et de réactions nouvelles dans la joie ou dans la souffrance.

Ses habitudes offraient matière à une méditation ésotérique. Il occupait trois chambres dans une garçonnière de la 44e Rue, mais on l'y trouvait rarement. La téléphoniste avait reçu les instructions les plus formelles : nul ne devait parvenir jusqu'à son oreille sans s'être au préalable annoncé. Elle détenait une liste d'une demi-douzaine de personnes pour qui il n'était jamais chez lui, et d'un même nombre pour qui il y était toujours. En tête de cette dernière, figuraient Anthony Patch et Richard Caramel.

La mère de Maury vivait avec son fils marié à Philadelphie, où Maury se rendait d'habitude pour les fins de semaine, de sorte qu'un samedi soir où Anthony, flânant par les rues froides, en proie à une crise d'ennui profond, total, entra en passant aux Molton Arms, il fut enchanté d'apprendre que Mr Noble était chez lui.

Sa bonne humeur monta encore plus vite que l'ascenseur qui volait. C'était si bon, si merveilleux de pouvoir causer avec Maury ! — qui se réjouirait également de le voir. Ils se regarderaient avec une affection profonde, affleurant au fond des yeux, et que tous deux dissimuleraient sous une douce raillerie. En été, ils seraient sortis ensemble et auraient indolemment siroté deux longs Tom Collins, tout en déboutonnant leurs cols et en observant la ronde vaguement divertissante de quelque cabaret d'août, dans une ambiance d'oisiveté. Mais il faisait froid dehors, le vent soufflait autour des angles des hauts immeubles et décembre les guettait juste au tournant de la rue ; mieux valait donc passer une soirée ensemble sous la douce lueur de la lampe, à prendre un verre ou deux de Bushmill, ou la valeur d'un dé à coudre du Grand Marnier de Maury ; les livres chatoieraient comme des objets décoratifs le long des murs, et Maury irradierait une divine inertie tandis qu'il se prélasserait, grand et félin, dans son fauteuil favori.

Il était là ! La chambre se referma autour d'Anthony, le réchauffa. L'incandescence qui émanait de cet esprit fort et persuasif, de ce tempérament presque oriental dans son impassibilité extérieure, réchauffait l'âme inquiète d'Anthony et lui apportait une paix, uniquement comparable à la paix que dispense une femme sotte. Il faut tout comprendre — ou sinon tout admettre — les yeux fermés. Maury emplissait la pièce, semblable à un tigre, semblable à un dieu. Au-dehors, le vent s'était calmé. Les candélabres de cuivre sur le manteau de la cheminée brillaient comme des cierges devant un autel.

— Qu'est-ce qui te retient ici aujourd'hui ?

Anthony s'étendit sur un divan moelleux et arrangea les coussins pour y appuyer son coude.

— Suis ici depuis une heure à peine. Un thé dansant — et j'y suis resté si tard que j'ai manqué mon train pour Philadelphie.

— Bizarre de s'attarder si longtemps, commenta Anthony, intrigué.

— Plutôt. Toi, qu'as-tu fait ?

— Géraldine. Une petite ouvrière du Keith. Je t'ai parlé d'elle.

— Oh !

— Elle est venue me voir vers trois heures, et elle y est restée jusqu'à cinq. Une drôle de petite bonne femme. Elle m'a eu. Elle est si complètement stupide.

Maury se taisait.

— Si étrange que cela puisse sembler, continua Anthony, pour autant que cela me concerne, et même autant que je sache, Géraldine est un parangon de vertu.

Il la connaissait depuis un mois. Une fille aux habitudes indescriptibles et vagabondes. Quelqu'un l'avait incidemment passée à Anthony qui la trouvait amusante et appréciait assez les baisers chastes et semblables à ceux d'une fée, qu'elle lui avait donnés la troisième nuit après qu'ils eurent fait connaissance, alors qu'ils traversaient le Park en taxi. Elle avait une vague famille — une tante et un oncle fantômes qui partageaient avec elle un appartement dans les labyrinthes des centièmes rues. Elle était d'un commerce agréable, familière avec une note d'intimité, et reposante. Il n'avait pas envie de pousser plus loin son expérience — non par scrupule moral, mais par une crainte de toute affaire de femme susceptible de troubler ce qu'il sentait être la sérénité grandissante de sa vie.

— Elle a deux coups d'épate, expliqua-t-il à Maury. L'un consiste à rabattre ses cheveux sur ses yeux et puis à les chasser en soufflant dessus, et l'autre à dire : « Vous êtes cinglé ! » quand quelqu'un fait une remarque qui passe au-dessus de sa tête. Cela me fascine. Je reste assis là, heure après heure, complètement intrigué par les symptômes de démence qu'elle découvre dans mon imagination.

Maury remua dans son fauteuil et dit :

— Il est remarquable qu'on ait la compréhension aussi limitée et en même temps qu'on vive au cœur d'une civilisation aussi complexe... Une femme comme celle-là considère l'univers entier sous l'angle le plus terre à terre. De l'influence de Rousseau à la répercussion des taxes tarifées sur son dîner, le phénomène tout entier lui est complètement étranger. Elle a été transportée de l'époque des fers de lance à la nôtre et jetée ici avec l'équipement d'un archer, pour prendre part à un duel au pistolet. On pourrait balayer toute la croûte de l'histoire, sans qu'elle s'aperçoive de la différence.

— Je voudrais que notre Richard écrive sur elle.

— Anthony, tu ne te figures sûrement pas qu'elle mérite qu'on écrive à son propos ?

— Autant que n'importe qui, répondit-il en bâillant. Tu sais, je pensais aujourd'hui que j'ai grande confiance en Dick. Aussi longtemps qu'il s'attachera aux gens et non aux idées, aussi longtemps qu'il puisera son inspiration dans la vie et non dans l'art, et à supposer qu'il se développe normalement, je crois qu'il sera un grand homme.

— Je crois que l'apparition du carnet de notes nous prouverait qu'il s'attaque à la vie.

Anthony se dressa sur son coude et répondit vivement :

— Il cherche à atteindre la vie. C'est le cas de tout auteur, sauf les plus mauvais, mais après tout, la plupart vivent d'une nourriture prédigérée. L'incident ou le personnage peut être emprunté à la vie, mais l'écrivain l'interprète en général dans les termes du dernier ouvrage qu'il a lu. Par exemple, supposons qu'il rencontre un capitaine de la marine et croit voir en lui un personnage original. La vérité est qu'il voit la ressemblance entre le capitaine et le dernier capitaine de la marine créé par Dana, ou par n'importe quel écrivain qui brosse des capitaines au long cours, et en conséquence il sait comment coucher ce capitaine au long cours sur papier. Dick, bien sûr, peut enregistrer tout personnage manifestement pittoresque, et ressemblant à un personnage de roman — mais pourrait-il décrire avec précision sa propre sœur ?

Là-dessus, ils parlèrent littérature pendant une demi-heure.

— Un classique, suggéra Anthony, est un livre à succès qui a survécu à la réaction de la période ou de la génération suivante. Alors, il est en sécurité, comme un style d'architecture ou d'ameublement. Il a acquis une dignité pittoresque qui tient lieu de mode...

Au bout d'un moment, le sujet perdit temporairement de son intérêt. Les deux jeunes gens ne s'intéressaient pas à la technique en particulier. Ils étaient épris de généralités. Anthony venait de découvrir Samuel Butler et les percutants aphorismes de son carnet lui semblaient la quintessence de la critique. Maury, avec son esprit si mûri par la rigidité même de son plan de vie, semblait de toute évidence le plus sage des deux, mais la substance de leur intelligence n'offrait pas, semblait-il, de différences fondamentales.

Des lettres, l'entretien dériva sur les incidents curieux de leurs journées réciproques.

— Chez qui, le thé ?

— Chez des gens nommés Abercombrie.

— Pourquoi t'es-tu attardé ? Tu as rencontré une débutante au charme voluptueux ?

— Oui.

— Vraiment ?

La voix d'Anthony se haussa, surprise.

— Pas une débutante précisément. Elle dit avoir fait son entrée dans le monde il y a deux hivers, à Kansas City.

— Une sorte de laissé-pour-compte ?

— Non, répondit Maury, un peu amusé. Je crois que c'est la dernière chose qu'on pourrait dire d'elle. Elle semblait, ma foi, la plus jeune personne de l'assistance.

— Pas trop jeune pour te faire manquer un train.

— Si, assez jeune, une belle enfant.

Anthony émit son grognement hilare, monosyllabique.

— Oh ! oh ! Maury, tu retombes en enfance. Qu'entends-tu par belle ?

Maury scruta l'espace, d'un regard impuissant.

— Eh bien, je ne peux pas la décrire exactement — sauf pour dire qu'elle était belle. Elle était... extraordinairement vivante. Elle suçait des boules de gomme.

— Quoi ?

— C'était une forme de vice atténuée. Elle est de nature nerveuse — elle a dit qu'elle suçait toujours des boules de gomme aux thés, parce qu'elle était forcée de rester debout si longtemps et au même endroit.

— De quoi avez-vous parlé ? De Bergson ? Du bilphisme ? Du problème de savoir si le one-step est immoral ?

Maury ne se démonta pas. Son pelage semblait onduler dans tous les sens.

— En fait, nous avons parlé du bilphisme. Paraît que sa mère est une bilphiste. Mais le plus clair du temps, nous avons parlé de jambes.

Anthony se balança, égayé.

— Mon Dieu ! Les jambes de qui ?

— Les siennes. Elle a beaucoup parlé des siennes.

Comme si c'était un bibelot de choix. Elle a éveillé en moi un grand désir de les voir.

— Qui est-elle ? Une danseuse ?

— Non, j'ai découvert que c'est une cousine de Dick.

Anthony se redressa si brusquement que le coussin qu'il lâcha resta relevé sur le bord comme une chose vivante qui plongea vers le plancher.

— Elle s'appelle Gloria Gilbert ? s'écria-t-il.

— Oui. N'est-elle pas remarquable ?

— Je n'en sais rien — mais pour ce qui est d'être embêtant, son père...

— Eh bien, quoi ? interrompit Maury avec une imperturbable conviction, sa famille peut être aussi triste que des pleureurs professionnels, mais j'incline à croire qu'elle est un personnage tout à fait authentique et original. Les signes extérieurs de la jeune fille conventionnelle sortie de l'université de Yale et tout le reste — mais différente, très nettement différente.

— Continue, continue ! insista Anthony. Dès que Dick m'a dit qu'elle n'avait pas une once de cerveau dans la tête, j'ai compris qu'elle devait être assez bien.

— Il a dit cela ?

— Il l'a juré, fit Anthony avec un nouveau grognement d'hilarité.

— Mais ce qu'il appelle un cerveau chez une femme, c'est...

— Je sais, interrompit vivement Anthony, il entend un léger vernis d'informations littéraires inexactes.

— C'est cela. Le genre qui croit que le relâchement moral continu du pays est une très bonne chose, et celui qui croit que c'est une chose sinistre. Ou bien le pince-nez, ou bien des poses. Cette fille a parlé de jambes. Elle a parlé aussi de peau — de sa peau. Toujours d'elle-même. Elle m'a dit quelle sorte de hâle elle espérait obtenir en été, et combien elle se trompait peu, d'habitude, dans ses approximations à ce sujet.

— Tu as été charmé par sa douce voix de contralto.

— Sa douce voix de contralto ? non, par le hâle. Je me suis mis à penser au hâle. Je me suis mis à me demander de quelle couleur j'étais devenu quand je me suis exposé au soleil pour la dernière fois il y a deux ans. J'obtenais en général un hâle assez beau — une sorte de bronzage, si j'ai bonne mémoire.

Anthony, secoué de rire, se blottit dans les coussins.

— Elle t'a bien eu — oh ! Maury ! Maury, le rédempteur du Connecticut ! La noix muscade humaine ! Epatant ! une héritière enlevée par un garde-côte à cause de sa voluptueuse carnation ! Plus tard, on découvre un apport de sang tasmanien dans la famille !

Maury soupira. Il se leva, alla vers la fenêtre et souleva le store.

— Il neige dru.

Anthony, riant toujours tout bas, ne répondit pas.

— Encore un hiver !

La voix de Maury, venue de la fenêtre, sombrait presque dans un murmure.

— Nous vieillissons, Anthony. J'ai vingt-sept ans, pardieu ! Dans trois ans j'en aurai trente et alors je serai ce qu'un étudiant appelle un homme d'un certain âge.

Anthony garda un moment le silence.

— Tu *es* vieux, Maury, convint-il enfin. Tu donnes les premiers signes d'une sénescence très dissolue et branlante — tu as passé ton après-midi à parler de hâle et des jambes d'une demoiselle !

Maury tira le store avec un brusque claquement.

— Imbécile ! s'écria-t-il. Entendre cela, dans ta bouche ! Je suis assis là, jeune Anthony, tout comme j'y resterai assis encore une génération ou deux, à observer de joyeux compagnons comme toi, et Dick, et Gloria Gilbert qui passez devant moi, dansant, chantant, s'aimant et se détestant, et émus, éternellement émus. Et moi, seule m'émeut mon absence d'émotion. Je resterai assis, et la neige viendra — oh ! que n'y a-t-il un Caramel pour prendre des notes — et un autre hiver encore passera, et j'aurai trente ans, et toi et Dick et Gloria vous continuerez à vous laisser éternellement émouvoir et à danser près de moi, et à chanter. Mais après que vous aurez tous disparu, je prononcerai des mots que de nouveaux Dick écriront, et j'écouterai le récit des déceptions, des cynismes et des émotions de nouveaux Anthony — oui, et à des Gloria nouvelles, je parlerai du hâle des étés encore à venir.

Le feu crépitait dans l'âtre, Maury quitta la fenêtre, tisonna la braise et laissa tomber une bûche sur les chenets, puis il s'assit dans son fauteuil, et ce qui lui restait de voix se perdit dans la flamme nouvelle qui crachait du rouge et du jaune le long de l'écorce des bûches.

— Après tout, Anthony, c'est toi qui es très romanesque et jeune. C'est toi qui es infiniment plus susceptible et qui crains de voir ton calme troublé. C'est moi qui m'efforce, sans cesse, d'être ému — je me laisse aller un millier de fois, et je reste toujours moi-même. Rien ne me remue tout à fait — réellement.

— Pourtant, murmura-t-il après un autre long silence, il y avait dans cette petite fille, avec son hâle absurde, on ne sait quoi d'éternellement vieux — comme moi.

TURBULENCE.

Encore à moitié assoupi, Anthony se retourna dans son lit et salua une bande de soleil froid, sur sa courtepointe rayée en tous sens par les ombres de la persienne. Le matin emplissait la chambre. Le bahut sculpté dans un coin, l'armoire à robes ancienne et incrustable, se dressaient dans la pièce tels les sombres symboles de l'oubli inhérent à la matière. Seul le tapis était accueillant et périssable sous les pieds périssables d'Anthony, et Bounds, qui détonnait horriblement avec son col mou, semblait d'une substance aussi évanescente que la buée d'haleine glacée qu'il exhalait. Debout au chevet du lit, tenant encore abaissée la main avec laquelle il avait rabattu la couverture de dessus, il fixait ses yeux d'un brun sombre imperturbables sur son maître.

— Bows ! murmura le dieu ensommeillé. Chévous, Bows ?

— C'est moi, monsieur.

Anthony remua la tête, s'obligea à ouvrir tout grands les yeux et clignota des paupières, triomphalement.

— Bounds.

— Oui, monsieur.

— Pourriez-vous être libre...ya...aou... aou — ou, mon Dieu !

Anthony bâilla intolérablement et le contenu de son cerveau sembla se liquéfier dans une bouillie épaisse. Il fit un nouvel effort.

— Pourriez-vous passer ici vers quatre heures et servir du thé et quelques sandwiches ou autre chose ?

— Oui, monsieur.

Anthony réfléchit, avec une réfrigérante absence d'inspiration.

— Quelques sandwiches... répétait-il, désemparé, oh ! des sandwiches au fromage et d'autres à la gelée et du poulet, et des olives, je pense. Ne vous préoccupez pas du petit déjeuner.

Epuisé par cet effort d'imagination, il referma les yeux

avec lassitude, laissa sa tête rouler et reposer, inerte, et ne tarda pas à reperdre le contrôle imposé à ses muscles.

D'une crevasse de son esprit, surgit le fantôme vague mais inévitable de la nuit précédente — qui se révéla en l'occurrence n'être rien de plus qu'un entretien apparemment interminable avec Richard Caramel, venu le voir à minuit. Ensemble, ils avaient vidé quatre bouteilles de bière et grignoté des croûtons de pain sec, tandis qu'Anthony écoutait la lecture de la première partie de *L'Amant démoniaque.*

Et voilà qu'une voix s'élevait, au bout de plusieurs heures. Anthony l'ignora, pendant que le sommeil se refermait sur lui, l'enveloppait, s'insinuait dans les replis de sa conscience.

Tout à trac, il se trouva réveillé, en train de dire :

— Quoi ?

— Pour combien, monsieur ?

C'était toujours Bounds debout, patient et immobile au pied du lit — Bounds qui répartissait ses manières stylées entre trois messieurs.

— Combien de quoi ?

— Je crois, monsieur, qu'il vaudrait mieux que je sache combien de personnes doivent venir. J'ai besoin de faire mes calculs pour les sandwiches, monsieur.

— Deux, marmonna Anthony d'une voix enrouée. Une dame et un monsieur.

Bounds dit : « Merci, monsieur » et s'en fut, emportant avec lui son col mou humiliant, à la façon d'un blâme, d'un blâme à l'adresse des trois gentlemen qui ne réclamaient qu'un tiers de lui-même.

Au bout d'un long temps, Anthony se leva et enveloppa d'une robe de chambre opaline brune et bleue son corps mince et plaisant. Avec un dernier bâillement, il passa dans la salle de bains et, tournant le commutateur de la lampe sur sa table de toilette (la salle de bains n'avait pas de fenêtre sur l'extérieur), il se contempla dans le miroir, avec quelque intérêt. Une apparition misérable, se dit-il. Il pensait cela en général le matin — le sommeil donnait à son visage une pâleur anormale. Il alluma une cigarette et parcourut quelques lettres et la *Tribune* du jour.

Une heure plus tard, rasé et habillé, assis à son bureau, il examinait un petit bout de papier qu'il avait retiré de son portefeuille. Un griffonnage de notes illisibles. « Voir Mr Howland à cinq heures. Me faire couper les cheveux. M'occuper de la facture de River. Aller librairie. »

Et au-dessous de la dernière note : Prendre à la banque 690 dollars (effacé), 612 dollars (effacé), 107 dollars.

Enfin, tout au bas, un gribouillis hâtif : Dick et Gloria Gilbert au thé.

Ce dernier détail lui causa une satisfaction évidente. Sa journée, d'habitude une chose gélatineuse, informe, sans épine dorsale, avait atteint à une structure mésozoaire. Elle s'acheminait sûrement, même avec désinvolture, vers un point culminant, comme il convient à une pièce de théâtre, comme il convient à une journée. Il redoutait l'instant où l'armature du jour serait brisée, où il aurait enfin rencontré la jeune fille, lui aurait parlé, aurait reconduit son rire jusqu'à la porte en s'inclinant très bas, pour revenir vers le résidu mélancolique au fond des tasses de thé, et la coriacité croissante des sandwiches non mangés.

De plus en plus, les journées d'Anthony manquaient de couleur. Il s'en rendait compte et parfois en attribuait la cause à un entretien avec Maury Noble le mois précédent. Il était absurde qu'un sentiment aussi ingénu, aussi pédant que le sentiment de se gaspiller, l'accablât. Mais impossible de nier le fait que la survivance déplaisante d'un fétichisme l'avait attiré, trois semaines plus tôt, à la bibliothèque publique où, grâce à la carte de Richard Caramel, il avait emprunté une demi-douzaine d'ouvrages sur la Renaissance italienne. Ces livres restaient encore empilés sur son bureau dans l'ordre où ils avaient été apportés et le prix de leur abonnement s'augmentait chaque jour de douze cents, mais cela n'infirmait en rien leur témoignage. C'étaient les témoins, reliés en toile ou en maroquin, de sa défection. Anthony avait traversé plusieurs heures de panique aiguë et poignante.

Pour justifier son mode de vie, il y avait d'abord, évidemment, l'absurdité de la Vie. Acolytes et ministres, majordomes et laquais de ce grand khan, un million de volumes chatoyaient sur les rayons de sa bibliothèque. Il y avait en outre son appartement, et tout l'argent qui lui reviendrait le jour où le vieil homme en amont du fleuve se serait étouffé en débitant sa dernière sentence morale. Il serait heureusement délivré d'un monde où abondaient les menaces des débutantes et la stupidité de tant de Géraldine. Il devrait plutôt limiter l'immobilité féline de Maury et se targuer fièrement de la sagesse accumulée par des générations nombreuses.

Au-dessus de ces choses, en contraste avec elles, planait un élément que son esprit analysait sans cesse et traitait comme un ennuyeux complexe ; mais bien qu'il l'eût écarté logiquement et bravement foulé aux pieds, cet élément l'avait incité à sortir, à traverser la douce neige à demi fondue d'une fin de novembre, pour se rendre à une bibliothèque où ne se trouvait d'ailleurs aucun des ouvrages qu'il désirait le plus. Il convient d'analyser Anthony dans la mesure où il pouvait s'analyser lui-même. Dépasser cette limite serait, de toute évidence, présomptueux. Il constatait en lui une horreur croissante de la solitude. L'idée de prendre un repas seul l'effrayait. Il préférait souvent dîner avec des hommes qu'il détestait. Les voyages, autrefois d'un grand charme à ses yeux, lui semblaient à la longue insupportables — couleurs sans substance, chasse aux fantômes, poursuite de l'ombre de son propre rêve.

« Si je suis foncièrement faible, pensait-il, j'ai besoin d'un travail à faire, d'une tâche à accomplir. » Il éprouvait un malaise à se dire qu'il était après tout un être médiocre et facile, dénué du sens rassis de Maury et de l'enthousiasme de Dick. Ne rien désirer lui semblait tragique — et pourtant il aspirait à quelque chose — à quelque chose. Par éclairs, il entrevoyait ce que c'était : un sentier de l'espérance qui le mènerait vers ce qu'il pensait être une vieillesse éminente et sinistre.

Après des cocktails et un déjeuner au Club universitaire, Anthony se sentit mieux. Il était tombé sur deux anciens condisciples de Harvard, et par contraste avec la lourdeur terne de leur conversation, sa vie prit de la couleur. Tous deux étaient mariés. L'un passa l'heure de son café à esquisser une aventure extra-conjugale, sous les sourires niais et admiratifs de l'autre. Tous deux, pensa Anthony, figuraient Mr Gilbert en embryon ; il suffirait de quadrupler le nombre de leurs « oui » et d'ajouter vingt années pour aigrir leurs natures, et ils ne seraient rien de plus que des machines désuètes et démantibulées, armés d'une pseudo-sagesse, dénués de valeur et soignés jusqu'à la sénilité totale par les épouses qu'ils auraient brisées.

Ah ! il était plus que cela, tandis qu'il arpentait le long tapis du hall, après dîner, en s'arrêtant devant la fenêtre pour regarder dans la rue animée. Il était Anthony Patch, brillant, chargé de magnétisme, héritier de beaucoup d'années et d'une longue lignée d'hommes. Le monde, à présent, était à lui — et il avait en perspective cette dernière et forte ironie, à laquelle il aspirait.

Avec une ardeur puérile et vague, il se vit exerçant un pouvoir sur terre. L'argent de son grand-père lui permettrait de construire son propre piédestal, il ferait figure de Talleyrand, de lord Verulam. La lucidité de son esprit, sa sophistication, son intelligence versatile, toutes ces qualités une fois mûres et disciplinées en vue d'un but qu'il lui restait encore à découvrir, lui assigneraient une tâche. Mais, arrivé à ce point, son rêve s'évanouissait — une tâche à accomplir ! Il essaya de s'imaginer au Congrès, fouillant de son groin les immondices de cette incroyable bauge avec les philistins bornés et porcins qu'il voyait parfois portraiturés dans les roto-gravures des illustrés du dimanche. Ces prolétaires portés au pinacle et rabâchant stupidement à la nation les idées de leurs aînés sortis des grandes écoles ! De petits hommes, avec des ambitions d'écoliers, qui par la médiocrité avaient cru émerger de la médiocrité, pénétrer au paradis terne et sans romanesque d'un gouvernement démocratique ! Et l'élite, la poignée d'hommes au sommet, égoïstes et cyniques, se contentait de diriger ce chœur de cravates blanches et de boutons de col métalliques en un hymne discordant et stupéfiant, où se confondaient vaguement la richesse en tant que récompense de la vertu, et la richesse en tant que preuve de vice — le tout agrémenté de laudes perpétuelles, à la gloire de Dieu, de la Constitution et des montagnes Rocheuses !

Lord Verulam ! Talleyrand !

Une fois rentré dans son appartement, la morne grisaille l'assaillit à nouveau. L'effet de ses cocktails s'était dissipé et le laissait somnolent, l'esprit un peu nébuleux et maussade. Lord Verulam — lui ? Cette seule pensée était amère. Anthony Patch, sans aucune réussite à son actif, sans courage, trop faible pour se contenter de la vérité lorsqu'elle lui était donnée. Oh ! il n'était qu'un sot prétentieux, il rêvait à des carrières dans des cocktails, en entre-temps regrettait, timidement et en secret, l'effondrement d'un idéalisme insuffisant et malheureux. Il avait orné son âme, selon le goût le plus subtil, et à présent voilà qu'il aspirait aux vieilles imbécillités. Il se jugea vide, vide comme une vieille bouteille...

Le téléphone intérieur grésilla à la porte. Anthony bondit et porta le tube à son oreille. C'était la voix de Richard Caramel, affectée et facétieuse :

— J'annonce miss Gloria Gilbert.

LA BELLE DAME.

— Comment allez-vous ? dit-il avec un sourire et en ouvrant la porte.

Dick s'inclina.

— Gloria, je te présente Anthony.

— Bien ! s'écria-t-elle en tendant une petite main gantée.

Sous son manteau de fourrure, elle portait une robe d'un bleu particulier avec un bouillonné de dentelle blanche, raide, autour du cou.

— Laissez-moi vous débarrasser de vos affaires.

Anthony allongea les bras et la masse de fourrure brune y tomba.

— Merci.

— Que penses-tu d'elle, Anthony ? demanda Richard Caramel en vrai barbare. N'est-elle pas belle ?

— Eh bien ! s'écria la jeune fille d'un air de défi — d'ailleurs impassible.

Elle était éblouissante — lumineuse. Saisir sa beauté d'un seul regard vous suppliciait. Sa chevelure, pailletée de reflets adorables, tranchait gaiement sur les couleurs hivernales de la pièce.

Anthony s'affaira, tel un magicien, transformant la lampe champignon en une splendeur orangée. Le feu fraîchement tisonné avivait l'éclat des chenets de cuivre dans l'âtre.

— Je suis frigorifiée, murmura Gloria sur un ton indifférent, en regardant autour d'elle avec des yeux aux iris d'un blanc bleuâtre délicat, transparent. Quel beau feu ! Nous avons découvert un endroit où l'on pouvait se tenir comme qui dirait sur un gril à barreaux de fer, et des bouffées d'air chaud montaient vers nous — mais Dick n'a pas voulu attendre là-bas avec moi. Je lui ai dit de continuer seul et de me laisser être heureuse.

Assez conventionnel, tout ceci. Elle semblait parler pour son propre plaisir, sans effort. Assis à une des extrémités du sofa, Anthony examinait son profil découpé sur l'arrière-plan de la lampe ; l'exquise régularité du nez et de la lèvre supérieure, le menton, un peu volontaire, admirablement équilibré au-dessus d'un cou plutôt bref. Sur une photographie, sa beauté eût semblé peut-être tout à fait classique, presque froide — mais l'éclat de ses cheveux et de ses joues, à la fois empourprées et fragiles, faisait d'elle l'être le plus vivant qu'il eût jamais vu.

— Je trouve que vous portez le nom le plus réussi que j'aie jamais entendu, disait-elle, toujours comme si elle se parlait à elle-même.

Son regard l'effleura un instant, passa en éclair sur les appliques italiennes collées par intervalles le long des murs, comme des tortues jaunes lumineuses, s'arrêta sur les rangées de livres superposées, et enfin sur son cousin, à l'autre bout du sofa.

— Anthony Patch. Seulement, vous devriez plutôt avoir une tête chevaline, avec un long visage étroit — et puis vous devriez être en guenilles.

— Ça, c'est le côté Patch. Mais quel air devrait avoir Anthony ?

— Vous avez l'air d'Anthony, lui affirma-t-elle gravement — il se figurait qu'elle l'avait à peine vu —, assez majestueux, continua-t-elle, et solennel.

Anthony esquissa un sourire déconcerté.

— Seulement, j'aime les noms allitératifs, continua-t-elle, tous, sauf le mien. Le mien est trop flamboyant. Pourtant, j'ai connu deux filles qui s'appelaient Jinks, et imaginez-vous si elles auraient pu recevoir d'autres noms que ceux qu'elles portaient — Judy Jinks et Jerry Jinks ! C'est astucieux, pas ? Vous ne croyez pas ?

Sa bouche enfantine resta entrouverte, dans l'attente d'une réponse.

— Tout le monde, dans la prochaine génération, suggéra Dick, s'appellera Peter ou Barbara — parce qu'à présent tous les personnages de roman s'appellent Peter ou Barbara.

Anthony continua la prédiction.

— Bien entendu, Gladys et Eleanor, ayant revêtu de leur grâce la dernière génération d'héroïnes et battant présentement leur plein sur le plan mondain, seront refilées à la prochaine génération des vendeuses de magasin...

— Supplantant Ella et Stella, interrompit Dick.

— Et Pearl et Jewel, ajouta avec entrain Gloria, et Earl et Elmer et Minnie.

— Et alors, moi je viendrai, fit observer Dick, et ramassant ce nom périmé, Jewel, je l'attacherai à un personnage étrange et séduisant et il repartira pour une nouvelle carrière.

La voix de Gloria reprit le fil du sujet et l'entrelaça sur des notes un peu plus hautes, semi-humoristiques, à la fin des phrases — comme pour défier les interrupteurs — et des intervalles de vagues rires. Dick lui avait dit que le domestique d'Anthony se nommait Bounds. Elle trouvait cela merveilleux ! Dick, jouant sur le nom de Patch [1], fit un triste jeu de mots sur Bounds qui se livrait à un travail de « rapiéçage », mais elle déclara que s'il n'y avait rien de pire qu'un à-peu-près, c'était la personne qui, par un inévitable choc en retour, décochait à son auteur un regard chargé de reproche ironique.

— D'où êtes-vous originaire ? demanda Anthony.

Il le savait, mais la beauté lui brouillait les idées.

— Kansas City, Missouri.

— On l'a sortie au moment même où l'on interdisait les cigarettes.

— On a interdit les cigarettes ? Je reconnais la main de mon saint grand-père.

— C'est un réformateur ou quelque chose dans ce goût-là, pas ?

— J'en rougis pour lui.

— Moi aussi, avoua-t-elle. Je déteste les réformateurs, surtout la catégorie qui essaye de me réformer.

— Y en a-t-il beaucoup ?

— Des douzaines. C'est : « Oh ! Gloria, si vous ne fumiez pas tant de cigarettes ! vous allez gâter votre joli teint ! » Et : « Oh ! Gloria, pourquoi ne vous mariez-vous pas et ne vous rangez-vous pas ? »

Anthony approuva avec emphase, tout en se demandant qui pouvait avoir l'audace de parler ainsi à une personne aussi prestigieuse.

— Et puis, reprit-elle, il y a tous les réformateurs subtils qui vous racontent les histoires insensées qu'ils ont entendues sur vous et comment ils ont pris votre défense.

Il s'aperçut à la longue que ses yeux étaient gris, très calmes et froids, et lorsqu'ils se posèrent sur lui, il comprit ce que Maury avait voulu exprimer en disant qu'elle était à

1. En anglais, rapiéçage et aussi, mosaïque de tissus. (N.d.T.)

la fois très jeune et très âgée. Elle parlait toujours d'elle, comme eût pu le faire une enfant très charmante, et elle commentait ses goûts et ses antipathies de façon primesautière et sans affectation.

— Je dois avouer, fit gravement Anthony, que même *moi*, j'ai entendu quelque chose sur votre compte.

Aussitôt en alerte, elle se redressa. Ses yeux, qui avaient la grisaille et l'éternité d'un roc de granit tendre, rencontrèrent les siens.

— Racontez. Je le croirai. Je crois toujours tout ce que me raconte n'importe qui sur moi — pas vous ?

— Invariablement ! approuvèrent les deux hommes à l'unisson.

— Eh bien, dites-le-moi.

— Je ne suis pas sûr que je devrais, fit Anthony, taquin, en souriant malgré lui.

Elle était si manifestement intéressée, absorbée par elle-même à un degré presque risible.

— Il fait allusion à ton surnom, dit son cousin.

— Quel surnom ? demanda Anthony, poliment intrigué.

Aussitôt, elle fut prise de timidité, puis se mit à rire, se renversa en arrière dans les coussins et leva les yeux en disant :

— Gloria-célèbre-d'une-rive-à-l'autre. — Le rire faisait vibrer sa voix, un rire imprécis, comme les diverses ombres qui se jouaient entre le feu et la lampe, sur sa chevelure. — O miséricorde !

L'étonnement d'Anthony persistait.

— Que voulez-vous dire ?

— Je veux dire *moi*. C'est ce que quelques sots garçons ont forgé pour *moi*.

— Tu ne comprends pas, Anthony, expliqua Dick, c'est notre voyageuse nationale, et tout le bataclan. Ce n'est pas cela que tu avais entendu dire ? Elle porte ce sobriquet depuis des années — depuis ses dix-sept ans.

Les yeux d'Anthony se nuancèrent de tristesse et d'humour.

— Qui est ce Mathusalem féminin que tu as amené ici, Caramel ?

Elle ignora la remarque, en fut peut-être piquée, car elle revint au sujet principal.

— Qu'avez-vous entendu dire de moi ?

— Une remarque à propos de votre physique.

— Oh ! fit-elle, froidement désappointée, c'est tout ?

— Votre hâle.

— Mon hâle ? fit-elle intriguée.

Sa main se porta sur sa gorge, s'y attarda un instant comme si ses doigts palpaient des variations de couleur.

— Vous vous rappelez Maury Noble ? Quelqu'un que vous avez rencontré il y a un mois à peu près. Vous lui avez fait grande impression.

Elle réfléchit un instant.

— Je me rappelle — mais il ne m'a pas téléphoné.

— Il n'a pas osé, j'en suis sûr.

A présent il faisait nuit noire au-dehors, et Anthony s'étonnait que son appartement lui eût jamais semblé gris, tant les livres et les tableaux dégageaient une chaleur amicale, avec le brave Bounds surgi d'une ombre respectueuse pour offrir le thé, et les trois agréables personnes qui déchaînaient des vagues d'intérêt et de rire, au-dessus du feu joyeux.

MÉCONTENTEMENT.

Le jeudi après-midi, Gloria et Anthony prirent le thé ensemble au *grill-room* du *Plaza*. Elle portait un costume bordé de fourrure, gris « parce qu'avec du gris, on est *forcée* d'être très maquillée », expliqua-t-elle — et une petite toque crânement perchée sur sa tête laissait échapper des boucles blondes, en une splendeur désinvolte. A la lumière plus vive, il sembla à Anthony qu'une douceur beaucoup plus grande émanait de sa personne — elle paraissait si jeune, dix-huit ans à peine. Le fourreau collant dénommé jupe entravée laissait deviner ses formes étonnamment souples et minces, et ses mains, ni « artistes » ni grasses, étaient petites comme des mains d'enfant.

A leur entrée, l'orchestre faisait entendre les plaintes préludant à une matchiche, un claquement de castagnettes et des harmonies de violon faciles, un peu langoureuses, accordées au restaurant d'hiver bondé, plein d'étudiants surexcités que l'approche des vacances émoustillait. Avec soin, Gloria examina diverses places vacantes et (ce qui contraria un peu Anthony) le fit parader en rond jusqu'à une table pour deux, à l'autre bout de la salle. Une fois arrivée là, elle réfléchit de nouveau. S'assoirait-elle à droite ou à gauche ? Ses beaux yeux et ses lèvres étaient empreints de gravité lorsqu'elle fit son choix, et Anthony remarqua une fois de plus l'ingénuité de ses moindres gestes. Elle considérait toutes les choses de la vie comme sa propriété particulière, qu'elle pouvait choisir et distribuer à son gré ; on eût dit qu'elle prélevait sans cesse des cadeaux sur un comptoir inépuisable.

Distraitement, elle observa les danseurs quelques instants en murmurant des commentaires lorsqu'un couple refluait vers eux.

— Il y a une jolie fille en bleu — et comme Anthony regardait docilement : — là ! Non, derrière vous — là !

— Oui, concédait-il, décontenancé.

— Vous ne l'avez pas vue.

— Je préfère vous regarder, vous.

— Je sais, mais elle était jolie. Sauf qu'elle avait de grosses chevilles.

— Etait-elle... je veux dire, les avait-elle grosses ? demanda-t-il avec indifférence.

D'un couple qui dansait près d'eux fusa le salut d'une jeune fille.

— *Hello,* Gloria ! O Gloria !

— *Hello,* là-bas !

— Qui est-ce ? demanda-t-il.

— Je ne sais pas. Quelqu'un.

Elle aperçut un autre visage.

— *Hello,* Muriel !

Puis à Anthony :

— C'est Muriel Kane. Je la trouve séduisante, mais seulement pas très.

Anthony pouffa de rire, pour montrer qu'il appréciait la saillie.

— Séduisante, seulement pas très, répéta-t-il.

Elle sourit, aussitôt intéressée.

— Pourquoi était-ce drôle ?

Une note d'intensité pathétique vibrait dans sa voix.

— C'était drôle, et voilà.

— Avez-vous envie de danser ?

— Et vous ?

— Oui, un peu. Mais restons assis, décida-t-elle.

— Et parlons de vous ? Vous aimez parler de vous, n'est-ce pas ?

— Oui.

Surprise en flagrant délit de vanité, elle se prit à rire.

— J'imagine que votre autobiographie ressortirait au genre classique.

— Dick dit que je n'ai pas de biographie.

— Dick ! s'exclama-t-il. Que sait-il de vous ?

— Rien. Mais il dit que la biographie de toute femme

commence avec le premier baiser qui compte et s'achève lorsqu'on lui met entre les bras son dernier enfant.

— Il cite des phrases de son livre.

— Il dit que les femmes qui ne sont pas aimées n'ont pas de biographie — elles ont des histoires.

Anthony rit à nouveau.

— Sûrement, vous ne prétendez pas ne pas être aimée !

— Non, je suppose que non.

— Alors pourquoi n'avez-vous pas de biographie ? N'avez-vous jamais reçu un baiser qui compte ?

Tandis que ces mots s'échappaient de ses lèvres, il aspira vivement son souffle comme pour les retenir. *Ce bébé !*

— Je ne sais pas ce que vous appelez « compter », objecta-t-elle.

— Je voudrais que vous me disiez quel âge vous avez.

— Vingt-deux ans, répondit-elle, en affrontant gravement son regard. Quel âge me donniez-vous ?

— A peu près dix-huit ans.

— J'ai l'intention de m'en tenir à cet âge-là. Je n'aime pas avoir vingt-deux ans. Je déteste cela plus que tout au monde.

— Avoir vingt-deux ans ?

— Non. Vieillir et tout le reste. Me marier.

— Vous n'avez jamais envie de vous marier ?

— Je ne veux pas de responsabilités ni m'occuper d'un tas d'enfants.

De toute évidence, elle ne mettait pas en doute l'excellence de tout ce qui sortait de ses lèvres. Il attendit, un peu haletant, sa remarque suivante, supposant qu'elle se rattacherait à la dernière. Elle souriait, point amusée, mais gracieusement, et après un intervalle, une demi-douzaine de mots tombèrent dans l'espace qui les séparait.

— J'aurais bien voulu avoir des boules de gomme.

— Vous en aurez !

Il fit signe à un serveur et l'envoya au comptoir des cigares.

— Cela vous choque ? J'adore les boules de gomme. Tout le monde me taquine parce que je suis toujours en train d'en sucer une — quand mon papa n'est pas dans les parages.

— Pas du tout. — Qui sont tous ces enfants ? demanda-t-il tout à coup. Vous les connaissez tous ?

— Mais... non, mais ils viennent de... oh ! de partout, je suppose. Vous ne venez jamais ici ?

— Très rarement. Je n'aime pas beaucoup les « jeunes filles bien ».

Il retint aussitôt toute son attention. Elle tourna définitivement le dos aux danseurs, se détendit dans son fauteuil et demanda :

— Que *faites-vous* de vous-même ?

Grâce à un cocktail, Anthony fut content de la question. En verve d'éloquence, il voulait en outre impressionner cette jeune fille dont l'intérêt semblait — vrai supplice de Tantale — si fugace. Elle s'arrêtait pour butiner, dans des pâturages imprévus, se dépêchait de passer par-dessus toute évidence qui ne sautait pas aux yeux. Il éprouva le désir de poser. Il voulut lui apparaître soudain sous des couleurs nouvelles et héroïques, l'arracher à cette indifférence qu'elle témoignait à tout, sauf à elle-même.

— Je ne fais rien, commença-t-il — et en même temps il se rendit compte que ses paroles manqueraient de la grâce enjouée qu'il eût voulu leur insuffler. — Je ne fais rien, mais rien de ce que je pourrais faire n'en vaut la peine.

— Eh bien ?

Il ne l'avait pas plus surprise qu'intéressée ; pourtant, elle l'avait certainement compris, si tant est qu'il eût fait une réflexion digne d'être comprise.

— Vous approuvez les oisifs ?

Elle hocha la tête.

— Je pense que oui, s'ils le sont avec grâce. Est-ce possible pour un Américain ?

— Pourquoi pas ? demanda-t-il, déconfit.

Mais l'esprit de la jeune fille s'était déjà détourné du sujet et montait dix étages plus haut.

— Mon papa est furieux contre moi, fit-elle observer avec détachement.

— Pourquoi ? Mais je voudrais savoir pourquoi il est impossible à un Américain d'être gracieusement désœuvré. — Ses paroles eurent un accent convaincu. — Cela m'étonne. Cela... Cela... Je ne comprends pas pourquoi les gens pensent que tout jeune homme devrait aller au quartier des affaires et s'échiner dix heures par jour durant les vingt meilleures années de sa vie, à un travail morne et sans imagination, qui n'a certes aucun caractère altruiste.

Il s'interrompit. Elle l'observait d'un air inscrutable. Il attendait qu'elle approuvât ou désapprouvât, mais elle n'en fit rien.

— Vous ne formez jamais un jugement sur les choses ? demanda-t-il avec un peu d'exaspération.

Elle secoua la tête et ses yeux se portèrent à nouveau sur les danseurs tandis qu'elle répondait :

— Je ne sais pas. Je ne sais rien de ce que... vous devriez faire, ou n'importe qui devrait faire.

Elle le troublait et gênait le flux de ses idées. Jamais la faculté de s'exprimer ne lui avait semblé à la fois si désirable et si inaccessible.

— Ma foi, concéda-t-il, en s'excusant, moi non plus, bien sûr, mais...

— Je pense simplement aux gens, continua-t-elle, selon qu'ils semblent bien là où ils sont et s'adaptent au tableau. Peu m'importe qu'ils ne fassent rien. Je ne vois pas pourquoi ils feraient quelque chose ; je suis toujours étonnée que quelqu'un fasse quoi que ce soit.

— Vous n'avez envie de rien faire ?

— J'ai envie de dormir.

Une seconde, il fut saisi, presque comme si elle avait parlé au sens littéral.

— Dormir ?

— Comme qui dirait. Je voudrais être oisive et que certaines personnes autour de moi fassent des choses, parce que cela me donne un sentiment de confort et de sécurité, mais je veux que certaines d'entre elles ne fassent rien du tout, parce qu'elles peuvent être agréables et me tenir compagnie. Mais je ne désire jamais changer les gens et ne m'emballe jamais à leur propos.

Anthony se prit à rire :

— Vous êtes une étrange petite déterministe. Ce monde est à vous, n'est-ce pas ?

— Eh bien, dit-elle en levant vivement les yeux vers lui, n'est-ce pas ainsi ? Aussi longtemps que je suis... jeune...

Elle s'était arrêtée un instant avant le dernier mot, et Anthony soupçonna qu'elle avait failli dire « belle ». C'était incontestablement là sa pensée.

Ses yeux brillèrent et il attendit qu'elle développât ce thème. En tout cas, il l'avait fait sortir de sa coquille — il se pencha légèrement en avant pour saisir ses paroles.

Mais tout ce qu'elle dit fut : « Dansons ! »

ADMIRATION.

Cet après-midi d'hiver au *Plaza* marqua le début d'une suite de rendez-vous qu'Anthony eut avec elle, pendant les jours confus et stimulants qui précèdent Noël. Elle était toujours occupée. Il fut long à déterminer quel strate particulier de la vie mondaine de la ville la revendiquait. Cela ne semblait guère avoir d'importance. Elle assistait aux bals de bienfaisance semi-publics dans les grands hôtels ; il la vit plusieurs fois à des dîners au *Sherry's,* et une fois qu'il l'attendait pendant qu'elle s'habillait, Mrs Gilbert, commentant l'habitude de « sortir » de sa fille, dévida en babillant un stupéfiant programme de fêtes qui comprenait une demi-douzaine de sauteries pour lesquelles Anthony avait reçu des cartes.

Il prit rendez-vous avec elle plusieurs fois, pour des déjeuners ou des thés — les premiers étaient trop rapides, et, pour lui tout au moins, décevants, car elle avait les paupières lourdes de sommeil, l'air indifférent, incapable de se concentrer sur quoi que ce soit ou d'apporter une attention suivie aux remarques d'Anthony. Quand, après deux de ces mornes repas, il l'accusa de lui offrir le rebut de la journée, elle rit et lui fixa un rendez-vous au thé, à trois jours de là, qui fut infiniment plus satisfaisant.

Un dimanche après-midi, juste avant Noël, il alla la voir et la trouva pendant l'accalmie qui suit une querelle importante mais mystérieuse. Sur un ton de fureur et d'amusement mélangés, elle l'informa qu'elle venait de chasser un homme de son appartement — ici, Anthony se livra avec violence à des conjectures. Cet homme avait organisé un petit dîner en son honneur pour le soir même, et bien entendu elle n'irait pas. Ainsi donc, Anthony l'emmena souper.

— Allons quelque part ! proposa-t-elle tandis qu'ils descendaient par l'ascenseur. J'ai envie d'aller au spectacle — vous pas ?

Une enquête au bureau des théâtres de l'hôtel ne révéla que deux « concerts du dimanche ».

— Toujours les mêmes, gémit-elle, désolée, les mêmes vieux comédiens yiddish ! Oh ! allons quelque part !

Pour dissimuler le soupçon et le sentiment de culpabilité qu'il éprouvait en pensant qu'il aurait dû organiser un spectacle quelconque à sa convenance, Anthony affecta une gaieté compétente.

— Nous irons dans un bon cabaret.

— J'ai vu tous ceux de la ville.

— Eh bien, nous en découvrirons un nouveau.

De toute évidence, elle était d'humeur exécrable : ses yeux gris devenus du granit. Lorsqu'elle ne parlait pas, elle regardait droit devant elle, comme vers une abstraction hideuse, dans le hall de l'hôtel.

— Allons, venez.

Il la suivit, gracieuse même dans sa fourrure engonçante, la fit monter en taxi et de l'air de quelqu'un qui pense à un endroit défini, enjoignit au chauffeur d'aller à Broadway et de bifurquer ensuite vers le sud. Il tenta plusieurs fois d'engager la conversation mais, comme elle s'enveloppait dans une impénétrable armure de silence et lui répondait en phrases aussi moroses que la froide obscurité du taxi, il renonça et, pris d'une humeur semblable, tomba dans une vague tristesse.

Une douzaine de pâtés de maisons au bout de Broadway, le regard d'Anthony fut frappé par une grande enseigne électrique point familière, où s'inscrivait, en fulgurantes lettres jaunes, le nom *Marathon,* orné de feuillages et de fleurs électriques qui tour à tour disparaissaient et étincelaient dans la rue mouillée et scintillante. Il se pencha et tapa sur la glace du taxi, et au bout d'un instant recueillit les renseignements d'un portier de couleur. Oui, c'était un cabaret. Un cabaret épatant, l' meilleur spectacl' d'la ville.

— Voulez-vous qu'on essaye ?

Avec un soupir, Gloria jeta sa cigarette par la portière ouverte et s'apprêta à le suivre. Ils passèrent sous l'enseigne criarde, sous le large portail, et un ascenseur poussiéreux les hissa jusqu'à ce palais des plaisirs, non chanté par les poètes.

Les joyeux établissements que hantent les très riches et les très pauvres, les très fringants et les très criminels, sans parler des très bohèmes, depuis peu fréquentés, se signalent à l'attention des jeunes étudiants terrifiés d'Augusta, de Georgie et de Redwing, Minnesota, non seulement par les articles illustrés et exaltants des suppléments théâtraux du dimanche, mais à travers les yeux choqués et alarmés de Mr Rupert Hughes et d'autres chroniqueurs de la folle allure de l'Amérique. Mais les excursions de Harlem à Broadway, les diableries des gens ennuyeux et les ripailles des gens respectables, ne sont un sujet de connaissance ésotérique que pour les participants eux-mêmes.

Un « tuyau » circule — et dans cet endroit cité en connaissance de cause, rassemble les classes morales inférieures les samedis et dimanches soir — les petits bonshommes troublés, caricaturés dans les journaux comiques sous les noms du « Consommateur » ou du « Public ». Ils se sont assurés que le lieu offre trois avantages : il est bon marché ; il imite avec une sorte d'application camelotarde et mécanique les attractions scintillantes des grands cafés du quartier des théâtres, et — ceci surtout est important — c'est un établissement où ils peuvent emmener une « jeune fille convenable » — ce qui signifie, naturellement, que tout le monde est devenu également inoffensif, timide et inintéressant, par manque d'argent et d'imagination.

Là, le dimanche soir, se rassemblent les gens crédules, sentimentaux, mal payés, surmenés, aux occupations à traits d'union : teneurs-de-livres, vendeurs-de-billets, directeurs-de-bureaux, vendeurs et surtout employés — employés de l'express, de la poste, de l'épicerie, de la Bourse, de la Banque. Ils sont accompagnés de leurs femmes pathétiquement prétentieuses, pouffant de rire, gesticulant trop, qui prennent de l'embonpoint en même temps qu'eux, ne leur donnent pas trop d'enfants, et flottent, désemparées et insatisfaites, sur une mer incolore de corvées fastidieuses et d'espoirs brisés.

On donne à ces cabarets de pacotille des noms de cars pullman. Le *Marathon !* Pour eux, foin des comparaisons salaces empruntées au *Café de Paris !* C'est ici que leurs patrons dociles amènent leurs « femmes bien » dont les imaginations sevrées ne sont que trop enclines à croire que l'atmosphère est relativement gaie et hilare, et même un brin immorale. Voilà, c'est cela la vie ! Qui se soucie du lendemain ?

De malheureux abandonnés !

Une fois assis, Anthony et Gloria regardèrent autour d'eux. A la table voisine, un groupe de quatre personnes allait être rejoint par un groupe de trois — deux hommes et une jeune fille, évidemment en retard — et les manières de la jeune fille constituaient une étude de sociologie nationale. Elle rencontrait des hommes qu'elle ne connaissait pas — et elle posait désespérément. Par ses gestes, ses paroles et les imperceptibles battements de ses paupières, elle feignait d'appartenir à une classe un peu supérieure à celle avec laquelle elle se trouvait présentement en contact, une classe dont elle faisait partie un peu auparavant, et qu'elle réintégrerait bientôt — dans une ambiance plus sublime, plus rare. Elle était attifée avec un soin presque pénible, coiffée d'un chapeau démodé, couvert de violettes ni plus ni moins prétentieuses et artificielles qu'elle-même.

Fascinés, Anthony et Gloria regardèrent la jeune fille s'asseoir et chercher à donner l'impression d'une présence condescendante. Pour *moi,* disaient ses yeux, c'est en fait une expédition dans les bas quartiers, qui doit s'accompagner de rires railleurs et s'excuser à demi.

Et les autres femmes s'évertuaient passionnément à faire croire que bien qu'elles fussent dans l'assistance, elles n'en faisaient point partie. Ce n'était pas le genre d'endroit qu'elles fréquentaient d'habitude ; elles étaient entrées en passant, parce qu'il était dans les parages et d'accès commode. Chaque groupe de convives, dans le restaurant, produisait ce même effet... Qui savait à quoi s'en tenir ? Ils ne cessaient de changer de classe, tous tant qu'ils étaient — les femmes se mariaient souvent au-dessus de leur condition, les hommes arrivaient soudain à une magnifique opulence : un programme publicitaire suffisamment chargé, un cône de crème glacée céleste. Entre-temps, ils se réunissaient là pour manger, fermant les yeux sur les économies qui se traduisaient par les changements de nappes peu fréquents, la médiocrité des vedettes de cabaret, surtout par la négligence et la familiarité des serveurs. On était sûr qu'ils ne se laissaient pas éblouir par leurs clients. On s'attendait à les voir tout à coup s'attabler eux-mêmes.

— Trouvez-vous à redire à ceci ? demanda Anthony.

Un peu de chaleur passa sur le visage de Gloria et pour la première fois de la soirée, elle sourit.

— Je l'aime, dit-elle franchement.

Impossible de mettre en doute ses paroles. Ses yeux gris erraient de-ci de-là, somnolents, distraits ou en alerte, sur chaque groupe, passaient au suivant avec un plaisir non dissimulé, et Anthony remarquait les différentes valeurs de son profil, les expressions merveilleusement vivantes de sa bouche, l'authentique distinction du visage, de la forme et des manières qui faisait d'elle une fleur unique parmi une collection de bric-à-brac bon marché. En voyant son contentement, un sentiment de fierté affleura aux yeux d'Anthony, le suffoqua, fit palpiter ses nerfs et emplit sa gorge d'une émotion rauque et vibrante. Un silence se fit dans la salle. Les insouciants violons et saxophones, la plainte aiguë, grinçante d'un enfant près d'eux, la voix de la fille chapeautée de violettes à la table voisine, tout cela s'effaça lentement, recula et disparut comme des reflets d'ombre sur le parquet luisant — et eux deux, lui sembla-t-il, furent seuls, infiniment lointains et tranquilles. Sûrement, la fraîcheur des joues de Gloria était une projection arachnéenne, venue d'un pays aux nuances délicates et insoupçonnées ; sa main chatoyante sur la nappe maculée, un coquillage issu d'une mer lointaine, et turbulente et virginale...

L'illusion se rompit comme un écheveau de fils ; la salle s'ordonna autour de lui : voix, visages, mouvement ; l'éclat criard des lumières au-dessus de sa tête devint réel, sinistre ; la respiration commença de s'exhaler, le souffle lent qu'elle et lui aspiraient en même temps que cette docile centaine de gens, la palpitation des gorges, l'éternel jeu et l'intermède absurde, les mots et les phrases que l'on se jette et que l'on répète — tout cela le déchira, le rendit sensible à la suffocante pression de la vie —, et soudain et perçut la voix de Gloria, fraîche comme le rêve en suspens qu'il avait laissé derrière lui.

— Ma place est ici, murmura-t-elle. Je suis pareille à ces gens.

Un instant, cela sembla un paradoxe sardonique et superflu, lancé vers lui à travers l'infranchissable distance qu'elle créait autour d'elle. L'extase de Gloria avait augmenté — ses yeux se posaient sur un violoniste sémite qui balançait les épaules au rythme du fox-trot le plus langoureux de l'année :

Quelque chose... tombe,
Ring-a-ting-a-ling-a-ling,
Tout droit dans ton oreille...

De nouveau elle parla, du centre de cette aura d'illusions subtile qui lui appartenait en propre. Il en resta stupéfait.

Ce fut comme un blasphème dans la bouche d'un enfant.

— Je suis comme eux — comme des lanternes japonaises et du papier gaufré et la musique de cet orchestre.

— Vous êtes une jeune sotte ! insista-t-il avec violence.

Elle secoua sa tête blonde.

— Non. Je *suis* comme eux... Vous devriez voir... Vous ne me connaissez pas ! — Elle hésita et son regard revint vers lui, se posa brusquement sur le sien, comme surpris pour le moins de le voir là... — J'ai en moi une veine de ce que vous appelez la médiocrité. Je ne sais pas d'où je la tiens mais c'est... oh ! des choses comme celles-ci, et des couleurs voyantes, et une vulgarité criarde. Il me semble que ma place est ici. Ces gens pourraient m'apprécier et me considérer comme une des leurs, ces hommes tomberaient amoureux de moi et m'admireraient, alors que les gens intelligents que je fréquente se borneraient à m'analyser et à me dire que je suis comme ceci à cause de ceci, et comme cela à cause de cela.

Anthony, sur le moment, eut une envie furieuse de la peindre, de fixer son image *sur-le-champ,* telle qu'elle était, telle qu'elle ne pourrait jamais plus être, à mesure que passait chaque inexorable seconde.

— A quoi pensez-vous ? demanda-t-elle.

— Simplement que je ne suis pas un réaliste, dit-il.

Et il ajouta :

— Non, seul le romantique préserve les choses dignes d'être préservées.

Du fond de l'âme sophistiquée d'Anthony jaillit une compréhension, ni atavique, ni obscure, et même à peine physique — née du souvenir des rêveries romanesques de beaucoup de générations d'esprits. Tandis qu'elle parlait, le regardait et tournait la tête, elle l'émut comme jamais auparavant. Le fourreau qui contenait l'âme de Gloria prenait soudain une signification — c'était tout.

Elle était un soleil radieux, qui grandissait, rassemblait la lumière et l'emmagasinait — puis, après une éternité, répandait cette lumière dans un regard, un bout de phrase, vers cette partie de lui-même qui chérissait toute beauté et toute illusion.

3

Le connaisseur ès baisers

Depuis sa période estudiantine, où il publiait *Le Cramoisi de Harvard,* Richard Caramel avait eu le désir d'écrire. Mais une fois étudiant de quatrième et dernière année, il avait contracté la glorieuse illusion que certains hommes étaient marqués pour « servir » et, dans le vaste monde, devaient accomplir quelque vague et méritante action qui leur vaudrait soit une récompense éternelle, soit, à tout le moins, la satisfaction d'avoir œuvré pour le plus grand bien de la collectivité.

Cet esprit a longtemps bercé les collèges d'Amérique. Il commence à se manifester d'ordinaire, pendant les hésitations et les impressions faciles de la première année d'étudiant — parfois même dès l'école préparatoire. Des apôtres prospères, connus pour leur action sur les âmes sensibles, font le tour des universités ; ils effrayent les aimables esprits grégaires, émoussent l'intérêt et la curiosité intellectuelle qui sont le but de toute éducation, distillent une mystérieuse certitude de péché, en évoquant des crimes enfantins et la menace toujours présente de « la femme ». A ces conférences, les jeunes gens pervertis vont pour acclamer et plaisanter, et les timides pour avaler les pilules savoureuses qui seraient inoffensives si on les administrait à des femmes de fermiers et à de pieux commis de pharmacie, mais constituent un médicament plutôt dangereux pour ces « futurs meneurs d'hommes ».

Cette pieuvre était assez puissante pour enlacer dans ses tentacules sinueux Richard Caramel. L'année qui suivit l'obtention de son diplôme, elle l'entraîna dans les taudis de New York pour baguenauder parmi les Italiens effarés, en qualité de secrétaire d'une « Association de Secours des Jeunes Gens étrangers ». Il y travailla plus d'un an avant que la monotonie commençât à le lasser. Les étrangers ne cessaient d'affluer — Italiens, Polonais, Scandinaves, Tchèques, Arméniens —, tous avec les mêmes griefs, les mêmes visages exceptionnellement laids, et à peu près les mêmes odeurs, encore qu'il lui semblât qu'elles devenaient plus fortes et variées à mesure que les mois passaient. Ses conclusions sur l'opportunité de servir furent vagues, mais, en ce qui le concernait, brusques et décisives. N'importe quel aimable jeune homme, la tête bourdonnante à la pensée de la dernière croisade, pourrait accomplir autant que lui, avec ces épaves d'Europe — et l'heure était venue pour lui d'écrire.

Il avait vécu dans un Y.M.C.A. des bas quartiers mais, lorsqu'il renonça à la tâche de tirer de la farine un sac de son, il se transféra dans le quartier bourgeois de la ville et se mit aussitôt à travailler comme reporter de *The Sun*. Il conserva cette situation un an, écrivant en marge, à ses moments perdus, avec peu de succès, et un jour un incident malencontreux mit fin à sa carrière journalistique. Un après-midi de février, il fut chargé de rendre compte d'une parade de l'escadron A. Au lieu de cela, comme le temps était à la neige, il s'endormit devant un bon feu, et à son réveil rédigea une colonne sur le martèlement sourd des sabots de chevaux sur la neige. Sur quoi, il remit son article. Le lendemain matin, un exemplaire coché du journal fut envoyé au rédacteur en chef avec une note griffonnée : « Mettez à la porte le type qui a écrit ce papier. » Il s'avéra que l'escadron A avait également vu la menace de neige et remis la parade à un autre jour.

Une semaine plus tard, il commençait *L'Amant démoniaque*...

En janvier, le lundi entre les mois, le nez de Richard Caramel ne cessait d'être bleu, d'un bleu sardonique, qui suggérait vaguement des flammes léchant le corps d'un pécheur. Son livre était presque achevé, et à mesure qu'il se complétait, il semblait aussi croître en exigence, minait l'auteur, l'accablait, au point que Caramel marchait dans son ombre, hagard et subjugué. Il déversait ses espoirs, ses vantardises et ses indécisions, non seulement dans le gilet d'Anthony et de Maury, mais dans celui de toute personne qu'il pouvait décider à l'écouter. Il rendait visite à des éditeurs polis mais effarés, il discutait de son livre avec son vis-à-vis de hasard, au club Harvard ; Anthony affirma même qu'on l'avait découvert un dimanche soir, dissertant sur la transposition du chapitre II, avec un poinçonneur de billets aux goûts littéraires, dans les recoins mornes et glacés d'une station de métro à Harlem. La dernière en date de ses confidentes fut Mrs Gilbert, qui restait assise avec lui pendant des heures et passait alternativement du bilphisme à la littérature, en un intense feu croisé.

— Shakespeare était un bilphiste, lui affirma-t-elle à travers un sourire stéréotypé. Oh oui ! C'était un bilphiste ! La chose est prouvée.

Sur quoi Dick prit l'air un peu absent.

— Si on lit *Hamlet,* on ne peut pas ne pas s'en apercevoir.

— Ma foi, il... il vivait à une époque plus crédule... une époque plus religieuse.

Mais elle tenait à épuiser le sujet.

— Oh ! oui ; mais, vois-tu, le bilphisme n'est pas une religion. C'est la science de toutes les religions.

Elle lui sourit avec défi. C'était là le *bon mot*[1] qui résumait sa foi. Dans cette association de mots, quelque chose avait produit une impression si définitive sur son esprit que le seul fait de les énoncer primait toute obligation de les définir. Il est vraisemblable qu'elle eût accepté n'importe quelle idée gainée dans cette radieuse formule — qui peut-être n'en était pas une, mais la *reductio ad absurdum* de toutes les formules.

Ensuite, finalement, mais magnifiquement, venait le tour de Dick.

— Vous avez entendu parler du nouveau mouvement poétique. Non ? Eh bien, il s'agit d'une quantité de jeunes poètes qui rompent avec les vieilles formes et font œuvre très salutaire. Ma foi, ce que j'allais dire, c'est que mon livre va déclencher un nouveau mouvement dans la prose, une sorte de renaissance.

— J'en suis sûre, dit Mrs Gilbert, radieuse. J'en suis *sûre*. Je suis allée voir Jenny Martin, mardi dernier, la chiromancienne, tu sais, tout le monde est *fou* d'elle. Je lui ai dit que mon neveu avait entrepris un travail, et elle a dit qu'elle savait que je serais contente d'apprendre qu'il aurait un succès *extraordinaire*. Or, elle ne t'a jamais vu, ni entendu parler de toi — elle ignore même ton *nom*.

Ayant émis des sons confus pour exprimer son étonnement de ce surprenant phénomène, Dick d'un geste s'empara du sujet comme s'il était un sergent de ville

1. En français dans le texte.

arbitraire, et, pour ainsi dire, encouragea sa propre circulation.

— Je suis absorbé, tante Catherine, lui affirma-t-il, je le suis vraiment. Tous mes amis me blaguent — oh ! je perçois leur humour, et cela ne m'atteint pas. Je crois qu'on doit savoir accepter la raillerie. Mais j'ai une sorte de conviction, conclut-il lugubrement.

— Tu es une âme antique, je le dis toujours.

— Peut-être.

Dick en était au stade où il cessait la lutte et se soumettait. Il *devait* être une âme antique, se dit-il en bouffonnant ; si antique qu'elle était absolument pourrie. Néanmoins, la répétition de la phrase l'embarrassait un peu et lui faisait courir de désagréables frissons dans le dos. Il fit dévier l'entretien.

— Où est ma distinguée cousine Gloria ?

— Elle est en train de se démener quelque part, avec quelqu'un.

Dick prit un temps, réfléchit, puis, plissant son visage dans ce qui avait de toute évidence commencé comme un sourire mais s'achevait en un terrible froncement, fit une remarque.

— Je crois que mon ami Anthony Patch est amoureux d'elle.

Mrs Gilbert tressaillit, rayonna une demi-seconde trop tard et exhala son « Vraiment ? » sur le ton d'un chuchotement de détective de comédie.

— Je *crois*, dit gravement Dick. Elle est la première fille que j'aie vue aussi souvent avec lui.

— Mais bien entendu, dit Mrs Gilbert avec une insouciance appliquée, Gloria ne me prend jamais pour confidente. Elle est très secrète. Entre nous — elle se pencha avec précaution, de toute évidence décidée à ce que seuls le

Ciel et son neveu reçussent sa confession —, entre nous, j'aimerais la voir faire une fin.

Dick se leva et arpenta gravement le plancher — petit jeune homme actif, déjà replet, les mains enfoncées avec affectation dans ses poches gonflées.

— Je ne prétends pas avoir raison, notez bien, affirma-t-il aux gravures sur cuivre — très caractéristiques — de l'hôtel, qui lui souriaient respectablement en retour, d'un air minaudier. Je ne dis rien dont je voudrais que Gloria soit informée. Mais je crois qu'Anthony le fou s'intéresse à elle — terriblement. Il ne parle que d'elle. Chez toute autre personne, ce serait mauvais signe.

— Gloria est très jeune, commença avec empressement Mrs Gilbert.

Mais son neveu l'interrompit :

— Gloria serait une très jeune dinde de ne pas l'épouser. — Il s'arrêta et lui fit face, son visage ressemblait à une carte topographique de bataille, tout en lignes et en fossettes, crispé et porté à son maximum d'ardeur, comme pour compenser par sa sincérité l'indiscrétion de ses paroles — Gloria est une tête folle, tante Catherine. Elle est incontrôlable. Comment elle s'y prend, je l'ignore, mais elle a récolté récemment un assortiment des plus bizarres amis. Elle n'a pas l'air de s'en soucier. Et les hommes avec qui elle avait l'habitude de se montrer à New York étaient...

Il s'arrêta pour reprendre haleine.

— Oui-oui-oui, s'exclama Mrs Gilbert, avec une pâle tentative de dissimuler l'immense intérêt qu'elle prenait à l'écouter.

— Eh bien, poursuivit Richard Caramel gravement, voilà. Je veux dire que les hommes avec qui elle sortait et les gens avec qui elle se montrait autrefois appartenaient au-dessus du panier. A présent, ce n'est plus le cas.

Mrs Gilbert battit des paupières très rapidement — sa gorge trembla, s'enfla, demeura tendue un instant, et quand elle exhala son souffle, ses paroles déferlèrent en un torrent.

Elle le savait, gémit-elle en un murmure, oh ! oui, les mères s'aperçoivent de ces choses ! Mais qu'y pouvait-elle ? Il connaissait Gloria. Il avait assez vu Gloria pour savoir l'inanité d'essayer d'avoir raison d'elle. Gloria avait été tellement gâtée — d'une façon totale et insolite. Elle n'avait été sevrée qu'à trois ans, par exemple, alors qu'elle eût probablement pu mastiquer des bâtons. Peut-être — on ne sait jamais — était-ce cela qui avait donné à toute sa personnalité cette santé et cette *dureté ?* Et depuis l'âge de douze ans, elle avait été entourée de garçons — en troupes si compactes, oh ! si compactes qu'on ne pouvait même pas *bouger*. A seize ans, elle avait commencé à aller à des sauteries, à des écoles préparatoires, et puis il y avait eu les années de collège ; et partout où elle allait, des garçons, des garçons, des garçons. Au début, oh ! jusqu'à dix-huit ans, il y en avait eu tellement qu'aucun ne semblait importer plus que les autres, mais ensuite elle s'était mise à les distinguer.

Mrs Gilbert savait qu'il y avait eu toute une série d'amourettes étalées sur trois ans, peut-être une douzaine au total. Parfois il s'agissait d'étudiants, parfois frais émoulus de l'université — elles durèrent chacune environ quelques mois, avec de brèves diversions dans l'intervalle. Une ou deux fois, elles avaient duré plus longtemps et sa mère avait espéré qu'elle allait se fiancer, mais toujours un nouveau garçon survenait... un nouveau garçon...

Les hommes ? Oh ! elle les réduisait au désespoir, littéralement. Un seul avait conservé une sorte de dignité, et ç'avait été un simple gosse, le jeune Carter Kirby de Kansas City. Il avait eu la tête tellement tournée qu'un après-midi il avait pris le large, les voiles gonflées de vanité, et s'était embarqué pour l'Europe dès le lendemain avec son père. Les autres avaient été lamentables. Ils ne semblaient jamais discerner à quel moment elle se lassait d'eux, et Gloria était rarement méchante de propos délibéré. Ils ne cessaient de téléphoner, de lui écrire, d'essayer de la voir, faisaient de longues randonnées à sa poursuite, dans la région. Certains d'entre eux avaient fait leurs confidences à Mrs Gilbert, lui disant les larmes aux yeux qu'ils ne se consoleraient jamais d'avoir perdu Gloria... Deux d'entre eux au moins s'étaient d'ailleurs mariés depuis... Mais Gloria, semblait-il, ne voulait pas manquer sa proie — jusqu'à ce jour, Mr Carstains lui rendait visite une fois par semaine et lui envoyait des fleurs qu'elle ne prenait même plus la peine de refuser.

A plusieurs reprises, au moins deux fois, Mrs Gilbert savait qu'on en était venu jusqu'à des fiançailles privées — avec Tudor Baird et ce jeune Holcome de Pasadena. Elle en était certaine parce que — ceci bien entendu devait rester entre eux —, en entrant à l'improviste, elle avait trouvé Gloria dans une attitude, enfin, de fiancée, vraiment. Elle n'avait pas parlé à sa fille, bien sûr. Elle avait un certain sentiment de délicatesse et en outre, chaque fois, elle s'était attendue à l'annonce imminente des fiançailles. Mais l'annonce ne venait jamais ; en revanche, survenait un nouvel homme.

Et des scènes ! Des jeunes gens arpentant la bibliothèque tels des tigres en cage ! Des jeunes gens sc lançant des regards furibonds dans le vestibule, quand l'un entrait et l'autre partait ! Des jeunes gens téléphonant et voyant avec désespoir qu'elle raccrochait ! Des jeunes gens menaçant de s'expatrier en Amérique du Sud... Des jeunes gens écrivant les lettres les plus pathétiques ! (Bien qu'elle ne dît rien à ce propos, Dick supposa que Mrs Gilbert avait vu de ses yeux quelques-unes de ces lettres.)

... Et Gloria, partagée entre les larmes et le rire, désolée, heureuse, amoureuse et désenamourée, malheureuse, nerveuse, froide, dans un grand brouhaha de cadeaux retournés, substituant des portraits dans des cadres immémoriaux, et bains chauds — et tout recommençait avec le prétendant suivant.

Cet état de choses continuait, prenait un air de permanence. Puis, un jour, coup de tonnerre dans un ciel bleu, elle informa sa mère que les étudiants l'assommaient. Elle ne voulait absolument plus aller à des sauteries de collège.

Ainsi avait commencé le « changement » non point tant de ses habitudes, car elle dansait et avait autant de rendez-vous que toujours — mais c'étaient des rendez-vous pris dans un esprit différent. Autrefois, ç'avait été une sorte de fierté, il s'agissait de sa gloriole personnelle... Elle avait été probablement la jeune beauté la plus fêtée et recherchée de la région. Gloria Gilbert de Kansas City. Elle s'en était grisée, délectée, impitoyablement, jouissant des foules autour d'elle, et de la manière dont les hommes les plus désirables la distinguaient ; jouissant de la violente jalousie des autres jeunes filles ; jouissant des rumeurs fabuleuses, pour ne pas dire scandaleuses et, sa mère était heureuse de l'ajouter, tout à fait infondées, à son sujet — par exemple, qu'elle s'était jetée un soir dans la piscine de Yale, dans une robe du soir en chiffon.

Et voilà qu'après avoir aimé tout cela avec une vanité presque masculine — comme une sorte de carrière éblouissante et triomphale — elle y devenait soudain indifférente. Elle se retirait. Elle qui avait donné d'innombrables réunions, qui s'était épanouie dans un sillon de parfums à travers tant de salles de bal, pour recevoir le tendre tribut de nombreux regards, elle semblait ne plus s'en soucier. Quiconque, à présent, s'éprenait d'elle, se voyait repoussé, presque avec colère. Elle sortait distraitement avec les hommes les plus indifférents. Elle annulait sans cesse ses rendez-vous, non comme autrefois avec la froide conviction d'être irréprochable, et que l'homme insulté reviendrait comme un animal domestique — mais avec indifférence, sans dédain ni orgueil. Elle ne s'emportait plus contre les hommes — elle leur bâillait au nez. Il semblait et c'était si étrange — il semblait à sa mère qu'elle devenait froide.

Richard Caramel écoutait. Au début, il était resté debout ; mais à mesure que le discours de sa tante prenait plus d'ampleur — nous le rapportons ici émondé de moitié, de toutes sortes de références adventices à la jeunesse de l'âme de Gloria et à la détresse mentale de Mrs Gilbert —, il tira une chaise et écouta posément tandis qu'elle flottait entre des larmes et un plaintif désarroi, au fil de la longue histoire de la vie de Gloria. Quand elle en vint au récit de cette dernière année, un récit de mégots de cigarettes semés dans tout New York, dans de petits cendriers portant « Les Folies de minuit » et « Le Petit Club de Justine Johnson », il se mit à hocher la tête, lentement puis de plus en plus vite, jusqu'à ce que, tandis que Mrs Gilbert achevait sur une note *staccato,* il branlât du chef absurdement, comme la tête à fil de fer d'une marionnette en un geste qui exprimait à peu près n'importe quoi.

En un sens, le passé de Gloria était pour lui une vieille histoire. Il l'avait suivi avec les yeux d'un journaliste, car il se proposait d'écrire quelque jour un livre sur elle. Mais pour l'instant, son intérêt présentait un caractère familial. Il voulait savoir en particulier qui était ce Joseph Bloeckman qu'il avait vu plusieurs fois avec elle, et ces deux filles dont elle faisait couramment sa société, « cette » Rachel Jerryl et « cette » miss Kane — de toute évidence miss Kane n'était pas le genre de personne que l'on eût associée avec Gloria !

Mais le moment était passé. Mrs Gilbert, après s'être

élevée jusqu'aux hauteurs d'un exposé des faits, s'apprêtait à glisser promptement le long de la piste de ski de la prostration. Ses yeux étaient un ciel bleu vu à travers deux fenêtres rondes, rouges. Les commissures de ses lèvres tremblaient.

A ce moment, la porte s'ouvrit, laissant passer dans la pièce Gloria et les deux personnes susmentionnées.

DEUX JEUNES FEMMES.

— Eh bien !

— Comment allez-vous, Mrs Gilbert ?

Miss Kane et miss Jerryll sont présentées à Mr Richard Caramel. « Voici Dick » (*rires*).

— J'ai tellement entendu parler de vous, dit miss Kane d'une voix intermédiaire entre un ricanement et un cri.

— Bonjour, dit miss Jerryll timidement.

Richard Caramel essaie d'évoluer comme s'il était mieux bâti. Il est déchiré entre sa cordialité innée et le fait qu'il considère ces jeunes filles comme plutôt communes — pas du tout le type sorti du pensionnat de Farmover.

Gloria a disparu dans sa chambre à coucher.

— Asseyez-vous donc, dit, rayonnante, Mrs Gilbert, qui s'est tout à fait ressaisie. Débarrassez-vous de vos affaires.

Dick a peur qu'elle ne fasse une remarque sur l'âge qu'a son âme, mais il oublie ses affres, en complétant l'examen consciencieux, digne d'un romancier, auquel il soumet ces deux jeunes femmes.

Muriel Kane était née dans une famille d'Est-Orange qui s'élevait sur le plan social. Plutôt courtaude que petite, elle oscillait audacieusement entre l'embonpoint et l'obésité. Ses cheveux noirs étaient coiffés avec une minutie compliquée. Ceci, joint à ses jolis yeux un peu bovins et ses lèvres trop rouges, la faisait ressembler à Theda Bara, la célèbre artiste de cinéma. Les gens lui disaient sans cesse qu'elle était une femme fatale et elle le croyait. Elle soupçonnait et espérait qu'ils avaient peur d'elle, et s'appliquait en toutes circonstances à donner une impression de danger. Un homme doué d'imagination eût vu la muleta rouge qu'elle portait toujours avec elle et agitait frénétiquement, comme une imploration — et hélas ! sans résultats spectaculaires. Elle était en outre extraordinairement à la page ; elle connaissait les dernières chansons en vogue, toutes sans exception. En jouait-on une sur le phonographe, elle se levait et trémoussait ses épaules en faisant claquer ses doigts, et s'il n'y avait pas de musique, elle s'accompagnait en fredonnant.

Sa conversation aussi était à la page : « Je ne m'en fais pas, disait-elle ; si je devais me faire du mauvais sang, je perdrais ma ligne », et encore : « Je ne peux pas retenir mes pieds quand j'entends cet air. O mon bébé ! »

Ses ongles étaient trop longs et manucurés, polis jusqu'à devenir d'un rose artificiel, paludéen. Ses vêtements trop collants, trop à la mode, trop voyants, ses yeux trop provocants, son sourire trop « sainte nitouche » lui donnaient un air d'outrance presque lamentable, de la tête aux pieds.

L'autre jeune fille — une juive exquisement habillée, aux cheveux noirs et à la séduisante pâleur lactée — présentait de toute évidence une personnalité plus subtile. Elle semblait timide et vague, et ces deux qualités accentuaient le charme assez délicat qui émanait d'elle. Sa famille était « épiscopalienne », possédait trois élégants magasins d'articles féminins le long de la Cinquième Avenue et habitait un magnifique appartement à Riverside Drive. Au bout de quelques instants, Dick eut l'impression qu'elle s'appliquait à imiter Gloria — il se demanda pourquoi les gens choisissent invariablement d'imiter les gens inimitables.

— Nous avons vécu des moments très mouvementés ! s'écria Muriel avec enthousiasme. Il y avait derrière nous, dans le bus, une folle. Elle était absolument, positivement toquée ! Elle ne cessait de parler toute seule de quelque chose qu'elle avait envie de faire à quelqu'un, ou je ne sais quoi. J'étais pétrifiée, mais Gloria a tout simplement refusé de descendre.

Mrs Gilbert ouvrit la bouche, dûment sidérée.

— Vraiment ?

— Oh ! elle était piquée. Mais elle ne nous a pas fait de mal. Laide ! Miséricorde ! L'homme assis en face de nous a dit que son visage aurait dû être celui d'une garde de nuit dans un foyer pour aveugles, et nous nous sommes toutes *tordues* de rire, naturellement, et l'homme a essayé de nous lever.

A ce moment, Gloria émergea de sa chambre à coucher et tous les regards se tournèrent vers elle. Les deux jeunes filles s'effacèrent dans un arrière-plan ombreux — inaperçues et ne manquant à personne.

— Nous parlions de toi, dit vivement Dick, ta mère et moi.

— Eh bien ? dit Gloria.

Un silence, Muriel se tourna vers Dick.

— Vous êtes un grand écrivain, n'est-ce pas ?

— Je suis écrivain, avoua-t-il docilement.

— Je dis toujours, fit Muriel sur un ton grave, que si jamais j'avais le temps d'écrire toutes mes expériences, je ferais un livre merveilleux.

Rachel eut un petit rire de sympathie. Le salut de Richard Caramel fut presque majestueux. Muriel continua :

— Mais je ne sais pas comment vous pouvez vous asseoir

et faire cela. Et la poésie ! Seigneur, je ne peux pas arriver à faire rimer deux vers ! Tant pis, je ne vais pas m'en faire !

Richard Caramel eut peine à réprimer un éclat de rire. Gloria mâchonnait une énorme boule de gomme et regardait par la fenêtre d'un air maussade. Mrs Gilbert s'éclaircissait la voix et rayonnait.

— Mais vous voyez, dit-elle, en une sorte d'exposé universel, vous n'êtes pas une âme antique — comme Richard.

L'âme antique poussa un soupir de soulagement — enfin, ça y était !

Alors, comme si elle y réfléchissait depuis cinq minutes, Gloria annonça tout à coup :

— Je vais organiser une petite réunion.

— Oh ! puis-je venir ? s'écria Muriel avec une audace facétieuse.

— Un dîner, sept convives. Muriel et Rachel et moi, et toi Dick, et Anthony, et ce garçon nommé Noble — il m'a plu — et Bloeckman.

Muriel et Rachel entrèrent dans de douces et ronronnantes transes d'enthousiasme. Mrs Gilbert clignota des yeux et rayonna. D'un air détaché, Dick intervint, avec une question :

— Qui est ce type, Bloeckman, Gloria ?

Flairant une vague hostilité, Gloria se tourna vers lui.

— Joseph Bloeckman ? C'est l'homme du cinéma. Vice-président des « Films par excellence ». Lui et père travaillent beaucoup ensemble.

— Ah ?

— Eh bien, viendrez-vous tous ?

Ils viendraient tous. Un jour de la semaine fut fixé. Dick se leva, ajusta son chapeau, son paletot et son cache-col et distribua un sourire général.

— Au revoir, dit Muriel en agitant gaiement la main. Téléphonez-moi donc un jour.

Richard Caramel rougit pour elle.

DÉPLORABLE FIN DU CHEVALIER O'KEEFE.

C'était lundi et Anthony emmena Géraldine Burke déjeuner aux Beaux-Arts. Après quoi ils montèrent à l'appartement d'Anthony et il poussa la petite table roulante qui contenait sa provision de liqueur, choisit du vermouth, du gin et de l'absinthe comme stimulants appropriés.

Géraldine Burke, ouvreuse chez Keith, avait été un passe-temps de plusieurs mois. Elle était si peu exigeante qu'il l'aimait bien, car depuis sa lamentable histoire avec une débutante l'été précédent, où il avait découvert qu'au bout d'une douzaine de baisers on s'attendait à une demande en mariage, il se méfiait des jeunes filles de sa propre classe. Il n'était que trop facile de regarder d'un œil critique leurs imperfections, une certaine dureté physique, ou une absence générale de délicatesse personnelle — mais une fille qui était ouvreuse chez Keith, on l'approchait avec une attitude différente. On pouvait tolérer chez un valet familier des traits qui seraient impardonnables chez une simple connaissance de votre propre niveau social.

Géraldine, blottie au pied du divan, le considérait de ses yeux étroits et bridés.

— Tu bois tout le temps, pas ? dit-elle tout à trac.

— Ma foi, je suppose, fit Anthony, un peu surpris. Toi pas ?

— Non. Je vais à des réunions parfois, tu sais, à peu près une fois par semaine, mais je ne prends que deux ou trois verres. Toi et tes amis, vous ne cessez de boire tout le temps. M'est avis que vous détruisez votre santé.

Anthony fut quelque peu touché.

— Ce que tu es gentille de t'inquiéter de moi !

— Oui, je m'inquiète.

— Je ne bois pas tellement, déclara-t-il. Le mois dernier, je n'ai pas touché à une goutte pendant trois semaines. Et je ne suis vraiment soûl qu'une fois par semaine.

— Mais tu as quelque chose à boire tous les jours, et tu n'as que vingt-cinq ans. N'as-tu donc aucune ambition ? Penses-tu à ce que tu seras à quarante ans ?

— Je crois sincèrement que je ne vivrai pas jusque-là.

Elle fit claquer sa langue contre ses dents.

— Tu es cinglé ! dit-elle, tandis qu'il mélangeait un nouveau cocktail.

Puis :

— Es-tu parent d'Adam Patch ?

— Oui, c'est mon grand-père.

— Vrai ?

Elle était manifestement très impressionnée.

— Absolument.

— C'est drôle. Mon papa a travaillé pour lui. Est-il gentil ? demanda-t-elle.

— Ma foi, dans la vie privée, il est rare qu'il se montre désagréable sans motif.

— Parle-nous de lui.

— Ma foi — Anthony réfléchit —, il est tout ratatiné et il garde les vestiges d'une chevelure grise qui semble toujours ébouriffée par le vent. Il est très moral.

— Il a fait beaucoup de bien, dit Géraldine avec une gravité intense.

— Des blagues ! railla Anthony. C'est un âne dévot — un cerveau de poulet.

La pensée de Géraldine se détourna du sujet et voleta plus loin.

— Pourquoi ne vis-tu pas avec lui ?

— Pourquoi je ne prends pas pension dans une cure méthodiste ?

— Tu es cinglé !

De nouveau, elle fit entendre un petit claquement marquant sa désapprobation. Anthony songea combien cette petite épave était imbue de morale, au fond de son cœur — combien complètement morale elle continuerait à être après la vague inévitable qui l'emporterait loin des sables de la respectabilité.

— Tu le détestes ?

— Je me le demande. Je ne l'ai jamais aimé. On n'aime jamais ceux à qui l'on a des obligations.

— Est-ce qu'il te déteste ?

— Ma chère Géraldine, protesta Anthony avec un froncement humoristique des sourcils, reprends donc un autre cocktail. Je l'agace. Si je fume une cigarette, il entre dans sa chambre en reniflant. C'est un pédant, un raseur, et un peu un hypocrite. Je ne t'en dirais probablement pas tant si je n'avais vidé quelques verres, mais je ne suppose pas que cela importe.

L'intérêt de Géraldine persistait. Elle tenait son verre, sans y toucher, entre le pouce et l'index et regardait Anthony avec des yeux où brillait un peu d'effroi.

— Qu'entends-tu par hypocrite ?

— Eh bien, dit Anthony, impatienté, peut-être n'en est-il pas un. Mais il n'aime pas les choses que j'aime et par là, en ce qui me concerne, il n'est pas intéressant.

— Hum !

Sa curiosité semblait enfin satisfaite. Elle se laissa retomber sur le sofa et sirota son cocktail.

— Tu es un drôle de corps, fit-elle observer pensivement. Est-ce que tout le monde cherche à t'épouser parce que ton grand-père est riche ?

— Non, mais je ne les blâmerais pas si elles essayaient. D'ailleurs, tu sais, je ne compte pas me marier jamais.

Elle traita ces paroles par le mépris.

— Tu tomberas amoureux un jour. Oh ! si, je le sais.

Elle hocha la tête d'un air sagace.

— Ce serait idiot d'avoir trop de confiance. C'est ce qui a perdu le chevalier O'Keefe.

— Qui est-ce ?

— Une créature issue de mon esprit splendide. C'est ma propre création, le Chevalier.

— Cinglé ! murmura-t-elle agréablement, faisant usage de la grossière échelle de corde grâce à laquelle elle jetait un pont sur tous les trous de la conversation et grimpait pour rejoindre ceux qui la dépassaient mentalement. Dans son subconscient, elle avait le sentiment d'abolir ainsi les distances et de ramener à sa portée la personne dont l'imagination la dépassait.

— Oh non ! objecta Anthony, oh non ! Géraldine. Tu ne dois pas jouer à l'aliéniste à propos du Chevalier. Si tu te sens incapable de le comprendre, je n'en parlerai pas. D'ailleurs, j'éprouverais une certaine gêne, à cause de sa fâcheuse réputation.

— J'ai idée que je puis comprendre tout ce qui a un brin de sens commun, répondit Géraldine avec un peu d'entêtement.

— En ce cas, divers épisodes de la vie du Chevalier peuvent se révéler divertissants.

— Eh bien ?

— C'est sa fin prématurée qui m'a fait penser à lui et qui m'a suggéré l'opportunité de l'évoquer au cours de notre conversation. Je déteste le présenter en commençant par la fin, mais il semble inévitable que le Chevalier doive s'introduire à reculons dans ta vie.

— Eh bien quoi, alors ? Il est mort ?

— Oui, il est mort ! Voici comment. C'était un Irlandais, Géraldine, un Irlandais à moitié légendaire — le genre déréglé avec un accent du terroir distingué, et des cheveux roussâtres. Exilé d'Erin aux derniers temps de la chevalerie, il se rendit naturellement en France. Or, le chevalier O'Keefe, Géraldine, avait une faiblesse comme moi. Il était extraordinairement sensible à toutes les femmes et de toutes les conditions. Outre sa sentimentalité, c'était un romantique, un fat, un homme aux passions violentes, un peu aveugle d'un œil et l'autre œil complètement frappé de cécité. Or, un mâle errant à travers le monde dans cet état est aussi désarmé qu'un lion édenté et, en conséquence, le Chevalier fut affreusement tourmenté, pendant vingt ans, par une série de femmes qui le haïrent, se servirent de lui, l'ennuyèrent, l'exaspérèrent, le lassèrent, dépensèrent son argent, le bernèrent — bref, ainsi va le monde, l'aimèrent.

« C'était fâcheux, Géraldine, et comme le Chevalier, à part cette unique faiblesse, était un homme à l'esprit pénétrant, il décida d'échapper une fois pour toutes à ces vers rongeurs. A cet effet, il se rendit à un très fameux monastère de Champagne qui s'appelait — ma foi, de façon anachronique, Saint-Voltaire. La règle, à Saint-Voltaire, interdisait à tout moine de descendre au rez-de-chaussée du monastère, aussi longtemps qu'il vivrait, et lui enjoignait de rester en prière et dans la contemplation en l'une des quatre tours qu'on appelait, selon les quatre commandements de la règle du monastère : Pauvreté, Chasteté, Obéissance et Silence.

« Quand vint le jour qui devait voir les adieux du Chevalier au monde, il connut un bonheur sans mélange. Il donna tous ses livres grecs à sa logeuse, envoya son épée dans un fourreau d'or au roi de France, et remit tous ses souvenirs d'Irlande au jeune huguenot qui vendait du poisson dans la rue où il habitait.

« Sur quoi, il chevaucha jusqu'à Saint-Voltaire, tua sa monture à la porte et offrit la carcasse au cuisinier du cloître.

« A cinq heures, ce soir-là, il se sentit pour la première fois libre — à jamais affranchi du sexe. Aucune femme ne pouvait entrer au monastère ; aucun moine descendre plus bas que le second étage. Aussi, lorsqu'il grimpa l'escalier en colimaçon conduisant à sa cellule tout en haut de la tour de Chasteté, il s'arrêta un instant devant une fenêtre ouverte qui donnait sur une rue, à cinquante pieds en contrebas. Tout était si beau, pensait-il, ce monde qu'il allait quitter, l'averse d'or du soleil frappant les longues prairies, les rameaux fleuris des arbres au loin, les vignobles, calmes et verts, qui s'étendaient à deux lieues devant lui. Il s'accouda sur le rebord de la fenêtre et contempla la route sinueuse.

« Or, le hasard voulut que Thérèse, une jeune paysanne de seize ans d'un village voisin, traversât à ce moment cette même route qui passait devant le monastère. Cinq minutes plus tôt, le bout de ruban qui maintenait son bas sur sa jolie jambe gauche s'était usé et rompu. Fille d'une rare modestie, elle avait pensé attendre d'être arrivée chez elle pour le réparer, mais cela la gêna tellement qu'elle sentit qu'elle ne pouvait le supporter plus longtemps. En longeant la tour de Chasteté, elle s'arrêta donc, et avec un geste gracieux souleva sa jupe — le moins possible, disons-le à son honneur — pour rajuster sa jarretière.

« Au sommet de la tour, le dernier arrivant dans l'antique monastère de Saint-Voltaire, comme poussé par une main géante et irrésistible, se pencha par la fenêtre. Il se courba, toujours plus en avant, et soudain l'une des pierres se descella sous son poids, se détacha du ciment avec un bruit sourd et poudreux, et — d'abord le chef en avant, puis tête-bêche, finalement en une vaste et impressionnante culbute — le chevalier O'Keefe tomba, vers la dure terre et la damnation éternelle.

« L'événement bouleversa Thérèse au point qu'elle courut d'une traite jusque chez elle et, durant dix ans, passa chaque jour une heure en secrète prière pour l'âme du moine dont le cou et les vœux furent simultanément rompus en ce malencontreux après-midi dominical.

« Et le chevalier O'Keefe, soupçonné de suicide, ne fut point enterré en terre consacrée, mais enfoui dans un champ voisin où sans nul doute il améliora la qualité du sol durant plusieurs années ultérieures. Telle fut la fin prématurée d'un très brave et vaillant gentilhomme. Qu'en penses-tu, Géraldine ? »

Mais Géraldine, qui depuis longtemps avait perdu le fil, agita son index vers lui et répéta son mot qui aplanissait tout, expliquait tout :

— Cinglé, dit-elle, tu es cinglé !

Elle trouva que son visage étroit était bienveillant, et ses yeux pleins de douceur. Il lui plaisait parce qu'il était arrogant sans être fat et parce que, à la différence des hommes qu'elle rencontrait dans les parages du théâtre, il avait horreur de se faire remarquer. Quelle histoire bizarre, sans queue ni tête ! Mais elle avait goûté le passage relatif au bas.

Après le cinquième cocktail il l'embrassa et, entre des rires, des caresses badines et une flambée de passion à moitié réprimée, ils passèrent une heure. A quatre heures trente elle invoqua un engagement et, allant dans la salle de bains où elle arrangea ses cheveux. Refusant de lui laisser commander un taxi, elle s'arrêta un moment sur le seuil.

— Oui, tu te marieras, insista-t-elle, attends et tu verras.

Anthony jouait avec une vieille balle de tennis, et il la fit rebondir soigneusement plusieurs fois sur le parquet avant de répondre avec un soupçon d'aigreur :

— Tu es une petite sotte, Géraldine.

Elle lui décocha un sourire provocant.

— Ah, vraiment ? Veux-tu parier ?

— Ce serait également idiot.

— Ah, vraiment ? Bien, je parierai simplement que tu épouseras quelqu'un dans le courant de l'année.

Anthony fit rebondir la balle de tennis très fort. Il était en beauté ce jour-là, pensa-t-elle ; une sorte d'intensité remplaçait la mélancolie dans ses yeux sombres.

— Géraldine, dit-il enfin, d'abord il n'y a personne que je désire épouser ; ensuite, je n'ai pas assez d'argent pour faire vivre deux personnes ; troisièmement, je suis tout à fait opposé au mariage pour les gens de mon type ; quatrièmement, le seul fait d'envisager abstraitement cette éventualité me répugne.

Mais Géraldine se borna à plisser les yeux d'un air sagace, fit entendre son claquement et déclara qu'elle devait partir. Il se faisait tard.

— Téléphone-moi bientôt, lui rappela-t-elle en l'embrassant pour lui dire au revoir ; tu es resté trois semaines sans le faire, tu sais.

— Je n'y manquerai pas, promit-il avec ferveur.

Il ferma la porte, et, revenant dans la pièce, resta un instant absorbé dans ses pensées, la balle de tennis encore serrée au creux de sa main. Un de ces instants où l'assaillait le sentiment de sa solitude, où il parcourait les rues ou restait assis, désœuvré et déprimé, à mordre un crayon, à son bureau. C'était une absorption sans réconfort, un besoin d'expression sans exutoire, un sentiment de la fuite du temps, incessante et gaspilleuse, atténué seulement par la certitude qu'il n'y avait rien à gaspiller parce que tous les efforts et toutes les réussites étaient également vains.

Il pensa avec émotion — tout haut, car il se sentait blessé et troublé :

— *Pas question* que je me marie, pardieu !

Soudain il jeta violemment la balle de tennis à travers la pièce où elle manqua de justesse la lampe et, après avoir rebondi çà et là pendant un moment, elle s'immobilisa sur le plancher.

ENSEIGNES LUMINEUSES ET CLAIR DE LUNE.

Pour son dîner, Gloria avait retenu une table aux *Cascades du Biltmore* et, lorsque les hommes se rencontrèrent dans le vestibule extérieur un peu après huit heures, « Cet individu, Bloeckman » fut le point de mire de six yeux masculins. C'était un Israélite d'environ trente-cinq ans au teint coloré, avec un soupçon d'embonpoint, le visage expressif sous des cheveux lisses couleur de sable, et sans nul doute, dans la plupart des réunions d'affaires, sa personnalité eût semblé insinuante. Il se dirigea à petits pas vers les trois jeunes gens ses cadets, qui formaient un groupe, debout et fumant, en attendant leur hôtesse, et il se présenta avec un peu trop d'assurance — néanmoins, on peut se demander s'il perçut l'impression de vague et ironique froideur qu'on cherchait à lui donner. Rien dans son attitude ne marqua le coup.

— Parent d'Adam J. Patch ? demanda-t-il à Anthony en lâchant deux minces volutes de fumée par ses narines trop larges.

Anthony en convint, avec l'ombre d'un sourire.

— C'est un homme remarquable, déclara Bloeckman avec force. Un beau type d'Américain.

— Oui, concéda Anthony, certainement.

Je déteste ces hommes qui ne sont « pas à point », pensa-t-il froidement. Il a l'air bouilli ! Il faudrait le remettre au four ; rien qu'une minute suffirait.

Bloeckman loucha vers sa montre.

— ... Serait temps que ces jeunes filles arrivent.

Anthony attendit, retenant son souffle. La suite attendue vint :

— ... Mais — avec un large sourire — vous savez comment sont les femmes.

Les trois jeunes gens approuvèrent de la tête. Bloeckman jeta un regard autour de lui, ses yeux s'arrêtèrent d'un air de critique sur le plafond puis s'abaissèrent. Son expression combinait celle d'un fermier du Middle-West appréciant sa récolte de blé et celle d'un acteur se demandant si on l'observe — l'attitude en public de tout bon Américain. Son examen une fois achevé, il se retourna vivement vers le trio réticent, décidé à les atteindre en plein cœur.

— Vous sortez de l'université ?... Harvard, hein ? Je vois que les gars de Princeton vous ont battus au hockey.

L'infortuné. Il avait fait une nouvelle gaffe. Depuis trois ans qu'ils avaient quitté l'université, ils ne suivaient plus que les grands matches de football. Quoi qu'il en soit, après que sa saillie eut manqué le but, on peut se demander si Bloeckman perçut qu'une atmosphère cynique l'environnait car...

Gloria arriva. Muriel arriva. Rachel arriva. Après un rapide « *Hello,* vous autres ! » prononcé par Gloria et repris en écho par ses deux compagnes, toutes trois s'engouffrèrent au vestiaire.

Un instant plus tard, Muriel apparut, dans une tenue méticuleusement déshabillée, et se glissa vers eux. Elle était dans son élément : sa chevelure d'ébène tirée en arrière, ses yeux artificiellement assombris : elle exhalait un parfum insistant. Elle essayait de son mieux de jouer les sirènes, ou plus populairement les femmes fatales — une de ces femmes qui distinguent puis rejettent les hommes, qui jouent avec les cœurs, sans scrupule et sans se laisser émouvoir. Quelque chose dans l'inanité de sa tentative fascina d'emblée Maury — une femme aux larges hanches affectant une souplesse de panthère ! Pendant qu'ils attendaient trois minutes supplémentaires pour Gloria, et, par politesse, pour Rachel, il fut incapable de détacher les yeux d'elle. Elle détournait la tête, abaissait ses cils et se mordait la lèvre inférieure dans une stupéfiante exhibition de feinte réserve. Ou bien elle posait ses mains sur ses hanches et se balançait au rythme de la musique, en disant :

— Avez-vous jamais entendu un *ragtime* aussi parfait ? Je n'arrive pas à faire tenir mes épaules tranquilles quand j'entends cela.

Mr Bloeckman battit des mains galamment.

— Vous devriez être sur la scène.

— J'aimerais bien ! s'écria Muriel. Me soutiendrez-vous ?

— Je n'y manquerai pas.

Avec une modestie seyante, Muriel cessa ses mouvements et se tourna vers Maury, pour lui demander ce qu'il avait « vu » cette année. Il interpréta la question comme une référence au monde dramatique, et il y eut entre eux un échange de titres, gai et exaltant, dans le genre suivant :

MURIEL : Avez-vous vu *Peg de mon cœur ?*

MAURY : Non, je ne l'ai pas vu.

MURIEL, *avec fougue :* C'est merveilleux ! Il faut que vous le voyiez.

MAURY : Avez-vous vu *Omar, le fabricant de tentes ?*

MURIEL : Non, mais on me dit que c'est merveilleux. Je

tiens beaucoup à le voir. Avez-vous vu : *Blonde et plus chaude ?*

MAURY, *avec espoir :* Oui.

MURIEL : Je ne pense pas que ce soit très bon. C'est un navet.

MAURY, *faiblement :* Oui, c'est vrai.

MURIEL : Mais j'ai été à *Dans le cadre de la loi* hier soir et j'ai trouvé cela épatant. Avez-vous vu *Le Petit Café ?*

Ceci continua jusqu'à ce qu'ils fussent à court de pièces. Dick, entre-temps, se tourna vers Mr Bloeckman, décidé à extraire tout l'or possible de ce bloc peu prometteur.

— J'entends dire que tous les nouveaux romans, à peine parus, sont vendus au cinéma.

— C'est exact. Bien sûr, le principal dans un film, c'est une intrigue bien charpentée.

— Oui, je suppose.

— Tant de romans sont pleins de conversations et de psychologie. Naturellement, ils ne valent rien pour nous. Impossible de rendre cela très intéressant à l'écran.

— Vous voulez surtout des intrigues, dit Richard avec brio.

— Certes. D'abord des intrigues...

Il s'arrêta, détourna le regard. Son silence, s'étendit, engloba les autres, avec toute l'autorité d'un doigt avertisseur. Gloria, suivie de Rachel, sortait du vestiaire.

Parmi d'autres révélations, il se révéla pendant le dîner que Joseph Bloeckman ne dansait jamais, et passait les instants où la musique jouait à observer les autres avec l'indulgence ennuyée d'un adulte parmi des enfants. C'était un homme digne et fier. Né à Munich, il avait commencé sa carrière américaine en vendant des cacahuètes, avec un cirque ambulant. A dix-huit ans, il faisait le boniment pour des parades de saltimbanques ; plus tard, il fut directeur du spectacle et, peu après, propriétaire d'une scène de vaudeville de second ordre. Juste au moment où le cinéma avait dépassé le stade de simple curiosité et devenait une industrie d'avenir, c'était un jeune homme ambitieux de vingt-six ans, avec quelque argent à placer, de dévorantes ambitions financières et une bonne connaissance pratique des spectacles populaires. Cela se passait neuf ans auparavant. L'industrie du cinéma l'avait porté avec elle dans son ascension, alors qu'elle rejetait des douzaines de gens doués de plus de capacités financières, plus d'imagination et d'idées pratiques... et, à présent, assis là, il contemplait l'immortelle Gloria pour qui le jeune Stuart Holcome était allé de New York à Pasadena — il l'observait et savait que tout à l'heure elle cesserait de danser et viendrait s'asseoir à sa gauche.

Il espérait qu'elle se dépêcherait. Les huîtres attendaient déjà depuis quelques minutes.

Entre-temps, Anthony, qui avait été placé à la gauche de Gloria, dansait avec elle, toujours sur un certain carré de plancher. Ceci, s'il y avait eu des fêtards solitaires, eût constitué un délicat hommage à la jeune fille, signifiant : « Le diable vous emporte, ne vous avisez pas d'intervenir ! » Il affectait, très consciemment, un pied d'intimité.

— Vraiment, dit-il en abaissant les yeux sur elle, vous êtes exquise, ce soir.

Elle croisa son regard par-dessus le demi-pied horizontal qui les séparait.

— Merci, Anthony.

— En fait, vous êtes d'une beauté qui donne du malaise, ajouta-t-il.

Cette fois, il n'y eut pas de sourire.

— Et vous, très charmant.

— N'est-ce pas gentil ? — Il se prit à rire. — Chacun de nous approuve l'autre.

— Ce n'est pas votre cas, d'habitude ?

Elle avait vivement réagi, comme toujours devant toute allusion inexpliquée à sa personne, même vague.

Il baissa la voix et lorsqu'il parla, elle ne contenait plus qu'une ombre de badinage :

— Un prêtre approuve-t-il le pape ?

— Je l'ignore — mais c'est probablement le compliment le plus nébuleux que j'aie jamais reçu.

— Peut-être pourrais-je débiter quelques lieux communs ?

— Je ne voudrais pas que vous vous surmeniez. Regardez Muriel. Là, tout à côté de nous.

Il jeta un coup d'œil par-dessus son épaule. Muriel appuyait sa joue luisante contre le revers du smoking de Maury Noble et son bras gauche poudré enlaçait la tête du jeune homme. On se demandait malgré soi pourquoi elle hésitait à lui saisir la nuque, de la main. Ses prunelles, tournées vers le plafond, se révulsaient et reparaissaient tour à tour ; ses hanches ondulaient, et tout en dansant elle ne cessait de fredonner doucement. Cela semblait au début une traduction du chant dans une langue étrangère, mais se révéla bientôt comme une tentative de combler le rythme de la chanson avec les seules paroles qu'elle connût — les mots du titre :

C'est un chiffonnier,
Un chiffonnier,
Un homme qui ramasse des ragtimes,
Ramasseur de chiffes, chiffes, chiffes, chiffes,
rag-pick, pick, pick

et ainsi de suite, pour en faire des phrases encore plus étranges et barbares. Lorsqu'elle surprit les regards amusés d'Anthony et de Gloria, elle ne leur répondit que par un faible sourire et en fermant à moitié les yeux, pour indiquer que la musique, en pénétrant son âme, l'avait jetée dans une transe extasiée et extrêmement captivante.

La musique prit fin et ils regagnèrent leur table, dont l'occupant solitaire mais digne se leva et offrit à chacun d'eux un sourire si prévenant que ce fut comme s'il leur serrait les mains et les félicitait d'une brillante performance.

— Bloeckhead ne veut jamais danser ! Je crois qu'il a une jambe de bois ! fit remarquer Gloria à la table en général.

Les trois jeunes gens sursautèrent et le gentleman en question eut une visible grimace de douleur.

C'était le seul point pénible dans les rapports de Bloeckman avec Gloria. Elle se livrait à d'impitoyables calembours sur son nom. D'abord ç'avait été « Bloc-us », puis plus tard le désobligeant « Blockhead »[1]. Il avait sollicité, avec un accent de forte ironie sous-jacente, qu'elle fît usage de son prénom, et elle avait docilement obtempéré plusieurs fois — pour retomber à nouveau, impuissante, contrite, mais fondue en rires, à son « Blockhead ».

C'était une chose très triste et inconsidérée.

— Je crains que Mr Bloeckman ne pense que nous sommes des personnes bien frivoles, soupira Muriel, en agitant une huître en équilibre, dans sa direction.

— Il en a l'air, murmura Rachel.

Anthony essaya de se rappeler si elle avait rien dit auparavant. Il pensa que non. C'était sa première remarque.

Mr Bloeckman soudain s'éclaircit la gorge et dit à voix haute et distincte :

— Au contraire. Quand un homme parle, il ne fait qu'exprimer la tradition. Il a au moins quelques millénaires

1. Lourdaud, tête de bois. (N.d.T.)

derrière lui. Mais la femme, elle, est le mystérieux porte-parole de la postérité.

Dans le silence abasourdi qui suivit cette étonnante réflexion, Anthony s'étrangla tout à coup sur une huître et porta vivement sa serviette à son visage. Rachel et Muriel eurent un rire assourdi mais un peu étonné, auquel Dick et Maury firent chorus. Tous deux, le visage empourpré, avaient manifestement peine à réprimer leur hilarité.

Grands dieux ! pensa Anthony. C'est un sous-titre d'un de ses films ! Cet homme l'aura appris par cœur !

Seule Gloria resta muette. Elle fixa sur Mr Bloeckman un regard chargé de blâme silencieux.

— Eh bien, miséricorde ! Où êtes-vous allé pêcher tout cela ? dit-elle enfin.

Bloeckman la regarda, incertain de ses intentions. Au bout d'un instant il recouvra son sang-froid et eut le sourire vide et consciemment indulgent d'un intellectuel égaré parmi des blancs-becs gâtés et sans expérience.

Le potage monta de la cuisine, mais en même temps le chef d'orchestre remonta du bar où il avait absorbé le tonique contenu dans une *seidel* de bière. On laissa donc le potage refroidir pendant l'exécution d'une ballade intitulée : *Vous trouvez tout à votre foyer — sauf votre femme !*

Vint le champagne, et la réunion prit une tournure plus divertissante. Les hommes, sauf Richard Caramel, buvaient à discrétion. Les femmes sirotèrent chacune un verre. Rachel Jerryl ne toucha pas au sien. Ils demeurèrent assis pendant les valses mais dansèrent le reste du temps — sauf Gloria qui, au bout d'un moment, sembla fatiguée et préféra rester attablée à fumer ; le regard tantôt indolent, tantôt vague, selon qu'elle écoutait Bloeckman ou suivait des yeux une jolie femme parmi les danseuses. A plusieurs reprises, Anthony se demanda ce que Bloeckman lui disait.

Il mâchonnait son cigare, et s'était détendu, après dîner, au point de faire des gestes violents.

Quand sonnèrent dix heures, Gloria et Anthony commençaient à danser. Dès qu'ils furent hors de portée de voix de la table, elle dit tout bas :

— Menez-moi en dansant jusqu'à la porte. Je voudrais descendre au *drugstore.*

Docile, Anthony l'entraîna à travers la cohue, dans la direction indiquée. Une fois dans le vestibule, elle le quitta un instant pour reparaître, son manteau sur le bras.

— Je veux des boules de gomme, dit-elle sur un ton de contrition humoristique. J'ai envie de me ronger les ongles et je le ferai si je n'ai pas tout de suite des boules de gomme !

Elle soupira et reprit, dans l'ascenseur vide :

— Je ne fais que les ronger depuis ce matin, il me faut ces boules ! J'ai les nerfs en boule ! Excusez ce détestable jeu de mots — il n'était pas voulu —, les mots se sont combinés tout seuls. Gloria Gilbert, le numéro comique !...

Arrivés au rez-de-chaussée, ils évitèrent d'un air candide le comptoir de confiserie de l'hôtel, descendirent le large escalier de la façade et, après avoir traversé plusieurs corridors, ils finirent par découvrir un *drugstore* à la « Grand Central Station ». Gloria se livra à une inspection minutieuse du rayon de parfumerie, et fit son achat. Ensuite, d'un commun accord tacite, ils s'engagèrent en flânant bras dessus bras dessous, non dans la direction d'où ils venaient, mais dans la 43e Rue.

Le dégel faisait palpiter la nuit, le temps était presque tiède et une brise soufflant très bas sur le trottoir apporta à Anthony la vision d'un printemps inespéré, parfumé de jacinthes. Là-haut, dans le ciel bleu oblong, autour d'eux, dans la caresse des bouffées d'air, l'illusion d'une saison nouvelle les réconfortait, après l'atmosphère chargée d'haleines qu'ils venaient de quitter — et durant un instant fugitif, les rumeurs de la circulation et le murmure de l'eau dans le caniveau semblèrent un prolongement fictif et raréfié de cette musique aux sons de laquelle ils dansaient un peu plus tôt. Quand Anthony parla, ses paroles jaillirent avec assurance, du fond d'on ne sait quoi de haletant et d'avide que la nuit avait fait éclore dans leurs cœurs.

— Prenons un taxi et promenons-nous un peu, suggéra-t-il sans la regarder.

O Gloria, Gloria !

Un fiacre vide et béant attendait à un carrefour. Tandis qu'il s'ébranlait, tel un navire sur un océan tout en labyrinthes, et se perdait parmi les masses nocturnes estompées des immeubles, parmi les appels et les bruits des klaxons, tantôt amortis, tantôt stridents. Anthony enlaça du bras la jeune fille, l'attira vers lui et baisa sa bouche humide, enfantine.

Elle resta silencieuse et tourna vers lui son visage pâle sous les mouchetures et les taches de lumière qui filtraient comme un clair de lune à travers le feuillage. Les yeux de Gloria étaient un ondoiement chatoyant, dans le lac blanc de son visage ; les ombres de sa chevelure ourlaient son front, l'embuaient d'une obscurité impressionnante, un peu distante. A coup sûr, il n'y avait point là d'amour, ni la trace d'aucun amour. Sa beauté était froide comme cette brise humide, comme la douceur inerte de ses lèvres.

— Vous êtes un vrai cygne dans la nuit... murmura-t-il au bout d'un moment.

Il y eut des silences aussi murmurants que du bruit. Il y eut des pauses où tout semblait sur le point de se briser à jamais et qui ne pouvaient être rejetées à l'oubli que par l'étreinte resserrée du bras d'Anthony autour de la jeune fille et le sentiment qu'elle reposait là comme une plume légère, captive, lancée à la dérive dans les ténèbres. Il rit, en silence, avec exultation, levant la tête et la détournant de sa compagne, un peu dans un irrésistible élan de triomphe, un peu par crainte qu'à sa vue elle ne perdît de la splendide impassibilité de son expression. Quel baiser ! — une fleur pressée contre le visage, impossible à décrire, à peine possible à évoquer, comme si sa beauté dégageait des émanations de sa personne qui se posaient, fugaces et déjà évanescentes, sur le cœur d'Anthony.

... Les immeubles se brouillèrent en ombres confuses. A présent, on était à Central Park et, au bout d'un long moment, le grand fantôme blanc du Metropolitan Museum défila majestueusement devant eux, répondant par un écho sonore au bruit du fiacre.

O Gloria ! Gloria !

Les yeux de Gloria semblaient le regarder, du fond des millénaires. Toute émotion qu'elle eût pu ressentir, toute parole qu'elle eût pu prononcer, eussent semblé déplacées, comparées à l'harmonie de son silence ; inéloquentes, devant l'éloquence de sa beauté — et de son corps tout près de lui, mince et frais.

— Dites-lui de rebrousser chemin, murmura-t-elle, et de nous ramener aussi vite que possible.

Là-haut, dans la salle du souper, il faisait chaud. La table, couverte de serviettes et de cendriers, semblait déjà défraîchie. Ils entrèrent pendant un intervalle entre les danses, et Muriel Kane leva les yeux d'un air extraordinairement malicieux.

— Eh bien, *où* avez-vous été ?

— Téléphoner à mère, dit froidement Gloria. Je le lui avais promis. Avons-nous manqué une danse ?

Alors se produisit un incident qui, mince en soi, donna à Anthony matière à réflexion, bien des années plus tard.

Joseph Bloeckman, se rencoignant dans son fauteuil, le fixa des yeux avec une expression singulière où se mêlaient curieusement et inextricablement diverses émotions. Il ne salua pas Gloria, sauf en se levant pour l'accueillir, et recommença aussitôt à discuter avec Richard Caramel, de l'influence de la littérature sur le cinéma.

MAGIE.

Le grand miracle imprévu de la nuit se dissipa avec la mort lente des dernières étoiles et l'apparition prématurée des premiers crieurs de journaux. Heure où la flamme se contracte pour devenir un feu lointain et platonique, où le fer a perdu son incandescence et la braise son ardeur.

Le long des rayons de la bibliothèque qui tapissaient une vaste paroi, se glissa un froid et insolent pinceau de lumière solaire ; il effleura avec une désapprobation glaciale Thérèse de France et Anne la Superfemme, Jenny du Ballet oriental et Zuleika la conjuratrice d'esprits, et Hoosier Cora — puis, descendant à un niveau inférieur et à des siècles plus reculés, il se posa avec pitié sur les ombres trop souvent évoquées d'Hélène, de Thaïs et de Cléopâtre.

Anthony, rasé et baigné, assis dans son fauteuil le mieux capitonné, observa ce jeu de lumières, jusqu'à ce que, avec le lever graduel du soleil, le rayon scintillât un instant sur les bords soyeux du tapis — et s'éteignit.

Dix heures sonnaient. Le *Sunday Times*, éparpillé aux pieds d'Anthony, proclamait par ses rotogravures et son éditorial, ses indiscrétions mondiales et sa page de sport, que le monde avait été extrêmement occupé, durant la semaine passée, à avancer vers un but merveilleux, encore qu'assez imprécis. Pour sa part, Anthony avait été une fois chez son grand-père, deux fois chez son agent de change et trois fois chez son tailleur — et la veille, au cours de la dernière heure de la semaine, il avait embrassé une fille très belle et très charmante.

A son retour chez lui, son imagination bouillonnait de rêves exaltés, inhabituels. Soudain aucune question ne se posait plus dans son esprit, aucun problème éternel ne requérait une solution et une résolution. Il venait de goûter une émotion qui n'était ni mentale ni physique, ni un mélange des deux et, pour l'instant, l'amour de la vie l'absorbait à l'exclusion de tout le reste. Il acceptait que cette expérience demeurât isolée et unique.

Avec un détachement presque impersonnel, il s'était convaincu qu'aucune femme rencontrée jusqu'alors ne pouvait soutenir à aucun point de vue la comparaison avec Gloria. Elle était profondément elle-même, infiniment sincère — de cela il ne doutait pas. A côté d'elle, les deux douzaines d'écolières et de débutantes, de jeunes femmes mariées et d'épaves de la vie qu'il avait connues n'étaient que des *femelles* au sens le plus méprisant du mot, des procréatrices et des génitrices, exsudant encore cette atmosphère vaguement odoriférante de caverne primitive et de chambre d'enfants.

Pour autant qu'il en pouvait juger, elle ne s'était jamais pliée à ses volontés, pas plus qu'elle n'avait flatté sa vanité — sauf que le plaisir qu'elle marquait en sa compagnie était une caresse. En fait, rien ne l'autorisait à croire qu'elle lui avait accordé plus qu'aux autres. C'était dans l'ordre. L'idée d'une liaison résultant de cette soirée eût semblé aussi étrangère que répugnante. Et elle avait renié et enterré l'incident, en débitant avec assurance une contrevérité. Ils étaient deux jeunes gens assez imaginatifs pour distinguer entre un jeu et la réalité — et par le détachement même avec lequel ils se rencontraient et passaient outre, ils se proclamaient invulnérables.

Arrivé à cette conclusion, il alla au téléphone et appela le *Plaza Hotel.*

Gloria était sortie. Sa mère ignorait où elle était allée et l'heure de son retour.

A ce moment se révéla la première erreur commise en l'occurrence. Il y avait un élément d'insensibilité, voire d'indécence, dans l'absence de Gloria. Il soupçonna qu'en sortant, elle avait voulu l'intriguer, pour le mettre en fâcheuse posture. A son retour, elle trouverait son nom, et sourirait. Très discrètement ! Il aurait dû attendre quelques heures afin de bien marquer l'indifférence totale avec laquelle il considérait l'incident. Quelle gaffe stupide ! Elle penserait qu'il se croyait particulièrement favorisé. Elle penserait qu'il réagissait en affichant la plus inepte intimité, après un épisode fort banal.

Il se rappela que le mois précédent son portier, à qui il avait fait un petit discours assez embrouillé sur la fraternité humaine, était monté le lendemain et, se fondant sur leur entretien de la veille, s'était installé sur le siège près de la fenêtre pour une cordiale demi-heure de causette. Anthony se demanda avec horreur si Gloria le regarderait comme il avait regardé cet homme. Lui — Anthony Patch ! Horreur !

L'idée ne lui vint pas qu'il était une chose passive, mue par une influence au-dessus et au-delà de Gloria, qu'il constituait une simple plaque sensible où s'enregistrait une image. Quelque photographe à l'échelle de Gargantua avait braqué l'appareil sur Gloria et crac ! — la pauvre plaque ne pouvait que se développer, étant comme toute chose, limitée à sa nature.

Etendu sur son divan, les yeux fixés sur la lampe orangée, il imaginait des symboles nouveaux pour chaque heure. Sans doute se trouvait-elle à présent dans un magasin à circuler de son pas souple, parmi les velours et les fourrures, et le doux bruissement de sa robe, dans cet univers de froufroutements soyeux, de frais rires de soprano, et de parfums qui montaient des nombreuses fleurs coupées mais vivantes. Les Minnie et les Pearl, les Jewel et les Jennie s'empressaient autour d'elle comme une légion de courtisans, apportaient d'impalpables fragilités en crêpe Georgette, du chiffon délicat aux nuances pastellisées, qui rappelaient le ton de ses joues, de la dentelle laiteuse, à poser en un pâle désordre contre son cou. A cette époque, la soie damassée ne servait qu'à habiller les prêtres et les divans, et le drap de Samarcande n'existait plus que dans le souvenir des poètes romantiques.

Au bout d'un instant, elle irait ailleurs, inclinerait la tête de cent façons diverses sous cent chapeaux, chercherait en vain des cerises artificielles en harmonie avec ses lèvres ou des plumes aussi gracieuses que son corps.

Midi sonnerait — elle descendrait en hâte la Cinquième Avenue, Ganymède nordique ; son manteau de fourrure oscillerait élégamment à chaque pas, ses pommettes avivées par un coup de brosse du vent, son haleine formerait une délicieuse buée dans l'air tonique — et les portes tambour du *Ritz* tourneraient, la foule se séparerait, cinquante yeux masculins s'écarquilleraient, se braqueraient sur elle, tandis qu'elle ressusciterait des rêves oubliés, pour les époux de femmes obèses et ridicules.

Une heure. Avec sa fourchette, elle tourmenterait le cœur d'artichaut d'un adorateur, pendant que son cavalier se servirait, avec les phrases épaisses et dégoulinantes d'un homme éperdu d'amour.

Quatre heures. Ses petits pieds se mouvant au rythme d'une mélodie, son visage nettement distinct de ceux de la foule, son compagnon heureux comme un petit toutou gâté, et fou comme l'inoubliable chapelier du conte... Puis... puis la nuit tomberait, et peut-être encore une averse. Les enseignes répandraient leur lumière dans la rue. Qui sait ? Aussi déraisonnablement que lui, elles essayeraient avec bonheur de capter à nouveau ce tableau, brossé tout en couleurs crème et foncées, qu'elles avaient vu la nuit précédente, sur l'avenue silencieuse. Et elles le pourraient, ah ! elles le pourraient ! Mille taxis attendaient, béants, à mille carrefours, et pour lui seul ce baiser à jamais passé et perdu. Sous mille formes diverses, Thaïs hélerait un fiacre et lèverait son visage pour accueillir l'amour. Et sa pâleur serait virginale et exquise, et son baiser chaste comme la lune...

Il se leva d'un bond, avec excitation. Quelle contrariété qu'elle fût sortie ! Il venait enfin de se rendre compte de ce qu'il voulait — l'embrasser encore, se reposer dans sa grande immobilité. Elle était la fin de toute agitation, de toute insatisfaction.

Anthony s'habilla, sortit comme il aurait dû le faire depuis longtemps, et se rendit chez Richard Caramel pour écouter la dernière revision du dernier chapitre de *L'Amant démoniaque.* Il ne téléphona plus à Gloria avant six heures. Il ne parvint à la joindre qu'à huit heures et — oh ! comble du comble de la contrariété ! — elle ne put lui fixer de rendez-vous avant le jeudi après-midi. Un morceau de gutta-percha cassé tomba brusquement sur le plancher, tandis qu'il raccrochait avec violence.

MAGIE NOIRE.

Mardi, il fit un froid glacial. Anthony arriva chez elle au coup lugubre de deux heures et lorsqu'ils se serrèrent la main, il se demanda confusément s'il l'avait jamais embrassée ? C'était presque incroyable. Il alla jusqu'à douter qu'elle s'en souvînt.

— Je vous ai appelée quatre fois dimanche, lui dit-il.

— Ah, vraiment ?

Sa voix ne trahissait aucune surprise, ni son expression aucun intérêt. A part soi, il maudit son aveu. Il aurait dû savoir que la vanité de Gloria ne se complaisait pas à ces triomphes mesquins. Même alors, il n'avait pas soupçonné la vérité : n'ayant jamais eu à s'inquiéter des hommes, elle avait rarement recours aux roueries, aux comédies et aux coups de filet courants chez ses sœurs les femmes. Un homme lui plaisait-il, il n'avait pas besoin d'autres moyens de séduction. Pensait-elle qu'il l'aimait, elle éprouvait une réaction ultime et fatale. Son charme se maintenait perpétuellement sur la défensive.

— J'étais impatient de vous voir, dit-il simplement. Je voudrais vous parler — je veux dire parler, vraiment, quelque part où nous serons seuls. Le puis-je ?

— Qu'entendez-vous par là ?

Il réprima un brusque sursaut de panique. Il sentit qu'elle savait ce qu'il voulait.

— Je veux dire, pas à une table de thé, reprit-il.

— Bien, soit, mais aujourd'hui j'ai envie de prendre un peu d'exercice. Marchons !

Le froid était vif et cinglant. Toute la haine mauvaise que février abrite en son cœur fou s'exprimait dans le vent désolé et glacial qui se frayait implacablement passage à travers Central Park et le long de la Cinquième Avenue. Parler était presque impossible, et un sentiment de malaise obnubilait Anthony, au point qu'il tourna dans la 61e Rue pour s'apercevoir qu'elle n'était plus à ses côtés. Il regarda autour de lui. Elle se trouvait à quarante pieds en arrière, immobile, le visage à demi enfoui dans son col, secouée par la colère ou le rire ? Lequel des deux ? Il ne put le déterminer. Il s'empressa aussitôt de la rejoindre.

— N'interrompez pas votre promenade à cause de moi ! lui cria-t-elle.

— Je suis vraiment désolé, répondit-il, confus. Ai-je marché trop vite ?

— J'ai froid, déclara-t-elle. Je veux rentrer chez moi. Et vous marchez trop vite.

— Je suis tout à fait désolé.

Côte à côte, ils se dirigèrent vers le *Plaza*. Il eût voulu voir son visage.

— Les hommes, d'habitude, ne sont pas si distraits lorsqu'ils sont avec moi.

— Je suis désolé.

— C'est très intéressant.

— Il fait un peu trop froid pour marcher, dit-il vivement pour cacher son dépit.

Elle ne répondit pas et il se demanda si elle le congédierait à la porte de l'hôtel. Elle entra néanmoins sans parler et gagna l'ascenseur, en lui jetant une seule phrase tandis qu'elle y pénétrait :

— Vous feriez mieux de monter.

Il hésita une seconde.

— Je ferais peut-être mieux de revenir un autre jour.

— En effet.

Elle murmura ces mots, comme en un aparté. La grande préoccupation de sa vie semblait être de rajuster devant le miroir de l'ascenseur quelques mèches de cheveux ébouriffées. Ses joues brillaient, ses yeux étincelaient — jamais elle ne lui avait paru si charmante, si exquise et désirable.

Tout en se méprisant, il s'aperçut qu'il suivait le corridor du dixième étage, d'un pas docile, derrière elle ; qu'il était dans son talon tandis qu'elle s'éclipsait pour se débarrasser de ses fourrures. Quelque chose avait mal marché à ses propres yeux, il avait perdu un peu de sa dignité. Au cours d'une rencontre imprévue mais significative, il avait subi une écrasante défaite.

Néanmoins, lorsqu'elle reparut au salon, il s'était expliqué sa propre conduite, avec une satisfaction sophistiquée. Après tout, il avait déployé le maximum d'énergie. Il avait voulu monter, il était monté. Pourtant, ce qui se passa plus tard, ce même après-midi, doit être mis au compte du traitement indigne qu'il avait subi dans l'ascenseur. Cette fille le troublait intolérablement, au point que lorsqu'elle sortit de sa chambre, il se laissa aller, sans le vouloir, à une critique.

— Qui est ce Bloeckman, Gloria ?

— Un ami d'affaires de mon père.

— Drôle de corps !

— Vous ne lui plaisez pas, vous non plus, dit-elle avec un soudain sourire.

Anthony se prit à rire.

— Je suis flatté qu'il m'ait remarqué. Il me considère sans doute comme un... — Il s'interrompit, avec un : — Est-il amoureux de vous ?

— Je ne sais pas.

— Au diable si vous ne le savez pas, insista-t-il. Bien sûr qu'il l'est. Je me rappelle le regard qu'il m'a lancé quand nous sommes revenus à la table. Il m'aurait sans doute fait froidement descendre par une délégation de figurants de cinéma, si vous n'aviez imaginé ce coup de téléphone.

— Cela lui a été égal. Je lui ai dit ensuite ce qui s'était réellement passé.

— Vous le lui avez dit !

— Il me l'a demandé.

— Je n'aime pas beaucoup cela, fit Anthony avec reproche.

Elle rit à nouveau.

— Oh ! vous n'aimez pas...

— En quoi est-ce son affaire ?

— En rien. Voilà pourquoi je le lui ai dit.

Anthony, secoué par une tornade d'émotion, se mordit avec fureur la lèvre.

— Pourquoi mentirais-je ? demanda-t-elle carrément. Je n'ai pas honte de mes actes. Il se trouve que cela l'a intéressé de savoir que je vous ai donné un baiser, et moi je me trouvais de bonne humeur. J'ai donc satisfait sa curiosité par un « oui » simple et précis. Comme c'est un homme assez sensé dans son genre, il a laissé tomber le sujet.

— Sauf pour dire qu'il me détestait.

— Oh ! cela vous trouble ? D'ailleurs, puisque vous voulez aller jusqu'au tréfonds de cette affaire étonnante, il n'a pas dit qu'il vous détestait. Mais simplement, je le sais.

— Il ne me troub...

— Ah, n'en parlons plus ! s'écria-t-elle avec fougue. Ce sujet ne m'intéresse pas du tout.

Par un prodigieux effort, Anthony en acquiesçant dévia l'entretien et ils en vinrent à un très ancien jeu de questions et de réponses sur leurs passés respectifs. Ils s'échauffèrent peu à peu en découvrant des ressemblances vieilles comme le monde, immémoriales, dans leurs goûts et leurs idées. Ils dirent des choses plus révélatrices qu'ils ne l'eussent voulu — mais chacun feignit d'accepter l'autre sur sa mine ou plutôt sur parole.

Ainsi se développe l'intimité. D'abord, on donne de soi la meilleure image, le produit éclatant et achevé, retouché à coups de bluff, de fausseté et d'humour. Ensuite, un surcroît de détails est requis, et l'on peint un second portrait, et un troisième. Bientôt les plus belles lignes s'effacent, et un secret se trouve enfin dévoilé. Les plans des portraits sont intervertis et nous trahissent, et nous avons beau peindre et peindre, nous n'arrivons plus à trouver acquéreur pour notre tableau. Nous devons alors nous contenter de l'espoir que ces présomptueuses descriptions de nous-mêmes, faites par nous à nos épouses, à nos enfants et à nos associés en affaires, sont crues vraies.

— Il me semble, disait sérieusement Anthony, que la situation d'un homme qui n'est poussé ni par le besoin ni par l'ambition est malheureuse. Dieu sait que je verserais dans le pathétique si je m'apitoyais sur mon compte — et pourtant, parfois, j'envie Dick.

Le silence de Gloria l'encouragea. Il se rapprochait d'une coquetterie intentionnelle, autant qu'elle en était capable.

— Et il y existait autrefois des occupations dignes d'un gentleman qui avait des loisirs, des tâches un peu plus constructives que de remplir de fumée le paysage ou de jongler avec l'argent d'autrui. Il y a la science, bien sûr. Parfois je regrette de ne pas avoir eu une bonne formation de base, mettons au Boston Tech. Mais à présent il me faudrait bûcher deux ans, et peiner sur les rudiments de la physique et de la chimie.

Elle bâilla.

— Je vous ai dit que je ne sais pas ce que chacun devrait faire, dit-elle sèchement.

Et devant son indifférence, Anthony éprouva un regain de rancœur.

— Vous ne vous intéressez à rien, sauf à vous-même ?

— Pas beaucoup.

Il ouvrit de grands yeux ; le plaisir grandissant qu'il prenait à leur entretien fut détruit, déchiqueté. Elle s'était montrée irritable et vindicative toute la journée, et Anthony eut un instant l'impression de détester son dur égoïsme. Il fixa sur le feu un regard morose.

Alors un phénomène étrange se produisit. Elle se tourna vers lui et lui sourit, et lorsqu'il vit son sourire, tous les lambeaux de sa colère et de sa vanité blessée se détachèrent de lui, tombèrent — comme si ses états d'âmes eux-mêmes n'étaient que les prolongements extérieurs de ceux de Gloria, et comme si l'émotion ne pouvait s'éveiller dans la poitrine d'Anthony que si elle jugeait bon de tirer un fil tout-puissant, qui le dirigerait.

Il se rapprocha et, prenant sa main, l'attira doucement vers lui, jusqu'à ce qu'elle reposât à demi sur sa propre épaule. Elle leva son visage et lui sourit, tandis qu'il l'embrassait...

— Gloria, murmura-t-il à voix très basse.

De nouveau, elle venait de faire une magie, subtile et pénétrante comme un parfum répandu, irrésistible et suave.

Par la suite, ni le lendemain, ni bien des années plus tard, il ne put se rappeler les incidents marquants de cet après-midi. Avait-elle été émue ? Dans ses bras, avait-elle parlé un peu — ou pas du tout ? Dans quelle mesure avait-elle joui de ses baisers ? Et s'était-elle jamais abandonnée, si peu que ce fût ?

Oh ! quant à lui, aucun doute n'était possible. Il s'était levé et avait arpenté le plancher, transporté d'extase. Se pouvait-il qu'une fille pareille existât, fût là, blottie dans un coin du divan, telle une hirondelle nouvellement arrivée après un vol pur et rapide, et le regardât de ses yeux inscrutables ? Il s'arrêta de marcher en tous sens et, au début presque timidement à chaque fois, l'enlaça et rencontra son baiser.

Il lui dit qu'elle était fascinante. Jamais il n'avait rencontré personne comme elle. D'un air désinvolte, mais sérieusement, il la supplia de le renvoyer : il ne voulait pas tomber amoureux. Il ne reviendrait plus la voir — déjà elle ne l'avait que trop obsédé.

Instant délicieusement romanesque ! Sa réaction véritable ne fut ni la crainte, ni le regret — rien que ce profond ravissement d'être avec elle, qui colorait la banalité de ses paroles, rendait la sentimentalité triste et prudente l'affectation. Il reviendrait à elle — éternellement. Il aurait dû le prévoir !

— C'est tout. Vous avoir connu a été pour moi un privilège très rare, étrange et merveilleux. Mais cette situation est intenable — et ne durerait d'ailleurs pas.

Tout en parlant, il sentait en son cœur ce frémissement que nous prenons nous-même pour de la sincérité.

Après coup, il se rappela une repartie qu'elle avait eue. Il s'en souvint sous la forme suivante — peut-être l'avait-il inconsciemment arrangée et polie :

« Une femme devrait pouvoir embrasser un homme, en beauté et romanesquement, sans aucun désir d'être son épouse ou sa maîtresse. »

Comme toujours lorsqu'il se trouvait avec elle, elle lui sembla peu à peu avancer en âge, si bien qu'à la fin ses prunelles révélaient des méditations trop profondes pour se formuler en paroles.

Une heure s'écoula et le feu crépita avec de petits transports, comme pour prolonger la douceur de sa vie mourante. Il était cinq heures et la pendule sur le manteau de la cheminée égrena des sons. Puis, comme si ces petits coups métalliques rappelaient à une sensibilité brutale, latente en lui, que les pétales de l'après-midi en fleurs s'effeuillaient, Anthony attira Gloria pour la mettre debout et l'étreignit, désarmée, le souffle coupé, en un baiser qui n'était pas plus un jeu qu'un hommage.

Les bras de Gloria retombèrent à ses côtés. En un instant elle se libéra.

— Non ! dit-elle avec calme. Je ne veux pas de cela.

Elle s'assit à l'extrémité opposée du divan, les yeux fixés droit devant elle. Un pli s'était creusé entre ses sourcils. Anthony s'affala près d'elle et referma le poing sur sa main. Elle était sans vie et ne répondit pas à sa pression.

— Voyons, Gloria !

Il fit un mouvement comme pour l'enlacer, mais elle s'écarta.

— Je ne veux pas de cela, répéta-t-elle.

— Je regrette beaucoup, dit-il, un peu impatienté. J'ignorais que vous établissiez des distinctions aussi subtiles.

Elle ne répondit pas.

— Vous ne voulez pas m'embrasser, Gloria ?

— Je ne veux pas.

Anthony eut l'impression qu'elle n'avait pas bougé depuis des heures.

— Voilà un changement bien soudain ?

La contrariété montait dans sa voix.

— Vraiment ?

Elle semblait complètement indifférente. On eût presque dit qu'elle regardait quelqu'un d'autre.

— Je ferais peut-être mieux de m'en aller.

Pas de réponse. Il se leva et la dévisagea avec colère, incertain. De nouveau, il s'assit.

— Gloria, Gloria, ne voulez-vous pas m'embrasser ?

— Non.

Ses lèvres, en s'entrouvrant pour prononcer le mot, avaient à peine remué.

Il se leva encore, cette fois avec moins de décision, moins d'assurance.

— Alors, je m'en vais.

Silence.

— Soit... je m'en vais.

Il eut conscience d'un irrémédiable manque d'originalité dans ses remarques. Il sentait l'atmosphère soudain accablante. Il aurait voulu qu'elle parlât, le raillât, l'invectivât — tout plutôt que ce silence oppressant et glaçant. Il se maudit d'être un faible fou. Son désir le plus net fut de l'émouvoir, de la blesser, de la voir tressaillir. Désemparé, involontairement, il fit de nouveau fausse route.

— Si vous êtes fatiguée de m'embrasser, je ferais mieux de partir.

Il vit ses lèvres s'incurver légèrement et les dernières bribes de sa dignité l'abandonnèrent. Elle dit enfin :

— Je crois vous avoir entendu faire cette remarque déjà à plusieurs reprises.

Il regarda aussitôt autour de lui, vit son chapeau et son pardessus sur une chaise, les mit gauchement, durant un moment interminable. Jetant à nouveau un coup d'œil vers le divan, il s'aperçut qu'elle ne s'était pas retournée, et n'avait même pas bougé. Avec un tremblant « adieu » aussitôt regretté, il sortit en hâte, mais piteusement, de la pièce.

Un instant Gloria resta silencieuse, les lèvres toujours incurvées, le regard direct, fier, lointain. Puis ses yeux s'embuèrent un peu et dans un murmure elle jeta deux mots, à mi-voix, vers le feu expirant :

— Adieu, imbécile ! dit-elle.

PANIQUE.

Il avait reçu le coup le plus dur de sa vie. Il savait enfin ce qu'il voulait, mais en découvrant l'objet de son rêve, il semblait l'avoir mis à jamais hors de sa portée. Il rendra chez effondré, s'affaissa dans un fauteuil, sans même ôter son pardessus, et resta là prostré plus d'une heure, tandis que sa pensée s'absorbait dans une concentration sur soi, stérile et désolée.

Elle l'avait renvoyé ! C'était là le poids qui l'écrasait de désespoir. Au lieu d'étreindre la jeune fille et de la maintenir de force jusqu'à ce qu'elle restât passive, devant son désir, au lieu de briser sa volonté sous la violence de la sienne propre, il était parti, vaincu, impuissant, les commissures de ses lèvres pendantes, et la puissance qui peut-être bouillonnait sous sa douleur et sous sa rage, masquée derrière la conduite d'un écolier fouetté. A un moment, il lui plaisait, extrêmement — ah ! elle avait failli l'aimer. L'instant suivant, il était devenu pour elle une chose indifférente, un homme insolent et efficacement humilié.

Il n'avait pas de grands reproches à se faire — quelques-uns certes, mais d'autres sentiments beaucoup plus impérieux dominaient à présent en lui. Il n'était pas tant amoureux de Gloria que fou du désir de la posséder. A la vie, il ne demandait rien de plus que de l'avoir à nouveau près de lui, de pouvoir l'embrasser, la tenir serrée contre lui et consentante. Par ses trois minutes d'indifférence inébranlable, elle s'était haussée au-dessus du niveau élevé mais temporaire qu'elle occupait dans son esprit, pour devenir son unique souci. Tandis que ses pensées déréglées oscillaient entre le désir passionné des baisers de cette fille, et l'aspiration également passionnée de la meurtrir, de la broyer, au tréfonds de sa pensée, il convoitait d'une façon plus raffinée l'âme triomphante qui s'était fait jour durant ces trois minutes. Elle était belle — mais, surtout, sans merci. Il lui fallait à tout prix devenir maître de cette force capable de le repousser.

A présent, une analyse de ce genre était impossible à Anthony. Balayées, toute sa lucidité, toutes les ressources infinies qu'il avait cru puiser dans son ironie. Non seulement cette nuit-là, mais les jours et les semaines qui suivirent, ses livres ne furent pour lui que des accessoires de son mobilier, et ses amis rien que des gens qui vivaient et se mouvaient dans un monde extérieur nébuleux d'où il cherchait à s'évader — un monde froid où soufflait un vent glacial, alors que, durant un bref instant, il avait connu la chaleur d'une maison où le feu luisait.

Vers minuit, il se rendit compte qu'il avait faim. Il descendit dans la 52e Rue, où le froid cinglant lui brouilla la vue. L'humidité se glaçait sur ses cils et aux coins de ses lèvres. Partout, une morne désolation s'était abattue du nord, se posait sur la rue étroite et sans joie, où de noires silhouettes emmitouflées, plus noires encore d'être profilées sur la nuit, se mouvaient en trébuchant le long du trottoir, à travers la rafale hurlante, avançant avec précaution les pieds, dans un glissement, comme sur des skis. Anthony bifurqua vers la Sixième Avenue, trop absorbé dans ses pensées pour s'apercevoir que plusieurs passants le dévisageaient. Dans son pardessus grand ouvert, le vent s'engouffrait, dur et chargé de mort impitoyable.

... Après un moment, une serveuse lui parla, une serveuse grasse au lorgnon cerclé de noir d'où pendait une longue cordelette de la même couleur.

— Vot' commande, s'il vous plaît !

Il lui trouva la voix exagérément haute et leva les yeux d'un air réprobateur.

— C'est-y qu' vous commandez, ou pas ?

— Bien sûr, protesta-t-il.

— Ben' j' vous l' demande trois fois. Ici, c'est pas une salle d'attente.

Il jeta un coup d'œil à la grande pendule et s'aperçut avec saisissement qu'elle marquait plus de deux heures. Il se trouvait quelque part aux abords de la 30e Rue, et au bout d'un moment il découvrit et traduisit le

CHILD'S

inscrit dans un hémicycle blanc sur la verrière de la façade. Trois ou quatre oiseaux de proie nocturnes, mornes et à moitié gelés, hantaient ce lieu.

— Apportez-moi du bacon aux œufs et du café, s'il vous plaît.

La serveuse baissa vers lui un dernier regard dégoûté et, avec son binocle à cordon qui lui donnait un air risiblement intellectuel, s'en alla d'un pas vif.

Mon Dieu ! les baisers de Gloria, quelles fleurs ! Il évoqua, comme si ce souvenir remontait à de longues années, le frais murmure de sa voix, les belles lignes de son corps brillant à travers ses vêtements, et son visage lilial sous les réverbères de la rue — sous les réverbères.

Le désespoir le poignit à nouveau, ajouta une sorte d'effroi à la douleur et à la nostalgie. Elle était perdue pour lui. C'était vrai — impossible de le nier, d'adoucir le coup. Mais une idée nouvelle obscurcit son horizon : et Bloeckman ? qu'adviendrait-il à présent ? Bloeckman, un homme riche, assez avancé en âge pour se montrer indulgent envers une belle épouse, lui passer ses caprices comme à une enfant et accepter ses inconséquences, bref l'arborer, comme peut-être elle le souhaitait, à la manière d'une fleur éclatante à sa boutonnière, à l'abri et préservée des choses qu'elle redoutait. Il pressentit, qu'elle avait joué avec l'idée d'épouser Bloeckman et peut-être la déception que lui infligeait Anthony la jetterait-elle, par une impulsion soudaine, dans les bras de son rival ?

Cette pensée le rendit puérilement fou de rage. Il eut envie de tuer Bloeckman et de le supplicier, à cause de son affreuse supposition. Il ne cessait de se le répéter, les dents serrées, une véritable débauche de haine et de terreur dans les yeux.

Mais derrière cette jalousie hideuse, Anthony était enfin amoureux, profondément et sincèrement amoureux, comme il en va entre un homme et une femme.

Son café apparut à côté de lui et dégagea pendant un certain temps une mince volute de vapeur qui alla diminuant. Le gérant de nuit, à son comptoir, lançait des regards de biais au consommateur immobile assis solitaire à la dernière table, puis, avec un soupir, il se leva et s'avança vers lui, au moment précis où l'aiguille barrait le chiffre trois, sur la grande pendule.

SAGESSE.

Le jour suivant, ce désarroi persistait et Anthony fit dans une certaine mesure appel à sa raison. Il était amoureux, se criait-il passionnément à lui-même. Des obstacles qui la semaine précédente eussent semblé insurmontables, le chiffre limité de ses revenus, son désir d'irresponsabilité et d'indépendance, étaient, en ces quarante-huit heures, balayés comme des fétus sous la rafale de son amour. S'il n'épousait pas Gloria, sa vie ne serait qu'une faible parodie de son adolescence. Pour pouvoir affronter les gens et supporter le constant rappel de Gloria que l'existence était devenue pour lui, il lui fallait conserver l'espoir. Il construisit donc un espoir, désespéré et tenace, avec la matière de son rêve, un espoir assez fragile, il est vrai, un espoir fêlé et dissipé une demi-douzaine de fois par jour, un espoir broyé par la raillerie, mais néanmoins un espoir qui constitua l'armature de son respect de soi.

Ces réflexions firent jaillir une étincelle de sagesse, une lucidité surgie de son passé indolent.

— La mémoire est courte, pensa-t-il.

Si courte. A l'instant crucial, le Président du Trust est sur la sellette, un criminel en puissance, à qui il suffirait d'une poussée pour être un gibier de potence, méprisé par les bien-pensants à des lieues à la ronde. Pour peu qu'il soit acquitté, au bout d'un an tout sera oublié. « Oui, il a eu autrefois des ennuis, une simple affaire technique, je crois. » Oh ! la mémoire est très courte !

Anthony avait vu Gloria en tout une douzaine de fois, pendant mettons deux douzaines d'heures. Supposé qu'il la laissât seule un mois, sans essayer de la voir ni de lui parler, et qu'il évitât tous les lieux où elle risquait de se trouver. N'était-il pas possible — d'autant plus possible qu'elle ne l'avait jamais aimé — qu'à la fin de cette période le cours rapide des événements effaçât de la pensée consciente de Gloria la personnalité d'Anthony, et avec sa personnalité, son injure et son humiliation ? Elle oublierait, car il y aurait d'autres hommes... Il frémit. Cette seule implication le poignait — d'autres hommes. Deux mois — Dieu ! Plutôt attendre trois semaines, deux semaines...

Ces pensées lui vinrent le surlendemain de la catastrophe, alors qu'il se déshabillait, et à ce moment il se jeta sur le lit et resta étendu, tremblant légèrement et les yeux fixés sur le sommet du baldaquin.

Deux semaines — c'était pire que l'abolition totale du temps. Dans deux semaines, il l'aborderait à peu près comme il l'eût fait maintenant, privé de toute personnalité et de toute confiance, restant toujours pour elle l'homme qui avait été trop loin et, durant une période qui dans le temps ne représentait qu'un instant, mais pour lui l'éternité, avait gémi. Non, deux semaines étaient une échéance trop brève. Il fallait donner au souvenir poignant que cet après-midi avait dû laisser à Gloria le temps de s'apaiser. Il fallait lui laisser un délai pour que l'incident s'estompât, et un autre au cours duquel, peu à peu, elle recommencerait à penser à lui, fût-ce vaguement, n'importe, dans une perspective exacte qui tiendrait compte du charme d'Anthony autant que de son humiliation.

Il décida enfin que six semaines seraient approximativement l'intervalle le mieux approprié à son dessein, et sur un calendrier de son bureau il marqua le passage des jours pour découvrir que la date tomberait le 9 avril. Bon, ce jour-là, il lui téléphonerait s'il pouvait aller la voir. Jusque-là — le silence.

Sa décision prise, un soulagement graduel se manifesta. Il avait du moins fait un pas dans la direction que lui désignait l'espoir, et il se rendit compte que moins il se tourmenterait au sujet de Gloria, mieux il réussirait à produire sur elle l'impression voulue, lorsqu'ils se reverraient.

Une heure plus tard, il sombrait dans un sommeil profond.

L'INTERVALLE.

Bien qu'avec la fuite des jours la splendeur de sa chevelure s'estompât sensiblement pour lui, et qu'au bout d'un an de séparation elle eût été complètement abolie, ces six semaines continrent des journées abominables. Il redoutait la vue de Dick ou de Maury, se figurant follement qu'ils savaient tout — mais à la prochaine rencontre du trio, ce fut Richard Caramel et non Anthony qui forma le centre d'attraction. *L'Amant démoniaque* avait été accepté en vue d'une publication immédiate. Anthony sentit que, désormais, il évoluerait à part. Il n'aspirait plus à la chaleur et la sécurité de la société de Maury qui l'avait réconforté pas plus tard qu'en novembre. A présent, seule Gloria, et nul autre, pouvait les lui dispenser. Le succès de Dick le réjouit donc en passant, et ne laissa pas de le troubler. Il signifiait que le monde continuait — écrivant, lisant et publiant — et vivait. Il eût voulu que le monde attendît, immobile et le souffle en suspens, six semaines — pendant que Gloria oubliait.

DEUX RENCONTRES.

Il puisait sa principale satisfaction dans la société de Géraldine. Un soir, il l'emmena au restaurant et au théâtre, et à plusieurs reprises il la reçut chez lui. Lorsqu'il était avec elle, elle l'absorbait, non à la façon de Gloria, mais en calmant cette sensibilité érotique en lui qui se tourmentait à propos de Gloria. Peu importait comment il embrassait Géraldine. Un baiser était un baiser, dont il fallait jouir au maximum durant sa brève durée. Dans l'esprit de Géraldine, tout se classait dans une case de pigeonnier définie, un baiser était une chose, et ce qui allait plus loin, une tout autre chose ; un baiser était dans l'ordre, le reste « mal ».

Quand l'intervalle se fut écoulé à moitié, deux incidents se produisirent, deux jours de suite, qui bouleversèrent son calme croissant et provoquèrent une rechute passagère.

Le premier fut qu'il vit Gloria. La rencontre fut brève. Tous deux se saluèrent. Tous deux parlèrent, mais aucun n'entendit l'autre. Cependant, après cette rencontre, Anthony lut une colonne de *The Sun* trois fois de suite sans comprendre une seule phrase.

On eût pu prendre la Sixième Avenue pour une rue de tout repos. Ayant renoncé à son barbier du *Plaza,* Anthony alla au coin de la rue un matin pour se faire raser, et en attendant son tour il ôta son veston et son gilet, et, son col mou déboutonné, resta debout près de l'entrée de la boutique. Cette journée était une oasis dans le froid désert de mars, et une foule de flâneurs, adorateurs du soleil, animait le trottoir. Une femme obèse, capitonnée de velours, les joues flasques trop massées, passa avec son caniche qui tirait sur la laisse, tel un remorqueur pilotant un transatlantique. Juste derrière eux, un homme en costume rayé, à la démarche pivotante, aux pieds plats qui martelaient le sol, ricana à ce spectacle. Il croisa le regard d'Anthony et lui adressa un petit signe d'intelligence, derrière les verres de ses lunettes. Anthony se prit à rire, envahi aussitôt par cette humeur, qui lui faisait considérer hommes et femmes comme des fantômes absurdes et disgracieux, grotesquement arqués et arrondis, dans un monde rectangulaire construit par eux. Ils éveillaient en lui la même sensation que ces poissons étranges et monstrueux qui habitent le monde de verdure ésotérique des aquariums.

Deux autres promeneurs retinrent par hasard son attention, un homme et une jeune femme — et dans un instant d'horreur, la jeune personne se métamorphosa en Gloria. Il resta cloué sur place, désemparé. Ils se rapprochaient et Gloria, jetant un coup d'œil à l'intérieur de la boutique, l'aperçut. Ses yeux s'écarquillèrent et elle sourit poliment. Ses lèvres remuèrent. Elle était à moins de cinq pieds de lui.

— Comment allez-vous ? murmura-t-il stupidement.

Gloria, heureuse, belle et jeune — avec un homme qu'il n'avait jamais vu jusqu'à ce jour !

Ce fut alors que le fauteuil du barbier se trouva libre et qu'il lut la colonne du journal trois fois de suite.

Le second incident eut lieu le lendemain. Entrant au bar du *Manhattan* vers sept heures, il se trouva nez à nez avec Bloeckman. La salle était presque déserte, et avant qu'ils se reconnussent mutuellement, Anthony, installé à un pied de l'autre homme, son aîné, avait commandé sa boisson. Ils devaient donc, par la force des choses, se parler.

— *Hello !* Mr Patch, dit Bloeckman assez aimablement.

Anthony prit la main tendue et échangea quelques aphorismes sur les fluctuations du mercure.

— Vous venez ici souvent ? demanda Bloeckman.

— Non, très rarement.

Il s'abstint d'ajouter que jusqu'à tout récemment, le bar du *Plaza* avait eu ses faveurs.

— Gentil bar. L'un des meilleurs de la ville.

Anthony opina du chef. Bloeckman vida son verre et prit sa canne. Il était en tenue de soirée.

— Il faut que je me dépêche. Je vais dîner avec miss Gilbert.

La Mort regarda soudain Anthony du fond de deux yeux bleus. S'il s'était annoncé comme le futur assassin de son interlocuteur, il n'aurait pu assener un coup plus terrible à Anthony. Ce dernier dut rougir visiblement, car chacun de ses nerfs fut aussitôt à vif. Par un immense effort, il esquissa un sourire contraint — oh ! si contraint ! — et articula un au revoir conventionnel. Mais cette nuit-là il resta éveillé jusqu'à quatre heures, à moitié fou de douleur, de crainte, et obsédé par d'abominables visions.

FAIBLESSE.

Et un jour de la cinquième semaine, il lui téléphona. Assis dans son appartement, il essayait de lire *L'Education sentimentale,* et quelque chose dans le livre avait aiguillé ses pensées dans la direction qu'elles prenaient toujours lorsqu'elles étaient libres, comme les chevaux galopant vers leur écurie. Le souffle soudain accéléré, il alla vers le téléphone. Lorsqu'il donna le numéro, sa voix lui sembla défaillir et se briser comme celle d'un collégien. Le Central dut entendre le battement de son cœur. Le son de l'écouteur soulevé à l'autre bout du fil fut comme l'arrêt du destin et la voix de Mrs Gilbert, mielleuse comme du sirop d'érable coulant dans un récipient de verre, eut pour lui un caractère d'horreur dans son simple :

— Allô !... Ah ?

— Miss Gloria est indisposée. Elle est couchée, elle dort. De la part de qui ?

— Personne ! cria-t-il.

Pris de folle panique, il fit claquer le récepteur et s'effondra dans son fauteuil, baigné dans la sueur froide d'un soulagement intense.

SÉRÉNADE.

Les premiers mots qu'il lui dit furent : « Tiens, vous vous êtes coupé les cheveux ? » Et elle répondit : « Oui, n'est-ce pas superbe ?

Ce n'était pas encore la mode. Ce serait la mode dans cinq ou six ans. A l'époque, c'était considéré comme extrêmement osé.

— Il y a du soleil partout dehors, dit-il gravement. Vous ne voulez pas faire un tour ?

Elle passa un manteau léger et un chapeau à la Napoléon, bizarre et piquant, d'un bleu particulier, et ils marchèrent dans l'avenue et entrèrent au Zoo, où ils admirèrent dûment la taille de l'éléphant et la hauteur du col de la girafe, mais ne visitèrent pas le palais des singes, parce que Gloria déclara que les singes sentaient très mauvais.

Ils s'en retournèrent ensuite vers le *Plaza*, parlant de riens mais heureux du printemps qui chantait dans les airs et du baume de chaleur enveloppant la ville soudain dorée. A leur droite s'étendait le Parc, tandis qu'à gauche un grand édifice de marbre et de granit murmurait d'un ton morne le message tumultueux d'un millionnaire, destiné à qui voudrait l'entendre : « J'ai travaillé et économisé, j'ai été plus malin que tout le monde, et me voilà installé ici, pardieu, pardieu ! »

Tous les spécimens d'automobiles les plus nouveaux et les plus beaux paradaient dans la Cinquième Avenue, et plus loin le *Plaza* étalait sa blancheur particulièrement attirante : souple et indolente, Gloria marchait à une brève longueur d'ombre d'Anthony, égrenant des remarques négligentes, fortuites qui flottaient un moment sur l'air éblouissant avant d'atteindre son oreille.

— Oh ! s'écria-t-elle, j'ai envie d'aller dans le Sud, à Hot Springs ! J'ai envie de sortir au grand air et de me rouler dans l'herbe fraîche, et d'oublier qu'il y a jamais eu un hiver.

— N'en faites rien, tout de même !

— J'ai envie d'entendre un million de rouges-gorges mener un tapage assourdissant. J'aime bien les oiseaux.

— Toutes les femmes sont des oiseaux, risqua-t-il.

— Quel genre d'oiseau suis-je ? demanda-t-elle vivement avec empressement.

— Une hirondelle, je crois, et parfois un oiseau de paradis. La plupart des jeunes filles sont des moineaux, bien sûr — tenez, vous voyez cette rangée de nurses d'enfants, là-bas ? Ce sont des moineaux — ou des pies ? Bien entendu, vous avez rencontré des filles canaris — et des filles rouges-gorges.

— Et des filles cygnes, et des filles perroquets. Toutes les femmes adultes sont des vautours, je pense, ou des chouettes.

— Et moi, que suis-je ? Une buse ?

Elle rit et secoua la tête.

— Oh ! non, vous n'êtes pas du tout un oiseau, ne pensez-vous pas ? Vous êtes un chien-loup russe.

Anthony se rappela qu'ils étaient blancs et semblaient toujours anormalement affamés. Mais on les photographiait, en général, avec des ducs et des princesses, aussi fut-il dûment flatté.

— Dick est un fox-terrier, un fox-terrier qui fait des tours, continua-t-elle.

— Et Maury un chat.

En même temps, l'idée lui vint que Bloeckman ressemblait étonnamment à un porc robuste et agressif, mais il garda un silence discret.

Plus tard, lorsqu'ils se séparèrent, Anthony demanda quand il pourrait la revoir.

— Ne prenez-vous jamais d'engagement pour une durée un peu longue ? implora-t-il, même si c'est une semaine à l'avance ? Je crois que ce serait amusant de passer toute une journée ensemble, à la fois la matinée et l'après-midi.

— Amusant, oui, n'est-ce pas ? — Elle réfléchit un moment. — Mettons dimanche prochain.

— Bon. Je vais dresser un programme qui ne nous laissera pas une minute de répit.

Ainsi fit-il. Il traça même le plan de ce qui se passerait, durant les deux heures où elle viendrait prendre le thé chez lui : le brave Bounds aurait ouvert les fenêtres toutes grandes pour laisser entrer la fraîcheur de la brise, mais aussi fait du feu, de crainte que le fond de l'air ne fût froid — et il y aurait des profusions de fleurs dans de grandes coupes fraîches qu'il achèterait pour la circonstance. Ils s'assoiraient sur le divan.

Et quand vint le jour ils s'assirent en effet sur le divan. Au bout d'un moment, Anthony embrassa Gloria, parce que cela se fit tout naturellement ; il perçut la douceur encore assoupie sur ses lèvres, et cut l'impression de ne l'avoir jamais quittée. Le feu pétillait et la brise soupirant à travers les rideaux apportait un tendre mois de mai, humide, chargé de promesses et une atmosphère estivale. L'âme d'Anthony vibrait à l'unisson d'harmonies lointaines, il entendit le grincement de guitares au loin, et des eaux clapotant contre un chaud rivage méditerranéen — car il était jeune en ce moment, comme jamais plus il ne le serait, et plus triomphant que la mort.

Les six heures arrivèrent furtivement, trop vite, et déclenchèrent le carillon querelleur de Sainte-Anne, au coin de la rue. Dans le crépuscule qui tombait, ils gagnèrent d'un pas nonchalant l'Avenue où la foule, tels des prisonniers remis en liberté, marchait d'un pas élastique après le long hiver. Sur les impériales des autobus trônaient d'aimables souverains et les magasins regorgeaient de jolis articles souples pour l'été, le rare été, le joyeux été chargé de promesses qui semblait réservé à l'amour comme l'hiver était réservé à l'argent. La Vie chantait pour son souper au carrefour ! La Vie offrait à la ronde des cocktails dans la rue ! De vieilles femmes mêlées à la foule se sentaient capables de gagner une course de cent mètres !

Une fois au lit, les lumières éteintes et la chambre fraîche inondée de clair de lune, Anthony resta éveillé et joua avec chaque minute de la journée, comme un enfant s'amusant tour à tour avec chaque jouet d'une pile de cadeaux de Noël depuis longtemps convoités. Il lui avait dit doucement, presque au milieu d'un baiser, qu'il l'aimait. Elle avait souri, s'était blottie plus près de lui en murmurant : « J'en suis heureuse » et en le regardant dans les yeux. Elle avait marqué par son attitude un nouvel élan d'attrait physique à son égard, une étrange tension émotive, suffisante pour qu'Anthony serrât les poings et retînt son souffle, à ce souvenir. Il s'était senti plus proche d'elle que jamais. En proie à un ravissement rare, il cria tout haut à travers la chambre qu'il l'aimait.

Le lendemain matin, il téléphona. Foin des hésitations à présent, foin des incertitudes ! Au lieu de cela, une délirante exaltation qui redoubla et tripla quand il entendit sa voix.

— Bonjour, Gloria.

— Bonjour.

— Ce n'est que pour vous dire cela que je vous ai appelée, ma chérie.

— Je suis contente que vous l'ayez fait.

— J'aurais voulu vous voir.

— Vous me verrez demain soir.

— D'ici là, c'est long, n'est-ce pas ?

— Oui.

Sa voix hésitait. La main d'Anthony se crispa sur le récepteur.

— Ne pourrais-je pas venir ce soir ? demanda-t-il, prêt à toutes les audaces, grisé par la splendeur et la révélation de ce « oui » presque murmuré.

— J'ai un engagement.

— Oh !...

— Mais je pourrais... je pourrais me décommander.

— Oh ! — ce fut un cri, une rhapsodie — Gloria !

— Quoi ?

— Je vous aime.

Encore un silence, puis :

— Je... j'en suis heureuse.

Le bonheur, remarqua un jour Maury Noble, n'est que la première heure qui suit le soulagement d'une souffrance particulièrement intense. Mais, oh ! le visage d'Anthony, lorsqu'il parcourut le couloir du deuxième étage du *Plaza*, ce soir-là ! Ses yeux sombres brillaient — autour de sa bouche s'inscrivaient des lignes qui faisaient plaisir à voir.

Il était plus beau que jamais, prêt pour un de ces moments immortels, si rares que le souvenir de leur lumière suffit à éclairer des années.

Il frappa et, sur un appel, entra. Gloria, vêtue d'une simple robe rose amidonnée et fraîche comme une fleur, se tenait au milieu de la pièce, immobile, et le regardait, avec de grands yeux.

Quand il referma la porte derrière lui, elle poussa un léger cri et traversa vivement l'espace qui les séparait, levant ses bras pour une caresse prématurée, à mesure qu'elle se rapprochait. Ensemble, ils écrasèrent les plis ronds de sa robe, en une longue étreinte triomphale.

LIVRE II

1

L'heure radieuse

Au bout d'une quinzaine, Anthony et Gloria cédèrent au plaisir des « discussions pratiques », comme ils appelaient ces entretiens où, sous le prétexte d'un sévère réalisme, ils cheminaient à la lueur d'un éternel clair de lune.

— ... Mais pas autant que moi, je t'aime, insistait le critique des belles-lettres. Si vraiment tu m'aimais, tu voudrais que tout le monde le sache.

— Mais c'est mon cas, protestait-elle. Je voudrais me tenir au coin de la rue comme un homme-sandwich, et en informer tous les passants.

— Alors, dis-moi toutes les raisons pour lesquelles tu vas m'épouser en juin.

— Eh bien, d'abord parce que tu es si propre. Tu es d'une propreté en quelque sorte éclatante, comme moi. Il existe deux sortes de propretés, tu sais ! L'une est celle de Dick ; il est propre comme des casseroles fourbies. Toi et moi, nous sommes propres comme les torrents et les vents. A première vue, je peux dire si quelqu'un est net, et si oui, de quel genre de netteté.

— Nous sommes des jumeaux.

Pensée ineffable !

— Mère dit — elle hésita, incertaine —, Mère dit que

deux âmes sont parfois créées en même temps et... et éprises l'une de l'autre avant leur naissance.

Le bilphisme s'acquit le plus docile de ses adeptes. Au bout d'un moment, Anthony leva la tête et lança un rire silencieux vers le plafond. Lorsque ses yeux revinrent vers elle, il vit qu'elle était en colère.

— Pourquoi as-tu ri ? s'écria-t-elle. Tu as déjà ri deux fois. Nos rapports réciproques n'ont rien de comique. Cela m'est égal d'avoir l'air d'une sotte, et peu m'importe que tu fasses le sot, mais je ne puis le supporter quand nous sommes ensemble.

— Je regrette...

— Oh ! ne dis pas que tu le regrettes ! Si tu ne peux rien trouver de mieux à dire, tais-toi !

— Je t'aime.

— Cela m'est égal.

Il y eut un silence. Anthony se sentit déprimé. Enfin Gloria murmura :

— Je regrette d'avoir été vilaine.

— Non, pas toi — c'était moi.

La paix se trouvait rétablie. Les instants suivants n'en étaient que plus suaves, âpres et poignants. Elle et lui ressemblaient à des vedettes sur scène, chacun jouant pour un auditoire de deux personnes. La passion qu'ils apportaient à leur fiction lui créait une réalité. Elle constituait une expression de soi portée à sa quintessence. La plupart du temps, c'était Gloria plutôt qu'Anthony qui s'exprimait à travers leur amour. Anthony se faisait souvent l'effet d'un hôte à peine toléré, à une fête qu'elle donnait.

Il avait été embarrassant d'annoncer la nouvelle à Mrs Gilbert. Assise comme empaillée, dans un petit fauteuil, elle avait écouté, avec une sorte de concentration intense et en clignotant des yeux. Elle devait être au courant — Gloria n'ayant vu personne d'autre depuis trois semaines —, et elle avait dû remarquer cette fois dans l'attitude de sa fille une différence authentique. On lui avait confié des lettres exprès à mettre à la poste ; elle avait écouté, comme toutes les mères, semble-t-il, des bribes de conversations téléphoniques camouflées, mais déjà assez chaleureuses, à cette extrémité-ci du fil.

Néanmoins elle eut la délicatesse de feindre la surprise et se déclara enchantée. Nul doute qu'elle ne le fût ; tout comme les géraniums qui fleurissaient les jardinières des fenêtres, et les cochers, lorsque les amoureux recherchaient l'isolement romanesque des *hansom cabs* — idée bizarre — et le tableau des tarifs sur lesquels ils griffonnaient « tu sais bien que je t'… ». Chacun les poussait tour à tour vers l'autre pour le lui faire voir.

Mais entre deux baisers, Anthony et cette fille tout en or ne cessaient de se disputer.

— Voyons, Gloria, s'écriait-il, je t'en prie, laisse-moi m'expliquer !

— N'explique pas. Embrasse-moi.

— Je ne sais pas si c'est bien. Si je t'ai froissée, nous devrions en discuter. Je n'aime pas ce système d'embrasse-moi-et-oublie.

— Mais je ne veux pas discuter. Je trouve merveilleux que nous *puissions* nous embrasser et oublier, et quand nous ne pourrons pas, il sera toujours temps d'entamer une discussion.

Un jour une divergence infime prit une telle ampleur qu'Anthony se leva et enfila son pardessus — un instant, il sembla que la scène de février précédent allait se répéter, mais, sachant combien Gloria était émue, il conserva sa dignité et sa fierté ; et au bout d'un instant Gloria sanglotait dans ses bras, son beau visage noyé de chagrin comme celui d'une petite fille apeurée.

Entre-temps, ils ne cessaient de s'épancher réciproquement, sans le vouloir. Par de curieuses réactions et évasions, des répugnances, des partis pris, et d'involontaires réminiscences du passé. La jeune fille était fièrement incapable de jalousie, et Anthony, jaloux à l'extrême, se sentait troublé par tant de vertu. Il lui raconta des incidents secrets de sa propre vie afin d'éveiller une étincelle en elle — mais en vain. A présent, elle le tenait — et elle n'avait que faire des années défuntes.

— Oh ! Anthony, disait-elle, chaque fois que je suis vilaine avec toi, je le regrette ensuite. Je donnerais ma main droite pour t'épargner une minute de souffrance.

En ces instants, les larmes lui montaient aux yeux et elle ne se rendait pas compte qu'elle exprimait une illusion. Pourtant Anthony savait que certains jours ils se blessaient réciproquement, à dessein — prenant presque plaisir à ces coups d'estoc. Elle ne cessait de le déconcerter ; tantôt charmante et pleine d'abandon, aspirant désespérément à une union transcendante, inouïe ; une heure plus tard, silencieuse et froide, en apparence indifférente à toute pensée de leur amour ou à aucune de ses paroles. Souvent, il attribuait ces réticences de mauvais augure à quelque malaise physique — de ceux-ci, elle ne se plaignait jamais que lorsqu'ils étaient passés — ou à quelque négligence ou présomption de sa part à lui, ou encore à un mets indigeste au dîner. Pourtant, même alors, les moyens par quoi elle créait des distances infinies autour d'elle restaient un mystère, enseveli quelque part dans le passé, dans ces vingt-deux années d'inébranlable orgueil.

·

— Pourquoi Muriel te plaît-elle ? demanda-t-il un jour.

— Elle ne me plaît pas beaucoup.

— Alors pourquoi sors-tu avec elle ?

— Rien que pour avoir quelqu'un avec qui sortir. Elles

ne stimulent pas les méninges, ces filles. Elles croient à peu près tout ce que je leur raconte, mais j'aime assez Rachel. Je la crois futée, et elle est si propre et nette, tu ne trouves pas ? J'ai eu autrefois d'autres amies — à Kansas City et à l'école — en passant ; toutes, des filles qui traversaient le champ de ma vision et disparaissaient ensuite sans aucune autre raison qu'à cause des garçons qui nous sortaient ensemble. Elles ont cessé de m'intéresser, dès que les circonstances ont cessé de nous rapprocher. A présent, la plupart sont mariées. Quelle importance ? — ce n'étaient que des personnes quelconques.

— Tu aimes mieux les hommes, n'est-ce pas ?

— Oh ! beaucoup mieux. J'ai un cerveau d'homme.

— Tu as un cerveau comme le mien. Sans genre très défini, dans un sens ou dans l'autre.

Plus tard elle lui raconta les débuts de son amitié avec Bloeckman. Un jour, au *Delmonico's,* Gloria et Rachel étaient tombées sur Bloeckman et Mr Gilbert en train de déjeuner, et la curiosité l'avait poussée à faire de ce déjeuner une réunion à quatre. Bloeckman lui avait plu — assez. Satisfait d'un rien, il la changeait des hommes plus jeunes. Il flattait ses caprices et riait, qu'il la comprît ou non. Elle l'avait rencontré plusieurs fois, malgré la désapprobation ouverte de ses parents, et au bout d'un mois il lui demandait de l'épouser, en lui offrant tout ce qui pouvait la séduire, depuis une villa en Italie jusqu'à une brillante carrière à l'écran. Elle lui avait ri au nez — et il avait ri, lui aussi.

Mais il n'avait pas renoncé. A l'époque où Anthony était entré dans l'arène, il faisait de constants progrès. Elle le traitait assez bien — sauf qu'elle l'affublait toujours d'un déplorable sobriquet —, tout en se rendant compte entre-temps qu'au figuré il la suivait lorsqu'elle marchait sur la corde raide, prêt à la rattraper si elle tombait.

La veille de l'annonce officielle des fiançailles, elle avait informé Bloeckman. Ce fut un coup dur. Elle ne donna pas les détails à Anthony, mais elle insinua qu'il n'avait pas hésité à discuter avec elle. Anthony crut comprendre que l'entrevue s'était achevée sur une note orageuse, avec Gloria, très froide et impassible, allongée dans son coin de sofa et Joseph Bloeckman des « Films par excellence » arpentant le tapis, les yeux plissés et la tête courbée. Gloria avait été fâchée pour lui, mais jugea préférable de ne pas le montrer. Dans un ultime élan charitable, elle avait essayé de se faire haïr de lui, là, au dernier moment. Mais Anthony, comprenant que l'indifférence de Gloria était sa plus grande séduction, mesura l'inanité de ce subterfuge. Il se demanda souvent, d'ailleurs tout à fait en passant, ce que devenait Bloeckman — enfin, il l'oublia complètement.

LES BEAUX JOURS.

Un après-midi, ils trouvèrent des places sur l'impériale ensoleillée d'un autobus, et roulèrent pendant des heures, depuis le Square, qui s'estompait derrière eux, jusqu'au fleuve sale et ensuite, tandis que les rayons obliques fuyaient les rues du côté de l'ouest, ils descendirent la pompeuse avenue, qu'obscurcissaient de sinistres rassemblements d'employés des grands magasins. Le trafic coagulé et coincé ressemblait à une informe marmelade ; les autobus étaient tassés les uns contre les autres comme des plates-formes surplombant la foule, dans l'attente du coup de sifflet strident qui leur permettrait de circuler.

— N'est-ce pas réussi ! s'écria Gloria. Regarde !

Le camion d'un meunier, tout blanc de farine, conduit

par un clown poudré à blanc, passait devant eux, derrière un cheval blanc et son compagnon d'attelage noir.

— Quel dommage ! gémit-elle ; ils seraient si beaux dans la pénombre du crépuscule, si seulement les deux chevaux étaient blancs. Je me sens intensément heureuse, à cette minute, dans cette ville.

Anthony secoua la tête dans un geste de protestation.

— Je pense que la ville n'est qu'un simple bateleur qui toujours s'efforce d'atteindre à la formidable et impressionnable urbanité qu'on lui attribue. Elle essaye d'être romanesquement métropolitaine.

— Je ne trouve pas. Je la trouve impressionnante.

— Par moments. Mais c'est en réalité un spectacle transparent, artificiel. Il a ses vedettes flanquées d'agents de presse, et ses décors, de théâtre passagers, instables, et, je le concède, la plus grande légion de « supers » jamais réunis.

Il marqua une pause, eut un rire bref et âjouta :

— Excellent peut-être du point de vue technique, mais point convaincant.

— Je parie que l'agent de police doit prendre tout le monde pour des imbéciles, dit pensivement Gloria en regardant une dame corpulente mais peureuse que l'on aidait à traverser la rue. Il voit des gens toujours effarés, incapables et vieux, et ils le sont, ajouta-t-elle. — Puis : — Nous ferions mieux de rentrer. J'ai dit à Mère que je dînerais de bonne heure et me mettrais ensuite au lit. Elle me trouve l'air fatigué, au diable ma fatigue !

— J'aurais voulu que nous soyons mariés, murmura-t-il sans emphase. Alors, il n'y aura plus de « bonsoir » et nous pourrons faire tout ce que nous voudrons.

— Ce sera magnifique ! Je pense que nous devrions voyager beaucoup. Je veux voir la Méditerranée et l'Italie.

Et j'aimerais faire du théâtre pendant quelque temps — mettons un an.

— Et comment ! J'écrirai une pièce pour toi.

— Ce sera superbe ! Et je la jouerai. Et puis un jour, quand nous aurons plus d'argent — c'est sous cette forme pleine de tact qu'ils faisaient toujours allusion à la mort du vieil Adam —, nous nous construirons une magnifique résidence, n'est-ce pas ?

— Oh ! oui, avec des piscines privées.

— Des douzaines. Et des rivières privées. Oh ! j'aurais voulu que ce soit tout de suite.

Curieuse coïncidence, il venait, à part soi, de formuler le même souhait. Ils plongèrent dans la foule sombre, ondoyante, émergèrent dans les rues fraîches portant les numéros cinquante et se dirigèrent nonchalamment vers le bercail, chacun des deux paré d'un romanesque infini aux yeux de l'autre — chacun marchant seul dans un calme jardin avec un fantôme rencontré en rêve.

Jours fastes semblables à des barques à la dérive sur de lentes rivières ; soirées printanières imprégnées d'une mélancolie plaintive qui faisait paraître le passé beau et amer, leur enjoignait de regarder en arrière et de constater que les amours des étés depuis longtemps défunts étaient mortes avec les valses oubliées de leur époque. Les instants les plus poignants étaient toujours ceux où une barrière artificielle les séparait : au théâtre, leurs mains se glissaient furtivement l'une vers l'autre, se rejoignaient, échangeaient de douces pressions pendant la longue obscurité ; dans des salles bondées, chacun d'eux formait avec les lèvres des mots destinés aux yeux de l'autre — sans savoir qu'ils mettaient leurs pas dans les pas de générations tombées en poussière, mais comprenant vaguement que si la vérité est la fin de la vie, le bonheur constitue l'un de ses aspects qu'il faut chérir pendant sa brève et frémissante durée.

Et puis, une nuit de féerie, mai se mua en juin. Seize jours à présent... quinze... quatorze.

TROIS DIGRESSIONS.

Juste avant l'annonce des fiançailles, Anthony était allé à Tarrytown voir son grand-père qui, un peu plus parcheminé et chenu à mesure que le temps lui jouait ses derniers tours narquois, accueillit la nouvelle avec un profond cynisme.

— Ah, vraiment ? tu vas te marier ? dit-il sur un ton d'une aménité si équivoque, et en levant et abaissant tant de fois la tête qu'Anthony ne laissa pas d'être un peu déprimé.

Bien qu'ignorant les intentions de son grand-père, il présumait qu'une grande partie de sa fortune lui reviendrait. Une fraction importante irait, bien entendu, à de bonnes œuvres ; et une autre assurerait la continuité de ses réformes.

— Tu vas travailler ?

— Mais, temporisa Anthony un peu déconcerté, je travaille déjà. Vous savez...

— Ah ! je veux dire travailler, dit Adam Patch avec calme.

— Je ne suis pas encore très sûr de ce que je ferai. Je ne suis pas précisément un gueux, grand-papa, affirma-t-il avec quelque fougue.

Le vieil homme médita cette phrase, les yeux mi-clos, puis, presque sur un ton d'excuse, demanda :

— Combien mets-tu de côté par an ?

— Rien jusqu'ici...

— Et alors, après avoir tout juste joint les deux bouts, tu t'imagines que, par un miracle, vous serez deux à pouvoir vous tirer d'affaire avec cet argent ?

— Gloria a un peu d'argent à elle. Assez pour ses toilettes.

— Combien ?

Sans juger la question indiscrète, Anthony répondit :

— Environ une centaine de dollars par mois.

— Le tout fait à peu près sept mille cinq cents dollars par an.

Il ajouta doucement :

— Ce devrait être beaucoup. Si tu as du bon sens, ce devrait être beaucoup. Mais il s'agit de savoir si tu as du bons sens ou pas.

— Oui, je suppose.

Gêné de devoir subir cette vertueuse mercuriale du vieillard, ses paroles suivantes furent tout empesées de vanité.

— Je peux me débrouiller très bien. Vous semblez convaincu que je ne vaux absolument rien. En tout cas, je suis simplement venu vous dire que je me marie en juin. Au revoir, *sir*.

Ce disant il se détourna et se dirigea vers la porte, sans se rendre compte qu'en cet instant son grand-père, pour la première fois, éprouvait une certaine affection à son égard.

— Attends ! cria Adam Patch. Je veux te parler.

Anthony fit demi-tour.

— Eh bien, *sir ?*

— Assieds-toi. Passe ici la nuit.

Un peu radouci, Anthony reprit son siège.

— Je regrette, *sir*, mais je dois voir Gloria ce soir.

— Comment s'appelle-t-elle ?

— Gloria Gilbert.

— Une jeune fille de New York ? Quelqu'un que tu connais ?

— Elle est du Middle-West.

— Dans quoi travaille son père ?

— Dans une corporation ou un trust de celluloïd ou quelque chose de ce genre. Ils sont de Kansas City.

— Tu vas te marier là-bas ?

— Mais non, *sir.* Nous pensions nous marier à New York — plutôt dans l'intimité.

— Tu aimerais qu'on célèbre le mariage ici ?

Anthony hésita. La proposition ne l'enchantait guère, mais la sagesse lui commandait d'accorder au vieillard, si possible, une part de propriétaire sur sa vie conjugale. En outre, Anthony était assez touché.

— C'est très aimable à vous, grand-papa, mais ne serait-ce pas pour vous une source de tracas ?

— Tout est une source de tracas. Ton père s'est marié ici, mais dans l'ancienne maison.

— Comment ? Je croyais qu'il s'était marié à Boston ?

Adam Patch réfléchit.

— En effet. Il s'est marié à Boston.

Anthony, un instant gêné d'avoir fait cette rectification, essaya de masquer son embarras par des mots.

— J'en parlerai à Gloria. Pour ma part, je voudrais bien, mais c'est aux Gilbert de décider, vous comprenez.

Son grand-père exhala un long soupir, ferma à moitié les yeux et s'affaissa dans son fauteuil.

— Pressé ? demanda-t-il sur un ton différent.

— Pas spécialement.

— Je me demande, commença Adam Patch, en jetant au-dehors un regard bénin sur les massifs de lilas qui bruissaient contre les fenêtres, je me demande si tu penses jamais à ta vie future.

— Mais... quelquefois.

— Je pense baaucoup à la vie future. — Il avait le regard vague mais la voix claire et assurée. — Aujourd'hui, j'étais assis à méditer sur ce qui nous attend et tout à coup je me suis rappelé un après-midi, il y a près de soixante-cinq ans, où je jouais avec ma petite sœur Anne, là-bas, à l'endroit où se trouve à présent la serre.

Il désigna le long jardin fleuri, les yeux embués de larmes, la voix tremblante.

— Je me suis mis à réfléchir, et il m'a semblé que *toi,* tu devrais songer un peu plus à la vie future. Tu devrais être *plus* stable — il s'arrêta et parut chercher à tâtons le mot juste —, plus laborieux, enfin...

Son expression changea tout à coup, toute sa personnalité sembla se refermer comme une trappe, et lorsqu'il continua, aucune douceur ne subsistait plus dans sa voix.

— Enfin, je n'avais que deux ans de plus que toi, grinça-t-il avec un ricanement rusé, quand j'ai envoyé à l'hospice des pauvres trois membres de la firme de Wrenn et Hunt.

L'embarras fit sursauter Anthony.

— Eh bien, au revoir, ajouta tout à trac son grand-père, tu vas manquer ton train.

Anthony quitta la maison dans un état d'exaltation inhabituel et étrangement affligé pour le vieillard ; non parce que sa fortune ne pouvait lui procurer ni la jeunesse ni une bonne digestion, mais parce qu'il avait demandé à Anthony de se marier là, et oublié, à propos du mariage de son fils, une particularité qu'il eût dû se rappeler.

Richard Caramel, qui était un des garçons d'honneur, consterna Anthony et Gloria pendant les dernières semaines, en attirant à lui tous les feux de la rampe. *L'Amant démoniaque* avait paru en avril, et sa publication interrompit leur affaire d'amour comme elle interrompit à peu près tout ce qui se trouva en contact avec l'auteur. C'était la description extrêmement originale, un peu trop écrite, d'un don Juan des bas quartiers de New York. Comme Maury et Anthony l'avaient déjà dit et comme les critiques les plus bienveillants le répétaient, il n'y avait pas en Amérique un seul écrivain capable de dépeindre avec une telle puissance les réactions ataviques et frustes de cette fraction de la société.

Le livre hésita et tout à coup « démarra ». Les éditions, limitées au début, puis plus importantes, se succédaient de semaine en semaine. Un porte-parole de l'Armée du Salut le dénonça comme une cynique déformation de toute l'œuvre d'assistance morale qui s'exerçait dans les bas-fonds. Une publicité adroite répandit le bruit sans fondement que « Gipsy » Smith allait intenter un procès parce que l'un des principaux personnages était sa caricature. Le livre fut interdit à la bibliothèque publique de Burlington, Iowa, et un échotier du Middle-West annonça à mots couverts que Richard Caramel se trouvait dans un sanatorium, atteint de *delirium tremens.*

L'auteur, d'ailleurs, passait ses jours dans un état d'agréable démence. Les trois quarts du temps, sa conversation roulait autour du livre. Il voulait savoir si l'on avait appris « les dernières nouvelles », il entrait dans une librairie et à voix haute commandait un envoi de livres, pour courir la chance d'être reconnu par un commis, ou un client. Il savait, à une ville près, dans quelle partie du pays l'ouvrage se vendait le mieux ; il savait exactement ce qu'il gagnait à chaque tirage, et s'il rencontrait quelqu'un qui ne l'avait pas lu, ou, ce qui arrivait trop souvent, n'en avait pas entendu parler, il succombait à une dépression mélancolique.

Il était donc naturel qu'Anthony et Gloria, pris de jalousie, décidassent qu'il était si gonflé de vanité, qu'il tournait au raseur. A la grande contrariété de Dick, Gloria se vantait publiquement de n'avoir jamais lu *L'Amant démoniaque* et déclarait qu'elle ne comptait pas en prendre connaissance avant que tout le monde eût cessé d'en parler. Le temps de lire lui faisait d'ailleurs défaut à présent, car les cadeaux pleuvaient — d'abord éparpillés, puis sous forme d'avalanche, et allant du bric-à-brac d'amis oubliés de la famille aux photographies de parents pauvres également oubliés.

Maury lui offrit un « service à liqueurs » qui comprenait des gobelets d'argent, un shaker de cocktail et des ouvre-bouteilles. Dick se fendit d'un présent plus banal — un service à thé de chez Tiffany. Joseph Bloeckman envoya une simple et exquise pendulette de voyage, avec sa carte. Il y eut même un fume-cigarette de Bounds. Anthony en fut touché aux larmes — en fait, toute émotion frisant l'hystérie semblait naturelle à la demi-douzaine de personnes entraînées dans cet immense sacrifice aux conventions. La salle réservée, au *Plaza,* regorgeait de cadeaux expédiés par des amis de Harvard et des associés de son grand-père, de souvenirs des jours que Gloria avait passés à Farmover, et de trophées assez pathétiques de ses anciens amoureux, ces derniers accompagnés de messages ésotériques, mélancoliques, écrits sur des cartes soigneusement placées à l'intérieur, et commençant par : « J'étais loin de me douter, lorsque... » ou : « Je vous assure que je vous souhaite tout le bonheur... » ou même : « Quand vous recevrez ccci, je serai en route pour... »

Le don le plus magnifique fut tout à la fois le plus décevant : une concession d'Adam Patch : un chèque de cinq mille dollars.

La plupart de ces envois laissaient Anthony froid. Il lui semblait qu'ils l'obligeraient à tenir un registre de l'état conjugal de toutes leurs connaissances durant le prochain demi-siècle. Mais Gloria exultait à chaque fois, déchirait le papier de soie et les fibres d'emballage avec l'avidité d'un chien déterrant un os ; hors d'haleine, elle s'emparait d'un ruban ou d'un bout de métal et finalement amenait à la lumière l'objet entier, le soulevait et l'examinait d'un œil critique sans que son visage grave ne trahît aucune émotion sauf un intérêt passionné.

— Regarde, Anthony !

— Rudement joli, n'est-ce pas !

Pas de réponse, sauf une heure plus tard, où elle lui rendait compte en détail de sa réaction précise au cadeau reçu, soit qu'il eût dû être, à son avis, plus petit ou plus grand, soit qu'elle eût été surprise de le recevoir et, en ce cas, elle décrivait la mesure exacte de sa surprise.

Mrs Gilbert arrangeait et réarrangeait une maison hypothétique, répartissait les cadeaux dans les différentes pièces, enregistrait les articles comme « pendule de second ordre » ou « argenterie de tous les jours » et embarrassait Anthony et Gloria par des allusions semi-facétieuses à une pièce qu'elle appelait la chambre d'enfants. Le cadeau du vieil Adam lui fit plaisir et elle déclara que c'était une âme très antique, « autant que quiconque ». Comme Adam Patch ne décida jamais au juste si elle faisait allusion à la sénilité de son esprit, ou se référait à quelque schéma privé et psychique imaginé par elle, on ne saurait dire qu'il en eût éprouvé du plaisir. En parlant d'elle, il ne la désigna jamais plus à Anthony qu'en disant : « cette vieille, la mère », comme s'il s'agissait d'un personnage d'une comédie qu'il aurait souvent vu jouer auparavant. De Gloria, il ne sut trop que penser. Elle l'attirait, mais — elle le dit elle-même à Anthony — il décréta qu'elle était frivole et craignit de la juger favorablement.

Cinq jours !... Une estrade pour la danse fut installée sur la pelouse, à Tarrytown. Quatre jours !... Un train spécial fut loué pour mener les invités à New York ou les amener de New York. Trois jours !...

LE JOURNAL INTIME.

Debout près de son lit, vêtue d'un pyjama de soie bleue, la main sur le commutateur, elle s'apprêtait à plonger la chambre dans l'obscurité quand soudain elle se ravisa et, ouvrant le tiroir d'une table, en sortit un petit calepin noir, un de ces carnets intimes où l'on inscrit une ligne par jour. Elle tenait ce journal depuis sept ans. Plusieurs de ses notes au crayon étaient presque illisibles et d'autres se référaient à des nuits et des après-midi depuis longtemps oubliés, car ce n'était pas là un journal intime, encore qu'il commençât par le traditionnel : « Je vais tenir un journal pour mes enfants. » Néanmoins, tandis qu'elle passait son pouce sur les pages, les yeux de beaucoup d'hommes semblaient la regarder, du fond de leurs noms à moitié effacés. Avec l'un d'eux, elle était allée pour la première fois à New Haven — en 1908, quand elle avait seize ans, et que les épaules rembourrées étaient en vogue à Yale ; elle avait été flattée parce que Michaud le « tombeur » l'avait serrée de très près toute la soirée. Elle soupira, en se rappelant la robe de satin une robe de grande personne, dont elle était si fière, et l'orchestre qui jouait *Yama-yama, my Yama man* et *Jungle Town.* Tant d'années écoulées ! Les noms : Eltynge Rcardon, Jim Parsons, McGregor le « Frisé », Kenneth Cowan, Fry « Œil de Poisson » (qui lui plaisait à cause de son extrême laideur), Carter Kirby — il lui avait envoyé un cadeau, de même que Tudor Baird ; Marty Reffer, le premier homme qu'elle avait aimé plus d'un jour, et Stuart Holcome, qui l'avait enlevée dans son auto et avait essayé de se faire épouser de force. Et Larry Fenwick, qu'elle avait toujours admiré parce qu'il lui avait dit une nuit que si elle ne voulait pas l'embrasser, elle pouvait descendre de sa voiture et rentrer à pied. Quelle liste !

... Et après tout, une liste périmée. A présent, elle était amoureuse, prête à l'éternelle aventure romanesque qui serait la synthèse de toutes les aventures romanesques, mais attristée à cause de ces hommes et de ces clairs de lune, et des « frissons d'excitation » qu'elle avait connus — et des baisers. Le passé, son passé, oh ! quelle joie ! Elle avait été heureuse avec exubérance.

En tournant les pages, ses yeux se posèrent distraitement sur les notes réparties sur ces quatre mois. Elle lut avec attention les derniers :

1er avril : Je sais que Bill Carstains me déteste parce que j'ai été odieuse, mais je déteste parfois qu'on m'accable de sentimentalité. Nous sommes allés en auto au Rockyear Country Club et la plus merveilleuse des lunes n'a cessé de briller entre les arbres. Ma robe en lamé d'argent commence à se ternir. C'est drôle comme on oublie les autres nuits à Rockyear — avec Kenneth Cowan à l'époque où je l'ai tant aimé !

3 avril : Après deux heures de Schroeder qui, m'apprend-on, possède des millions, j'ai décidé que cette habitude de rester fidèle aux choses est épuisante, surtout si les choses en question sont des hommes. Rien qui soit si souvent surfait, et à partir d'aujourd'hui je fais serment de m'amuser. Nous avons parlé d'amour — que c'est banal ! Avec combien d'hommes ai-je parlé d'amour ?

11 avril : A mon grand étonnement. Patch m'a téléphoné aujourd'hui ! Et quand il a renoncé à moi il y a un mois, il rageait ferme en refermant la porte. Je commence à ne plus croire qu'un homme soit susceptible de ressentir des offenses impardonnables.

20 avril : Passé la journée avec Anthony. Peut-être l'épouserai-je un jour. J'aime assez ses idées — il stimule toute l'originalité qui est en moi. Blockhead est arrivé vers dix heures dans sa nouvelle voiture et m'a emmenée à Riverside Drive. Ce soir il m'a plu ; il est si plein d'égards. Sachant que je n'avais pas envie de parler, il s'est tu pendant toute la promenade.

21 avril : Eveillée en pensant à Anthony, et bien sûr il m'a téléphoné et sa voix m'a été douce, au bout du fil — alors, pour lui, j'ai décommandé un rendez-vous. Aujourd'hui je me sens prête à tout réduire en miettes pour lui, y compris les dix commandements et mon cou. Il doit venir à huit heures, je porterai une robe rose et j'aurai l'air très fraîche et amidonnée...

Elle s'arrêta, en se rappelant qu'après le départ d'Anthony, cette nuit-là, elle s'était déshabillée tandis que l'air frissonnant d'avril affluait par les fenêtres. Pourtant, elle n'avait pas senti le froid, réchauffée par les banalités profondes qui brûlaient dans son cœur.

La note suivante se plaçait quelques jours plus tard :

24 avril : Je veux épouser Anthony, parce que les maris sont trop souvent « des maris », et il me faut épouser un amant.

Il y a quatre types généraux de maris :

1° Le mari qui veut toujours rester à la maison le soir, n'a pas de vices et travaille en échange d'un salaire. Totalement indésirable !

2° Le maître atavique dont on est la maîtresse, pour attendre son bon plaisir. Cette catégorie tient toute jolie femme « futile », une sorte de paon dont le développement s'est arrêté.

3° Ensuite vient l'adorateur idolâtre de son épouse, et de

tout ce qui lui appartient, complètement oublieux de tout le reste. Cette catégorie a besoin d'une actrice émotive pour épouse. Seigneur ! Ce doit être un grand effort de passer pour vertueuse !

4° Et Anthony — un amant temporairement passionné, avec assez de sagesse pour se rendre compte du moment où l'amour se sera envolé et qu'il est destiné à s'envoler. Et je veux épouser Anthony.

Quels vers rongeurs, les femmes, pour ramper sur leur ventre, dans des mariages incolores ! Le mariage a été créé non pour être un fond de tableau, mais pour en nécessiter un. Le mien sera remarquable. Ce ne peut être, ce ne sera pas le décor qui comptera, ce sera la pièce, la pièce vivante, belle, éclatante et ma scène sera le monde. Je refuse de consacrer ma vie à la postérité. Sûrement, on a autant de devoirs envers la génération actuelle qu'envers des enfants que l'on n'a pas désirés. Quel destin — devenir ronde et disgracieuse, perdre l'amour que j'éprouve pour moi-même, penser en termes de lait, flocons d'avoine, nourrice, couches. Chers enfants de rêve, combien vous êtes plus beaux, petites créatures éblouissantes qui voletez (tous les enfants de rêve doivent voleter) sur des ailes dorées, dorées...

De tels enfants, néanmoins, pauvres chers bébés, n'ont pas grand-chose de commun avec l'état conjugal.

7 juin : Question morale : était-ce mal de tourner la tête à Bloeckman ? Parce que je la lui ai vraiment tournée. Il s'est montré presque agréablement triste ce soir. Quelle chance que j'aie eu la gorge enflée, il m'a été facile de recourir aux larmes. Mais Bloeckman n'est plus que le passé, déjà enterré dans ma provision de lavande.

8 juin : Et aujourd'hui j'ai promis de ne pas mordiller mes lèvres. Soit, je ne le ferai plus, je suppose — mais si seulement il m'avait demandé de ne pas manger !

Nous soufflons des bulles — voilà ce que nous faisons, Anthony et moi. Et nous en avons soufflé de si belles aujourd'hui, et elles crèveront, et alors nous en soufflerons encore et encore, j'imagine — des bulles tout aussi grosses et tout aussi belles, jusqu'à ce que tout le savon et toute l'eau soient épuisés.

Sur cette note, le journal s'arrêtait. Les yeux de Gloria errèrent sur la page, sur le 8 juin 1912, 1910, 1907. La note la plus ancienne était griffonnée de l'écriture gauche, bulbeuse, d'une jeune fille de seize ans — ce fut le nom, Bob Lamar, et un mot qu'elle ne parvenait pas à déchiffrer. Enfin elle sut de quoi il s'agissait, et s'aperçut que ses yeux s'embuaient de larmes. Là, dans une brume virant au gris reposait le souvenir de son premier baiser, fané comme cette après-midi intime sur une véranda pluvieuse, sept ans plus tôt. Elle se rappelait vaguement un propos que l'un d'eux avait tenu ce jour-là, et pourtant elle n'arriva pas à s'en souvenir. Ses larmes coulèrent plus vite, jusqu'à ce que la page se brouillât à sa vue. Elle pleurait, se dit-elle, parce qu'elle ne pouvait plus se rappeler que la pluie et les fleurs mouillées dans la cour, et l'odeur de l'herbe humide.

... Au bout d'un moment elle trouva un crayon et d'une main mal assurée traça trois lignes parallèles sur la dernière note. Puis elle inscrivit FIN en majuscules, replaça le carnet dans le tiroir et se glissa dans son lit.

LE SOUFFLE DE LA CAVERNE.

Rentré dans son appartement après le dîner donné la veille du mariage, Anthony éteignit les lumières et, se sentant fragile et impersonnel comme un objet de porcelaine attendant sur une desserte, se mit au lit. La nuit était chaude — un drap suffisait pour tout confort — et par ses fenêtres grandes ouvertes lui arrivait une rumeur évanescente et estivale, toute palpitante de lointaine anticipation. Il songea que les récentes années, derrière lui, creuses et colorées, avaient été vécues dans un cynisme facile et vacillant, alimenté par le souvenir des émotions d'hommes depuis longtemps redevenus poussière. Et pourtant, autre chose encore existait, au-delà de ce stade. A présent, il le savait, il y avait l'union de son âme avec celle de Gloria, dont le feu rayonnant et la fraîcheur composaient la matière vivante qui formait la beauté morte des livres.

Cette rumeur fugitive et dissolvante que la ville lançait en l'air et rattrapait comme un enfant jouant à la balle, montait avec persistance de la nuit jusqu'à sa chambre au plafond élevé. A Harlem, au Bronx, à Gramercy Park et le long des quais, dans de petits salons ou sur des toits semés de cailloux, inondés de lune, un millier d'amoureux faisaient entendre ce bruit, en clamaient quelques bribes dans l'air. Toute la ville jouait avec ce bruit, là-bas dans l'obscurité bleue, estivale, le lançait en l'air et le rattrapait, promettant que dans un instant la vie serait belle comme un conte, promettant le bonheur — et par cette promesse, le dispensant. Elle donnait à l'amour un espoir en sa propre survie. Elle ne pouvait faire davantage.

Ce fut alors qu'une note nouvelle discordante se sépara du doux sanglot de la nuit. Un bruit venu d'une entrée de service à une centaine de pieds de sa fenêtre de derrière, le bruit d'un rire de femme. Il commença, bas, prolongé et plaintif — quelque servante avec son ami, pensa Anthony —, puis enfla, devint hystérique et finit par lui rappeler une fille qu'il avait vue, en proie à un accès d'hilarité nerveuse, irrépressible, à la représentation d'un vaudeville. Enfin, ce rire diminua, se résorba, pour s'élever à nouveau et s'accompagner de paroles — une plaisanterie grossière, quelques bribes d'obscurs jeux de mots qu'Anthony ne put distinguer. Il s'interrompait par moments — et Anthony ne percevait plus que le grommellement sourd d'une voix masculine —, puis reprenait, intarissable, d'abord agaçant, ensuite étrangement terrible. Anthony frissonna, quitta son lit et s'approcha de la fenêtre, ému et bouleversé. Il eut beau essayer de se dominer, une qualité animale dans ce rire incoercible l'impressionnait et, pour la première fois depuis quatre mois, éveillait son ancienne aversion et son horreur de cette affaire qui s'appelait la vie. La chambre était devenue étouffante. Il eût voulu être en plein air sous une brise fraîche et âpre, à des lieues au-dessus des villes, et vivre serein et détaché, replié sur lui-même. La vie, c'était ce bruit là-bas, ce bruit féminin, hideusement répété.

— O mon Dieu ! s'écria-t-il, et il prit une brusque inspiration.

La tête enfouie dans ses oreillers, il essaya en vain de concentrer sa pensée sur les détails du lendemain.

MATIN.

A la lumière grisâtre, Anthony s'aperçut qu'il n'était que cinq heures et regretta nerveusement de s'être éveillé si tôt — il semblerait vanné, au mariage. Il envia Gloria qui pouvait masquer sa fatigue grâce à de judicieux artifices.

Dans la salle de bains, il se contempla dans le miroir et vit qu'il était d'une pâleur inusitée — une demi-douzaine de petites imperfections se détachaient sur la blancheur matinale de son teint, et pendant la nuit, un soupçon de barbe lui avait poussé ; l'effet général, s'imagina-t-il, serait rébarbatif, hagard, presque morbide.

Sur sa table de toilette s'étalaient un certain nombre de choses, qu'il prit méticuleusement, avec des doigts soudain maladroits — leurs billets pour la Californie, le carnet de *traveller's checks,* sa montre réglée avec soin à une demi-minute près, la clef de son appartement (ne pas oublier de la donner à Maury), et, la plus importante de toutes, l'anneau de platine encerclé de petites émeraudes. Gloria y tenait, disant qu'elle avait toujours désiré une alliance en émeraude.

C'était le troisième cadeau qu'il lui faisait ; il y avait eu d'abord la bague de fiançailles, puis un petit porte-cigarettes en or. Il la comblerait à présent : des robes, des bijoux, des amis, une vie animée. La pensée que désormais il devrait payer tous les repas de Gloria paraissait absurde. Ce serait onéreux. N'avait-il pas sous-estimé les frais de voyage et ne ferait-il pas bien d'encaisser un chèque plus considérable ? La question le troubla.

Puis l'imminence haletante de l'événement balaya de son esprit les détails. C'était le jour fatidique — inattendu, insoupçonné six mois plus tôt, mais à présent en train de poindre dans la lumière jaune de la fenêtre orientée à l'est, qui dansait sur le tapis comme si le soleil souriait à quelque farce ancienne et réitérée, de son invention.

Anthony eut un rire nerveux qui se traduisit par un grognement monosyllabique.

— Parbleu ! murmura-t-il, me voilà déjà quasiment marié !

LES GARÇONS D'HONNEUR.

Dans la bibliothèque de Patch le Bougon, six jeunes gens s'égayent de plus en plus, sous l'influence du Mumm extra dry placé subrepticement dans des seaux glacés, auprès des étagères de livres.

LE PREMIER JEUNE HOMME : Pardieu ! Croyez-moi, dans mon prochain bouquin, je brosserai une scène de mariage qui les fichera tous par terre !

DEUXIÈME JEUNE HOMME : Rencontré une débutante l'autre jour. A dit qu'elle trouvait votre livre formidable. En général, les jeunes filles soupirent après cette cérémonie primitive.

TROISIÈME JEUNE HOMME : Où est Anthony ?

QUATRIÈME JEUNE HOMME : Il se promène de long en large là dehors, en se parlant tout seul.

DEUXIÈME JEUNE HOMME : Miséricorde ! Avez-vous vu le pasteur ? Une denture des plus bizarres.

CINQUIÈME JEUNE HOMME : Je la crois naturelle. C'est drôle que des gens aient des dents en or.

SIXIÈME JEUNE HOMME : Ils disent qu'ils aiment cela. Mon dentiste m'a raconté qu'un jour une femme est venue le trouver et a insisté pour que deux de ses dents soient aurifiées. Sans raison aucune. Z'étaient très bien comme elles étaient.

QUATRIÈME JEUNE HOMME : J'apprends que vous avez sorti un bouquin, Dick. Félicitations !

DICK, *avec raideur :* Merci.

QUATRIÈME JEUNE HOMME, *innocemment :* Qu'est-ce que c'est ? Des histoires de collège ?

DICK, *encore plus sèchement :* Non. Pas d'histoire de collège.

QUATRIÈME JEUNE HOMME : Dommage, Gn'a pas eu un bon livre sur Harvard depuis des années.

DICK, *piqué :* Pourquoi ne remédiez-vous à cette lacune ?

TROISIÈME JEUNE HOMME : Je crois que j'ai vu un

escadron d'invités tourner le coin de l'allée dans une Packard, à l'instant.

SIXIÈME JEUNE HOMME : En ce cas, on pourrait déboucher deux autres bouteilles.

TROISIÈME JEUNE HOMME : Ç'a été le grand choc de ma vie, d'apprendre que le vieux allait faire célébrer un mariage arrosé. Prohibitionniste enragé, vous savez.

QUATRIÈME JEUNE HOMME, *faisant claquer ses doigts avec excitation :* Sapristi ! Je savais bien que j'avais oublié quelque chose. Mais je me figurais que c'était mon gilet.

DICK : Qu'est-ce que c'était ?

QUATRIÈME JEUNE HOMME : Sapristi de sapristi !

SIXIÈME JEUNE HOMME : Allons, allons ! Quelle est cette tragédie ?

DEUXIÈME JEUNE HOMME : Qu'est-ce que tu as oublié ? Le chemin pour rentrer chez toi ?

DICK, *malicieux :* Il a oublié l'intrigue de son prochain livre d'histoires de Harvard.

QUATRIÈME JEUNE HOMME : Non, monsieur. J'ai oublié le cadeau, nom d'une pipe ! J'ai oublié d'acheter à ce vieil Anthony un cadeau. Je n'ai cessé de remettre cet achat et de le remettre encore, et sapristi ! je l'ai oublié ! Que vont-ils penser ?

SIXIÈME JEUNE HOMME, *facétieux :* Que c'est probablement cela qui retarde le mariage.

Le quatrième jeune homme consulte avec inquiétude sa montre. Rires.

QUATRIÈME JEUNE HOMME : Sapristi ! Quel âne je suis !

DEUXIÈME JEUNE HOMME : Que dites-vous de la demoiselle d'honneur qui se prend pour Nora Bayes ? Elle m'a répété tout le temps qu'elle aurait souhaité un mariage avec musique nègre syncopée. Une nommée Haines ou Hampton.

DICK, *fouillant précipitamment dans sa mémoire :* Kane, vous voulez dire, Muriel Kane. Elle représente une sorte de dette d'honneur, je crois ! Elle a sauvé une fois Gloria de la noyade ou quelque chose de ce genre.

DEUXIÈME JEUNE HOMME : Je n'aurais pas cru qu'elle serait capable d'interrompre ce perpétuel trémoussement assez longtemps pour nager. Remplis mon verre, veux-tu ? Le vieux et moi, nous avons longuement parlé du temps, tout à l'heure.

MAURY : Qui ? Le vieil Adam ?

DEUXIÈME JEUNE HOMME : Non, le père de la mariée. Il doit être attaché à un office météorologique.

DICK : C'est mon oncle, Otis.

OTIS : Eh bien, c'est une profession honorable. *(Rires.)*

SIXIÈME JEUNE HOMME : La fiancée est votre cousine, pas ?

DICK : En effet, Cable.

CABLE : C'est certainement une beauté. Pas comme vous, mon petit Dick. Mais elle fera capituler ce vieil Anthony.

MAURY : Pourquoi les célibataires, le jour de leur mariage, sont-ils qualifiés de vieux ? M'est avis que le mariage est une erreur de jeunesse.

DICK : Maury, le cynique professionnel.

MAURY : Dis donc, espèce de mystificateur intellectuel !

CINQUIÈME JEUNE HOMME : Combat entre la fine fleur des lettres, Otis. Ramasse les miettes que tu pourras.

DICK : Mystificateur toi-même ! Toi, qu'est-ce que tu sais ?

MAURY : Et toi que sais-tu ?

DICK : Demande-moi n'importe quoi. Interroge-moi sur n'importe quelle branche de la connaissance.

MAURY : Bon. Quel est le principe fondamental en biologie ?

DICK : Tu n'en sais rien toi-même.

MAURY : Ne cherche pas à te dérober.

DICK : Eh bien, la sélection naturelle ?

MAURY : Erreur.

DICK : Je donne ma langue au chat.

MAURY : L'ontogenèse est une récapitulation de la phyllogenèse.

CINQUIÈME JEUNE HOMME : Prends-en pour ton grade !

MAURY : Encore une question : quelle est l'influence des souris sur la récolte de trèfle ? *(Rires.)*

QUATRIÈME JEUNE HOMME : Quelle est l'influence des rats sur le Décalogue ?

MAURY : Tais-toi, nigaud ! Il existe un rapport.

DICK : Eh bien, lequel, alors ?

MAURY, *s'arrêtant un instant, en proie à un désarroi grandissant :* Voyons. Il me semble que j'ai oublié la définition exacte. Quelque chose à propos des abeilles qui butinent le trèfle.

QUATRIÈME JEUNE HOMME : Et le trèfle butine les souris. Ha ! ha ! ha !

MAURY, *fronçant le sourcil :* Laissez-moi réfléchir rien qu'une minute.

DICK, *se dressant soudain :* Ecoutez !

Un brouhaha de babillages explose dans la pièce voisine. Les six jeunes gens se lèvent, rectifiant le nœud de leurs cravates.

DICK, *avec autorité :* Nous ferions mieux de rejoindre le peloton d'exécution. On va prendre la photo, je suppose. Non, ça, c'est après.

OTIS : Cable, tu prendras la demoiselle d'honneur à la musique nègre syncopée.

QUATRIÈME JEUNE HOMME : Hélas ! mon Dieu, que n'ai-je envoyé ce cadeau !

MAURY : Si vous me laissez encore une minute, je me souviendrai de la définition à propos des souris.

OTIS : Le mois dernier, j'ai été garçon d'honneur du vieux Charlie Meintyre et...

Ils se dirigent lentement vers la porte à mesure que le babil tourne à la confusion de Babel, et les exercices préliminaires à l'ouverture de la marche nuptiale s'exhalent en longs gémissements pieux de l'orgue d'Adam Patch.

ANTHONY.

Cinq cents paires d'yeux vrillés sur le dos de sa jaquette, et le soleil fait miroiter les dents indûment bourgeoises du clergyman. Anthony a peine à réprimer un rire. Gloria est en train de débiter quelque chose d'une voix claire et fière, et il essaie de penser que la conjoncture est irrévocable, que chaque seconde importe, que sa vie se trouve brisée en deux périodes et que la face du monde change devant lui. Il essaie de ressaisir cette sensation d'extase ressentie dix semaines plus tôt. Toutes ces émotions le fuient, il n'éprouve même pas l'énervement physique de ce même matin — tout cela ne forme qu'un énorme épilogue. Et ces dents aurifiées. Le clergyman est-il marié ? Anthony se demande malicieusement si un clergyman peut célébrer son propre service nuptial...

Mais lorsqu'il prend Gloria dans ses bras, il a conscience d'une violente réaction. Le sang, à présent, palpite dans ses veines. Une satisfaction langoureuse et exquise s'abat sur lui comme un poids, lui apportant la responsabilité et la possession. Le voilà marié.

GLORIA.

Tant d'émotions, et si enchevêtrées qu'aucune ne se peut dissocier des autres ! Elle voudrait pleurer, à cause de sa mère qui verse des larmes silencieuses à dix pas derrière elle, et à cause de la beauté du soleil de juin qui se répand par les fenêtres. Elle a dépassé le stade de la perception consciente. Seul subsiste le sentiment, teinté d'une excitation frénétique, délirante, que ce qui compte finalement le plus est en train de s'accomplir — et une confiance violente et passionnée brûle en elle comme une prière, l'ardent espoir que dans un moment elle sera à jamais et définitivement à l'abri.

A une heure tardive de la nuit, ils arrivèrent à Santa Barbara où le réceptionnaire de l'hôtel Lafcadio refusa de les admettre sous prétexte qu'ils n'étaient pas mariés.

Le réceptionnaire trouvait Gloria belle. Il ne pensait pas qu'une créature aussi belle pût avoir des principes de morale.

« CON AMORE. »

Les premiers six mois — le voyage vers l'ouest, les longs mois de flânerie sur la côte de Californie, et la maison grise de Greenwich où ils vécurent jusqu'à ce que la fin de l'automne rendît la campagne lugubre —, ces jours, ces lieux furent témoins de leurs heures enchantées. A la fiévreuse idylle de leurs fiançailles succéda tout d'abord l'intensité romanesque de leurs rapports plus passionnés. La fiévreuse idylle les abandonna et s'envola vers d'autres amoureux ; un jour, ils regardèrent autour d'eux, et s'aperçurent qu'elle était partie. Comment ? à peine le savaient-ils. Si l'un des deux avait perdu l'autre au cours de cette idylle, l'amour perdu fût toujours resté pour l'amant délaissé ce vague désir irréalisé qui forme l'arrière-plan de toute vie. Mais la magie est d'essence fugace et les amants demeurent...

L'idylle passa, emportant avec elle un peu de leur jeunesse. Vint le jour où Gloria ne trouva plus que les autres hommes l'ennuyaient ; vint le jour où Anthony découvrit qu'il pouvait à nouveau veiller tard la nuit à deviser avec Dick de ces formidables abstractions qui formaient jadis son univers. Mais sachant qu'ils avaient eu la meilleure part de l'amour, ils s'accrochèrent à ce qui leur restait. L'amour subsista — en longues conversations la nuit jusqu'à ces heures où l'esprit s'amenuise et s'aiguise, et où les emprunts à des rêves forment la substance de toute vie —, il subsista sous forme d'attentions profondes et intimes que chacun prit l'habitude de témoigner à l'autre, en riant des mêmes absurdités, en trouvant de la noblesse ou de la tristesse aux mêmes choses.

Ce fut, tout d'abord, une période de découverte. Tout ce que chacun découvrait dans l'autre était si divers, si mélangé et édulcoré d'amour que, sur le moment, on avait moins l'impression d'une découverte que de phénomènes isolés, qu'il fallait accepter avec indulgence et oublier. Anthony découvrit qu'il vivait avec une jeune femme nerveuse, hypertendue et du plus parfait égoïsme. Gloria sut au bout d'un mois que son mari était d'une lâcheté totale devant l'un des millions de fantômes créés par son imagination. Elle ne le remarquait d'ailleurs que par intervalles, car cette lâcheté se manifestait tout à coup avec une évidence presque scandaleuse, pour s'effacer ensuite et disparaître, comme une simple création de son propre cerveau, à elle Gloria. La jeune femme réagissait à cet égard d'une manière assez différente de celle que l'on attribue à son sexe ; elle n'éprouvait aucun dégoût, pas plus qu'un sentiment maternel prématuré. Complètement affranchie, pour sa part, de toute peur physique, elle était incapable de comprendre, et elle cherchait à se représenter sous le plus beau jour certain trait d'Anthony qui, pensait-elle, rachetait sa pusillanimité : c'est que, s'il se montrait lâche sous l'effet d'une tension nerveuse et lorsqu'il laissait libre cours à son imagination, il témoignait néanmoins d'une sorte d'impétueuse témérité qui parfois, rarement, éveillait en Gloria une vague d'admiration, et il avait un orgueil qui d'habitude lui permettait de recouvrer son sang-froid lorsqu'il se croyait observé.

Au début, ce trait ne se manifesta que sous forme de nervosité, au cours d'une douzaine d'incidents — il recommandait à un chauffeur de ne pas rouler trop vite, à Chicago ; il se refusait à emmener Gloria à certain café d'apaches qu'elle avait toujours désiré voir ; mais, en l'occurrence, cela pouvait s'expliquer par l'interprétation conventionnelle : il avait pensé à elle. Néanmoins, le poids de ces observations répétées donnait à Gloria du malaise. Un incident survenu dans un hôtel de San Francisco, une semaine après leur mariage, la confirma dans ses appréhensions.

C'était après minuit et la chambre baignait dans une obscurité totale. Gloria s'assoupissait et le souffle régulier d'Anthony à côté d'elle lui faisait supposer qu'il dormait quand tout à coup elle le vit se dresser sur son coude et regarder fixement la fenêtre.

— Qu'y a-t-il chéri ? murmura-t-elle.

— Rien — il se détendit sur son oreiller et se tourna vers elle —, rien, ma femme chérie.

— Ne dis pas « femme ». Je suis ta maîtresse. Femme

est un mot laid. Ta « maîtresse permanente », tellement plus tangible et désirable... Viens dans mes bras, ajouta-t-elle dans un élan de tendresse. Je dors si bien, si bien, quand je t'ai dans mes bras.

« Venir dans les bras de Gloria » avait une signification très définie. Il fallait qu'il glissât un avant-bras sous son épaule, l'enlaçât des deux bras et s'arrangeât pour former autant que possible une sorte de berceau à trois côtés, afin de lui permettre de prendre voluptueusement ses aises. Anthony qui s'agitait, et dont les bras s'engourdissaient au bout d'une demi-heure de cette posture, attendait qu'elle fût endormie et la poussait alors tout doucement de l'autre côté du lit puis, sa liberté recouvrée, se roulait en boule comme il en avait l'habitude.

Gloria, ayant obtenu le confort sentimental, retomba dans son assoupissement. Cinq minutes tic-taquèrent à la pendulette de voyage de Bloeckman. Le silence enveloppait la chambre, planait sur le mobilier étranger, impersonnel, et le plafond presque accablant qui se confondait insensiblement avec des murs invisibles. Soudain, il y eut à la fenêtre un battement saccadé et bruyant dans l'air silencieux et renfermé.

D'un bond Anthony sauta hors de son lit et il resta là debout, les nerfs tendus.

— Qui est là ? cria-t-il d'une voix terrible.

Gloria se tint coite, parfaitement éveillée à présent, et fascinée, moins par les coups répétés que par la silhouette rigide, haletante, dont la voix s'élevait à son chevet pour s'enfoncer dans les ténèbres sinistres.

Le bruit cessa. La chambre retomba dans le silence — puis on entendit Anthony déverser un flot de paroles dans le téléphone.

— Quelqu'un vient d'essayer d'entrer dans la chambre ! Il y a quelqu'un à la fenêtre.

Sa voix vibrait, emphatique, vaguement terrifiée.

— Bien ! Dépêchez-vous !

Il raccrocha et resta immobile.

... Il y eut des pas précipités, une bousculade devant la porte, on frappa. Anthony alla ouvrir pour livrer passage à un employé de nuit, très agité, suivi de trois chasseurs qui écarquillaient les yeux. Entre le pouce et l'index, l'employé de nuit brandissait comme une menace une plume humide ; l'un des chasseurs s'était emparé d'un annuaire téléphonique et le regardait d'un air décontenancé. En même temps, le détective de l'hôtel, alerté en toute hâte, rejoignait le groupe, et ils foncèrent dans la chambre, comme un seul homme.

La lumière jaillit comme un déclic. S'enveloppant dans un bout de son drap, Gloria plongea hors de vue et ferma les yeux pour éviter l'horreur de cette épreuve imprévue. Sa sensibilité meurtrie abolissait en elle toute pensée, hormis celle que son Anthony avait commis une faute grave.

De la fenêtre l'employé de nuit parlait, tantôt en subalterne, tantôt en maître morigénant un écolier.

— Personne, là dehors, affirma-t-il. Miséricorde, personne ne *pourrait* être là dehors ! Il y a une descente à pic, de cinquante pieds jusqu'à la rue. C'est le battement du vent contre le volet que vous avez entendu.

— Oh !

Alors, elle fut fâchée pour lui. Elle n'eut plus qu'un désir, le réconforter, l'attirer tendrement dans ses bras, leur dire de s'en aller parce que la chose que leur présence corroborait était odieuse. Néanmoins, la honte l'empêcha de relever la tête. Elle entendit une phrase bredouillée, des excuses, des banalités proférées par l'employé, et le ricanement irrépressible d'un des chasseurs.

— J'ai été d'une nervosité du diable toute la soirée,

disait Anthony, je ne sais trop comment ce bruit m'a donné un choc — je dormais à moitié.

— Bien sûr, je comprends, dit l'employé de nuit avec un tact rassurant ; j'ai été ainsi, moi-même.

La porte se referma. Les lumières brusquement s'éteignirent. Anthony traversa sans bruit la pièce et se coula dans le lit. Gloria feignit d'être engourdie par le sommeil, poussa un petit soupir silencieux et glissa dans ses bras.

— Qu'était-ce, chéri ?

— Rien, répondit-il d'une voix encore tremblante. J'ai cru qu'il y avait quelqu'un à la fenêtre et je suis allé regarder dehors, mais je n'ai pu distinguer personne et comme le bruit continuait, j'ai téléphoné en bas. Je regrette de t'avoir dérangée, mais je suis diantrement nerveux ce soir.

Constatant le mensonge, elle eut un sursaut intérieur — il n'était pas allé à la fenêtre, ni près de la fenêtre. Il était resté au chevet du lit, et il avait ensuite lancé son appel terrifié.

« Ah » dit-elle. Et ensuite : « J'ai tellement sommeil !... »

Durant une heure, ils restèrent éveillés, côte à côte. Gloria se serrait les yeux si fort que les lunes bleues se formaient et tourbillonnaient sur des fonds d'un mauve profond. Anthony fixait un regard aveugle sur l'obscurité au-dessus de lui.

Au bout de plusieurs semaines, l'incident fut enfin ouvertement commenté et devint un sujet de rires et de plaisanteries. Ils instaurèrent une tradition à ce propos. Dorénavant, lorsque cette peur panique nocturne accabla Anthony, Gloria l'enlaçait dans ses bras et chantonnait sur une note douce comme une berceuse :

— Je vais protéger mon Anthony. Oh ! personne ne fera jamais de mal à mon Anthony !

Il riait alors, comme d'une plaisanterie imaginée pour leur mutuel amusement, mais Gloria ne la considéra jamais tout à fait comme une plaisanterie. Ce fut, tout d'abord, une déception amère et, plus tard, une des circonstances où elle domina sa mauvaise humeur.

Composer avec la mauvaise humeur de Gloria — qu'elle fût déclenchée par une pénurie d'eau chaude pour son bain, ou par une escarmouche avec son mari — devint presque la principale affaire des journées d'Anthony. Il fallait procéder d'une certaine façon, et pas autrement : combiner et doser le silence, la pression, la docilité et l'autorité. Dans les colères de Gloria, avec les cruautés dont elles s'accompagnaient, se révélait son égocentrisme effréné. Parce qu'elle était brave, parce qu'elle était gâtée, à cause de son ombrageuse et louable indépendance de jugement, et aussi de son arrogante certitude de n'avoir jamais vu une femme qui l'égalât en beauté, Gloria était devenue une nietzschéenne active, invétérée. Ceci, bien entendu, avec des harmoniques de sensibilité profonde.

Il y avait, par exemple, son estomac. Habituée à certains plats, elle était fermement convaincue de ne rien pouvoir manger d'autre. Il lui fallait une limonade et un sandwich à la tomate vers la fin de la matinée, puis un déjeuner léger, avec une tomate farcie. Non seulement elle exigeait pour nourriture la sélection de plusieurs douzaines de plats, mais en outre ces mets devaient subir une préparation spéciale. L'une des deux heures les plus pénibles de la première quinzaine s'écoula à Los Angeles, où un malheureux serveur lui apporta une tomate farcie à la salade de poulet au lieu de céleri.

— Nous les servons toujours ainsi, madame, dit-il d'une voix chevrotante aux yeux gris qui le foudroyaient.

Gloria ne répondit pas, mais quand le garçon se fut

discrètement éclipsé, elle tambourina des deux poings sur la table, si fort que la vaisselle et l'argenterie tintèrent.

— Pauvre Gloria ! fit maladroitement Anthony en riant, tu n'arrives jamais à manger ce que tu voudrais, n'est-ce pas ?

Elle s'emporta :

— Je ne peux pas manger de la ratatouille.

— Je vais rappeler le garçon.

— Je te le défends ! Il ne sait rien de rien, l'imbécile !

— Enfin, ce n'est pas la faute de l'hôtel. Renvoie le plat, oublie-le, ou bien sois belle joueuse et mange-le.

— Tais-toi, dit-elle laconiquement.

— Pourquoi t'en prendre à moi ?

— Oh ! je ne m'en prends pas à toi, gémit-elle, mais simplement, je ne *peux* pas manger cela.

Anthony désemparé flancha.

— Nous pourrions aller ailleurs, suggéra-t-il.

— Je ne *veux* pas aller ailleurs. Je suis fatiguée d'être traînée dans une douzaine de cafés sans trouver une seule chose mangeable.

— Quand avons-nous été dans une douzaine de cafés ?

— On y serait forcé dans une ville pareille ! insista Gloria, prompte aux sophismes.

Anthony, effaré, changea de tactique :

— Pourquoi n'essaies-tu pas d'y goûter ? Ça ne peut pas être aussi mauvais que tu le crois.

— Mais-parce-que-je-n'aime-pas-le-poulet !

Elle prit sa fourchette et se mit à piqueter dédaigneusement la tomate, et Anthony s'attendait à la voir jeter de-ci de-là les ingrédients de la farce. Il ne doutait pas qu'elle fût au comble de la colère — un instant, il surprit une lueur de haine dirigée autant contre lui que contre n'importe qui — et Gloria en colère était, sur le moment, inabordable.

Alors, à sa surprise, il vit qu'elle portait la fourchette à ses lèvres et goûtait à la salade de poulet. Ses sourcils restaient froncés, et il la regarda anxieusement sans faire de commentaires, osant à peine respirer. Elle prit une nouvelle bouchée — au bout d'un moment, elle mangeait. Anthony eut peine à réprimer un rire sous cape. Lorsque enfin il parla, il évita toute allusion à la salade de poulet.

Cet incident, avec des variantes, se répéta comme une fugue lugubre, pendant la première année de leur mariage, et laissait toujours Anthony décontenancé, irrité, déprimé. Mais il s'exaspéra encore davantage en une circonstance où leurs tempéraments brusquement s'affrontèrent — une question de sacs à linge sale, qui par la suite s'achevait inévitablement en défaite décisive pour lui.

Un après-midi, à Coronado, la ville où ils s'arrêtèrent le plus longtemps pendant leur voyage, Gloria était en train de se faire belle pour le thé. Anthony, descendu un peu auparavant pour écouter les derniers bulletins d'information de la guerre en Europe, entra dans la chambre, déposa un baiser sur la nuque poudrée de sa femme et se dirigea vers le meuble où il rangeait ses affaires. Après avoir fourragé dans des tiroirs, manifestement sans résultat, il se tourna vers le Chef-d'œuvre inachevé.

— Tu n'as pas de mouchoir, Gloria ? demanda-t-il.

Gloria tourna sa tête dorée.

— Pas un seul. Je me sers d'un des tiens.

— Le dernier, je suppose.

Il eut un rire sec.

— Vraiment ?

Elle souligna d'un contour énergique, encore que très délicat, l'arc de ses lèvres.

— Le linge à blanchir est-il rentré ?

— Je ne sais pas.

Anthony hésita, puis, avec un flair soudain, ouvrit la porte du placard. Ses soupçons se révélèrent fondés. Sur le crochet placé à cet effet, pendait le sac bleu fourni par l'hôtel et tout gonflé de son linge — il l'y avait placé lui-même. Un étonnant amas de lingerie — bas, robes, chemises de nuit, pyjamas — pour la plupart à peine portés, jonchait le plancher. Le tout faisant incontestablement partie du linge à blanchir de Gloria.

Il s'arrêta, tenant la porte du placard grande ouverte.

— Voyons, Gloria !

— Quoi ?

Elle s'effaçait et rectifiait la ligne de la lèvre selon les lois d'une perspective mystérieuse ; pas un doigt ne tremblait tandis qu'elle maniait le bâton de rouge, et pas un regard ne s'égara dans la direction d'Anthony. C'était un triomphe de concentration.

— Tu n'as jamais envoyé le linge au blanchissage ?

— Il est là ?

— Il est très certainement là.

— Alors je suppose que je n'en ai rien fait.

— Gloria, commença Anthony qui s'assit sur le lit et essaya de capter le reflet de ses yeux dans le miroir, tu en fais de belles, vraiment ! J'ai donné chaque fois le linge à blanchir depuis notre départ de New York, et il y a une semaine tu as promis de t'en charger pour me relayer. Tu n'auras eu qu'à fourrer tes propres affaires dans ce sac et à sonner la femme de chambre, et voilà tout.

— Oh ! pourquoi tant d'histoires pour le blanchissage ? s'écria Gloria avec pétulance. Je m'en occuperai.

— Je ne fais pas d'histoires. Je suis prêt à partager le tracas avec toi, mais quand nous sommes à court de mouchoirs, il est fichtrement temps de faire quelque chose.

Anthony trouvait à ses paroles une logique irréfutable. Mais Gloria, nullement impressionnée, rangea ses cosmétiques et lui présenta avec détachement son dos.

— Agrafe-moi, suggéra-t-elle. Anthony chéri, j'avais

complètement oublié. J'en avais l'intention, je t'assure, et je m'en occuperai dès aujourd'hui. Ne sois pas fâché avec ta chérie.

Que pouvait faire Anthony sinon l'attirer sur ses genoux et effacer d'un baiser une ombre de couleur sur ses lèvres ?

— Mais ça m'est égal, murmura-t-elle avec un sourire radieux et magnanime. Tu peux enlever tout le rouge de mes lèvres avec tes baisers, tant que tu voudras.

Ils descendirent prendre le thé. Dans un magasin voisin, ils achetèrent des mouchoirs. Tout fut oublié.

Mais deux jours plus tard, Anthony inspecta le placard et vit le sac qui pendait toujours mollement au crochet, et la pile aux couleurs vives et gaies sur le plancher avait étonnamment pris de la hauteur.

— Gloria ! cria-t-il.

— Oh !

Une détresse sincère vibrait dans la voix de Gloria. Désespérément, Anthony alla au téléphone et appela la femme de chambre.

— M'est avis, dit-il avec impatience, que tu t'attends à ce que je sois pour toi une sorte de valet français.

Gloria se prit à rire, d'un rire si contagieux qu'Anthony eut la faiblesse de sourire. L'infortuné ! Grâce à des impondérables, ce sourire la rendit maîtresse de la situation. Avec un air de vertu offensée, elle s'approcha dramatiquement du placard et se mit à fourrer avec violence son linge dans le sac. Anthony l'observait, confus.

— Là ! dit-elle, impliquant qu'elle s'était usé les doigts à force de travailler pour un maître impitoyable.

Anthony estima néanmoins lui avoir donné une leçon de choses et crut l'incident clos, mais au contraire, il ne faisait que commencer. Les piles de linge sale s'accumulèrent, à de longs intervalles. La pénurie de mouchoirs fut suivie d'une nouvelle pénurie de mouchoirs — à de brefs intervalles ; sans parler de la disette de chaussettes, de chemises, de tout. Et Anthony se trouva à la longue placé devant l'alternative d'envoyer lui-même le linge au blanchissage, ou d'affronter l'épreuve de plus en plus pénible d'une joute oratoire avec Gloria.

GLORIA ET LE GÉNÉRAL LEE.

En allant vers l'est, ils s'arrêtèrent deux jours à Washington et se promenèrent, non sans quelque hostilité, dans cette ambiance de lumière crue, rébarbative, d'espace sans liberté et de pompes sans splendeur — on eût dit une ville à la pâleur terreuse et aux manières empruntées. Le second jour, ils firent une excursion malencontreuse à l'ancienne demeure du général Lee, à Arlington.

L'autobus qui les transporta était bondé de gens modestes, échauffés et Anthony connaissait assez Gloria pour pressentir qu'un orage couvait. Il éclata au Zoo, où le groupe s'arrêta dix minutes. Le Zoo, déclara Gloria, sentait le singe. Anthony rit, Gloria appela la malédiction du ciel sur les singes et engloba dans sa malveillance tous les passagers de l'autobus et leurs rejetons en sueur qui avaient couru vers les quadrumanes.

Finalement l'autobus s'ébranla et parvint à Arlington. Là, il rencontra d'autres cars et un essaim de femmes et d'enfants qui laissaient des traînées de coquilles de cacahuètes à travers les salles du général Lee et s'assemblèrent enfin dans la pièce où avait été célébré son mariage. Au mur, une agréable pancarte indiquait en grandes lettres rouges : « Toilettes pour dames. » Sous ce dernier coup, Gloria s'effondra.

— Je trouve cela terrible ! dit-elle avec fureur. Quelle

idée de laisser ces gens venir ici ! Et de les encourager, en faisant de ces demeures des salles de spectacle !

— Mais, objecta Anthony, si elles n'étaient pas entretenues, elles s'écrouleraient.

— Tant pis ! s'écria-t-elle, tandis qu'ils gagnaient le large porche à colonnes. Crois-tu qu'on a laissé subsister ici un souffle de 1860 ? C'est devenu une maison de 1914.

— Tu ne veux donc pas préserver les choses anciennes ?

— Mais on ne *peut* pas, Anthony. Les belles choses atteignent à un certain apogée, après quoi elles déclinent et se flétrissent, exhalant des souvenirs à mesure qu'elles se dégradent. Et de même que toute époque passée décline dans nos mémoires, les choses de cette période devraient se détériorer aussi et ainsi elles se trouveraient préservées pour un temps dans quelques cœurs comme le mien, en qui elles provoquent une réaction. Ce cimetière de Tarrytown, par exemple. Les idiots qui donnent de l'argent pour entretenir le passé ont gâté cela aussi. Sleepy Hollow a disparu ; Washington Irving est mort et ses livres pourrissent dans notre jugement, année après année — alors, laissez le cimetière redevenir pourriture, lui aussi, comme il devrait — comme devraient toutes choses. Essayer de préserver un siècle en gardant toutes ses reliques intactes, c'est comme de maintenir en vie un mourant, à coups de stimulants.

— Alors tu penses que, chaque fois qu'une époque disparaît, les maisons devraient disparaître aussi ?

— Bien sûr ! Apprécierais-tu ton autographe de Keats si l'on repassait de l'encre sur la signature pour la faire durer plus longtemps ? Justement parce que j'aime le passé, je voudrais que cette maison regarde en arrière, se rappelle son lumineux instant de jeunesse et de beauté, je voudrais que ses marches craquent comme sous les pas de femmes en crinoline et d'hommes bottés et éperonnés. Mais ils l'ont transformée en vieille rombière sexagénaire, teinte en blond et maquillée de rouge. Elle n'a pas le droit d'avoir l'air si florissant ! Elle devrait se soucier assez de Lee pour laisser crouler une de ses briques de temps en temps. Combien parmi ces... ces *animaux*... — elle fit un geste circulaire — retirent-ils un enrichissement de tout ceci, en dépit de tous les manuels d'histoire, des guides et des restaurations ? Parmi ceux qui s'imaginent, dans le meilleur des cas, marquer leur appréciation du lieu en parlant à voix basse, et en marchant sur la pointe des pieds, combien sont-ils qui se donneraient la peine de venir ici, si cela leur coûtait un effort quelconque ? J'aurais voulu que cette maison sente le magnolia au lieu des cacahuètes, et entendre mes souliers broyer le même gravier qu'ont broyé les bottes de Lee. Il n'est pas de beauté sans intensité poignante, et rien de poignant sans le sentiment de son caractère éphémère, les hommes, les noms, les livres, les demeures... voués à la poussière... mortels...

Un petit garçon surgit à côté d'eux et, brandissant une poignée de pelures de cacahuètes, les lança vaillamment vers le Potomac.

SENTIMENT.

L'arrivée d'Anthony et de Gloria à New York coïncida avec la chute de Liège. Rétrospectivement, ces six semaines semblèrent un miracle de bonheur. Ils avaient découvert, sur une vaste échelle (comme la plupart des jeunes couples le découvrent dans une certaine mesure) qu'ils possédaient en commun beaucoup d'idées fixes, de curiosités et de bizarreries mentales ; ils étaient essentiellement sociables.

Mais au prix d'un effort seulement, ils avaient pu

maintenir certains de leurs entretiens sur le terrain de la simple discussion. Gloria ne supportait pas la contradiction. Toute sa vie en contact avec ses inférieurs intellectuels ou avec des hommes qui devant l'intimidation presque hostile de sa beauté n'osaient pas lui tenir tête, elle s'irritait tout naturellement lorsque Anthony cessait de considérer ses verdicts comme infaillibles et sans appel.

Il ne parvint pas à se rendre compte, au début, que c'était là le résultat, en partie de son éducation « féminine » et en partie de sa beauté, et l'englobant avec tout son sexe, il inclina à la juger curieusement et définitivement bornée. Il bouillait de fureur en découvrant qu'elle n'avait pas le sentiment de la justice. Mais il s'aperçut que, lorsqu'un sujet l'intéressait, l'esprit de Gloria se lassait moins vite que le sien. Ce qu'il regrettait surtout de ne pas trouver chez elle, c'était la téléologie pédante — le sens de l'ordre et de la précision, le sentiment de la vie considérée comme un tas de rapiéçages mystérieusement ajustés ; mais au bout de quelque temps il comprit qu'une qualité de ce genre, chez elle, eût été choquante.

De toutes les choses qu'ils possédaient en commun, la plus grande était l'attraction presque effrayante qui poussait chacun de leur cœur vers l'autre. Le jour où ils quittèrent l'hôtel de Coronado, elle s'assit sur un des lits pendant qu'ils faisaient leurs bagages et pleura amèrement.

— Chérie...

Le bras d'Anthony l'enlaça ; il attira contre son épaule la tête de Gloria.

— Qu'y a-t-il, ma Gloria ? Dis-moi.

— Nous allons partir, sanglota-t-elle. Oh, Anthony, c'est en quelque sorte le premier endroit où nous avons vécu ensemble. Nos deux petits lits... côte à côte... ils seront toujours là à nous attendre, et jamais plus nous ne reviendrons vers eux.

Elle lui déchirait le cœur, comme elle en avait toujours le pouvoir. Une onde d'émotion envahit Anthony, lui monta aux yeux.

— Gloria, voyons, nous irons dans une autre chambre. Avec deux autres petits lits. Nous serons ensemble toute notre vie.

Les mots déferlèrent des lèvres de Gloria, à voix basse et rauque.

— Mais ce ne sera plus... comme nos deux petits lits... Jamais plus... Partout où nous irons, nous continuerons à vivre et nous changerons, quelque chose sera perdu... quelque chose restera en arrière. On ne peut jamais rien recommencer tout à fait, et j'ai été tellement à toi, ici...

Il l'étreignit passionnément, discernant, au-delà de toute critique de son émotion, une sage faculté de saisir l'instant fugitif, fût-ce en cédant à son envie de pleurer. Gloria, l'oisive, qui caressait ses propres rêves, en train d'extraire une saveur poignante des instants mémorables que contiennent la vie et la jeunesse.

Plus tard dans l'après-midi, lorsqu'il revint de la gare avec les billets, il la trouva endormie sur un des lits, son bras enroulé autour d'un objet noir qu'il ne put tout d'abord identifier. En se rapprochant, il s'aperçut qu'elle tenait l'un de ses souliers à lui, point très neuf ni très propre ; mais elle pressait contre ce soulier son visage noyé de larmes, et il comprit son message venu du fond des âges, et infiniment respectable. Il éprouva une sorte d'extase en l'éveillant et en la voyant lui adresser un sourire timide mais très conscient de la délicatesse de son imagination.

Sans évaluer la valeur ou les déchets de ces deux éléments, il sembla à Anthony qu'ils se situaient quelque part, tout près du cœur de l'amour.

LA MAISON GRISE.

Après la vingtième année, le rythme de la vie commence à se ralentir, et bien simple est l'âme, en vérité, pour qui autant de choses ont gardé une signification à vingt ans que dix ans plus tôt. A trente ans, un joueur d'orgue de Barbarie est un homme plus ou moins mangé par les mites, qui moud un orgue — et, naguère, c'était un joueur d'orgue ! L'irrécusable stigmate de l'humanité atteint toutes ces choses belles et impersonnelles que seule la jeunesse arrive à saisir dans leur splendeur anonyme. Une balle brillante, accompagnée d'un rire légèrement romanesque, s'use et laisse deviner à travers ses soieries et ses satins l'armature nue d'un objet fabriqué de main d'homme — oh ! cette main éternelle ! Une pièce de théâtre très tragique et divine devient simplement une succession de discours, sur laquelle a peiné l'éternel plagiaire, durant des heures froides et humides, et jouée par des hommes soumis à des spasmes, à la lâcheté, à des sentiments virils.

Et cette période — la première année de leur mariage, et la maison grise — surprit Anthony et Gloria, au stade où le joueur d'orgue subissait lentement son inévitable métamorphose. Elle avait vingt-trois, lui vingt-six.

La maison grise fut, au début, un projet purement bucolique. Ils vécurent avec impatience, dans l'appartement d'Anthony, la première quinzaine après leur retour de Californie, dans une atmosphère étouffante de valises ouvertes, de visiteurs trop nombreux et d'éternels sacs de linge sale. Ils discutèrent avec leurs amis le stupéfiant problème de leur avenir. Dick et Maury s'asseyaient avec eux et opinaient du chef, solennellement, presque pensivement, à mesure qu'Anthony leur énumérait ce qu'ils

« devaient » faire et discutait l'endroit où ils « devaient » vivre.

— J'aimerais emmener Gloria à l'étranger, gémissait-il, n'était cette maudite guerre — et ensuite, j'aurais assez aimé une propriété à la campagne, quelque part près de New York, bien sûr, où je pourrais écrire ou faire ce que je déciderai de faire.

Gloria se prit à rire.

— N'est-il pas futé ? demanda-t-elle à Maury. « Ce que je déciderai de faire ! » Mais que ferai-je, *moi,* s'il travaille ? Maury, me promènerez-vous si Anthony travaille ?

— En tout cas, je ne vais pas travailler tout de suite, dit vivement Anthony.

Il était vaguement entendu entre eux qu'un jour perdu dans les brumes, il entrerait dans la diplomatie et ferait l'envie des princes et des ministres à cause de sa femme si belle.

— Ma foi, dit Gloria désemparée, je ne sais vraiment pas. Nous parlons, nous parlons sans aboutir à rien, et nous interrogeons tous nos amis, et ils ne font que nous donner les réponses que nous attendons d'eux. Je voudrais bien que quelqu'un nous prenne en charge.

— Pourquoi n'iriez-vous pas à... mettons à Greenwich ? suggéra Richard Caramel.

— Voilà qui me plairait, dit Gloria en se rassérénant. Croyez-vous que nous pourrions trouver une maison là-bas ?

Dick haussa les épaules et Maury s'esclaffa.

— Vous m'amusez, vous deux ! dit-il. A peine parle-t-on d'un endroit, que vous vous attendez à ce que nous sortions de nos poches de grandes piles de photos montrant tous les différents styles d'architecture que l'on peut trouver parmi les bungalows disponibles.

— C'est justement ce que je ne veux pas, se lamenta

Gloria, un bungalow chaud et étouffant avec un tas de bébés à côté et leur père en bras de chemise, en train de tondre le gazon.

— De grâce, Gloria, interrompit Maury, personne ne veut vous enfermer dans un bungalow. Comment diable en est-on venu à parler de bungalow ? Mais vous ne dénicherez jamais une propriété si vous ne vous décidez pas à aller à sa recherche.

— Aller où ? Vous dites : « Sortez ! sortez et allez à sa recherche » ; mais où ?

Avec dignité, Maury agita sa main comme une patte de chat, en un geste circulaire.

— N'importe où, à la campagne. Il y a des tas d'endroits.

— Merci.

— Ecoutez ! — Richard Caramel fit rouler avec désinvolture ses prunelles jaunes. — L'ennui, avec vous, c'est que vous n'êtes pas organisés. Connaissez-vous le moins du monde l'Etat de New York ? Tais-toi, Anthony, je parle à Gloria.

— Eh bien, finit-elle par avouer, j'ai été invitée deux ou trois fois dans des propriétés à Portchester et dans le Connecticut — mais, naturellement, ce n'est pas dans l'Etat de New York, n'est-ce pas ? Et Morristown non plus, acheva-t-elle avec une inconséquence somnolente.

Il y eut un grand éclat de rire.

— O Seigneur ! s'écria Dick, « Morristown non plus » ! Non, et Santa Barbara non plus, Gloria. Pour commencer, à moins d'avoir de la fortune, inutile de songer à un endroit comme Newport, ou Southampton, ou Tuxedo. Ils sont hors de question.

Tous en convinrent solennellement.

— Et pour ma part je déteste New Jersey. Evidemment, il y a le New York du Nord, au-dessus de Tuxedo.

— Trop froid, dit brièvement Gloria. J'y suis allée une fois en auto.

— Eh bien, il me semble qu'il existe une quantité de villes comme Rye, entre New York et Greenwich, où vous pourriez acheter une petite maison grise de quelque...

Gloria bondit triomphalement à cette phrase. Pour la première fois depuis leur retour de l'Est, elle savait ce qu'elle voulait.

— Oh oui ! s'écria-t-elle. Oh *oui* ! C'est cela : une petite maison grise, un peu de blanc tout autour et une quantité de sycomores aussi bruns et dorés qu'un paysage d'octobre dans une galerie d'art. Où pouvons-nous en trouver une ?

— J'ai malheureusement égaré ma liste de petites maisons grises entourées de sycomores... mais j'essayerai de la retrouver. Entre-temps, prenez un bout de papier et inscrivez le nom de sept villes possibles. Et chaque jour de cette semaine, vous ferez une excursion à l'une de ces villes.

— Oh, malheur ! protesta Gloria, mentalement effondrée, pourquoi ne le feriez-vous pas à notre place ? J'ai horreur des trains.

— Alors louez une auto et...

Gloria bâilla.

— Je suis fatiguée de discuter. Il me semble que tout ce que nous faisons, c'est de parler de l'endroit où il faudrait habiter.

— Mon exquise femme est fatiguée de penser, fit observer ironiquement Anthony. Elle a besoin d'un sandwich à la tomate pour stimuler ses nerfs épuisés. Sortons prendre le thé quelque part.

Le résultat malheureux de cet entretien fut qu'ils prirent à la lettre l'avis de Dick et deux jours plus tard se rendirent à Rye où un irascible agent immobilier les promena comme des bébés égarés dans une forêt. On leur montra des maisons à cent dollars par mois, qui voisinaient avec d'autres maisons également à cent dollars ; on leur montra des maisons isolées qui leur inspirèrent invariablement une violente antipathie, bien qu'ils cédassent par faiblesse au désir de l'agent qui voulait leur faire admirer « le poêle, regardez-moi ce poêle ! ». Plusieurs chambranles de porte furent secoués devant eux et plusieurs murs percutés, de toute évidence pour leur prouver que la maison ne s'écroulerait pas sur l'heure, encore qu'elle en donnât fortement l'impression. Ils inspectèrent, par les fenêtres, des intérieurs meublés « commercialement » avec des sièges pareils à des dalles, et des divans rigides, ou « genre familial » avec le mélancolique bric-à-brac des étés passés — raquettes de tennis en croix, chaises longues épousant les formes et déprimantes « Gibson girls ». Avec un sentiment de culpabilité, ils visitèrent quelques maisons vraiment agréables, hautaines, dignes et fraîches — à trois cents dollars par mois. Ils quittèrent Rye en disant grand merci à l'agent immobilier.

Dans le train bondé qui les ramenait à New York, le siège derrière Gloria était occupé par un Latin à la forte haleine, dont les derniers repas avaient été, de toute évidence, à base d'ail. Ils regagnèrent l'appartement soulagés, presque hystériquement, et Gloria se précipita pour prendre un bain dans l'irréprochable salle de bains. Durant une semaine, tous deux furent incapables de s'occuper du problème de leur futur logis.

L'affaire trouva finalement une solution grâce à un concours romanesque de circonstances inespérées. Anthony entra en courant au salon un après-midi, tout radieux de son « idée ».

— Ça y est ! s'exclama-t-il comme s'il venait d'attraper une souris. Nous allons acheter une auto.

— Mince, alors ! Nous n'avons pas déjà assez de difficultés à nous tirer d'affaire nous-mêmes ?

— Laisse-moi une seconde pour m'expliquer, veux-tu ? Nous laisserons notre fourbi à Dick et nous empilerons deux valises dans notre voiture, celle que nous allons acheter — de toute façon il nous en faudra une, à la campagne — et nous partirons dans la direction de New Haven. Tu comprends, à mesure que nous nous éloignons de New York, assez pour que les communications quotidiennes avec la ville ne soient plus possibles, les loyers deviennent meilleur marché et dès que nous nous trouverons une maison, nous aurons tout juste la peine de nous y installer.

Par ses fréquentes et apaisantes interpolations du mot « juste », il éveilla l'enthousiasme léthargique de Gloria. Arpentant violemment la pièce, il simula un dynamisme efficient et irrésistible. « Nous achèterons une voiture dès demain. »

La Vie, qui suit en boitant les bottes de sept lieues de l'imagination, les vit sortir de la ville une semaine plus tard dans un roadster bon marché mais flambant neuf, les vit traverser le Bronx cahotique et incompréhensible, puis un large district obscur où des déserts d'un bleu-vert alternaient avec des banlieues d'une activité frénétique et sordide. Ils quittèrent New York à onze heures, et ce fut bien après la chaleur et la béatitude de midi qu'ils roulèrent avec désinvolture à travers Pelham.

— Ce ne sont pas des villes, dit avec dédain Gloria, ce ne sont que des blocs de ville qu'on a froidement fichés dans des espaces vides. J'imagine que tous les hommes ont les moustaches sales à force d'avoir bu leur café trop vite le matin.

— Et qu'ils jouent au pinochle[1] dans les trains à abonnement qui font la navette.

— *Pinochle,* qu'est-ce que c'est ?

— Ne prends pas les choses tellement à la lettre. Comment le saurai-je ? Mais d'après la sonorité du mot, on a l'impression qu'ils doivent y jouer.

— Il me plaît. On a l'impression que cela doit consister à faire craquer ses articulations ou quelque chose dans ce genre... Passe-moi le volant.

Anthony la regarda d'un air méfiant.

— Tu me jures que tu es une bonne conductrice ?

— Depuis l'âge de quatorze ans.

Il arrêta prudemment la voiture au bord de la route et ils changèrent de siège. Puis, avec un horrible grincement, le moteur fut mis en marche, Gloria ponctuant le démarrage d'un rire qui parut à Anthony inquiétant et de très mauvais augure.

— En avant ! glapit-elle. Hop !

Leurs têtes se rejetèrent en arrière commes des marionnettes attachées sur un même fil, tandis que l'auto bondissait en avant et traçait une courbe autour d'un camion de laiterie en stationnement dont le chauffeur se dressa sur son siège et les couvrit d'injures. Selon l'immémoriale tradition de la route, Anthony répliqua par quelques brèves épigrammes sur la grossièreté du métier de distributeur de lait... Il s'interrompit néanmoins et se tourna vers Gloria avec la certitude grandissante qu'il avait commis une erreur grave en abandonnant le contrôle, et que Gloria était une conductrice fort excentrique et infiniment négligente.

— Rappelle-toi ! lui recommanda-t-il avec nervosité, l'homme a dit que nous ne devons pas faire plus de

1. Sorte de belote. (N.d.T.)

quarante mile à l'heure, durant les premiers cinq mille milles.

Elle fit un bref signe d'assentiment, mais, de toute évidence décidée à couvrir la distance interdite aussi vite que possible, elle accéléra légèrement. Un instant plus tard, il revint à la charge.

— Tu vois ce poteau indicateur ? Tu veux nous faire pincer ?

— Oh ! pour l'amour du ciel, s'écria Gloria, exaspérée, tu exagères *toujours* tout !

— Mais je n'ai pas envie d'être arrêté.

— Qui est-ce qui t'arrête ? Tu es tellement obstiné, tout comme tu l'étais hier soir à propos de mon médicament contre la toux.

— C'était pour ton bien.

— Ah ! J'aurais aussi bien pu vivre avec maman.

— En voilà une chose à me dire !

Un agent de police en faction apparut et fut promptement dépassé.

— Tu l'as vu ? demanda Anthony.

— Oh ! tu me rends folle ! Il ne nous a pas arrêtés, n'est-ce pas ?

— Quand il le fera, il sera trop tard, riposta brillamment Anthony.

La réponse fut dédaigneuse, presque offensée.

— Voyons, cette vieille bagnole ne dépassera pas cinquante à soixante à l'heure.

— Elle n'est pas vieille.

— Elle l'est en esprit.

Cet après-midi, l'auto rejoignit les sacs de blanchissage et l'appétit de Gloria, pour s'insérer dans une triade de discordes. Il la mit en garde contre les rails du chemin de fer ; il lui désigna les autos qui approchaient ; finalement, il insista pour reprendre le volant et une Gloria furieuse, ulcérée, resta assise en silence à côté de lui entre les villes de Larchmont et de Rye.

Mais ce fut grâce à ce silence furibond que la maison grise se matérialisa et quitta le stade de l'abstraction, car, juste au-delà de Rye, Anthony capitula lugubrement devant la bouderie, et céda le volant à nouveau. Sans mot dire, il implora Gloria et, aussitôt rassérénée, elle promit d'être plus prudente. Mais à cause d'une voiture qui s'obstinait à rouler sur sa lancée, Gloria bifurqua dans une rue latérale — et de tout l'après-midi ne parvint plus à retrouver le chemin menant à la grand-route. La rue qu'ils finirent par confondre avec elle perdit son aspect de grande artère à huit kilomètres à peine au-delà de Cos Cab. Son macadam se mua en gravier, puis en crasse — en outre, elle se rétrécit et se trouva ourlée d'érables qui laissaient filtrer le soleil. Il déclinait vers l'ouest et se livrait à d'incessantes expériences en inscrivant des dessins d'ombre sur les hautes herbes.

— Nous nous sommes égarés à présent, se lamenta Anthony.

— Lis ce poteau indicateur !

— Marietta — huit kilomètres. Où est Marietta ?

— Jamais entendu parler d'elle, mais continuons. Nous ne pouvons pas faire demi-tour ici, et il y a probablement un détour pour regagner la grand-route.

Le chemin se balafrait d'ornières de plus en plus profondes, et d'insidieuses saillies de pierres. Trois fermes leur firent face un instant et glissèrent derrière eux. Une ville surgit, une agglomération de toits ternes, autour d'un haut clocher blanc.

Puis Gloria, hésitant entre deux voies d'approche, et se décidant trop tard, passa sur une bouche d'incendie et déchira violemment le train de transmission de la voiture.

Il faisait obscur quand l'agent immobilier de Marietta leur montra la maison grise. Ils tombèrent sur elle, à l'ouest du village, profilée sur un ciel qui était un chaud manteau bleu boutonné de petites étoiles. La maison grise existait déjà à l'époque où les femmes qui élèvent des chats étaient sans doute des sorcières, où Paul Reverre fabriquait de fausses dents à Boston avant d'éveiller l'attention des gros bonnets du commerce, où nos ancêtres désertaient glorieusement Washington par hordes. Depuis ce temps, un des coins branlants de la maison avait été étayé. Pourvue de nouvelles cloisons et recrépie à l'intérieur, agrandie d'une cuisine et augmentée d'un porche latéral — mis à part le toit de la cuisine qu'un jovial imbécile avait recouvert de feuilles d'étain rouge —, elle gardait résolument son style colonial.

— Par quel hasard êtes-vous venue à Marietta ? demanda l'agent immobilier sur un ton tout d'abord voisin de la méfiance.

Il leur faisait visiter quatre chambres à coucher spacieuses et aérées.

— Nous avons eu une panne, expliqua Gloria. J'ai passé sur une bouche à incendie et il a fallu nous faire remorquer au garage, et alors nous avons vu votre écriteau.

L'homme hocha la tête, incapable d'admettre un tel élan de spontanéité. Il y avait quelque chose d'indéfinissablement immoral à prendre une décision sans l'avoir pesée pendant des mois.

Ils signèrent un bail ce même soir et, dans l'auto de l'agent, regagnèrent en exultant l'auberge somnolente et dégradée de Marietta, trop misérable pour offrir même l'immoralité de hasard et les fastes d'une taverne de campagne. Ils restèrent éveillés une partie de la nuit à dresser le plan de tout ce qu'ils allaient faire. Anthony travaillerait, avec une rapidité stupéfiante, à son histoire, et s'insinuerait ainsi dans les bonnes grâces de son cynique aïeul... La voiture une fois réparée, ils exploreraient la contrée et adhéreraient au club « vraiment bien » le plus proche, où Gloria jouerait au golf « ou à quelque chose » pendant qu'Anthony écrirait. Ce programme, bien entendu, exprimait la pensée d'Anthony — Gloria était certaine qu'elle n'avait envie que de lire et rêver, et d'être nourrie de sandwiches à la tomate et de limonade, par une servante angélique, encore dans un brumeux « hinterland ». Entre deux paragraphes, Anthony viendrait l'embrasser, tandis qu'elle se prélasserait indolemment dans le hamac... Le hamac ! Une foule de nouveaux rêves, accordés à son rythme imaginaire, tandis que le vent le balancerait et que des ondes de soleil onduleraient sur les ombres du blé rabattu par le vent, où la route poussiéreuse tavelée et obscurcie par une paisible pluie estivale...

Et des hôtes... Là, ils eurent une longue discussion, chacun des deux essayant d'afficher une maturité et une clairvoyance extraordinaires. Anthony affirmait qu'il aurait besoin de gens, au moins un week-end sur deux, « comme une sorte de changement ». Ces mots provoquèrent un dialogue compliqué extrêmement sentimental : Anthony ne considérait-il pas Gloria comme un changement suffisant ? Bien qu'il lui assurât que oui, elle s'obstina à en douter... Finalement, l'entretien reprit l'éternel thème :

— Et après ? Oh ! que ferons-nous après ?

— Eh bien, nous aurons un chien, suggéra Anthony.

— Je n'en veux pas, je veux un chaton.

Elle raconta avec précision et beaucoup d'enthousiasme l'histoire, les habitudes et les goûts d'un chat qu'elle avait eu autrefois. Anthony estima que ç'avait dû être un horrible personnage, dénué de magnétisme personnel et de toute loyauté de cœur.

Plus tard, ils s'endormirent, pour s'éveiller une heure avant l'aube, avec la maison grise dansant, dans une splendeur fantomatique, devant leurs yeux éblouis.

L'ÂME DE GLORIA.

Cet automne-là, la maison grise les accueillit avec un élan effusif qui dissimulait son grand âge. Certes, il y avait les sacs de blanchissage, il y avait l'appétit de Gloria, il y avait la tendance d'Anthony à ruminer ses pensées et sa « nervosité » imaginative — mais il y eut aussi des intervalles d'une sérénité inespérée. Tout près l'un de l'autre sur la véranda, ils attendaient que la lune ruisselât sur les arpents argentés des cultures, sautât par-dessus un bois épais et fît déferler à leurs pieds des vagues lumineuses. Sous cette clarté le visage de Gloria prenait une blancheur diffuse, évocatrice, et ils n'avaient guère d'efforts à faire pour se débarrasser des lunettes de l'habitude et chacun d'eux retrouvait dans l'autre la quintessence romanesque de juin défunt.

Une nuit que la tête de Gloria reposait sur le cœur d'Anthony et où leurs cigarettes brillaient en tournoyant boutons lumineux dans le dôme de ténèbres au-dessus du lit, elle parla pour la première fois, et par bribes, des hommes qui durant de brèves périodes s'étaient attachés à sa beauté.

— Penses-tu jamais à eux ? demanda-t-il.

— Parfois seulement, quand quelque chose arrive qui me rappelle quelqu'un en particulier.

— Qu'est-ce que tu te rappelles, leurs baisers ?

— Toutes sortes de choses... Les hommes sont différents, avec les femmes.

— En quoi, différents ?

— Oh ! entièrement — et c'est impossible à exprimer. Les hommes qui ont la réputation la plus fermement enracinée d'être comme ceci ou comme cela se montraient parfois étonnamment inconsistants avec moi. Les brutaux devenaient tendres, des hommes méprisables étaient singulièrement loyaux et dignes d'amour, et souvent des hommes considérés adoptaient une attitude rien moins qu'honorable.

— Par exemple ?

— Eh bien, il y avait un garçon, nommé Percy Wolcott, de Cornell, une sorte de héros de son collège, un grand athlète qui avait sauvé une quantité de gens lors d'un incendie ou quelque chose d'approchant. Mais je me suis vite aperçue qu'il était stupide, d'une manière assez dangereuse.

— Quelle manière ?

— Il semblait avoir une conception naïve de la femme « digne d'être son épouse », une conception particulière qui me révoltait et me rendait toujours folle de fureur. Il demandait une fille qui n'ait jamais été embrassée et qui aimerait coudre, rester à la maison et flatter son amour-propre... Et je parie que s'il a trouvé une idiote pour se morfondre et faire la bécasse avec lui, il court des bordées avec une dame beaucoup plus dans le mouvement.

— Je le regretterais pour sa femme.

— Moi pas. Pense quelle dinde elle serait de ne pas s'en être rendu compte avant de l'épouser. C'est le genre d'homme pour qui la façon d'honorer et de respecter une femme consiste à ne jamais lui procurer de distractions. Animé des meilleures intentions, il était plongé dans l'âge des ténèbres.

— Comment se comportait-il avec toi ?

— J'y viens. Comme je te l'ai dit — au fait, te l'ai-je dit ? — il était très bien de sa personne : de grands yeux bruns honnêtes et un de ces sourires qui garantit la présence d'un cœur de vingt carats or. Etant jeune et crédule, j'ai cru qu'il avait quelque discrétion, de sorte que je l'ai embrassé avec ardeur un soir où nous nous promenions en auto après avoir dansé à Hot Springs. Ç'a été une semaine merveilleuse, je me rappelle — avec les arbres les plus exquis, éparpillés par toute la vallée comme une écume verte, en quelque sorte, et une brume qui s'en dégageait, les matins d'octobre, comme des feux de joie allumés pour les roussir…

— Mais revenons à ton ami, l'homme aux idéals ? interrompit Anthony.

— Il faut croire que lorsqu'il m'a embrassée, il a commencé à se dire que peut-être il pouvait obtenir un peu plus, et que je n'avais pas besoin d'être « respectée » comme cette bienheureuse fille à la Béatrice Fairfax créée par son imagination.

— Qu'a-t-il fait ?

— Pas grand-chose. Je l'ai poussé au bas d'un escarpement de seize pieds, avant qu'il ait vraiment passé aux actes.

— Tu lui as fait mal ? s'enquit Anthony avec un rire.

— Il s'est cassé le bras et foulé la cheville. Il a raconté l'histoire dans tout Hot Springs et quand son bras a guéri, un type nommé Barley, à qui je plaisais, s'est battu avec lui et le lui a recassé. Oh ! ça a fait un gâchis terrible. Il a menacé de traduire Barley en justice et Barley — il était de Géorgie — a été vu en ville, achetant un fusil. Mais avant cela, maman m'a de nouveau traînée dans le Nord, bien contre mon gré, de sorte que je n'ai jamais su au juste tout ce qui s'était passé — bien que j'aie vu une fois Barley dans le vestibule du *Vanderbilt.*

Anthony eut un rire prolongé et sonore.

— Quelle carrière ! Je suppose que je devrais être furieux que tu aies embrassé tant d'hommes. Pourtant, je ne le suis pas.

Elle s'assit dans le lit.

— C'est drôle, mais je suis tellement sûre que ces baisers n'ont laissé sur moi aucune trace — aucune souillure de promiscuité, je veux dire —, bien qu'un homme m'ait dit une fois très sérieusement qu'il détestait penser que j'avais été un verre à boire public.

— Il avait du culot.

— Je me suis bornée à rire et je lui ai dit de penser plutôt à moi comme à un philtre d'amour qui passe de main en main, mais doit être quand même tenu pour précieux.

— Je ne sais trop comment cela ne me gêne pas — et d'autre part bien entendu cela me gênerait si tu avais fait plus que de les embrasser. Mais je te crois, *toi,* absolument incapable de jalousie, sauf si ta vanité est blessée. Pourquoi ne te soucies-tu pas de ce que j'ai fait ? Préférerais-tu que je sois absolument innocent ?

— Tout dépend de l'impression que les événements auraient pu produire sur toi. Mes baisers à moi, je les ai donnés parce que l'homme était beau, ou parce que la lune était si belle… ou même parce que je me sentais vaguement sentimentale et un peu émue. Mais c'est tout — cela n'a eu absolument aucun effet sur moi. Mais toi, tu te souviens, et tu te laisses hanter et troubler par les souvenirs.

— Tu n'as jamais embrassé personne comme tu m'as embrassé ?

— Non, répondit-elle simplement. Comme je te l'ai dit, des hommes ont essayé… ah ! des tas de choses. Toute jolie fille connaît ces expériences. Tu vois, reprit-elle, peu m'importe le nombre de femmes avec qui tu as vécu dans le passé, à condition que ce n'ait été qu'une satisfaction physique, mais je crois que je ne pourrais pas supporter la pensée que tu aies jamais vécu avec une autre femme pendant une période prolongée ou même que tu aies voulu épouser une jeune fille quelconque. C'est différent, je ne sais trop pourquoi. Il y aurait alors le souvenir de toutes les petites intimités — et il ternirait la fraîcheur qui après tout forme la partie la plus précieuse de l'amour.

Avec emportement, il l'attira vers lui sur l'oreiller.

— Oh ! ma chérie, murmura-t-il, comme si je me souvenais de rien, sauf de tes chers baisers.

Alors Gloria, d'une voix très douce :

— Anthony, ai-je entendu quelqu'un dire qu'ils avaient soif ?

Anthony s'esclaffa brusquement et, avec un sourire docile et amusé, sortit du lit.

— Avec juste un *petit* morceau de glace dans l'eau, ajouta-t-elle. Tu crois que je pourrais l'avoir ?

Gloria employait l'adjectif « petit » lorsqu'elle demandait une faveur — pour la faire paraître moins ardue.

Anthony rit de nouveau — qu'elle voulût un bloc de glace ou une bille de glace, il devrait de toute façon descendre à la cuisine. Sa voix le suivit dans le vestibule : « Et juste un *petit* biscuit avec juste un *peu* de marmelade dessus... »

— Oh ! sapristi, soupira Anthony dans un argot enthousiaste, elle est épatante, cette fille ! Elle sait y faire !

— Quand nous aurons un bébé... commença-t-elle un jour (cet événement, avaient-ils décidé, aurait lieu dans trois ans), je veux qu'il te ressemble.

— Sauf ses jambes, murmura-t-il, rusé.

— Ah ! oui, sauf ses jambes. Il faut qu'il ait mes jambes. Mais pour le reste, il peut tenir de toi.

— Mon nez ?

Gloria hésita.

— Eh bien, peut-être mon nez à moi. Mais certainement tes yeux — et ma bouche, et je pense, ma forme de visage. Je me demande... je crois que ce serait assez réussi s'il avait mes cheveux...

— Ma chère Gloria, tu t'es approprié le bébé tout entier.

— Oh ! je n'en avais pas l'intention, s'excusa-t-elle gaiement.

— Au moins qu'il ait mon cou, insista-t-il en se regardant gravement dans la glace. Tu dis souvent que tu aimes mon cou parce que la pomme d'Adam n'est pas visible, et d'ailleurs le tien est trop court.

— Comment, mais pas du tout ! s'écria-t-elle indignée, en se tournant vers le miroir, il est exactement comme il doit être. Je ne crois pas avoir jamais vu un cou plus réussi.

— Il est trop court, répéta Anthony, taquin.

— Court ? — Sa voix exprima une stupeur exagérée. — Court ? Tu es fou ! — Elle l'allongea et le contracta pour se convaincre de sa sinuosité reptilienne. — Court, tu appelles court un cou comme le mien ?

— L'un des plus courts que j'aie jamais vus.

Pour la première fois depuis des semaines, des larmes jaillirent des yeux de Gloria et le regard qu'elle lui lança fut chargé d'une souffrance réelle.

— Oh, Anthony !

— Mon Dieu, Gloria ! — Il s'approcha d'elle, bouleversé, et prit entre ses mains les coudes de sa femme. — Ne pleure pas, je t'en supplie ! Tu n'as pas compris que je plaisantais ? Gloria, regarde-moi. Voyons, chérie, tu as le cou le plus long que j'aie jamais vu. Franchement.

Ses larmes se dissolvèrent en un sourire contracté.

— Alors... tu n'aurais pas dû dire cela. Parlons plutôt du bé... bébé.

Anthony arpenta la pièce et parla comme s'il répétait un discours avant un débat public.

— En un mot, nous pourrions avoir deux bébés, deux bébés distincts et logiques, absolument différents. Il y a le bébé qui est une combinaison de ce que chacun de nous a de meilleur — ton corps, mes yeux, mon esprit, ton intelligence — et il y a le bébé en qui se combinent nos pires côtés — mon corps, ton caractère et mon irrésolution.

— Ce second bébé me plaît, dit-elle.

— Ce qui me plairait vraiment, poursuivit Anthony, ce serait d'avoir deux groupes de triplés à un an de distance, et puis d'expérimenter sur les six garçons...

— Pauvre de moi ! interrompit-elle.

— ... Je les élèverai chacun dans un pays différent et selon un système d'éducation différent, et lorsqu'ils auront vingt-trois ans, je les réunirai et je verrai à quoi ils ressemblent.

— Mais il faut qu'ils aient tous mon cou, suggéra Gloria.

LA FIN D'UN CHAPITRE.

La voiture fut réparée à la longue, et, désireuse de revanche, elle reprit, à l'endroit où on l'avait laissée, la tâche de fomenter des querelles infinies. Qui tiendrait le volant ? A quelle allure devrait rouler Gloria ? Ces deux questions et les éternelles récriminations qu'elles comportaient se prolongeaient à longueur de jour. Ils se rendirent en auto aux villes placées sur la route postale, Rye, Portchester et Greenwich, et allèrent voir une douzaine d'amies, pour la plupart des amies à Gloria, qui toutes semblaient être à divers stades de grossesse et à cet égard comme à d'autres l'ennuyèrent jusqu'à lui donner chaque fois des crises nerveuses. Pendant une heure après chaque visite, elle se mordait fiévreusement les doigts et elle avait tendance à passer sa rancœur sur son Anthony.

— Je déteste les femmes, s'écriait-elle, avec un peu de colère. Que puis-je bien trouver à leur dire — sauf de « jouer à la madame » ? Je me suis enthousiasmée sur une douzaine de marmots que j'avais envie d'étrangler. Et chacune de ces filles est jalouse de naissance et soupçonne son mari, s'il est charmant, ou bien elle commence à en avoir assez de lui, s'il ne l'est pas !

— Tu n'as pas l'intention de fréquenter des femmes ?

— Je ne sais pas. Elles ne me font jamais l'effet d'être nettes — jamais — jamais. Sauf une minorité. Constance Shaw — tu sais bien, la Mrs Merriam qui est venue nous voir mardi dernier — est presque la seule. Elle est si grande et fraîche, et imposante.

— Je ne les aime pas tellement grandes.

Ils allèrent à plusieurs dîners dansants dans divers clubs de campagne, mais ils décidèrent que l'automne était trop avancé pour « sortir » sur une grande échelle, même s'ils en avaient eu envie. Anthony détestait le golf — Gloria ne l'aimait que modérément, encore qu'elle prît plaisir à la ruée de quelques étudiants empressés autour d'elle et fût heureuse qu'Anthony s'enorgueillît de sa beauté ; elle remarqua que leur hôtesse de ce soir-là, une Mrs Granby, fut un peu ennuyée qu'Alec Granby, un condisciple d'Anthony, se joignît avec enthousiasme au cercle de ses admirateurs. Les Granby ne retéléphonèrent plus jamais, et Gloria eut beau en rire, elle ne laissa pas d'en être piquée.

— Tu vois, expliqua-t-elle à Anthony, si je n'étais pas mariée, cela lui serait bien égal — mais elle a été au cinéma en son temps et elle me soupçonne d'être peut-être une vamp. Mais le fait est que se concilier des gens pareils exige un effort auquel je me refuse tout simplement... Et ces malins petits étudiants, roulant des yeux vers moi et me couvrant de compliments idiots. J'ai grandi, Anthony.

Marietta en soi n'offrait guère de ressources mondaines. Une demi-douzaine de propriétés comprenant des fermes dessinaient autour d'elle un hexagone, mais elles appartenaient à des hommes âgés qui ne se montraient que comme d'inertes masses recouvertes de chaume gris, affalées au fond de limousines, sur le chemin de la gare, et parfois accompagnés par des épouses également âgées et doublement corpulentes. Les habitants de la ville étaient particulièrement intéressants — les vieilles filles prédominaient, avec pour tout horizon des fêtes de patronage, et l'âme aussi morne que la rébarbative architecture blanche des trois églises. La seule personne du terroir avec qui ils furent en contact étroit était la jeune Suédoise aux larges hanches, aux larges épaules, qui venait tous les jours faire leur ménage. Elle était silencieuse et capable, et Gloria, après l'avoir trouvée un jour pleurant à chaudes larmes entre ses bras croisés sur la table de la cuisine, éprouva une peur anormale et cessa de se plaindre de la nourriture. A cause de son chagrin inconnu et mystérieux, la fille resta à leur service.

Le penchant de Gloria pour les prémonitions et ses accès de vague surnaturalisme étonnèrent Anthony. Un complexe dûment et scientifiquement contracté par inhibition durant sa première jeunesse auprès de sa mère adepte du bilphisme, ou peut-être une hypersensibilité congénitale, la rendait accessible à toute suggestion psychique, et, bien qu'elle fût loin de s'en laisser accroire sur les mobiles des gens, elle inclinait à attribuer tout événement insolite aux capricieuses déambulations des morts. Les craquements désespérés autour de la vieille maison, par les nuits venteuses, qui pour Anthony étaient des cambrioleurs, revolvers armés au poing, représentaient pour Gloria les « auras », mauvaises et réfractaires, de générations défuntes, expiant l'inexpiable sur l'âtre antique et romantique. Une nuit, pour avoir entendu au rez-de-chaussée deux coups rapides dont Anthony, craintivement mais inutilement, alla chercher la cause, ils restèrent éveillés presque jusqu'à l'aube, à se poser des questions d'examen sur l'histoire universelle...

En octobre, Muriel arriva pour une visite de quinze jours. Gloria lui avait envoyé un coup de téléphone à longue distance, et miss Kane avait terminé la conversation de façon caractéristique en disant : « Ça va. Je serai là avec des cloches ! » Elle débarqua avec une douzaine de chansons en vogue sous le bras.

— Il vous faudrait un phonographe ici à la campagne, dit-elle, ne serait-ce qu'un petit Vic — ils ne coûtent pas cher. Alors, quand vous vous sentirez seuls, vous pourrez avoir Caruso ou Al Jolson à votre porte.

Elle exaspéra Anthony presque à la folie en lui disant qu'il était le premier homme intelligent qu'elle eût connu, qu'elle était bien fatiguée des gens superficiels. Il se demanda si on pouvait s'éprendre de femmes pareilles. Pourtant, il supposa que sous un certain regard passionné, même une personne comme elle pourrait se parer de douceur et de promesse.

Mais Gloria, qui affichait violemment son amour pour Anthony, inclina à un état de contentement ronronnant.

Enfin Richard Caramel arriva, pour un week-end littéraire, volubile et, selon Gloria, pénible, au cours duquel il discuta son propre cas avec Anthony, longtemps après qu'elle se fut endormie d'un sommeil d'enfant, à l'étage supérieur.

— Ça été bigrement drôle, ce succès et tout le reste, disait Dick. Juste avant la publication de mon roman, j'avais essayé en vain de caser quelques nouvelles. Puis, une fois mon livre paru, j'ai fourbi trois d'entre elles et trois revues qui les avaient refusées un peu plus tôt, les ont acceptées. J'ai beaucoup travaillé depuis ; les éditeurs ne me payeront mon livre que cet hiver.

— Prends garde que le vainqueur ne fasse partie des dépouilles !

— Tu veux dire, écrire des imbécillités ? — Il réfléchit — Si tu entends par là injecter délibérément une sentimentalité fadasse à chacune de mes nouvelles, certes non. Mais je crois que je travaille avec moins de soin. J'écris certainement plus vite et il me semble que je pense moins que par le passé. Peut-être est-ce parce que je n'ai personne avec qui causer, à présent que tu es marié et que Maury est parti pour Philadelphie. Je n'éprouve plus l'ancien stimulant, l'ancienne ambition. Un succès obtenu de bonne heure, et voilà tout.

— Cela ne t'inquiète pas ?

— Terriblement. Je suis pris d'un mal que j'appelle la fièvre de la phrase, qui doit être comme la fièvre aphteuse, une sorte d'intense malaise littéraire qui s'empare de moi lorsque j'essaye de me forcer. Mais les jours vraiment affreux ne sont pas ceux où je me figure que je suis incapable d'écrire. Ce sont ceux où je me demande si rien de ce qui est écrit vaut la peine d'avoir été couché sur le papier — je veux dire, je me demande si je ne suis pas une sorte de bouffon glorieux.

— J'aime t'entendre tenir ce langage ! dit Anthony avec une ombre de son ancienne insolence protectrice. Je craignais que tu ne sois devenu un peu idiot au sujet de ton œuvre. J'ai lu la plus fichue interview que tu aies jamais donnée...

Dick l'interrompit d'un air de supplicié.

— Bon sang ! Ne m'en parle pas. Elle a été rédigée par une jeune personne — une jeune admiratrice. Elle ne cessait de me répéter que mon œuvre était « forte » et j'ai en quelque sorte perdu la tête et fait une quantité d'étranges déclarations. Quelques-unes étaient d'ailleurs bien, tu ne trouves pas ?

— Oh ! oui, le passage sur le critique avisé qui écrit pour les jeunes de sa génération, les critiques de la suivante et les maîtres d'école de la postérité jusqu'à la fin des temps.

— Oh ! je crois qu'il y a beaucoup de vrai, reconnut Richard Caramel, qui esquissa un sourire radieux. Seulement, l'erreur a été de le révéler.

En novembre, ils s'installèrent dans l'appartement d'Anthony d'où ils partirent très rapidement pour assister aux matches de football de Yale-Harvard et Harvard-Princeton, au concours de patinage à roulettes de Saint Nicholas, ils firent la tournée méthodique des théâtres et participèrent à diverses réjouissances — depuis de calmes petites soirées dansantes jusqu'aux grandes fêtes que Gloria aimait, données dans les rares demeures où des laquais en perruque poudrée s'agitaient, selon les lois d'une fastueuse anglomanie, sous la direction d'un gigantesque majordome. Ils comptaient partir pour l'Europe au début de l'année ou, tout au moins, aussitôt la guerre finie. Anthony avait achevé un essai à la Chesterton sur le XIIe siècle, en guise d'introduction au livre qu'il se proposait d'écrire, et Gloria s'était livrée à un travail de prospection approfondie au sujet des manteaux de zibeline — bref l'hiver s'annonçait très confortable, quand le démiurge bilphistique décida soudain à la mi-décembre que l'âme de Mrs Gilbert avait suffisamment vieilli sous sa présente incarnation. En conséquence, Anthony emmena une Gloria éperdue et hystérique à Kansas City où, comme l'exige la condition humaine, ils rendirent les terribles et bouleversants devoirs réservés aux morts.

Mr Gilbert, pour la première et dernière fois de sa vie, devint un personnage vraiment pathétique. Cette femme, qu'il avait dressée à dorloter son corps et à servir d'auditoire à son esprit, lui faisait ironiquement défection — juste au moment où il n'aurait plus pu la supporter beaucoup plus longtemps. Jamais plus il ne réussirait à ennuyer et tyranniser de façon aussi satisfaisante une âme humaine.

2

La conférence

Gloria avait bercé l'esprit d'Anthony, jusqu'à l'endormir. Elle, qui semblait de toutes les femmes la plus sage et la plus fine, elle pendait comme un brillant rideau sur le seuil des portes d'Anthony, empêchant la lumière du soleil d'entrer. Durant ces premières années, toutes les conversations d'Anthony portèrent invariablement la marque de Gloria. Il vit toujours le soleil à travers le dessin du rideau.

Une sorte de lassitude les ramena à Marietta pour y passer encore un été. Au cours d'un printemps doré et énervant, ils avaient flâné, instables et nonchalamment prodigues, sur la côte californienne, rejoignant par intermittences d'autres bandes d'amis, et entraînés de Pasadena à Coronado, de Coronado à Santa Barbara ; sans propos plus apparent que le désir exprimé par Gloria de danser aux sons de musiques différentes ou de capter quelque infinitésimale variation parmi les nuances changeantes de la mer. Du Pacifique émergeaient, pour les saluer, des terres rocheuses sauvages et des hostelleries également barbares, construites pour qu'à l'heure du thé on pût somnoler dans un salon aux meubles d'osier ennobli par les costumes de polo de Southampton et de Lake Forest, de Newport et de Palm Beach. Et tandis que les vagues s'entrechoquaient, s'éclaboussaient et scintillaient dans la plus paisible des baies, ils rejoignaient tel ou tel groupe, et en leur compagnie changeaient de stations balnéaires, en parlant toujours, dans un murmure, d'étranges et immatérielles réjouissances qui les attendaient juste au-delà de la prochaine vallée verte et fertile.

C'était une classe oisive, simple et bien portante. L'élite de ses représentants se composait, point désagréablement, d'anciens étudiants de l'université. Tous semblaient de perpétuels candidats à quelque industrie de « porcelaine » ou de « crânes et os » étendue indéfiniment à travers le monde. Les femmes, d'une beauté au-dessus de la moyenne, fragiles mais sportives, un peu niaises comme hôtesses, charmantes et extrêmement décoratives comme invitées. Avec une grâce nonchalante, ils dansaient des pas sélectionnés par eux. Aux heures parfumées du thé, ils faisaient avec une certaine dignité les mouvements que les commis de magasin et les girls de music-hall avaient vulgarisés de façon si affreusement burlesque, à travers tout le pays. Etrange ironie du sort, dans cette danse, rejeton et discrédité des arts, les Américains excellent sans contredit.

Après avoir dansé et pataugé dans l'eau durant un été de prodigalité, Anthony et Gloria s'aperçurent qu'ils avaient trop dépensé et devaient, en conséquence, vivre dans la retraite, pendant quelque temps. Il fallait, déclarèrent-ils, qu'Anthony se consacrât à son « travail ».

Presque avant même de s'en être rendu compte, ils se retrouvèrent dans la maison grise, plus conscients, à présent, que d'autres amoureux avaient couché là, d'autres noms été criés par-dessus la rampe, que d'autres couples s'étaient assis sur les marches de la véranda, à regarder les champs d'un gris-vert et la masse noire des bois, au-delà.

C'était le même Anthony plus agité, enclin à s'animer

seulement après avoir reçu le stimulant de plusieurs *highballs* et faiblement, presque imperceptiblement, apathique avec Gloria. Mais Gloria — elle allait avoir vingt-quatre ans au mois d'août, ce qui la jetait dans une gracieuse mais sincère panique. Six années seulement la séparaient de la trentaine ! Si elle avait été moins éprise d'Anthony, son sens de la fuite du temps se serait traduit par un regain d'intérêt pour les autres hommes, dans le désir délibéré d'extraire une fugitive étincelle romanesque de tout amoureux virtuel qui la regardait, les sourcils abaissés, à travers une brillante table de dîner. Elle dit un jour à Anthony :

— J'ai le sentiment que si je voulais quoi que ce soit, je le prendrais. C'est ce que j'ai pensé toute ma vie. Mais il se trouve que c'est toi que je veux, et ainsi je n'ai plus de place pour d'autres désirs.

Ils se dirigeaient vers l'est, à travers un Etat d'Indiana parcheminé et sans vie, et elle avait levé les yeux de dessus une de ses chères revues de cinéma, pour s'apercevoir qu'une conversation banale pouvait soudain prendre une tournure grave.

Anthony regarda d'un air sombre par la fenêtre de l'auto. Comme le chemin croisait une route de campagne, un fermier apparut un moment, dans sa charrette ; il mâchonnait un brin de paille et c'était apparemment le même fermier qu'ils avaient déjà dépassé des douzaines de fois, incarnation d'un symbolisme silencieux et malveillant. Quand Anthony se tourna vers Gloria, son froncement de sourcils s'accentua.

— Tu m'inquiètes, dit-il. Je puis m'imaginer *désirant* une autre femme dans certaines circonstances passagères, mais je ne puis m'imaginer la prenant.

— Mais je ne sens pas de la même manière que toi, Anthony. Je ne peux pas m'imposer l'ennui de résister à ce que je désire. Ma manière à moi consiste à ne pas les désirer — à ne désirer personne sauf toi.

— Pourtant, quand je songe que si jamais tu te prenais d'un caprice pour quelqu'un...

— Oh ! ne fais pas l'idiot ! s'écria-t-elle. Il n'y aurait là rien d'accidentel. Et je ne puis même pas imaginer cette éventualité.

Ceci mit fin avec emphase à l'entretien. L'admiration indéfectible d'Anthony lui faisait préférer sa compagnie à toute autre. L'été commença donc sensiblement comme le précédent.

Il y eut néanmoins un changement radical dans le ménage. La Scandinave au cœur de glace, dont l'austère cuisine et la façon sardonique de servir à table avaient tant déprimé Gloria, fit place à un Japonais extrêmement capable, nommé Tanalahaka mais qui avoua qu'il répondait à tous les appels incluant la double syllabe : « Tana. »

Tana était d'une petitesse inusitée même chez un Japonais et affichait une conception assez naïve de sa personne, qu'il croyait être celle d'un homme du monde. Le jour de son arrivée, envoyé par « R. Gugimoniki, Agence de placement japonaise de Californie », il invita Anthony dans sa chambre pour lui montrer les trésors contenus dans sa valise. Ils comprenaient une vaste collection de cartes postales japonaises qu'il tint à commenter pour son patron immédiatement, une à une et tout au long. Parmi elles, il y en avait une douzaine d'inspiration pornographique et manifestement d'origine américaine, bien que les fabricants eussent modestement omis d'indiquer leur nom et de remplir le formulaire postal. Il exhiba ensuite l'œuvre de ses mains, une paire de pantalons américains qu'il avait confectionnés lui-même et deux assortiments de solides sous-vêtements en soie. Il révéla en confidence à Anthony pour quel usage il réservait ces derniers. L'exhibition suivante fut une copie assez bonne d'une gravure représentant Abraham Lincoln, on avait donné à ses traits un caractère irrécusablement nippon. Enfin apparut une flûte de sa fabrication. Elle était cassée, mais il allait bientôt la réparer.

Après ces formalités courtoises qu'Anthony supposa être de règle au Japon, Tana lui fit une longue harangue en un baragouin anglais sur les relations de maître à serviteur : Anthony crut démêler qu'il avait travaillé dans de vastes propriétés mais s'était toujours disputé avec les autres serviteurs parce qu'ils n'étaient pas honnêtes. Le mot « honnête » leur fit perdre beaucoup de temps, et même ils s'exaspérèrent mutuellement, car Anthony s'obstinait à croire que Tana essayait de dire : « *hornets* » — frelon, en anglais —, et il alla même jusqu'à bourdonner à la façon d'une abeille et à battre des bras pour imiter les ailes.

Au bout de trois quarts d'heure, Anthony fut libéré, avec l'assurance chaleureuse qu'ils auraient encore de gentilles causettes où Tana lui raconterait « comment nous faisons dans mon péé-ys ».

Telle fut la volubile « première » de Tana dans la maison grise — et il tint parole. Bien que consciencieux et probe, c'était indubitablement un terrifiant raseur. Il semblait incapable d'imposer un frein à sa langue, et parfois continuait de paragraphe en paragraphe, avec une expression voisine de la souffrance dans ses petits yeux bruns.

Les dimanches et lundis après-midi, il lisait les rubriques comiques des journaux. Une bande dessinée qui représentait un facétieux majordome japonais le divertit énormément, bien qu'il affirmât que le protagoniste, nettement oriental aux yeux d'Anthony, avait en réalité un visage américain. La difficulté, pour le journal comique, était que lorsque, aidé par Anthony, il avait déchiffré les trois dernières légendes et assimilé leur contexte avec une concentration sûrement digne de la *Critique* de Kant, il avait complètement oublié le sujet des premières illustrations.

A la mi-juin, Anthony et Gloria célébrèrent leur premier anniversaire en se donnant un « rendez-vous ». Anthony frappa à la porte et elle courut lui ouvrir. Ils s'assirent côte à côte sur le divan, en se prodiguant des noms qu'ils avaient forgés l'un pour l'autre, des combinaisons nouvelles de paroles caressantes séculaires. Mais ce « rendez-vous » ne fut suivi d'aucun « bonne nuit », avec son extase de regrets.

Plus tard, en juin, l'Horreur montra sa face grimaçante à Gloria, la frappa et effaroucha son âme radieuse, jusqu'à la faire reculer d'une demi-génération. Puis elle se dissipa peu à peu, s'effaça de nouveau dans les ténèbres impénétrables d'où elle était issue — emportant implacablement une partie de la jeunesse de Gloria.

Avec un infaillible sens de l'effet dramatique, l'Horreur choisit pour se manifester une petite gare d'un misérable village près de Portchester. Le quai de la gare, toute la journée, s'étendait nu comme une prairie, exposé au soleil jaune, poudreux, et au regard de ce type odieux de campagnard qui habite les parages d'une métropole et s'est assimilé son chic de pacotille, sans acquérir son urbanité. Une douzaine de ses rustres aux yeux rouges, aussi maussades que des épouvantails, furent témoins de l'incident. Il passa confusément à travers leurs esprits brouillés et incompréhensifs ; les plus grossiers y virent une plaisanterie épaisse, et les plus subtils, une « honte ». Entre-temps, là, sur le quai de la gare, quelque chose de lumineux fut effacé de ce monde.

En compagnie d'Eric Merriam, Anthony était resté

attablé devant une carafe de scotch pendant tout le chaud après-midi estival, tandis que Gloria et Constance Merriam nageaient et prenaient un bain de soleil au Beach Club, cette dernière allongée sous une tente à rayures, Gloria étendue sensuellement sur le sable chaud et mou, et hâlant ses inévitables jambes. Plus tard, tous les quatre avaient chipoté de vagues sandwiches, après quoi Gloria s'était levée, en donnant à Anthony un léger coup d'ombrelle pour attirer son attention.

— Il faut que nous partions, chéri.

— Maintenant ?

Il la regarda, mécontent. A ce moment rien ne semblait plus important que de paresser sur cette véranda ombreuses, à boire du scotch moelleux, tandis que son hôte dévidait interminablement des souvenirs sur les dessous de quelque campagne politique oubliée.

— Il faut vraiment que nous partions, répéta Gloria. Nous pourrons trouver un taxi à la gare... Allons, viens, Anthony ! ordonna-t-elle sur un ton un peu plus impérieux.

— Mais voyons...

Merriam, sa longue histoire interrompue, émit quelques objections conventionnelles et versa de façon provocante dans le verre de son hôte un *high-ball* qui aurait dû être siroté en dix minutes. Mais sur le « nous devons, *vraiment !...* » contrarié de Gloria, Anthony l'avala d'un trait, se leva et s'inclina profondément devant son hôtesse.

— Il paraît que « nous devons », dit-il de mauvaise grâce.

La minute d'après, il suivait Gloria, le long d'une allée de jardin, entre de hauts buissons de roses, et l'ombrelle de Gloria effleurait doucement les plants épanouis au soleil de juin. Elle n'use vraiment d'aucun ménagement, pensa-t-il lorsqu'ils gagnèrent la route. Avec une naïveté ulcérée, il éprouvait le sentiment que Gloria n'aurait pas dû interrompre un plaisir aussi innocent. Le whisky avait à la fois apaisé et clarifié les pensées inquiètes qu'il agitait dans son esprit. Il s'avisa qu'elle avait déjà adopté la même attitude plusieurs fois. Devrait-il toujours mettre fin à d'agréables intermèdes, au moindre contact de l'ombrelle ou sur une étincelle jaillie des yeux de Gloria ? Sa mauvaise grâce devint de la mauvaise volonté, qui monta en lui comme une bulle irrésistible. Il garda le silence, couvant méchamment le désir de lui faire des reproches. Ils trouvèrent un taxi devant l'auberge ; roulèrent en silence jusqu'à la petite gare...

Alors Anthony sut ce qu'il voulait : imposer sa volonté à cette femme détachée et énigmatique, pour obtenir par un seul magnifique effort une autorité infiniment souhaitable.

— Allons voir les Barnes, dit-il sans la regarder. Je n'ai pas envie de rentrer.

Mrs Barnes, née Rachel Jerryl, possédait une résidence d'été à quelques milles de Redgate.

— Nous y étions avant-hier, répondit-elle brièvement.

— Je suis sûr qu'ils seraient heureux de nous voir.

Il sentit qu'il ne forçait pas assez la note, se raidit avec entêtement et ajouta :

— J'ai envie de voir les Barnes. Je n'ai aucun désir de rentrer à la maison.

— Eh bien, je n'ai aucun désir d'aller chez les Barnes.

Tout à coup, ils se dévisagèrent.

— Voyons, Anthony, dit-elle, contrariée, c'est dimanche soir et ils ont probablement du monde à dîner. Pourquoi irions-nous chez eux à pareille heure ?...

Il éclata :

— Alors, pourquoi ne pouvions-nous pas rester chez les Merriam ? Pourquoi rentrer quand nous passions un bon moment ? Ils nous ont demandé de dîner avec eux.

— Ils ne pouvaient faire autrement. Donne-moi l'argent et je vais prendre les billets de chemin de fer.

— Certainement pas ! Je ne suis pas d'humeur à rouler dans ce maudit train brûlant.

Gloria tapa du pied sur le quai.

— Anthony, tu te conduis comme si tu étais ivre !

— Au contraire, je suis parfaitement sobre.

Mais sa voix avait glissé à un registre rauque et Gloria connut avec certitude qu'il mentait.

— Si tu es sobre, donne-moi l'argent des billets.

Il était déjà trop tard pour lui parler sur ce ton. Son esprit ne ruminait qu'une seule idée : Gloria était égoïste, elle l'avait toujours été et continuerait de l'être, à moins qu'il ne fît acte d'autorité. C'était l'occasion entre toutes, puisque, pour satisfaire un caprice, elle le privait d'un plaisir. Sa résolution se fortifia et durant un moment faillit tourner à la haine morne et maussade.

— Je ne prendrai pas le train, dit-il, la voix un peu tremblante de colère. Nous allons chez les Barnes.

— Pas moi ! cria-t-elle. Si tu y vas, je rentrerai seule.

— Eh bien, pars.

Sans un mot, elle se dirigea vers le guichet des billets. En même temps, il se rappela qu'elle avait un peu d'argent sur elle, et ce n'était pas là le genre de victoire qu'il désirait, le genre qu'il devait obtenir. Il fit un pas derrière elle et lui saisit le bras.

— Ecoute ! murmura-t-il. Tu n'iras pas seule !

— J'irai certainement — voyons, Anthony ! s'exclama-t-elle, tandis qu'elle essayait de se dégager et qu'il resserrait son étreinte.

Il la regarda, les yeux plissés et chargé de malveillance.

— Lâche-moi !

Le cri de Gloria eut un accent sauvage.

— Si tu as le moindre sentiment de la décence, lâche-moi !

— Pourquoi ?

Il savait pourquoi. Mais il éprouvait une fierté confuse et point tout à fait confiante à la retenir là.

— Je rentre à la maison, tu as compris ? Et tu vas me lâcher.

— Non.

Les yeux de Gloria à présent flamboyaient.

— Tu vas me faire une scène, ici ?

— Je te dis que tu ne partiras pas ! J'en ai assez de ton éternel égoïsme !

— Je veux simplement rentrer à la maison.

Deux larmes de rage coulèrent de ses yeux.

— Cette fois, tu feras ce que je dis, *moi.*

Lentement, le corps de Gloria se raidit ; elle rejeta la tête en arrière, en un geste d'infini mépris.

— Je te déteste !

Elle cracha ces mots comme un venin, à voix basse, entre ses dents serrées.

— Oh ! *lâche-moi !* Oh ! je te déteste !

D'une secousse, elle essaya de se libérer, mais il s'empara de son autre bras.

— Je te déteste ! Je te déteste !

Devant la fureur de Gloria, Anthony fut repris d'hésitation, mais il sentait qu'il s'était trop avancé pour pouvoir reculer. Il lui semblait qu'il avait toujours cédé, et qu'en son cœur elle devait le mépriser pour ce motif. Ah ! elle pouvait le détester à présent, plus tard elle admirerait son autorité.

Le train qui approchait fit entendre un coup de sifflet avertisseur qui roula mélodramatiquement vers eux le long des rails bleus étincelants. Gloria se débattit et lutta pour se libérer, et des mots plus anciens que le Livre de la Genèse lui montèrent aux lèvres.

— Oh ! brute que tu es ! sanglota-t-elle. Brute ! Oh ! je te déteste ! Oh, brute ! Oh !...

Sur le quai, d'autres voyageurs commençaient à se retourner et à les dévisager. On entendait le bourdonnement du train qui enfla jusqu'à devenir une clameur. Les efforts de Gloria redoublèrent, puis cessèrent complètement et elle resta là, tremblante, les yeux rougis par l'humiliation impuissante, tandis que la locomotive entrait en gare, avec un fracas de tonnerre.

D'une voix sourde, dans le flot de vapeur et le grincement des freins, elle murmura :

— Oh ! s'il y avait eu un seul *homme,* ici, tu ne pourrais pas faire cela ! Tu ne pourrais pas faire cela ! Lâche ! Lâche ! oh ! lâche que tu es !

Anthony, silencieux, tremblant lui-même, la serra d'une poigne rigide, conscient que des douzaines de visages, curieusement impassibles, ombres dans un rêve, le regardaient. Les cloches distillèrent des craquement métalliques semblables à une souffrance physique, les volutes de fumée tournoyèrent à une cadence lentement accélérée, vers le ciel, et dans un brouhaha, une turbulence grise et gazeuse, la ligne de visages passa devant lui, s'éloigna, se brouilla — et soudain il n'y eut plus que les rayons obliques du soleil, à l'orient, en travers des rails, et une masse sonore qui rapetissait au loin comme un tonnerre de fer-blanc. Anthony laissa retomber les bras de Gloria. Il avait triomphé.

A présent, si l'envie l'en prenait, il pourrait rire. L'épreuve était faite et il avait affirmé sa volonté avec violence. Il laisserait l'indulgence suivre le sillage de la victoire.

— Nous louerons une auto ici et nous rentrerons à Marietta, dit-il avec une élégante réserve.

Pour toute réponse, Gloria saisit la main d'Anthony entre les siennes et, la portant à ses lèvres, lui mordit profondément le pouce. A peine eut-il conscience de la douleur. A la vue de son sang qui ruisselait, il tira distraitement son mouchoir et enveloppa la plaie. Cela aussi faisait partie du triomphe, supposa-t-il — il était inévitable que la défaite provoquât ces réactions — et, de ce chef, elles ne méritaient pas que l'on s'y arrêtât.

Gloria sanglotait, presque sans larmes, passionnément, amèrement.

— Je n'irai pas ! Je n'irai pas ! — Tu-ne-peux-pas-me-forcer-à-rentrer ! Tu as... tu as tué tout l'amour et toute l'estime que j'ai jamais eus pour toi. Mais tout ce qui reste en moi mourrait avant que je bouge de cet endroit. Oh ! si j'avais jamais pensé que toi, tu porterais la main sur moi...

— Tu me suivras, dit-il brutalement, dussé-je te porter.

Il se détourna, fit signe à un taxi, enjoignit au chauffeur de les mener à Marietta. L'homme descendit du siège et ouvrit toute grande la porte. Anthony regarda en face sa femme et dit les dents serrées :

— Veux-tu monter ? ou veux-tu que je te *mette* dedans ?

Avec un cri étouffé, de souffrance et d'infini désespoir, elle céda et monta dans l'auto.

Pendant le long trajet, dans l'obscurité croissante du crépuscule, elle restait blottie de son côté de la voiture, son silence parfois ponctué d'un sanglot sec et isolé. Anthony regardait par la fenêtre, et son esprit embrumé s'acharnait à comprendre ce qui venait de se passer. Lentement, l'incident prenait à ses yeux une acception nouvelle. Quelque chose n'allait pas — le dernier cri de Gloria avait fait vibrer une corde dont la résonance éveillait après coup dans son cœur un écho inquiétant, insolite. Il devait avoir raison — et pourtant elle semblait, à présent, une petite chose si pathétique, brisée, découragée, humiliée au-delà de ce que ses formes pouvaient supporter. Les manches de sa robe étaient déchirées ; son ombrelle perdue, oubliée sur le quai. Elle portait une toilette neuve, se rappela-t-il, et elle en était si fière, ce même matin, à leur sortie de la maison... Il commença à se demander si personne parmi leurs connaissances n'avait été témoin de la scène. Et sans cesse l'obsédait son cri :

— Tout ce qui reste en moi mourrait...

Ces mots inspiraient à Anthony une inquiétude vague et grandissante. Ils s'accordaient si bien à la Gloria effondrée dans le coin — non plus une Gloria orgueilleuse, ni aucune Gloria connue de lui. Etait-ce possible ? Bien qu'il ne crût pas qu'elle pût cesser de l'aimer — pensée naturellement inconcevable —, il doutait si Gloria dépouillée de son orgueil, de son indépendance, de sa virginale confiance et de son courage, serait la jeune fille dont il tirait gloire, la femme rayonnante, précieuse et charmante parce qu'elle était ineffablement, triomphalement elle-même.

Il était encore pris de vin, en ce moment, à tel point qu'il ne se rendait pas compte de son ivresse. Arrivés à la maison grise, il gagna sa chambre et, toujours désespérément et sombrement obsédé par l'acte qu'il venait de commettre, il s'abattit sur son lit, en proie à une stupeur profonde.

Il était une heure passée et le hall semblait plongé dans un silence extraordinaire quand Gloria, insomnieuse, les yeux exorbités, le traversa et poussa la porte d'Anthony. Il avait eu l'esprit trop obnubilé pour songer à ouvrir la fenêtre, et l'air était dense et chargé de whisky. Elle se tint un instant à son chevet, silhouette mince, d'une grâce exquise dans son pyjama de soie garçonnier, puis, avec abandon, elle se jeta sur lui, l'éveilla à moitié dans l'émotion de son étreinte éperdue et pleura à chaudes larmes sur sa poitrine.

— Oh ! Anthony, cria-t-elle passionnément, ô mon chéri ! tu ne sais pas ce que tu as fait !

Pourtant, au matin, il entra de bonne heure dans sa chambre, s'agenouilla à son chevet et sanglota comme un enfant, comme si c'était son cœur à lui que l'on venait de briser...

— Il semble que, hier soir, dit-elle gravement, et ses doigts jouèrent avec les cheveux d'Anthony, toute la part de moi que tu aimais, toute la part qui méritait d'être connue, toute la fierté et l'ardeur ont été anéanties. J'ai compris que ce qui subsiste de moi t'aimerait toujours, mais jamais tout à fait de la même façon.

Néanmoins, en prononçant ces mots, elle se rendait compte qu'avec le temps elle oublierait, et que la vie procédait rarement par coups brusques, et plutôt par usure. Après ce matin-là on ne reparla plus de l'incident et la blessure profonde guérit en même temps que la main d'Anthony — et s'il y eut triomphe, ce fut celui d'une force plus obscure que les leurs, qui détenait la connaissance et la victoire.

INCIDENT NIETZSCHÉEN.

Comme toutes les qualités réelles et profondes, l'indépendance de Gloria avait commencé à s'affirmer inconsciemment, mais une fois signalée à son attention par la découverte fascinée qu'en fit Anthony, elle prit davantage les apparences d'un code formel. A l'écouter parler, on pouvait en induire que toute son énergie et sa vitalité se déversaient dans une violente affirmation du principe négatif : « N'ayez cure de rien ! »

— Je ne me soucie de rien ni de personne, disait-elle, sauf de moi-même et, implicitement, d'Anthony. C'est la règle de toute vie, et si ce n'était pas la règle, ce devrait l'être en tout cas. Nul ne ferait rien pour moi s'il ne pensait pas en retirer un bénéfice et moi, je n'en ferais pas davantage pour autrui.

Elle était sur la véranda de la façade de la plus charmante dame de Marietta lorsqu'elle tint ce langage, et à peine eut-elle achevé qu'elle poussa un singulier petit cri et tomba en syncope sur le plancher.

La dame la ranima et la reconduisit chez elle dans sa voiture. L'estimable Gloria venait de s'aviser qu'elle était probablement enceinte.

Elle était étendue sur la chaise longue du rez-de-chaussée. Le jour coulait en ondes chaudes par la fenêtre et effleurait les dernières roses sur les colonnes de la véranda.

— Ma seule pensée constante, c'est que je t'aime, gémit-elle. J'attache du prix à mon corps parce que tu le trouves beau. Et ce corps qui est à moi — qui est à toi — devrait enlaidir et se déformer ? Voyons, c'est intolérable. Anthony, ce n'est pas la douleur que je crains.

Il la consolait désespérément — mais en vain. Elle continua :

— Et après, j'aurai peut-être de larges hanches et je resterai pâle, toute ma fraîcheur envolée, et sans plus aucun éclat dans ma chevelure ?

Il marcha de long en large, les mains dans les poches, et demanda :

— Est-ce certain ?

— Moi je n'en sais rien. J'ai toujours détesté l'obstétrique, ou je ne sais comment ça s'appelle. Je pensais que j'aurais un enfant un jour. Mais pas maintenant.

— Enfin, pour l'amour du ciel, ne reste pas étendue là à te ronger.

Ses sanglots se calmèrent. Le crépuscule qui emplissait la pièce s'inclina à un silence miséricordieux.

— Donne-nous de la lumière, implora-t-elle. Ces journées semblent si courtes... Il me semble qu'en juin... les jours étaient plus longs, dans mon enfance.

Les lumières s'allumèrent brusquement et ce fut comme si des draperies bleues, de la plus souple soie, tombaient derrière les fenêtres et la porte. La pâleur de Gloria, son immobilité, à présent sans souffrance ni joie, apitoyèrent Anthony.

— Tu n'as pas envie que je l'aie ? demanda-t-elle sans écouter la réponse.

— Je suis indifférent. C'est-à-dire neutre. Si tu l'as, je m'en réjouirai probablement. Su tu ne l'as pas, ma foi, ce sera très bien aussi.

— Je voudrais que tu te décides dans un sens ou dans l'autre.

— Suppose que ce soit *toi* qui te décides.

Elle lui lança un regard méprisant, sans daigner répondre.

— On croirait que tu as été choisie, seule entre toutes les femmes, pour subir cette monstrueuse indignité.

— Et pourquoi ne le penserais-je pas ? s'écria-t-elle irritée. Pour elles, ce n'est pas une indignité, c'est leur seule raison de vivre. La seule chose à quoi elles sont bonnes. C'est une indignité pour *moi.*

— Voyons, Gloria, je suis d'accord avec toi quoi que tu fasses, mais je t'en supplie, sois belle joueuse.

— Oh ! ne me tourmente pas ! gémit-elle.

Ils échangèrent un regard muet, dénué de toute signification, mais très insistant. Après quoi Anthony prit un livre sur l'étagère et s'enfonça dans un fauteuil.

Une demi-heure plus tard, la voix de Gloria s'éleva dans le profond silence qui imprégnait la pièce et flottait comme de l'encens, dans l'air.

— J'irai demain en auto voir Constance Merriam.

— Très bien. Et moi j'irai à Tarrytown voir grand-papa.

— ... Tu comprends, ajouta-t-elle, ce n'est pas que j'aie peur — de cela ou de quoi que ce soit. Je suis fidèle à moi-même, tu sais...

— Je sais, convint-il.

L'HOMME PRATIQUE.

Adam Patch, en proie à une édifiante fureur contre les Allemands, faisait sa pâture des communiqués de la guerre. Des cartes hérissées d'épingles tapissaient ses murs ; des atlas s'empilaient sur des tables à portée de sa main, ainsi que le récit en photographies de la Guerre mondiale, des « notes explicatives » officielles et les « impressions personnelles » de correspondants de guerre et des soldats X, Y et Z. A plusieurs reprises, pendant la visite d'Anthony, le secrétaire de son grand-père, Edward Shuttleworth, ex-« fabricant de gin » de « Pat's Place » à Hoboken, à présent débordant de vertueuse indignation, apporta un complément d'informations. Le vieillard attaquait chaque journal avec une fureur infatigable, arrachant avec ses doigts les colonnes d'articles qu'il jugeait assez intéressants pour être conservés et qu'il fourrait dans l'un de ses classeurs déjà gonflés.

— Eh bien, qu'as-tu fait tous ces temps-ci ? demanda-t-il

à Anthony mielleusement… Rien ? Ma foi, je m'en doutais. J'ai eu l'intention d'aller en auto te voir tout cet été.

— J'ai écrit. Vous ne vous souvenez pas de l'essai que je vous ai envoyé — celui que j'ai vendu à *The Florentine* l'hiver dernier ?

— Un essai ? Tu ne m'as jamais envoyé le moindre essai.

— Oh ! si. Nous en avons même parlé.

Adam Patch secoua la tête d'un air doucereux.

— Oh ! non. Tu ne m'as jamais envoyé à *moi*, aucun essai. Tu te le figures peut-être, mais il ne m'est jamais parvenu.

— Voyons, vous l'avez lu, grand-papa, insista Anthony, un peu exaspéré, vous l'avez lu et vous n'étiez pas d'accord.

La mémoire revint soudain au vieillard, mais cela ne se manifesta que par sa bouche qui resta entrouverte, découvrant des rangées de gencives grises. Posant sur Anthony un regard vert et sénile, il hésitait entre l'aveu de son erreur, et le souci de la dissimuler.

— Alors tu écris, dit-il vivement. Eh bien, pourquoi ne vas-tu pas en Europe et n'écris-tu pas sur ces Allemands ? Ecris quelque chose qui soit pris sur le vif, quelque chose sur ce qui se passe, quelque chose que les gens puissent lire.

— Tout le monde ne peut pas être correspondant de guerre, objecta Anthony. Il faut trouver un journal désireux d'acheter votre prose et je ne peux pas mettre de côté assez d'argent pour aller là-bas en qualité de franc-tireur du journalisme.

— Je te paierai le voyage, moi, suggéra son grand-père par une initiative inattendue. Je t'envoie comme correspondant autorisé de n'importe quel journal de ton choix.

Anthony recula devant cette idée et presque simultanément il fit un bond vers elle.

— Je… ne… sais…

Il lui faudrait quitter Gloria dont toute la vie aspirait vers lui et l'enveloppait. Gloria avait des ennuis. Oh ! ce n'était pas faisable — et pourtant… — il se vit en kaki, appuyé, comme tous les correspondants de guerre, sur une lourde canne, le portefeuille en bandoulière, cherchant à se donner l'air anglais.

— J'aimerais y réfléchir, avoua-t-il. C'est certainement une grande bonté de votre part. Je réfléchirai et vous informerai.

Ses réflexions l'absorbèrent pendant le trajet de retour à New York. Dans un de ces brusques éclairs d'imagination accordés à tous les hommes dominés par une femme forte et aimée, il avait entrevu un monde composé d'hommes plus trempés, plus rudement entraînés, et aux prises avec les abstractions de la pensée et de la guerre. Dans ce monde, les bras de Gloria ne seraient plus que la chaude étreinte d'une maîtresse de rencontre, froidement cherchée, vite oubliée…

Ces fantômes fort insolites le hantaient, tandis qu'il prenait son train à destination de Marietta à la gare du Grand Central. Le wagon était bondé. Il occupa la dernière place vacante et au bout de plusieurs minutes seulement, il jeta un regard indifférent sur son voisin. Il vit une épaisse couche de mâchoires et de nez, un menton arqué et de petits yeux soulignés de poches. En un instant, il reconnut Joseph Bloeckman.

Simultanément, tous deux se levèrent à demi, furent à demi embarrassés, et échangèrent ce qui équivalait à une demi-poignée de main. Puis, comme pour compléter l'incident, tous deux eurent un demi-sourire.

— Eh bien, fit observer Anthony à court d'inspiration, voici longtemps que je ne vous ai vu.

Il regretta aussitôt ces mots et allait ajouter : « Je ne savais pas que vous habitiez dans ces parages », mais

Mr Bloeckman prit les devants en demandant aimablement :

— Comment va votre femme ?

— Très bien. Et vous, comment vous êtes-vous porté tous ces temps-ci ?

— Parfaitement.

Son ton donnait au mot plus d'ampleur.

Anthony eut l'impression qu'au cours de l'année écoulée, Bloeckman avait énormément grandi en dignité. Il n'avait plus l'air « bouilli », il semblait enfin « cuit à point ». En outre, il n'était plus vêtu avec un excès de recherche. Au genre facétieux déplacé qu'il avait affecté en habit de gala avait succédé une tenue stricte, un costume foncé, et sa main droite, qui autrefois arborait deux lourdes bagues, à présent dépouillée de tout ornement, ne présentait même pas l'éclat vulgaire d'ongles manucurés.

Cette dignité s'exprimait également dans sa personnalité. La dernière auréole du commis voyageur prospère s'était effacée, cet effort délibéré de se rendre agréable dont la forme la plus basse se traduisait par la plaisanterie grivoise dans le compartiment fumeurs d'un pullman. On pouvait imaginer qu'à présent, flagorné sur le plan financier, il était parvenu au détachement ; et qu'ayant subi des rebuffades sur le plan mondain, il avait acquis de la réserve. Mais quel que fût le motif qui lui donnait du poids au lieu de volume, Anthony n'éprouvait plus en sa présence un sentiment de supériorité justifié.

— Vous vous rappelez Caramel, Richard Caramel ? Je crois que vous l'avez rencontré un soir.

— Je me rappelle. Il écrivait un livre.

— Eh bien, il a vendu les droits cinématographiques. Alors on a chargé un type qui fait des scénarios de travailler là-dessus. Or, Dick s'est abonné à un argus de la presse et il est furieux parce que presque la moitié des critiques de cinéma vantent la force et la puissance de *L'Amant démoniaque* de William Jordan, sans faire la moindre mention de ce vieux Dick. On croirait que c'est le nommé Jordan qui a conçu et développé l'histoire.

Bloeckman opina du menton d'un air compréhensif.

— La plupart des contrats stipulent que le nom de l'auteur original figurera dans toute la publicité payée. Caramel continue-t-il à écrire ?

— Oh ! oui. Il travaille dur. A des nouvelles.

— Ah ! ah ! très bien... très bien... Vous prenez souvent ce train ?

— A peu près une fois par semaine. Nous habitons Marietta.

— Vraiment ? Tiens, tiens ! J'habite moi-même près de Cos Cob. J'y ai acheté tout récemment une propriété. Nous ne sommes qu'à cinq milles de distance l'un de l'autre.

— Il faudra venir nous voir. — Anthony s'étonna de sa propre courtoisie. — Je suis sûr que Gloria serait charmée de revoir un vieil ami. N'importe qui vous indiquera notre maison. C'est le second été que nous passons ici.

— Merci. — Puis, comme pour lui rendre la politesse :

— Comment va votre grand-père ?

— Il se portait bien. J'ai déjeuné avec lui aujourd'hui.

— Un grand caractère, dit Bloeckman gravement. Un type d'Américain exemplaire.

LE TRIOMPHE DE LA LÉTHARGIE.

Anthony trouva sa femme enfoncée dans le hamac de la véranda, en train de siroter voluptueusement une limonade et de déguster un sandwich, tout en poursuivant un entretien qui semblait jovial avec Tana, sur un des thèmes favoris, compliqués, du Nippon.

« Dans mon pays » — Anthony reconnut son invariable préambule — « tout le temps... gens... manger du riz... parce qu'ils n'ont pas... Peuvent pas manger ce qu'ils n'ont pas. » Si sa nationalité n'avait aussi désespérément sauté aux yeux, on eût cru qu'il avait acquis la connaissance de son pays natal d'après des atlas américains pour écoles primaires.

L'Oriental une fois réduit au silence et réexpédié à sa cuisine, Anthony tourna un regard interrogateur vers Gloria.

— Tout va bien, annonça-t-elle avec un large sourire. Et j'en ai été plus surprise que tu ne l'es.

— Aucun doute n'est possible ?

— Aucun ! Il ne pourrait en être question.

Ils se réjouirent, tout heureux, récupérant leur gaieté avec un regain d'irresponsabilité. Puis il lui parla de l'occasion qui s'offrait à lui d'aller à l'étranger, et dit qu'il avait presque honte de la rejeter.

— Qu'en penses-tu, toi ? Dis-le-moi bien franchement.

— Comment, Anthony ? — Ses yeux s'écarquillèrent de stupeur. — Tu as envie de partir ? Sans moi ?

Sa mine s'allongea — et pourtant, en entendant la question de sa femme, il sut qu'il était trop tard. Les bras de Gloria, doux et strangulants, l'enlaçaient, car il avait fait son choix une fois pour toutes, l'an passé, dans cette chambre du *Plaza.* Ce projet constituait un anachronisme, survivance de l'époque des rêves.

— Gloria... — il mentit dans un grand élan compréhensif —, bien sûr que non. Je pensais que tu pourrais partir comme infirmière ou autre chose.

Il se demanda confusément si son grand-père accepterait d'envisager cette solution.

Comme elle souriait, il vit à nouveau combien elle était belle — une jeune femme admirable, d'une miraculeuse fraîcheur, aux yeux profondément loyaux. Elle accueillit sa suggestion avec une ardeur voluptueuse, la fit miroiter au-dessus d'elle comme un soleil qu'elle eût fabriqué, se prélassa sous ses rayons et esquissa le stupéfiant scénario d'une extravagante aventure guerrière.

Après dîner, excédée du sujet, elle bâilla. Elle n'avait plus envie de causer, mais de lire *Penrod* allongée sur le divan où elle finit par s'endormir. Mais Anthony, après l'avoir portée romanesquement dans ses bras jusqu'au haut de l'escalier, resta éveillé, pour méditer sur les événements de la journée, vaguement mécontent de Gloria, vaguement insatisfait.

— Que dois-je faire ? commença-t-il à dire au petit déjeuner du matin. Nous voici mariés depuis un an et nous n'avons fait que nous agiter, tourner en rond sans même parvenir à être des oisifs réussis.

— Oui, tu devrais faire quelque chose, concéda-t-elle, étant ce jour-là d'humeur amène et causante.

Ce n'était pas leur première discussion, mais comme elles permettaient à Anthony de tenir le premier rôle, Gloria avait fini par les éviter.

— Ce n'est pas que des impératifs moraux me poussent au travail, poursuivit-il, mais grand-papa pourrait mourir demain, comme il peut vivre encore dix ans. Entre-temps, nous, nous vivons bien au-dessus de nos moyens et tout ce que nous avons à exhiber, en échange de l'argent dépensé, c'est une auto de fermier, et quelques vêtements. Nous conservons un appartement où nous n'avons habité que trois mois et une vieille bicoque dans un endroit perdu. Nous nous ennuyons souvent sans pourtant faire le moindre effort pour connaître qui que ce soit, sauf cette éternelle bande qui suit le courant, en Californie, tout l'été, en costume de sport, et attend la mort des membres de sa famille.

— Comme tu as changé ! fit observer Gloria. Tu m'as dit un jour que tu ne voyais pas pourquoi un Américain ne pourrait pas être désœuvré avec grâce.

— Oui, mais sapristi, je n'étais pas marié ! Et ce vieux cerveau fonctionnait au maximum de vitesse, et à présent il tourne et tourne comme la roue d'un engrenage, sans rien pour l'enclencher. Je crois d'ailleurs que si je ne t'avais pas rencontrée, j'aurais vraiment fait quelque chose. Mais tu sais donner aux loisirs un attrait si subtil...

— Oh ! à présent, voilà que c'est ma faute ?...

— Je n'ai pas voulu dire cela, et tu le sais bien. Mais je vais sur mes vingt-sept ans et...

— Oh ! interrompit-elle, vexée, tu me fatigues ! Tu parles comme si je te contredisais ou t'empêchais d'agir !

— Je discutais simplement le cas, Gloria. N'ai-je pas le droit de discuter ?..

— J'aurais cru que tu serais assez fort pour décider...

— ... Quelque chose avec toi sans...

— ... résoudre tes problèmes sans t'adresser à moi. Tu parles beaucoup de te mettre au travail. Je saurais facilement employer un surcroît d'argent, mais *moi*, je ne me plains pas que tu travailles ou pas, je t'aime.

Ses dernières paroles eurent la douceur d'une neige fine sur un sol durci. Mais pour le moment, aucun des deux ne s'occupait de l'autre, chacun occupé à polir et perfectionner sa propre attitude.

— J'ai travaillé — un peu.

Ceci, proféré par Anthony, fut un imprudent recours à des arguments tenus en réserve. Gloria se prit à rire, partagée entre le ravissement et le dénigrement. Sa dialectique fallacieuse la choquait en même temps qu'elle admirait sa désinvolture. Elle ne le blâmerait jamais d'être un oisif inutile, aussi longtemps qu'il serait mû par la conviction sincère que rien ne valait la peine de rien.

— Travailler ! railla-t-elle. Oh ! le triste oiseau ! Le bluffeur ! Travailler, cela consiste pour toi à arranger minutieusement le bureau et les lumières, à tailler une quantité de crayons, avec des « Gloria, ne chante pas » et « Je te prie d'empêcher ce maudit Tana de m'approcher » et « Laisse-moi te lire une phrase du début » et « Je n'aurai pas fini d'ici longtemps, Gloria, ne veille donc pas à cause de moi », et une effroyable consommation de thé ou de café. Au bout d'une heure à peine, j'entends le vieux crayon cesser de griffonner et je viens voir ce qui se passe. Tu as pris un livre sur l'étagère et tu « vérifies un point ». Puis tu te mets à lire. Puis tu bâilles, puis tu te mets au lit, et tu t'agites, tu te roules de-ci de-là parce que tu es tout saturé de caféine et n'arrive pas à dormir. Quinze jours plus tard, la comédie recommence.

Anthony eut beaucoup de peine à conserver un mince pagne de dignité.

— Tu exagères un peu. Tu sais *fichtrement* bien que j'ai placé un essai à la revue *Florentine* — et il a fait sensation si l'on tient compte du tirage limité de *The Florentine*. Et de plus, Gloria, tu sais que j'ai veillé jusqu'à cinq heures du matin pour l'achever.

Elle retomba dans le silence, pour lui lâcher un peu la corde. Et bien qu'il ne se fût pas encore pendu, il était certainement arrivé au bout du rouleau.

— Enfin, conclut-il faiblement, je suis parfaitement disposé à être correspondant de guerre.

Mais Gloria aussi. Tous deux étaient consentants — voire impatients. Chacun des deux l'affirma à l'autre. La soirée s'acheva sur une note très sentimentale : la majesté de l'oisiveté, la mauvaise santé d'Adam Patch, l'amour à tout prix.

— Anthony ! cria-t-elle par-dessus la rampe, un après-midi de la semaine suivante. Il y a quelqu'un à la porte.

Anthony, qui se prélassait dans le hamac sur la véranda tavelée de soleil, orientée vers le sud, se dirigea d'un pas nonchalant vers la façade de la maison. Il vit une auto étrangère, grande et impressionnante, tapie comme une punaise, énorme et saturnienne, au bas du sentier. Un homme en costume de soie souple, avec casquette assortie, l'interpella.

— *Hello !* par ici, Patch ! J'ai fait un saut pour venir vous voir.

C'était Bloeckman ; comme toujours insensiblement amélioré, avec des intonations plus subtiles, une aisance plus convaincante.

— J'en suis enchanté.

Anthony éleva la voix, vers une fenêtre voilée de vigne-vierge.

— Gloria ! Nous avons une visite !

— Je suis dans mon bain, gémit Gloria poliment.

Avec un sourire, les deux hommes reconnurent le caractère irrécusable de son alibi.

— Elle va descendre. Venez par ici, sur la véranda latérale. Vous boirez bien quelque chose ? Gloria est toujours en train de prendre un bain — un bon tiers de chaque journée.

— Dommage qu'elle n'habite pas au bord du Sound.

— Pouvons pas nous offrir ce luxe.

Venant du petit-fils d'Adam Patch, Bloeckman vit là une forme de plaisanterie. Après quinze minutes remplies d'appréciables saillies, Gloria fit son apparition, toute fraîche dans une toilette jaune amidonnée, apportant avec elle une atmosphère et un afflux de vitalité.

— Je veux faire sensation et réussir au cinéma, annonça-t-elle. J'apprends que Mary Pickford gagne un million de dollars par an.

— Vous pourriez, vous savez, dit Bloeckman. Je crois que vous seriez très photogénique, à l'écran.

— Tu me laisserais, Anthony ? Si je ne joue que des rôles d'ingénues ?

Comme la conversation continuait, avec des virgules guindées, Anthony s'étonna que pour Bloeckman et lui, cette femme eût été naguère la personnalité la plus stimulante, la plus tonique qu'ils eussent jamais connue. A présent, tous trois se trouvaient assis là, comme des machines trop huilées, sans heurts, sans peur, sans exaltation, petites figures lourdement émaillées, abritées dans leur sécurité au-delà de toutes jouissances, dans un monde où la mort et la guerre, l'émotion et la noble sauvagerie recouvraient tout un continent sous la fumée de la terreur.

Tout à l'heure il appellerait Tana, et ils se verseraient un poison euphorique et délicat qui leur restituerait momentanément l'agréable excitation de l'enfance, où tout visage dans une foule suggérait des actions magnifiques et significatives accomplies quelque part, dans un dessein merveilleux, illimité... A présent, la vie n'était rien de plus que cet après-midi ; une faible brise agita le col de dentelle de Gloria ; la lente et cuisante torpeur de la véranda... Ils semblaient, tous trois, intolérablement impassibles, à mille lieues de toute action romanesque. La beauté de Gloria elle-même requérait des émotions violentes, requérait l'intimité poignante, requérait la mort...

— ... n'importe quel jour de la semaine prochaine, disait Bloeckman à Gloria. Là, prenez cette carte. Ce qu'ils font, c'est de vous faire tourner un bout d'essai, environ trois cents pieds de pellicule, et on peut se faire une opinion assez nette d'après le résultat.

— Que diriez-vous de mercredi ?

— Mercredi est parfait. Téléphonez-moi et je passerai vous chercher.

Il s'était levé et distribuait de vigoureuses poignées de main — puis sa voiture ne fut plus qu'un fantôme de poussière au bas de la route. Anthony se tourna, effaré, vers sa femme.

— Voyons, Gloria !

— Cela t'est égal que je fasse un bout d'essai, Anthony ? Un simple essai. Je dois aller en ville mercredi *de toute façon.*

— Mais c'est si absurde ! Tu n'as pas l'intention de faire du cinéma — de baguenauder autour d'un studio à longueur de journée avec un tas de figurants de bas étage.

— Avec cela que Mary Pickford baguenaude beaucoup !

— Tout le monde n'est pas une Mary Pickford.

— Enfin, je ne vois pas pourquoi tu trouves mauvais que *j'essaie.*

— Je le trouve mauvais, cependant. *Je déteste* les acteurs.

— Oh ! tu me fatigues. Tu te figures que je m'amuse beaucoup, à somnoler sur cette maudite véranda ?

— Cela te serait égal si tu m'aimais.

— Bien sûr je t'aime, dit-elle avec impatience, saisissant promptement l'occasion de justifier ses doléances. C'est précisément parce que je t'aime que j'ai horreur de te voir te ronger, rester affalé à dire que tu devrais travailler. Peut-être que si *moi* je travaillais un moment, cela te stimulerait et tu ferais quelque chose.

— C'est tout simplement que tu as soif d'excitation, voilà tout.

— Peut-être ! C'est un désir très naturel, non ?

— Eh bien, je t'annonce une nouvelle. Si tu fais du cinéma, je pars pour l'Europe.

— Très bien, vas-y ! Ce n'est pas moi qui te retiens !

Pour montrer qu'elle ne le retenait pas, elle fondit en larmes mélancoliques. Ensemble, ils mobilisèrent les armées du sentiment — paroles, baisers, caresses, autocritique. Ils n'aboutirent à rien. Inévitablement, ils n'aboutissaient jamais à rien. Enfin, dans une explosion d'émotion gargantuesque, chacun des deux s'assit et écrivit une lettre. Celle d'Anthony adressée à son grand-père, celle de Gloria à Joseph Bloeckman. Ce fut le triomphe de la léthargie.

Un jour, au début de juillet, Anthony, au retour d'un après-midi passé à New York, monta à l'étage supérieur, chez Gloria. Ne recevant pas de réponse, il la crut endormie et entra à l'office pour prendre un des petits sandwiches toujours préparés à leur intention. Il trouva Tana assis à la table de la cuisine devant un assortiment hétéroclite — boîtes à cigares, couteaux, crayons, couvercles de bidons, et quelques bouts de papier couverts de chiffres compliqués et de diagrammes.

— Que diable fais-tu là ? demanda Anthony, intrigué.

Tana grimaça un sourire.

— Moi vous montrer, s'écria-t-il avec enthousiasme. Moi dire...

— Toi fabriquer une niche à chien ?

— Non, missié. — Tana sourit de nouveau. — Moi fabriquer une « machinécrire ».

— Une machine à écrire ?

— Oui, missié. Moi penser, oh tout le temps penser, couché au lit penser à machinécrire.

— Alors tu as pensé à en fabriquer une, hein ?

— Attendez. Moi dire.

Anthony, mastiquant un sandwich, s'appuya nonchalamment contre l'évier. Tana ouvrit et referma plusieurs fois la bouche comme pour éprouver la capacité de ses muscles. Ensuite, avec élan, il commença :

— Moi penser... machinécrire... à — oh !... beaucoup, beaucoup choses, oh ! beaucoup, beaucoup, beaucoup, beaucoup.

— Des touches. Je comprends.

— Non — on ? Oui — touches ! Beaucoup beaucoup beaucoup *lettres !* Comme *a-b-c.*

— Oui, tu as raison.

— Attendez. Moi dire. — Il plissa sa face dans un immense effort d'expression. — Moi pensé — beaucoup mots — finir pareils. Comme *i-n-g.*

— Tu parles ! Toute une kyrielle.

— Alors... moi faire... machinécrire... voilà. Pas tant lettres...

— C'est une grande idée, Tana. Une économie de temps. Tu gagneras une fortune. On presse une touche, et l'on tape « *ing* ». J'espère que tu mettras ton invention au point.

Tana eut un rire modeste.

— Attendez. Moi dire...

— Où est Mrs Patch ?

— Elle sortie. Attendez, moi dire. — De nouveau, il plissa son visage en vue de l'action. — Ma machinécrire...

— Où est-elle ?

— Ici... moi faire.

Il désigna l'amas hétéroclite sur la table.

— Je parle de Mrs Patch.

— Elle sortie, fit Tana, rassurant. Elle rentrer cinq heures, elle dire.

— Descendue au village ?

— Non. Partie a-vant déjeuner. Est allée Mr Bloeckman.

Anthony sursauta.

— Sortie avec Mr Bloeckman ?

— Elle rentrer cinq.

Sans un mot, Anthony quitta la cuisine, avec le « moi dire » désespéré de Tana dans son sillage. Alors, pardieu, c'était là l'idée que Gloria se faisait des plaisirs excitants ? Ses poings se crispèrent ; en un instant, il atteignit à un degré formidable d'indignation. Il se dirigea vers la porte et regarda au-dehors. Pas la moindre auto en vue, et sa montre marquait cinq heures moins quatre minutes. Avec une énergie furieuse, il courut à l'extrémité du chemin. A perte de vue, jusqu'au tournant de la route à un mille de distance, il ne put apercevoir aucune voiture — sauf — mais non, c'était la bagnole d'un fermier. Alors, dans un effort sans dignité pour paraître digne, il regagna en courant l'abri de la maison, aussi vite qu'il l'avait quitté.

Marchant de long en large dans la salle de séjour, il répéta le discours qu'il lui ferait quand elle rentrerait...

« Alors, c'est ça, l'amour ! » commencerait-il — ou plutôt non, cela ressemblait trop à la phrase populaire. « Alors, c'est ça, Paris ! » Il lui faudrait se montrer digne, blessé, ulcéré. En tout cas... « Alors, voilà comment tu t'occupes, toi, quand je suis forcé de partir et de trotter pour affaires, toute la journée, dans la ville torride ! Rien d'étonnant si je n'arrive pas à écrire ! Rien d'étonnant si je n'ose pas te perdre de vue ! » Il devenait expansif, à présent, son sujet l'échauffait. « Je vais te dire, continua-t-il, je vais te dire... » Il s'arrêta, trouvant à ces paroles un accent familier, puis il se rendit compte : c'était le « moi dire » de Tana.

Pourtant, Anthony ne rit pas et ne se jugea pas absurde. Pour son imagination affolée, il était déjà six heures — sept — huit, elle ne rentrerait jamais. La voyant ennuyée et malheureuse, Bloeckman l'avait persuadée de partir pour la Californie avec lui...

Il y eut un grand brouhaha devant la façade, un joyeux : « Ohé, Anthony ! » et il se leva, tremblant, vaguement heureux de la voir voltiger sur le sentier. Bloeckman suivait, la casquette à la main.

— Chéri ! cria-t-elle.

— Nous avons fait la plus belle randonnée du monde, parcouru tout l'Etat de New York.

— Il est temps que je rentre, dit Bloeckman presque aussitôt. J'aurais voulu que vous soyez là tous les deux quand je suis venu.

— Je regrette d'avoir été absent, dit Anthony sèchement.

Après son départ, Anthony hésita. Il n'éprouvait plus de crainte en son cœur, mais il sentit qu'une protestation s'imposait moralement. Gloria mit fin à son hésitation.

— Je savais que cela te serait égal. Il est venu juste avant déjeuner, il a dit qu'il devait aller pour affaires à Garrison et il m'a demandé si je ne voulais pas l'accompagner. Il avait l'air si seul, Anthony. Et j'ai conduit sur tout le parcours.

Distraitement, Anthony se laissa tomber dans un fauteuil, l'esprit fatigué — fatigué de rien, fatigué de tout, du poids du monde qu'il n'avait pas choisi de porter. Il semblait inutile et vaguement désemparé, ici, comme il l'avait toujours été. Une de ces personnalités qui, en dépit de tous les mots qu'elle prononçait, ne parviennent pas à s'exprimer. Il semblait n'avoir hérité que la longue tradition de l'impuissance humaine — cela et le sentiment de la mort.

— Je suppose que cela m'est indifférent, répondit-il.

Il fallait proclamer sa largeur de vues en ces matières, et Gloria, jeune et belle, avait droit à certains privilèges raisonnables. Cependant, il fut contrarié de ne pas arriver à comprendre.

DES MOTS.

Elle roula sur son dos et resta immobile un moment dans le grand lit, à ragarder le soleil de février soumis à un dernier filtrage atténué en passant entre les lamelles de plomb pour pénétrer jusqu'à la chambre. Pendant un temps, elle n'eut pas au juste conscience de ces entours ni des événements de la veille ou de l'avant-veille ; puis, comme un pendule en suspens, la mémoire commença à scander à grands coups son histoire, libérant à chaque oscillation du pendule un fragment de temps chargé d'événements, jusqu'à ce que sa vie fût restituée à Gloria.

Elle entendait à présent le souffle troublé d'Anthony à côté d'elle ; elle pouvait respirer le whisky et la fumée de cigarettes. Elle remarqua qu'elle avait perdu tout contrôle sur ses muscles. Remuait-elle, ce n'était pas un mouvement sinueux où la tension se répartit aisément sur le corps tout entier, mais un effort immense de son système nerveux, comme si à chaque fois elle s'hypnotisait pour s'obliger à une action impossible.

Dans la salle de bains, elle se brossa les dents pour se débarrasser de cet arrière-goût insupportable ; puis, revenue auprès de lui, elle écouta la clef de Bounds grincer dans la serrure de la porte de dehors.

— Réveille-toi, Anthony ! dit-elle sur un ton de reproche.

Après quoi elle grimpa sur le lit à côté de lui et ferma les yeux.

La dernière chose qu'elle se rappela, fut une conversation avec Mr et Mrs Lacy. Mrs Lacy avait dit : « Vous êtes sûrs que vous ne voulez pas que nous allions vous chercher un taxi ? » et Anthony avait répondu qu'il supposait qu'ils pourraient parfaitement marcher jusqu'à la Cinquième Avenue. Sur quoi, tous deux avaient essayé, imprudemment, de s'incliner pour saluer — et avaient chu absurdement dans un bataillon de boîtes de lait vides posées juste devant la porte. Au moins deux douzaines de bouteilles de lait débouchées et béantes dans l'obscurité. Elle ne pouvait concevoir aucune explication plausible à la présence de ces bouteilles. Peut-être attirées par les chants dans la maison Lacy, s'étaient-elles dépêchées d'accourir, bouches bées de stupeur, pour voir ce qui se passait d'amusant. Ma foi, elles s'en étaient mal trouvées — bien qu'il semblât qu'elle et Anthony ne se relèveraient jamais, tant les méchantes choses roulaient...

Enfin ils avaient rencontré un taxi. « Mon taximètre est détraqué et la course jusque chez vous vous coûtera un dollar et demi, dit le chauffeur. — Ça va, dit Anthony. Je suis le jeune Packy McFarland et, si vous descendez de votre siège, je vous rosserai jusqu'à ce que vous ne puissiez plus vous relever... » A ce moment, l'homme avait démarré sans eux. Sans doute avaient-ils découvert un autre taxi puisqu'ils se trouvaient dans l'appartement...

— Quelle heure est-il ?

Anthony s'asseyait sur son séant, en la regardant avec une acuité de chat-huant.

Question purement rhétorique, de toute évidence. Gloria ne voyait pas pourquoi elle eût été censée savoir l'heure.

— Mince, je me sens dans un état du diable ! marmonna Anthony avec calme. — Il se détendit et retomba sur les coussins. — Amène ton sinistre moissonneur !

— Anthony, comment sommes-nous finalement rentrés ?

— Taxi.

— Oh !

Puis après un silence :

— C'est toi qui m'as mise au lit ?

— Sais pas. Me semble que c'est toi qui m'as mis, *moi*, au lit. Quel jour sommes-nous ?

— Mardi.

— Mardi ? Je l'espère bien. Si c'est mercredi, je dois commencer à travailler à cet endroit idiot. Je suis censé y être dès neuf heures ou quelque autre heure impossible.

— Demande à Bounds, suggéra Gloria faiblement.

— Bounds ! appela-t-il.

Sobre et fringant — voix venue d'un monde que depuis deux jours ils semblaient avoir quitté à jamais —, Bounds traversa le hall à pas rapides et s'encadra dans la demi-obscurité de la porte.

— Quel jour, Bounds ?

— Le 22 février, je crois, monsieur.

— Je veux dire, jour de la semaine.

— Mardi, monsieur.

— Merci.

Après un silence :

— Etes-vous prêt à déjeuner, monsieur ?

— Oui, et dites donc, Bounds, avant d'aller chercher le déjeuner, voulez-vous préparer un cruchon d'eau et le poser à côté du lit ? J'ai un peu soif.

— Oui, monsieur.

Bounds se retira, drapé dans une sobre dignité.

— L'anniversaire de Lincoln, affirma Anthony sans enthousiasme, ou de saint Valentin ou de quelqu'un. Quand sommes-nous partis pour cette réunion hurluberlue ?

— Dimanche soir.

— Après les prières ? demanda-t-il d'un air sarcastique.

— Nous avons parcouru toute la ville en fiacre, avec Maury juché sur le siège, auprès du cocher, tu ne te rappelles pas. Ensuite, nous sommes rentrés et il a essayé de faire cuire du bacon. Il est sorti de l'office avec quelques restes carbonisés, répétant obstinément que c'était « frit et croustillant à point ».

Tous deux rirent spontanément mais avec quelque difficulté et, couchés côte à côte, passèrent en revue la chaîne d'incidents qui aboutissait à cette aube roussâtre et chaotique.

Ils étaient à New York depuis environ quatre mois, la campagne étant trop froide à la fin d'octobre. Ils avaient renoncé à la Californie cette année-là, un peu par manque d'argent, un peu avec l'idée de partir pour l'étranger si cette interminable guerre, déjà en sa seconde année, se terminait pendant l'hiver. Ces derniers temps, leurs revenus avaient perdu toute souplesse, impossible de les étirer assez pour subvenir à leurs joyeux caprices et à leurs agréables prodigalités, et Anthony avait passé bien des heures, perplexe et mécontent, devant un buvard couvert de chiffres serrés, à établir de remarquables budgets qui laissaient de grandes marges pour les rubriques « amusements, voyages, etc. », et essayant d'y répartir, même approximativement, leurs dépenses.

Il se rappelait une époque où, lorsqu'il allait à une « party » avec ses deux meilleurs amis, lui et Maury payaient invariablement plus que leur écot. Ils achetaient les billets de théâtre et se disputaient le soin de régler l'addition du dîner. Cela leur semblait convenable ; Dick, avec sa naïveté et son étonnante mine d'informations sur lui-même, avait été un personnage amusant, presque enfantin — le bouffon de cour de Leurs Majestés. Mais les rôles étaient renversés à présent. Dick se trouvait toujours en fonds ; Anthony régalait avec modération — sauf pour des « parties » occasionnelles, frénétiques, sous le signe de Bacchus, où il semait les chèques à tous les vents ; et c'était Anthony qui le lendemain matin prenait l'air solennel et disait à une Gloria dédaigneuse et dégoûtée que la prochaine fois il faudrait « faire attention ».

Au cours des deux années écoulées depuis la publication de *L'Amant démoniaque,* Dick avait gagné plus de vingt-cinq mille dollars, la plus grande partie récemment, quand les bénéfices du romancier avaient atteint une enflure sans précédent par suite de la faim vorace du cinéma pour les « intrigues ». Il recevait sept cents dollars pour chaque histoire — riches honoraires à l'époque pour un aussi jeune homme (il comptait moins de trente ans) et pour chacune d'elles qui contenait assez d'action cinématographique (baisers, coups de feu et sacrifices), il obtenait mille dollars supplémentaires. Ses histoires variaient ; dans toutes, il y avait une part de vitalité et une sorte de technique instinctive, mais aucune n'atteignait l'originalité de *L'Amant démoniaque* et Anthony tenait plusieurs d'entre elles pour vulgaires. Celles-là, expliquait sévèrement Dick, lui permettaient d'élargir son auditoire. N'était-il pas vrai que les hommes arrivés à une permanence réelle, de Shakespeare à Mark Twain, avaient plu à la foule autant qu'aux élus ?

Anthony et Maury eurent beau protester, Gloria lui conseilla d'aller de l'avant et de gagner autant d'argent que possible ; de toute façon, cela seul comptait...

Maury, un peu plus replet, lesté d'un peu plus de volonté et de complaisance, était allé travailler à Philadelphie. Il venait à New York une ou deux fois l'an. En ces occasions tous les quatre prenaient part aux divertissements à la mode, depuis les dîners jusqu'au théâtre, et de là au *Frolic,* ou peut-être, à la demande de Gloria toujours curieuse, à l'une des caves de Greenwich Village, qui devaient leur notoriété à la vogue frénétique, mais brève, du « mouvement de poésie nouvelle ».

En janvier, après force monologues adressés à son épouse réticente, Anthony résolut de « faire quelque chose » cet hiver en tout cas. Il voulait plaire à son grand-père et même, dans une certaine mesure, voir comment cela lui plairait. Au cours de diverses visites semi-mondaines destinées à tâter le terrain, il découvrit que les patrons ne s'intéressaient pas à un jeune homme qui voulait simplement « faire un essai de quelques mois ». En tant que petit-fils d'Adam Patch, il recevait partout un accueil d'une courtoisie marquée — mais à présent le vieillard était un peu oublié. Sa gloire, d'abord comme « oppresseur » puis comme réformateur du peuple, avait atteint l'apogée durant les vingt années précédant sa retraite. Anthony rencontra même plusieurs hommes de la génération plus jeune qui croyaient Adam Patch mort depuis quelques années.

Finalement Anthony alla prendre l'avis de son grand-père, qui lui conseilla d'être placier en obligations. La suggestion parut fastidieuse à Anthony, mais il finit par se décider à la suivre. En effet, l'argent comptant, habilement manipulé, offrait un côté fascinant dans tous les cas, alors qu'un emploi dans l'industrie eût été intolérablement ennuyeux. Il envisagea le journalisme, mais estima que les heures n'étaient pas assez régulières pour un homme marié. Et il s'attarda à d'agréables visions de lui-même, soit en directeur d'un brillant hebdomadaire d'opinion, un *Mercure de France* américain, soit en brillant auteur de comédies satiriques et de revues musicales bien parisiennes. Toutefois des secrets professionnels semblaient interdire l'approche de ces deux dernières corporations. Les gens y pénétraient par les voies détournées de l'écriture et du théâtre. Il était manifestement impossible de s'ouvrir les portes d'une revue, si l'on n'avait pas été déjà publié par une autre revue.

Ainsi donc, à la fin, grâce à une lettre de son grand-père, il entra dans ce saint des saints américains où le président de Wilson, Hiemer et Hardy trônait devant son bureau débarrassé de tout papier — et il en sortit nanti d'un emploi. Il devait commencer son travail le 23 février.

Pour célébrer un événement aussi mémorable, ils avaient combiné ces réjouissances de deux jours, car, disait-il, une fois entré en fonctions, il devrait se coucher de bonne heure pendant la semaine. Maury Noble était venu de Philadelphie pour rencontrer un gros bonnet de Wall Street (que d'ailleurs il ne réussit pas à voir) et Richard Caramel fut amené à se joindre à eux, avec un peu de persuasion et un peu de rouerie. Le lundi matin ils avaient daigné assister à un mariage élégant très arrosé de boissons alcoolisées et l'après-midi s'était produit le dénouement : Gloria, ayant dépassé ses limites habituelles — quatre cocktails, espacés avec précision —, les entraîna dans la plus gaie et joyeuse bacchanale qu'ils eussent jamais connue. Elle déploya une étonnante connaissance des pas de ballet, et chanta des chansonnettes qui, avoua-t-elle, lui avaient été enseignées par son cuisinier alors qu'elle était une ingénue de dix-sept ans. A la demande générale, elle les répéta plusieurs fois, tout au long de la soirée, avant tant de franche gaieté qu'Anthony, loin d'être contrarié, fut flatté qu'elle leur fournît cette nouvelle source d'amusement.

L'occasion fut mémorable à d'autres points de vue encore — un long entretien entre Maury et un crabe défunt qu'il traînait au bout d'une ficelle, au sujet de savoir si le crabe était au courant des applications du théorème du binôme, et la course susmentionnée dans deux fiacres, avec pour public les ombres calmes et impressionnantes de la Cinquième Avenue, et pour terminer une fuite dans le labyrinthe et les ténèbres de Central Park. Enfin Anthony et Gloria avaient été voir un jeune couple marié, pétulant — les Lacy —, et étaient tombés dans les bouteilles de lait vides.

A présent, ils avaient toute la matinée pour additionner les chèques payés de-ci de-là dans des clubs, des magasins, des restaurants, pour aérer le grand salon bleu de la façade imprégné d'un désagréable relent de vins et de cigarettes, pour ramasser les verres brisés et brosser le tissu maculé des fauteuils et des sofas, pour donner à Bounds des vêtements à porter au teinturier, enfin pour traîner leurs corps suffocants, à demi fiévreux, et leurs esprits défraîchis, déprimés, au grand air glacé de février, afin que la vie pût continuer et Wilson, Hiemer et Hardy obtenir les services d'un homme en pleine forme, le lendemain à neuf heures.

— Te rappelles-tu, cria Anthony de la salle de bains, quand Maury est sorti au coin de la 110e Rue et a joué le rôle d'un agent de la circulation, faisant avancer et reculer les autos ? On a dû le prendre pour un détective privé.

Après chaque réminiscence, tous deux éclataient d'un rire incoercible, leurs nerfs trop tendus réagissant avec une violence aussi discordante à la gaieté qu'à la dépression.

Gloria, devant le miroir, s'extasiait sur la carnation splendide et la fraîcheur de son visage — elle semblait n'avoir jamais eu aussi bonne mine, encore que son estomac lui fît mal et qu'elle eût une furieuse migraine.

La journée passa lentement, Anthony, se rendant en taxi chez son agent de change pour emprunter de l'argent sur un titre de rente, s'aperçut qu'il n'avait que deux dollars dans sa poche. Le trajet lui coûterait cette somme, mais il sentait que cet après-midi-là il n'eût pas supporté le métro. Quand le taximètre atteindrait la limite de ses possibilités, il mettrait pied à terre et marcherait.

Là-dessus, son esprit vagabonda en un de ces rêves éveillés qui le caractérisaient... Dans ce rêve, il s'aperçut que le taximètre fonctionnait trop vite — le chauffeur l'avait malhonnêtement truqué. Avec calme, il atteignit son lieu de destination et remit négligement à l'homme la somme qu'il lui devait en toute équité. Le chauffeur marqua des velléités belliqueuses, Anthony l'abattit d'un seul coup de poing terrible. Et lorsqu'il se releva, Anthony fit prestement un pas de côté et le terrassa définitivement, avec une fêlure à la tempe.

... A présent il était devant le tribunal. Le juge lui infligeait une amende de cinq dollars et il n'avait pas le sou. La Cour accepterait-elle son chèque ? Ah ! mais la Cour ne le connaissait pas. Soit, il pourrait prouver son identité en demandant que l'on téléphonât à son appartement.

... Ainsi fit-on. Oui, Mrs Anthony Patch à l'appareil. Mais comment pouvait-elle savoir si l'homme en question était bien son mari ? Comment pouvait-elle le savoir ? L'agent de police n'avait qu'à lui demander si elle se rappelait les bouteilles de lait...

... Il se pencha précipitamment en avant et tapa contre la vitre. Bien que la voiture ne fût encore qu'au pont de Brooklyn, le taximètre marquait un dollar quatre-vingts *cents*, et Anthony n'aurait jamais omis le pourboire de dix pour cent.

A une heure plus tardive de l'après-midi, il regagna l'appartement. Gloria aussi était sortie faire des emplettes et dormait blottie dans un coin du divan, avec son acquisition à l'abri entre ses bras. Elle avait le visage détendu d'une petite fille et la boule qu'elle serrait contre son sein était une poupée d'enfant — baume profond et infiniment réconfortant à son cœur troublé et puéril.

DESTINÉE.

Cette soirée, surtout à cause du rôle que Gloria y avait joué, marqua le début d'un changement dans leur mode de vie. Le magnifique attitude « je-m'en-fichiste » se modifia du jour au lendemain. Après avoir été un simple principe cher à Gloria, elle devint leur réconfort et la justification de tout ce qu'il leur prenait envie de faire et de toutes les conséquences qui s'ensuivraient. Ne rien déplorer, ne pas pousser un cri de regret, vivre selon un strict code d'honneur mutuel, et chercher un instant de bonheur avec toute la ferveur et l'acharnement possibles.

— Personne ne se soucie de nous sauf nous, Anthony, lui dit-elle un jour. Il serait ridicule que je feigne de me sentir des obligations à l'égard du monde. Quant à m'inquiéter de ce que les gens pensent de moi, je m'en moque, et voilà. Depuis l'époque où j'étais une gamine au cours de danse, j'ai été critiquée par les mères de toutes les petites filles moins recherchées que moi, et j'ai toujours considéré les critiques comme une sorte d'hommage envieux.

Ceci, parce qu'à une soirée au *Boul' Mich'*, Constance Merriam l'avait vue dans un groupe de quatre personnes fortement éméchées. Constance Merriam, « en tant qu'amie et ancienne condisciple », avait pris la peine de l'inviter à déjeuner dès le lendemain pour lui dire combien ç'avait été affreux.

— Je lui ai répondu que je ne voyais là rien d'affreux, déclara Gloria à Anthony. Eric Merriam est une sorte de Percy Wolcott sublimé — tu te rappelles Percy Wolcott, cet homme de Hot Springs dont je t'ai parlé —, sa manière de respecter Constance consiste à la laisser chez elle avec sa couture, son bébé, son livre, et d'autres amusements innocents du même ordre, chaque fois qu'il se rend à une réunion qui promet de n'être rien moins que mortellement ennuyeuse.

— Tu lui as dit cela ?

— Certes. Et je lui ai dit qu'au fond ce qu'elle trouvait mauvais, c'est que je me donne plus de bon temps qu'elle.

Anthony applaudit. Il était extrêmement fier de Gloria, fier qu'elle ne manquât jamais d'éclipser toutes les femmes présentes, fier que les hommes fussent toujours heureux de se divertir avec elle, en groupes bruyants, sans jamais rien chercher de plus que le spectacle de sa beauté et la chaleur de sa vitalité.

Ces « parties » constituèrent peu à peu leur principale distraction. Toujours amoureux, toujours fort absorbés l'un par l'autre, ils s'aperçurent néanmoins, avec l'approche du printemps, que les soirées passées à leur foyer leur pesaient ; les livres manquaient de réalité. Evanouie depuis longtemps, l'ancienne magie du tête-à-tête ! Ils préféraient s'ennuyer à quelque stupide comédie musicale ou aller dîner avec les moins intéressantes de leurs connaissances, aussi longtemps qu'il y aurait assez de cocktails pour empêcher la conversation de devenir tout à fait intolérable. Une nuée de couples mariés, plus jeunes, qui avaient été leurs amis à l'école ou au collège, ainsi qu'un assortiment varié de célibataires, se mirent à penser tout naturellement à eux chaque fois qu'on avait besoin de couleur et d'excitation, en sorte qu'il se passait à peine un jour sans un coup de téléphone, et un « Me demande ce que vous faites ce soir ». Les femmes en général craignaient Gloria, la facilité avec laquelle elle occupait le centre de la scène, sa façon innocente mais troublante de charmer leurs maris — ces choses les incitaient instinctivement à une profonde méfiance, d'autant que Gloria ne répondait guère aux avances féminines.

Le mercredi de février fixé, Anthony s'était rendu aux imposants bureaux de Wilson, Hiemer et Hardy, et écouta les multiples et vagues instructions, débitées par un jeune homme énergique de son âge, nommé Kahler, qui arborait un provocant toupet jaune et, en déclinant ses fonctions de secrétaire adjoint, laissa entendre que c'était là un tribut rendu à des capacités exceptionnelles.

— Il y a ici deux catagories d'hommes, vous verrez, dit-il. Celui qui arrive à être secrétaire adjoint ou trésorier parvient à avoir son nom inscrit sur notre dépliant, là, avant d'avoir trente ans, et celui qui arrive à y faire inscrire son nom à quarante-cinq ans. L'homme qui voit son nom figurer là à quarante-cinq ans y demeurera pour le reste de sa vie.

— Et que devient l'homme qui arrive à trente ans ? demanda poliment Anthony.

— Mais il reçoit de l'avancement et parvient là, tenez ! — il désigna sur le dépliant une liste de vice-présidents adjoints. — Ou peut-être même deviendra-t-il président ou secrétaire-trésorier.

— Et ceux qui figurent au-dessus ?

— Ceux-là ? Oh ! Ce sont les administrateurs... les hommes qui possèdent les capitaux.

— Je comprends.

— Or, certaines gens, continua Kahler, s'imaginent qu'on avance de bonne heure ou tard, selon qu'on a reçu ou non une formation universitaire. Mais ils se trompent.

— Je comprends.

— Moi, j'en ai reçu une ; j'étais à Buckleigh, de la fournée de 1911, mais quand je suis venu à Wall Street, je me suis vite aperçu que les choses qui me serviraient ici n'étaient pas les choses fantaisistes que j'apprenais au collège. En fait, j'ai dû me vider la tête d'une quantité de matières fantaisistes.

Anthony ne put s'empêcher de se demander quelles « matières fantaisistes » il avait bien pu apprendre à Buckleigh en 1911. Pendant le reste de l'entretien l'idée irrésistible l'obséda qu'il s'agissait d'une sorte de travail à l'aiguille.

— Voyez ce type là-bas ? — Kahler lui désigna un homme à l'allure jeune, aux jolis cheveux grisonnants, assis à un bureau derrière une balustrade d'acajou. — C'est Mr Ellinger, le premier vice-président. Il a été partout, il a tout vu ; il a reçu une éducation soignée.

En vain Anthony essaya de rendre son âme réceptive au côté romanesque de la finance, il ne parvenait à s'imaginer Mr Ellinger que comme un des acquéreurs des belles éditions reliées en cuir de Thackeray, Balzac, Hugo et Gibbon qui tapissaient les murs des grandes bibliothèques.

Durant l'humide et peu exaltant mois de mars, il fut formé en vue de la vente. Faute d'enthousiasme, le tumulte et l'agitation environnants lui apparaissaient comme un effort stérile, collectif, vers un but incompréhensible, dont l'évidence tangible ne se manifestait que dans les palais rivaux de Mr Frick et Mr Carnegie, dans la Cinquième Avenue. Il trouvait incongru que tous ces imposants vice-présidents et administrateurs fussent vraiment les pères des « meilleurs types » qu'il eût connus à Harward.

Il déjeunait à la cantine des employés, à l'étage supérieur, avec le soupçon embarrassant d'avoir obtenu de l'avancement. Tout au long de cette première semaine, il se demanda si les douzaines de jeunes employés, certains d'entre eux actifs et impeccables, frais émoulus du collège, vivaient dans l'espoir flamboyant de figurer un jour sur l'étroite bande de carton avant la catastrophique trentaine. La conversation qui s'entremêlait au travail quotidien ne variait guère. On se demandait comment Mr Wilson avait gagné son argent, de quelle méthode Mr Hiemer avait usé, et les moyens employés par Mr Hardy. On racontait des anecdotes antédiluviennes mais éternellement passionnantes sur les fortunes réalisées en un tournemain à Wall Street par un « boucher », un « tenancier de bar » ou un « sacré garçon de courses », mince, alors ! Après quoi on parlait des spéculations du moment, et l'on se demandait s'il valait mieux miser sur cent mille dollars par an ou se contenter de vingt. Au cours de l'année précédente, un des secrétaires adjoints avait placé toutes ses économies en Aciers de Bethlehem. L'histoire de sa magnificence spectaculaire, de sa hautaine démission en janvier et du palais triomphal qu'il se faisait à présent construire en Californie, formait le sujet préféré du bureau. Le nom même de cet homme prenait une signification magique, symbole des aspirations de tous les bons Américains. Des anecdotes couraient sur son compte ; l'un des vice-présidents lui avait conseillé de vendre, mince alors ! mais il avait persisté, et même acheté à découvert, « et *maintenant,* voyez-moi où il en est ! »

De cela, manifestement, se composait la vie — un triomphe étourdissant, éblouissant tous les yeux, une sirène gitane qui les satisfaisait avec de maigres émoluments et l'improbabilité arithmétique de leur succès éventuel.

Pour Anthony, cette conception devint terrifiante. Il sentait que pour réussir ici, l'idée du succès devait hanter son esprit et le limiter. Il lui semblait que le trait dominant, chez ces hommes au sommet de l'échelle, était leur conviction que leurs affaires constituaient le véritable noyau de la vie. Toutes les autres choses étaient équivalentes en soi et l'opportunisme l'emportait sur la science technique. De toute évidence, le travail le plus efficace s'accomplissait au bas de l'échelle — aussi, avec une efficience congrue, les experts techniques y étaient-ils maintenus.

Sa décision de ne pas sortir le soir pendant la semaine ne dura pas, et une bonne partie du temps, il venait travailler avec une migraine nauséeuse, à lui faire éclater les tempes et l'horreur du métro matinal bondé résonnait encore dans ses oreilles comme un écho de l'Enfer.

Puis, soudain il démissionna. Il était resté au lit toute la matinée, un lundi, et tard dans la soirée, en proie à une de ces attaques de désespoir fantasque auxquelles il succombait périodiquement, il écrivit et expédia une lettre à Mr Wilson, en avouant qu'il se jugeait mal adapté à son travail. Gloria, rentrant du théâtre avec Richard Caramel, le trouva sur le divan, silencieux et les yeux fixés sur le plafond, plus déprimé et découragé qu'il ne l'avait jamais été depuis leur mariage.

Elle aurait voulu qu'il se lamentât. En ce cas, elle l'aurait couvert d'amers reproches, car elle était fort contrariée, mais il était étendu là, si complètement désemparé qu'elle fut désolée pour lui. Elle s'agenouilla, lui caressa la tête et lui dit combien cela avait peu d'importance, combien peu n'importe quoi comptait, aussi longtemps qu'ils s'aimeraient.

Ce fut comme leur première année de mariage, et Anthony sous l'influence de sa main fraîche, de sa voix douce comme un souffle à son oreille, devint presque gai et lui parla de ses futurs projets. Il regretta même, à part lui, avant d'aller se coucher, d'avoir si précipitamment envoyé sa démission.

— Même quand tout semble pourri, il ne faut pas se fier à ce jugement, avait dit Gloria. Seule compte la somme de tous vos jugements.

A la mi-avril arriva une lettre de l'agent immobilier de Marietta. Elle les engageait à louer la maison grise une autre année, avec un loyer légèrement plus élevé, et contenait un contrat de location, tout prêt, qui n'attendait que leurs signatures. Pendant une semaine, lettre et contrat traînèrent sur le bureau d'Anthony. Ils ne comptaient pas retourner à Marietta. Ils en avaient assez de l'endroit, et s'étaient ennuyés le plus clair du temps, l'été précédent. En outre, leur auto s'était détériorée et ne formait plus — spectacle mélancolique — qu'une masse de métal cliquetant, et l'achat d'une nouvelle voiture n'était pas à conseiller financièrement.

Mais à cause d'une autre bamboche effrénée qui se prolongea pendant quatre jours et à laquelle participèrent, par moments, plus d'une douzaine de personnes, ils signèrent bel et bien le bail. Avec horreur, ils s'aperçurent qu'ils l'avaient signé et envoyé, et ce fut aussitôt comme s'ils entendaient la maison grise, enfin sinistrement hostile, lécher ses babines blanches en attendant de les dévorer.

— Anthony, où est ce contrat ? s'écria-t-elle, affolée, un dimanche matin, revenue, dolente et sobre, à la réalité. Où l'as-tu laissé ? Il était là !

Et tout à coup, elle sut où il était. Elle se rappela qu'au point culminant de leur exubérance, ils avaient combiné une « party » chez eux. Elle se rappela une pièce pleine d'hommes pour qui, dans leurs moments de moindre ébriété, elle et Anthony ne pesaient pas lourd. Anthony avait célébré les mérites insignes et l'isolement de la maison grise ; située tellement à l'écart, disait-il, que l'on y pouvait mener impunément le plus grand tapage. Alors Dick, en visite chez eux ce soir-là, s'était écrié avec enthousiasme qu'on ne pouvait imaginer plus charmante maisonnette, et qu'ils seraient idiots de ne pas la louer pour un nouvel été. Ils s'étaient facilement monté la tête, convaincus que la ville devenait torride et se vidait, hypnotisés par le souvenir frais et élégiaque des charmes de Marietta.

Anthony avait pris le contrat et le brandissait frénétiquement. Il trouva Gloria heureuse et consentante. Puis il y avait eu un dernier sursaut de décision accompagné d'un flux de paroles, cependant que tous les hommes présents s'engageaient, par de solennelles poignées de main, à aller les voir là-bas...

— Anthony, cria-t-elle, nous l'avons signé et retourné !

— Quoi ?

— Le contrat !

— Que diable dis-tu là ?

Dans la voix d'Anthony vibrait une consternation éperdue. Pour l'été, pour l'éternité, ils s'étaient édifié une prison.

Les dernières racines de leur stabilité semblaient arrachées. Anthony espéra arriver à un arrangement avec l'agent immobilier. Ils ne pouvaient plus se permettre le luxe d'un double loyer, et pour retourner à Marietta, il faudrait renoncer à l'appartement, cet appartement parfait, avec la salle de bains exquise et les pièces dont il avait acheté le mobilier et les rideaux. A peu près le seul foyer qu'il ait jamais eu — où planaient les souvenirs familiers de quatre années hautes en couleur.

Mais les choses ne s'arrangèrent pas avec l'agent immobilier. Découragés, sans même parler d'en tirer le meilleur parti possible, sans même le « je m'en moque » passe-partout de Gloria, ils retournèrent à la maison grise qui, ils le savaient à présent, ne se souciait pas plus de la jeunesse que de l'amour, et ne tenait qu'à ses austères et incommunicables souvenirs qu'ils ne pourraient jamais partager.

L'ÉTÉ SINISTRE.

Cette année-là, une atmosphère d'horreur pesa sur la maison. Elle les avait accompagnés et s'étendit comme un sombre suaire, imprégna toutes les chambres du rez-de-chaussée, pénétra graduellement partout, monta l'étroit escalier et accabla jusqu'à leur sommeil. Anthony et Gloria en vinrent à détester la solitude en tête à tête. La chambre à coucher de Gloria, qui naguère lui paraissait si rose, juvénile et délicate, accordée à sa lingerie couleur pastel jetée çà et là sur les chaises et le lit, semblait à présent murmurer, dans le froufroutement de ses rideaux :

— Ah ! jeune et belle dame, votre mignonnerie et votre délicatesse ne seront pas les premières à se faner ici sous les soleils d'été... Des générations de femmes point aimées se sont parées devant ce miroir, à l'intention d'amants rustiques qui n'y prenaient pas garde... La Jeunesse est entrée dans cette chambre, vêtue de bleu ciel, et l'a quittée dans le linceul gris du désespoir, et durant de longues nuits, bien des jeunes femmes sont restées éveillées là où se trouve ce lit, à répandre des ondes de détresse dans les ténèbres.

Gloria finit par emporter en vrac, piteusement, tous ses vêtements et ses onguents, déclarant qu'elle était venue vivre avec Anthony et alléguant comme prétexte que l'un de ses abat-vent, pourri, laissait passer les punaises. On abandonna donc sa chambre aux hôtes insensibles ; et ils couchèrent dans la chambre du mari que Gloria, on ne sait trop pourquoi, trouvait « bien », comme si la présence d'Anthony suffisait pour chasser les ombres inquiètes du passé, qui auraient pu hanter ses murs.

La distinction entre « bien » et « mal », qui conditionnait depuis longtemps et sommairement leurs vies, s'affirmait aussi sous une autre forme.

Gloria insistait pour que toute personne invitée à la maison grise fût « bien », ce qui, dans le cas d'une jeune femme, signifiait qu'elle devait être simple et irréprochable, ou posséder une certaine fermeté et force de caractère. Toujours très susceptible à l'égard de son sexe, ses jugements étaient à présent fonction du fait qu'une femme lui semblait « propre » ou non. Par « malpropre », elle entendait une quantité de choses, un manque de fierté, une faible trempe, et, surtout, les irrécusables effluves de la promiscuité masculine...

— Les femmes se salissent facilement, disait-elle, bien plus que les hommes. A moins qu'une fille ne soit très jeune et courageuse, il lui est presque impossible de descendre la pente sans une certaine animalité hystérique, le genre d'animalité rusée, sale. Un homme est différent — et c'est pour cela, je suppose, qu'un des personnages romanesques le plus commun est l'homme qui court galamment à sa perdition.

Elle aimait la compagnie de beaucoup d'hommes, surtout de ceux qui lui rendaient un franc hommage et s'entendaient à l'amuser ; mais souvent, dans un éclair d'intuition, elle disait à Anthony que tel de ses amis se servait simplement de lui et qu'il fallait l'éviter. Anthony, en général, protestait que l'accusé était « un type bien » mais — il s'en apercevait bientôt — il avait un jugement moins infaillible que celui de sa femme, notamment en plusieurs circonstances mémorables où il resta avec quantité d'additions de restaurant sur les bras et dut les régler à lui tout seul.

Plutôt par crainte de la solitude que par désir de s'imposer les tracas et l'ennui d'une réception, ils emplissaient la maison d'invités à chaque fin de semaine et souvent en semaine aussi. Les réunions se ressemblaient peu ou prou. Quand arrivaient les trois ou quatre hommes invités, les apéritifs s'imposaient plus ou moins, suivis d'un dîner jovial, après quoi on se rendait en auto au Cradle Beach Country Club (auquel ils avaient adhéré en raison de la cotisation modique), club animé sinon chic qui constituait presque une nécessité en pareille circonstance. De plus, ce que l'on y faisait là ne comptait pas beaucoup, et aussi longtemps que la bande de Patch évitait congrûment de mener trop grand tapage, peu importait que les dictateurs mondains de Cradle Beach vissent la pétulante Gloria siroter des cocktails dans la salle à manger, à fréquents intervalles au cours de la soirée.

Le samedi s'achevait en général dans une éclatante confusion — souvent il fallait aider un invité pris de vin à gagner son lit. Le dimanche apportait les journaux de New York et une calme matinée de récupération sur la véranda — et le dimanche après-midi on disait « au revoir » à un ou deux invités qui devaient s'en retourner en ville et une nouvelle ribote commençait avec un ou deux convives qui restaient jusqu'au lendemain. Tout s'achevait par une soirée de libations joviales sinon hilares.

Le fidèle Tana, pédagogue par nature et homme à tout faire par profession, était revenu chez eux. Parmi les hôtes les plus fréquents, une tradition s'était instaurée à son propos. Maury Noble déclara un après-midi qu'il s'appelait de son vrai nom Tannenbaum et que c'était un agent allemand, entretenu dans le pays pour faire de la propagande teutonne dans Westchester County ; après quoi commencent à arriver de Philadelphie des lettres mystérieuses adressées au Nippon effaré. Elles portaient comme suscription : « Lieutenant Emile Tannenbaum » et contenaient quelques messages sibyllins signés : « Grand Etat-Major », ornés d'une double colonne atmosphérique en un japonais burlesque. Anthony les remettait toujours à Tana sans sourire. Après des heures, on pouvait trouver le destinataire en train de se casser la tête dessus, dans la cuisine, et il affirmait sérieusement que les symboles perpendiculaires n'étaient pas du japonais ni rien qui y ressemblât.

Gloria s'était prise d'une violente antipathie pour Tana, depuis le jour où, rentrée à l'improviste du village, elle l'avait surpris étendu sur le lit d'Anthony, en train de déchiffrer péniblement un journal. Tous les domestiques, d'instinct, aimaient Anthony et détestaient Gloria, et Tana ne faisait pas exception à la règle. Mais elle lui inspirait une peur terrible et il ne trahissait son aversion qu'à ses moments d'humeur, en adressant subtilement à Anthony des remarques destinées à l'oreille de Gloria.

— Quoi que Miz vouloir dîner ? disait-il en regardant son maître.

Ou bien il commentait l'âpre égoïsme des « méricaines », de façon à faire comprendre sans équivoque à qui il faisait allusion.

Pourtant, ils n'osaient pas le renvoyer. Une telle initiative eût été odieuse à leur apathie. Ils supportèrent Tana, comme ils supportaient le mauvais temps et les maux physiques et la vénérable volonté de Dieu — comme ils supportaient tout, y compris eux-mêmes.

DANS LES TÉNÈBRES.

Par un suffocant après-midi de la fin de juillet, Richard Caramel téléphona de New York pour s'annoncer avec Maury et prévenir qu'ils amèneraient un ami. Ils arrivèrent vers cinq heures, un peu pris de vin, accompagnés d'un petit homme trapu de trente-cinq ans qu'ils présentèrent comme « Mr Joe Hull, un des plus chics types qu'Anthony et Gloria aient jamais rencontrés ».

Joe Hull avait une barbe blonde qui cherchait perpétuellement à percer sous sa peau, et une voix sourde intermédiaire entre une basse profonde, et un chuchotement enroué. Anthony, en portant la valise de Maury à l'étage supérieur, le suivit dans sa chambre et referma soigneusement la porte.

— Qui est cet individu ? demanda-t-il.

Maury eut un petit rire étouffé enthousiaste.

— Qui, Hull ? Oh ! lui, il est très bien. C'est un chic type.

— Oui, mais qui est-ce ?

— Hull ? Un chic type, et voilà. C'est un prince.

Son rire redoubla et aboutit à une succession d'agréables grimaces de chat. Anthony hésitait entre un sourire et un froncement de sourcils.

— Il m'a l'air un peu drôle. Des vêtements bizarres. — Il marqua une pause. — Le soupçon insidieux me vient que vous deux l'avez ramassé quelque part la nuit dernière.

— Ridicule, déclara Maury. Voyons, je l'ai connu toute ma vie.

Néanmoins, comme il accompagna cette affirmation d'une nouvelle série de gloussements hilares, Anthony ne put s'empêcher d'observer : « Du diable si c'est vrai ! »

Plus tard, juste avant le dîner, alors que Maury et Dick causaient bruyamment avec Joe Hull qui écoutait en silence et sirotait sa boisson, Gloria entraîna Anthony dans la salle à manger.

— Ce Hull ne me plaît pas, dit-elle. Je voudrais qu'il se serve de la baignoire de Tana.

— Je ne peux guère lui demander cela.

— Mais je ne veux pas qu'il se serve de la nôtre !

— Il m'a l'air d'une âme simple.

— Il porte des souliers blancs qui ressemblent à des gants. Je peux voir ses orteils à travers. Pouah ! Qui est-ce, d'ailleurs ?

— Je n'en sais trop rien.

— Eh bien, ils ont du toupet de l'amener ici. Nous ne sommes pas un foyer de secours pour matelots !

— Ils étaient pompettes quand ils ont téléphoné. Maury dit qu'ils étaient à une « party » depuis hier après-midi.

Gloria secoua la tête, irritée et, sans plus rien dire, retourna à la véranda. Anthony vit qu'elle essayait d'oublier son malaise et s'appliquait à jouir de la soirée.

La journée avait été tropicale, et même à cette heure crépusculaire tardive, les ondes de chaleur émanant de la route desséchée frémissaient faiblement, comme des feuilles ondulantes de gélatine. Pas un nuage ne voilait le ciel, mais au loin, derrière les bois, dans la direction du Sound, un grondement faible et persistant commençait à se faire entendre. Quand Tana annonça le dîner, les hommes, sur un signe de Gloria, restèrent en manches de chemise et passèrent à l'intérieur de la maison.

Maury entonna une chanson qu'ils reprirent en chœur durant le premier service. Elle se composait de deux vers et se chantait sur un air populaire appelé *Daisy Dear.* Les vers étaient :

Sommes en proie à la pani-que !
Tout comme au dé-clin mo-ral !

Des explosions d'enthousiasme et des applaudissements prolongés saluaient chaque reprise.

— Allons, de l'entrain, Gloria ! suggéra Maury. Vous m'avez l'air un tout petit peu déprimée.

Elle mentit :

— Pas du tout.

— Ici, Tannenbaum ! cria-t-il par-dessus son épaule. Je vous ai versé un verre ! Venez donc !

Gloria essaya d'arrêter son bras.

— Je vous en prie, ne le faites pas, Maury !

— Pourquoi pas ? Peut-être nous jouera-t-il de la flûte après dîner. Ici, Tana !

Tana, avec un large sourire, emporta le verre à la cuisine. Au bout de quelques instants, Maury lui en donna un autre.

— De l'entrain, Gloria ! cria-t-il. De grâce, vous tous, regaillardissez Gloria !

— Chérie, bois encore un verre, conseilla Anthony.

— Oui ! Je vous en prie !

— De l'entrain, Gloria ! dit Joe avec désinvolture.

Gloria tressaillit à cet emploi incongru de son prénom, et jeta un coup d'œil autour d'elle pour voir si quelqu'un d'autre l'avait remarqué. Le mot, sortant si facilement des lèvres d'un homme qui lui inspirait une extraordinaire antipathie, lui répugnait. Un moment plus tard, elle s'aperçut que Joe Hull avait donné à Tana un nouveau verre, et sa colère augmenta, encore accrue par les effets de l'alcool.

— ... et un jour, disait Maury, Peter Granby et moi nous sommes allés au bain turc à Boston, vers deux heures du matin. Il n'y avait personne sauf le propriétaire, nous l'avons enfermé dans un cabinet et nous avons fermé la porte à clef. Là-dessus s'amène un type qui réclame un bain turc. Comme si nous étions les masseurs, sapristi ! Ma foi, nous l'avons tout simplement empoigné et jeté dans la piscine tout habillé. Après quoi nous l'avons retiré et étendu sur une table d'ardoise et nous lui avons appliqué des claques, jusqu'à ce qu'il soit tout noir et bleu. « Pas si fort, les gars, disait-il d'une voix plaintive, s'il vous plaît ! »

Etait-ce là Maury ? pensait Gloria. Venant de tout autre, l'histoire l'eût amusée, mais de la part de Maury, l'infiniment sensible, le summum du tact et des égards...

Som-mes en proie à la pa-ni-que,
Tout co-omme...

Un roulement de tonnerre au-dehors noya le reste de la chanson. Gloria frissonna et essaya de vider son verre, mais la première gorgée lui donna la nausée et elle le reposa sur la table. Le dîner était fini et ils regagnèrent tous la grande pièce, emportant plusieurs bouteilles et carafons. Quelqu'un avait fermé la porte de la véranda pour empêcher le vent d'entrer, et des tentacules circulaires de fumée de cigare se tordaient déjà dans l'air lourd.

— Lieutenant Tannenbaum ! — C'était à nouveau Maury, un Maury transformé. — Apportez-nous la flûte !

Anthony et Maury se précipitèrent à la cuisine. Richard Caramel mit en marche le phonographe et s'approcha de Gloria.

— Danse avec ton célèbre cousin.

— Je n'ai pas envie de danser.

— Alors, je vais te faire faire un tour en te portant.

Comme s'il accomplissait une fonction d'une extrême importance, il la souleva dans ses petits bras grassouillets et se mit à trottiner gravement autour de la pièce.

— Pose-moi par terre, Dick ! La tête me tourne ! insista-t-elle.

Il la déposa avec brusquerie, masse rebondissante sur le divan, et s'élança vers la cuisine en criant : « Tana ! Tana ! »

Soudain, tout à trac, elle sentit d'autres bras l'enlacer, elle se sentit soulevée du divan. Joe Hull l'avait ramassée et essayait, à la manière d'un ivrogne, d'imiter Dick.

— Lâchez-moi ! dit-elle âprement.

Son rire larmoyant et la vue de cette mâchoire jaune picotée de poils, tout près de son visage, lui inspirèrent un intolérable dégoût.

— Tout de suite !

— La pa-nique ! continua-t-il.

Mais il n'alla pas plus loin, car la main de Gloria fit un geste circulaire et l'atteignit à la joue. Il la lâcha aussitôt et elle tomba sur le parquet. Son épaule se cogna contre la table, au passage, par ricochet.

Puis la pièce sembla pleine d'hommes et de fumée. Tana, en blouse blanche, chancelait, soutenu par Maury. Il soufflait dans sa flûte une étrange mélopée, brassage de sons, appelé, cria Anthony, le chant du train des Japonais. Joe Hull jonglait avec une boîte d'allumettes qu'il avait trouvée, en glapissant : « Une de tombée ! » chaque fois qu'il manquait le but, et Dick dansait tout seul, en un tournoiement fasciné, tout autour de la pièce. Gloria eut l'impression que tout ce que contenait la pièce titubait avec des girations grotesques, à quatre dimensions, à travers des plans entrecroisés, d'un bleu vaporeux.

Au-dehors, l'orage avait soudain éclaté. Le craquement des hauts buissons contre la maison et le grondement de la pluie sur le toit de tôle de la cuisine comblaient les accalmies. D'interminables éclairs déclenchaient d'épaisses coulées de foudre comme la fonte brute se déversant d'une fournaise incandescente. Gloria se rendit compte que la pluie pénétrait par trois fenêtres mais elle n'eut pas la force de faire un mouvement pour les fermer.

... Elle était dans le vestibule. Elle avait dit bonne nuit, sans que personne l'entendît ou y prît garde. Il lui sembla un instant que quelqu'un s'était penché pour la voir, par-dessus la rampe, mais pour rien au monde elle ne serait retournée au salon — plutôt devenir folle que d'endurer la folie de ce vacarme... A l'étage supérieur, elle chercha le commutateur et ne put le trouver dans l'obscurité. Un éclair remplit toute la chambre et lui montra le bouton nettement visible sur le mur. Mais quand les ténèbres impénétrables se refermèrent, il se déroba de nouveau à ses doigts hésitants. Alors elle ôta sa robe et son jupon et se jeta, prise de faiblesse, sur le côté sec du lit à moitié trempé.

Elle ferma les yeux. D'en bas montaient des voix confuses et avinées, soudain ponctuées par un frémissant tintement de verre brisé, puis un autre, et les bribes d'un chant vacillant saccadé, qui s'élevait...

Elle resta étendue là près de deux heures — calcula-t-elle après coup en mettant bout à bout les fragments de temps. Elle se rendit compte, et même elle perçut, après un long moment, qu'en bas le bruit avait diminué et que l'orage se déplaçait vers l'ouest, projetant derrière lui des avalanches de sons qui tombaient, lourdes et sans vie comme son âme, dans les champs détrempés. Suivit une lente et récalcitrante dispersion de la pluie et du vent, et enfin plus rien ne subsista au-delà de ses fenêtres, sauf un doux égouttement et le susurrement d'un cep de vigne mouillé et chargé de grappes contre le rebord de la fenêtre. Elle se trouvait dans un état intermédiaire entre le sommeil et la veille, sans qu'aucun des deux ne prédominât... et obsédée par le désir de se débarrasser d'un poids qui accablait sa poitrine. Elle sentait que si elle pouvait pleurer, le poids serait enlevé et serrant de force ses paupières, elle essaya de faire monter une boule dans sa gorge... En vain...

Clop ! clop ! clo-op ! Le bruit n'était pas désagréable ; on eût dit le printemps, une fraîche averse de son enfance, qui faisait une amusante boue dans l'arrière-cour de sa maison et arrosait le minuscule jardin qu'elle avait creusé avec un râteau, une pelle et une pioche en miniature. Clop ! clo-op ! Ressouvenir des jours où la pluie tombait de ciels jaunes qui fondaient juste avant le crépuscule, et lançaient un rayon de soleil éclatant, descendu obliquement dans les arbres humides et verts. Si fraîche, si claire et propre — et sa mère là au centre du monde, au centre de la pluie, préservée, sèche et forte. Elle avait besoin de sa mère, tout de suite, et sa mère était morte, au-delà de la vue et du toucher, à jamais. Et ce poids pesait sur elle, pesait sur elle — oh ! comme il pesait !

Elle se figea. Quelqu'un se tenait sur le seuil et la

regardait, très calme, sauf qu'il titubait légèrement. Elle put distinguer sa silhouette découpée sur une lumière indistincte. Aucun bruit nulle part, sauf un grand silence persuasif... même l'égouttement avait cessé... rien que cette silhouette titubant, titubant dans l'encadrement de la porte, une menace subtile, imprécise et terrifiante, une personnalité malpropre, sous son vernis, comme des taches de petite vérole sous une couche de poudre. Et pourtant le cœur las de Gloria, battant la chamade jusqu'à faire trembler ses seins, lui donna la certitude qu'il y avait encore de la vie en elle, une vie désespérément ébranlée, menacée...

Cette minute ou cette succession de minutes se prolongea interminablement, et une tache confuse embua ses yeux qui essayaient avec une insistance puérile de scruter les ténèbres, dans la direction de la porte. Il lui semblait que dans un instant une force imprévisible l'écraserait, la balayerait de l'existence... et puis la silhouette sur le seuil — c'était Hull, elle le reconnut, Hull — se détourna délibérément et, toujours titubant un peu, recula, disparut comme absorbée par cette lumière inexplicable qui lui avait conféré une dimension.

Le sang afflua de nouveau à ses membres, le sang et la vie, simultanément. Dans un sursaut d'énergie elle se redressa, remua jusqu'à ce que ses pieds eussent touché le plancher, à côté du lit. Elle sut ce qu'elle devait faire — tout de suite, tout de suite, avant qu'il ne fût trop tard. Partir, sortir dans cette humidité fraîche, s'en aller, pour sentir le frôlement humide de l'herbe autour de ses pieds et la fraîche mouillure sur son front. Machinalement, elle se glissa dans ses vêtements et, à tâtons, chercha un chapeau dans l'obscurité du placard. Il lui fallait quitter cette maison où rôdait la chose qui écrasait sa poitrine, ou se transformait en silhouettes errantes, titubantes, dans les ténèbres.

Prise de panique, elle se débattit maladroitement avec son manteau, trouva la manche au moment précis où elle entendit les pas d'Anthony dans l'escalier d'en bas. Elle n'osa pas attendre. Peut-être ne la laisserait-il pas sortir, et Anthony lui-même faisait partie de ce poids, partie de cette maison néfaste et des sombres ténèbres qui s'épaississaient autour d'elle.

Donc, traverser le hall... descendre l'escalier de service, en entendant la voix d'Anthony dans la chambre qu'elle venait de quitter.

— Gloria ! Gloria !

Mais déjà elle avait atteint la cuisine, elle franchissait le seuil et s'enfonçait dans la nuit. Une pluie de gouttelettes déclenchée par une rafale qui secouait un arbre ruisselant s'éparpillèrent sur elle, et elle fut heureuse de les presser contre son visage, de ses paumes brûlantes.

— Gloria ! Gloria !

La voix lui parvint, infiniment lointaine, étouffée, et les murs que Gloria venait de quitter donnaient à cette voix une résonance plaintive. Elle fit le tour de la maison, s'engagea dans la section de devant qui menait à la route, exultant presque tandis qu'elle le parcourait, et suivit le tapis d'herbe tondue, qui ourlait le chemin, en avançant avec précaution dans l'obscurité intense.

— Gloria !

Elle se mit à courir, trébucha sur le segment d'une branche tordue par le vent. A présent, la voix était hors de la maison. Anthony, trouvant la chambre à coucher vide, était sorti sur la véranda ; mais cette chose indéfinissable qui la poussait en avant était revenue, là, avec Anthony, et Gloria devait continuer à fuir sous le ciel vague et oppressant, et se frayer une trouée dans le silence devant elle, comme s'il s'agissait d'une barrière tangible.

Elle avait parcouru une certaine distance sur la route à

peine discernable, sans doute un demi-mille, dépassé une seule grange déserte qui se dressait noire et menaçante, seul bâtiment entre la maison grise et Marietta ; puis elle bifurqua à la fourche, à l'endroit où la route s'enfonçait dans le bois, et courut entre deux hauts murs de feuilles et de branches qui se rejoignaient presque au-dessus de sa tête. Soudain elle remarqua un mince et horizontal reflet d'argent sur la route devant elle, pareil à une épée brillante à moitié enlisée dans la boue. En se rapprochant, elle poussa un petit cri de satisfaction — c'était une ornière pleine d'eau, et levant les yeux, elle vit une légère déchirure de ciel et comprit que la lune s'était levée :

— Gloria !

Elle sursauta violemment. Anthony était à moins de deux cents pas derrière elle.

— Gloria, attends-moi !

Elle serra les lèvres pour réprimer un cri et accéléra sa course. Elle n'avait pas fait cent mètres que les bois disparurent comme un bas sombre déroulé sur le mollet de la route. A trois minutes de marche, en avant d'elle, planant dans l'air à présent sans limites, elle vit un mince entrelacs de reflets atténués et de scintillements, centrés en une ondulation régulière, autour d'un point invisible. Aussitôt, elle sut où elle irait. C'était la grande cascade de fils métalliques qui s'élevaient très haut au-dessus du fleuve, telles les pattes d'une gigantesque araignée dont l'œil était la petite lumière verte du poste d'aiguillage, et qui courait, avec le pont du chemin de fer, vers la gare ! La gare ! Elle y trouverait un train pour l'emmener loin d'ici.

— Gloria ! C'est moi, c'est Anthony ! Gloria, je n'essayerai pas de te retenir ! Au nom du ciel, où es-tu ?

Elle ne répondit pas et se mit à courir, restant sur l'arête de la route et sautant par-dessus les mares étincelantes — étangs sans dimensions, plaques d'or mince et immatériel.

Tournant brusquement à main gauche, elle suivit un étroit chemin réservé aux voitures, afin d'éviter une masse sombre sur le sol. Elle leva les yeux à l'ululement lugubre d'une chouette perchée sur un arbre solitaire. Juste devant elle, elle aperçut le chevalet du ponton qui menait au pont du chemin de fer, et les marches qui y conduisaient. La gare se trouvait de l'autre côté du fleuve.

Un nouveau bruit la fit sursauter, la sirène mélancolique d'un train qui arrivait, et presque simultanément un appel répété, à présent faible et lointain :

— Gloria ! Gloria !

Anthony avait dû suivre la grand-route. Elle se prit à rire, avec une sorte de rouerie malicieuse à la pensée de l'avoir évité ; elle eut le temps d'attendre que le train eût passé.

La plainte de la sirène s'éleva de nouveau et sans aucun fracas annonciateur, un corps sombre et sinueux s'incurva et se détacha sur les ombres lointaines en contrebas de la voie ferrée à haut remblai ; et sans aucun bruit hormis la ruée du vent coupé en deux et le tic-tac de pendule des rails, il se dirigea vers le pont. C'était un train électrique. Au-dessus de la locomotive, deux taches éclatantes de lumière bleue formaient sans cesse entre elles une barre rayonnante et mobile qui, telle une flamme vacillante dans une lampe à côté d'un cadavre, illuminait par instants les rangées d'arbres successives et obligea Gloria à reculer instinctivement jusqu'à l'autre bout de la route. La lumière était tiède — à la température du sang chaud... Le cliquetis se fondit soudain en une rafale sonore, monotone, puis, s'étirant avec une sombre élasticité, la chose passa en grondant à côté de Gloria et fonça dans un fracas de tonnerre sur le pont, rivalisant de vitesse avec le trait de feu fulgurant qu'elle projetait dans le fleuve majestueux à ses côtés. Après quoi elle se contracta, résorba son bruit jusqu'à ce qu'il n'en subsistât qu'un écho répercuté, qui expira sur la rive opposée.

Le silence retomba sur la campagne mouillée ; le faible égouttement reprit, et soudain une grande averse de gouttelettes s'abattit sur Gloria, et l'arracha à la torpeur presque hypnotique où l'avait jetée le passage du train. Elle descendit en courant une pente déclive qui aboutissait au remblai, et se mit en devoir de gravir l'escalier métallique menant au pont. Elle se rappela qu'elle avait toujours eu envie de faire cela, et qu'elle aurait en outre l'excitation de passer sur la planche large d'un mètre qui enjambait le fleuve en bordure des rails.

Là ! Cela allait mieux. Elle se trouvait à présent au sommet, pouvait embrasser du regard les terres environnantes, comme une succession d'étendues froides sous la lune, grossièrement ravaudées et ourlées de minces rangées et de lourds bosquets d'arbres. A sa droite, à un mille environ en aval du fleuve qui se traînait derrière la lumière comme le sillage luisant, gluant, d'une limace, clignotaient les feux disséminés de Marietta. A moins de deux cents mètres, au bout du pont, était tapie la gare, marquée par un réverbère maussade. Le sentiment d'oppression avait à présent quitté Gloria — au-dessus d'elle les cimes des arbres berçaient la clarté naissante des étoiles, jusqu'à un demi-sommeil confus, hanté. Gloria étira ses bras en un geste d'affranchissement. Voilà ce qu'elle avait voulu : se dresser, solitaire, en un endroit élevé et frais.

— Gloria !

Comme une enfant effrayée, elle s'avança en hâte sur la planche, gambadant, enjambant, sautant avec le sentiment extasié de sa légèreté physique. Tant pis s'il la rejoignait à présent — elle ne redoutait plus sa venue mais elle devait d'abord arriver à la gare, cela faisait partie du jeu. Elle se sentait heureuse. Dans sa main, elle serrait étroitement son chapeau, arraché d'un geste brusque, et ses cheveux courts, bouclés, dansaient sur ses oreilles. Elle avait cru que jamais plus elle ne se sentirait aussi jeune, mais en ce moment la nuit, le monde, lui appartenaient. Elle eut un rire triomphant en quittant la planche et une fois sur la plate-forme de bois, elle sauta gaiement à côté d'une resserre au toit métallique.

— Me voici ! cria-t-elle, joyeuse comme l'aurore en pleine euphorie. Me voici, Anthony chéri — mon vieil Anthony tourmenté !

— Gloria !

Il atteignit le quai de la gare, courut à elle...

— Tu vas bien ?

Il monta les degrés, s'agenouilla et la prit dans ses bras.

— Oui.

— Que s'est-il passé ? Pourquoi es-tu partie ? s'enquit-il anxieusement.

— J'y ai été obligée... quelque chose... — Elle s'arrêta et un malaise l'effleura en un éclair. — Quelque chose pesait sur moi, là ! — Elle porta la main à sa poitrine. — J'ai été forcée de partir et de fuir cela.

— Qu'appelles-tu « quelque chose » ?

— Je ne sais pas... Cet homme, Hull...

— Il t'a importunée ?

— Il est venu à ma porte, ivre. Je crois qu'à ce moment j'avais un peu perdu la tête.

— Gloria, ma chérie...

Avec lassitude, elle posa la tête sur son épaule.

— Rentrons, suggéra-t-il.

Elle frissonna.

— Oh ! non, je ne pourrais pas. La chose reviendrait et m'accablerait de nouveau. — Sa voix s'éleva en un cri qui resta suspendu, plaintif, dans les ténèbres. — Cette chose...

— Là, là…, fit-il, apaisant, en la serrant contre lui. Nous ne ferons rien contre ton gré. Que veux-tu ? Rester ici, tout simplement ?

— Je veux… je veux m'en aller.

— Où donc ?

— Oh ! n'importe où.

— Sapristi, Gloria, s'écria-t-il, tu es encore ivre !

— Non, je ne le suis pas. Je l'ai été toute la soirée. Je suis montée vers… oh ! je ne sais pas, environ une demi-heure après dîner. Aïe !

Il avait touché par inadvertance son épaule droite.

— Elle me fait mal. Je l'ai cognée je ne sais trop comment. Je ne sais pas. Quelqu'un m'a soulevée et laissée retomber…

— Gloria, rentre. Il est tard et il fait humide.

— Je ne peux pas, gémit-elle. Oh, Anthony, ne me demande pas cela ! Rentre, toi, et j'attendrai ici un train. J'irai à l'hôtel.

— J'irai avec toi.

— Non, je ne veux pas que tu m'accompagnes. Je veux être seule. Je veux dormir — oh ! je veux dormir ! Et ensuite, demain, quand tu auras chassé de la maison cette odeur de whisky et de cigarettes, et tout remis en ordre, et que Hull sera parti, je rentrerai. Si je rentrais maintenant, cette chose — oh !

De la main, elle se couvrit les yeux. Anthony comprit qu'il était vain de chercher à la persuader.

— J'avais toute ma tête quand tu t'es sauvée, dit-il. Dick dormait sur le divan, Maury et moi, nous discutions. Ce type, Hull, était parti rôder je ne sais où. Tout à coup, j'ai commencé à me rendre compte que je ne t'avais pas vue depuis des heures et je suis monté.

Il s'interrompit, tandis qu'un « *Hello !* là-bas » jaillissait soudain de l'obscurité. Gloria se leva d'un bond et il en fit autant.

— C'est la voix de Maury ! s'écria-t-elle, avec agitation. Si Hull est avec lui, empêche-les, empêche-les d'approcher !

— Qui est là ? cria Anthony.

— Rien que Dick et Maury, répondirent deux voix rassurantes.

— Où est Hull ?

— Au lit. Il a rendu l'âme.

Leurs silhouettes se dessinèrent confusément sur le quai.

— Que diable faites-vous là, Gloria et toi ? demanda Richard Caramel avec un effarement somnolent.

— Et vous deux, que faites-*vous* ici ?

Maury se mit à rire.

— Veux être pendu si je le sais. Nous vous avons suivis, et nous avons eu fichtrement du mal à le faire. Je t'ai entendu sur la véranda appeler Gloria à cor et à cri, alors j'ai réveillé le Caramel ici présent et j'ai pu lui fourrer dans la caboche, non sans peine, que si l'on organisait une expédition de secours, nous ferions bien d'en être. Il m'a retardé en s'asseyant par intervalles sur la route et en me demandant de quoi il s'agissait. Nous avons suivi votre piste, grâce à l'agréable parfum du Canadian Club.

Il y eut un cliquettement de rire nerveux sous la remise des locomotives.

— Comment nous avez-vous retrouvés, au juste ?

— Eh bien, nous avons suivi la route et, tout à coup, on vous a perdus. Il semble que vous ayez bifurqué par une route carrossière. Au bout d'un moment, quelqu'un nous a hélés et a demandé si nous cherchions une jeune fille. Nous avons continué, et découvert un petit vieux tremblotant assis sur un arbre abattu, comme un personnage de conte de fées. « Elle a tourné de ce côté-ci, dit-il, même qu'elle a failli me marcher d'sus, qu'elle courait avec une hâte épouvantable, et après, un type en culotte courte s'est amené à toutes jambes, derrière elle. Il m'a jeté ceci ! » Le bonhomme brandissait un billet d'un dollar.

— Oh ! le pauvre vieux ! s'écria Gloria, apitoyée.

— Je lui en ai lancé un autre et nous avons continué, bien qu'il nous ait demandé de rester pour lui expliquer de quoi il retournait.

— Pauvre vieux ! répéta Gloria, navrée.

Dick s'assit, à moitié endormi, sur une caisse.

— Et maintenant, quoi ? questionna-t-il sur un ton de résignation stoïque.

— Gloria est bouleversée, expliqua Anthony. Elle et moi, nous allons en ville, par le prochain train.

Dans l'obscurité, Maury avait sorti de sa poche un horaire.

— Fais craquer une allumette.

Une petite flamme jaillit de l'arrière-plan opaque, illuminant les quatre visages grotesques et insolites, là, en pleine nuit, au grand air.

— Voyons. Deux, deux heures trente — non, c'est le soir. Sapristi, vous n'aurez pas de train avant cinq heures trente.

Anthony hésita.

— C'est que... marmonna-t-il avec hésitation, nous avons décidé de rester ici à l'attendre. Vous deux feriez aussi bien de rentrer vous coucher.

— Toi aussi, Anthony, insista Gloria. Je veux que tu aies quelques heures de sommeil, mon chéri. Tu étais pâle comme un spectre, toute la journée.

— Voyons, petite sotte !

Dick bâilla.

— Très bien. Vous restez, nous restons.

Il sortit de la remise et inspecta le ciel.

— Une assez belle nuit, après tout. Déploiement d'étoiles et tout le reste. Un assortiment d'étoiles exceptionnellement réussi.

— Voyons. — Gloria le rejoignit et les deux autres la suivirent. — Asseyons-nous ici, suggéra-t-il. L'endroit me plaît bien mieux.

Anthony et Dick convertirent une longue caisse en un dossier et trouvèrent une planche assez sèche pour servir de siège à Gloria. Anthony se laissa tomber à côté d'elle et avec quelque effort, Dick se hissa sur une charrette à bras près d'eux.

— Tana s'est endormi dans le hamac de la véranda, fit-il observer. Nous l'avons porté à l'intérieur de la maison, et laissé sécher dans la cuisine. Il était trempé jusqu'aux os.

— Cet affreux petit homme ! soupira Gloria.

— Comment allez-vous ?

La voix sonore et funèbre venait d'en haut, et quand ils levèrent les yeux, ils furent surpris de voir que Maury avait trouvé moyen de grimper sur le toit de la remise où il restait assis, les jambes ballantes au-dessus du rebord, profilé comme une gargouille sombre et fantastique sur le ciel à présent brillant.

— Ce doit être pour des circonstances comme celle-ci, commença-t-il à mi-voix — et ses paroles faisaient l'effet de descendre en flottant d'une immense hauteur — que les citoyens vertueux de ce pays décorent les voies ferrées d'affiches proclamant en rouge et en jaune que « Jésus-Christ est Dieu » et les placent, non sans à-propos, à côté des panneaux-réclames affirmant que « Le whisky de Gunter est divin ».

Il y eut de faibles rires et le trio en contrebas resta la tête levée.

— Je crois, continua Maury, que je vais vous raconter

l'histoire de mon éducation, sous ces constellations ironiques.

— Faites ! Je vous en prie !

— Dois-je vraiment ?

Ils attendirent avec curiosité, tandis qu'il dédiait un bâillement méditatif à la lune blanche et souriante.

— Eh bien, commença-t-il, dans ma petite enfance, je priais. Je faisais une réserve de prières en vue de ma perversité future. Une année, j'en ai mis de côté neuf cents.

— Jette-moi une cigarette, murmura quelqu'un.

Un petit paquet atteignit le quai, en même temps que l'ordre tonitruant :

— Silence ! Je suis sur le point de me délester de plusieurs remarques mémorables, réservées à l'obscurité de terres comme celle-ci et à l'éclat de pareils cieux.

En contrebas, une allumette en feu passait de cigarette en cigarette. La voix reprit :

— J'étais rompu à l'art de duper la divinité. Je priais immédiatement après tous mes méfaits, si bien que, finalement, prières et méfaits se confondirent pour moi. Je croyais que parce que quelqu'un criait « O mon Dieu ! » lorsqu'un coffre-fort tombait sur lui, cela prouvait que la foi avait de profondes racines dans le cœur humain. Puis j'allai à l'école. Durant quatorze ans, une cinquantaine d'hommes sérieux ont désigné du doigt d'antiques fusils à pierre et m'ont crié : « Voilà la chose authentique. Les nouveaux fusils ne sont que des imitations creuses et superficielles. » Ils vouaient aux gémonies les choses que je pensais et les livres que je lisais en les qualifiant d'immoraux ; plus tard, la mode a changé, et ils ont voué aux enfers les choses en les qualifiant d' « ingénieuses ».

« Et ainsi, astucieux pour mon âge, je me détournai des professeurs pour aller vers les poètes, j'écoutai — l'organe de ténor lyrique de Swinburne et du ténor *robusto* de Shelley, Shakespeare avec sa première basse et son vaste registre, Tennyson avec sa seconde basse et parfois ses notes de fausset, Milton et Marlowe, basses profondes. Je prêtai l'oreille aux bavardages de Browning, aux déclamations de Byron, aux psalmodies de Wordsworth. Cela, du moins, ne me fit pas de mal. J'appris à connaître un peu la beauté — assez pour savoir qu'elle n'a rien de commun avec la vérité — et je m'aperçus, de plus, qu'il n'existait pas de grande tradition littéraire. Seule existait une tradition de la mort mémorable de toutes les traditions littéraires.

« Je grandis et la beauté des illusions savoureuses me quitta. Les fibres de mon esprit s'épaissirent, et ma vision, hélas ! s'aiguisa. La vie venait battre les récifs de mon île, comme une mer, et je me trouvai en train de nager.

« La transition fut subtile — la chose me guettait depuis quelque temps. Elle tendait un traquenard insidieux, en apparence innocent, à tout le monde. A moi ? Non, je n'essayai pas de séduire la femme du portier ; non, je n'ai pas parcouru les rues, tout nu, en proclamant ma virilité. Ce n'est jamais la passion à elle seule qui fait l'affaire — c'est le vêtement que revêt la passion. Je finis par m'ennuyer — voilà tout. L'ennui, qui est un autre nom et un déguisement fréquent de la vitalité, devint le mobile inconscient de tous mes actes. La Beauté était derrière moi, comprenez-vous ? J'avais grandi. — Il marqua une pause. — Fin de la période scolaire et universitaire. Ouverture de la seconde partie. »

Trois points lumineux qui bougeaient en silence permettaient de situer ses interlocuteurs. A présent, Gloria était à moitié assise, à moitié couchée sur les genoux d'Anthony. De son bras, il l'enlaçait si fort qu'elle percevait le battement de son cœur. Richard Caramel, perché sur la charrette à bras, remuait de temps en temps et poussait un faible grognement.

— J'ai donc grandi, je suis entré dans ce pays du jazz pour sombrer aussitôt dans un état de confusion presque audible. La Vie se trouvait au-dessus de moi comme une maîtresse d'école immorale, dirigeant le cours de mes pensées. Mais fort de ma foi erronée en l'intelligence, j'allai de l'avant. Je lus Smith, qui se gaussait de la charité et affirmait que le ricanement était la suprême forme d'expression personnelle — mais Smith à son tour remplaça la charité, comme un obturateur de la lumière. Je lus Jones, qui faisait carrément table rase de l'individualisme, et voilà que Jones me barrait le chemin. Je ne pensais pas — j'étais le champ de bataille des pensées de plusieurs individus ; ou plutôt j'étais un de ces pays désirables mais impuissants, que les grandes puissances envahissent ou abandonnent tour à tour.

« J'arrivais à la maturité convaincu que j'amassais de l'expérience, afin d'ordonner ma vie en fonction du bonheur. En fait, je réussis le tour de force inhabituel de résoudre chaque problème dans mon esprit, longtemps avant qu'il se présentât à moi dans la vie — et d'être quand même battu et quinaud.

« Mais après avoir un peu goûté de ce dernier plat, j'en ai eu assez. Allons ! me suis-je dit. L'Expérience ne vaut pas la peine d'être acquise. Ce n'est pas une chose agréable qui arrive à un moi passif — c'est un mur contre lequel un moi actif se brise. Alors, je me suis drapé dans ce que je croyais être mon invulnérable scepticisme, et j'ai décidé que mon éducation était achevée.

« Mais il était trop tard. J'eus beau me protéger tant bien que mal, en m'abstenant de tout nouveau lien avec l'humanité tragique et prédestinée, j'étais perdu avec le reste des hommes. J'avais échangé la lutte contre l'amour, pour la lutte contre la solitude, la lutte contre la vie avec la lutte contre la mort. »

Il s'interrompit pour donner plus de poids à cette dernière réflexion — au bout d'un instant il bâilla et reprit :

— Je suppose que la seconde phase de ma formation a commencé par un affreux mécontentement, à la pensée d'être, en dépit de ma volonté, l'instrument de quelque dessein insondable dont je ne décelai guère le but final — à supposer d'ailleurs qu'il existe. Le choix fut difficile. La maîtresse d'école semblait dire : « Nous allons jouer au football et rien qu'au football. Si vous ne voulez pas jouer au football, vous ne pourrez pas jouer du tout… »

« Que pouvais-je faire ? Le temps de la récréation était si court !

« Voyez-vous, j'ai senti que l'on nous refusait jusqu'à la consolation qu'il peut y avoir à être, au figuré, un homme à genoux qui se relève. Croyez-vous que j'ai sauté sur ce pessimisme, que je m'en suis emparé comme d'une conception supérieure, suave et avantageuse, pas plus déprimante que, mettons, une journée d'automne grise devant le feu ? Je ne crois pas avoir fait cela. J'avais en moi bien trop de chaleur et de vie.

« Car il m'a semblé qu'aucun but final n'est assigné à l'homme. Il entreprenait une lutte grotesque et frénétique contre la nature — la nature qui, par un accident divin et magnifique, nous a mis en mesure de lui tenir tête. Elle avait inventé des moyens d'opérer une sélection de la race, et ainsi de donner aux survivants assez de force pour remplir ses intentions plus hautes — ou, disons, plus amusantes —, quoique encore inconscientes et fortuites. Et, grâce aux dons supérieurs des lumières que nous avions reçues, nous essayions de la circonvenir. Dans cette république, je voyais les Noirs commencer à se mêler aux Blancs. En Europe, une catastrophe économique se produisait pour sauver trois ou quatre races malades et misérablement gouvernées, de la domination unique qui pourrait les organiser en vue d'une prospérité matérielle.

« Nous avons produit un Christ capable de ressusciter les lépreux — et à présent la postérité du lépreux est le sel de la terre. Que celui qui veut voir là une leçon se lève.

— Il n'y a qu'une seule leçon à tirer de la vie, de toute façon, interrompit Gloria, non pour le contredire, mais en une sorte d'adhésion mélancolique.

— Laquelle ? demanda Maury âprement.

— C'est qu'aucune leçon ne peut être tirée de la vie.

Après un bref silence, Maury reprit :

— La jeune Gloria, belle dame impitoyable, a d'emblée considéré ce monde avec la sophistication fondamentale que moi j'ai atteinte au prix d'une lutte, qu'Anthony n'atteindra jamais, et que Dick ne parviendra jamais tout à fait à comprendre.

Il y eut un grognement dégoûté de la charrette à bras. Anthony, à présent assez familiarisé avec l'obscurité, put voir nettement l'éclair dans l'œil jaune de Richard Caramel, et l'expression offensée de son visage lorsqu'il s'écria :

— Tu es fou ! De ton propre aveu, je devrais avoir acquis quelque expérience, ne fût-ce qu'en essayant.

— Essayant quoi ? cria Maury avec violence. En essayant de percer les ténèbres de l'idéalisme politique, grâce à un sursaut frénétique et désespéré vers la vérité ? En restant allongé, jour après jour, dans un fauteuil rigide et infiniment éloigné de la vie, les yeux fixés sur la flèche d'un clocher entre les arbres ? En essayant de séparer, à jamais et pour tous les temps, le connaissable et l'inconnaissable ? En essayant de prendre un bout d'actualité et de lui insuffler un éclat tiré de votre propre âme, pour remplacer cette inestimable qualité qu'il possédait dans la vie, et qui se perd en passant sur le papier ou la toile ? En luttant dans un laboratoire durant de mornes années pour découvrir un iota de vérité relative, dans un assemblage de roues ou dans une éprouvette...

— L'as-tu fait ?

Maury marqua une pause, et dans sa réponse, lorsqu'elle vint, vibrait une note de lassitude, un amer accent emphatique qui resta un moment suspendu dans les trois esprits de ses interlocuteurs, avant de s'élever en flottant et de disparaître comme une bulle, vers la lune.

— Non, dit-il doucement. Je suis né fatigué — mais bien que doué d'esprit naturel — apanage des femmes comme Gloria —, et malgré tout ce que j'ai pu dire et malgré une vaine quête du caractère général, éternel, qui semble caché derrière chaque argument et chaque spéculation, je n'ai pas ajouté un iota à ce problème.

Au loin, un bruit de basse, perceptible depuis quelques instants, tourna au meuglement plaintif — d'une vache géante, eût-on dit — et s'identifia avec la tache lumineuse des phares d'une locomotive visible à un demi-mille de distance. Cette fois, c'était un train à vapeur grondant et ahanant, et lorsqu'il passa en trombe avec une plainte monstrueuse, il cracha une pluie d'étincelles et de cendres sur le quai.

— Pas un iota ! — De nouveau, la voix de Maury tomba sur eux d'une grande hauteur. — Quelle faible chose, l'intelligence, avec ses petites foulées, ses hésitations, ses avances et ses reculades, ses désastreuses retraites ! L'intelligence n'est que l'instrument des circonstances. Il y a des gens pour prétendre qu'elle construit aussi l'univers. Mais elle n'a jamais fabriqué un engin à vapeur. Ce sont les circonstances qui ont fabriqué la machine à vapeur. L'intelligence n'est guère plus qu'une courte règle de charpentier qui nous permet de mesurer les réalisations infinies dues aux circonstances.

« Je pourrais vous citer la philosophie du jour — mais, pour ce que nous en savons, d'ici cinquante ans il y aura peut-être un renversement complet des valeurs et de cette abnégation qui absorbe aujourd'hui les intellectuels ; on assistera au triomphe du Christ sur Anatole France... — Il hésita, puis ajouta : — Mais tout ce que je sais — l'immense importance que j'ai à mes propres yeux et la nécessité de me reconnaître cette importance —, toutes ces choses, la sage et belle Gloria les savait de naissance, ces choses et la pénible futilité d'essayer de savoir rien d'autre.

« Donc, j'avais commencé à vous parler de mon éducation, n'est-ce pas ? Mais je n'ai rien appris, voyez-vous, et très peu même en ce qui concerne ma personne. Et à supposer que j'eusse appris quelque chose, je mourrais les lèvres closes et la main en garde sur mon stylo — comme l'ont fait les plus sages entre les hommes depuis... oh ! depuis l'échec d'une certaine aventure — une étrange aventure d'ailleurs. Elle concernait certains sceptiques qui croyaient voir loin, tout comme vous et moi. Laissez-moi vous parler d'eux, en guise de prière du soir, avant que vous ne tombiez tous de sommeil.

« Il fut un temps où tous les hommes d'intelligence et de génie avaient en commun une seule et même foi — c'est-à-dire pas de foi du tout. Mais cela les contrista de penser que, quelques années après leur mort, on leur attribuerait beaucoup de cultes, de systèmes et de pronostics qu'ils n'avaient jamais médités ni voulus. Alors ils se dirent entre eux :

« — Unissons-nous et écrivons un grand livre qui durera à jamais, pour railler la crédulité humaine. Décidons nos poètes les plus érotiques à chanter les délices de la chair, et incitons quelques-uns de nos robustes journalistes à livrer les histoires d'amour célèbres. Nous inclurons les plus absurdes contes de bonne femme actuellement courants.

Nous choisirons le plus âpre satiriste vivant pour fabriquer une divinité faite de toutes les divinités qu'adore l'humanité, une divinité plus splendide qu'aucune d'elles, et pourtant si faiblement humaine qu'elle deviendra un sujet de risée dans le monde entier — et nous lui attribuerons toutes sortes de plaisanteries, de vanités et de fureurs, auxquelles elle sera censée s'abandonner pour se divertir, en sorte que les gens liront notre livre et y réfléchiront, et il n'y aura plus de sottises dans le monde.

« Enfin, prenons soin que le livre possède toutes les vertus du style, afin d'assurer son éternelle durée, comme un témoignage de notre profond scepticisme et de notre ironie universelle. »

« Ainsi firent ces hommes, et ils moururent.

« Mais le livre vécut à jamais, tant son écriture était belle, et si étonnante la qualité d'imagination dont ces hommes d'esprit et de génie l'avaient enrichie. Ils avaient négligé de lui donner un titre, mais après leur mort on l'appela la Bible. »

Lorsqu'il eut achevé, personne ne fit aucun commentaire. Une langueur flottant dans l'air semblait les avoir tous envoûtés.

— Comme je l'ai dit, je m'étais lancé dans le récit de mon éducation. Mais l'effet de mes *high-balls* est épuisé, et la nuit presque passée, et bientôt on entendra un terrible vacarme partout, dans les arbres et les maisons, et les deux petites boutiques là-bas derrière la gare, et il y aura une grande agitation sur terre durant quelques heures... Ma foi ! conclut-il avec un rire, rendons grâces à Dieu de ce que nous quatre pouvons tous passer à notre repos éternel en sachant que nous avons laissé le monde un peu meilleur, du fait d'y avoir vécu.

—

Le brise se leva, soufflant de faibles bouffées de vie qui s'aplatirent contre le ciel.

— Tes propos deviennent incohérents et ne concluent pas, dit Anthony, somnolent. Tu escomptais un de ces miracles d'illumination qui te permettrait de faire tes remarques les plus brillantes et impressionnantes, dans un décor qui inspirerait la conférence idéale. Entre-temps, Gloria a prouvé la clairvoyance de son détachement en s'endormant. Je m'en aperçois au fait qu'elle a trouvé moyen de concentrer tout son poids sur mon faible corps.

— Vous ai-je ennuyés ? demanda Maury qui abaissa vers eux un regard un peu soucieux.

— Non, tu nous as déçus. Tu as lancé une quantité de flèches, mais as-tu tué un seul oiseau ?

— Je laisse les oiseaux à Dick, fit Maury vivement. Je parle à tort et à travers, par fragments sans lien entre eux.

— Tu ne tireras rien de moi, marmonna Dick. Mon esprit est lourd de pensées matérielles. J'ai trop envie d'un bain chaud pour me tracasser au sujet de l'importance de mon œuvre ou pour déterminer dans quelle proportion nous sommes des figures pathétiques.

L'aube s'annonçait par une blancheur croissante à l'orient au-dessus du fleuve et un gazouillis intermittent dans les arbres proches.

— Cinq heures moins le quart, soupira Dick, encore presque une heure d'attente. Regarde ! ces deux-là sont partis. — Il désignait Anthony dont les paupières étaient tombées sur les yeux. — La famille Patch endormie...

Mais au bout de cinq minutes, malgré les piottements et les tirelis plus perçants, sa propre tête avait basculé en avant, dodeliné deux fois, trois fois...

Seul Maury Noble resta éveillé, assis sur le toit de la gare, les yeux grands ouverts et fixés avec une intensité lasse sur l'embryon lointain de l'aube. Il s'interrogeait sur l'irréalité des idées, le rayonnement fugace de l'existence, et ces petits absorbements qui se glissaient avidement dans sa vie, comme des rats dans une maison en ruine. A présent, il n'éprouvait plus de regrets pour personne — le lundi matin, il reprendrait son travail, et plus tard il retrouverait une fille d'une autre classe et dont il était toute la vie ; c'étaient là les choses qui lui tenaient le plus à cœur. Dans l'étrangeté du jour naissant, il semblait présomptueux qu'avec ce faible instrument brisé, son cerveau, il eû jamais essayé de penser...

Le soleil parut et répandit de grandes masses ardentes de chaleur ; il y eut la vie, active et grondante qui s'agitait autour d'eux comme un essaim de mouches — il y eut les sombres crachats de fumée de la locomotive, un sec « en voiture » et la sonnerie d'une cloche. Confusément, Maury vit des yeux, dans le train laitier, qui se levaient, intrigués, vers lui ; il entendit Gloria et Anthony discuter brièvement s'il devait aller en ville avec elle — puis une autre clameur et soudain elle était partie et les trois hommes, pâles comme des spectres, restaient seuls sur le quai, tandis qu'un charbonnier barbouillé de suie descendait la route juché sur un camion, et lançait d'une voix enrouée une chanson joyeuse vers le matin d'été...

3

Le luth brisé

Sept heures trente d'une soirée d'août. Les fenêtres du salon de la maison grise, grandes ouvertes, échangent patiemment l'atmosphère polluée de l'intérieur, imprégnée d'alcools et de fumée, contre la fraîcheur languide du chaud crépuscule à son déclin. Des parfums de fleurs mourantes flottent dans l'air, si ténues, si fragiles qu'elles évoquent déjà un été défunt embaumé dans le temps. Mais août continue à être infatigablement proclamé par un millier de grillons autour de la véranda latérale, et par l'un d'eux qui s'est introduit dans la maison et dissimulé hardiment derrière une bibliothèque et, de temps à autre, clame à tue-tête son habileté et sa volonté indomptable…

Un affreux désordre règne dans la pièce. Sur la table, repose un plat de fruits véritables mais qui semblent artificiels. Tout autour est groupé un inquiétant assortiment de carafons, de verres et un monceau de cendriers ; de ces derniers, s'élèvent encore d'ondoyantes échelles de fumée dans l'air vicié. Brochant sur le tout, il ne manque qu'un crâne pour faire ressembler la scène à ce vénérable chromo qui jadis ornait chaque « tanière » d'étudiant et présentait les conséquences de la vie de plaisir, avec une sensibilité délicieuse et génératrice d'effroi.

Au bout d'un moment, l'allègre solo du supergrillon est interrompu plutôt qu'accompagné par un bruit nouveau — la plainte mélancolique d'une flûte maniée avec excentricité. De toute évidence, le musicien s'exerce plutôt qu'il n'exécute un morceau, car de temps à autre le fil noueux de la mélodie se brise puis, après un intervalle de murmures indistincts, reprend.

Juste avant le septième faux départ, un troisième bruit contribue à cette cacophonie assourdie. Une minute de silence, puis à nouveau le taxi, dont la retraite tapageuse couvre presque le grincement des pas sur la piste cendrée. La cloche de la porte pousse un cri d'alarme qui retentit à travers la maison.

De la cuisine sort un petit Japonais fatigué, qui boutonne en hâte un tablier de coutil blanc. Il ouvre la porte treillissée de la façade et introduit un jeune homme de trente ans, au physique agréable, portant le genre de vêtements à intentions vertueuses propre à ceux qui servent l'humanité. De toute sa personne émane un air bien intentionné ; dans le coup d'œil qu'il jette autour de la pièce se mêlent la curiosité et un optimisme résolu ; lorsqu'il regarde Tana, tout le fardeau de régénérer cet Oriental sans Dieu apparaît dans ses prunelles. Il s'appelle FREDERICK E. PARAMORE : *Il était avec Anthony à Harvard où, à cause des initiales de leurs patronymes, on les plaçait constamment côte à côte dans les classes. Des relations épisodiques se développèrent entre eux — mais, depuis, ils ne se sont jamais revus.*

Néanmoins, Paramore pénètre dans la pièce, d'un certain air impliquant qu'il vient pour la soirée. Tana répond à une question :

TANA, *se répandant en sourires obséquieux :* Sont pa-atis pou' Auberge, pou' dîner. Lui rentrera demi-heure. Pâ-tis-di-pous cinq heu' et demie.

PARAMORE, *regardant les verres sur la table :* Ils ont du monde ?

TANA : Oui. Monde. Missié Caramel, Missié et Missia Barnes, Miss Kane, tous habiter ici.

PARAMORE : Je vois. *(Avec indulgence :)* Ils ont bamboché.

TANA : Moi pas comprendre.

PARAMORE : Ils ont fait la fête.

TANA : Oui, ils ont boire. Oh ! beaucoup, beaucoup, beaucoup boire.

PARAMORE, *évitant délicatement de s'appesantir sur le sujet :* N'ai-je pas entendu de la musique en approchant de la maison ?

TANA, *avec un large sourire spasmodique :* Oui, moi jouer.

PARAMORE : D'un de ces instruments japonais. (*De toute évidence, il est abonné au* National Geographic Magazine.)

TANA : Moi jouer flû-û-ûte, japonaise flû-ûte.

PARAMORE : Quel air jouiez-vous ? Une de vos mélodies japonaises ?

TANA, *les sourcils absurdement contractés :* Moi jouer chant train. Comment vous dire ? Chant chemin de fer. Appelé comme ça dans mon pays. Comme train. Ça marche co-omme ça. Ça vouloir dire sifflet ; train partir. Puis co-o-mme ça ; ça vouloir dire : train marche. Marche comme ça. Très jolie chanson dans mon pé-éys. Chanson pour enfants.

PARAMORE : Elle m'a paru très jolie.

Il est manifeste à ce moment que seul un immense effort sur soi empêche Tana de courir chercher à l'étage d'en haut ses cartes postales, y compris les six fabriquées en Amérique.

TANA : Moi préparer *high-ball* pour missié ?

PARAMORE : Non, merci. Je n'en prends jamais. *(Il sourit.)*.

Tana se retire à la cuisine, laissant la porte de communication entrebâillée. Par la fente jaillit soudain à nouveau la chanson du train japonais — cette fois, non plus un exercice, sûrement, mais une exécution, effrénée, fougueuse.

Sonnerie du téléphone. Tana, absorbé dans ses harmonies, n'y prête pas garde, aussi Paramore décroche-t-il le récepteur.

PARAMORE : Allô !... Oui... Non, il n'est pas là, mais il va rentrer d'un instant à l'autre... Butterworth ?... Allô ! je n'ai pas très bien entendu le nom... Allô ! allô ! allô !... allô !... Oh !

Le téléphone refuse obstinément de livrer quelque autre son. Paramore raccroche.

A ce moment, le motif du taxi reparaît, amenant avec lui un second jeune homme. Il porte une valise et ouvre la porte de la façade sans sonner.

MAURY, *dans le vestibule :* Oh ! Anthony ! Ohé ! *(il entre dans la grande pièce et aperçoit Paramore.)* Comment va ?

PARAMORE, *le regardant avec une intensité croissante :* Est-ce... est-ce bien Maury Noble ?

MAURY : Lui-même. *(Il s'avance, la main tendue.)* Comment va, mon vieux ? Il y a des années qu'on ne s'est vus.

Il a vaguement associé ce visage avec Harvard, mais il n'en est pas certain. Quant au nom, s'il l'a jamais connu, il l'a depuis longtemps oublié. Néanmoins, mû par une délicate intuition et une charité également louable, Paramore s'en rend compte et sauve avec tact la situation.

PARAMORE : Vous avez oublié ce vieux Fred Paramore ? Nous étions tous les deux dans la classe d'histoire d'Unc Robert.

MAURY : Non, je ne l'ai pas oublié, Unc... je veux dire Fred. Fred était... Fred était... je veux dire, Unc était un grand bonhomme, n'est-ce pas ?

PARAMORE, *inclinant la tête plusieurs fois, avec humour :* Un grand type. Un grand type.

MAURY, *après un bref silence :* Oui, en effet. Où est Anthony ?

PARAMORE : Le serviteur japonais m'a dit qu'il était dans une auberge quelconque. En train de dîner, je suppose.

MAURY, *consultant sa montre :* Parti depuis longtemps ?

PARAMORE : Je pense. Le Japonais m'a dit qu'ils seraient de retour tout à l'heure.

MAURY : Si nous prenions un verre, qu'en dites-vous ?

PARAMORE : Non, merci. Je n'en ai pas l'habitude. *(Il sourit.)*

MAURY : Cela vous gêne si je le fais ? *(Avec un bâillement, tout en se servant :)* Et qu'avez-vous fait depuis que vous avez quitté le collège ?

PARAMORE : Oh ! beaucoup de choses. J'ai mené une vie très active. Roulé ma bosse par-ci par-là. *(Son ton implique tout ce qu'on voudra, depuis la chasse au lion jusqu'au crime organisé.)*

MAURY : Oh ! Vous êtes allé en Europe ?

PARAMORE : Non, malheureusement.

MAURY : J'ai idée que nous irons tous sous peu.

PARAMORE : Vous croyez vraiment ?

MAURY : Bien sûr ! Le pays a été bourré de nouvelles sensationnelles depuis plus de deux ans. Tout le monde commence à s'agiter. On veut s'amuser un peu.

PARAMORE : Vous ne pensez pas que des idéals sont en jeu ?

MAURY : Rien de très important. Les gens ont si souvent envie d'un stimulant.

PARAMORE, *avec insistance :* C'est si intéressant de vous entendre dire cela. Mais j'ai causé avec quelqu'un qui avait été là-bas...

Durant le témoignage qui s'ensuit et qu'on laisse au lecteur le soin de remplir avec des phrases comme « vu de mes propres yeux », « magnifique moral de la France », et « sauver la civilisation », Maury reste assis, les paupières baissées, et s'ennuie avec calme.

MAURY, *saisissant la balle au bond :* Au fait, saviez-vous qu'il y a un agent allemand dans cette maison même ?

PARAMORE, *souriant avec circonspection :* Parlez-vous sérieusement ?

MAURY : Tout à fait. J'ai cru de mon devoir de vous avertir.

PARAMORE, *convaincu :* Une gouvernante ?

MAURY, *dans un murmure, désignant du pouce la cuisine :* Tana ! Ce n'est pas son vrai nom. Je crois comprendre qu'il reçoit constamment du courrier adressé au lieutenant Emile Tannenbaum.

PARAMORE, *riant avec une cordiale indulgence :* Vous vous payez ma tête.

MAURY : Je l'accuse peut-être à tort. Mais vous ne m'avez pas dit quelles ont été vos occupations.

PARAMORE : D'abord — écrire.

MAURY : Fiction ?

PARAMORE : Non. De la non-fiction.

MAURY : Qu'est-ce que c'est ? Une sorte de littérature à moitié romancée et à moitié basée sur les faits ?

PARAMORE : Oh ! je me suis cantonné dans les faits. Beaucoup de travail social.

MAURY : Oh !

Une lueur de suspicion s'allume immédiatement dans ses yeux. Comme si Paramore venait de décliner sa qualité de pickpocket amateur.

PARAMORE : En ce moment, je fais du service social à Stamford. Ce n'est que la semaine dernière que quelqu'un m'a appris qu'Anthony Patch habitait si près.

Un vacarme, indubitablement celui des deux sexes conversant et riant, les interrompt. Entrent dans la pièce, en corps, Anthony, Gloria, Richard Caramel, Muriel Kane, Rachel Barnes et Rodman Barnes son mari. Ils surgissent autour de Maury, en répondant sans aucune logique « Très bien ! » à son Hello *général... Anthony, entre-temps, s'approche de son nouvel hôte.*

ANTHONY : Ma foi. Je veux être pendu. Comment allez-vous ? Très heureux de vous voir.

PARAMORE : C'est gentil de vous revoir, Anthony. J'ai un poste à Stamford, alors j'ai pensé faire un saut jusque chez vous. *(D'un air espiègle :)* Nous avons un travail du diable la plupart du temps, de sorte que nous pouvons prendre quelques heures de congé.

Dans un effort de concentration suppliciant, Anthony essaye de se rappeler son nom. Après des affres de parturition, sa mémoire lui livre une bribe, « Fred », autour de laquelle il s'empresse de construire la phrase : « Heureux que vous l'ayez fait, Fred ! » Entre-temps, le léger silence qui précède une présentation est tombé sur l'assistance. Maury, qui pourrait tirer Anthony d'embarras, préfère rester spectateur, avec un plaisir malicieux.

ANTHONY, *désespéré :* Mesdames et messieurs, je vous présente... je vous présente Fred.

MURIEL, *avec une désinvolture obligeante : Hello,* Fred !

Richard Caramel et Paramore se saluent familièrement de leurs prénoms, ce dernier se souvient que Dick était l'un de ses condisciples qui jamais auparavant n'a pris la peine de lui parler. Dick se figure avec fatuité que Paramore est quelqu'un qu'il a rencontré une fois chez Anthony.

Les trois jeunes femmes montent à l'étage supérieur.

MAURY, *à mi-voix, à Dick :* Je n'ai pas vu Muriel depuis le mariage d'Anthony.

DICK : Elle est en pleine forme. Son dernier mot est : « Moi, c'est mon avis ! »

Anthony se débat un moment avec Paramore et finit par chercher à rendre la conversation générale, en demandant à tout le monde de boire quelque chose.

MAURY : J'ai assez bien fait les choses avec cette bouteille. Je suis allé de « Proof » jusqu'à « Distillery ». *(Il indique les mots sur l'étiquette.)*

ANTHONY, *à Paramore :* Je ne sais jamais quand ces deux-là surgiront. Je leur ai dit au revoir un après-midi à cinq heures, et le diable m'emporte s'ils n'ont pas reparu vers deux heures du matin. Une grande voiture de tourisme, en location, venant de New York, les a amenés jusqu'à la porte, et ils en sont sortis, ivres comme des lords, bien entendu.

Par souci éperdu de discrétion, Paramore inspecte la couverture d'un livre qu'il tient à la main. Maury et Dick échangent un coup d'œil.

DICK, *innocemment, à Paramore :* Vous travaillez en ville ?

PARAMORE : Non, je suis à l'Œuvre sociale de Laird Street, à Stamford. *(A Anthony :)* Vous n'avez pas idée de la somme de misère qu'il y a dans ces petites villes du

Connecticut. Des Italiens, et d'autres émigrés. Catholiques pour la plupart, vous savez, de sorte qu'il est très difficile de les atteindre.

ANTHONY, *poli :* Beaucoup de crimes ?

PARAMORE : Moins de criminalité que d'ignorance et de crasse.

MAURY : Voilà ma théorie : électrocution immédiate de tous les gens ignorants et malpropres. Je suis sans restriction en faveur des criminels ; ils donnent de la couleur à la vie. Le hic, c'est que si l'on se mettait à châtier l'ignorance, il faudrait commencer par les grandes familles, puis passer aux gens du cinéma, et enfin au Congrès et au clergé.

PARAMORE, *souriant avec gêne :* Je parlais d'une ignorance plus fondamentale. Ils ignorent jusqu'à notre langue.

MAURY, *pensivement :* Je suppose que c'est assez dur. Ils ne peuvent même pas suivre la poésie nouvelle.

PARAMORE : C'est seulement quand ce travail d'assistance sociale s'est effectué pendant des mois qu'on se rend compte à quel point les choses vont mal. Comme me le disait notre secrétaire, vos ongles ne semblent jamais sales, jusqu'à ce que vous vous laviez les mains. Bien sûr, nous attirons déjà beaucoup l'attention.

MAURY, *grossièrement :* Comme pourrait dire votre secrétaire, si vous bourrez de papier une cheminée, cela fera une belle flambée pendant un instant.

A ce moment, Gloria maquillée de frais et avide d'admiration et d'amusement, rejoint l'assistance, suivie de ses deux amies. Durant plusieurs minutes, la conversation se poursuit entièrement à bâtons rompus. Gloria entraîne Anthony à l'écart.

GLORIA : Je t'en prie, Anthony, ne bois pas beaucoup.

ANTHONY : Pourquoi ?

GLORIA : Parce que tu es si naïf lorsque tu es ivre.

ANTHONY : Miséricorde ! De quoi s'agit-il à présent ?

GLORIA, *après un silence pendant lequel elle rêve froidement, les yeux dans les siens :* Tout d'abord, pourquoi insistes-tu pour tout payer ? Ces deux hommes ont l'un et l'autre plus d'argent que toi !

ANTHONY : Voyons, Gloria ! Ce sont mes hôtes !

GLORIA : Ce n'est pas une raison pour que tu payes la bouteille de champagne que Rachel Barnes a cassée. Son mari n'a pas aimé cela, pas plus que moi !

ANTHONY : Voyons, Gloria...

GLORIA, *l'imitant âprement :* « Voyons, Gloria ! » Mais cela s'est renouvelé un peu trop souvent cet été — avec chaque jolie femme que tu rencontres. C'est devenu une sorte d'habitude, et je ne le supporterai *pas !* Si tu peux batifoler, j'en suis capable aussi. *(Puis, comme prise d'une idée soudaine :)* A propos, cet individu, Fred, n'est pas un second Joe Hull, n'est-ce pas ?

ANTHONY : Seigneur, non ! Il est probablement venu me voir pour obtenir que je tire une carotte à grand-père, pour ses ouailles.

Gloria quitte un Anthony très déprimé et retourne à ses hôtes.

Vers neuf heures, les invités peuvent être répartis en deux catégories : ceux qui ont bu sans arrêt, et ceux qui ont pris peu de chose ou rien. Dans le premier groupe, figurent les Barnes, Muriel et Frédéric E. Paramore.

MURIEL : J'aurais voulu pouvoir écrire. Il me vient de ces idées, mais je n'arrive jamais à les formuler avec des mots.

DICK : Comme disait Goliath, il comprenait les sentiments de David mais il ne parvenait pas à s'exprimer. Les Philistins adoptèrent aussitôt sa remarque, comme devise.

MURIEL : Je ne saisis pas. Je dois être en train de devenir bête, sur mes vieux jours.

GLORIA, *serpentant d'un pas incertain parmi l'assistance, comme un ange émoustillé :* Si quelqu'un a faim, il y a quelques pâtisseries françaises sur la table de la salle à manger.

MAURY : Peux pas souffrir ces dessins victoriens dans lesquels elles sont servies.

MURIEL, *violemment amusée :* Moi, à mon avis, vous êtes vraiment saoul, Maury !

Sa gorge est toujours un pavé qu'elle offre aux sabots de beaucoup d'étalons qui passent, espérant que leurs revêtements de fer feront jaillir ne fût-ce qu'une étincelle de romanesque dans les ténèbres...

Messrs Barnes et Paramore ont entamé une conversation sur un sujet de tout repos, tellement de tout repos que Mr Barnes essaye depuis plusieurs instants de se faufiler dans l'atmosphère plus polluée autour du canapé central. Paramore s'attarde-t-il à la maison grise par politesse ou par curiosité, ou pour faire un jour futur un rapport sociologique sur la décadence de la vie américaine ? Mystère.

MAURY : Fred, je vous croyais des idées très larges.

PARAMORE : Je les ai.

MURIEL : Moi aussi. Je crois qu'une religion en vaut une autre.

PARAMORE : Il y a du bon dans toutes les religions.

MURIEL : Je suis catholique, mais comme je le dis toujours, je ne travaille pas dans le catholicisme.

PARAMORE, *dans une immense explosion de tolérance :* La religion catholique est une très... une religion très puissante.

MAURY : Eh bien, un homme aux idées aussi larges

devrait considérer le niveau de sensations élevées et l'optimisme stimulant contenus dans ce cocktail.

PARAMORE, *acceptant le breuvage, un peu d'un air de bravade :* Merci, j'en essayerai... un.

MAURY : Un seul ! Révoltant ! Nous avons ici une réunion de la classe 1910, et vous refusez même d'être un peu éméché ? Allons !

A la santé du roi Charles,
A la santé du roi Charles,
Apportez le bol que vous vantez...

PARAMORE *fait chorus, d'une voix chaleureuse.*

MAURY : Remplis la coupe, Frédéric. Tu sais que tout est subordonné aux desseins de la nature sur nous, et son dessein sur toi est de faire de toi un pochard à tout casser !

PARAMORE : Si un type sait boire comme un gentleman...

MAURY : Qu'est-ce qu'un gentleman, d'ailleurs ?

ANTHONY : Un homme qui n'a jamais d'épingles piquées au revers de son veston.

MAURY : Absurde ! Le rang social d'un homme est déterminé par la quantité de pain qu'il consomme dans un sandwich.

DICK : C'est un homme qui préfère la première édition d'un livre à la dernière édition d'un journal.

RACHEL : Un homme qui ne fait jamais une charge, même de son ennemi mortel.

MAURY : Un homme qui peut duper un maître d'hôtel anglais, au point de lui faire croire qu'il en est un.

MURIEL : Un homme qui sort d'une bonne famille, est allé à Yale ou Harvard ou Princeton, a de l'argent et danse bien, et tout le reste.

MAURY : Enfin ! La définition parfaite ! Le cardinal

Newman se trouve maintenant relégué au rang de vieille galoche.

PARAMORE : Je crois que nous devrions envisager la question avec une plus grande largeur de vues. Etait-ce Abraham Lincoln qui disait qu'un gentleman est quelqu'un qui ne fait jamais souffrir autrui ?

MAURY : Ce mot est attribué, je crois, au général Ludendorf.

PARAMORE : Sûrement, vous plaisantez.

MAURY : Bois encore un verre.

PARAMORE : Je ne devrais pas. *(Baissant la voix, pour l'oreille de Muriel seule.)* Que penseriez-vous si je vous disais que c'est la troisième boisson alcoolique que j'ai consommée de toute ma vie ?

Dick fait marcher le phonographe qui incite Muriel à se lever et à ondoyer d'une hanche sur l'autre, les coudes contre les côtes, les avant-bras perpendiculaires à son corps et déployés comme des nageoires.

MURIEL : Oh ! roulons les tapis et dansons !

Anthony et Gloria accueillent cette suggestion avec des gémissements intérieurs, et de dolents sourires d'acquiescement.

MURIEL : Allons, fainéants ! Levez-vous et poussez les meubles contre le mur.

DICK : Attendez que je vide mon verre.

MAURY, *obstiné dans ses intentions à l'égard de Paramore :* Je vais dire une chose. Remplissons chacun un verre, buvons-le — et nous danserons.

Geste de protestation qui se brise contre le roc de l'insistance de Maury.

MURIEL : La tête me tourne tout simplement, à présent.

RACHEL, *bas, à Anthony :* Gloria vous a-t-elle dit de me tenir à distance ?

ANTHONY, *confus :* Voyons, certainement pas. Bien sûr que non.

Rachel lui décoche un sourire significatif. Deux années écoulées lui ont donné une sorte de beauté dure, très soignée.

MAURY, *levant son verre :* Je bois à la défaite de la démocratie et à la chute du christianisme.

MURIEL : C'est un peu fort.

Elle lance à Maury un regard de reproche feint et boit. Tous boivent, avec plus ou moins de difficulté.

MURIEL : Débarrassez le parquet !

Comme il semble inévitable d'en passer par là, Anthony et Gloria se joignent à la manœuvre : grand remue-ménage de tables, chaises empilées, tapis roulés et lampes cassées. Quand les meubles ont été entassés en masses disgracieuses, sur les côtés, se découvre un espace d'environ huit pieds carrés.

MURIEL : Oh ! il nous faut de la musique !

MAURY : Tana nous restituera le chant d'amour d'un spécialiste, oculiste et oto-rhino-laryngologiste.

Dans une certaine confusion due au fait que Tana s'est retiré pour la nuit, on se livre à des préparatifs en vue de cette performance.

Le Japonais, en pyjama, la flûte à la main, est roulé dans une couverture et juché dans un fauteuil au-dessus d'une des tables, où il offre un spectacle ridicule et grotesque. Paramore est manifestement ivre et si enthousiasmé à cette pensée qu'il accroît l'effet en mimant des titubations empruntées à des journaux comiques et même en risquant parfois un hoquet.

PARAMORE, *à Gloria :* Voulez-vous danser avec moi ?

GLORIA : Non, monsieur ! Je veux danser la danse du cygne. Pouvez-vous la danser ?

PARAMORE : Bien sûr. Je les danse toutes.

GLORIA : Bon. Vous partez de ce côté-là de la pièce, et moi de ce côté-ci.

MURIEL : Allons-y !

Alors la folie se déchaîne en criant, hors des bouteilles. Tana plonge dans les méandres mystérieux du chant du train, le plaintif teuf-teuf-teuf confondant aux cadences mélancoliques avec le « Pauvre Butterfly (dzing et dzing !) qui attend parmi les fleurs » du phonographe. Muriel est trop malade de rire pour faire plus que s'accrocher désespérément à Barnes, qui, dansant avec la menaçante raideur d'un officier, foule d'un pas lourd et guindé le parquet, tout autour du petit espace. Anthony essaye d'entendre le chuchotement de Rachel — sans attirer l'attention de Gloria...

Mais le grotesque, l'incroyable, l'histrionique incident est sur le point de se produire, un de ces incidents par quoi la vie semble appliquée à une imitation passionnée des plus basses formes de littérature. Paramore a essayé de rivaliser avec Gloria et, au moment où l'émotion atteint son paroxysme, il commence à tourner sur lui-même, de plus en plus pris de vertige — il chancelle, se rattrape, chancelle à nouveau et tombe, dans la direction du vestibule... presque dans les bras du vieil Adam Patch dont l'arrivée a été rendue inaudible par le charivari qui règne dans la pièce.

Adam Patch est très pâle. Il s'appuie sur une canne. L'homme qui l'escorte est Edward Shuttleworth et c'est lui qui saisit Paramore à l'épaule et dévie le cours de sa chute de façon à préserver le vénérable philanthrope.

Le temps requis pour que le silence descende sur la pièce comme un monstrueux linceul peut être évalué à deux minutes, bien que pendant un bref moment après cela, les plaisanteries du phonographe et les notes du train japonais continuent à s'égrener de la flûte de Tana. Sur les neuf personnes présentes, seuls Barnes, Paramore et Tana ignorent l'identité du retardataire. Sur les neuf, pas une ne se rend compte qu'Adam Patch a, ce matin même, apporté une contribution de cinquante mille dollars à la cause de la prohibition nationale.

Il est donné à Paramore de rompre le silence qui s'épaissit. Son invraisemblable réflexion marque le point culminant de sa vie de débauche.

PARAMORE, *se traînant rapidement vers la cuisine sur ses mains et ses genoux :* Je ne suis pas un hôte de cette maison — je travaille ici.

A nouveau, le silence retombe — si profond à présent, si chargé d'une appréhension intolérablement contagieuse que Rachel est prise d'un petit rire nerveux et Dick se surprend à répéter sans arrêt un vers de Swinburne, grotesquement approprié à la scène :

Une fleur triste et desséchée, à l'haleine sans parfum...

... Dans le silence, la voix d'Anthony, sobre et contrainte, dit quelque chose à Adam Patch, puis s'éteint à son tour.

SHUTTLEWORTH, *violemment :* Votre grand-père a eu l'idée de venir en auto jusqu'ici, voir votre maison. J'ai téléphoné de Rye et laissé un message.

Une série de petits halètements de stupeur, venant, semble-t-il, de nulle part, tombent dans le silence consécutif. Anthony est couleur de craie. Gloria, bouche bée, pose sur le vieillard un regard horizontal tendre et apeuré. Pas un sourire dans toute la pièce. Aucun ? Ou les lèvres crispées de Patch le Bougon tremblent-elles légèrement et s'entrouvrent-elles pour découvrir les rangées régulières de ses dents fines ? Il parle — il profère cinq mots, simples et bénins.

ADAM PATCH : Nous rentrons à présent, Shuttleworth...

Et c'est tout. Il se détourne et, en s'aidant de sa canne, traverse le vestibule, passe par la porte du devant et, avec une raideur diabolique de mauvais augure, son pas incertain grince sur le gravier, au-dessous de la lune d'août.

COUP D'ŒIL RÉTROSPECTIF.

Dans cette extrémité, ils étaient comme deux poissons rouges dans un bocal dont toute l'eau a été retirée. Ils ne pouvaient même pas nager l'un vers l'autre.

Gloria allait avoir vingt-six ans au mois de mai. Elle ne désirait rien, disait-elle, sauf de rester longtemps jeune et belle, d'être gaie et heureuse et d'avoir beaucoup d'argent et d'amour. Elle désirait ce que désirent la plupart des femmes, mais elle y apportait plus d'ardeur et de passion. Elle était mariée depuis deux ans. Au début, il y avait eu des jours d'entente sereine atteignant à des paroxysmes d'orgueil et d'instinct de possession. Alternant avec ces périodes, des haines sporadiques, qui duraient une heure brève, et des oublis qui ne dépassaient pas un après-midi. Cela pendant six mois.

Peu à peu, la sérénité, le contentement étaient devenus moins allègres, et puis ternes. Très rarement, sous l'aiguillon de la jalousie ou d'une séparation forcée, renaissaient les anciennes extases, l'apparente communion de deux âmes, l'excitation émotive. Il lui était possible de détester Anthony toute une journée, d'être exaspérée contre lui toute une semaine. Les récriminations succédaient à l'affection, comme si elle se passait un caprice, presque un amusement, et certains soirs ils s'endormaient en cherchant à se rappeler qui était en colère et qui devrait se montrer réticent le lendemain matin. Une fois écoulée la seconde année, deux nouveaux éléments étaient entrés dans leur vie. Gloria se rendit compte qu'Anthony pouvait à présent se montrer d'une indifférence totale à son égard, une indifférence passagère plus qu'à moitié léthargique, mais qu'elle ne pouvait plus l'émouvoir par un mot murmuré ou un certain sourire intime. Il y eut des jours où les caresses de Gloria affectèrent Anthony, comme une sorte de suffocation. Consciente de ces choses, elle ne se les avouait jamais complètement.

Tout récemment, elle s'était aperçue que malgré son adoration pour Anthony, sa jalousie, sa servitude, son orgueil, elle le méprisait au fond — et ce mépris se mêlait de façon indiscernable à ses autres émotions... Tout ceci formait les composants de son amour — l'illusion, vitale et féminine qui s'était concentrée sur lui, un soir d'avril, bien des mois auparavant.

Quant à Anthony, elle demeurait, malgré ces réserves, son unique préoccupation. S'il l'avait perdue, il eût été brisé, malheureux et plongé dans l'évocation sentimentale de ses souvenirs pour le reste de sa vie. Il prenait rarement plaisir à une journée entière en tête à tête avec elle ; sauf en des circonstances exceptionnelles, il préférait avoir une autre personne en tiers. Parfois il sentait que si on ne lui ménageait pas des moments de complète solitude, il deviendrait fou — et d'autres fois, plus rares, il la haïssait à fond. En état d'ébriété, il lui arrivait de subir de brèves attirances vers d'autres femmes — affleurements, jusqu'alors refoulés, d'un tempérament expérimental.

Ce printemps, cet été, ils avaient médité sur leur bonheur futur — comment ils voyageraient d'une contrée estivale à l'autre, revenant parfois à un magnifique domaine et peut-être vers des enfants idylliques. Plus tard, il entrerait dans la diplomatie ou ferait de la politique, pour accomplir, pendant un temps, des choses belles et importantes, jusqu'au jour où (couple aux beaux cheveux blancs soyeux) ils se prélasseraient dans une gloire sereine, adorés par la bourgeoisie du pays... Cette période commencerait « quand nous aurons notre argent » ; leurs espoirs se fondaient sur de tels rêves plutôt que sur une satisfaction quelconque puisée dans leur vie de plus en plus irrégulière et dissipée. Par les matins gris où les plaisanteries nocturnes se réduisaient soudain à des grivoiseries sans esprit ni dignité, ils pouvaient, d'une certaine manière, sortir ce lot d'espoirs communs et les dénombrer à nouveau, puis se sourire l'un à l'autre et répéter, pour clore le sujet, la formule de défi nietzschéenne concice mais sincère, lancée par Gloria : « Peu m'importe ! »

Leur situation devenait manifestement précaire. Il y avait la question argent, de plus en plus ennuyeuse, de plus en plus menaçante. Ils se rendaient compte que l'alcool était devenu un élément essentiel de leur plaisir — phénomène point rare dans l'aristocratie britannique du siècle dernier, mais un peu alarmant dans une civilisation qui tendait vers la tempérance et la modération. En outre, tous deux semblaient un peu plus faibles de nature, ce qui se traduisait moins dans leurs actes que par leurs subtiles réactions à la civilisation environnante. Gloria constatait en elle la naissance de quelque chose dont elle n'avait jamais eu besoin jusqu'à ce jour — l'embryon incomplet mais indubitable de ce qui lui inspirait naguère de l'horreur — une conscience. Cet aveu à elle-même coïncidait avec le lent déclin de son courage physique.

Enfin, le matin d'août qui suivit la visite inattendue d'Adam Patch, ils s'éveillèrent, las et tiraillés par la nausée, découragés de la vie, capables d'une seule émotion dominante : la peur.

PANIQUE.

— Eh bien ?

Anthony s'assit dans son lit et la regarda. La dépression creusait un pli tombant aux commissures de ses lèvres, il avait la voix creuse et contrainte.

Pour toute réponse, elle porta la main à sa bouche et se mit à ronger ses ongles avec lenteur et précision.

— Ça y est, dit-il après une pause.

Comme elle restait silencieuse, il fut pris d'exaspération.

— Pourquoi ne dis-tu rien ?

— Que veux-tu que je dise ?

— Qu'en penses-tu ?

— Rien.

— Alors, cesse de te mordre le doigt !

Suivit une brève discussion confuse, au sujet de savoir si elle avait pensé ou non. Anthony exigeait qu'elle réfléchît tout haut au désastre de la veille. Son silence était une méthode pour rejeter la responsabilité sur lui. Quant à elle, elle ne voyait pas de raison de parler, — la conjoncture requérait qu'elle rongeât ses ongles comme une enfant inquiète.

— Il faut que j'arrange cette sacrée histoire avec mon grand-père, dit-il sur un ton de fausse conviction.

Un faible respect, nouvellement né, s'exprimait dans son emploi des mots : « mon grand-père » au lieu de « grand-papa ».

— Tu ne peux pas, affirma-t-elle brusquement. Tu ne pourras *jamais*. Il ne te pardonnera jamais, de toute sa vie.

— Peut-être pas, convint Anthony piteusement. Tout de

même... je pourrais peut-être me blanchir par une sorte d'amendement, et ce genre de choses...

— Il semblait malade, interrompit-elle. Pâle comme un linge.

— Il *est* malade. Je te l'ai dit il y a trois mois.

— Quel dommage qu'il ne soit pas mort la semaine dernière ! dit-elle avec pétulance. Vieux fou qui ne songe pas aux autres !

Ni lui ni elle ne rirent.

— Mais laisse-moi te le dire, ajouta-t-elle tranquillement, la prochaine fois que je te verrai te comporter avec une femme comme hier soir avec Rachel Barnes, je te quitterai — *tout simplement !* Je n'ai pas l'intention de le supporter.

Anthony faiblit.

— Oh ! ne sois pas absurde ! protesta-t-il. Tu sais bien qu'il n'existe pas une femme au monde sauf toi — aucune, ma chérie.

Sa tentative de jouer la note tendre échoua misérablement — le danger le plus imminent revint au premier plan.

— Si j'allais le trouver, suggéra Anthony, et si je lui disais, avec des citations bibliques appropriées, que j'ai trop longtemps cheminé dans la voie de l'erreur et qu'enfin la lumière... — Il s'interrompit et jeta à sa femme un regard chargé d'une expression bizarre. — Que ferait-il, je me le demande ?

— Je ne sais pas.

Elle réfléchissait : leurs hôtes auraient-ils le tact de partir tout de suite après le petit déjeuner ?

De la semaine, Anthony ne trouva pas le courage de se rendre à Tarrytown. Cette perspective le révoltait et, livré à lui-même, il eût été incapable de faire le voyage — mais si sa volonté s'était relâchée au cours des trois années passées, on en pouvait dire autant pour sa force de résistance. Gloria l'obligea à y aller. Il était bon d'attendre une semaine, dit-elle, pour laisser à la violente colère de son grand-père le temps de se calmer — mais une plus longue attente serait une erreur — et lui donnerait la chance de se raidir.

Il partit, les nerfs sous pression — et en vain. Shuttleworth lui notifia avec indignation qu'Adam Patch n'était pas bien. Des instructions très strictes avaient été données, interdisant toute visite. Sous l'œil vindicatif de l'ex-fabricant de gin, Anthony perdit contenance. Il sortit, regagna son taxi d'un pas presque furtif et ne recouvra un peu de son respect de soi qu'en montant dans le train ; heureux de fuir, comme un gamin, vers les palais miraculeux de la consolation qui s'élevaient encore et scintillaient dans son esprit.

Gloria se montra dédaigneuse quand il rentra à Marietta. Pourquoi n'avait-il pas forcé la consigne ? C'est ce qu'elle aurait fait, elle !

A eux deux, ils rédigèrent le brouillon d'une lettre au vieillard et, après l'avoir considérablement remaniée, ils l'expédièrent. C'était à moitié une lettre d'excuse, à moitié une explication forgée. Ils ne reçurent pas de réponse.

Vint un jour de septembre, balafré d'alternances de soleil et de pluie, un soleil sans chaleur, une pluie sans fraîcheur. Ce jour-là, ils quittèrent la maison grise où ils avaient vu leur amour en fleur. Quatre malles et quatre caisses s'empilaient dans la chambre démantelée où deux ans plus tôt ils s'affalaient langoureusement, agitant des pensées de rêve, lointaines, languides, heureuses. Dans la pièce résonnait l'écho du vide. Gloria, vêtue d'une robe neuve bordée de fourrure, était assise, muette, sur une malle et Anthony allait et venait nerveusement en fumant, tandis qu'ils attendaient le camion qui transporterait leurs effets en ville.

— Qu'est-ce que c'est ? demanda-t-elle en désignant des livres empilés sur l'une des caisses.

— C'est une vieille collection de timbres, avoua-t-il, embarrassé. J'ai oublié de l'emballer.

— Anthony, c'est si bête de la trimballer partout avec toi.

— Eh bien, j'étais en train de l'examiner le jour où nous avons quitté l'appartement, au printemps dernier, et j'ai décidé de ne pas la ranger dans un tiroir.

— Tu ne pourrais pas la vendre ? Nous n'avons pas assez d'objets de rebut ?

— Je regrette, dit-il, humblement.

Dans un grondement de tonnerre, le camion roula jusqu'à la porte. Gloria montra avec défi le poing aux quatre murs.

— Je suis si contente de partir ! cria-t-elle, si contente ! O mon Dieu ! comme je hais cette maison !

Ainsi la belle et brillante dame regagna New York avec son mari. Dans le train même qui les emportait, ils se disputèrent — les paroles amères de Gloria avaient la fréquence, la régularité, l'inévitabilité des gares qu'ils traversaient.

— Ne te fâche pas, supplia Anthony piteusement. Chacun de nous n'a plus que l'autre.

— Et nous ne l'avons même pas, la plupart du temps, s'écria Gloria.

— Quand ne l'avons-nous pas ?

— Des tas de fois — à commencer par certain soir sur le quai de la gare de Redgate.

— Tu ne veux pas dire que ?...

— Non, interrompit-elle froidement, je ne m'appesantis pas là-dessus. C'est un moment qui est venu et parti — et en partant, il a emporté quelque chose avec lui.

Elle se tut brusquement. Anthony restait assis en silence,

confus et déprimé. Les visions ternes des localités en bordure de la voie ferrée, Mamaroneck, Larchmont, Rye, Pelham Manor, se succédaient avec des alternances de terrains vagues, désolés et médiocres, qui cherchaient vainement à se donner l'aspect de la campagne. Il se rappela soudain comment, par un matin d'été, tous deux avaient quitté New York, en quête du bonheur. Peut-être ne s'attendaient-ils pas à le trouver jamais, et pourtant cette quête, en elle-même, avait été plus heureuse que tout ce qu'il espérait dorénavant de l'avenir. La vie, semblait-il, devait consister à dresser des étais autour de soi — sinon, on courait au désastre. Point de repos, ni de tranquillité. Combien futile son souhait de se laisser porter par le courant et de rêver ; nul n'était entraîné par le courant, sauf vers des maelströms, nul ne rêvait sans que ses rêves ne devinssent de fantastiques cauchemars d'indécision et de regret.

Pelham ! Ils s'étaient querellés à Pelham, parce que Gloria voulait conduire. Et lorsqu'elle avait appuyé son petit pied sur l'accélérateur, la voiture avait fait un bond hargneux et leurs deux têtes avaient été projetées en arrière, comme des marionnettes actionnées par un même fil.

Le Bronx — les maisons agglutinées et brillantes au soleil qui dardait à présent ses rayons, à travers un vaste ciel resplendissant et des écroulements de lumières dans les rues. New York, supposa Anthony, était son foyer —, la ville de luxe et de mystère, d'espoirs insensés et de rêves exotiques. Là, à la périphérie, d'absurdes palais de stuc se dressaient dans la fraîcheur du couchant, posaient un instant dans une froide irréalité, puis glissaient et disparaissaient au loin, suivis par le dédale confus des rues de Harlem River. Le train s'enfonçait dans le crépuscule qui s'épaississait, passait au-dessus et à côté d'une cinquantaine de venelles animées et suantes sur les hauts de East Side.

Chacune d'elles défilait devant la fenêtre du wagon, comme l'espace entre les rais d'une roue gigantesque, chacune avec sa révélation violente et colorée d'enfants pauvres grouillant dans une activité fiévreuse, telles d'alertes fourmis dans des allées de sable rouge. Aux fenêtres des taudis s'appuyaient des femmes rondes, en forme de lunes — constellations de ce ciel sordide ; des femmes semblables à des bijoux sombres, imparfaits, des femmes semblables à des légumes, des femmes semblables à de grands sacs de linge affreusement sale.

— J'aime ces rues, observa Anthony tout haut. J'ai toujours le sentiment d'un spectacle, monté pour moi ; comme si à la seconde où j'aurai passé ils allaient tous s'arrêter de sauter et de rire et, au lieu de cela, s'attrister en se rappelant leur pauvreté, et se retirer, têtes basses, dans leurs maisons. On a souvent cette impression à l'étranger, mais rarement dans ce pays.

En contrebas, dans une rue trafiquante aux hautes bâtisses, il lut une douzaine de noms juifs sur une rangée de boutiques. Au seuil de chacune d'elles se tenait un petit homme bistré, qui observait les passants d'un œil perçant — un œil brillant de soupçon, de fierté, de lucidité, de cupidité, de compréhension. New York — il ne pouvait à présent dissocier la ville de la lente et rampante ascension de ces gens —, les petites échoppes grandissant, prenant de l'extension, se consolidant, bougeant, surveillées par des yeux de vautour et toute l'attention minutieuse d'une abeille pour les moindres détails — elles pullulaient de tous côtés. Spectacle impressionnant — et comme perspective, formidable.

La voix de Gloria interrompit ses pensées avec un étrange à-propos.

— Je me demande où Bloeckman est allé cet été.

L'APPARTEMENT.

A l'assurance de la jeunesse succède une période d'une intolérable complexité. Pour l'ouvrier, cette période est si brève qu'elle en devient négligeable. Des hommes placés plus haut sur l'échelle sociale persistent plus longtemps à essayer de maintenir les derniers raffinements des rapports sociaux, certaines idées d'honnêteté « peu pratiques ». Mais à la fin des années vingt, l'affaire devenait trop scabreuse, et ce qui jusqu'alors semblait imminent et troublant prenait peu à peu un caractère vague et lointain. La routine s'abat comme le crépuscule sur un paysage tourmenté, en l'adoucissant jusqu'à le rendre tolérable. La complexité est trop subtile, trop variée. Les valeurs changent totalement, avec chaque lésion de la vitalité. Il apparaît à présent que nous ne tirons du passé aucun enseignement qui nous aide à affronter l'avenir — et nous cessons donc d'être des hommes impulsifs, susceptibles de se laisser convaincre, intéressés par la beauté éthique avec de belles marges, nous substituons des règles de conduite aux idées de rectitude, nous plaçons la sécurité au-dessus du romanesque, nous devenons, très inconsciemment, pragmatiques. Seule une minorité continue à se préoccuper des nuances des rapports humains — et elle-même d'ailleurs ne s'en soucie qu'à certaines heures spécialement réservées à cette tâche.

Anthony Patch avait cessé d'être un individu épris d'aventures mentales, de curiosités — pour devenir l'homme des préventions et des préjugés, animé du désir d'éviter les émotions agitantes. Ce changement graduel eut lieu durant les années précédentes et fut accéléré par une série d'anxiétés qui obsédaient son esprit. Tout d'abord le sentiment de gaspillage, toujours latent en son cœur, s'éveillait à présent, en raison des circonstances et de sa situation. A ses moments d'insécurité le hantait la pensée que la vie pourrait peut-être après tout avoir un sens. Entre vingt et vingt-cinq ans, les philosophies qu'il admirait, et aussi le contact de Maury Noble, et plus tard de sa femme, l'avaient confirmé dans sa conviction que tout effort est vain. Pourtant, en certaines occasions — juste avant sa première rencontre avec Gloria, par exemple, et lorsque son grand-père lui avait proposé d'aller à l'étranger comme correspondant de guerre —, son insatisfaction avait failli le pousser à des actes décisifs.

Un jour, avant leur dernier départ de Marietta, en feuilletant négligemment les pages d'un bulletin des élèves de Harvard, il avait trouvé une rubrique qui le renseignait sur les faits et gestes de ses contemporains durant les six années consécutives à leur sortie de l'université. La plupart étaient entrés dans les affaires, il est vrai, et plusieurs d'entre eux convertissaient les païens de Chine ou d'Amérique à un protestantisme nébuleux ; mais quelques-uns, constata-t-il, accomplissaient une œuvre constructive, à des postes qui n'étaient ni des sinécures ni de la routine. Calvin Boyd, par exemple, frais émoulu de l'Ecole de médecine, avait découvert un nouveau traitement du typhus, s'était embarqué pour l'Europe et adoucissait un peu la civilisation que les grandes puissances avaient apportée à la Serbie ; Eugène Branson écrivait dans *The New Democracy* des articles caractéristiques dont les idées transcendaient à la fois l'opportunisme vulgaire et l'hystérie populaire ; un nommé Daly avait été suspendu par la faculté d'une vertueuse université, pour avoir prêché en classe des doctrines marxistes. En art, en science, en politique, Anthony vit émerger les personnalités authentiques de son époque — même Severance, le quart-arrière, avait sacrifié sa vie, d'assez bonne grâce, avec la Légion étrangère, sur l'Aisne.

Il déposa la revue et réfléchit un moment à ces hommes différents. Aux jours de son intégrité morale, il eût défendu jusqu'au bout son attitude — tel un Epicure au nirvâna, il eût crié que pour lutter il fallait croire, et pour croire, se limiter. Il ne serait pas plus devenu un pilier de sacristie, sous prétexte que la pensée de l'immortalité lui agréait, qu'il n'eût songé à faire le commerce du cuir en arguant que l'intensité de la compétition l'empêcherait d'être malheureux. Mais à présent, il n'avait plus de ces scrupules délicats. Cet automne, entré dans sa vingt-neuvième année, il inclinait à fermer son esprit à beaucoup de choses, évitait d'analyser profondément les motifs et les causes premières, et surtout aspirait passionnément à se préserver du monde et de lui-même. Il détestait être seul, et comme on l'a dit, il redoutait souvent de rester seul avec Gloria.

A cause de l'abîme que la visite de son grand-père avait ouvert devant lui, et du revirement qui en était résulté dans son mode de vie, il devait inévitablement rechercher, dans cette ville soudain hostile, des amis et l'ambiance qui naguère lui semblait la plus chaude et la plus sûre. Sa première démarche fut un effort désespéré de récupérer son ancien appartement.

Au printemps de 1912, il avait signé un bail de quatre ans, de mille sept cents dollars par an, avec option de renouvellement. Ce bail était venu à échéance en mai dernier ; ce logis, quand il avait loué au début, offrait des possibilités, à peine discernables, mais Anthony les avait vues et introduit dans le contrat une clause aux termes de laquelle lui et le propriétaire pouvaient faire quelques frais d'embellissement. Les loyers avaient augmenté au cours des quatre années précédentes et au printemps dernier, quand Anthony avait renoncé à son option, le propriétaire, un Mr Sohenberg, s'était rendu compte qu'il pouvait obtenir un prix beaucoup plus élevé, pour ce qui était à présent un appartement séduisant. Lorsque Anthony aborda avec lui ce sujet en septembre, Sohenberg lui proposa un bail de trois ans à vingt-cinq mille dollars par mois. Anthony fut outré. Cela signifiait que plus d'un tiers de leurs revenus passerait au loyer. En vain il fit valoir que son propre argent, ses propres idées sur la répartition des pièces les avaient rendues attrayantes.

En vain, il offrit deux mille dollars, deux mille deux cents, bien qu'il n'en eût pas les moyens : Mr Sohenberg se montra inflexible. Deux autres messieurs, déclara-t-il, étaient sur les rangs. Ce genre d'appartement était très demandé en ce moment, et le *donner* à Mr Patch ne serait guère une affaire. Au surplus, bien qu'il n'en eût jamais parlé auparavant, plusieurs locataires s'étaient plaints, l'hiver précédent, des chants et des danses à une heure indue — le reste à l'avenant.

Intérieurement furieux, Anthony rentra en hâte au *Ritz* pour rapporter sa déconfiture à Gloria.

Elle tempêta :

— Je crois te voir d'ici, te laissant rabrouer !

— Que pouvais-je dire ?

— Tu pouvais lui dire ce qu'il *était.* Je ne l'aurais pas *toléré !* Personne d'autre au monde ne l'aurait toléré. Tu laisses les gens te mener tambour battant et te duper, et te tyranniser et prendre avantage de toi comme si tu étais un petit garçon ! C'est absurde !

— Oh ! je t'en conjure, ne te fâche pas.

— Je sais, Anthony, mais tu *es* un tel imbécile.

— Oui, il se peut. En tout cas, nous ne pouvons pas nous

payer cet appartement. Mais c'est encore moins onéreux que d'habiter ici au *Ritz*.

— C'est toi qui as insisté pour venir ici.

— Oui, parce que je savais que tu serais malheureuse dans un hôtel bon marché.

— Bien sûr que je l'aurais été !

— En tout cas, il nous faut trouver un logis.

— Combien pouvons-nous payer ? demanda-t-elle.

— Eh bien, nous pourrions payer même le prix qu'il demande si nous vendions d'autres titres, mais nous avions convenu hier soir que jusqu'à ce que je trouve une situation définie, nous..

— Oh ! je sais tout cela ! Je t'ai demandé combien nous pouvions payer, rien que sur nos revenus.

— On dit qu'il ne faut pas mettre à son loyer plus du quart.

— Combien fait un quart ?

— Cent cinquante par mois.

— Tu veux dire que nous n'avons que des rentrées de six cents dollars tous les mois ?

Une note consternée s'insinua dans sa voix.

— Bien sûr ! répondit-il, irrité. Tu crois que nous avons continué à dépenser plus de douze mille par an sans entamer notre capital ?

— Je savais que nous avions vendu des titres, mais nous avons dépensé tant que cela par an ? Comment avons-nous fait ?

Sa terreur augmentait.

— Oh ! je consulterai ces livres de comptes que nous tenons si soigneusement, fit-il remarquer ironiquement.

Et il ajouta :

— Deux loyers la plupart du temps, des vêtements, des voyages... voyons, chacun de ces printemps en Californie nous revient environ à quatre mille dollars. Cette sacrée auto a été une dépense du commencement à la fin... Et les « parties », et les amusements, et... oh ! une chose ou une autre.

Tous deux étaient surexcités et extraordinairement déprimés. La situation semblait pire en la racontant à Gloria que lorsqu'il l'avait découverte lui-même la première fois.

— Il faut que tu gagnes de l'argent, dit-elle tout à coup.

— Je le sais.

— Et il faut que tu fasses une autre tentative pour voir ton grand-père.

— Je la ferai.

— Quand ?

— Quand nous serons casés.

Cet événement se produisit une semaine plus tard. Ils louèrent dans la 57ᵉ Rue, pour cent cinquante dollars par mois, un petit appartement composé d'une chambre à coucher, d'un salon, d'une salle de bains, dans un immeuble aux murs minces en pierre blanche ; bien que les pièces fussent trop exiguës pour exhiber les plus beaux meubles d'Anthony, elles étaient propres, neuves et point déplaisantes, dans un genre blond et un peu sanitaire. Bounds était parti pour l'Europe afin de s'engager dans l'armée britannique et, à sa place, ils tolérèrent plutôt qu'ils n'apprécièrent les services d'une Irlandaise osseuse, décharnée, que Gloria haïssait parce qu'elle discutait des gloires du Sinn Fein tout en servant le petit déjeuner. Mais ils avaient juré de ne plus avoir de serviteurs japonais et les domestiques anglais étaient difficiles à obtenir pour l'instant. Comme Bounds, la femme ne préparait que le déjeuner du matin. Ils prenaient leurs autres repas au restaurant ou dans des hôtels.

Ce qui finalement amena Anthony en toute hâte à Tarrytown, ce fut l'annonce, parue dans divers journaux de

New York, qu'Adam Patch, le multimillionnaire, le philanthrope, le vénérable réformateur, était sérieusement malade et que l'on désespérait de sa guérison.

LE PETIT CHAT.

Anthony ne put le voir. Le docteur avait interdit toute visite, déclara Mr Shuttleworth, qui s'offrit aimablement à se charger du message qu'Anthony voudrait peut-être lui confier et à le transmettre à Adam Patch quand son état le permettrait. Mais par des insinuations évidentes, il confirma Anthony dans sa mélancolique supposition que le petit-fils prodigue serait particulièrement mal venu au chevet du malade. A un moment de l'entretien, Anthony, se rappelant les instructions précises de Gloria, fit un geste pour écarter le secrétaire ; mais Shuttleword, avec un sourire, carra ses robustes épaules et Anthony comprit l'inanité d'une tentative de sa part.

Lamentablement intimidé, il regagna New York où mari et femme passèrent une semaine agitée. Un petit incident qui survint un soir prouva à quel point leurs nerfs étaient tendus.

En rentrant, après dîner, dans une rue latérale, Anthony remarqua un chat, parti pour la nuit, qui rôdait près d'une grille.

— J'ai toujours l'envie instinctive de donner un coup de pied à un chat, dit-il nonchalamment.

— Moi, je les aime.

— J'y ai cédé une fois.

— Quand ?

— Oh ! il y a des années. Avant de t'avoir rencontrée. Une nuit, pendant l'entracte d'un spectacle. Une nuit froide, comme celle-ci, et j'étais un peu gris — une des premières fois que je me sois jamais soûlé, ajouta-t-il. Le pauvre petit diable cherchait un endroit où dormir je suppose, et j'étais d'humeur méchante, alors la fantaisie m'a pris de lui donner un coup de pied...

— Oh ! le pauvre chaton ! s'écria Gloria, sincèrement émue.

— C'était assez vilain, reconnut-il. La pauvre petite bête s'est retournée et m'a regardé d'un air plaintif, comme si elle espérait que j'allais la recueillir et me montrer bon pour elle — c'était tout juste un petit chaton — et avant qu'il ait eu le temps de s'y reconnaître, un grand pied lui décocha un coup qui atteignit son petit dos...

— Oh !

Le cri de Gloria était chargé d'angoisse.

— La nuit était si froide, continua-t-il avec perversité, en maintenant sa voix sur une note mélancolique. Je suppose qu'il attendait une marque de tendresse de quelqu'un et il n'a reçu que de la souffrance...

Il s'interrompit brusquement — Gloria sanglotait. Ils étaient arrivés devant leur porte et lorsqu'ils entrèrent dans l'appartement, elle se jeta sur le divan, en pleurant comme s'il l'avait atteinte dans son âme même.

— Oh ! le pauvre petit chaton, répétait-elle avec compassion. Le pauvre petit chaton ! Par un tel froid...

— Gloria...

— Ne m'approche pas ! Je t'en prie, ne m'approche pas. Tu as tué le tendre petit chaton.

Touché, Anthony s'agenouilla à côté d'elle.

— Chérie, dit-il. O Gloria, ma chérie ! Ce n'est pas vrai. J'ai inventé cette histoire — de toutes pièces.

Mais elle ne voulut pas le croire. Il y avait eu, dans les détails qu'il avait choisis pour sa description, quelque chose qui la fit pleurer jusqu'à ce qu'elle s'endormît, ce soir-là —

pleurer sur le chaton, sur Anthony, sur elle-même, sur la souffrance et l'amertume et la cruauté du monde entier.

LA MORT D'UN MORALISTE AMÉRICAIN.

Le vieil Adam mourut un soir à minuit, vers la fin de novembre, avec un pieux compliment à Dieu sur ses lèvres minces. Lui que l'on avait tant flatté, disparut en flattant l'omnipotente Abstraction qu'il se figurait avoir peut-être irritée aux moments les plus dissolus de sa jeunesse. On annonça qu'il avait conclu avec la divinité une sorte d'armistice dont les termes ne furent pas divulgués au public, bien que l'on pensât qu'ils comportaient un important payement en espèces. Tous les journaux imprimèren sa biographie et deux d'entre eux de brefs éditoriaux sur sa valeur-or, et son rôle dans le drame de l'industrialisme, avec lequel il avait grandi. Ils firent allusion, avec précaution, aux réformes qu'il avait encouragées et financées. Les mémoires de Comstock et de Caton le Censeur furent évoquées et paradèrent comme des spectres décharnés à travers les colonnes des journaux.

Toute la presse signala qu'il n'avait pour survivant qu'un seul petit-fils, Anthony Comstock Patch, de New York.

L'enterrement eut lieu dans le caveau de famille à Tarrytown. Anthony et Gloria avaient pris place dans la première voiture, trop inquiets pour se sentir grotesques, chacun des deux essayant désespérément de glaner un présage de fortune sur les visages des personnes de sa suite qui avaient été avec lui à la fin.

Ils attendirent, par décence, pendant une semaine éperdue, puis, n'ayant reçu aucune convocation, Anthony téléphona au notaire de son grand-père. Mr Brett était sorti, il serait de retour dans une heure. Anthony laissa son numéro de téléphone.

C'était le dernier jour de novembre, il faisait un froid sec au-dehors, et un soleil sans éclat jetait un jour terne par les fenêtres. Tandis qu'ostensiblement occupés à lire, ils attendaient l'appel, l'atmosphère à l'intérieur et à l'extérieur semblait délibérément exprimer le caractère pathétique de leur faux raisonnement. Au bout d'un moment interminable, la sonnerie carillonna et Anthony sursautant violemment, décrocha l'écouteur.

— Allô ! — Sa voix était tendue et creuse. — Oui... j'ai en effet laissé un message. Qui est à l'appareil, je vous prie ?... Oui... Comment, mais c'était à propos de l'héritage. Naturellement, je suis intéressé et n'ayant pas été convoqué pour la lecture du testament... J'ai pensé que vous n'aviez peut-être pas mon adresse... Comment ?... Oui...

Gloria tomba à genoux. Les intervalles entre les phrases d'Anthony étaient des tourniquets qui lui vrillaient le cœur. Elle se surprit en train de tordre désespérément les grands boutons d'un coussin de velours, puis :

— C'est... c'est très, très singulier... c'est très singulier... c'est très singulier. Pas même une — ah ! — mention ou quelque — ah ! — raison ?

Sa voix lui parvenait, faible et lointaine. Elle émit un petit son, mi-soupir, mi-cri.

— Oui, je verrai... Très bien, merci... merci...

Le téléphone cliqueta. Les yeux de Gloria, fixés sur le plancher, virent le pied d'Anthony couper le dessin d'une tache de soleil sur le tapis. Elle se leva et lui fit face, avec un regard gris, horizontal, tandis qu'il l'enlaçait dans ses bras.

— Ma chérie, murmura-t-il d'une voix rauque. Il l'a fait. Dieu le damne !

LE LENDEMAIN.

— Qui sont les héritiers ? demanda Mr Haight. Vous comprenez, étant donné que vous pouvez me donner si peu de détails sur l'affaire...

Mr Haight était grand, voûté, avec des sourcils broussailleux. Il avait été recommandé à Anthony comme un homme de loi astucieux et tenace.

— Je ne suis que vaguement au courant, répondit Anthony. Un nommé Shuttleworth qui était un peu son chouchou, est chargé de tout en qualité d'exécuteur testamentaire ou d'administrateur ou je ne sais quoi — tout, sauf les legs particuliers à des œuvres de charité ou aux serviteurs, et à ces deux cousins d'Idaho.

— Quel degré de cousinage ?

— Oh ! le troisième ou le quatrième, en tout cas. Je n'ai jamais entendu parler d'eux.

Mr Haight opina du chef d'un air compréhensif.

— Et vous voulez contester une clause du testament ?

— Je suppose, reconnut Anthony, désemparé. Je voudrais faire ce qui paraît offrir le plus de chances — c'est ce que j'aimerais que vous me disiez.

— Vous voulez qu'on refuse d'homologuer le testament ?

Anthony secoua la tête.

— Vous me comprenez... Je n'ai aucune idée de ce que c'est que d'homologuer. Je revendique une part de la fortune.

— Si vous me donniez un peu plus de détails ? Par

exemple, savez-vous pourquoi le testateur vous a déshérité ?

— Mais... oui, commença Anthony. Voyez-vous, il a toujours été tellement entiché de réforme morale et tout le reste.

— Je sais, interrompit Mr Haight sans donner aucun signe d'humour.

— Et je ne crois pas qu'il ait jamais pensé que je sois bon à rien. Je ne suis jamais entré dans les affaires, voyez-vous. Pourtant je suis sûr que, jusqu'à l'été dernier, je figurais parmi les bénéficiaires. Nous avions loué une maison à Marietta et un soir grand-père a eu l'idée de venir nous voir. Il s'est trouvé que ce soir-là, nous avions une réunion assez gaie, et il est arrivé sans crier gare. Ma foi, un seul coup d'œil lui a suffi, lui et ce Shuttleworth ont fait demi-tour et sont repartis à toute vitesse pour Tarrytown. Après cela, il n'a jamais plus répondu à mes lettres et ne m'a même pas permis de le voir.

— Il était prohibitionniste, n'est-ce pas ?

— Il était tout — un vrai maniaque bigot.

— Combien de temps avant sa mort a-t-il rédigé le testament qui vous déshérite ?

— Récemment — je veux dire depuis août.

— Et vous pensez que s'il ne vous a pas laissé la plus grande partie de sa fortune, c'est à cause du mécontentement que lui inspirait votre récente conduite ?

— Oui.

Mr Haight réfléchit. Sur quel motif Anthony pensait-il se baser pour contester le testament ?

— Eh bien, n'y a-t-il pas quelque chose comme l'influence néfaste, l'intimidation ?

— L'intimidation est un motif — mais le plus difficile à prouver. Il vous faudrait démontrer qu'une pression de ce genre s'est exercée sur le défunt, créant un état d'esprit qui lui a fait disposer de ses biens contrairement à ses intentions.

— Mais supposons que ce Shuttleworth l'ait entraîné à Marietta, justement quand il pensait que nous célébrions une sorte de fête ?

— Cela n'aurait aucune portée en l'occurrence. Il y a une distinction très nette entre un conseil et une influence. Il vous faudrait prouver que le secrétaire était animé d'intentions sinistres. Je vous suggère d'autres motifs. On refuse automatiquement de valider un testament en cas d'insanité, d'ivrognerie — ici Anthony sourit — ou de faiblesse d'esprit par suite d'une sénilité prématurée.

— Mais, objecta Anthony, son médecin privé, étant l'un des bénéficiaires, attesterait qu'il n'était pas faible d'esprit. Et d'ailleurs il ne l'était pas. Il a probablement fait de son argent exactement ce qu'il entendait — c'était tout à fait cohérent avec tous les actes de sa vie.

— Eh bien, voyez-vous, la faiblesse d'esprit est assez analogue à l'influence abusive — elle implique que le testateur n'a pas disposé de sa fortune comme il se le proposait à l'origine. Le motif le plus commun est la coercition — la pression physique.

Anthony protesta d'un geste.

— Pas grandes chances de ce côté-là, j'en ai peur. Il me semble que la captation d'héritage par suite d'une influence indue est ce qu'il y a de préférable.

Après une longue discussion, si technique qu'elle lui fut en grande partie inintelligible, Anthony engagea Mr Haight comme avocat. L'homme de loi proposa une entrevue avec Shuttleworth, exécuteur testamentaire, conjointement avec Wilson, Hiemer et Hardy. Anthony fut invité à revenir la semaine suivante.

La nouvelle transpira que l'on évaluait la fortune approximativement à quarante millions de dollars. Le legs le plus important était d'un million, à Edward Shuttleworth, qui recevait en outre trente mille dollars par an en qualité d'administrateur du fonds de trente millions distribué entre diverses œuvres de charité et sociétés réformatrices, pratiquement comme Shuttleworth l'entendrait. Le reliquat de neuf millions se répartissait entre les deux cousins d'Idaho et vingt-cinq autres bénéficiaires : amis, secrétaires, serviteurs et employés qui, à un moment donné, avaient mérité le sceau de l'approbation d'Adam Patch.

Au bout d'une nouvelle quinzaine, Mr Haight, contre une provision de quinze mille dollars, se préparait à contester le testament.

L'HIVER DU MÉCONTENTEMENT.

Ils n'étaient pas encore depuis deux mois dans leur petit appartement de la 57e Rue que déjà ce logis se teintait pour eux de la même souillure indéfinissable mais presque matérielle, qui imprégnait la maison grise de Marietta. Il y flottait un perpétuel relent de tabac — tous deux fumaient sans arrêt — qui imprégnait leurs vêtements, leurs couvertures, les rideaux et les tapis jonchés de cendres. S'y ajoutaient les affreux effluves du vin éventé, avec son inévitable suggestion de beauté corrompue et de souvenirs d'orgie écœurants. Autour de certains services de gobelets de verre, sur le buffet, cette odeur était particulièrement sensible, et au salon un cerne de cercles blancs autour de la table en acajou marquait les traces de verres que l'on y avait posés. Les « parties » s'étaient multipliées — les gens cassaient les objets ; les gens avaient mal au cœur dans la salle de bains de Gloria ; les gens mettaient la « kitchenette » dans un désordre indescriptible.

Ces choses faisaient partie de leur existence. A mesure qu'approchait la fin de la semaine, et malgré les sages résolutions de tous les lundis, ils admettaient d'un commun accord tacite qu'elle devait être marquée par quelque amusement scandaleux. Le samedi, ils évitaient de discuter le sujet, mais téléphonaient à telle ou telle de leurs relations suffisamment irresponsable, et proposaient un rendez-vous. Une fois les amis réunis et après qu'Anthony avait apporté les carafons, il murmurait d'un ton détaché : « Je crois que je prendrai pour ma part, oh ! rien qu'un *high-ball...* »

Après quoi ils partaient pour deux jours — et se rendaient compte, par une aube hivernale, qu'ils avaient été les personnages les plus bruyants et tapageurs de la bande la plus bruyante et tapageuse, au *Boul'Mich'*, ou au club Ramée ou en d'autres boîtes de nuit moins pointilleuses quant aux motifs d'hilarité de leurs clients. Ils s'apercevaient qu'ils avaient dépensé quatre-vingts ou quatre-vingt-dix dollars — comment, ils ne le savaient jamais, ils attribuaient habituellement le fait à la dèche générale des « amis » qu'ils accompagnaient.

L'histoire de la bacchanale brusquement interrompue, à Marietta, avait bien entendu filtré avec tous ses détails — « Muriel n'a pas l'intention d'en informer toutes ses connaissances, disait Gloria à Anthony, mais elle s'imagine que chaque personne à qui elle en fait part est la seule à qui elle la racontera » et, sous des voiles diaphanes, le récit figura à une place en vue dans le journal de potins de la ville. Quand les termes du testament d'Adam Patch furent connus et que la presse publia des échos concernant le procès d'Anthony, l'histoire fut magnifiquement complétée — au grand détriment d'Anthony. Ils commencèrent à recueillir des bruits à leur sujet, de tous les côtés, rumeurs fondées en général sur un soupçon de vérité, mais agrémentées de détails absurdes et sinistres.

Extérieurement, ils ne présentaient aucun signe de déclin. Gloria, à vingt-six ans, était toujours la Gloria de vingt ans ; son teint d'une fraîcheur humide mettait en valeur ses yeux candides ; sa chevelure, d'une splendeur toujours juvénile, fonçait doucement pour passer de la couleur du blé à un or roux profond ; son corps mince suggérait toujours une nymphe courant et dansant dans des bocages orphiques. Les regards masculins, par douzaines, la suivaient, fascinés, lorsqu'elle traversait le hall d'un hôtel ou descendait l'allée d'un théâtre. Des hommes demandaient à lui être présentés, tombaient dans de longues extases d'admiration sincère, la courtisaient ouvertement — car elle était toujours d'une beauté exquise et incroyable. Et pour sa part, Anthony avait plutôt gagné que perdu au physique ; son visage avait pris un certain air inabordable de tragédie, contraste romantique avec sa personne soignée et immaculée.

Au début de l'hiver, alors que toutes les conversations roulaient sur l'entrée en guerre probable de l'Amérique, et qu'Anthony faisait une tentative d'écrire, sincère et désespérée, Muriel Kane arriva à New York et vint aussitôt les voir. Comme Gloria, elle semblait ne jamais changer. Elle connaissait l'argot le plus récent, dansait les dernières danses et parlait des chansons et des pièces en vogue avec toute la ferveur de sa première saison de pêcheuse au filet new-yorkaise. Ses airs de sainte nitouche étaient éternellement nouveaux, éternellement inefficaces ; ses toilettes, outrancières ; ses cheveux noirs, à présent coupés à la Jeanne d'Arc, comme ceux de Gloria.

— Je suis venue pour le bal des étudiants du milieu de l'hiver, à New Haven, annonça-t-elle, communiquant son délicieux secret.

Bien que sans doute plus âgée qu'aucun des étudiants du collège, elle s'arrangeait toujours pour se faire inviter et s'imaginait vaguement qu'à la prochaine « party » commencerait le flirt qui finirait devant le romanesque autel.

— Où étiez-vous ? demanda Anthony, qu'elle ne manquait jamais d'amuser.

— A Hot Springs. Cela a été très chic et pimenté, cet automne — un plus grand nombre d'*hommes !*

— Etes-vous amoureuse, Muriel ?

— Qu'appelez-vous « amour ? » — C'était la question en vogue de l'année. — Je vais vous dire quelque chose, fit-elle en changeant brusquement de sujet. Je suppose que ce n'est pas mon affaire, mais je crois qu'il serait temps que vous vous rangiez.

— Comment, mais nous sommes rangés.

— Oui, joliment, railla-t-elle malicieusement. Partout où je vais, j'entends le récit de vos escapades. Laissez-moi vous le dire, j'ai beaucoup de mal à vous défendre.

— Ne vous en donnez donc pas la peine, dit Gloria froidement.

— Voyons, Gloria, protesta-t-elle, vous savez bien que je suis une de vos meilleures amies.

Gloria garda le silence. Muriel continua :

— Ce n'est pas tant le fait qu'une femme boive, mais Gloria est si jolie et tant de gens la connaissent de vue, partout, que naturellement cela frappe...

— Qu'avez-vous entendu dire récemment ? questionna Gloria, dont la dignité céda le pas à la curiosité.

— Eh bien, par exemple, que cette fête à Marietta a *tué* le grand-père d'Anthony.

Aussitôt, mari et femme se raidirent d'indignation.

— Voyons, c'est révoltant !

— C'est ce qu'on dit, s'obstina Muriel avec entêtement.

Anthony arpenta la pièce :

— C'est insensé ! déclara-t-il. Les mêmes gens que nous emmenons à des « parties » clament l'histoire à la ronde comme une bonne plaisanterie — et voilà qu'elle nous revient sous une forme pareille.

Glora se mit à faire courir son doigt dans une boucle follette roussâtre. Muriel lécha sa voilette, tout en méditant sa remarque suivante :

— Vous devriez avoir un bébé.

Gloria leva un regard languissant.

— Nous ne pouvons pas nous offrir ce luxe.

— Tous les gens des taudis en ont, rétorqua triomphalement Muriel.

Anthony et Gloria échangèrent un sourire. Ils avaient atteint le stade des querelles violentes, jamais vidées, des querelles qui couvaient et éclataient de nouveau par intervalles ou s'éteignaient dans l'indifférence — mais cette visite de Muriel les rapprocha temporairement. Quand une tierce personne remarquait le malaise dans lequel ils vivaient, ils y puisaient l'énergie de faire front, devant un monde hostile. A présent, l'impulsion de s'unir ne leur venait que très rarement du dedans.

Anthony se surprit à établir un parallèle entre son existence et celle du liftier de nuit de leur immeuble, un homme barbu, pâle, émacié, d'une soixantaine d'années, qui semblait un peu au-dessus de sa condition. Sans doute avait-il obtenu son emploi pour cette raison ; elle faisait de lui une figure de raté, pathétique et mémorable. Anthony se rappela sans gaieté une plaisanterie ressassée, sur la carrière du liftier « faite de hauts et de bas ». Dans tous les cas, une vie cloîtrée, infiniment morne. Chaque fois qu'Anthony montait dans sa voiture, il attendait, le souffle coupé, le « Je crois que nous aurons du soleil aujourd'hui » du vieil homme. Anthony pensait qu'il jouissait, lui, de bien peu de pluie ou de soleil, enfermé dans cette petite cabine calfeutrée, dans le hall sans fenêtre, couleur de fumée.

Personnage obscur, il se haussa au plan tragique en quittant cette vie qui l'avait employé si sordidement. Trois jeunes bandits firent irruption un soir, le ligotèrent et le laissèrent sur une pile de charbon dans la cave, tandis qu'ils fouillaient le débarras. Le portier le trouva le lendemain matin, à moitié mort de froid. Une pneumonie l'emporta en quatre jours.

Il fut remplacé par un nègre de la Martinique, volubile, avec un accent britannique incongru et une tendance à la hargne, qu'Anthony détesta. La mort du vieil homme eut sur lui à peu près le même effet que l'histoire du chaton, naguère, sur Gloria. Elle lui rappela la cruauté de toute vie, et en conséquence, l'amertume croissante de la sienne.

Il se mit à écrire — et enfin sérieusement. Il avait rendu visite à Dick et écouté durant une heure, tendu, l'explication de ces minuties de procédure que jusqu'alors il avait vaguement dédaignées. Il lui fallait de l'argent, sur-le-champ — il vendait chaque mois des titres pour payer leurs factures. Dick fut franc et explicite :

— Pour ce qui est des articles sur des sujets littéraires, dans ces obscurs magazines, tu ne pourrais pas gagner de quoi payer ton loyer. Bien sûr, si quelqu'un a le don de l'humour, ou la chance de réussir une grande biographie, ou des connaissances spéciales, il peut trouver le filon. Mais toi, tu n'as d'autre débouché que la fiction. Tu dis que tu as besoin d'argent tout de suite ?

— Certes oui.

— Eh bien, il te faudrait un an et demi avant de tirer de l'argent d'un roman. Essaye d'écrire des nouvelles populaires. Et, à propos, à moins d'être exceptionnellement brillantes, elles devront être optimistes et tu feras donner l'artillerie lourde, si tu veux qu'elles te rapportent.

Anthony pensa au rendement actuel de Dick, dont une revue connue publiait la dernière production. Elle dépeignait principalement les agissements saugrenus d'une classe de mannequins bourrés de son, qui, vous assurait-on, étaient les gens du monde de New York, et tournait en général autour de questions relatives à la pureté de l'héroïne, au sens technique du terme, avec des harmoniques pseudo-sociologiques sur les « folies des quatre cents familles ».

— Mais tes histoires ? s'exclama Anthony tout haut, presque involontairement.

— Oh ! ça c'est différent, affirma Dick à son ébahissement. J'ai une réputation à soutenir, tu comprends, alors on attend de moi que j'aborde les grands thèmes.

Anthony eut un sursaut intérieur, en se rendant compte par cette remarque à quel point Richard Caramel avait décliné. Croyait-il vraiment ses récentes productions aussi bonnes que son premier roman ?

Il rentra chez lui et se mit au travail. Il s'aperçut que l'optimisme n'était pas une mince affaire. Après une douzaine d'essais futiles, il alla à la bibliothèque publique et durant une semaine étudia les collections d'un magazine populaire. Puis, mieux équipé, il pondit sa première nouvelle, *Le Dictaphone du destin,* basée sur l'une des rares impressions qu'il avait gardées de ses six semaines à Wall Street, l'année précédente. Elle se présentait comme l'histoire radieuse d'un garçon de bureau qui, tout à fait par hasard, fredonnait une merveilleuse mélodie devant le dictaphone. La bande magnétique était découverte par le frère du patron, un producteur de « comédies musicales » connu — puis immédiatement perdue. Le corps de l'histoire relatait la poursuite de la bande manquante et le mariage éventuel du noble garçon de bureau (à présent compositeur en vogue) avec Miss Rooney, la vertueuse sténographe, un composé de Jeanne d'Arc et de Florence Nightingale.

Il avait cru comprendre que c'était ce que les magazines voulaient. Dans la personne de ses protagonistes, il présentait les citoyens habituels d'un monde littéraire rose-et-bleu, les plongeait dans une intrigue à la saccharine qui ne soulèverait pas un seul estomac à Marietta. Il la fit taper à double interligne — pour suivre le conseil d'une brochure, *Le Succès d'écrivain rendu facile*, de R. Megg Widdlestien, qui assurait les plombiers ambitieux de l'inutilité de suer sur leur travail, puisque au bout de six leçons on pouvait gagner au moins mille dollars par mois.

Après avoir lu son œuvre à une Gloria ennuyée et avoir obtenu d'elle en la cajolant l'éternelle remarque que c'était « mieux qu'un tas de choses qu'on publie » il apposa satiriquement sur son manuscrit le nom de plume de « Gilles de Sade », joignit à son envoi une enveloppe-réponse et l'expédia.

Après ce gigantesque labeur de conception, il décida d'attendre des nouvelles de la première histoire avant d'en commencer une autre. Dick lui avait dit qu'il pourrait toucher jusqu'à deux cents dollars. Si par hasard elle ne répondait pas aux exigences du magazine, la lettre du directeur lui donnerait, sans nul doute, un aperçu des changements à y introduire.

— C'est, sans contredit, le plus abominable bousillage littéraire qui existe, dit Anthony.

Rien d'étonnant si le rédacteur en chef fut de son avis. Il retourna le manuscrit avec un mot de refus. Anthony l'envoya ailleurs et se lança dans une nouvelle histoire. Elle s'intitula : *Les Petits Esprits ouvrent des portes*, et fut bâclée en trois jours. Elle avait trait au monde occulte ; un couple désuni se trouvait réuni par un médium, à un spectacle de vaudeville.

Il y en eut six en tout, six malheureux et pitoyables efforts d' « écrire à un niveau inférieur », faits par un homme qui jusqu'alors ne s'était jamais durablement efforcé de rien écrire du tout. Aucune de ces nouvelles ne recelait une étincelle de vitalité et la somme de grâce et de bonheur qu'elles contenaient n'eût pu remplir une colonne de journal moyenne. Pendant qu'elles circulaient, elles collectionnèrent, tout compte fait, trente et une lettres de refus — pierres tombales surmontant les paquets qu'il trouvait gisant comme des cadavres à sa porte.

A la mi-janvier, le père de Gloria mourut et ils retournèrent à Kansas City — voyage malheureux, car Gloria ne cessa de broyer du noir en pensant non à la mort de son père mais à celle de sa mère. Les affaires de Russel Gilbert une fois liquidées, ils entrèrent en possession d'environ trois mille dollars et d'un grand mobilier. Ce dernier se trouvait au garde-meubles, car Mr Gilbert avait passé ses derniers jours dans un petit hôtel. A l'occasion de sa mort, Anthony fit une nouvelle découverte concernant Gloria. Durant leur trajet vers l'est, il se révéla, à sa surprise, qu'elle était bilphiste.

— Voyons, Gloria, s'écria-t-il, tu ne vas pas dire que tu crois à ces fariboles.

— Eh bien, dit-elle avec défi, pourquoi pas ?

— Parce que c'est... c'est fantastique. Tu sais bien que tu es une agnostique dans toute l'acception du mot. Tu rirais de toute forme orthodoxe de christianisme — et là-dessus, tu me sors que tu crois à je ne sais quelle absurde loi de réincarnation ?

— Pourquoi pas ? J'ai entendu dire, à toi, à Maury et à tous ceux dont je respecte le moins du monde l'intellect, que la vie telle qu'elle apparaît est tout à fait privée de sens. Mais il m'a toujours semblé que si j'apprenais à mon insu quelque chose en ce monde, elle ne serait pas tellement dénuée de sens ?

— Tu n'apprends rien — simplement, tu te fatigues. Et si tu as besoin d'une foi pour adoucir la vie, choisis-en une qui parle à la raison de quelqu'un d'autre que d'un tas de femmes hystériques. Une personne comme toi ne devrait rien accepter qui ne soit décemment démontrable.

— Je ne me soucie pas de la vérité, je veux un peu de bonheur.

— Eh bien, pour peu que tu aies l'esprit convenablement fait, le bonheur doit trouver sa justification dans la vérité. N'importe quelle âme simple peut s'illusionner, grâce à un fatras mental.

— Peu m'importe, insista-t-elle résolument, et, d'ailleurs, je ne prêche aucune doctrine.

La discussion cessa, mais Anthony y repensa souvent par la suite, troublé de trouver chez Gloria cette vieille croyance évidemment empruntée à sa mère, et se présentant à nouveau, sous son déguisement immémorial, comme une pensée innée.

Ils regagnèrent New York en mars, après une semaine onéreuse et malencontreuse à Hot Springs, et Anthony reprit ses tentatives romanesques ratées. A mesure que tous deux s'apercevaient que le salut ne résidait pas dans le domaine de la littérature populaire, leur confiance mutuelle et leur courage subirent un nouveau glissement. Une lutte compliquée se livrait sans cesse entre eux. Tous leurs efforts pour réduire leurs dépenses moururent d'inertie et, en mars, tout prétexte leur fut bon pour organiser une « party ». Simulant l'insouciance, Gloria suggéra qu'ils devraient prendre tout leur argent et faire la fête tant qu'il durerait — tout valait mieux que de le voir filer sou par sou, sans en tirer satisfaction.

— Gloria, tu aimes faire la fête autant que moi.

— Pour moi, peu importe. Tout ce que je fais est en accord avec mes idées : mettre à profit chaque minute de ces années où je suis jeune, pour me donner le plus de bon temps possible.

— Mais plus tard ?

— Plus tard, je n'y tiendrai plus.

— Si, tu y tiendras.

— Eh bien, peut-être... mais je ne pourrai rien faire à cet égard. Et j'aurai joui de mon bon temps.

— Tu seras la même alors. D'une certaine façon, nous avons eu notre bon temps et fait le diable à quatre, et à présent nous le payons.

Néanmoins, l'argent continuait à filer. A deux jours de gaieté succédaient deux jours moroses — en une ronde sans fin, presque invariable. Les âpres coups de frein, lorsqu'ils se produisaient, aboutissaient en général à une frénésie de travail pour Anthony, tandis que Gloria, nerveuse et ennuyée, restait au lit en se rongeant distraitement les ongles. Au bout d'un jour ou deux de cette crise, ils prenaient rendez-vous avec des amis et alors — oh ! qu'importait ? Seuls comptaient cette nuit, cette ardeur, la cessation de l'anxiété et le sentiment que si la vie n'avait pas de sens, elle était en tout cas essentiellement romanesque ! Le vin conférait une sorte de crânerie à leur échec.

Entre-temps, le procès avançait lentement, avec d'interminables examens de témoins et classement de preuves. La procédure préliminaire, destinée à établir le montant de la fortune, avait pris fin. Mr Haight ne voyait pas pourquoi l'affaire ne viendrait pas devant le tribunal avant l'été.

Bloeckman apparut à New York vers la fin de mars ; il avait passé près d'un an en Angleterre pour des affaires concernant les « Films par excellence ». Son raffinement général se poursuivait — il s'habillait de mieux en mieux, ses intonations étaient moins cassantes et ses manières révélaient avec une assurance accrue que les belles choses de ce monde lui appartenaient, en vertu d'un droit naturel et inaliénable. Il vint à l'appartement, ne resta qu'une heure, parla surtout de la guerre et repartit sans dire qu'il reviendrait. A sa seconde visite, Anthony n'était pas chez lui, mais une Gloria absorbée et excitée accueillit son mari plus tard dans l'après-midi.

— Anthony, commença-t-elle, tu vois toujours un inconvénient à ce que je fasse du cinéma ?

Le cœur d'Anthony se révolta tout entier contre cette idée. Comme Gloria semblait s'éloigner de lui, fût-ce sous la forme d'une menace, sa présence lui redevint non seulement précieuse mais désespérément nécessaire.

— Oh ! Gloria.

— Bloeckman dit qu'il me donnerait des rôles de... Seulement, si je dois jamais rien faire, il faut que je débute tout de suite. Ils ne veulent que des jeunes femmes. Pense à tout l'argent, Anthony !

— Pour toi, oui, Mais qu'en sera-t-il de moi ?

— Tu ne sais donc pas que tout ce qui m'appartient t'appartient aussi ?

— C'est une carrière infernale, dit-il avec éclat — lui, le moral, l'infiniment circonspect Anthony — et un milieu infernal. Et j'en ai par-dessus la tête de ce Bloeckman, qui vient ici s'ingérer dans nos affaires. Je déteste tout ce qui touche au théâtre.

— Ce n'est pas le théâtre ! C'est tout à fait différent.

— Qu'est-ce que je serais appelé à faire ? Te poursuivre à travers le pays ? Vivre à tes crochets ?

— Alors gagne de l'argent toi-même.

L'entretien aboutit à l'une de leurs plus violentes querelles. Après la réconciliation qui s'ensuivit et l'inévitable période d'inertie morale, elle se rendit compte qu'à cause de lui le projet n'était plus viable. Ni l'un ni l'autre ne mentionnèrent jamais la probabilité que Bloeckman ne fût nullement désintéressé mais tous deux savaient que cette pensée était à la base des objections d'Anthony.

En avril, la guerre fut déclarée à l'Allemagne. Wilson et son cabinet — un cabinet qui dans son absence de distinction rappelait étrangement les douze apôtres — lâchèrent en liberté les chiens affamés de la guerre, et la presse commença à vilipender hystériquement la morale sinistre, la philosophie sinistre et la sinistre musique dues au tempérament teuton. Ceux qui se croyaient des idées particulièrement larges établirent une nuance subtile : seul le gouvernement allemand, disaient-ils, avait poussé ce peuple à l'hystérie. Les autres se laissèrent monter la tête jusqu'à un degré scandaleux et qui soulevait le cœur. Tout chant contenant le mot « mère » et le mot *kaiser* fut assuré d'un immense succès. Enfin tout le monde avait un sujet de conversation — et presque tout le monde en jouissait, comme si chacun se voyait assigner un rôle dans un drame sombre et romantique.

Anthony, Maury et Dick envoyèrent des demandes d'admission dans des camps de formation d'officiers, et ces deux derniers se sentirent étrangement exaltés et irréprochables. Ils dissertaient ensemble, comme des collégiens, sur la guerre en tant que seule excuse et justification de l'aristocratie, et rêvaient d'une caste d'officiers invraisemblable, composée, semblait-il, en majeure partie des élèves les plus sympathiques de trois ou quatre collèges de l'Est. Gloria eut le sentiment qu'à la lueur de cette grande lumière rouge qui se répandait sur toute la nation, Anthony lui-même se parait d'un éclat nouveau.

Le 10e d'infanterie, arrivant de Panama à New York, fut escorté de bar en bar, à son grand ahurissement, par des citoyens patriotes. Des gens sortis de West Point[1] commencèrent à se faire remarquer pour la première fois depuis des années, et l'impression générale fut que tout était glorieux mais pas moitié aussi glorieux que dans un proche avenir et que chaque individu était un « type épatant », et chaque race une grande race — les Allemands toujours exceptés — et dans toutes les couches de la société, les réprouvés et les mauvais sujets n'eurent qu'à paraître en uniforme pour être pardonnés, acclamés et couverts de larmes par leurs parents, leurs ex-amis, et de parfaits étrangers.

Malheureusement, un petit médecin vétilleux décida que la tension d'Anthony laissait à désirer. Il ne pouvait, en toute conscience, le déclarer bon pour un camp de formation supérieure.

LE LUTH BRISÉ.

Leur troisième anniversaire passa, sans être fêté ni remarqué. La saison se réchauffa avec le dégel, fondit pour se muer en un été plus chaud, mijota et se réduisit. En juillet, le testament fut présenté à l'homologation, contesté, et le juge le renvoya en jugement. L'affaire se prolongea jusqu'en septembre. On eut du mal à constituer un jury impartial, en raison des sentiments moraux en jeu. A la déception d'Anthony, un verdict fut finalement rendu en faveur du testateur, sur quoi Mr Haight fit assigner en appel Edward Shuttleworth.

A mesure que l'été déclinait, Anthony et Gloria parlaient des choses qu'ils feraient quand l'argent serait à eux, et des endroits où ils iraient après la guerre, lorsqu'ils seraient « de nouveau d'accord sur tout », car chacun des

1. La célèbre école militaire américaine. (N.d.T.)

deux attendait avec impatience le moment où l'amour, renaissant de ses cendres comme le phénix, jaillirait à nouveau de son repaire mystérieux et insondable.

Anthony fut convoqué par le conseil de révision au début du printemps et le major qui l'examina ne parla pas d'une tension trop basse. Il fut tout à fait absurde et très triste qu'Anthony dît un soir à Gloria qu'il souhaitait par-dessus tout être tué. Mais comme toujours, ils s'attristaient l'un pour l'autre, à contretemps...

Ils décidèrent que, pour le moment, elle ne l'accompagnerait pas au camp du Sud où son contingent était envoyé. Elle restait à New York pour « faire usage de l'appartement », réaliser des économies, et surveiller les progrès du procès, en instance devant la cour d'appel dont le calendrier, leur dit Mr Haight, était très chargé.

Leur dernière conversation, ou presque, fut une absurde querelle au sujet de la répartition de leur revenu. Sur un mot, chacun eût été prêt à en céder la totalité à l'autre. Phénomène caractéristique du brouillamini et de la confusion de leurs vies, le soir d'octobre où Anthony rejoignit la Grand Central Station pour le voyage au camp, Gloria n'arriva que juste à temps pour croiser son regard, par-dessus les têtes anxieuses d'une foule rassemblée. A travers la lumière obscure des hangars du train, leurs regards s'étendirent par-dessus une zone d'hystérie, pleine de sanglots jaunes et de l'odeur des femmes pauvres. Sans doute avaient-ils réfléchi à ce qu'ils s'étaient mutuellement infligé, et chacun devait s'être accusé d'avoir tracé le sombre dessin à travers lequel ils s'enfonçaient tragiquement et obscurément. Au dernier moment, ils furent trop éloignés pour que chacun vît les larmes de l'autre.

LIVRE III

1

Un problème de civilisation

A un commandement forcené, parti d'une source invisible, Anthony se fraya en tâtonnant un chemin à l'intérieur. Il songeait que, pour la première fois depuis plus de trois ans, il resterait plus d'une nuit séparé de Gloria. La finalité de l'événement l'impressionna lugubrement. C'était sa nette et ravissante femme qu'il quittait.

Ils avaient conclu, pensa-t-il, l'accord financier le plus pratique ; elle toucherait trois cent soixante dollars par mois — somme point exagérée, étant donné que la moitié passerait au loyer — et lui cinquante, comme supplément à sa solde. A quoi bon avoir davantage ? Nourriture, habillement, logement lui seraient fournis. Un simple soldat échappe aux obligations privées.

Le wagon était bondé, et l'atmosphère déjà alourdie par l'haleine. C'était le type connu sous le nom de wagon « touristes », une sorte de pullman de pacotille, avec un plancher nu, et des sièges de paille qui avaient besoin d'un nettoyage. Néanmoins, Anthony l'accueillit avec soulagement. Il avait vaguement supposé que le trajet vers le sud s'effectuerait dans un wagon de marchandises, charriant à l'une de ses extrémités huit chevaux et, à l'autre, quarante hommes. Il avait entendu si souvent raconter l'histoire de

« *hommes, 40; chevaux, 8*[1] », qu'elle s'imposait à lui, confuse et redoutable.

Pendant qu'il parcourait d'un pas titubant le couloir, son paquetage sur l'épaule, telle une monstrueuse saucisse bleue, il ne vit aucun siège vacant, mais au bout d'un instant son regard tomba sur un espace libre, présentement occupé par les pieds d'un Sicilien petit et boucané qui, le chapeau rabattu sur les yeux, se carrait dans le coin, d'un air de bravade. Comme Anthony s'arrêtait à côté de lui, il le dévisagea avec une moue, destinée de toute évidence à l'intimider ; il devait l'avoir adoptée en guise de défense contre cette équation géante tout entière. Au rogue « la place est retenue ? » d'Anthony, il leva très lentement ses pieds comme un colis fragile, et les posa avec précaution sur le sol. Ses yeux restèrent rivés sur Anthony qui, entre-temps, s'assit et déboutonna sa capote militaire reçue la veille au camp Upton. Elle le gênait aux entournures.

Avant qu'Anthony pût examiner les autres occupants de la section, un jeune sous-lieutenant entra en coup de vent, à l'extrémité opposée du wagon, et parcourut avec désinvolture le couloir en annonçant d'une voix acerbe et terrifiante :

— Défense de fumer dans ce wagon ! Interdit de fumer ! Ne fumez pas, les gars, dans ce wagon !

Tandis qu'il sortait majestueusement à l'autre bout, une douzaine de petits nuages s'élevèrent de tous côtés.

— Oh, zut !

— Fichtre !

— Pas *fumer ?*

— Hé ! reviens par ici, mon vieux !

— A quoi qu'il pense ?

Deux ou trois cigarettes furent jetées par les fenêtres

1. En français dans le texte.

ouvertes. D'autres gardées à l'intérieur, mais soigneusement dissimulées. De-ci de-là, avec des accents de bravade, de moquerie, de docilité, quelques réflexions tombèrent et bientôt se fondirent dans le silence apathique et général.

Le quatrième occupant du compartiment d'Anthony parla tout à coup.

— 'dieu, liberté, dit-il sur un ton morose. 'dieu à tout, sauf d'êt' le chien d'un officier.

Anthony l'examina. C'était un grand diable d'Irlandais à l'expression indifférente et parfaitement dédaigneuse. Ses yeux effleurèrent Anthony, attendant une réponse, eût-on dit, puis se posèrent sur les autres. Ne recevant de l'Italien qu'un regard fixe et défiant, il grogna et cracha bruyamment sur le sol, en guise de digne transition, pour retomber dans la taciturnité.

Quelques minutes plus tard, la porte se rouvrit et le sous-lieutenant entra, toujours porté sur les ailes de son même zéphir officiel, et cette fois clamant une autre nouvelle :

— Tout va bien, les gars ! fumez si ça vous chante ! Me suis trompé, les gars ! Allez-y, fumez. Me suis trompé !

Cette fois Anthony put le voir à loisir. Il était jeune, mince, déjà fané ; il ressemblait à sa moustache ; il ressemblait à un grand morceau de paille luisante. Pour compenser son menton vaguement fuyant, un pli menaçant de la bouche, magnifique et peu convaincant se creusait à la commissure de ses lèvres, un pli qu'Anthony devait associer avec le visage de beaucoup de jeunes officiers durant l'année suivante.

Aussitôt, tout le monde fuma — qu'on en eût auparavant envie ou pas. La cigarette d'Anthony contribua à l'oxydation vaporeuse qui semblait faire refluer en tous sens des nuages opalins, à chaque secousse du train. La conversation interompue entre les deux visites du jeune officier se ranima mollement ; les hommes dans le couloir se livrèrent à des expériences maladroites, pour établir la capacité de confort relative de leurs sièges cannés. Deux parties de cartes, commencées sans grand entrain, attirèrent plusieurs spectateurs qui se perchèrent sur les bras des fauteuils. Au bout de quelques minutes, Anthony perçut un bruit désagréable — le petit Sicilien insolent sombrait dans un sommeil sonore. Il éprouvait de l'ennui à contempler ce protoplasme animé, raisonnable par courtoisie seulement, enfermé dans un wagon pour obéir aux lois d'une incompréhensible civilisation, emporté on ne savait où pour faire on ne savait trop quoi, une chose sans but, ni signification, ni conséquence. Anthony soupira, ouvrit un journal qu'il ne se souvenait pas d'avoir acheté, et se mit à lire sous la faible lumière jaune.

Dix heures carambolèrent contre onze heures, dans une atmosphère étouffante. Les heures collaient, s'enchevêtraient et passaient au ralenti. A la surprise d'Anthony, le train fit halte en rase campagne obscure, se complut à de brèves manœuvres décevantes — marche avant, marche arrière — tout en sifflant des péans stridents dans la grande nuit d'octobre. Après avoir lu son journal de bout en bout, jusqu'à l'éditorial, aux légendes de caricatures et aux poèmes de guerre, son regard tomba sur une demi-colonne intitulée *Shakespeareville, Kansas*. Il apprit ainsi que la Chambre de commerce de Shakespeareville avait récemment débattu avec enthousiasme la question de savoir si le soldat américain devait être appelé un « Sammy » ou un « Combattant chrétien ». Cette pensée le divertit. Il lâcha le journal, bâilla et laissa vagabonder son esprit. Pourquoi Gloria était-elle arrivée en retard ? Ce départ semblait déjà si reculé dans le passé — il éprouva un élancement de solitude illusoire. Il essaya d'imaginer sous quel angle elle considérerait sa nouvelle situation, quelle place il continuerait d'occuper dans ses réflexions. Cette pensée contribua à le déprimer — il ouvrit son journal et se remit à lire.

Les membres de la Chambre de commerce de Shakespeareville s'étaient décidés pour : « Les Gars de la Liberté. »

Durant deux nuits et deux jours ils roulèrent avec fracas vers le sud, trajet coupé d'arrêts mystérieux, inexplicables, dans ce qui semblait être des déserts arides, ou ruée à travers de vastes cités, avec un air de hâte solennel. Les bizarreries de ce train préfigurèrent pour Anthony celles de l'administration militaire.

Dans les déserts arides, on leur servait les vivres du fourgon à bagages des haricots et du bacon auquel il ne put toucher au début : il dîna maigrement d'un peu de chocolat au lait distribué par une cantine de village. Mais, le second jour, il s'étonna de constater que les produits du fourgon à bagages commençaient à lui paraître mangeables. Au troisième matin, le bruit courut que, dans une heure, ils arriveraient au lieu de leur destination, le camp Hooker.

La chaleur devenait intolérable dans le wagon et tous les hommes étaient en manches de chemise. Le soleil entrait par les fenêtres, un soleil las et ancien, jaune comme parchemin et qui, au passage, s'étirait et se déformait, essayait de s'insinuer dans des carrés triomphants et ne produisait que des taches de couleur imprécises — mais avec une constance accablante, au point qu'Anthony fut troublé de ne pas être le pivot de toutes les insignifiantes scieries, des arbres et des poteaux télégraphiques qui tournaient si vite autour de lui. Au-dehors, le soleil jouait son lourd tremolo sur des sentiers d'oliveraies et des champs de coton en friche. Au fond courait une ligne déchiquetée de bois coupés de collines rupestres grises. Le premier plan était pointillé, de-ci de-là, par des cabanes misérables, mal replâtrées, parmi lesquelles passait en éclair, de temps en temps, quelque nonchalant spécimen campagnard de la Caroline du Sud, ou un Noir au pas languissant, aux yeux maussades et effrayés.

Les bois se déplacèrent et disparurent et le train traversa un large espace semblable à la croûte supérieure d'un gâteau gigantesque, saupoudré d'une infinité de tentes qui formaient un dessin géométrique à sa surface. Le train stoppa avec hésitation. Soleil, poteaux, arbres disparurent, et son univers se recomposa lentement, dans son ancienne routine habituelle, avec lui, Anthony Patch, au centre. Tandis que les hommes, las et suants, se précipitaient hors du wagon, il respira l'inoubliable arôme qui imprègne tous les campements permanents — l'odeur des détritus.

Le camp Hooker était une excroissance étonnante et spectaculaire, suggérant « Une Ville de mines en 1870 — La seconde semaine ». Un assemblage de hangars de bois et de tentes d'un blanc grisâtre, reliés par un réseau de routes, avec des terrains d'exercice au sol durci, frangés d'arbres. Çà et là, se dressaient les baraquements verts de l'Y.M.C.A., oasis dénuées de promesses, avec leur remugle de flanelle mouillée et de cabines téléphoniques à l'air vicié — et entre chacun d'eux se trouvait en général une cantine grouillante de vie, présidée par un officier qui, grâce à un side-car, s'arrangeait pour faire de son poste une agréable sinécure, agrémentée de bavardages.

Les soldats du corps de l'intendance, eux aussi en side-car, allaient et venaient sur les routes poudreuses. Les généraux dans leurs automobiles gouvernementales, allaient et venaient, en s'arrêtant pour faire mettre au garde-à-vous des soldats détachés çà et là, pour froncer sévèrement le sourcil devant des capitaines marchant en tête de leurs compagnies, enfin pour donner une cadence pompeuse à ce superbe jeu de parade qui se jouait triomphalement dans toute la région.

La première semaine qui suivit l'arrivée du contingent d'Anthony fut remplie par une série d'interminables vaccinations et d'examens physiques, et par l'entraînement préliminaire. Les journées le laissaient recru de fatigue. Un sergent de l'habillement, populaire et assez coulant, lui avait alloué des chaussures qui n'étaient pas à sa pointure et, en conséquence, ses pieds enflaient au point que les dernières heures de l'après-midi le mettaient au supplice. Pour la première fois de sa vie, il pouvait se jeter sur son lit de camp entre le dîner et l'exercice de l'après-midi et, avec l'impression de s'enfoncer à chaque instant davantage dans un lit sans fond, sombrer immédiatement dans le sommeil, tandis que le bruit et les rires autour de lui se perdaient dans un agréable bourdonnement, une rumeur d'été assoupie. Au matin, il s'éveillait, les membres raides et douloureux, hâve comme un spectre, et se hâtait de rejoindre les autres figures spectrales qui hantaient le terne quartier de la compagnie, cependant qu'un clairon strident hurlait et postillonnait vers le ciel gris.

Il était dans une compagnie d'infanterie squelettique composée d'une centaine d'hommes. Après l'inévitable déjeuner de bacon graisseux, de toasts froids et de céréales, tous les cent se précipitaient aux latrines qui, si bien entretenues fussent-elles, semblaient toujours intolérables comme les lavabos des hôtels bon marché. Puis, en avant, sur le terrain et en ordre dispersé — le boiteux à sa gauche contrecarrant grotesquement les efforts d'Anthony pour marcher au pas cadencé, les sergents de l'école de section se faisant violemment remarquer pour impressionner officiers et recrues, ou tapis tout au fond de la file en marche, évitant à la fois de peiner dur et de se montrer inutilement.

Une fois sur le terrain, l'exercice commençait aussitôt —

ils se dépouillaient de leurs chemises, pour faire de la culture physique —, seule partie de la journée dont Anthony jouissait. Le lieutenant Kretching, un gaillard nerveux et musclé, présidait à leurs ébats, et Anthony suivait docilement ses mouvements, avec le sentiment qu'il s'agissait d'un acte d'une valeur positive pour lui. Les autres officiers et sergents circulaient parmi les hommes avec une malice d'écoliers, se groupaient çà et là autour de quelque infortuné qui manquait de contrôle musculaire et lui donnaient des instructions et des ordres confus. Découvraient-ils un spécimen particulièrement éperdu, mal nourri, ils s'arrêtaient une demi-heure pour échanger des réflexions cinglantes et pour ricaner.

Un petit officier nommé Hopkins, ancien sergent de l'armée régulière, était particulièrement agaçant. Il considérait la guerre comme une revanche que lui accordaient les dieux et le fonds éternel de ses harangues était que ces bleus ne mesuraient pas toute la gravité de la responsabilité du « service ». Il estimait s'être élevé à sa situation mirifique grâce à sa prévoyance jointe à une efficience indomptable. Il singeait les façons tyranniques de chaque officier sous lequel il avait servi jadis. Son froncement de sourcils était figé sur son front — avant de donner à un soldat un laissez-passer pour aller en ville, il lui représentait l'effet qu'aurait son absence sur la compagnie, l'armée et la prospérité de la profession militaire dans le monde entier.

Le lieutenant Kretching, blond, ennuyeux et flegmatique, initia laborieusement Anthony aux problèmes du garde-à-vous, tête... droite, tête... gauche, repos. Son principal défaut était la distraction. Il maintenait souvent la compagnie peinante et suante au garde-à-vous durant cinq minutes, tandis que, debout devant elle, il expliquait un nouveau mouvement. Résultat : seuls les hommes du centre savaient de quoi il retournait, ceux des deux flancs ayant été trop fortement impressionnés par la nécessité de regarder droit devant soi.

L'exercice se prolongeait jusqu'à midi. Il consistait en une succession d'infimes détails ; et bien qu'Anthony perçût qu'ils s'accordaient avec la logique de la guerre, il ne s'en irritait pas moins. Que cette même tension artérielle déficiente jugée incongrue pour un officier ne fût pas prise en considération pour un soldat — il y avait là une anomalie saugrenue. Parfois, après avoir subi une bordée d'invectives, en connexion avec un sujet ennuyeux et semblait-il absurde appelé la « courtoisie militaire », il soupçonnait que le but obscur de la guerre était de permettre aux officiers de carrière — des hommes à la mentalité et aux aspirations de collégiens — de se défouler dans une réelle tuerie. Il se trouvait grotesquement sacrifié aux vingt ans de patience d'un Hopkins !

Sur ces trois compagnons de tente — un objecteur de conscience au visage plat, du Tennessee, un grand Polonais effrayé et le Celte dédaigneux qui avait été son voisin dans le train, les deux premiers passaient leurs soirées à écrire d'interminables lettres à leurs familles, alors que l'Irlandais, assis à la porte de la tente, sifflotait toujours à nouveau une demi-douzaine d'appels d'oiseaux, perçants et monotones. Plutôt pour éviter leur compagnie qu'avec un espoir de diversion, à peine la quarantaine levée à la fin de la semaine, il alla en ville. Il prit l'un des nombreux *jitneys*[1] qui parcouraient le camp chaque soir et, une demi-heure plus tard, fut déposé devant le *Stonewall Hotel,* sur la grand-route chaude et somnolente.

A la tombée du crépuscule, la ville présentait un attrait particulier. Sur les trottoirs, des filles trop fardées aux

1. Petits autobus bon marché à prix fixe. (N.d.T.)

robes éclatantes, aux voix basses et indolentes, bavardaient avec volubilité ; des douzaines de chauffeurs de taxis apostrophaient au passage des officiers avec un « J'vous emmène si vous voulez, mon lieutenant », et une interminable procession de nègres loqueteux passaient, essoufflés, obséquieux. Anthony, flânant dans la tiédeur crépusculaire, sentit pour la première fois depuis des années le souffle lent, érotique du Sud, présent dans la chaude douceur de l'air, dans l'engourdissement persuasif de la pensée et du temps.

Il avait dépassé un bloc de maison, quand un commandement impérieux à côté de lui l'arrêta soudain.

— Vous n'avez donc pas appris à saluer les officiers ?

Muet, il regarda l'homme qui l'apostrophait, un gros capitaine aux cheveux noirs, qui fixait sur lui deux yeux bruns et menaçants en boules de loto.

« *Garde à vous !* » Les mots furent littéralement tonnés. Quelques piétons s'arrêtèrent d'un air ébahi. Une jeune fille aux douces prunelles et en robe lilas pouffa de rire avec sa compagne.

Anthony se mit au garde-à-vous.

— Votre régiment, votre compagnie ?

Anthony le renseigna.

— Après cela, quand vous rencontrerez un officier dans la rue, vous vous redresserez et vous saluerez !

— Bien.

— Dites : Oui, *sir*.

— Oui, *sir*.

Le gros officier grogna, se détourna brusquement et descendit la rue d'un pas martial. Au bout d'un moment, Anthony continua sa route. La ville avait cessé d'être indolente et exotique, le crépuscule soudain se vidait de sa magie. Le regard d'Anthony se tourna précipitamment vers l'intérieur, vers l'indignité de sa position. Il haït cet officier, tous les officiers. La vie était intenable.

Après avoir dépassé la moitié d'un autre pâté de maisons, il s'aperçut que la fille en lilas qui avait ri sous cape de sa déconfiture marchait avec son amie, à dix pas devant lui. A plusieurs reprises, elle se retourna et le dévisagea avec un rire gai dans ses grands yeux qui semblaient de la même couleur que sa robe.

Au tournant, elle et sa compagne ralentirent visiblement l'allure — Anthony se trouva devant l'alternative de les rejoindre ou de passer en les ignorant. Il passa, hésita, ralentit. Au bout d'un instant, la paire d'amies l'avait rattrapé, à présent dissoute dans le rire — non la gaieté stridente que l'on eût attendue, dans le Nord, de la part d'actrices de cette comédie familière, mais un rire perlé, comme le débordement d'une plaisanterie subtile, qu'il eût involontairement troublée par maladresse.

— Comment allez-vous ? dit-il.

La fille en lilas avait des yeux doux comme des ombres. Etaient-ils violets ou leur obscurité bleue se mêlait-elle aux teintes grises du crépuscule ?

— Agréable soirée, hasarda Anthony, hésitant.

— Sûr, dit la seconde fille.

— Elle n'a pas été très agréable pour vous, soupira la fille en lilas.

Sa voix semblait faire partie de la nuit autant que la brise languissante qui agitait le large rebord de son chapeau.

— Il lui fallait une chance de faire de l'épate, dit Anthony avec un rire méprisant.

— Je pense aussi, acquiesça-t-elle.

Ils tournèrent le coin de la rue et s'engagèrent avec une nonchalance affectée dans une rue latérale, comme s'ils suivaient un câble à la dérive auquel ils étaient attachés. Dans cette ville, il semblait naturel de n'avoir pas de but précis, de ne penser à rien... La rue latérale, obscure, était une ramification imprévue qui s'enfonçait dans une région de haies d'églantiers et de maisonnettes paisibles, très en retrait de la rue.

— Où allez-vous ? demanda-t-il poliment.

— Nous allons, tout simplement.

La réponse était un prétexte, une question, une explication.

— Puis-je me promener avec vous ?

— Je pense que oui.

— Par bonheur, son accent était différent. Impossible pour Anthony de déterminer le statut social d'une fille du Sud d'après son langage — à New York, une fille des basses classes aurait eu un organe rude, insupportable — sauf à travers les lunettes roses de l'intoxication.

L'obscurité tombait. Tout en parlant peu — Anthony posa des questions insouciantes, banales, les autres répondaient avec un laconisme provincial —, ils dépassèrent en flânant un coin de rue, après l'autre. Au milieu d'un bloc de maisons, ils s'arrêtèrent sous un réverbère.

— J'habite près d'ici, expliqua l'autre jeune fille.

— J'habite au tournant de ce pâté, dit la fille en lilas.

— Puis-je vous raccompagner chez vous ?

— Jusqu'au coin, si vous voulez.

L'autre fille fit quelques pas en arrière. Anthony ôta son calot.

— Vous êtes censé saluer militairement, dit la jeune fille vêtue de lilas en riant. Tous les soldats font le salut militaire.

— J'apprendrai, répondit-il tranquillement.

L'autre fille dit : « Eh bien... », hésita, puis ajouta : « Téléphone-moi demain, Dot », et sortit de l'orbe jaune du réverbère. En silence, Anthony et la fille en lilas longèrent les trois pâtés de maisons jusqu'à la bicoque branlante où elle logeait. Derrière la barrière de bois, elle hésita.

— Eh bien, merci.

— Vous êtes forcée de rentrer si tôt ?

— Je devrais.

— Vous ne pourriez pas vous promener encore un peu ?

Elle le regarda avec calme.

— Je ne vous connais même pas.

Anthony se prit à rire.

— Il n'est pas trop tard.

— Je pense que je ferais mieux de rentrer.

— Je pense, moi, que nous pourrions rebrousser chemin et aller au cinéma.

— Je voudrais bien.

— Ensuite, je pourrais vous ramener chez vous. J'ai juste assez de temps. Je dois être au camp à onze heures.

Dans l'obscurité, à présent épaisse, il la distinguait à peine. Elle n'était qu'une robe ondoyant imperceptiblement sous le vent, deux yeux limpides, hardis...

— Pourquoi ne venez-vous pas... Dot ? Vous n'aimez pas le cinéma ? Vous feriez mieux de venir.

Elle secoua la tête.

— Je ne devrais pas...

Elle lui plut, car il se rendit compte qu'elle temporisait à seule fin de l'impressionner. Il se rapprocha et lui prit la main.

— Si nous rentrions à dix heures, vous ne pourriez pas ? Rien qu'au cinéma ?

— Eh bien... je pense que oui.

La main dans la main, ils se dirigèrent vers le centre de la ville, le long d'une rue brumeuse et sombre où un jeune Noir, vendeur de journaux, criait une édition spéciale au rythme de la tradition locale des vendeurs, un rythme aussi mélodieux qu'un chant.

DOT.

La liaison d'Anthony avec Dorothy Raycroft fut l'inévitable résultat de l'indifférence qu'il éprouvait à son propre égard. Il n'alla pas vers elle par désir de posséder le désirable, pas plus qu'il ne céda devant une personnalité plus vivante, plus exigeante que la sienne, comme il l'avait fait avec Gloria quatre ans auparavant. Il glissa simplement dans cette intrigue à cause de son inaptitude à formuler des jugements précis. Il ne pouvait dire « non », ni à un homme ni à une femme ; l'emprunteur et la tentatrice le trouvaient également malléable et ductile. En fait, il prenait rarement une décision et lorsqu'il le faisait, c'étaient des résolutions à moitié hystériques, dans la panique d'un réveil consterné et irrévocable.

La faiblesse à laquelle il céda en l'occurrence fut son besoin d'un stimulant et d'une excitation venue du dehors. Il sentait que, pour la première fois depuis quatre ans, il lui serait loisible de s'exprimer et de s'analyser à nouveau. La fille promettait un repos ; les heures passées en sa compagnie chaque soir allégeaient les martèlements morbides et forcément vains de son imagination. Il était devenu lâche, réellement — esclave de mille pensées désordonnées et vagabondes déchaînées par l'effondrement de son authentique amour pour Gloria qui constituait son principal frein.

Ce premier soir, devant la barrière, il embrassa Dot et lui donna rendez-vous pour le samedi suivant. Il rentra au camp et, à la lueur de la lumière qui brûlait illicitement sous sa tente, écrivit à Gloria une longue lettre ardente, pleine de ténèbres sentimentales, pleine du souvenir du parfum des fleurs, pleine d'une tendresse sincère et exagérée — ces choses qu'il avait réapprises pour l'instant dans un baiser donné et reçu sous un riche et tiède clair de lune, à peine une heure plus tôt.

Quand vint le samedi soir, Dot, qui l'attendait à l'entrée du *Cinéma Bijou,* portait comme le mercredi précédent sa robe lilas de fragile organdi, mais manifestement lavée et amidonnée, car elle était fraîche et défripée. La lumière du jour confirma son impression que Dot avait une certaine beauté rudimentaire et non sans défauts. Elle était propre, avec des traits petits, irréguliers, mais éloquents et harmonieux. Une petite fleur sombre, éphémère. Pourtant il crut discerner en elle une qualité de réticence spirituelle, de force puisée dans sa passive acceptation de toutes choses. En quoi il se trompait.

Dorothy Raycroft avait dix-neuf ans. Son père avait tenu une petite boutique mal achalandée au coin de la rue, et elle avait eu son diplôme de l'école secondaire, parmi les dernières de sa classe, deux jours avant qu'il mourût. A l'école secondaire, elle jouissait d'une réputation assez douteuse. En fait, au pique-nique de la classe qui avait donné naissance à ces rumeurs, sa conduite avait été simplement imprudente — elle avait gardé sa pureté, du moins au sens absolu du mot, jusqu'à l'année suivante. Le garçon, son partenaire, était un commis de magasin de Jackson Street, qui, le lendemain de l'incident, partit pour New York sans crier gare. Il comptait s'y rendre depuis quelque temps, mais s'était attardé pour mener à bien son entreprise amoureuse.

Après un moment, elle confia son aventure à une amie et, plus tard, en regardant l'amie disparaître dans la rue endormie sous le soleil poudreux, elle comprit, dans un éclair d'intuition, que son histoire allait être divulguée. Pourtant, après l'avoir racontée, elle se sentit soulagée avec un peu d'amertume et fit acte de personnalité, autant qu'elle en était capable, en marchant dans une autre direction et en rencontrant un autre homme, avec le propos délibéré de connaître à nouveau le plaisir. D'ordinaire, il arrivait à Dot des aventures. Elle n'était pas faible, car elle n'avait rien en elle pour lui dire qu'elle l'était. Elle n'était pas forte, car elle ne sut jamais que certains de ses actes dénotaient du courage. Elle ne défiait ni n'observait les conventions, ni n'acceptait de compromis.

A défaut du sens de l'humour, une heureuse disposition la faisait rire au moment voulu en compagnie des hommes. Elle n'avait pas d'objectif défini — parfois, elle regrettait vaguement que sa réputation exclût toute chance de trouver la sécurité. Il n'y avait pas eu de découverte flagrante ; sa mère ne s'intéressait qu'à la faire partir à temps chaque matin pour la bijouterie où elle gagnait quatorze dollars par semaine, mais certains de ses anciens condisciples de l'Ecole supérieure détournaient à présent la tête alors qu'ils se promenaient avec des filles « bien » et ces incidents l'ulcéraient. Quand ils se produisaient, elle rentrait chez elle et pleurait.

Outre le vendeur de Jackson Street, il y avait eu deux autres hommes ; le premier, un officier de marine, qui traversa la ville au début de la guerre. Il y resta une nuit, pour nouer des relations avec une femme, et s'appuyait oisivement contre une colonne de *Stonewall Hotel* lorsqu'elle passa. Il s'attarda en ville quatre jours. Elle se crut aimée — lui prodigua cette première hystérie de la passion dont elle aurait gratifié le vendeur pusillanime. L'uniforme de l'officier de marine — on en voyait peu, en ce temps-là — opéra la magie. Il partit avec de vagues promesses aux lèvres et, une fois dans le train, se félicita de ne pas avoir révélé son vrai nom.

La dépression consécutive à ce départ la jeta dans les

bras de Cyril Fielding, le fils d'un drapier local qui l'interpella de son *roadster,* un jour qu'elle longeait le trottoir. Elle l'avait toujours connu de réputation. Née dans une classe plus élevée, il l'aurait déjà rencontrée plus tôt. Elle était descendue un peu plus bas, mais il la rencontra malgré tout. Au bout d'un mois, il partit pour un camp d'entraînement, un peu effrayé de leur intimité, un peu réconforté de constater qu'elle ne l'avait pas aimé profondément et qu'elle n'était pas de celles qui donnent jamais des ennuis. Dot romança cette affaire pour complaire à sa vanité, décida que la guerre lui avait arraché ces deux hommes. Elle se dit qu'elle aurait pu épouser l'officier de marine. Néanmoins, elle se tourmentait à la pensée qu'en huit mois il y avait eu trois hommes dans sa vie. Elle se disait, avec plus de crainte que d'étonnement au fond du cœur, qu'elle ressemblerait bientôt à ces « mauvaises filles » de Jackson Street, qu'elle et ses amies mâchonneuses de chewing-gum et pouffant de rire contemplaient avec des regards fascinés, trois ans plus tôt.

Pendant un moment, elle chercha à se modérer. Elle laissa les hommes « la ramasser », elle les laissa l'embrasser et même toléra quelques autres libertés, mais n'ajouta personne à son trio. Au bout de plusieurs mois, la force de sa résolution — ou plutôt le caractère poignant et impérieux de ses craintes — s'émoussa. Elle s'inquiétait de rester assoupie, en marge de la vie et du temps, alors que les mois d'été déclinaient. Les soldats qu'elle rencontrait étaient, soit manifestement au-dessous d'elle, soit, non moins manifestement, ses supérieurs — auquel cas ils désiraient simplement se servir d'elle ; c'étaient des Yankees, rudes et grossiers ; ils affluaient par grandes troupes... Et puis elle rencontra Anthony.

Ce premier soir, il n'avait guère été qu'un visage agréable, malheureux, une voix, un moyen de passer une heure ; mais quand elle vint à son rendez-vous le samedi, elle le considéra attentivement. Il lui plut. Sans le savoir, elle voyait sur le visage d'Anthony le reflet de ses propres drames.

Ils retournèrent au cinéma, ils cheminèrent de nouveau parmi les rues ombreuses, odorantes, la main dans la main, parlant peu d'une voix assourdie. Ils passèrent la barrière — montèrent vers la petite véranda.

— Je peux rester un instant, n'est-ce pas ?

— Chut ! murmura-t-elle, nous ne devons pas faire de bruit. Mère est encore réveillée et lit les *Snappy Stories.*

Le faible froissement à l'intérieur, chaque fois qu'une page était tournée, confirma ses dires. Les fentes du volet ouvert laissaient filtrer des rais de lumière horizontale qui striaient de minces lignes parallèles la robe de Dorothy. La rue était silencieuse, à part un groupe sur les marches d'une maison vis-à-vis qui, de temps à autre, entonnait une chanson douce et railleuse :

Quand tu t'éveilleras-a-as
Tu auras-a-as
Tout' les jolies p'tites maisons...

Comme si, d'un toit voisin, elle guettait leur arrivée, la lune apparut soudain et ses rayons obliques entre les branches de la vigne vierge transformèrent le visage de la jeune fille qui prit la couleur des roses blanches.

Anthony eut un afflux de souvenirs si vifs que devant ses paupières closes une vision se forma, distincte comme un « *flash-back* » sur l'écran — une printanière nuit de dégel hors de saison, dans un hiver à moitié oublié, cinq ans plus tôt —, un autre visage radieux, semblable à une fleur, levé vers les lumières aussi transformatrices que les étoiles...

Ah ! *la belle dame sans merci* qui hantait son cœur et se manifestait à lui en une splendeur éphémère et évanescente, dans des yeux sombres au *Ritz-Carlton,* dans une voiture passant au Bois de Boulogne ! Mais ces nuits s'intégraient simplement à un chant, à un souvenir de gloire — ici, de nouveau, il y avait la faible brise, les illusions, l'éternel présent avec sa promesse de romanesque.

— Oh ! murmura-t-elle, tu m'aimes ? Tu m'aimes ?

Le charme fut rompu — les fragments d'étoiles à la dérive ne furent plus que des lumières. Le chant au bas de la rue s'amenuisa en un débit monotone, accordé à la plainte des criquets dans l'herbe. Avec un soupir étouffé, il baisa la bouche fervente, tandis que les bras de la jeune fille lui enlaçaient les épaules.

L'HOMME D'ARMES.

A mesure que les semaines se desséchaient et étaient emportées par le vent, le rayon des voyages d'Anthony s'étendit jusqu'à ce qu'il commençât à comprendre le camp et ses environs. Pour la première fois de sa vie, il se trouvait en contact personnel constant avec les serveurs à qui il avait donné des pourboires, les chauffeurs qui portaient naguère la main à la casquette en son honneur, les charpentiers, plombiers, barbiers et fermiers jusqu'alors uniquement remarquables dans l'observance de leurs génuflexions professionnelles. Durant ses deux premiers mois au camp, il n'eut pas plus de dix minutes de conversation suivie avec un seul homme.

Sur le registre de service, il figurait comme « étudiant ». Sur le questionnaire primitif, il avait prématurément écrit « écrivain » mais, quand des hommes de sa compagnie s'informaient de ses occupations, il se disait employé de banque — s'il avait révélé la vérité, qu'il ne travaillait pas, ils se seraient méfiés de lui comme d'un membre de la classe oisive.

Son sergent de peloton, Pop Donelly, était un « vieux troupier » décharné, usé par la boisson. Il avait jadis passé d'innombrables semaines au poste, mais récemment, grâce à la pénurie de sergents instructeurs, il avait été élevé à ses glorieuses fonctions actuelles. Sa peau labourée de trous d'obus offrait une indéniable ressemblance avec les photos aériennes du « champ de bataille de Blank ». Une fois par semaine, il se saoulait en ville avec de la liqueur blanche, rentrait silencieusement au camp et s'effondrait sur son lit ; et quand sonnait le diane, il rejoignait la compagnie, plus que jamais pareil à un blanc masque de la mort.

Il caressait l'étonnante illusion de « rouler » astucieusement le gouvernement — il avait passé dix-huit ans à son service, pour une solde minime, et devait bientôt se retirer (ici il clignait en général de l'œil) avec l'impressionnante retraite de cinquante-cinq dollars par mois. Il la considérait comme une bonne farce jouée aux douzaines de gens qui l'avaient opprimé et dédaigné depuis qu'il était un garçon de dix-neuf ans, originaire de la province de Géorgie. A présent, il n'y avait que deux lieutenants, Hopkins et le populaire Kretching. Ce dernier passait pour un brave type et un bon entraîneur d'hommes, jusqu'au jour où, un an plus tard, il disparut avec les fonds réservés à la popote — onze cents dollars — et, comme tant d'entraîneurs, se révéla extrêmement difficile à suivre.

Par la suite, il y eut le capitaine Dunning, dieu de ce microcosme autarcique. C'était un officier de réserve, nerveux, énergique et enthousiaste. Cette dernière qualité, d'ailleurs, se traduisait souvent sous la forme matérielle d'une fine écume aux coins de ses lèvres. Comme la plupart des agents exécutifs, il avait de ses hommes une vision strictement superficielle et, à son regard optimiste, la troupe qu'il commandait semblait une excellente unité digne d'une guerre aussi excellente. Malgré toute son anxiété et sa concentration, il vivait les plus belles heures de sa vie.

Baptiste, le petit Sicilien du train, eut maille à partir avec lui la seconde semaine d'entraînement. Le capitaine avait maintes fois ordonné aux hommes d'être rasés à l'appel du matin. Un jour, se découvrit une inquiétante infraction à cette règle, assurément un cas de complicité avec les Boches : durant la nuit, quatre hommes avaient laissé pousser des poils sur leur visage. Le fait que trois sur ces quatre comprenaient un minimum d'anglais rendit nécessaire une leçon de choses pratique ; et le capitaine Dunning envoya résolument un volontaire barbier chercher un rasoir au cantonnement. Sur quoi, pour la sécurité de la démocratie, une demi-once de poils fut raclée à sec des joues de trois Italiens et d'un Polonais.

En dehors de l'univers de la compagnie, apparaissait, de temps à autre, le colonel, un homme lourd aux dents proéminentes, qui faisait le tour du champ de manœuvres du bataillon, monté sur un beau cheval noir. C'était un élève de l'école militaire de West Point et, par mimétisme, un gentleman. Il avait l'esprit épais et une femme épaisse et passait une grande partie de son temps en ville, profitant de la situation mondaine depuis peu prépondérante qu'occupait l'armée. Enfin, en dernier lieu, venait le général qui traversait les routes du camp précédé de son fanion — une figure si austère, si lointaine, si magnifique, qu'elle semblait à peine compréhensible.

Décembre. A présent, des vents frais la nuit, et des matins humides et froids, sur le terrain d'exercice. A mesure que la chaleur déclinait, Anthony éprouvait une intense joie de vivre. Après l'étrange regain qu'avait connu son corps, il cessait de se faire du souci et existait dans le présent avec une sorte de contentement animal. Non que Gloria, ou la vie qu'elle représentait, fût moins souvent l'objet de ses pensées, mais simplement elle devenait, jour après jour, moins réelle, moins vivante. Durant une semaine, ils avaient correspondu passionnément, presque hystériquement — puis, par un accord tacite, ils avaient cessé de s'écrire plus de deux fois, et enfin une fois par semaine. Elle s'ennuyait, disait-elle. Si sa brigade devait rester là-bas longtemps, elle viendrait le rejoindre. Mr Haight serait en mesure de rédiger un exposé de l'affaire plus concluant qu'il ne l'avait espéré, mais doutait que la cause vînt en appel avant la fin du printemps. Muriel était en ville et travaillait pour la Croix-Rouge, et elles sortaient ensemble assez souvent. Que penserait Anthony si *elle*, elle entrait à la Croix-Rouge ? Le hic, c'était qu'elle avait entendu dire qu'elle aurait peut-être à baigner des nègres dans l'alcool, et après cela elle s'était sentie d'humeur moins patriotique. La ville regorgeait de soldats et elle avait rencontré des tas de garçons perdus de vue depuis des années...

Anthony ne voulait pas qu'elle vînt dans le Sud — pour de multiples raisons, se disait-il. Il avait besoin de se reposer d'elle, et elle de lui. Elle s'ennuierait mortellement en ville et ne pourrait voir Anthony que quelques heures chaque jour. Mais dans son cœur il craignait que ce ne fût parce qu'il se sentait attiré par Dot. En fait, il vivait dans la terreur que Gloria, à la suite de quelque hasard ou quelque malveillance, fût informée de sa nouvelle attache.

Au bout d'une quinzaine, sa liaison commença à lui procurer des moments de souffrance, à la pensée de sa propre infidélité. Néanmoins, à chaque journée qui s'achevait, il était incapable de résister à la séduction invincible qui l'attirait hors de sa tente pour courir jusqu'au téléphone du Y.M.C.A.

— Dot ?

— Oui.

— Je pourrai peut-être sortir ce soir.

— J'en suis si heureuse.

— Tu veux bien écouter ma splendide éloquence durant quelques heures étoilées ?

— Oh ! que tu es drôle !...

Un instant, il évoqua un souvenir vieux de cinq ans : Géraldine. Puis...

— Je serai là vers huit heures.

A sept heures, il serait dans un *jitney* en route pour la ville où de petites jeunes filles du Sud attendaient leurs amoureux sur des vérandas, au clair de lune. Il serait déjà tout excité à la pensée de ses chauds baisers différés, de la quiétude stupéfiée des regards qu'elle lui lançait — regards plus proches de l'adoration qu'aucun qu'il eût jamais inspiré. Gloria et lui avaient été sur un pied d'égalité, ils donnaient sans souci de remerciements ou d'obligation. Pour cette fille, les caresses même d'Anthony étaient un don inestimable. En pleurant tout bas, elle lui avoua qu'il n'était pas le premier homme dans sa vie, il y en avait eu un autre — il crut comprendre que leur liaison s'était dénouée aussitôt commencée.

Au surplus, en ce qui la concernait, elle disait la vérité. Elle avait oublié le vendeur, l'officier de marine, le fils du drapier, oublié l'ardeur de son émotion, ce qui constitue le véritable oubli. Elle savait que, dans une existence obscure, fantomatique, quelqu'un l'avait prise — comme si cela s'était passé pendant son sommeil.

Presque chaque soir, Anthony venait en ville. Il faisait trop frais à présent pour se tenir sur la véranda, aussi la mère de Dot leur céda-t-elle le minuscule salon, avec ses nombreux chromos aux cadres bon marché, ses kilomètres de franges décoratives, et son atmosphère alourdie par de longues années de voisinage avec la cuisine. Ils allumeraient un feu — puis, heureuse, infatigable, Dot s'occuperait de faire l'amour. Tous les soirs à dix heures, elle l'accompagnait jusqu'à la porte, ses cheveux noirs en désordre, son visage blême sans fard, plus pâle encore sous la blancheur de la lune. Le plus souvent, au-dehors, une pâleur argentée flottait sur toute chose, de temps à autre tombait une pluie lente et tiède, presque trop indolente pour atteindre le sol.

— Dis que tu m'aimes, murmurait-elle.

— Mais bien sûr, mon doux bébé.

— Suis-je un bébé ?

Ceci sur un ton presque pensif.

— Un petit bébé, rien de plus.

Elle connaissait vaguement l'existence de Gloria. Comme si cette pensée lui était une souffrance, elle se l'imaginait hautaine, fière et froide. Elle avait décidé que Gloria devait être plus âgée qu'Anthony et que mari et femme ne s'aimaient pas. Parfois elle se laissait aller à rêver qu'après la guerre Anthony divorcerait et l'épouserait, mais elle ne lui en parla jamais, elle n'eût pas su dire au juste pourquoi. Elle partageait la conviction de sa compagnie, qu'il était une sorte d'employé de banque — elle le croyait respectable et pauvre. Il lui arriva de dire :

— Si j'avais un peu d'argent, chéri, j' t' donnerais jusqu'au dernier sou... J'aimerais bien avoir cinquante mille dollars.

— Je suppose que ce serait beaucoup, convint Anthony.

Dans sa lettre de ce même jour, Gloria avait écrit : « Je suppose que si nous pouvions transiger pour un million, mieux vaudrait dire à Mr Haight d'y aller carrément et de régler l'affaire. Pourtant ce serait bien dommage... »

— … nous pourrions acheter une automobile, s'écria Dot, dans une explosion de triomphe finale.

UNE CHANCE IMPRESSIONNANTE.

Le capitaine Dunning se piquait d'être un grand psychologue. Une demi-heure après avoir rencontré quelqu'un, il le plaçait dans une de ses étonnantes catégories : homme bien, brave homme, chic type, théoricien, poète, et « sans valeur ». Un jour du début de février, il fit appeler Anthony sous la tente qui servait de salle de rapport.

— Patch, dit-il sentencieusement, j'ai l'œil sur vous depuis plusieurs semaines.

Anthony resta très droit et sans broncher.

— Et je pense que vous avez l'étoffe d'un bon soldat.

Il attendit que l'onde de chaleur que ces paroles ne manqueraient pas de provoquer se calmât avant de poursuivre :

— Ceci n'est pas un jeu d'enfants, dit-il en fronçant ses sourcils.

Anthony acquiesça par un mélancolique : « Non, *sir.* »

— C'est un jeu d'hommes et nous avons besoin de chefs.

Puis il frappa le grand coup, prompt, sûr et électrisant :

— Patch, je vais vous nommer caporal.

A ce moment, Anthony aurait dû chanceler légèrement en arrière, accablé de joie. Il comptait parmi le quart de millions d'individus choisis pour ce poste de confiance. Il pourrait désormais clamer la phrase rituelle : « Suivez-moi ! » à sept autres hommes apeurés.

— Vous semblez avoir reçu quelque instruction, dit le capitaine Dunning.

— Oui, *sir.*

— C'est très bien, c'est très bien. L'instruction est une

bonne chose, mais ne la laissez pas vous monter à la tête. Continuez sur la voie où vous vous êtes engagé et vous serez un bon soldat.

Avec ces mots de congé résonnant à ses oreilles, le caporal Patch salua militairement, fit demi-tour à droite et quitta la tente.

Bien que la conversation eût amusé Anthony, elle fit naître en lui l'idée que la vie serait plus divertissante comme sergent ou, s'il trouvait un inspecteur médical moins exigeant, comme officier. Il ne s'intéressait guère au travail qui lui semblait démentir la réputation de chic martial dont se targuait l'armée. Aux inspections, on ne s'habillait pas pour avoir bonne apparence, mais pour éviter d'avoir mauvaise apparence.

Pourtant, à mesure que passait l'hiver — le bref hiver sans neige marqué par des nuits humides et des jours frais, pluvieux —, il s'étonna de constater combien vite le système avait exercé sur lui son emprise. Il était soldat — tous ceux qui n'étaient pas soldats étaient des civils. Le monde se divisait essentiellement en ces deux classifications.

Il s'avisa que les classes fortement marquées, tout comme les militaires, répartissaient les hommes en deux catégories : leurs pareils — et ceux du dehors. Pour le clergyman, il y avait le clergé et les laïcs ; pour le catholique, il y avait des catholiques et des non-catholiques ; pour le nègre, il y avait des Noirs et des Blancs ; pour le prisonnier, il y avait des prisonniers et les gens en liberté, et pour le malade, il y avait les malades et les bien portants... Ainsi, sans jamais s'en être avisé, il avait été un civil, un laïc, un non-catholique, un gentil, un Blanc libre et heureux...

A mesure que les troupes américaines se déversaient

dans les tranchées françaises et britanniques, il commença à relever les noms de beaucoup d'anciens étudiants de Harvard dans les listes nécrologiques publiées par le *Journal de l'Armée et de la Marine.* Mais malgré toute la sueur et tout le sang, la situation semblait inchangée et il ne voyait aucune chance que la guerre se terminât dans un avenir prévisible. Dans les anciennes chroniques, l'aile droite d'une armée battait toujours l'aile gauche, cependant qu'à l'arrière l'aile gauche était vaincue par la droite de l'ennemi. Après quoi les mercenaires fuyaient. Ç'avait été si simple, en ce temps, comme arrangé à l'avance, eût-on dit...

Gloria écrivait qu'elle lisait beaucoup. Quel gâchis ils avaient fait de leur vie, disait-elle. Elle avait si peu à faire à présent qu'elle passait son temps à imaginer combien les choses auraient pu tourner différemment. Tout ce qui l'entourait semblait instable — et quelques années plus tôt, elle semblait tenir tous les fils dans sa petite main...

En juin, les lettres devinrent hâtives et moins fréquentes. Elle cessa soudain d'écrire qu'elle viendrait dans le Sud.

DÉFAITE.

Mars, dans la région, offrit un rare spectacle, avec une profusion de jasmin, des jonquilles et des taches de violettes dans l'herbe peu à peu réchauffée. Plus tard, Anthony se rappela surtout un après-midi d'un éclat si frais et magique que debout dans le trou de tirailleurs, occupé à marquer des cibles, il récita *Atalante en Calydoine* à un Polonais incompréhensif, sa voix mêlée au vol, au chant et au crachement des boulets au-dessus de sa tête.

Lorsque les limiers du printemps...
Bang !
Suivent les traces de l'hiver...
Vrrrr !...
La mère de tous les mois
Hiii !
Touché ! Marque trois-ois !...

En ville, les arbres retombaient dans un rêve somnolent, et Anthony et Dot flânèrent sur les traces de leurs pas de l'automne précédent, si bien qu'il commença d'éprouver un vague attachement pour ce Sud — un Sud plus près, semblait-il, d'Alger que de l'Italie, avec des aspirations lasses, évoquant, par-delà d'innombrables générations, un nirvâna primitif et chaud, sans espoir ni souci. Ici, il y avait un accent de cordialité, de compréhension, dans chaque voix. « La Vie joue le même tour délicieux et suppliciant à nous tous », semblaient-elles dire dans leur cadence plaintive et agréable, dans l'intonation qui montait et se terminait sur une note inachevée, en mineur...

Il aimait la boutique du coiffeur, où il était « Hi caporal ! » pour un jeune homme pâle et émacié qui le rasait et poussait sans arrêt une machine fraîche et vibrante, au-dessus de sa tête insatiable.

Il aimait « Johnstons's Gardens » où ils dansaient, où un nègre tragique tirait des airs nostalgiques et douloureux d'un saxophone jusqu'à ce que la salle d'un luxe criard devînt une jungle enchantée de rythmes barbares et de rires enfumés, où il oubliait le passage monotone du temps, grâce aux doux soupirs de Dorothy et à ses tendres murmures, qui représentaient le summum de tout rêve, de tout contentement.

Il y avait dans le caractère de Dorothy un fond de tristesse, une évasion consciente de tout sauf des agréables menus détails de la vie. Ses yeux violets restaient pendant des heures en apparence vides, tandis qu'insouciante et imprudente, elle se prélassait comme une chatte au soleil. Anthony se demandait ce que la mère fatiguée, découragée, pensait d'eux, et si, à ses instants de cynisme complet, elle soupçonnait leurs rapports.

Les dimanches après-midi, ils se promenaient dans la campagne, et se reposaient par moments sur la mousse sèche à l'orée d'un bois. Là abondaient les oiseaux et les massifs des cornouillers violets et blancs ; là, les arbres séculaires brillaient d'un éclat cristallin et frais, oublieux de la chaleur intoxicante qui guettait au-dehors ; là, Anthony parlait, par intermittence, en un monologue somnolent — conversation insignifiante et qui ne comportait pas de réplique.

Juillet s'abattit, torride. Le capitaine Dunning reçut l'ordre de détacher un de ses hommes pour lui faire apprendre le métier de maréchal-ferrant. Le régiment s'accroissait, atteignait à l'effectif de guerre, et le capitaine avait besoin de la plupart de ses vétérans comme instructeurs ; il choisit donc le petit Italien, Baptiste, dont il pouvait le plus facilement se passer. Le petit Baptiste n'avait jamais eu affaire à des chevaux. Ses craintes aggravèrent les choses. Il reparut à la salle de rapport un jour et dit au capitaine Dunning que s'il ne pouvait être relevé de ses fonctions, il préférait la mort. Les chevaux, dit-il, lui décochaient des ruades ; il n'était pas bon à cette besogne. Il finit par se jeter à genoux et, dans un mélange d'anglais baragouiné et d'italien littéraire, supplia le capitaine de le tirer de là. Il n'avait pas dormi pendant trois jours. De monstrueux étalons se cabraient et cabriolaient dans ses rêves.

Le capitaine Dunning réprimanda le scribe de la compagnie (qui avait éclaté de rire) et dit à Baptiste qu'il ferait de son mieux. Mais à la réflexion il décida qu'il ne pouvait détacher un homme plus capable. Le petit Baptiste alla de mal en pis. Les chevaux semblaient deviner sa peur et en prendre avantage. Deux semaines plus tard, alors qu'il essayait de la faire sortir de l'écurie, une grande jument noire, d'un coup de sabot, lui défonça le crâne.

A la mi-juillet, parvinrent des bruits, puis des ordres, au sujet d'un changement de camp. La brigade devait se transférer dans un cantonnement vide, à une centaine de milles au sud, et de là, être incorporée à une division. Tout d'abord les hommes crurent qu'ils partaient pour les tranchées, et chaque soir de petits groupes, au quartier de la compagnie, péroraient et se criaient les uns aux autres, avec des exclamations soulignées de grands gestes : « Pour sûr qu'on y va ! » Quand la vérité transpira, elle fut repoussée avec indignation, comme un alibi destiné à dissimuler leur destination véritable. Ils savouraient leur importance. Ce soir-là, ils dirent à leurs petites amies en ville qu'ils « allaient descendre les Allemands ». Anthony circula un moment parmi les groupes — puis arrêta un *jitney* et s'en alla prévenir Dot qu'il partait.

Elle l'attendait sur la véranda obscure, vêtue d'une robe blanche bon marché qui accentuait la jeunesse et la douceur de son visage.

— Oh ! chuchota-t-elle. J'ai eu un tel désir de toi, chéri. Toute la journée.

— J'ai quelque chose à te dire.

Elle l'attira à côté d'elle sur le siège branlant, sans remarquer son ton de mauvais augure.

— Dis.

— Nous partons la semaine prochaine.

Les bras de Dot qui cherchaient les épaules d'Anthony

restèrent en suspens dans l'air obscur, son menton se releva. Quand elle parla, aucune douceur ne subsistait plus dans sa voix.

— Pour la France ?

— Non. Moins de chance que ça. Nous partons pour un sacré camp dans le Mississipi.

Elle ferma les yeux et il vit trembler ses paupières.

— Chère petite Dot, la vie est si fichtrement dure.

Elle pleurait sur son épaule.

— Si fichtrement dure, si fichtrement dure, répétait-il, décontenancé. Elle ne fait que blesser les gens, jusqu'à ce qu'à la fin ils aient si mal qu'ils ne puissent plus jamais avoir mal. Et c'est là la dernière et la pire chose qu'elle leur inflige.

Eperdue, folle d'angoisse, elle l'étreignit contre sa poitrine.

— O mon Dieu ! murmura-t-elle en paroles entrecoupées, tu ne peux pas me quitter, j'en mourrai.

Il jugea impossible de présenter son départ comme un coup collectif et impersonnel. Il était trop près d'elle pour rien faire de plus que répéter :

— Pauvre petite Dot. Pauvre petite Dot.

— Et ensuite ? demanda-t-elle languissamment.

— Que veux-tu dire ?

— Tu es toute ma vie, c'est tout. Je mourrais sur-le-champ pour toi si tu le demandais. Je prendrais un couteau et je me tuerais. Tu ne peux pas me laisser ici.

Son accent effraya Anthony.

— Ce sont des choses qui arrivent, dit-il d'une voix calme.

— Alors, je pars avec toi.

Des larmes ruisselaient sur ses joues. Sa bouche tremblait, en un paroxysme de douleur et de crainte.

— Douce, murmura-t-il d'un ton sentimental, douce

petite fille. Tu ne comprends pas que nous remettrions simplement à plus tard ce qui doit fatalement arriver ? Je partirai pour la France, d'ici quelques mois...

— Je voudrais mourir, dit-elle, comme si elle modelait chaque mot soigneusement dans son cœur.

— Dot, murmura-t-il mal à l'aise, tu oublieras. Les choses sont plus douces quand on les a perdues. Je le sais parce qu'une fois j'ai désiré une chose et je l'ai obtenue. C'est la seule que j'aie désirée de toutes mes forces, Dot. Et quand je l'ai eue, elle s'est réduite en poussière entre mes mains.

— Très bien.

Absorbé dans ses pensées, il continua :

— Je me suis souvent dit que si je n'avais pas obtenu ce que je voulais, tout se serait peut-être arrangé autrement pour moi. J'aurais peut-être trouvé dans mon esprit quelque chose que j'aurais pris plaisir à mettre en circulation. Je me serais peut-être contenté de travailler et j'aurais tiré une douce vanité de ma réussite. Je suppose qu'à un moment donné, j'aurais pu avoir tout ce que je voulais de raisonnable, mais cela, c'était la seule chose que j'aie jamais désirée avec ferveur. Mon Dieu ! Et j'ai appris ainsi que l'on ne peut rien avoir, on ne peut rien avoir du tout. Parce que le désir nous dupe. C'est comme un rayon de soleil qui danse çà et là autour d'une chambre. Il s'arrête et dore un vague objet sans importance ; et nous, pauvres fous, nous essayons de le saisir, mais quand nous étendons la main, le soleil se déplace vers quelque autre objet ; et nous avons obtenu ce qui ne comptait pas, mais le scintillement qui faisait l'objet de notre désir a disparu...

Il s'arrêta, gêné. Elle s'était levée et, les yeux secs, cueillait de petites feuilles sur une plante grimpante sombre.

— Dot...

— Va-t'en, dit-elle froidement.

— Comment ? Pourquoi ?

— Je ne veux pas me contenter de mots... Si c'est tout ce que tu as à m'offrir, va-t'en.

— Mais, Dot...

— Ce qui est pour moi la mort est pour toi simplement un tas de mots. Tu les assembles si joliment.

— Je regrette. C'est de toi que je parlais, Dot.

— Va-t'en d'ici.

Il s'approcha, les bras tendus, mais elle le repoussa.

— T'as pas envie que j'aille avec toi ! dit-elle avec calme. P't-être que tu vas rejoindre cette... cette femme... — Elle ne put prendre sur elle de dire « ta femme ». — Comment le saurais-je ? Eh bien, je considère alors que t'es plus mon type. Va-t'en.

Un moment, tandis que des pressentiments et des désirs agitaient Anthony, il sembla être à un de ces rares instants où il agissait, mû par un élan intérieur. Il hésita. Puis une onde de lassitude se brisa contre lui. Trop tard — tout venait trop tard. Durant des années, il avait rêvé en marge du monde, fondant ses décisions sur des émotions aussi instables que l'eau. La petite fille en robe blanche le dominait, car elle se rapprochait de la beauté, avec la dure symétrie de son désir. Le feu flambant dans son coeur sombre et meurtri semblait irradier une ardeur autour d'elle, comme une flamme. Avec une fierté profonde et insondable, elle avait pris de la distance et, ainsi, réalisé son propos.

— Je... je n'avais pas l'intention de me montrer si cruel, Dot.

— Ça ne fait rien.

Une vague de feu déferla sur Anthony. Il eut l'impression qu'on lui fouaillait les entrailles ; et il restait là, désemparé, vaincu.

— Viens avec moi, Dot — petite Dot aimante. Oh ! viens avec moi. Je ne pourrais pas te laisser à présent...

Avec un sanglot, elle noua ses bras autour de lui et pesa sur lui de tout son poids, tandis que la lune, occupée à sa tâche éternelle de masquer les aspects déplaisants du monde, répandait son miel illicite sur la rue assoupie.

LA CATASTROPHE.

Début de septembre au camp Boone, Mississipi. L'obscurité, où grouillaient les insectes, battait contre la moustiquaire à l'abri de laquelle Anthony essayait d'écrire une lettre. Un bavardage intermittent, au sujet d'une partie de poker, se poursuivait sous la tente voisine, et dehors un homme se promenait au quartier de la compagnie, en chantant des vers de mirliton populaires sur « K-K-Katy ».

Avec effort, Anthony se hissa sur son coude et, crayon en main, baissa les yeux vers sa feuille de papier immaculée. Enfin, s'abstenant de toute appellation liminaire, il commença.

Je n'arrive pas à imaginer ce qui se passe, Gloria. Je n'ai pas reçu une ligne de toi depuis quinze jours et il est naturel que je m'inquiète...

Il jeta sa lettre avec un grognement troublé et recommença :

Je ne sais que penser, Gloria. Ta dernière lettre, brève, froide, sans un mot d'affection ni même un compte rendu convenable de ce que tu fais, m'est parvenue il y a quinze jours. Il n'est que trop naturel que je m'étonne. Si ton amour pour moi est tout à fait mort, il me semble que tu devrais du moins m'épargner l'inquiétude...

De nouveau, il froissa la page et la jeta avec colère par une déchirure de la tente, en se rendant d'ailleurs compte qu'il devrait la ramasser au matin. Il ne se sentit pas le cœur de recommencer. Il n'arrivait pas à insuffler une chaleur à ces lignes — rien qu'une jalousie persistante et des soupçons. Depuis le milieu de l'été, ces anomalies dans la correspondance de Gloria devenaient de plus en plus sensibles. Au début, il les avait à peine remarquées, tellement blasé sur les conventionnels « chéri » et « trésor » qui émaillaient ses lettres qu'il oubliait leur présence ou leur absence. Mais cette dernière quinzaine, il s'apercevait de plus en plus que quelque chose n'allait pas.

Il lui avait écrit par exprès pour dire qu'il avait passé son examen, en vue d'un camp d'entraînement d'officiers, et s'attendait à quitter prochainement la Géorgie. Pas de réponse. Il avait télégraphié de nouveau. Devant son silence, il s'imagina qu'elle n'était peut-être pas en ville. Mais la pensée l'obsédait qu'elle y était bel et bien et une série de visions affolées commencèrent à le tourmenter. A supposer que Gloria, ennuyée, agitée, eût rencontré quelqu'un, comme il l'avait fait ? Cette possibilité le terrifia — c'était surtout parce qu'il avait été si certain de l'intégrité personnelle de Gloria qu'il l'avait si peu ménagée au cours de l'année. Et à présent, avec la naissance d'un doute, les vieilles fureurs, la rage de la possession, se réveillaient, multipliées. Qu'elle fût encore une fois amoureuse, quoi de plus naturel ?

Il se rappela la Gloria qui affirmait que si elle éprouvait jamais un désir, elle le satisferait, arguant que comme elle agirait pour son plaisir personnel, elle pourrait traverser une affaire de ce genre sans se souiller — seul comptait l'effet ressenti, disait-elle, et sa réaction serait celle d'un homme, la satiété et une vague répulsion.

Mais cela, ç'avait été aux premiers temps de leur mariage. Plus tard, en se découvrant jalouse d'Anthony, elle avait, du moins en apparence, changé d'avis. — Aucun autre homme au monde n'avait plus existé pour elle. Il n'en avait été que trop assuré. Comme il se rendait compte qu'un certain air blasé la refrénerait, il avait négligé de s'assurer qu'il possédait son amour tout entier — ce qui, après tout, était la clef de voûte de tout l'édifice.

Entre-temps, depuis l'été, il entretenait Dot dans une pension en ville. Pour cela, il avait dû écrire à son agent de change et demander de l'argent. Dot était partie pour le Sud la veille du jour où la brigade levait le camp, en informant sa mère, par un mot, qu'elle allait à New York. Le soir suivant, Anthony s'était rendu chez elle, feignant de venir la voir. Il avait trouvé Mrs Raycroft prostrée et un policier au salon. Un questionnaire s'ensuivit et Anthony ne s'en tira qu'avec quelque peine.

En septembre, avec ses soupçons sur le compte de Gloria la compagnie de Dot lui devint fastidieuse, puis presque intolérable. Le manque de sommeil le rendait nerveux et irritable. Il avait le cœur malade, et effrayé. Trois jours plus tôt, il était allé voir le capitaine Dunning pour lui demander une permission, mais l'autre avait temporisé d'un air bénin : la division partait pour l'Europe, tandis qu'Anthony irait dans un camp de formation supérieure ; les permissions devaient être réservées aux hommes qui traversaient l'Océan.

Sur ce refus, Anthony s'était rendu à la poste, pour télégraphier à Gloria de venir le rejoindre dans le Sud. A peine sur le seuil, il recula, désespéré, devant l'impossibilité pratique d'une telle démarche. Après une soirée passée à se disputer avec Dot, il avait regagné le camp, morose et irrité contre le monde entier. Au beau milieu d'une scène désagréable, il était précipitamment parti. Les mesures à prendre au sujet de Dot ne lui semblaient pas le concerner vitalement à présent — absorbé qu'il était par le silence décourageant de sa femme...

Le battant de la tente en se repliant dessina soudain un triangle et une tête sombre se découpa contre la nuit.

— Sergent Patch ?

L'accent était italien et Anthony reconnut à son ceinturon une ordonnance de l'état-major.

— Besoin de moi ?

— Une dame a téléphoné à l'état-major il y a dix minutes. A dit qu'elle veut vous parler. Très important.

Anthony repoussa la moustiquaire et se leva. Il s'agissait peut-être d'un message téléphonique de Gloria ?

— Elle a dit d'aller vous chercher. Elle rappellera à dix heures.

— Bon, merci.

Il prit son calot et, l'instant d'après, il avançait à grandes foulées à côté de l'ordonnance dans l'obscurité chaude, presque suffocante. Arrivé au baraquement de l'état-major, il salua un officier somnolent, du service de nuit.

— Asseyez-vous et attendez, proposa le lieutenant nonchalamment. La jeune personne semblait terriblement anxieuse de vous parler.

Les espoirs d'Anthony s'évanouirent.

— Merci beaucoup, *sir*.

Et comme le téléphone grésillait contre le mur latéral, il sut qui appelait.

— Ici Dot, dit une voix incertaine. Il faut que je te voie.

— Dot, je t'ai dit que je ne pourrais pas venir en ville d'ici quelques jours.

— Il faut que je te voie ce soir. C'est important.

— Il est trop tard, dit-il froidement, il est dix heures, et je dois être rentré au camp à onze.

— Très bien.

Tant de détresse était incluse dans ces deux mots qu'Anthony fut un peu apitoyé.

— Qu'y a-t-il ?

— Je veux te dire adieu.

— Oh ! ne sois pas sotte ! s'écria-t-il.

Mais il recouvra de l'entrain. Quelle chance si elle quittait la ville cette nuit même ! Quel soulagement ! Il dit :

— Tu ne peux pas partir avant demain.

Du coin de l'œil, il vit l'officier de garde qui l'observait d'un air critique. Puis, à sa stupeur, vinrent les paroles suivantes de Dot :

— Je ne voulais pas dire « adieu » dans ce sens-là.

La main d'Anthony se crispa sur le récepteur. Il se sentit glacé, comme si toute chaleur se retirait de son corps.

— Quoi ?

Alors, il entendit une voix éperdue, brisée, murmurer très vite :

— Adieu. Oh, adieu !

Clap. Elle avait raccroché. Avec une exclamation, mi-soupir, mi-cri, Anthony quitta précipitamment le quartier général. Dehors, sous les étoiles suspendues comme des glands d'argent entre les arbres du petit bosquet, il s'arrêta, hésitant. Voulait-elle se tuer ? Oh ! la petite folle ! Une haine amère contre elle l'envahit... Arrivé à ce dénouement, il ne parvenait pas à comprendre qu'il se fût jamais engagé dans cette aventure, cet imbroglio, ce sordide mélange de souci et de peine.

Il s'éloigna à pas lents, tout en se répétant qu'il était absurde de s'inquiéter. Mieux valait rentrer à sa tente et dormir. Il avait besoin de sommeil. Mon Dieu ! Dormirait-il jamais ? Son esprit n'était que bruit et confusion. Une fois sur la route, il rebroussa chemin, pris de panique et se mit à courir, non vers sa compagnie mais en sens inverse. Des hommes rentraient à présent — il trouverait un taxi. Au bout d'une minute, deux yeux jaunes surgirent à un tournant. Désespérément, il courut vers eux :

— *Jitney ! Jitney !...* — C'était une Ford vide. — Je veux aller en ville.

— Ça vous coûtera un dollar.

— Bien. Si seulement vous faites vite...

Au bout d'un temps interminable, il monta en hâte les marches d'une maisonnette branlante, obscure, et s'engouffra par la porte. Il faillit renverser une énorme négresse qui marchait, chandelle à la main, dans le vestibule.

— Où est ma femme ? cria-t-il violemment.

— Elle est couchée.

Monter les marches, quatre à quatre, enfiler le couloir qui craquait sous les pas. La chambre était obscure et silencieuse, et d'une main tremblante il fit craquer une allumette. Deux grands yeux le regardèrent, du fond d'une malheureuse boule de vêtements sur le lit.

— Ah ! je savais que tu viendrais, dit-elle d'une voix brisée.

La fureur glaça Anthony.

— C'était donc un simple traquenard pour m'attirer ici, pour me créer des ennuis ! dit-il... Le diable t'emporte, tu as crié trop souvent « au loup ! ».

Elle le regarda lamentablement.

— Il fallait que je te voie ! Je n'aurais pas pu vivre. Oh ! il fallait que je te voie...

Il s'assit au chevet du lit et secoua lentement la tête.

— Tu es incorrigible, dit-il avec décision, reprenant inconsciemment les paroles que Gloria lui eût adressées, à lui. C'est mal de me mettre dans une situation pareille, tu sais !

— Viens plus près.

Quoi qu'il pût dire, Dot était heureuse à présent. Il se souciait d'elle. Elle l'avait amené à son chevet.

— O mon Dieu ! dit Anthony, désespéré.

A mesure que la lassitude le roulait dans sa vague inévitable, sa colère s'atténuait, déclinait, se dissipait. Il s'effondra soudain, secoué de sanglots, à côté d'elle, sur le lit.

— Oh ! mon chéri, implora-t-elle, ne pleure pas ! ne pleure pas !

Elle attira la tête d'Anthony sur son sein et le cajola, mêlant des larmes de bonheur à l'amertume de celles du jeune homme. Sa main joua doucement avec les cheveux noirs d'Anthony.

— Je suis une petite folle, murmura-t-elle d'une voix entrecoupée, mais je t'aime, et quand tu me témoignes de la froideur, il me semble que ce n'est plus la peine de vivre.

Après tout, c'était là la paix, cette chambre tranquille où se mêlait l'odeur féminine de la poudre et du parfum, avec la main de Dot, douce comme une brise tiède, sur ses cheveux et la palpitation de sa gorge quand elle respirait. Durant un instant, ce fut comme si Gloria était là, comme s'il reposait, à un foyer plus doux et plus abrité que ceux qu'il avait jamais connus.

Une heure passa. Une pendule carillonna dans le vestibule. Anthony bondit et consulta les aiguilles phosphorescentes de son bracelet-montre. Minuit.

Il eut du mal à trouver un taxi qui consentît à quitter la ville à pareille heure. Tandis qu'il disait au chauffeur de se hâter, il réfléchissait à la façon la plus sûre d'entrer au camp. Il avait été en retard plusieurs fois ces derniers temps, et savait qu'une fois pris sur le fait, son nom serait sans doute rayé de la liste des candidats officiers. Vaudrait-il mieux congédier le taxi et courir la chance d'éviter la sentinelle dans l'obscurité ? Pourtant, des officiers passaient souvent en auto devant les sentinelles, après minuit...

— Halte !

Le monosyllabe jaillit du reflet jaune que les phares projetaient sur la route changeante. Le chauffeur embraya et une sentinelle au port d'arme s'approcha. La malchance voulut qu'un officier de la garde l'accompagnât.

— Vous rentrez tard, sergent.

— Oui, *sir*. J'ai été retardé.

— Dommage. Je suis obligé de prendre votre nom.

Comme l'officier attendait, calepin et crayon en main, des mots point tout à fait prémédités montèrent aux lèvres d'Anthony, des mots dictés par la panique, le trouble, le désespoir.

— Sergent R. A. Folly, répondit-il, le souffle coupé.

— Et votre compagnie ?

— Compagnie 9, 83e d'infanterie.

— Bon. Vous serez forcé de continuer à pied, sergent, à partir d'ici.

Anthony salua militairement, paya en hâte son chauffeur et partit en courant dans la direction du régiment qu'il avait indiqué. Une fois hors de vue, il fit volte-face et, le cœur battant la chamade, rejoignit précipitamment sa compagnie, conscient d'avoir commis une fatale erreur.

Deux jours plus tard, l'officier qui commandait la garde le reconnut, chez un coiffeur, en ville. Sous l'escorte d'un policier militaire, il fut ramené au camp, cassé de son grade sans jugement et mis aux arrêts pour un mois.

Avec ce coup, une dépression totale l'envahit et une semaine plus tard il fut de nouveau surpris en ville, errant dans un état d'ébriété confuse, avec une pinte de whisky de contrebande dans sa poche. A cause d'une sorte de démence dans son comportement, il ne fut condamné qu'à trois semaines de poste de police.

CAUCHEMAR.

Dès le début de son emprisonnement, la conviction de devenir fou s'enracina en lui. C'était comme si une quantité d'êtres obscurs et pourtant vivants peuplaient son esprit, les uns familiers, d'autres étrangers et terribles, tenus en échec par un petit moniteur qui, assis quelque part, les regardait. Ce qui inquiétait Anthony, c'est que le moniteur, malade, remplissait ses fonctions avec difficulté. Qu'il flanchât, qu'il eût un instant de défaillance, et ces présences intolérables se déchaîneraient. Seul Anthony savait à quelles ténèbres on aboutirait, dès l'instant où ce qu'il avait de pire en lui pourrait rôder dans sa conscience, impunément.

La chaleur du jour s'était muée, il ne savait trop comment en une obscurité miroitante, écrasant un pays dévasté. Au-dessus de sa tête, les cercles bleus de sinistres soleils inconnus, d'innombrables foyers de flammes, tournoyaient sans fin devant ses yeux, comme s'il était couché, perpétuellement exposé à la lumière brûlante, dans un coma fiévreux. A sept heures du matin, quelque chose de fantastique, de presque absurdement irréel, qu'il savait être son corps mortel, sortait avec sept autres prisonniers et deux gardes pour travailler aux routes du camp. Un jour, ils chargèrent et déchargèrent des quantités de gravier, l'étalèrent, le ratissèrent — le lendemain ils travaillèrent avec d'énormes barriques de goudron chauffé à blanc, et inondèrent le gravier de mares noires et luisantes d'une coulée en fusion. La nuit, sous les verrous du poste de police, il restait étendu sans penser, sans avoir le courage d'atteindre à une pensée, les yeux fixés sur les poutres irrégulières du plafond au-dessus de sa tête, jusque vers trois heures du matin, heure où il sombrait dans un sommeil troublé, entrecoupé.

Aux heures de corvée, il travaillait avec une hâte inquiète, cherchait, à mesure que le jour déclinait vers le crépuscule maussade du Mississippi, à se fatiguer physiquement afin de pouvoir le soir dormir d'un sommeil profond à force d'épuisement... Un après-midi de la seconde semaine, il eut le sentiment que deux yeux l'observaient, à quelques pas derrière l'un des gardes. Pris d'une sorte de terreur, il leur tourna le dos et mania fiévreusement sa pelle jusqu'au moment où il fut forcé de se retourner pour aller chercher d'autre gravier. Alors les yeux reparurent dans son champ de vision, et ses nerfs déjà éprouvés se tendirent à se rompre. Les yeux se rivaient sur lui. Dans la touffeur silencieuse, il entendit crier son nom d'une voix tragique, et la terre se souleva absurdement en tous sens, en une confusion de cris.

Lorsqu'il reprit connaissance, il se trouvait de nouveau au poste et les autres prisonniers lui jetaient des regards curieux. Les yeux ne reparurent plus. Bien des jours s'écoulèrent avant qu'il se rendît compte que la voix devait être celle de Dot, qu'elle avait dû l'appeler de loin et faire quelque esclandre. Il s'en convainquit juste avant l'expiration de la peine, quand le nuage qui l'oppressait se fut levé, le laissant en proie à une léthargie profonde, découragée. A mesure que le médiateur conscient, le moniteur qui présidait à cet affreux *remue-ménage*[1] d'horreur, reprenait des forces, Anthony s'affaiblissait physiquement. A peine parvint-il jusqu'au bout de ses deux dernières journées de

1. En français dans le texte.

travail et une fois libéré, par un après-midi pluvieux, et rentré dans sa compagnie, il gagna sa tente pour tomber dans un lourd assoupissement d'où il s'éveilla avant l'aube, les membres douloureux, et toujours aussi las. A côté de son lit se trouvait deux lettres qui l'attendaient depuis quelque temps à la tente du rapport. La première venait de Gloria : elle était brève et froide.

L'affaire vient devant le tribunal à la fin de novembre. Penses-tu obtenir une permission ?

J'ai essayé à plusieurs reprises de t'écrire, mais il semble que cela rend les choses pires. Je veux te voir à propos de diverses questions, mais tu sais que tu m'as empêchée une fois de venir et je n'ai pas envie de recommencer. Etant donné le nombre des questions à débattre, il est nécessaire que nous causions. Je suis très heureuse de ta nomination.

Gloria.

Il se sentait trop fatigué pour correspondre ou pour s'en soucier. Les phrases de Gloria, ses intentions, étaient très loin dans un passé incompréhensible. A peine jeta-t-il un coup d'œil sur la seconde lettre — un griffonnage de Dot, incohérent, gonflé de larmes, un flot de protestations, de mots caressants, et de tristesse. Au bout d'une page il la laissa glisser de sa main inerte et s'assoupit de nouveau dans un nébuleux *hinterland* à lui. Quand sonna la diane, il s'éveilla avec une forte fièvre et s'évanouit lorsqu'il essaya de quitter sa tente — à midi, il fut envoyé à l'hôpital de la base, avec la grippe.

Il se rendit compte que sa maladie était providentielle. Elle lui épargna une rechute hystérique — et il guérit à temps pour s'embarquer, par une journée humide de novembre, pour New York et pour l'interminable tuerie, au-delà.

Quand le régiment arriva au Camp Mills, Long Island, Anthony n'eut qu'une idée — aller en ville et voir Gloria aussitôt que possible. Il devenait évident qu'un armistice serait signé dans le courant de la semaine, mais le bruit courait qu'en tout cas on embarquerait des troupes pour la France jusqu'au dernier moment. Anthony fut terrifié à la pensée du long voyage, d'un ennuyeux débarquement dans un port français, et d'un séjour forcé d'un an peut-être, pour remplacer les troupes qui s'étaient effectivement battues.

Il avait eu l'intention d'obtenir une permission de deux jours, mais le camp Mills se trouva être en quarantaine pour cause de grippe — impossible de s'absenter, même pour un officier, à moins d'une mission officielle. Pour un simple soldat, c'était hors de question.

Le camp en soi était une morne confusion, glacial, balayé par le vent, et sale, avec la crasse accumulée par le passage de plusieurs divisions. Leur train arriva à sept heures un soir, et ils attendirent, en file, jusqu'à une heure, tandis que quelque part en avant, on cherchait à régler un embouteillage de troupes. Des officiers allaient et venaient sans arrêt, criant des ordres dans un grand tumulte. Il se trouva que les difficultés étaient dues au colonel, pris d'une vertueuse colère à la pensée qu'il sortait de l'école militaire de West Point et que la guerre allait s'achever avant qu'il eût pu traverser l'océan. Si les gouvernements avaient pu se rendre compte du nombre de cœurs brisés parmi les anciens de West Point au cours de la semaine, ils auraient assurément prolongé la tuerie encore un mois. C'était lamentable !

Anthony regarda le lugubre déploiement de tentes étendues pendant des kilomètres sur un fouillis de bourbe et de neige piétiné, et il se vit dans l'impossibilité de patauger jusqu'à un téléphone cette nuit-là. Il appellerait Gloria à la première occasion, au matin.

Eveillé dès l'aube froide et âcre, il se présenta à l'appel et écouta une harangue véhémente du capitaine Dunning :

« Vous autres hommes, vous croyez que la guerre est finie. Eh bien, laissez-moi vous le dire, il n'en est rien ! Ces types ne signeront pas l'armistice. C'est encore un truc, et nous serions fous de nous relâcher en quoi que ce soit, dans notre compagnie, car, laissez-moi vous le dire, nous nous embarquerons d'ici une semaine, et alors nous allons voir ce que c'est que de se battre pour de vrai. » Il s'arrêta, pour leur permettre de se pénétrer de ses paroles. Puis : « Si vous croyez la guerre finie, parlez un peu à ceux qui y ont été et voyez si *eux* pensent que tous les Allemands sont bouclés. Non. Personne ne pense ça. J'ai causé avec les gens qui *savent,* et ils disent que dans tous les cas, il y aura encore un an de guerre. *Eux,* ils ne croient pas que la guerre est finie. Alors, vous autres, vous feriez mieux de ne pas vous fourrer en tête l'idée absurde qu'elle l'est. »

En mettant l'accent sur cette note finale, il donna à la compagnie l'ordre de se disperser.

A midi, Anthony courut au téléphone de campagne le plus voisin. Comme il approchait de ce qui correspondait au centre des affaires du camp, il s'aperçut que d'autres soldats aussi couraient, et qu'un homme près de lui avait tout à coup bondi en l'air, en rejoignant ses talons. La tendance à courir devint générale, et de quelques petits groupes surexcités, çà et là, s'élevèrent des acclamations. Il s'arrêta et écouta. Sur la campagne froide, passaient des coups de sifflet et les carillons des églises de Garden City sonnèrent soudain à tous les échos.

Anthony reprit sa course. A présent, on apercevait,

clairs et distincts, les cris qui montaient dans l'air avec des buées d'haleine glacée :

L'Allemagne a capitulé ! L'Allemagne a capitulé !

LE FAUX ARMISTICE.

Ce soir-là, dans l'obscurité opaque de six heures, Anthony se glissa entre deux camions et, une fois sur la voie ferrée, suivit les rails jusqu'à Garden City où il prit le train électrique pour New York. Il risquait d'être appréhendé par la police militaire mais s'imaginait que cette nuit-là sa vigilance se relâcherait. D'ailleurs, dans tous les cas, il eût essayé de passer entre les mailles, car il n'avait pu joindre Gloria au téléphone et un autre jour d'incertitude lui eût été intolérable.

Après d'inexplicables arrêts et attentes qui lui rappelèrent la nuit où il avait quitté New York, plus d'un an auparavant, il arriva à la gare de Pennsylvania et il suivit le chemin familier jusqu'à la station de taxis. Il trouva grotesque et singulièrement stimulant de donner sa propre adresse.

Broadway était une débauche de lumières ou pullulait comme jamais jusqu'à ce soir, une foule de carnaval qui se frayait une voie scintillante à travers des bandes de serpentins accumulés jusqu'à hauteur du genou sur les trottoirs. Çà et là, juchés sur des bancs et des caisses, des soldats haranguaient la foule inattentive, dont chaque visage se découpait clair et net sous l'aveuglante lueur surplombante. Anthony nota une demi-douzaine de figures — un matelot ivre, renversé en arrière et soutenu par deux autres poivrots, agitant son chapeau en poussant des rugissements. Quelques civils braillards portaient triomphalement sur leurs épaules un soldat blessé, sa béquille à la main, et le faisaient tournoyer. Une fille brune était assise, pensive, les jambes croisées sur le toit d'un taxi en stationnement. Ici, à coup sûr, la victoire arrivait à son heure, l'instant suprême avait été réglé avec une clairvoyance divine. La grande nation riche sortait victorieuse de la guerre, elle avait souffert assez pour en garder des souvenirs poignants, pas assez pour contracter de l'amertume — d'où ce carnaval, cette liesse, ce triomphe. Sous l'éclat des lumières s'illuminaient les visages de gens aux gloires depuis longtemps défuntes, dont les civilisations mêmes étaient mortes — des gens dont les ancêtres avaient appris des nouvelles de victoires, à Babylone, à Ninive, à Bagdad, à Tyr, une centaine de générations auparavant ; des hommes dont les ancêtres avaient vu un cortège couvert de fleurs, paré d'esclaves, défiler avec son sillage de captifs dans les avenues de la Rome impériale...

Passé le *Rialto,* la façade éblouissante de l'*Astor,* la magnificence gemmée de Times Square... une splendide allée incandescente devant soi... Puis — des années s'étaient-elles écoulées dans l'intervalle ? — il payait son chauffeur, devant un immeuble blanc de la 57e Rue. Il entrait dans le vestibule, et le jeune nègre de la Martinique, oisif, indolent, était toujours là, pareil à lui-même.

— Mrs Patch est chez elle ?

— Je viens de rentrer, monsieur, annonça le liftier à l'accent britannique insolite.

— Faites-moi monter...

Puis le lent bourdonnement de l'ascenseur, les trois marches jusqu'à la porte, qui s'ouvrit toute grande sous la fougue de sa poussée...

— Gloria !

Sa voix tressaillait. Pas de réponse. Une mince volute de

fumée montait d'un cendrier — un numéro d'un journal de modes reposait en travers de la table.

— Gloria !

Il courut à la chambre à coucher, à la salle de bains. Pas de Gloria. Un négligé d'un bleu d'œuf de rouge-gorge déployé sur le lit répandait un vague parfum, illusoire et familier. Sur une chaise traînaient une paire de bas et une robe de ville, une boîte ouverte béait sur le bureau. Elle devait être sortie à l'instant.

La sonnerie soudaine du téléphone le fit tressaillir — il répondit avec le sentiment d'être un imposteur.

— Allô !... Mrs Patch est là ?

— Non, je la cherche moi-même. Qui est à l'appareil ?

— Ici Mr Crawford.

— Ici Mr Patch. Je viens d'arriver à l'improviste et je ne sais où la trouver.

— Oh ! — Mr Crawford, au bout du fil, semblait un peu déconcerté. — Mais j'imagine qu'elle est au bal de l'Armistice. Je sais qu'elle comptait y aller, mais je ne pensais pas qu'elle partirait de si bonne heure.

— Où se donne le bal de l'Armistice ?

— A l'*Astor.*

— Merci.

Anthony raccrocha sèchement le téléphone et se leva. Qui était Mr Crawford ? Et qui donc emmenait Gloria au bal ? Depuis combien de temps cette aventure se poursuivait-elle ? Toutes ces questions se posèrent et trouvèrent une réponse, une douzaine de fois avec des douzaines de variantes. La proximité même de Gloria le rendait à moitié fou.

Dans une frénésie de suspicion, il parcourut en tous sens l'appartement, en quête d'un signe révélateur d'une présence masculine, il ouvrit le placard de la salle de bains, fouilla fiévreusement les tiroirs du bureau. Enfin, dans un coin de son tiroir, liées avec un fragile ruban bleu, il découvrit toutes les lettres qu'il lui avait écrites au cours de l'année précédente. Un sentiment de bonheur et de honte l'envahit.

— Je ne suis pas digne de la toucher, cria-t-il tout haut aux quatre murs. Je ne suis pas digne de toucher ses petites mains.

Néanmoins il partit à sa recherche.

Dans le vestibule de l'*Astor,* il fut aussitôt happé par une foule très dense qui obstruait le passage. Il demanda la direction de la salle de bal à une demi-douzaine de gens avant d'obtenir une réponse sobre et intelligible. Enfin après une dernière et longue attente, il laissa sa capote militaire au vestiaire, dans le hall.

Neuf heures sonnaient à peine, mais on dansait déjà éperdument. Le spectacle était invraisemblable. Des femmes, des femmes partout — des filles égayées par le vin, chantant d'une voix stridente qui couvrait le vacarme de l'éblouissante cohue couverte de confettis ; des filles qui faisaient valoir les uniformes d'une dizaine de nations ; des femmes grasses effondrées sans dignité sur le sol, et qui conservaient leur respect de soi en criant : « Hourra pour les Alliés ! » Trois matrones à cheveux blancs dansaient la main dans la main autour d'un matelot qui tournait comme une toupie vertigineuse en serrant contre son cœur une bouteille de champagne vide.

Le souffle coupé, Anthony scruta du regard les danseuses, les lignes confuses qui formaient une file unique pour entrer et sortir, autour des tables, scruta les bandes joyeuses qui donnaient de la trompette, s'embrassaient, toussaient, riaient et buvaient sous les grands drapeaux épanouis aux couleurs éclatantes dominant ce spectacle fastueux et sonore.

Soudain il vit Gloria. Assise à une table pour deux

personnes, à l'autre bout de la salle. Elle portait une robe noire et son visage animé, teinté du rose le plus vif, formait, pensa Anthony, une touche de beauté poignante dans la pièce. Il sentit battre son cœur, comme à une musique nouvelle. Il joua des coudes pour arriver jusqu'à elle et prononça son nom, juste au moment où les yeux gris se levaient vers lui. Un instant, pendant que leurs corps se rejoignaient et se confondaient, le monde, la fête, les accents plaintifs et syncopés de la musique s'estompèrent en une note d'extase unique, assourdie comme un chant d'abeilles.

— O ma Gloria ! s'écria-t-il.

Le baiser de Gloria fut un frais ruissellement jailli de son cœur.

2

Un problème d'esthétique

Le soir où Anthony était parti pour Camp Hooker, un an plus tôt, tout ce qui restait de la belle Gloria Gilbert — sa coquille, son corps jeune et charmant — monta les larges marches de marbre de Grand Central Station avec le rythme du train qui martelait ses oreilles comme en un rêve ; elle déboucha dans l'avenue Vanderbilt, où l'énorme masse du *Biltmore* dominait la rue et, tout en bas, à son entrée étincelante, happait les manteaux du soir de jeunes filles luxueusement vêtues. Un moment, elle s'arrêta à la station de taxis et les observa — tout étonnée d'avoir été naguère une des leurs, à la poursuite d'un lieu inconnu radieux, et toujours sur le point de vivre cette ultime aventure passionnée en vue de laquelle les manteaux des jeunes filles étaient fragiles et merveilleusement fourrés, leurs joues fardées, et leurs cœurs s'élançaient plus haut que le dôme des plaisirs éphémères qui les engloutissait avec leur coiffure, leur sortie de bal et tout le reste.

Il faisait plus froid et les passants avaient retroussé le col de leur pardessus. Ce changement fut doux à Gloria. Mieux eût encore valu que tout changeât : le temps, les rues et les fleurs, et qu'elle fût emportée d'un bout de baguette magique pour s'éveiller dans une pièce au plafond élevé, au frais parfum, seule intérieurement et extérieurement, pareille à une statue, comme dans son passé virginal et haut en couleurs.

Dans le taxi, elle versa des larmes impuissantes. Peu importait qu'elle n'eût pas été heureuse avec Anthony depuis plus d'un an. Récemment sa présence n'existait plus que dans la mesure où elle éveillait encore en son cœur des réminiscences d'un jour de juin mémorable. L'Anthony de ces derniers temps, faible, irritable et pauvre, ne pouvait que l'irriter à son tour, et l'ennuyer. Un ennui qui s'étendait à tout, sauf au fait que dans une jeunesse très chimérique et éloquente, ils avaient été réunis dans l'enivrement d'une extase. A cause de ce vif souvenir mutuel, elle aurait fait pour Anthony plus que pour tout être au monde. Aussi, lorsqu'elle entra dans le taxi, pleura-t-elle passionnément et eut-elle envie de crier son nom tout haut.

Malheureuse, esseulée comme une enfant perdue, elle resta assise dans l'appartement silencieux et écrivit à Anthony une lettre débordante de sentiments confus.

... Je puis presque suivre tes traces et te voir marcher ; mais sans toi, mon chéri, mon chéri, je ne puis voir, ni entendre, ni sentir, ni penser. Etre séparés — quoi qu'il nous soit arrivé ou doive nous arriver —, c'est comme d'implorer la clémence d'un orage, Anthony ; c'est comme de vieillir. J'ai si fort envie de t'embrasser, — sur la nuque, à la naissance de tes cheveux noirs. Parce que je t'aime et quoi que nous nous fassions ou nous nous disions l'un à l'autre, ou que nous ayons fait ou dit, il faut que tu sentes combien je t'aime, combien je me sens privée de vie en ton absence. Je ne peux pas haïr l'odieuse présence des GENS, *ces gens de la gare qui n'ont pas le droit de vivre — je ne peux pas leur en vouloir, même lorsqu'ils salissent notre univers, tant m'absorbe le désir que j'ai de toi.*

Si tu me haïssais, si tu étais couvert de plaies comme un lépreux, si tu t'enfuyais avec une autre femme ou me faisais mourir de faim ou me battais — comme cela semble absurde ! — je te désirerais quand même, je t'aimerais quand même. Je le SAIS, *mon aimé.*

Il est tard. J'ai toutes les fenêtres ouvertes et l'air au-dehors est doux comme le printemps, et pourtant, beaucoup plus jeune et fragile que le printemps. Pourquoi représente-t-on toujours le printemps sous les traits d'une jeune fille, pourquoi cette illusion danse-t-elle et chante-t-elle sur son chemin pendant trois mois, en avançant à travers l'absurde stérilité du monde ? Le printemps est un maigre et vieux cheval de labour aux côtes saillantes — c'est un tas de détritus dans un champ, parcheminé par le soleil et la pluie qui finissent par lui donner une sinistre propreté.

Dans quelques heures, tu t'éveilleras, mon aimé — tu seras misérable et dégoûté de la vie. Tu seras dans le Delaware ou en Caroline, ou en quelque autre endroit — et tu compteras si peu. Je ne crois pas que personne au monde parvienne à se considérer comme une création éphémère, comme un luxe ou un mal inutile. Très peu de ceux qui dénoncent la futilité de la vie remarquent leur propre futilité. Peut-être pensent-ils qu'en proclamant le mal de vivre ils préservent en quelque sorte leur propre valeur contre la ruine — mais ils ne le font pas, non, pas même toi et moi...

... Pourtant, je peux te voir. Là où tu passes, une brume bleue flotte sur les arbres, trop belle pour être durable. Non, les carrés de terre en friche seront plus fréquents, ils borderont la piste comme des draps bruns sales et grossiers séchant au soleil et animés d'une vie machinale, abominable. La nature, la vieille souillon, a couché dans ces draps avec chaque vieux fermier ou nègre, ou émigrant, qui s'est trouvé la convoiter...

Ainsi, tu vois, à présent que tu es parti, je t'ai écrit une lettre de mépris et de désespoir. Et cela signifie que je t'aime, Anthony, avec tout ce qu'il y a d'amour dans ta

Gloria.

Quand elle eut écrit la suscription, elle alla vers son lit jumeau, s'y coucha, et serra entre ses bras l'oreiller d'Anthony comme si, par la force de son émotion, elle pouvait le métamorphoser en un corps chaud et vivant. Deux heures sonnèrent et la trouvèrent les yeux secs, fixés avec une permanence obstinée sur les ténèbres, se souvenant, se souvenant impitoyablement, se blâmant pour cent rebuffades imaginaires, forgeant un Anthony à l'image d'un Christ martyrisé et transfiguré. Pendant un temps, elle pensa à lui de la façon dont lui-même, en ses instants les plus sentimentaux, y pensait.

A cinq heures, elle ne dormait toujours pas. Un bruit mystérieux, semblable à un grincement, qui se renouvelait chaque matin, lui apprit l'heure. Elle entendit sonner un réveille-matin et une lumière découpa un carré jaune sur un mur nu, illusoire, en face. A moitié résolue à suivre immédiatement Anthony dans le Sud, sa tristesse s'estompa et la quitta tandis que l'obscurité se déplaçait vers l'occident. Elle s'endormit.

Quand elle s'éveilla, la vue du lit vide à côté d'elle lui apporta un regain de détresse, d'ailleurs bientôt chassé par l'inévitable indifférence de l'éclatant matin. Bien qu'elle n'en eût pas encore conscience, elle fut soulagée de prendre son petit déjeuner sans avoir le visage las et soucieux d'Anthony en face d'elle. A présent qu'elle était seule, elle avait perdu tout désir de se plaindre de la nourriture. Elle pensa à modifier le menu de ses petits déjeuners, à prendre une limonade et un sandwich à la tomate au lieu du sempiternel bacon aux œufs accompagné de *toasts*.

Néanmoins, à midi, lorsqu'elle eut téléphoné à plusieurs de ses connaissances, y compris la belliqueuse Muriel, et les eut trouvées toutes retenues pour le déjeuner, elle céda à une compassion silencieuse sur son sort et son isolement. Blottie sur le lit avec du papier et un crayon, elle écrivit encore à Anthony.

A la fin de l'après-midi, arriva une lettre exprès, expédiée d'une petite ville du New Jersey, et les tournures de phrases familières, le fond sous-jacent, presque audible, de souci et de mécontentement, lui étaient si connus qu'ils la réconfortèrent. Qui sait ? Peut-être la discipline de l'armée tremperait-elle Anthony et l'habituerait-elle à l'idée du travail ? Elle avait la conviction inébranlable que la guerre prendrait fin avant qu'il fût appelé à se battre, et entre-temps, on gagnerait le procès et ils pourraient repartir à zéro, cette fois sur d'autres bases. La première chose différente serait qu'elle aurait un enfant. Il était insupportable de rester aussi complètement seule.

Une semaine s'écoula avant qu'elle fût capable de rester dans l'appartement avec la moindre chance de garder les yeux secs. La ville ne semblait pas offrir beaucoup de distractions. Muriel avait été transférée à un hôpital de New Jersey, d'où elle venait en congé dans la capitale tous les quinze jours seulement ; et avec cette défection, Gloria commença à se rendre compte du très petit nombre d'amitiés qu'elle avait nouées durant toutes ces années à New York. Les hommes qu'elle avait connus étaient aux armées. « Les hommes qu'elle avait connus » — elle s'était vaguement figuré que tous ses anciens amoureux étaient ses amis. Chacun avait, durant une période considérable, fait profession de placer ses faveurs au-dessus de tout. Mais maintenant ? Où étaient-ils ? Deux au moins étaient morts, une demi-douzaine ou davantage mariés et le reste dispersés, de la France aux Philippines. Aucun d'eux pensait-il à elle ? et combien souvent ? et sous quel jour la voyaient-ils ? La plupart devaient encore se représenter la petite fille de dix-sept ans, la sirène adolescente de neuf ans auparavant.

Les filles, aussi, s'étaient beaucoup éloignées. Elle n'avait jamais été populaire à l'école. Elle était trop belle, trop indolente, point assez consciente d'être une jeune fille du pensionnat de Farmover et une « Future-Epouse-et-Mère », en majuscules. Et les filles qui n'avaient jamais été embrassées insinuaient, avec des expressions choquées sur leurs visages sans grâce mais point particulièrement sains, que Gloria, elle, l'avait été. Puis ces filles s'étaient dispersées, aux quatre points cardinaux, mariées, et étaient devenues « des personnes », prédisant (si tant est qu'elles se fussent livrées à des prédictions relatives à Gloria) que celle-ci finirait mal — sans savoir qu'aucune fin n'est mauvaise et que, pas plus que Gloria, elles n'étaient maîtresses de leurs destinées.

Gloria se récapitulait les gens qui fréquentaient chez eux, à la maison grise de Marietta. En ce temps-là, il lui semblait qu'ils avaient toujours eu du monde. Elle se complaisait à la conviction informulée que chacun de leurs hôtes contractait une petite dette à son égard. Ils lui devaient en quelque sorte dix dollars au figuré, et en cas de besoin elle n'aurait eu, pour ainsi dire, qu'à leur emprunter ce numéraire fictif. Mais ils étaient partis, dispersés comme paille au vent, mystérieusement et presque subtilement disparus, virtuellement ou en fait.

A Noël, la conviction qu'avait Gloria de devoir rejoindre Anthony revint, non plus sous forme d'émotion soudaine, mais comme un besoin périodique. Elle résolut de lui écrire pour annoncer son arrivée, mais différa cette annonce sur l'avis de Mr Haight : il s'attendait presque chaque semaine que l'affaire vînt devant le tribunal.

Un jour du début de janvier, dans la Cinquième Avenue, à présent bariolée d'uniformes et pavoisée des drapeaux des nations vertueuses, elle croisa Rachel Barnes qu'elle n'avait pas vue depuis près d'un an. Même Rachel, pour qui elle s'était prise d'antipathie, offrait un recours contre l'ennui et ensemble elles allèrent prendre le thé au *Ritz*.

Après un second cocktail, elles s'enthousiasmèrent. Elles se plurent. Elles parlèrent de leurs maris, Rachel sur ce ton de gloriole publique, avec des réserves privées, que les épouses ont coutume d'employer à propos de leurs conjoints.

— Rodman est en Europe, dans le corps d'intendance. Il est capitaine. Il tenait à partir, et il ne croyait pas pouvoir être admis dans un autre corps.

— Anthony est dans l'infanterie.

Ces mots, associés au cocktail, donnèrent à Gloria une sorte d'ardeur. A chaque gorgée, elle se rapprochait davantage d'un chaleureux et réconfortant patriotisme.

— Au fait, dit Rachel une demi-heure plus tard, lorsqu'elles s'en allaient, vous ne pourriez pas venir dîner demain soir ? J'ai deux officiers absolument charmants qui partent pour l'Europe. Je pense que nous devrions faire tout notre possible pour leur rendre la soirée agréable.

Gloria fut heureuse d'accepter. Elle nota l'adresse et reconnut, au numéro, un élégant immeuble de rapport de Park Avenue.

— Ç'a été très réconfortant de vous voir, Rachel.

— Ç'a été merveilleux, je le désirais.

Avec ces trois phrases, fut pardonnée certaine nuit à Marietta, trois étés auparavant, où Anthony et Rachel se montraient exagérément attentifs l'un à l'autre — Gloria pardonnait à Rachel, Rachel pardonnait à Gloria. En outre, on pardonnait à Rachel d'avoir été témoin du plus grand désastre de la vie de Mr et Mrs Anthony Patch.

Composons avec les événements, et le temps fait son chemin.

LES ROUERIES DU CAPITAINE COLLINS.

Les deux officiers étaient capitaines d'artillerie — l'arme populaire. A dîner, ils parlèrent d'eux-mêmes, en affectant une pose ennuyée, comme de membres du « Club du Suicide ». A cette époque, toute branche ignorée de ce service se référait au « Club du Suicide » en parlant de soi. L'un des capitaines — celui de Rachel, remarqua Gloria — était un homme grand, chevalin, avec une moustache plaisante et de vilaines dents. L'autre, le capitaine Collins, joufflu, les joues roses, avait tendance à s'esclaffer d'un rire débridé chaque fois qu'il croisait le regard de Gloria. Il se prit immédiatement d'un caprice pour elle et durant le dîner la bombarda de compliments ineptes. Au second verre de champagne Gloria décida que pour la première fois depuis des mois, elle s'amusait à fond.

Après dîner, quelqu'un proposa d'aller danser quelque part. Les deux officiers firent main basse sur des bouteilles de liqueur, empruntées au buffet de Rachel — une loi interdisant d'en fournir aux militaires —, et ainsi équipés ils dansèrent d'innombrables fox-trot dans plusieurs caravansérails étincelants, tout le long de Broadway, en alternant scrupuleusement leurs partenaires — tandis que Gloria devenait de plus en plus pétulante et amusante aux yeux du capitaine aux joues roses, qui ne se donnait plus la peine de dissimuler son sourire jovial.

A onze heures, à la grande surprise de Gloria, elle fut la seule à opter pour qu'on restât dehors. Les autres voulaient retourner à l'appartement de Rachel, pour prendre d'autres liqueurs, dirent-ils. Gloria s'obstina à protester que le flacon du capitaine Collins était à moitié plein — elle venait de le voir —, mais elle rencontra le regard de Rachel qui cligna de l'œil. Elle en déduisit confusément que son hôtesse voulait se débarrasser des officiers et consentit à se laisser emballer dans un taxi.

Le capitaine Wolf était assis à gauche, avec Rachel sur ses genoux. Le capitaine Collins, installé au milieu, glissa son bras autour de l'épaule de Gloria, l'y laissa un instant inerte, puis resserra son étreinte comme une vis. Il se pencha sur elle.

— Vous êtes terriblement belle, chuchota-t-il.

— Grand merci, monsieur.

Elle n'était ni contente ni ennuyée. Avant la venue d'Anthony, tant de bras avaient fait de même que, pour elle, il n'y avait plus guère là qu'un geste sentimental sans importance.

Là-haut, dans la longue pièce en façade de Rachel, un feu qui couvait et deux lampes voilées d'abat-jour orangés dispensaient toute la lumière, en sorte que les coins baignaient dans des ombres profondes et somnolentes. L'hôtesse, évoluant dans une robe sombre de chiffon souple, semblait accentuer l'atmosphère déjà sensuelle. Un moment, ils goûtèrent tous les quatre aux sandwiches qui les attendaient sur la table à thé, puis Gloria se trouva seule avec le capitaine Collins, sur le divan près du feu ; Rachel et le capitaine Wolf s'étaient retirés à l'autre bout de la pièce où ils causaient à voix basse.

— Je regrette que vous soyez mariée, dit Collins.

Et son visage s'appliqua risiblement à mimer « le plus grand sérieux ».

— Pourquoi ?

Elle tendit son verre pour qu'il le remplît d'un nouveau *high-ball*.

— Ne buvez plus, demanda-t-il en fronçant le sourcil.

— Pourquoi pas ?

— Vous seriez plus gentille si vous ne buviez pas.

Gloria devina soudain l'insinuation incluse dans la remarque et l'atmosphère qu'il cherchait à créer. Elle eut envie de rire — et pourtant se rendit compte qu'il n'y avait pas de quoi. Elle s'était bien amusée pendant la soirée et ne désirait pas rentrer chez elle. En même temps, sa fierté s'offusquait que l'on flirtât avec elle à ce niveau-là.

— Versez-moi un autre verre, insista-t-elle.

— Je vous en prie...

— Oh ! ne soyez pas ridicule ! s'écria-t-elle, exaspérée.

— Soit.

Il céda, de mauvaise grâce.

Le bras de Collins l'enlaça de nouveau et cette fois encore elle ne protesta pas. Mais lorsque sa joue rose se rapprocha, elle détourna la tête.

— Vous êtes terriblement délicieuse, dit-il d'un air négligent.

Elle se mit à fredonner doucement, en souhaitant à présent qu'il retirât son bras. Soudain son regard surprit une scène intime à l'autre bout de la pièce — Rachel et le capitaine Wolf, absorbés dans un long baiser. Gloria frissonna légèrement sans savoir pourquoi... Visage-Rose se rapprocha encore.

— Ne les regardez pas, chuchota-t-il.

Presque aussitôt, son autre bras lui enlaça la taille... elle perçut sur la joue son souffle. Cette fois encore, l'absurdité triompha du dégoût et son rire lui fut une arme qui n'avait pas besoin du fil des mots.

— Oh ! je vous croyais sportive ? dit-il.

— Qu'est-ce à dire, « sportive » ?

— Eh bien, une personne qui aime jouir de la vie.

— S'embrasser, c'est considéré comme une affaire joyeuse ?

La venue soudaine de Rachel et du capitaine Wolf les interrompit.

— Il se fait tard, Gloria, dit Rachel. — Elle avait les joues en feu et les cheveux épars. — Vous feriez mieux de passer la nuit ici.

Un instant, Gloria crut que Rachel congédiait les deux officiers, puis elle comprit et se leva d'un air aussi naturel qu'elle put.

Sans rien saisir, Rachel continua :

— Vous pouvez occuper la chambre à côté. Je vous prêterai tout ce qu'il vous faudra.

Les yeux de Collins l'imploraient comme ceux d'un chien. Le bras du capitaine Wolf reposait familièrement autour de la taille de Rachel. Ils attendaient.

Mais l'attrait de la promiscuité, coloré, varié, mystérieux, et toujours un peu malodorant et vicié, ne séduisait pas Gloria. L'eût-elle désiré, elle serait restée sans hésitation, sans regret ; mais en l'occurrence elle put affronter froidement les six yeux hostiles et offensés qui la suivirent dans l'entrée, avec une politesse contrainte et des mots creux.

« Lui, il n'a pas été assez sportif pour essayer de me ramener chez moi », pensa-t-elle dans le taxi, puis, avec un prompt élan de rancune : « Quelle vulgarité ! »

CHEVALERIE.

En février, elle fit une expérience d'un tout autre ordre. Tudor Baird, une ancienne flamme, un jeune homme qu'à un moment elle avait eu la ferme intention d'épouser, vint à New York, car il faisait partie du corps d'aviation, et lui rendit visite. Ils allèrent plusieurs fois au théâtre et, au bout d'une semaine, au grand amusement de Gloria, il était aussi épris d'elle que par le passé. Elle lui tourna la tête très délibérément et se rendit compte trop tard qu'elle avait commis une mauvaise action. Il en vint au point de rester assis avec elle, dans un silence chagrin, à chacune de leurs sorties.

Ayant été un « Scroll and Keys », à l'université de Yale, il avait toutes les réticences correctes d'un « œuf de bonne ponte », les notions correctes de chevalerie et de *noblesse oblige*[1] » — et bien entendu, mais malheureusement, les préjugés et le manque d'idées correctes —, tous ces traits qu'Anthony avait appris à Gloria à mépriser, mais que malgré tout elle admirait un peu. Il différait de la plupart des jeunes gens et elle s'aperçut qu'il n'était pas ennuyeux. Il était beau, spirituel dans un genre léger, et en sa compagnie elle sentait qu'à cause d'un élément indéfinissable en lui — qu'on l'appelât stupidité, loyauté, sentimentalité, ou quelque chose de moins défini — il eût fait tout ce qui dépendait de lui pour lui plaire.

Il lui dit tout cela, et bien d'autres choses encore, très correctement et avec une virilité posée qui masquait une souffrance réelle. Comme elle ne l'aimait pas du tout, elle s'apitoya sur son sort et lui donna sentimentalement un baiser, un soir, parce qu'il était si charmant, un vestige d'une génération appelée à disparaître, vivant une illusion prude et gracieuse, et peu à peu remplacée par des imbéciles moins chevaleresques. Plus tard, elle fut contente de l'avoir embrassé, car le lendemain, quand son avion fit une chute de quinze cents mètres à Mineola, un éclat de réservoir à essence lui transperça le cœur.

1. En français dans le texte.

GLORIA SEULE.

Quand Mr Haight lui dit que le procès n'aurait pas lieu avant l'automne, elle décida qu'à l'insu d'Anthony elle ferait du cinéma. Lorsqu'il verrait sa réussite, à la fois comme vedette et sur le plan financier, lorsqu'il verrait qu'elle pouvait imposer sa volonté à Joseph Bloeckman sans rien lui céder en retour, il perdrait ses sots préjugés. Elle resta éveillée la moitié d'une nuit à imaginer sa future carrière et à jouir par anticipation de ses succès, et le lendemain elle téléphona aux « Films par excellence ». Mr Bloeckman était en Europe.

Mais l'idée s'était emparée d'elle si fortement, cette fois, qu'elle résolut de faire le tour des agences de placement cinématographiques.

Une fois de plus, son sens de l'odorat réduisit à néant ses bonnes intentions. L'agence de placement exhalait un certain relent, comme si elle était depuis longtemps morte. Gloria attendit cinq minutes, inspecta ses rivales insignifiantes — puis gagna vivement le coin le plus éloigné de Central Park et y resta si longtemps qu'elle s'enrhuma. Elle essayait de s'aérer pour chasser de son costume tailleur l'odeur de l'agence de placement.

Au printemps, elle commença à se rendre compte, à travers les lettres d'Anthony — non pas une lettre en particulier, mais l'ensemble —, qu'il ne voulait pas qu'elle allât le rejoindre dans le Sud. Des prétextes curieusement répétés, qui semblaient le hanter à cause de leur insuffisance même, se renouvelaient avec une une régularité freudienne. Il les énumérait dans chaque lettre, comme s'il craignait de les avoir oubliés la dernière fois et que la nécessité d'impressionner Gloria s'imposât désespérément. Et les diminutifs affectueux prodigués dans ses missives commencèrent à devenir automatiques et à perdre toute spontanéité. On eût dit qu'après avoir fini sa lettre, il la relisait et y fourrait littéralement ces épithètes comme les épigrammes dans une pièce d'Oscar Wilde. Elle en vint à cette conclusion, la rejeta, fut tour à tour irritée et déprimée — enfin, elle l'écarta de son esprit, fièrement, et laissa une froideur grandissante, du moins de son côté, s'introduire dans leur correspondance.

Elle avait depuis peu trouvé beaucoup de dérivatifs. Plusieurs aviateurs, connus par Tudor Baird, vinrent à New York pour la voir, et deux de ses anciens « beaux », cantonnés au camp Dix, firent leur apparition. Quand ces hommes furent envoyés outre-mer, ils la léguèrent en quelque sorte à leurs amis. Mais après une autre expérience assez désagréable avec un capitaine Collins en puissance, elle fit clairement entendre qu'aucune personne qu'on lui présentait ne devait se méprendre sur son état de femme mariée et ses intentions personnelles.

Quand vint l'été, elle se mit, comme Anthony, à examiner la liste nécrologique des officiers. Elle prenait une sorte de plaisir mélancolique à apprendre la mort de quelqu'un avec qui elle avait dansé une fois et identifiait d'après leur nom les frères cadets d'anciens soupirants, en pensant qu'à mesure que l'avance vers Paris progressait, le monde s'acheminait, là-bas du moins, vers une destruction inévitable et bien méritée.

Elle eut vingt-sept ans. Son anniversaire passa presque inaperçu. Des années auparavant, elle avait pris peur en atteignant vingt ans et, plus tard encore, jusqu'à un certain point, lorsqu'elle en avait compté vingt-six — mais à présent elle contemplait dans la glace avec une calme approbation la fraîcheur britannique de son teint, et sa silhouette toujours mince et juvénile.

Elle essayait de ne pas penser à Anthony. C'était comme

si elle écrivait à un étranger. Elle dit à ses amis qu'il avait été nommé caporal et fut ennuyée de constater leur indifférence polie. Une nuit, elle pleura parce qu'elle s'affligeait pour lui. S'il avait répondu le moins du monde à ses avances, elle serait partie sans hésiter par le premier train. Quoi qu'il fît, il avait besoin que l'on prît soin de lui moralement et, à présent, elle se sentait même capable de cela. Récemment, affranchie de cette perpétuelle tension qui réduisait sa force morale, elle s'était sentie merveilleusement revivifiée. Avant le départ d'Anthony, elle inclinait à ruminer ses occasions perdues. A présent, elle revenait à son état d'âme normal — forte, dédaigneuse, vivant au jour le jour. Elle acheta une poupée et l'habilla. Une semaine, elle pleura sur *Ethan Frome* — la semaine suivante, elle prit plaisir à des romans de Galsworthy qu'elle aimait pour son pouvoir de recréer dans la pénombre printanière cette illusion de l'amour naissant et romanesque que les femmes ne cessent d'attendre et, plus tard, de regretter.

En octobre, les lettres d'Anthony se multiplièrent, se firent presque éperdues — puis brusquement cessèrent. Durant un mois de souci, elle eut besoin de tout son empire sur elle-même pour ne pas partir immédiatement pour le Mississippi. Enfin un télégramme lui apprit qu'il avait été à l'hôpital et qu'elle pouvait l'attendre à New York dans une dizaine de jours. Comme un personnage de rêve, il rentra dans sa vie, à travers la salle de bal, ce soir de novembre et au cours de longues heures imprégnées d'une satisfaction familière elle le serra contre sa poitrine, en se berçant d'une illusion de bonheur et de sécurité qu'elle ne pensait plus connaître jamais.

DÉCONFITURE DES GÉNÉRAUX.

Au bout d'une semaine, le régiment d'Anthony retourna au camp du Mississippi pour être démobilisé. Les officiers s'enfermèrent dans les compartiments du train pullman et burent le whisky qu'ils avaient acheté à New York et, dans les wagons, les soldats aussi se soûlèrent autant qu'ils purent et prétendirent, chaque fois que le train s'arrêtait dans un village, qu'ils rentraient tout juste de France, où ils avaient, en fait, exterminé l'armée allemande. Comme ils portaient tous des calots d'outre-mer et affirmaient n'avoir pas eu le temps de faire coudre leurs galons d'or, les campagnards du littoral furent très impressionnés et leur demandèrent s'ils s'étaient plu dans les tranchées, à quoi ils répondirent : « Oh ! mes amis ! » avec de grands claquements de langue et hochements de tête. Quelqu'un prit un bout de craie et griffonna sur la paroi latérale du train : « Nous avons gagné la guerre, maintenant nous rentrons chez nous », et les officiers rirent et tolérèrent l'inscription. Tous essayaient de pallier, par toutes les rodomontades possibles, leur ignominieux retour.

Tandis qu'ils roulaient bruyamment vers le camp, Anthony, mal à l'aise, craignait de trouver Dot en train de l'attendre patiemment à la gare. A son soulagement, il ne la vit pas et n'entendit point parler d'elle, et, pensant que si elle était encore en ville elle eût essayé de communiquer avec lui, il en conclut qu'elle était partie — pour où, il l'ignorait et n'en avait cure. Il voulait seulement retourner à Gloria et rien d'autre, Gloria ressuscitée et merveilleusement vivante. Quand il fut enfin démobilisé, il quitta sa compagnie à l'arrière d'un grand camion, avec une foule de démobilisés qui avaient fait des ovations indulgentes, presque sentimentales, à tous leurs officiers, surtout au capitaine Dunning. Le capitaine, pour sa part, les avait apostrophés, les larmes aux yeux, au sujet du plaisir, etc., et du travail, etc., et du temps bien employé, etc., et du devoir, etc. Ç'avait été très ennuyeux et humain. Après l'avoir écouté, Anthony, les idées rafraîchies par la semaine passée à New York, éprouva un regain d'horreur pour la carrière militaire et tout ce qu'elle impliquait. Dans leurs cœurs puérils, deux officiers de carrière sur trois considéraient que les guerres étaient faites pour les armées, et non les armées pour les guerres. Il se réjouit de voir le général et les officiers supérieurs chevaucher, navrés, autour du camp désert, privés de leurs commandements. Il se réjouit d'entendre les hommes de sa compagnie rire avec dédain des invites à rester dans l'armée. Ils pourraient fréquenter des « écoles ». Anthony savait ce qu'étaient ces écoles.

Deux jours plus tard, il rejoignait Gloria à New York.

UN AUTRE HIVER.

Vers la fin d'un après-midi de février, Anthony regagna l'appartement et, tâtonnant à travers la petite entrée noire comme poix dans le crépuscule hivernal, trouva Gloria assise près de la fenêtre. Elle se retourna au bruit de ses pas.

— Qu'avait à te dire Mr Haight ? demanda-t-elle distraitement.

— Rien, répondit-il. Toujours la même rengaine. La semaine prochaine, peut-être.

Elle le regarda de près ; son oreille, habituée à la voix d'Anthony, perçut un accent très légèrement pâteux dans le dissyllabe.

— Tu as bu, fit-elle observer avec calme.

— ... Bu deux verres...

— Oh !

Il bâilla dans son fauteuil et il y eut un moment de silence. Enfin elle demanda tout à trac :

— Es-tu allé voir Mr Haight ? Dis-moi la vérité.

— Non. — Il eut un pâle sourire. — En fait, je n'ai pas eu le temps.

— Je pensais bien que tu n'y étais pas allé... Il t'a pourtant bien demandé de passer le voir.

— M'en fiche. Je suis fatigué d'attendre dans ses bureaux. On croirait que c'est lui qui me fait une faveur.

Il jeta un coup d'œil à Gloria, comme pour quêter un soutien moral, mais elle s'était remise à contempler les allées et venues mystérieuses et insignifiantes du dehors.

— Je suis plutôt excédé de la vie, aujourd'hui, suggéra-t-il, engageant. — Elle resta muette... — J'ai rencontré un camarade et nous avons causé au bar du *Biltmore.*

Le crépuscule s'épaississait, mais ni l'un ni l'autre ne fit le geste de donner de la lumière. Perdus dans Dieu sait quelle contemplation, ils restèrent assis, jusqu'à ce qu'une rafale de neige arrachât un soupir languissant à Gloria.

— Qu'as-tu fait, toi ? demanda-t-il pour rompre le silence accablant.

— J'ai lu un magazine plein d'articles idiots écrits par des auteurs prospères, sur la difficulté qu'ont les pauvres à acheter des chemises de soie. Et, pendant que je lisais, je ne pouvais penser à rien sauf à l'envie que j'ai d'acheter un manteau de petit-gris — et aussi que nous ne pouvons pas nous le payer.

— Si, nous pouvons.

— Oh non !

— Oh si ! Si tu veux un manteau de fourrure, tu peux l'avoir.

La voix de Gloria, dans l'obscurité, se nuança de mépris.

— Tu veux dire, nous pourrions vendre encore des titres.

— Au besoin. Je ne veux pas que tu sois privée. Nous avons d'ailleurs beaucoup dépensé depuis mon retour.

— Oh ! tais-toi, dit-elle avec irritation.

— Pourquoi ?

— Parce que j'en ai assez de t'entendre parler de ce que nous avons dépensé ou de ce que nous avons fait. Tu es rentré il y a deux mois déjà et depuis nous avons été à une « party » presque tous les soirs. Nous avions tous deux envie de sortir, et nous sommes sortis. M'as-tu entendu m'en plaindre ? Mais toi, tu ne fais que geindre, geindre, geindre. Moi, je ne me soucie plus de ce que nous faisons ou nous devenons, et au moins je suis logique. Mais je ne supporterai pas tes plaintes et tes jérémiades...

— Tu n'es pas très agréable toi-même, parfois, tu sais...

— Je ne suis pas forcée de l'être. Tu n'essayes en rien de remédier à la situation.

— Mais j'ai...

— Tais-toi ! Il me semble que j'ai déjà entendu tout cela. Ce matin, tu avais décidé de ne plus toucher à un verre de boisson avant d'avoir trouvé un emploi. Et tu n'as même pas eu le courage d'aller voir Mr Haight, quand il te fait chercher au sujet du procès.

Anthony se leva et alluma toutes les lumières.

— Dis donc ! s'écria-t-il en clignotant des yeux. Je commence à en avoir assez de ta langue pointue.

— Eh bien, que vas-tu faire ?

— Tu penses que moi, je suis très heureux ? continua-t-il, ignorant la question. Tu penses que j'ignore que nous ne vivons pas comme nous le devrions ?

Aussitôt, Gloria se dressa, frémissante, devant lui.

— Je ne le supporterai pas ! fit-elle avec éclat. Je ne veux pas de sermon ! Tu n'es qu'un être misérable et veule, et tu l'as toujours été !

Ils s'affrontèrent stupidement, chacun incapable d'impressionner l'autre, chacun violemment et douloureusement excédé. Elle alla dans sa chambre et ferma la porte derrière elle.

Le retour d'Anthony avait ramené au premier plan leurs sujets de mésentente. Les prix avaient monté de façon alarmante, et par une perversité du sort inversement proportionnelle, leurs revenus avaient diminué de près de la moitié. Il y avait eu la grosse provision donnée à Mr Haight ; il y avait eu des actions achetées à cent dollars, à présent tombées à trente et quarante et d'autres placements qui ne rapportaient rien du tout. Au printemps, précédent, Gloria s'était trouvée devant l'alternative de quitter l'appartement ou de signer un bail d'un an à deux cent vingt-cinq dollars par mois. Elle avait signé. Inévitablement, à mesure que la nécessité d'économiser s'imposait davantage, ils s'apercevaient qu'ils étaient incapables d'épargner. Ils revinrent à leur ancienne politique d'atermoiement. Las de leur impuissance, ils parlèrent de ce qu'ils feraient ; oh ! — demain — ils allaient renoncer aux « parties » et Anthony se mettrait au travail. Mais quand tombait la nuit, Gloria, habituée à avoir toutes ses soirées prises, sentait l'ancienne agitation l'envahir. Debout sur le seuil de la chambre à coucher, elle mordillait rageusement ses doigts, et parfois son regard croisait celui d'Anthony, lorsqu'il jetait un coup d'œil par-dessus son livre. Puis, sonnerie de téléphone, les nerfs de Gloria se détendaient, elle répondait avec un empressement mal dissimulé. Quelqu'un allait monter « rien que pour un instant », et, oh ! la fatigue de simuler, l'apparition de la table à liqueurs, et leurs esprits harassés qui se ranimaient — et le réveil, point central de la nuit insomnieuse où ils se débattaient.

A mesure que passait l'hiver, avec les troupes qui rentraient et traversaient la Cinquième Avenue, ils prenaient de plus en plus conscience que depuis le retour d'Anthony leurs relations s'étaient complètement modifiées. Après un regain de tendresse et de passion, chacun des deux s'était replongé dans un rêve solitaire que son conjoint ne partageait pas, et les caresses qu'ils échangeaient dans l'intervalle allaient, semblait-il, d'un cœur vide à un autre cœur vide, échos caverneux de la fuite d'un sentiment qu'ils savaient aboli.

Anthony avait fait de nouveau le tour des bureaux de rédaction de la capitale et, une fois de plus, s'était vu décourager par une légion de garçons de bureau, de jeunes téléphonistes et de rédacteurs. Le mot d'ordre était : « Nous réservons nos places vacantes à nos collaborateurs qui sont encore en France. » A la fin de mars, son regard tomba sur une annonce, dans le journal du matin, en suite de quoi il finit par trouver un semblant d'occupation.

VOUS ÊTES CAPABLE DE VENDRE ! ! !

Pourquoi ne pas gagner, tout en vous intruisant !

Nos vendeurs gagnent de 50 à 200 dollars par semaine.

Suivait une adresse à Madison Avenue, avec l'injonction de se présenter à une heure de l'après-midi. Gloria jeta un coup d'œil par-dessus l'épaule d'Anthony — après un de leurs petits déjeuners, en général pris tard — et le vit regarder distraitement cette annonce.

— Pourquoi n'essayes-tu pas ? suggéra-t-elle.

— Oh ! c'est encore une de ces combines ébouriffantes...

— Peut-être pas. Et au moins, ce serait une expérience.

Sur ses instances, il se rendit à une heure à l'adresse indiquée où il se trouva parmi un ramassis dense et composite d'hommes réunis devant la porte. Ils allaient d'un garçon de courses, qui évidemment mésusait du temps de sa compagnie, à un quidam vieux comme le monde, au corps usé et à la canne usée. Quelques-uns d'entre eux avaient les joues creuses et les yeux roses et bouffis, d'autres étaient jeunes, peut-être encore des collégiens. Après quinze minutes de bousculade, pendant lesquelles ils se dévisagèrent avec une méfiance apathique, parut un élégant jeune berger vêtu d'un costume pincé à la taille et qui, avec toute la pompe d'un directeur adjoint, conduisit ce troupeau à l'étage supérieur, dans une grande pièce semblable à une classe, et pourvue d'innombrables pupitres. Là, les futurs vendeurs s'assirent et attendirent de nouveau. Après un moment, sur une estrade au bout de la salle, surgirent une demi-douzaine d'hommes posés mais fringants qui, à une exception près, s'assirent en demi-cercle, face à l'auditoire.

L'exception fut l'homme qui semblait le plus posé mais le plus fringant de tous, et qui s'avança jusqu'au bord de l'estrade. L'assistance le scruta du regard, avec espoir. Plutôt petit et assez joli garçon, d'un physique de vendeur plutôt que d'acteur, il avait des sourcils blonds, droits et fournis, et des yeux d'une honnêteté absurde, et, quand il arriva à l'extrémité de la tribune, il braqua ses yeux sur l'assistance, le bras étendu, en allongeant deux doigts. Tandis qu'il se balançait pour reprendre l'équilibre, un silence attentif tomba sur la salle. Avec une parfaite assurance, le jeune homme avait pris ses auditeurs en main, et ses paroles, lorsqu'elles jaillirent, furent calmes et confiantes, du genre « direct, percutant ».

— Les gars ! commença-t-il.

Et il s'arrêta. Le mot expira avec un écho prolongé au bout de la salle ; les visages qui le regardaient, avec espoir, cynisme ou lassitude, étaient tous pareillement saisis, captivés. Six cents yeux se levaient vers lui. Avec un débit monotone et sans grâce qui rappela à Anthony le roulement des boules de bowling, il se lança dans son exposition, comme dans une mer.

— Par ce beau matin ensoleillé, vous avez ouvert votre journal préféré et avez trouvé une annonce qui vous apprenait tout de go et sans périphrases que *vous* êtes capable de vendre. C'est tout ce qu'elle disait. Elle ne disait pas « quoi », elle ne disait pas « comment ». Elle affirmait simplement que *vous* et *vous* et *vous* — il désigna ses interlocuteurs — pourriez vendre. Or mon boulot ne consiste pas à faire de vous un type qui réussit, car tout homme est né pour la réussite, c'est lui-même qui se voue à l'échec ; je n'ai pas à vous apprendre à parler, car tout homme est un orateur-né et c'est lui qui se transforme en carpe ; mon propos est de vous dire une chose, d'une façon qui vous la fera *connaître* — c'est de vous dire que *vous* et *vous* et *vous* avez un héritage d'argent et de prospérité qui attend que vous veniez le revendiquer.

A ce moment, Un Irlandais à l'aspect saturnien quitta son pupitre au fond de la salle et sortit.

— Cet homme pense aller le chercher au débit de bière voisin. *(Rires.)* Il ne l'y trouvera pas. Il fut un temps où j'allais moi-même le chercher là-bas *(rires)*, mais c'était avant d'avoir fait ce qui est à la portée de chacun de vous, jeune ou vieux, pauvre ou riche *(légère explosion de rires sardoniques)*. C'était avant de m'être trouvé... moi-même !

« Je me demande si vous savez ce qu'est une causerie du cœur. Une causerie du cœur, c'est un petit livre dans lequel j'ai commencé, il y a cinq ans, à inscrire ce que j'ai découvert être les principales raisons des échecs, et les principales raisons du succès d'un homme — depuis John D. Rockefeller jusqu'à, en remontant dans le passé, John D. Napoléon *(rires)*, et avant cela en remontant jusqu'aux jours où Abel vendit son droit d'aînesse contre un fichu potage. A présent, il existe une centaine de ces *Causeries du cœur.* Ceux d'entre vous qui sont sincères, et que notre proposition intéresse, surtout ceux qui sont mécontents de la tournure que les choses prennent pour eux en ce moment, recevront un exemplaire que vous emporterez chez vous, quand vous franchirez la porte là-bas, cet après-midi.

« Maintenant, j'ai dans ma poche quatre lettres reçues à l'instant, au sujet des *Causeries du cœur.* Ces lettres sont signées de noms familiers dans tous les foyers des U.S.A. Ecoutez celle-ci, qui vient de Detroit :

Cher Mr Carleton,

Je désire commander encore trois mille exemplaires des Causeries du cœur *pour les distribuer à mes vendeurs. Elles ont plus fait pour stimuler mon personnel que toutes les propositions de primes jamais envisagées. Je les lis moi-même sans cesse et je tiens à vous féliciter cordialement d'être arrivé aux racines du plus grand problème de notre génération actuelle — le problème de l'art de la vente. Avec toutes mes félicitations.*

Cordialement à vous,

Henry W. Terral.

Il prononça le nom en trois longues et rayonnantes explosions de triomphe et marqua une pause pour lui laisser produire son effet magique. Il lut ensuite deux autres lettres, l'une d'un fabricant d'aspirateurs et l'autre du président de la Great Northern Doily Company.

— Et maintenant, poursuivit-il, je vais vous dire en quelques mots en quoi consiste la proposition qui communiquera à ceux d'entre vous qui y adhéreront l'esprit voulu. En termes simples, c'est ceci : les *Causeries du cœur* ont été constituées en une société. Nous allons mettre ces petites brochures entre les mains de toute grande organisation d'affaires, de tout vendeur, de tout homme qui *sait* — je ne dis pas « pense », je dis « sait » — qu'il est capable de vendre ! Nous offrons sur le marché quelques actions des *Causeries du cœur,* et pour leur assurer une diffusion aussi vaste que possible, et pour pouvoir aussi fournir un exemple vivant, concret en chair et en os, de ce qu'est la science du vendeur, ou plutôt de ce qu'elle pourrait être, nous allons donner à ceux d'entre vous qui sont d'une classe authentique une chance d'écouler ce stock. Peu m'importe ce que vous avez essayé de vendre jusqu'ici, ou comment vous avez essayé de le vendre. Peu importe si vous êtes vieux ou jeune. Je veux seulement savoir deux choses : d'abord, voulez-vous obtenir le succès ? et ensuite, voulez-vous travailler pour y parvenir ?

« Je m'appelle Sammy Carleton. Pas « Monsieur » Carleton, simplement Sammy. Je suis un homme foncièrement plein de bon sens, pas un type à chichis. Je veux que vous m'appeliez Sammy.

« Voilà tout ce que j'ai à vous dire aujourd'hui. Demain, je veux que ceux d'entre vous qui y auront réfléchi et auront lu l'exemplaire des *Causeries du cœur* qui vous sera remis à la porte, reviennent dans cette même salle et à cette même heure, et ensuite nous étudierons plus à fond cette offre et je vous expliquerai quels sont les principes du succès que j'ai découverts. Je vais vous faire *sentir* que *vous,* et *vous,* et *vous* savez vendre ! »

La voix de Mr Carleton éveilla un instant un écho dans la salle et s'éteignit. Parmi les martèlements de pieds nombreux, Anthony, poussé et bousculé par la foule, sortit de la pièce.

SUITE DES AVENTURES DES *CAUSERIES DU CŒUR*.

Avec un rire ironique, Anthony raconta à Gloria l'histoire de son aventure commerciale. Mais elle l'écouta sans se dérider.

— Tu vas encore renoncer ? demanda-t-elle froidement.

— Quoi... tu ne t'attends pas à ce que je...

— Je n'ai jamais rien attendu de toi.

Il hésita.

— Ma foi, je ne vois pas le moindre avantage à me rendre malade de rire dans une affaire pareille. S'il y a rien de plus ancien que cette vieille histoire, c'est sa nouvelle tournure.

Il fallut à Gloria une somme étonnante d'énergie morale pour le contraindre à retourner là-bas, et quand il se présenta le lendemain, un peu déprimé après avoir parcouru les lieux communs rabâchés, folâtrement semés dans *Causeries du cœur sur l'ambition,* il ne trouva plus que cinquante des cinq cents auditeurs de la veille, attendant l'apparition du dynamique et stimulant Sammy Carleton. Les pouvoirs dynamiques et coercitifs de Mr Carleton s'employèrent cette fois à approfondir ce magnifique thème de spéculation : l'art de vendre. La méthode conseillée semblait être de faire une offre et ensuite de ne pas dire : « Et maintenant, voulez-vous acheter ? — oh non ! ce n'était pas la bonne manière — il fallait faire son offre et puis, après avoir réduit son adversaire à un état d'épuisement, passer à l'impératif catégorique : « Et maintenant, écoutez ! Vous m'avez pris mon temps en me faisant vous expliquer cette affaire. Vous avez reconnu la valeur de mes arguments. Tout ce que je veux savoir c'est : combien d'exemplaires voulez-vous ? »

A mesure que Mr Carleton accumulait assertion sur

assertion, Anthony commença à ressentir une sorte de confiance dégoûtée en lui. Cet homme semblait savoir de quoi il parlait. Manifestement prospère, il s'était élevé à une situation où il instruisait autrui. Anthony ne s'avisa pas que le type d'homme qui a réussi dans le commerce sait rarement pourquoi ou comment et, comme dans le cas de son grand-père, lorsqu'il s'attribue des raisons, elles sont en général inexactes et absurdes.

Anthony remarqua que sur les nombreux vieillards qui avaient répondu à l'annonce originelle, seuls deux étaient revenus, et parmi la trentaine d'individus qui se rassemblèrent le troisième jour pour prendre des instructions effectives au sujet de la vente, ne figurait plus qu'une tête grise. Ces trente étaient des convertis ardents ; leurs lèvres suivaient les mouvements de celles de Mr Carleton ; ils se balançaient sur leurs sièges avec enthousiasme, et dans les intervalles de sa causerie, ils échangeaient des chuchotements approbateurs. Pourtant, sur les rares élus qui, selon l'expression de Mr Carleton, « étaient décidés à récolter ces récompenses qui en vérité et en bonne justice leur revenaient », moins d'une demi-douzaine combinaient un minimum de bonne apparence et de « bonne présentation personnelle » avec ce don insigne de savoir « se pousser ». Mais il leur fut dit qu'ils étaient tous « débrouillards » — il leur suffisait de croire avec une sorte de passion sauvage à l'article qu'ils débitaient. Il insista même pour que chacun achetât quelques actions lui-même, afin d'accroître sa propre sincérité.

Le cinquième jour, Anthony se mit en campagne, dans l'état d'âme d'un homme recherché par la police. Pour se conformer à ses instructions, il choisit un haut immeuble à bureaux, afin de monter par l'ascenseur au dernier étage et de visiter en descendant tous les bureaux qui auraient un nom inscrit sur leur porte. Il hésita. Peut-être serait-il plus pratique de s'acclimater à l'atmosphère réfrigérante qui, pressentait-il, l'attendait, et de tenter d'abord sa chance dans quelques bureaux de, mettons, Madison Avenue. Il s'engagea dans un passage à boutiques qui ne semblait qu'à moitié prospère et, voyant une plaque au nom de « Percy W. Weatherby, Architecte », il ouvrit héroïquement la porte et entra. Une jeune femme guindée leva vers lui un regard interrogateur.

— Pourrais-je voir Mr Weatherby ?

Il se demanda si sa voix tremblait.

— Quel nom, s'il vous plaît ?

— Il ne… heu… doit pas me connaître. Il ne connaîtrait pas mon nom.

— A quel sujet voulez-vous le voir ? Vous êtes un agent d'assurances ?

— Oh non, rien de tel ! protesta vivement Anthony… Oh non ! C'est une affaire… personnelle.

Il se demanda s'il aurait dû dire cela. Tout paraissait si simple lorsque Mr Carleton enjoignait à son troupeau : Ne vous laissez pas mettre à la porte ! Montrez-leur que vous êtes décidé à leur parler, et ils écouteront.

Le visage agréable et mélancolique d'Anthony eut raison des réticences de la jeune femme et, au bout d'un moment, la porte de la pièce intérieure s'ouvrait et laissait passer un homme grand, aux pieds plats, les cheveux calamistrés. Il s'approcha d'Anthony avec une impatience mal dissimulée.

— Vous vouliez me voir pour une affaire personnelle ?

Anthony se sentit défaillir.

— Je voulais vous parler, dit-il avec bravade.

— A quel propos ?

— L'explication prendra un peu de temps.

— Eh bien, de quoi s'agit-il ?

La voix de Mr Weatherby trahissait une irritation croissante.

Détachant chaque mot, chaque syllabe, Anthony commença :

— Je ne sais si vous avez jamais entendu parler d'une série de brochures intitulées *Causeries du cœur...*

— Bon sang, s'écria Percy B. Weatherby, Architecte, vous essayez de toucher mon cœur ?

— Non, je parle affaires. Les *Causeries du cœur* ont été constituées en société anonyme et nous mettons quelques actions sur le marché.

Sa voix s'éteignit lentement, épuisée par le regard fixe et dédaigneux de sa proie récalcitrante. Durant une autre minute, il reprit la lutte, de plus en plus vulnérable, empêtré dans ses propres paroles. Sa confiance l'abandonnait par grands effluves qui lui soulevaient le cœur et semblaient être des morceaux mêmes de son corps. Presque miséricordieusement, Percy B. Weatherby, Architecte, mit fin à l'entrevue :

— Bon sang ! s'écria-t-il avec fougue, dégoûté, et vous appelez *ça* une affaire personnelle !

Il sortit vivement, regagna son bureau et fit claquer la porte. Sans oser regarder la sténographe, Anthony trouva moyen de s'éclipser d'une façon piteuse et mystérieuse. Trempé de sueur, il s'arrêta dans le vestibule et s'étonna qu'on ne vînt pas l'arrêter. Dans chaque coup d'œil pressé, reçu au passage, il croyait lire du mépris.

Au bout d'une heure et grâce à deux forts whiskies, il se décida à renouveler sa tentative. Il entra dans la boutique d'un plombier, et dès qu'il eut exposé son affaire, le plombier prit son pardessus en toute hâte et déclara avec brusquerie qu'il devait aller déjeuner. Anthony fit remarquer poliment que ventre affamé n'a pas d'oreilles et le plombier acquiesça avec rondeur.

Cet épisode encouragea Anthony. Il essaya de se persuader que si le plombier n'avait pas dû aller déjeuner, il l'aurait tout au moins écouté.

Il passa sans s'arrêter devant quelques grands magasins étincelants et formidables, il entra dans une épicerie. Un propriétaire loquace lui dit qu'avant d'acheter des actions de quoi que ce soit, il verrait comment l'armistice influencerait le marché. Anthony trouva cela fort injuste. Dans l'utopie du parfait vendeur de Mr Carleton, la seule raison que les acheteurs en perspective pouvaient invoquer pour ne pas acheter d'actions, c'est qu'ils doutaient qu'elles fussent de bon rapport. Or un homme dans cet état d'esprit est une proie presque ridiculement facile, il suffit de lui appliquer de façon judicieuse les méthodes de vente correctes. Mais ces gens-là n'envisageaient de rien acheter du tout.

Anthony prit plusieurs autres whiskies avant d'approcher son quatrième client, un agent immobilier ; néanmoins, il fut terrassé par un coup aussi décisif qu'un syllogisme. L'agent déclara qu'il avait trois frères démarcheurs. Anthony se fit l'effet d'un destructeur de foyers, s'excusa et sortit.

Après un nouveau whisky, il conçut le brillant plan de vendre aux tenanciers de bars le long de Lexington Avenue. Cela lui prit plusieurs heures, car force lui fut d'absorber quelques verres dans chaque établissement, pour disposer le patron à parler affaires. Mais les tenanciers, tous tant qu'ils étaient, rétorquèrent que s'ils avaient de l'argent à placer, ils ne seraient pas tenanciers de bar. On eût dit qu'ils s'étaient donné le mot. A mesure que la cinquième heure lourde et obscure se rapprochait, il s'aperçut que les gens manifestaient une tendance encore plus contrariante à l'éconduire avec des quolibets.

A cinq heures, par un terrible effort de concentration, il se décida à introduire plus de variété dans sa tournée de solliciteur. Il choisit une charcuterie de dimensions moyennes et entra. Pris d'inspiration soudaine, il sentit qu'il lui fallait envoûter non seulement le boutiquier, mais aussi la clientèle et peut-être, en vertu de la psychologie grégaire, achèteraient-ils tous comme un seul homme stupéfié et immédiatement convaincu.

— 'soir, commença-t-il, d'une voix haute et pâteuse. J'ai une 'tite proposition...

S'il voulait créer le silence, il l'obtint. Une sorte de terreur sacrée tomba sur la demi-douzaine de femmes qui faisaient leur marché et sur le barbon qui, en bonnet et tablier, découpait du poulet en tranches.

Anthony tira une liasse de papiers de son portefeuille qui battait au vent, et les agita avec entrain.

— Achetez un bon, suggéra-t-il, aussi bon que les bons d' la liberté. — La phrase lui plut et il broda sur ce thème. — Mieux qu'un bon d' la liberté. Chacun des bons vaut deux bons d' la liberté.

Son esprit présenta ici un hiatus et il passa à la péroraison, qu'il accompagna de gestes appropriés, un peu gênés seulement par la nécessité de s'accrocher au comptoir, d'une main — ou des deux.

— Alors, voyez-vous, vous m'avez pris mon temps. Je ne veux pas savoir *pourquoi* vous ne voulez pas acheter. Je veux seulement que vous disiez *pourquoi*. Veux que vous disiez *combien*.

A ce moment, tous auraient dû s'approcher avec leurs carnets de chèques et leur stylo. Se rendant compte qu'ils avaient manqué la réplique attendue, Anthony, avec l'instinct d'un acteur, répéta son morceau final.

— Alors, écoutez ! V's m'avez pris mon temps. V's avez suivi ma prop'sition. Vous êtes d'accord su' l' raisonnement ? Alors, tout ce que je veux de vous c'est : combien d' bons d' la liberté ?

— Dites donc ! interrompit une voix nouvelle.

Un homme corpulent, au visage orné de rouleaux symétriques de cheveux jaunes, était sorti d'une cage de verre au fond de la boutique et fonçait sur Anthony.

— Dites donc, vous !

— Combien ? répétait le démarcheur sévèrement. Vous m'avez pris mon temps...

— Hé, vous ! cria le propriétaire. Je vais vous faire coffrer.

— Certainement pas, riposta Anthony avec défi. Tout ce que je veux savoir, c'est... combien ?

De tous les côtés fusèrent, dans la boutique, des rafales de commentaires et de remontrances.

— Il est terrible !

— Fou furieux !

— Scandaleusement soûl !

Le propriétaire saisit vigoureusement le bras d'Anthony.

— Sortez ou j'appelle un agent.

Quelques vestiges de raison incitèrent Anthony à remettre maladroitement ses bons au porteur dans sa serviette.

— Combien ? demanda-t-il hésitant.

— Toute la force armée si c'est nécessaire ! tonitrua son adversaire, et sa moustache jaune trembla violemment.

— Leur vendrai à tous un bon.

Sur ce, Anthony se retourna, fit un profond salut à ses auditeurs et sortit de la boutique en tanguant. Il trouva un taxi au coin de la rue et regagna son appartement où il tomba endormi sur le sofa ; c'est ainsi que Gloria le retrouva. Son haleine répandait dans l'air une forte odeur désagréable et sa main droite serrait encore sa serviette béante.

Sauf quand Anthony buvait, le champ de ses sensations était plus réduit que celui d'un vieillard bien portant, et lorsque la loi de prohibition fut appliquée en juillet, il s'aperçut que, parmi ceux qui pouvaient se payer ce luxe, on buvait plus encore qu'auparavant. A présent, votre hôte sortait une bouteille au moindre prétexte. La tendance à exhiber des liqueurs traduisait ce même instinct qui poussait un homme à caparaçonner de bijoux son épouse. Offrir des boissons alcooliques devint un sujet de gloriole, presque un gage de respectabilité.

Le matin, Anthony s'éveillait fatigué, nerveux, inquiet. La sérénité des crépuscules d'été et la fraîcheur purpurine du matin le laissaient également indifférent. Durant un bref instant de la journée seulement, sa pensée se tournait vers les rêves opalins de son plaisir futur — l'héritage mutuel des heureux et des damnés. Mais l'instant était bref. A mesure qu'il s'enivrait, les rêves s'évanouissaient, et il se changeait en un spectre confus, errant dans les étranges dédales de son propre esprit fertile en expédients inattendus, âprement dédaigneux à ses meilleurs moments, et plongé dans des abîmes d'abrutissement et de dépression. Un soir de juin, il eut une violente querelle avec Maury, à propos d'une bagatelle. Il se rappela confusément le lendemain matin que ç'avait été à propos d'une bouteille de champagne cassée. Maury lui avait dit de ne pas tant se griser et Anthony, froissé, avait quitté la table en ébauchant un geste de dignité et, prenant le bras de Gloria, l'avait conduite tant bien que mal à moitié couverte de confusion, jusqu'à un taxi au-dehors, laissant Maury avec trois dîners commandés et des billets pour l'Opéra.

Ces sortes de fiascos semi-tragiques étaient devenus si fréquents que lorsqu'ils se produisaient, Anthony n'était plus disposé à faire amende honorable. Si Gloria protestait, — et depuis peu, elle avait plutôt tendance à s'enfoncer dans un mutisme dédaigneux —, il se défendait avec amertume, ou quittait lamentablement l'appartement. Depuis l'incident de la gare de Redgate, jamais plus il n'avait porté la main sur elle dans un accès de colère — encore qu'il ne fût souvent retenu que par un instinct qui, en soi, le faisait trembler de rage. Tout en continuant d'aimer Gloria plus qu'aucun être, il la haïssait plus intensément et plus fréquemment.

Jusqu'alors, les juges de la cour d'appel n'étaient pas arrivés à rendre une sentence, mais après un nouvel ajournement, ils confirmèrent le verdict de la cour de première instance, à l'exception de deux juges minoritaires. Un appel fut intimé à Edward Shuttleworth. L'affaire irait devant la Cour suprême et l'on pouvait prévoir une interminable attente. Six mois, peut-être un an. Elle leur semblait à présent irréelle, lointaine et incertaine comme le ciel.

Tout l'hiver précédent, un petit problème leur avait fourni un sujet subtil et perpétuel d'irritation — le problème du manteau de petit-gris de Gloria. A cette époque, les femmes emmitouflées dans de longues capes de petit-gris se rencontraient tous les vingt pas dans la Cinquième Avenue. Les femmes étaient transformées en toupies. Le pelage leur donnait l'air porcin et obscène. Elles ressemblaient à des femmes entretenues, à cause de la richesse engonçante, l'animalité féminine de leur vêtement. Pourtant Gloria voulait un manteau de petit-gris.

Ils discutèrent à ce propos ou, plutôt, ils se disputèrent, car déjà depuis leur première année de mariage, chaque discussion tournait au débat amer, émaillé de phrases telles que « très certainement », « absolument scandaleux », « c'est pourtant ainsi » et l'ultra-emphatique « sans scrupules »... Ils conclurent qu'ils ne pouvaient pas se le payer. Et ainsi peu à peu le manteau de petit-gris devint le symbole de leurs inquiétudes sans cesse accrues.

Gloria considérait la diminution de leurs revenus comme un phénomène extraordinaire, inexplicable et sans précédent. Le fait qu'il se fût produit dans l'espace de cinq ans semblait presque un acte de cruauté délibérée, conçu et exécuté par un Dieu ironique. Lors de leur mariage, soixante-quinze mille dollars par an leur paraissaient largement suffisants pour un jeune couple, d'autant que s'y ajoutaient les espérances de plusieurs millions. Gloria n'arrivait pas à comprendre que ces dollars se réduisaient non seulement en quantité mais en pouvoir d'achat, jusqu'à ce que le paiement de la provision de Mr Haight — quinze mille dollars — lui imposât soudain cette évidence. Quand Anthony avait été mobilisé, ils avaient évalué leurs revenus à plus de quatre cents dollars par mois, avec un dollar dévalué même à cette époque, mais à son retour à New York, ils découvrirent une situation financière encore plus critique. Leurs placements ne leur rapportaient que quatre mille cinq cents dollars par an. Et bien que le procès autour du testament fût toujours présent à leurs yeux comme un mirage persistant, et la catastrophe financière de plus en plus imminente, ils constatèrent l'impossibilité de vivre de leurs revenus.

Gloria se passa donc du manteau de petit-gris et chaque jour, dans la Cinquième Avenue, elle se sentait un peu gênée par son trois-quarts en léopard, trop porté et désespérément démodé. Tous les deux mois, ils vendaient un titre de rente, mais les factures une fois payées, il leur restait juste de quoi couvrir les dépenses courantes. Anthony calcula que leur capital durerait encore environ sept ans. Gloria éprouvait donc une grande amertume, car en une semaine, au cours d'une « party » hystérique prolongée, durant laquelle Antony eut la lubie de retirer son veston, son gilet et sa chemise dans un théâtre, et fut expulsé par un détachement d'ouvreuses, ils dépensèrent le double de ce que le manteau de petit-gris eût coûté.

C'était en novembre, ou plutôt un été de la Saint-Martin, et par une nuit d'une chaleur torride — bien superflue, car le travail de l'été avait déjà pris fin. Babe Ruth avait pulvérisé pour la première fois le record de la course, et Jack Dempsey avait écrasé le zygoma de Jess Willard dans l'Ohio. En Europe, le nombre habituel d'enfants avait des ventres ballonnés par la faim, et les diplomates s'occupaient comme à l'accoutumée d'assurer la sécurité du monde en vue de guerres futures. Dans la ville de New York, le prolétariat subissait la « discipline » et la cote des paris sur Harvard était en général de cinq à trois. La paix était rétablie pour de bon — le commencement d'une ère nouvelle.

Dans la chambre à coucher de l'appartement de la 57e Rue, Gloria, étendue sur son lit, s'agitait en tous sens, se redressait par moments pour rejeter une couverture superflue, et demanda une fois à Anthony, étendu à côté d'elle, tout éveillé, de lui apporter un verre d'eau glacée. « Ne manque pas d'y ajouter de la glace, insista-t-elle. L'eau ne coule pas assez froide du robinet. »

A travers les rideaux fragiles, elle apercevait la pleine lune sur les toits, et au-delà, dans le ciel, la réverbération jaune de Times Square — et en observant ces deux lueurs incongrues, ses pensées tournaient autour d'une émotion, ou plutôt d'un enchevêtrement complexe d'émotions, qui l'avait hantée toute la journée, et la veille, et plus loin en arrière, jusqu'à la dernière fois où elle se rappelait avoir réfléchi clairement et avec suite — ce devait être à l'époque où Anthony était aux armées.

Elle aurait vingt-neuf ans en février. Le mois prenait à ses yeux une signification menaçante et inéluctable — et elle se demanda, durant ces heures confuses, à moitié fiévreuses, si après tout elle n'avait pas gâché sa beauté très légèrement fatiguée, s'il était possible d'utiliser un don limité par la dure et inévitable échéance de la mort.

Bien des années plus tôt, à vingt et un ans, elle avait écrit dans son journal intime : « La Beauté est uniquement faite pour être admirée, aimée — pour être réalisée soigneusement et ensuite jetée à un amant choisi, comme des roses. Il me semble, dans la mesure où j'en peux juger clairement, que ma beauté devrait être utilisée de cette façon... »

Et maintenant toute cette journée de novembre, toute cette journée désolée, sous un ciel maussade et blanc, Gloria avait pensé que peut-être elle s'était trompée. Pour préserver l'intégrité de son premier don, elle n'avait plus cherché l'amour. Lorsque la première flamme d'extase avait perdu son éclat, s'était affaissée, avait disparu, elle avait commencé à préserver... quoi ? Elle s'étonna de ne plus savoir ce qu'elle préservait au juste — un souvenir sentimental, ou quelque profond et fondamental concept d'honneur ? Elle doutait à présent qu'il existât une issue morale quelconque pour son mode de vie — cheminer sans souci et sans regret, dans la plus gaie de toutes les allées possibles, et garder sa fierté en restant toujours elle-même et en faisant ce qui lui semblait bon. Du premier petit garçon à col d'Eton dont elle avait été la flamme, jusqu'au dernier cavalier de rencontre dont le regard s'était embrasé d'admiration en se posant sur elle, il suffisait de cette incomparable candeur qu'elle pouvait mettre dans un regard, ou au fond d'une phrase inconséquente — car elle avait toujours parlé en phrases inachevées — pour tisser autour d'elle d'incommensurables illusions, créer d'incommensurables distances, une incommensurable lumière. Pour créer des âmes dans les hommes, pour créer un bonheur magnifique, un beau désespoir, elle devait rester profondément fière — fière d'être inviolée, fière aussi de s'abandonner, d'être passionnée et possédée.

Elle savait qu'au fond de son cœur elle n'avait jamais désiré d'enfants. La réalité terre à terre, l'intolérable sentiment d'être enceinte, la menace portée à sa beauté, la terrifiaient. Elle ne voulait exister qu'à l'état de fleur consciente, appliquée à se prolonger et se préserver. Sa sentimentalité se cramponnait avec violence à ses illusions, son âme ironique lui chuchotait que la maternité était aussi le privilège de la femelle du babouin. Aussi ne rêvait-elle que d'enfants fantômes — les lointains, les parfaits symboles de son lointain et parfait amour pour Anthony.

A la fin, sa beauté était donc le seul bien qui ne lui manquât jamais. Elle n'avait jamais vu beauté pareille à la sienne. Sa signification éthique et esthétique disparaissait devant la splendeur concrète de ses pieds roses et blancs, la pure perfection de son corps, et la bouche enfantine qui semblait le symbole matériel du baiser.

Elle aurait vingt-neuf ans en février. A mesure que se dissipait la longue nuit, elle prenait suprêmement conscience qu'elle et sa beauté devaient profiter de ces trois mois à venir. Tout d'abord elle ne sut pas très bien pourquoi, mais le problème se résolut peu à peu dans l'ancien attrait de l'écran. A présent, elle voulait s'y mettre sérieusement. Aucun besoin matériel n'eût pu l'émouvoir autant que cette peur. Peu importait Anthony, Anthony le pauvre d'esprit, l'homme faible et brisé aux yeux injectés de sang, pour qui elle éprouvait parfois encore des regains de tendresse. Peu importait. Elle aurait vingt-neuf ans en février — cent jours, tant de jours. Elle irait trouver Bloeckman dès le lendemain.

Sa décision la soulagea. Elle se réjouit à la pensée que l'illusion de la beauté pouvait être maintenue ou préservée peut-être, sur une bande de celluloïd, après que la réalité se serait évanouie. Soit… à demain.

Le lendemain, elle se sentit faible et mal à l'aise. Elle essaya de sortir et n'évita de tomber qu'en s'accrochant à une boîte aux lettres près de la porte de l'immeuble. Le liftier martiniquais l'aida à remonter et elle attendit sur son lit le retour d'Anthony sans avoir la force de défaire son soutien-gorge.

Pendant cinq jours, elle resta alitée avec la grippe, qui, juste au moment où le mois s'enfonçait dans l'hiver, tourna à la double pneumonie. Dans les vagabondages fiévreux de son esprit, elle errait à travers une maison aux pièces désolées et sombres, à la recherche éperdue de sa mère. Tout ce qu'elle désirait, c'était de redevenir une petite fille, confiée aux soins compétents d'une puissance indulgente et pourtant supérieure, plus sotte et plus stable qu'elle-même. Il lui semblait que le seul amant qu'elle eût vraiment désiré était un amant de rêve.

« ODI PROFANUM VULGUS. »

Un jour, au milieu de la maladie de Gloria, se produisit un curieux incident qui continua d'intriguer miss McGovern, l'infirmière expérimentée, pendant quelque temps encore. Il était minuit, mais la pièce où gisait la malade baignait dans l'obscurité et le silence. Miss McGovern, debout près du lit, préparait une potion lorsque Mrs Patch, qui avait semblé dormir à poings fermés, s'assit sur son séant et se mit à parler avec véhémence :

« Des millions de gens, dit-elle, grouillant comme des rats, bavardant comme des singes, empestant comme tout l'enfer… des singes ! Ou des poux, je suppose. Pour un seul palais vraiment exquis… mettons à Long Island — ou même à Greenwich — pour un seul palais rempli de tableaux du Vieux Monde et d'objets exquis — avec des avenues d'arbres et des pelouses vertes et la vue sur la mer bleue, et partout des gens charmants en toilettes élégantes... J'en sacrifierais cent mille, un million. » Elle leva faiblement la main et fit claquer ses doigts. « Je me fiche d'eux — vous me comprenez ? »

En achevant son petit discours, elle posa sur miss McGovern un regard curieusement espiègle et intense. Puis avec un petit rire bref, teinté de mépris, elle retomba en arrière, pour sombrer à nouveau dans le sommeil.

Miss McGovern fut effarée. Elle se demanda ce qu'étaient les cent mille choses que Mrs Patch sacrifierait pour son palais. Des dollars, supposa-t-elle. Oui, ce devait être certainement des dollars.

LE CINÉMA.

On était en février, quelques jours avant l'anniversaire de Gloria, et les grands tas de neige qui encombraient les rues latérales, comme la saleté bouche les fissures d'un parquet, s'étaient changés en une vase gluante que les services de la voirie poussaient vers les caniveaux. Le vent, toujours aussi âpre bien que soufflant par rafales, s'engouffrait à travers les fenêtres ouvertes du salon, chargé des sordides secrets de l'entrée de service, et emportait de l'appartement des Patch, dans une morne bouffée, une lourde traînée de fumée.

Gloria, enveloppée d'un douillet kimono, entra dans la pièce glacée, décrocha le récepteur du téléphone et appela Joseph Bloeckman.

— Vous voulez dire Mr Joseph Black ? demanda la standardiste des « Films par excellence ».

— Bloeckman, Joseph Bloeckman. B-l-o...

— Mr Joseph Bloeckman a changé son nom en Black. Vous voulez lui parler ?

— Mais oui.

Elle se souvint avec nervosité qu'un jour elle l'avait appelé Blockman (tête de bois) en plein visage.

Elle put joindre son bureau, grâce à la courtoisie de deux autres voix féminines ; la dernière était une secrétaire qui prit son nom. Ce n'est qu'en entendant au téléphone la voix familière mais légèrement impersonnelle qu'elle se rendit compte qu'ils ne s'étaient pas revus depuis trois ans. Et il avait transformé son nom en Black.

— Pouvez-vous me voir ? demanda-t-elle d'un ton léger. En fait, c'est pour parler affaires. Je me décide enfin à faire du cinéma — si je puis.

— J'en suis extrêmement heureux. J'ai toujours pensé que cela vous plairait.

— Vous croyez que vous pourriez m'obtenir un bout d'essai ? demanda-t-elle avec l'arrogance propre à toutes les jolies femmes, à toutes les femmes qui ont jamais passé pour jolies à un moment de leur vie.

Il l'assura qu'elle n'avait qu'à fixer un jour à sa convenance. Quand il voudrait ? Soit, il téléphonerait plus tard dans la journée et lui indiquerait l'heure choisie. La conversation s'acheva sur des banalités conventionnelles de part et d'autre. Puis, de trois à cinq heures, elle resta près du téléphone — en vain.

Mais le lendemain matin elle reçut un mot qui la satisfit et la surexcita :

Ma chère Gloria,

Par un pur hasard, mon attention est attirée par une affaire qui, je crois, vous conviendrait tout à fait. J'aimerais vous voir débuter dans un rôle qui vous ferait connaître. En même temps, si une très jolie femme comme vous était placée dans un film à côté d'une de ces stars déjà rompues au métier dont toute société cinématographique est affligée, les langues iraient sans doute leur train. Mais il y a un rôle de petite jeune fille dans une production de Percy B. Debris qui, je crois, vous conviendrait parfaitement et vous mettrait en vedette. Willa Sable joue, avec Gaston Mears pour partenaire, une sorte de rôle de composition, et votre rôle à vous serait, je crois, celui de sa sœur cadette.

En tout cas, Percy B. Debris qui dirige les prises de vue dit que si vous venez aux studios après-demain (jeudi), il vous fera tourner un bout d'essai. Si dix heures vous conviennent, je vous rencontrerai là-bas à cette heure-là.

Avec tous mes bons souhaits, toujours fidèlement à vous.

Joseph Black.

Gloria avait décidé qu'Anthony ne saurait rien de ses projets avant qu'elle eût obtenu une situation définie et, en conséquence, elle s'habilla et sortit de l'appartement pendant qu'il dormait encore. Son miroir lui avait fait, pensait-elle, à peu près la réponse habituelle. Elle se demanda s'il restait quelques traces de sa maladie ? Elle avait un peu perdu de son poids et s'était imaginé, quelques jours auparavant, que ses joues se creusaient un peu — mais elle sentait que c'était là un état passager et, ce jour-là, elle se trouva plus fraîche que jamais. Elle avait acheté un nouveau chapeau et, en raison de la chaleur, laissé son trois-quarts en léopard chez elle.

« Aux studios des « Films par excellence », elle fut annoncée téléphoniquement et informée que Mr Black descendrait tout de suite. Elle regarda autour d'elle. Un petit homme grassouillet montrait les aîtres à deux jeunes filles et l'une d'elles désigna un monceau de paquets minces, empilés jusqu'à hauteur de poitrine contre le mur, et qui s'étendait sur une vingtaine de mètres.

— C'est le courrier du studio, expliqua l'homme grassouillet. Les photos de stars qui jouent pour les « Films par excellence ».

— Oh !

— Chacune d'elles porte un autographe de Florence Kelly ou de Gaston Mears ou de Mack Dodge. — Il cligna de l'œil d'un air confidentiel. — Du moins, quand Minnie McGlook de Sauk Center recevra la photo qu'elle a sollicitée, elle croira que c'est un autographe.

— Un fac-similé ?

— Bien sûr. Il leur faudrait une journée de huit heures pour signer la moitié de ces photos. On dit que le courrier du studio de Mary Pickford coûte cinquante mille dollars par an.

— Pas possible !

— Bien sûr. Cinquante mille, mais c'est la meilleure des publicités...

Ils s'éloignèrent hors de portée de voix et presque aussitôt Bloeckman parut — un Bloeckman homme du monde, suave et brun, s'acheminant gracieusement vers la cinquantaine, qui salua Gloria avec une chaleur courtoise et lui dit qu'elle n'avait pas du tout changé en trois ans. Il la conduisit dans un grand hall, aussi vaste qu'une salle d'exercice et coupé çà et là par des décors parmi lesquels on s'affairait et des rangées aveuglantes de lumière insolite. Chaque décor portait en grandes lettres : « Compagnie Gaston Mears », « Compagnie Mack Dodge » ou simplement « Films par excellence ».

— Vous n'étiez jamais venue dans un studio jusqu'à présent ?

— Jamais.

Elle aima cela. Ce n'était plus cette lourde atmosphère

de fards graisseux, cette odeur de costumes sales et clinquants qui, des années auparavant, l'avaient révoltée, dans les coulisses d'une comédie musicale. Ce travail s'effectuait dans la pureté du matin ; les accessoires semblaient riches, somptueux et neufs. Dans un décor égayé de tentures mandchoues, un parfait Chinois exécutait une scène d'après les indications d'un mégaphone, tandis que la grande machine étincelante dévidait son antique conte moral pour l'édification des masses.

Un rouquin s'approcha d'eux et s'adressa avec une déférence familière à Bloeckman, qui répondit :

— *Hello !* Debris. Je voudrais vous présenter à Mrs Patch... Mrs Patch désire faire du cinéma, comme je vous l'ai expliqué... Très bien, alors maintenant, où allons-nous ?

Mr Debris — le grand Percy D. B. Debris, pensa Gloria — les conduisit à un décor qui représentait l'intérieur d'un bureau ; quelques fauteuils étaient placés en rond en face de la caméra. Tous trois s'assirent.

— Vous n'êtes jamais venue dans un studio ? demanda M. Debris en lançant à Gloria un regard qui était assurément la quintessence de l'acuité. Non ? Alors je vais vous expliquer exactement ce qui va se passer. Nous allons tourner un bout d'essai comme nous l'appelons, pour voir si vous êtes photogénique, si vous avez de la présence en scène, et comment vous vous conformez aux indications du metteur en scène. Inutile de vous inquiéter de cela. Je dirai au cameraman de prendre quelques centaines de pieds de pellicule, d'un épisode et j'ai marqué ici dans le scénario. D'après cela, nous pourrons assez bien nous faire une idée.

Il exhiba un scénario dactylographié et lui expliqua l'épisode où elle devait figurer. Une certaine Barbara Wainright avait épousé en secret le partenaire junior d'une firme dont le présent décor figurait le bureau. En entrant dans ce bureau vide, un jour par hasard, elle éprouvait la curiosité de voir l'endroit où son mari travaillait. Le téléphone sonnait, et après un instant d'hésitation elle répondait, et apprenait que son mari venait d'être renversé par une auto et tué sur le coup. Accablée, elle n'arrivait pas au début à prendre conscience de la réalité, mais enfin elle parvenait à comprendre, et s'affaissait, évanouie sur le parquet.

— C'est tout ce que nous demandons, conclut Mr Debris. Je resterai ici et vous dirai à peu près ce que vous devrez faire et vous jouerez comme si je n'étais pas là, en suivant votre inspiration personnelle. N'ayez pas peur que nous la jugions trop sévèrement. C'est simplement pour nous faire une idée générale de votre personnalité à l'écran.

— Je comprends.

— Vous trouverez de quoi vous maquiller dans la pièce derrière le décor. Ayez la main légère. Très peu de rouge.

— Je comprends, répéta Gloria en inclinant la tête. Du bout de la langue, elle toucha nerveusement ses lèvres.

L'ESSAI.

Quand elle revint sur le plateau en passant par la vraie porte de bois, et la referma soigneusement derrière elle, elle se trouva mécontente de sa toilette. Elle aurait dû acheter pour l'occasion une robe de jeune fille. Elle pouvait encore en porter, et il eût peut-être été avantageux de souligner ainsi sa jeunesse aérienne.

Son esprit fut brusquement rappelé à la monotonie présente par la voix de Mr Debris, jaillie des aveuglantes lumières devant elle.

— Vous cherchez des yeux, autour de vous, votre mari... Vous ne le voyez pas... Son bureau vous intrigue...

Elle perçut le bruit régulier de la caméra. Troublée, elle lui jeta un coup d'œil involontaire, et se demanda si elle s'était bien maquillée. Avec un effort très net, elle s'obligea à jouer son rôle. Jamais les mouvements de son corps ne lui avaient semblé aussi gauches, aussi empreints de banalité, dépourvus de grâce et de distinction. Elle fit le tour du bureau, prit de-ci de-là un objet et l'examina niaisement. Elle scruta du regard le plafond, le parquet, et s'absorba dans la contemplation d'un insignifiant crayon à la mine de plomb posé sur le secrétaire. Enfin, ne sachant que faire d'autre et n'ayant rien à exprimer, elle se força à sourire.

— Très bien. A présent, sonnerie de téléphone. Dr...ing ! Hésitez, et ensuite répondez.

Elle hésita, puis, trop vite, pensa-t-elle, prit le récepteur.

— Allô !

Sa voix était creuse et irréelle. Les mots résonnèrent dans le décor vide, aussi inefficaces que des fantômes. L'absurdité de ces exigences la consterna. S'attendait-on qu'en un tournemain elle pût se mettre dans la peau de ce personnage absurde et mal expliqué ?

— Non... non... Pas encore ! Maintenant, écoutez : John Summer vient d'être renversé par une auto et tué sur le coup.

Gloria laissa sa bouche enfantine s'entrouvrir lentement.

— Et maintenant raccrochez ! Et faites claquer l'appareil.

Elle obéit, se cramponna à la table, les yeux fixes et écarquillés. A la longue, elle se sentait un peu encouragée et reprit confiance.

— Mon Dieu ! s'écria-t-elle. — Sa voix était bonne, pensa-t-elle. — O mon Dieu !

— Maintenant, évanouissez-vous.

Elle s'affaissa sur les genoux, et projetant son corps en avant sur le plancher, resta étendue sans respirer.

— Très bien ! cria Mr Debris. Cela suffit, merci. C'est beaucoup. Levez-vous, c'est suffisant.

Gloria se releva, recouvra sa dignité et brossa sa robe.

— Affreux ! fit-elle remarquer avec un rire détaché, bien que son cœur battît la chamade. Terrible, n'est-ce pas ?

— Cela vous a été pénible ? dit Mr Debris avec un sourire inexpressif. Cela vous a paru dur ? Je ne peux rien en dire avant d'avoir vu la pellicule.

— Bien sûr, convint-elle, en essayant — mais en vain — d'attacher une sorte d'intention à sa remarque.

Il n'aurait pas parlé autrement s'il avait cherché à la décourager.

Quelques instants plus tard elle quitta le studio.

Bloeckman avait promis de l'informer du résultat un de ces très prochains jours. Trop fière pour lui arracher de force un commentaire précis, elle éprouva une incertitude déconcertante, et ce n'est qu'après avoir fait enfin sa démarche qu'elle comprit combien la possibilité d'une brillante carrière à l'écran avait joué, tout au fond de son esprit, au cours des trois dernières années. Ce soir-là, elle essaya de récapituler les éléments en sa faveur ou contre elle. Elle se tourmenta. Avait-elle mis assez de fard ? Le rôle étant celui d'une fille de vingt ans, ne s'était-elle pas montrée un peu trop grave ? Mais c'est de son jeu qu'elle fut le plus mécontente. Elle avait fait une entrée abominable — en fait, elle n'avait manifesté un peu d'aplomb qu'une fois devant le téléphone — et l'essai avait pris fin. Si seulement ils s'étaient rendu compte ! Elle eût voulu pouvoir recommencer. L'idée folle lui vint de téléphoner le lendemain matin pour demander à faire un nouvel essai, mais elle y renonça aussitôt. Solliciter de Bloeckman une faveur nouvelle n'eût été ni politique ni poli.

Le troisième jour d'attente la trouva au comble de la nervosité. Elle avait mordu les muqueuses de sa bouche qui, à présent rêches et douloureuses, la brûlaient odieusement lorsqu'elle se rinçait à la listerine. Elle s'était disputée sans arrêt avec Anthony au point qu'il avait quitté l'appartement en proie à une fureur froide. Mais intimidé par sa frigidité exceptionnelle, il revint une heure plus tard, s'excusa et dit qu'il dînait à l'Amsterdam Club, le seul dont il fût resté membre.

Il était une heure passée et elle avait pris son petit déjeuner à onze heures. Elle décida donc de renoncer à son repas de midi et partit faire un tour au Park. Il y aurait un courrier à trois heures. Elle rentrerait à temps.

C'était un après-midi de printemps prématuré. L'eau séchait dans les allées, et dans le Park des petites filles promenaient gravement sous les arbres minces des landaus de poupée blancs, suivies par des bonnes d'enfants ennuyées qui marchaient deux par deux et discutaient ensemble de ces immenses secrets particuliers aux bonnes d'enfants.

Sa petite montre en or marqua deux heures. Il lui aurait fallu une montre nouvelle, oblongue, en platine et sertie de diamants — mais celles-là coûtaient encore plus que le manteau de petit-gris et, bien entendu, restaient inaccessibles pour le moment, comme tout le reste... A moins que peut-être la réponse désirée ne l'attendît... dans une heure environ... cinquante minutes, exactement. Dix minutes pour rentrer, il restait quarante-huit minutes... quarante-sept à présent...

Petites filles poussant posément leurs voiturettes dans les allées humides et ensoleillées. Bonnes devisant par paires, de leurs inscrutables secrets. Çà et là, un homme dépenaillé, assis sur des journaux recouvrant un banc en train de sécher, et accordé, non à ce radieux et délicieux après-midi, mais à la neige sale qui dormait, épuisée, dans des recoins obscurs, en attendant d'être balayée…

Une éternité plus tard, en entrant dans la pénombre du vestibule, elle vit le liftier martiniquais, présence insolite sous l'éclairage d'une fenêtre à vitraux.

— Y a-t-il du courrier pour nous ? demanda-t-elle.

— Là-haut, madame.

Le standard poussa d'affreux vagissements et Gloria attendit que le liftier eût manipulé le téléphone. Elle sentit son cœur défaillir à mesure que l'ascenseur montait en gémissant — les étages passaient comme le lent écoulement des siècles, chacun redoutable, accusateur, chargé de signification. La lettre, une tache blanche lépreuse, gisait sur les carreaux sales de l'entrée…

Ma chère Gloria, nous avons fait projeter hier le bout d'essai, et Mr Debris estime que pour le rôle auquel il pense, il lui faudrait une femme plus jeune. Il dit que votre jeu n'est pas mauvais et qu'il y aurait un petit rôle de composition censé être une veuve riche et très hautaine, qui, pensait-il, pourrait vous…

Désolée, Gloria détourna les yeux, jusqu'à ce que son regard tombât sur l'allée de service. Mais elle s'aperçut qu'elle ne parvenait pas à distinguer le mur d'en face, car ses yeux gris étaient embués de larmes. Elle alla dans sa chambre, la lettre froissée dans sa main, et tomba à genoux devant le long miroir de la psyché, sur le parquet de la garde-robe. C'était son vingt-neuvième anniversaire, et le monde fondait et disparaissait sous ses yeux. Elle essaya de se dire que ç'avait été à cause de son maquillage, mais elle ressentait une émotion trop profonde, trop bouleversante pour puiser une consolation dans cette pensée.

Elle fit un tel effort pour se voir qu'elle sentit la peau de ses tempes se tendre. Oui, les joues se creusaient imperceptiblement, des rides minuscules sillonnaient les coins de ses paupières. Ses yeux avaient changé. Quoi, changé ?... Et soudain, elle vit toute leur fatigue.

— Oh ! ma jolie figure, murmura-t-elle, passionnément malheureuse. Oh ! ma jolie figure ! Oh ! je ne peux pas vivre sans ma jolie figure ! Oh ! qu'est-il arrivé ?...

Elle glissa vers le miroir et, comme pendant son bout d'essai, s'abattit face contre terre et resta là, sanglotant. Ce fut le premier mouvement maladroit qu'elle eût jamais fait de sa vie.

3

Pas de problème !

Au cours de l'année suivante, Anthony et Gloria furent comme des acteurs qui ont perdu leurs costumes et n'ont pas l'orgueil nécessaire pour continuer sur la note tragique, — en sorte que le soir où Mrs et Miss Hulme de Kansas City les ignorèrent avec ostentation, au *Plaza,* ce fut seulement parce que Mrs et Miss Hulme, comme la plupart des gens, détestaient les miroirs de leur propre personnalité atavique.

Leur nouvel appartement, qu'ils payaient quatre-vingt-cinq dollars par mois, donnait sur Claremont Avenue, à deux pâtés de maisons de l'Hudson, à la frange des quartiers excentriques. Ils y habitaient depuis un mois quand Muriel Kane vint les voir une fin d'après-midi.

C'était un crépuscule irréprochable du printemps déjà presque estival. Anthony étendu sur le divan regardait la 127e Rue du côté du fleuve, près duquel il apercevait une seule tache d'arbres d'un vert vif qui assuraient un semblant d'ombre à Riverside. De l'autre côté du fleuve se trouvaient les Palissades, que sommait la laide charpente du parc d'attractions — mais bientôt il ferait nuit et ces mêmes toiles d'araignées métalliques deviendraient une splendeur profilée sur le ciel, un palais enchanté dominant l'éclat uniforme d'un canal des tropiques.

Les rues voisines de l'appartement étaient, s'aperçut Anthony, des rues où jouaient des enfants — des rues un peu plus plaisantes que celles qu'il longeait sur la route de Marietta, mais de la même catégorie, avec parfois un accordéon ou un orgue de Barbarie et dans la fraîcheur du soir, beaucoup de jeunes filles qui, deux par deux, allaient au drugstore du coin prendre de l'ice-cream soda et rêver des rêves sans fin, sous le ciel bas.

A présent, la pénombre crépusculaire envahissait la rue et les enfants jouaient, criaient des mots extasiés, incohérents qui expiraient tout près de la fenêtre ouverte — et Muriel, venue pour voir Gloria, parlait à Anthony, du fond de l'obscurité opaque où baignait la pièce.

— Allumez donc la lampe, pourquoi ne le faisons-nous pas ? suggéra-t-elle. On se croirait dans un endroit hanté !

D'un mouvement las, il se leva et obéit ; les panneaux gris des fenêtres disparurent. Il s'étira. A présent il était plus lourd, son estomac formait un bourrelet flasque contre sa ceinture ; sa chair s'était avachie et dilatée. Il avait trente-deux ans, et le cerveau semblable à une épave désolée et disloquée.

— Un petit verre, Muriel ?

— Pas pour moi, merci. Je n'en prends plus. Que faites-vous, ces jours-ci, Anthony ? demanda-t-elle, curieuse.

— Eh bien, le procès m'a assez occupé, répondit-il avec indifférence. Il est à présent en cour d'appel — il devrait se régler d'une façon ou d'une autre à l'automne. On a voulu contester que la cour d'appel fût compétente en l'occurrence.

Muriel claqua de la langue et pencha la tête de biais.

— Eh bien, dites-le-leur, je n'ai jamais entendu parler d'une affaire qui traîne si longtemps.

— Oh ! répondit-il distraitement, c'est toujours le cas pour toutes les affaires de testament. On dit qu'il est rare d'en voir régler une en moins de quatre ou cinq ans.

— Oh !... — Muriel changea hardiment ses batteries. — Pourquoi ne vous mettez-vous pas à travailler, pa-resseux ?

— A quoi ? demanda-t-il à brûle-pourpoint.

— Mais n'importe quoi, je suppose. Vous êtes encore un jeune homme.

— Si c'est un encouragement, je vous suis très obligé, répondit-il d'un ton sec.

Puis, avec une lassitude soudaine :

— Cela vous chiffonne-t-il particulièrement que je n'aie pas envie de travailler ?

— Moi pas, mais cela chiffonne un tas de gens qui soutiennent que...

— O mon Dieu ! dit-il d'une voix entrecoupée, il me semble que depuis trois ans je n'entends rien d'autre sur mon compte que des histoires abracadabrantes et de vertueuses admonestations. J'en suis fatigué. Si vous ne voulez pas nous fréquenter, laissez-nous tranquilles. Je ne dérange pas mes anciens « amis ». Mais je n'ai pas besoin de visites de charité, ni de critiques déguisées en bon conseil... — Il ajouta, en s'excusant : — Je vous demande pardon, mais vraiment, Muriel, vous ne devriez pas parler comme une dame patronnesse de l'œuvre des taudis, même lorsque vous visitez des petits-bourgeois...

Il tourna vers elle, chargés de reproche, ses yeux injectés de sang — des yeux autrefois d'un bleu clair, profond, à présent faibles, usés et à moitié abîmés à force de lire quand il était soûl.

— Pourquoi dites-vous ces choses terribles ? protesta-t-elle. Vous parlez comme si vous et Gloria apparteniez aux classes moyennes.

— Pourquoi prétendre le contraire ? Je déteste les gens qui se piquent d'être de grands aristocrates quand ils ne peuvent même pas en soutenir l'apparence.

— Vous pensez qu'il faut de l'argent pour être un aristocrate ? fit Muriel... la démocrate horrifiée.

— Mais bien sûr. Le terme « aristocratie » implique l'acceptation du fait que certains traits que nous disons beaux — le courage et l'honneur et la beauté et tout ce genre de choses — trouvent leur climat le plus favorable dans une ambiance où l'on n'est pas entravé par l'ignorance et le besoin.

Muriel mordit sa lèvre inférieure et secoua la tête.

— Eh bien, moi, je suis d'avis que si on sort d'une bonne famille, on sera toujours des gens bien. Voilà l'ennui avec Gloria et vous. Vous pensez que sous prétexte que les choses s'arrangent mal pour vous en ce moment, tous vos anciens amis chercheront à vous éviter. Vous êtes trop sensibles...

— En fait, dit Anthony, vous n'en savez rien. Pour moi, c'est simplement une question de fierté, et pour une fois Gloria est assez raisonnable pour admettre que nous ne devons pas aller là où l'on ne veut pas de nous. Et les gens ne veulent pas de nous. Nous représentons trop l'idéal du mauvais exemple.

— C'est absurde ! Vous n'arriverez pas à abriter votre pessimisme sous le toit de mon petit solarium ! Je pense que vous devriez oublier toutes ces spéculations morbides et vous mettre à travailler.

— Me voici âgé de trente-deux ans. A supposer que je me lance dans un travail idiot quelconque. Dans deux ans, j'aurais peut-être de l'avancement, avec cinquante dollars par semaine — si j'ai de la chance. A supposer encore que je puisse trouver un emploi, le nombre de chômeurs est terrifiant. Eh bien, supposons que je gagne cinquante dollars par mois. Croyez-vous que je serais plus heureux ? Croyez-vous que si je n'obtiens pas cet argent de mon grand-père, la vie sera *supportable ?*

Muriel eut un sourire dédaigneux.

— Ma foi, dit-elle, c'est peut-être un raisonnement ingénieux, mais ça n'a pas le sens commun.

Quelques minutes plus tard, Gloria entra. Elle sembla introduire avec elle dans la pièce une vague couleur sombre et rare. D'une certaine façon taciturne, elle fut heureuse de voir Muriel. Elle salua Anthony par un « hi ! » détaché.

— Je parlais philosophie avec votre mari, s'écria l'irrépressible miss Kane.

— Nous avons examiné certains concepts fondamentaux, dit Anthony.

Et un faible sourire agita ses joues blêmes, dont une barbe de deux jours accusait la pâleur.

Indifférente à l'ironie d'Antony, Muriel ressassa de nouveau son point de vue.

Gloria dit avec calme :

— Anthony a raison. Ce n'est pas drôle de se faire voir quand on a le sentiment que les gens vous regardent d'une certaine manière.

Il interrompit plaintivement :

— Ne pensez-vous pas que lorsque Maury Noble lui-même, qui était jusqu'à présent mon meilleur ami, ne veut pas venir nous voir, il est grand temps de cesser de téléphoner aux gens ?

Ses yeux se voilèrent de larmes.

— Pour ce qui est de Maury Noble, cela a été de ta faute, dit Gloria froidement.

— Pas du tout.

— Si, très certainement.

Muriel intervint avec vivacité :

— J'ai rencontré l'autre jour une jeune fille qui connaît

Maury, et elle dit qu'il ne boit plus. Il est en train de devenir joliment casanier.

— Il ne boit pas ?

— Pratiquement plus du tout. Il gagne des tas d'argent. Il est en quelque sorte transformé depuis la guerre. Il va épouser une jeune fille de Philadelphie qui a des millions, Cecily Larrabu — en tout cas, c'est ce qu'ont annoncé les *Potins de la ville.*

— Il a trente-trois ans, dit Anthony, pensant tout haut. Mais c'est bizarre de se l'imaginer marié. Je le trouvais toujours si brillant.

— Il l'était d'une certaine façon, murmura Gloria.

— Mais les gens brillants ne s'assagissent pas pour se mettre au travail. Ou bien si ?... Ou que font-ils ? Ou que deviennent tous ceux que l'on a connus et avec qui on avait tant d'affinités ?

— La vie vous sépare, suggéra Muriel avec l'expression rêveuse appropriée.

— Ils changent, dit Gloria. Toutes les qualités qu'ils n'utilisent pas dans leur vie quotidienne finissent par moisir sous des toiles d'araignées.

— La dernière chose qu'il m'a dite, se rappela Anthony, c'est qu'il allait travailler afin d'oublier que rien ne valait la peine qu'on y travaillât.

Muriel saisit la balle au bond.

— C'est ce que *vous* devriez faire, s'écria-t-elle triomphalement. Bien entendu je ne pense pas que personne voudrait travailler pour rien. Mais cela vous occuperait. A quoi passez-vous votre temps, d'ailleurs ? Personne ne vous voit plus au Montmartre ou... ou nulle part. Vous faites des économies ?

Gloria eut un rire dédaigneux et lança à Anthony un regard en coulisse.

— Eh bien, demanda-t-il, de quoi ris-tu ?

— Tu le sais bien, répondit-elle froidement.

— A propos de la caisse de whisky ?

— Oui. — Elle se tourna vers Muriel. — Il a payé soixante-dix dollars pour une caisse de whisky, hier.

— Et pourquoi pas ? Il coûte moins cher sous cette forme qu'au détail. Tu ne vas pas prétendre que tu n'en bois pas ?

— Du moins, je ne bois pas dans la journée.

— Belle distinction ! s'écria-t-il, et il se leva d'un bond, en proie à une fureur impuissante. Et qui plus est, je veux être damné si tu dois me jeter cela à la tête toutes les cinq minutes !

— C'est la vérité !

— *Non !* Et j'en ai assez de cette perpétuelle rage de me critiquer devant des visiteurs ! — Il s'était monté au point que ses bras et ses épaules tremblaient. — On croirait à t'entendre que tout est de ma faute. On croirait que tu ne m'as pas encouragé à dépenser de l'argent, et à dépenser beaucoup plus pour toi que je n'en ai jamais dépensé pour moi, et de loin !

Gloria se leva à son tour.

— Je ne tolérerai pas que tu me parles ainsi !

— Très bien. Pardieu, tu n'y es pas forcée !

Il s'élança hors de la pièce. Les deux femmes entendirent ses pas dans l'entrée, puis la porte de l'appartement claqua. Gloria retomba dans son fauteuil. La lampe éclaira son beau visage composé, inscrutable.

— Oh ! s'écria Muriel, consternée. Oh ! que se passe-t-il ?

— Rien de particulier. Il est ivre, voilà tout.

— Ivre ? Voyons, il était tout à fait sobre. Il parlait...

Gloria secoua la tête.

— Oh non, il ne laisse pas voir son ébriété, à moins de ne plus pouvoir se tenir sur ses jambes, et il parle très bien, jusqu'au moment où il s'excite. Il parle beaucoup mieux que lorsqu'il est sobre. Mais il est resté assis ici, toute la journée, à boire — à part le temps qu'il lui a fallu pour aller chercher le journal au coin de la rue.

— Oh ! c'est affreux. — Muriel fut sincèrement émue. Ses yeux se remplirent de larmes. — C'est arrivé souvent ?

— De boire ?

— Non, ceci : de vous quitter ?

— Oh oui. Fréquemment. Il reviendra vers minuit, il pleurera et implorera son pardon.

— Et vous lui pardonnez ?

— Je ne sais pas. Nous continuons, et voilà.

Les deux femmes restèrent assises sous la lueur de la lampe, à se regarder ; chacune, à sa façon, impuissante devant cet état de choses. Gloria était toujours jolie, aussi jolie qu'elle pourrait l'être désormais, les joues en feu ; elle portait une robe nouvelle achetée — imprudemment — cinquante dollars. Elle avait espéré décider Anthony à la mener ce soir au restaurant ou même dans un de ces grands palais somptueux, ces cinémas de luxe, où il y aurait pour la regarder quelques personnes dont elle pourrait soutenir la vue. Elle le désirait parce qu'elle se savait les joues roses, et qu'elle portait une robe neuve et d'une seyante fragilité. A présent, ils ne recevaient que bien rarement des invitations. Mais elle ne dit pas tout cela à Muriel.

— Gloria, ma chérie, j'aurais voulu que nous puissions dîner ensemble, mais j'ai promis ma soirée à un homme — et il est déjà sept heures trente, il faut que je me sauve.

— Oh ! je n'aurais pas pu, dans tous les cas. D'abord, j'ai été souffrante toute la journée. Et je ne pourrais pas avaler une bouchée.

Après avoir accompagné Muriel jusqu'à la porte, Gloria rentra dans la pièce, éteignit la lampe et, accoudée à la fenêtre, regarda vers Palissade Park, où le brillant cercle tournoyant de la grande roue semblait un miroir tremblant qui captait le reflet jaune de la lune. La rue, à présent, était calme. Les enfants avaient regagné leur logis. De l'autre côté de la rue, elle aperçut une famille en train de dîner. Sans raison, ridiculement, ces gens se levaient et circulaient autour de la table. Vus ainsi, chacun de leurs gestes semblait incongru — comme s'ils étaient mus, négligemment et sans but, par des fils de fer invisibles au-dessus de leurs têtes.

Elle consulta sa montre — huit heures. Elle avait été en partie satisfaite de sa journée — au début de l'après-midi — en se promenant le long de ce Broadway de Harlem, la 125ᵉ Rue, les narines réceptives à diverses odeurs, et l'esprit excité par l'extraordinaire beauté de certains enfants italiens. Ce spectacle l'affectait curieusement, tout comme la Cinquième Avenue l'impressionnait autrefois, quand avec la paisible certitude de sa beauté elle savait que tout cela était à elle, tous les magasins et leur contenu : tous les jouets pour adultes scintillant dans les vitrines, tout lui appartenait et elle n'avait qu'à demander. Ici, dans la 125ᵉ Rue, il y avait des fanfares de l'Armée du Salut et de vieilles dames à châles sur les seuils, et des bonbons poisseux dans les mains barbouillées d'enfants aux cheveux gras — et le soleil couchant tombait sur les murs latéraux des hauts taudis. Tout cela, très riche, pimenté et savoureux, comme un plat préparé par un chef français prévoyant, que l'on ne pouvait pas ne pas apprécier, tout en sachant que les ingrédients étaient probablement des restes...

Gloria frissonna soudain quand l'appel d'une sirène sur le fleuve passa plaintivement sur les toits baignés de crépuscule. Elle se recula pour rejeter les draperies fantomatiques qui pesaient sur ses épaules, et elle alluma la lampe électrique. Il se faisait tard. Elle savait que sa bourse contenait un peu de menue monnaie, et se demanda si elle descendrait prendre un café et des petits pains à l'endroit où le métro aérien, libéré, transformait la rue de Manhattan en une caverne tapageuse, ou si elle mangerait du jambon grillé et du pain à la cuisine. Son porte-monnaie décida pour elle. Il ne contenait qu'une pièce de nickel et deux pence.

Au bout d'une heure, le silence de la chambre devint insupportable, et elle s'aperçut que ses regards erraient du magazine qu'elle lisait, au plafond qu'elle fixait des yeux sans penser à rien. Soudain elle se leva, hésita un instant, se mordilla le doigt — puis elle alla à l'office, prit une bouteille de whisky sur l'étagère et se versa à boire. Elle emplit son verre d'eau-de-vie au genièvre, revint à son fauteuil et acheva l'article du magazine. Il avait trait à la dernière veuve de la révolution qui, jeune fille, avait épousé un ancien de l'armée continentale et était morte en 1906. Gloria trouva étrange et singulièrement romanesque la pensée qu'elle et cette femme avaient été contemporaines.

Elle tourna une page et apprit qu'un candidat au Congrès était accusé d'athéisme par un adversaire. La surprise de Gloria se dissipa lorsqu'elle découvrit que l'accusation n'était pas fondée. Le candidat avait simplement nié le miracle des pains et des poissons. Il reconnut, soumis à une pression, qu'il accordait une foi pleine et entière à la marche sur les flots.

Gloria vida son premier verre, et s'en versa un second. Après avoir passé un peignoir, et s'être confortablement installée sur le divan, elle se rendit compte qu'elle était malheureuse et que des larmes coulaient sur ses joues. Elle se demanda si c'étaient des larmes d'apitoiement sur soi et essaya résolument de ne pas pleurer, mais cette existence sans espoir, sans bonheur, l'accablait et elle ne cessait d'agiter la tête, d'un côté à l'autre, les commissures de ses lèvres tremblantes et abaissées, comme si elle niait une assertion faite par quelqu'un quelque part. Elle ignorait que son geste était de bien des années antérieur à l'Histoire, et que durant une centaine de générations humaines, la douleur intolérable et persistante a renouvelé ce geste de dénégation, de protestation, de trouble, devant on ne sait quoi de plus profond et plus puissant que le Dieu créé à l'image de l'homme, et devant lequel ce Dieu s'il existait serait également impuissant. C'est une vérité placée au cœur de la tragédie, que cette force n'explique jamais, ne répond jamais — cette force impalpable comme l'air, et plus définitive que la Mort.

RICHARD CARAMEL.

Au début de l'été, Anthony démissionna de son dernier club, l'Amsterdam. Il ne s'y rendait plus qu'à peine deux fois par an, et la cotisation grevait lourdement son budget. Il y était entré à son retour d'Italie, parce que ç'avait été le club de son grand-père et de son père, et parce que c'était un club auquel, si l'occasion s'offrait, on s'affiliait indubitablement, mais en fait il préférait le club de Harvard, surtout à cause de Dick et de Maury. Néanmoins, avec le déclin de sa fortune, il semblait que ce fût une bagatelle de plus en plus désirable, à laquelle il fallait se cramponner. Il finit par y renoncer, non sans regret.

A présent le nombre de ses compagnons se réduisait à une curieuse douzaine. Plusieurs d'entre eux s'étaient rencontrés dans un local appelé *Sammy's*, dans la 43e Rue, où, si l'on frappait à la porte et l'on montrait patte blanche, on pouvait s'asseoir autour d'une grande table ronde pour boire d'assez bon whisky. Là, il rencontra un nommé

Parker Allison, qui avait été le parfait pilier de cabaret à Harvard, et dilapidait une grosse fortune de « levure de bière », à un train d'enfer. L'idée que Parker Allison se faisait de la distinction consistait à conduire dans Broadway une pétaradante auto rouge et jaune avec deux filles étincelantes au regard dur, à ses côtés. Il était de ces hommes qui dînent avec deux filles plutôt qu'une seule — son imagination étant presque incapable de soutenir un dialogue.

Outre Allison, il y avait Pete Lytell, coiffé d'un chapeau derby gris penché de biais sur sa tête. Il avait toujours eu de l'argent, et il était en général de belle humeur en sorte qu'Anthony poursuivait avec lui des conversations à méandres, durant bien des après-midi de l'été et de l'automne. Lytell, s'aperçut-il, non seulement parlait mais raisonnait, en faisant des phrases. Sa philosophie se composait d'une série de tournures assimilées de-ci de-là, au cours d'une vie active et insouciante. Il avait des phrases sur le socialisme — les phrases immémoriales ; il en avait d'autres relatives à l'existence d'une divinité personnelle — avec une allusion à une époque où il avait fait l'expérience d'un accident de chemin de fer — ; et il avait également des phrases sur le problème irlandais, le genre de femme qu'il respectait, et l'inanité de la prohibition. Les seules fois où sa conversation s'éleva au-dessus de ces vagues clichés grâce auxquels il interprétait les événements les plus « rococo » d'une vie plus que toute autre fertile en aventures, — c'était lorsqu'il s'abaissait à une discussion détaillée de son existence charnelle. Il connaissait à une nuance près les mets, la liqueur et les femmes qu'il préférait.

C'était à la fois le produit le plus commun et le plus remarquable de la civilisation. Il représentait un passant sur dix que l'on rencontre dans une rue citadine — et en même temps un singe sans poils, capable de deux douzaines de tours. Il était le héros de mille romans de la vie et de l'art, et tout à la fois un idiot virtuel qui accomplissait posément mais absurdement une série d'actions épiques, compliquées et stupéfiantes depuis soixante ans.

Avec des hommes comme ces deux-là, Anthony Patch buvait et discutait, buvait et argumentait. Ils lui plaisaient parce qu'ils ne savaient rien de lui, vivaient dans l'évidence et n'avaient pas la moindre conception de l'inévitable continuité de la vie. Ils s'asseyaient, au cinéma, non devant un film aux bobines consécutives, mais devant un vieux travelogue démodé où toutes les valeurs et par conséquent toutes les implications se confondaient. Pourtant, eux-mêmes n'éprouvaient pas de confusion, car rien en eux ne subsistait qui pût être confondu. D'un mois à l'autre ils changeaient de phrases comme de cravates.

Anthony, le courtois, le subtil, le perspicace, s'enivrait chaque jour chez Sammy avec ces hommes, ou dans son appartement avec un livre qu'il connaissait déjà, et très rarement avec Gloria, qui commençait à faire incontestablement figure de femme querelleuse et déraisonnable. Elle n'était plus la Gloria d'autrefois, assurément, la Gloria qui, lorsqu'elle était malade, eût préféré désespérer tout son entourage plutôt que d'avouer qu'elle avait besoin d'aide et de sympathie. A présent elle ne dédaignait pas de geindre ; elle ne dédaignait plus de s'apitoyer sur elle-même. Chaque soir, avant de se mettre au lit, elle s'enduisait le visage de quelque onguent nouveau qui, espérait-elle absurdement, restituerait à sa beauté déclinante l'éclat et la fraîcheur. Dans ses moments de sobriété, Anthony la taquinait à ce propos. Dans ses moments de sobriété il était poli avec elle, parfois même tendre ; il semblait, durant des heures brèves, manifester une trace de son ancienne faculté de tout comprendre trop bien pour ne point tout pardonner — ce don qui était ce qu'il avait de meilleur en lui, et qui rapidement et sans arrêt l'avait conduit vers la ruine.

Mais il détestait être sobre, car il prenait alors conscience de ses entours, de cette atmosphère de lutte, d'ambition avide, d'espoir plus sordide que le désespoir, d'incessants hauts et bas, qui dans chaque métropole apparaissent le plus souvent dans l'instable classe moyenne. Incapable de vivre avec les riches, il pensait que le choix qui s'imposait eût été de vivre avec les plus pauvres. Tout valait mieux que ce calice de sueur et de larmes.

Le sens de l'immense panorama qu'offre la vie, jamais très fort chez Anthony, s'était affaibli et presque éteint. A de longs intervalles à présent, quelque incident, un geste de Gloria séduisait sa fantaisie — mais les voiles gris s'étaient abattus pour de bon sur lui. A mesure qu'il avança en âge, ces choses s'obscurcirent. Après tout, il restait le vin.

— L'ivresse présentait une sorte de douceur — l'indescriptible brio, l'éclat qu'elle apportait comme le souvenir de soirs éphémères et défunts. Après quelques *high-balls,* il y avait de la magie dans la grande nuit arabe du Bush Terminal Building — son sommet se dressait, pic de grandeur, doré et rêveur, sur le ciel inaccessible. Et Wall Street, grossière, banale — là de nouveau c'était le triomphe de l'or, un spectacle splendide et sensuel ; là les grands monarques gardaient l'argent nécessaire à leurs guerres...

... Le fruit de la jeunesse ou de la vigne, la magie du passage transitoire d'une obscurité à une autre, l'ancienne illusion que la vérité et la beauté, en quelque sorte, s'entrelacent.

Devant le *Delmonico's,* une nuit, occupé à allumer sa cigarette, il vit deux fiacres s'arrêter tout près du tournant, dans l'espoir de faire payer le prix fort à quelque pochard. Ces cabs démodés étaient démantibulés et sales — leur cuir craquelé se plissait comme un visage de vieillard, les coussins fanés prenaient une couleur de lavande brunâtre. Les chevaux mêmes étaient vieux et las, ainsi que les cochers chenus perchés sur leur siège, qui faisaient claquer leur fouet avec une grotesque affectation de crânerie. Vestiges d'une allégresse disparue !

Anthony Patch se détourna. Pris d'un soudain accès de dépression, il réfléchissait à l'amertume de ces survivances. Rien, semblait-il, ne s'évente aussi vite que le plaisir.

Dans la 42e Rue, un après-midi, il rencontra Richard Caramel pour la première fois depuis des mois — un Richard Caramel prospère, qui prenait de l'embonpoint, et dont le visage se remplissait pour s'harmoniser avec son front bostonien.

— Je suis à peine rentré de la côte, cette semaine. J'allais te téléphoner mais j'ignorais votre nouvelle adresse.

— Nous avons déménagé.

Richard Caramel remarqua qu'Anthony portait une chemise sale, des manchettes légèrement mais visiblement élimées, et que des croissants couleur fumée de cigare creusaient un cerne sous ses yeux.

— C'est ce que j'ai cru comprendre, dit-il. — Et il fixa sur son ami son œil d'un jaune vif. — Mais où est Gloria, et comment va-t-elle ? Mon Dieu, Anthony, des histoires lamentables sur vous deux me sont revenues aux oreilles, même là-bas en Californie — et quand je rentre à New York, je découvre que vous avez complètement disparu. Pourquoi ne fais-tu pas effort sur toi-même ?

— Ecoute, bredouilla Anthony d'une voix incertaine, je ne peux pas supporter un long sermon. Nous avons perdu de l'argent, d'une douzaine de façons différentes, et naturellement les gens ont jasé — à cause du procès, mais la chose se décidera finalement cet hiver, c'est sûr...

— Tu parles si vite que je ne comprends rien, interrompit Dick avec calme.

— Ma foi, j'ai dit tout ce que j'avais à dire, fit sèchement Anthony. Viens nous voir si cela te chante — ou ne viens pas !

Sur ce, il fit demi-tour et s'apprêtait à se perdre dans la foule, quand Dick le rattrapa et lui saisit le bras.

— Voyons, Anthony, ne prends pas la mouche si facilement ! Tu sais bien que Gloria est ma cousine et tu es l'un de mes plus anciens amis, il est donc naturel que je m'intéresse à vous quand j'apprends que tu gâches ta vie et que tu entraînes Gloria avec toi.

— Je ne veux pas qu'on me sermonne.

— Eh bien, soit. Pourquoi ne viendrais-tu pas chez moi prendre un verre ? Je viens de m'installer dans mon appartement. J'ai acheté trois caisses de Gordon gin à un employé de la douane.

Chemin faisant, il continua, dans un excès d'exaspération :

— Et l'argent de ton grand-père — tu vas le toucher ?

— Eh bien, répondit Anthony avec hargne, ce vieux fou de Haight semble optimiste, surtout parce qu'en ce moment les gens en ont assez des réformateurs. Tu comprends que cela pourrait faire une légère différence, par exemple, si un juge pensait qu'Adam Patch a compliqué la tâche de se procurer des alcools.

— Vous ne pouvez pas vous passer d'argent, dit sentencieusement Dick. As-tu essayé d'écrire ces derniers temps ?

Anthony secoua la tête en silence.

— C'est drôle, reprit Dick. J'ai toujours pensé que

Maury et toi, vous écririez un jour, et voilà qu'il est devenu une sorte d'aristocrate au poing serré, et toi, tu...

— Je suis le mauvais exemple.

— Je me demande pourquoi ?

— Tu te figures probablement le savoir, suggéra Anthony avec un effort de concentration. Le raté et l'homme arrivé se figurent tous deux au fond de leur cœur qu'ils ont des points de vue subtils, très équilibrés, l'homme arrivé parce qu'il a réussi, et le raté parce qu'il a échoué. L'homme arrivé dit à son fils de profiter de la bonne fortune de son père et le raté dit à son fils de profiter des erreurs de son père.

— Je ne suis pas d'accord avec toi, dit l'auteur de *Sauvé de justesse en France*. Je vous écoutais parler, Maury et toi, dans notre jeunesse, et vous m'impressionniez à cause de votre perpétuel cynisme, mais maintenant — après tout, sapristi, quel est celui d'entre nous qui participe à... à la vie intellectuelle ? Je ne voudrais pas avoir l'air fat, mais c'est moi, et j'ai toujours cru que les valeurs morales existent, et je le croirai toujours.

— Soit, objecta Anthony, qui commençait à s'énerver, mais même en l'admettant, tu sais bien que dans la pratique la vie ne présente jamais de problèmes aussi tranchés, n'est-ce pas ?

— Pour moi, si. Pour rien au monde, je ne violerais certains principes.

— Mais comment sais-tu quand tu les violes ? Tu es forcé de te livrer à des conjectures, comme la plupart des gens tu dois distribuer les valeurs, lorsque tu regardes en arrière. C'est alors que tu achèves le portrait, tu y introduis les détails et les ombres.

Dick secoua la tête avec un entêtement altier :

— Toujours le même vieux cynique futile. C'est tout

simplement une façon de t'apitoyer sur toi-même. Tu ne fais rien — alors rien ne compte.

— Oh ! je suis parfaitement capable de m'apitoyer sur moi-même, concéda Anthony, et je ne prétends pas que je retire de la vie autant d'amusement que toi.

— Tu dis — ou du moins, tu disais — que le bonheur est la seule chose qui compte dans la vie. Crois-tu que ton pessimisme te rend plus heureux ?

Anthony poussa un grognement sauvage. Le plaisir qu'il prenait à l'entretien commença à se dissiper. Il était nerveux et aspirait à boire un verre.

— Nom d'une pipe, s'écria-t-il, où habites-tu ? Je ne peux pas marcher indéfiniment.

— Ton endurance est purement mentale, hein ? riposta Dick avec aigreur. Voilà, j'habite ici.

Il entra dans un immeuble de rapport de la 49e Rue et, quelques minutes plus tard, ils étaient dans une vaste pièce neuve, avec une cheminée béante et quatre murs tapissés de livres. Un maître d'hôtel de couleur leur servit du gin, et une heure s'écoula poliment, entre le breuvage moelleux qui diminuait dans leur verre, et l'ardeur d'un feu léger de mi-automne.

— Les arts sont très vieux, dit Anthony au bout d'un moment.

Après quelques verres la tension de ses nerfs se relâchait et il se retrouvait capable de penser.

— Quel art ?

— Tous les arts. La poésie est la première à mourir. Elle sera tôt ou tard absorbée par la prose. Par exemple le beau vocable, le mot coloré et étincelant, et la belle comparaison, appartiennent à présent à la prose. Pour attirer l'attention, la poésie est obligée de s'efforcer vers le mot rare, le mot rude et terreux qui n'a jamais été beau jusqu'alors. La beauté, en tant que somme de divers beaux fragments, a atteint son apogée avec Swinburne. Elle ne peut pas aller plus loin — sauf dans le domaine du roman, peut-être.

Dick l'interrompit avec impatience :

— Tu sais que ces romans nouveaux me fatiguent. Bon Dieu ! Partout où je vais, une sotte jeune fille me demande si j'ai lu *De ce côté du paradis.* Nos filles sont-elles vraiment ainsi ? Si c'est conforme à la vie, ce que je ne crois pas, la prochaine génération court à sa perte. Je suis excédé de tout ce réalisme de pacotille. Je pense qu'il y a place pour le romanesque en littérature.

Anthony essaya de se rappeler ce qu'il avait lu récemment de Richard Caramel. Il y avait *Sauvé de justesse en France,* un roman intitulé *Le Pays des hommes forts* et plusieurs douzaines de nouvelles encore plus mauvaises. Les critiques jeunes et brillants avaient contracté l'habitude de citer Richard Caramel avec un sourire dédaigneux. Ils l'appelaient « Monsieur » Richard Caramel. Son corps était traîné hideusement dans tout supplément littéraire. On l'accusait de réaliser une grosse fortune en écrivant des navets pour le cinéma. A mesure que la mode, en littérature, changeait, son nom devenait presque un terme de mépris.

Tandis qu'Anthony agitait ces pensées, Dick s'était levé et semblait hésiter au bord d'un aveu.

— J'ai réuni quelques livres, dit-il soudain.

— Je m'en aperçois.

— J'ai fait une collection exhaustive de bons ouvrages américains, anciens et nouveaux. Je ne parle pas du genre Long-fellow-Whittier habituel — en fait, la plupart de mes livres sont modernes.

Il s'approcha d'un des murs.

Anthony, qui comprit ce que l'on attendait de lui, se leva et la suivit.

— Regarde !

Au-dessus d'une étiquette imprimée où s'inscrivait le mot AMERICANA, il désigna six longues rangées de livres, aux belles reliures, et de toute évidence choisis avec soin.

— Et voici les romanciers contemporains.

Alors Anthony jugea le personnage. Coincés entre Mark Twain et Dreiser, s'alignaient huit volumes étrangers et inappropriés, les œuvres de Richard Caramel : *L'Amant démoniaque,* assez véridique, mais aussi sept autres, exécrables, sans grâce ni sincérité.

Malgré lui, Anthony jeta un coup d'œil vers Dick et surprit une légère incertitude sur son visage.

— J'ai mis là mes propres ouvrages, bien sûr, dit Richard Caramel vivement, bien qu'un ou deux d'entre eux soient de valeur inégale — je crains d'avoir écrit un peu trop vite quand j'ai eu ce contrat avec le magazine. Mais je ne crois pas à la fausse modestie. Evidemment, certains critiques ne m'ont plus accordé autant d'attention, depuis que je suis arrivé mais, après tout, ce ne sont pas les critiques qui comptent. Ce n'est qu'un troupeau de moutons.

Pour la première fois depuis si longtemps qu'il s'en souvenait à peine, Anthony éprouva un peu de son ancien dédain à l'égard de son ami. Richard Caramel continuait :

— Mes éditeurs, tu sais, dans leur publicité, me proclamaient le Thackeray de l'Amérique — à cause de mon roman sur New York.

— Oui, parvint à articuler Anthony, je suppose qu'il y a beaucoup de vrai dans ce que tu dis.

Il savait son mépris déraisonnable. Il savait qu'il eût changé de place avec Dick sans hésiter. Lui-même avait fait de son mieux pour écrire en se moquant du public. Ah ! mais, alors — un homme peut-il si promptement discréditer l'œuvre de sa vie ?

… Et cette nuit-là, tandis que Richard Caramel, en faisant à grands coups des fautes de frappe et en clignant ses yeux las, dépareillés, peinait sur son navet, jusqu'aux heures désolées où le feu se meurt, où la tête tourne sous l'effet de la concentration prolongée — Anthony, abominablement soûl, était vautré sur la banquette d'un taxi, en route pour l'appartement de Claremont Avenue.

LA RACLÉE.

A l'approche de l'hiver, une sorte de démence sembla s'emparer d'Anthony. Il se réveillait, le matin, si nerveux que Gloria le sentait trembler dans le lit avant qu'il pût rassembler assez de force pour courir à l'office chercher une boisson. A présent, il se montrait insupportable, sauf sous l'influence de l'alcool, et à mesure qu'il semblait se dégrader et s'endurcir sous ses yeux, l'âme et le corps de Gloria éprouvaient un sentiment rétractile à son égard. Lorsqu'il restait dehors toute la nuit, ce qui arriva plusieurs fois, non seulement elle ne le regretta pas, mais elle éprouva une sorte de morne soulagement. Le lendemain, il serait vaguement repentant et ferait remarquer, d'un air bougon et patibulaire, qu'il buvait peut-être un peu trop.

Durant des heures d'affilée, il restait assis dans le grand fauteuil qui avait fait partie du mobilier de son appartement. Plongé dans une sorte de stupeur, il semblait même avoir perdu tout intérêt pour ses livres favoris et bien que mari et femme ne cessassent de se disputer, le seul sujet dont ils s'entretenaient vraiment était la marche de leur procès. Il est difficile d'imaginer ce qu'espérait Gloria dans les profondeurs ténébreuses de son âme et quel apport elle attendait, pour leur vie, de cet énorme pactole. Elle qui, trois ans plus tôt, n'avait jamais fait de café, elle préparait parfois trois repas par jour. Elle marchait beaucoup l'après-midi, et le soir elle lisait des livres, des magazines, tout ce qui lui tombait sous la main. Si à présent elle souhaitait un enfant, même un enfant de cet Anthony qui venait la chercher au lit, ivre mort, elle ne le dit jamais et ne marqua en rien qu'elle s'intéressait aux enfants. Il est douteux qu'elle eût pu expliquer clairement à quelqu'un ce qu'elle désirait, ou même ce qu'il y avait à désirer — femme solitaire, jolie, à présent au seuil de la trentaine, retranchée derrière une invincible inhibition née de sa beauté et coexistant avec elle.

Un après-midi où la neige était de nouveau sale tout au long de Riverside Drive, Gloria, qui revenait de chez l'épicier, entra dans l'appartement pour trouver Anthony en train d'arpenter la pièce dans un état de nervosité aggravé. Il tourna vers elle des yeux fiévreux sillonnés de minuscules lignes roses qui rappelèrent à Gloria les fleuves sur une carte. Un instant, elle eut l'impression qu'il était devenu soudain et définitivement vieux.

— As-tu de l'argent ? demanda-t-il précipitamment.

— Quoi ? Que veux-tu dire ?..

— Ce que j'ai dit. De l'argent ! De l'argent ! Tu ne comprends plus l'anglais ?

Sans lui accorder la moindre attention, elle passa vivement et entra à l'office pour mettre le bacon et les œufs dans le réfrigérateur. Quand Anthony avait trop bu, il était toujours d'humeur geignarde. Cette fois, il la suivit et, debout devant la porte de l'office, persista à la questionner.

— Tu as entendu, ce que j'ai dit. As-tu de l'argent ?

Elle se détourna du réfrigérateur, et l'affronta :

— Voyons, Anthony, tu dois être fou ! Tu sais que je n'ai pas d'argent, sauf un dollar en petite monnaie.

Il fit tout à coup demi-tour et regagna le salon qu'il recommença à arpenter. De toute évidence, il ruminait quelque dessein sinistre et, tout aussi manifestement, désirait qu'on l'interrogeât à ce propos. Gloria le rejoignit un instant plus tard, s'assit sur le divan et commença à dénouer ses cheveux. Elle ne les portait plus courts et, depuis l'année précédente, ils avaient viré d'un or riche pailleté de rouge à un terne châtain. Elle avait acheté un shampooing et s'apprêtait à les laver ; elle se demandait si elle les rincerait à l'eau oxygénée.

— Eh bien ? impliqua son silence.

— Cette maudite banque ! dit Anthony d'une voix tremblante. Il y a dix ans qu'elle a mon compte — dix ans ! Mais il semble qu'en vertu d'un règlement autocratique, on doit avoir chez eux plus de cinq cents dollars pour qu'ils gardent votre compte ouvert. Ils m'ont écrit il y a quelques mois pour me dire que mon compte était à découvert. Une fois, j'ai donné deux chèques sans provision — tu te rappelles ce soir, au *Reisenweber ?* — mais j'en ai versé la contre-valeur dès le lendemain. Enfin, j'ai promis au vieux Halloran — c'est le directeur, ce goulu de Mick ! — de faire attention. Et je croyais être en règle, je vérifiais assez régulièrement les talons de mon carnet de chèques. Bref, je suis allé là-bas aujourd'hui pour tirer un chèque et ils m'ont dit qu'ils se sont vus forcés de fermer mon compte. Trop de chèques sans provision, disent-ils, et que je n'ai jamais eu plus de cinq cents dollars à mon crédit — et encore rien que pendant un jour ou deux. Et pardieu ! que crois-tu qu'il a dit ensuite ?

— Quoi donc ?

— Il a dit qu'il était grand temps, parce que je n'avais plus un sou dans leur établissement !

— Pas possible !

— C'est ce qu'ils m'ont dit. Paraît que j'ai donné à ces gens, les Bedros, un chèque de soixante dollars pour cette dernière caisse de liqueurs — et je n'en avais que quarante-cinq à la Banque. Enfin, les Bedros ont déposé quinze dollars à mon compte et retiré le tout.

Dans son ignorance, Gloria évoqua le spectre d'un emprisonnement et du déshonneur.

— Oh ! ils ne feront rien, lui assura-t-il. La fraude sur les alcools est une affaire trop scabreuse. Ils m'enverront une facture de quinze dollars et je la payerai.

— Oh ! — Elle réfléchit un instant. — Nous pourrions vendre encore un titre.

Il eut un rire sarcastique.

— Oh oui, c'est toujours facile. Quand les quelques titres que nous avons qui payent un dividende ne valent que de cinquante à quatre-vingts *cents* sur le dollar. Nous perdons à peu près la moitié du titre, chaque fois que nous vendons.

— Que pouvons-nous faire d'autre ?

— Oh ! nous bazarderons quelque chose comme d'habitude. Nous avons du papier pour une valeur de quatre-vingt mille dollars en pair. — De nouveau, il eut un rire désagréable. — Cela en rapportera environ trente mille sur le marché.

— Je me suis toujours méfiée de ces placements à dix pour cent.

— Du diable si c'est vrai ! dit-il. Tu faisais semblant pour pouvoir faire tes griffes sur moi si les valeurs s'effondraient, mais tu voulais courir ta chance tout autant que moi.

Elle resta un moment silencieuse comme si elle réfléchissait.

— Anthony, s'écria-t-elle soudain, deux cents dollars par mois, c'est pis que rien. Vendons tous nos titres et plaçons les trente mille dollars à la banque — et si nous perdons le procès, nous pourrons vivre trois ans en Italie, et après, mourir, voilà tout.

Dans sa surexcitation, elle éprouva en parlant un léger élan sentimental, le premier depuis bien des années.

— Trois ans ! dit-il nerveusement, trois ans ! Tu es folle ! Mr Haight nous prendra plus que cela si nous perdons. Tu crois qu'il travaille par charité ?

— Je l'oubliais.

— Et c'est aujourd'hui samedi, continua-t-il, et je n'ai qu'un dollar et un peu de monnaie, et il nous faudra vivre jusqu'à lundi où je pourrai joindre mon agent de change... Et rien à boire dans la maison, ajouta-t-il comme si une pensée importante lui venait après coup.

— Tu ne pourrais pas téléphoner à Dick ?

— Je l'ai fait. Son domestique dit qu'il est allé à Princeton pour faire une conférence dans un club littéraire ou quelque chose d'analogue. Il ne rentrera pas avant lundi.

— Eh bien, réfléchissons... Tu ne vois pas un ami à qui tu pourrais t'adresser ?

— J'ai voulu approcher deux types. Aucun n'était chez lui. Je regrette de n'avoir pas vendu cette autographe de Keats comme j'ai failli le faire la semaine dernière.

— Et ces gens avec qui tu joues aux cartes, dans cet endroit, chez Sammy ?

— Tu crois que je m'adresserais à *eux ?*

Une vertueuse indignation fit vibrer sa voix. Gloria tressaillit. Il préférait envisager l'inconfort de sa femme plutôt que d'avoir la chair de poule en sollicitant une faveur indue.

— Je pense à Muriel, suggéra-t-il.

— Elle est en Californie.

— Eh bien, et l'un de ces hommes avec qui tu t'es donné tant de bon temps pendant que j'étais sous les drapeaux ? On pourrait supposer qu'ils seraient trop heureux de te rendre un petit service.

Elle lui jeta un regard de dédain, mais il n'en tint pas compte.

— Ou bien ta vieille amie Rachel, ou Constance Merriam ?

— Constance Merriam est morte depuis un an, et je ne voudrais rien demander à Rachel.

— Eh bien, et ce monsieur autrefois si désireux de te venir en aide qu'il avait peine à se contenir — Bloeckman ?

— Oh !...

Il l'avait enfin blessée, et il n'était pas trop obtus pour s'en rendre compte.

— Pourquoi pas lui ? insista-t-il cruellement.

— Parce que... parce que j'ai cessé de lui plaire, dit-elle avec difficulté. — Et comme il se bornait à la regarder d'un air cynique au lieu de répondre : — Si tu veux savoir pourquoi, je vais te le dire, ajouta-t-elle. Il y a un an, je suis allée trouver Bloeckman et lui ai demandé de me faire faire du cinéma.

— Tu es allée chez Bloeckman ?

— Oui.

— Pourquoi ne me l'as-tu pas dit ? demanda-t-il, incrédule.

Mais son sourire s'effaça.

— Parce que tu étais probablement en train de te soûler quelque part. Il m'a fait tourner un bout d'essai et on a décidé que je n'étais pas assez jeune pour obtenir un rôle, sauf un rôle de composition.

— Un rôle de composition ?

— La « femme de trente ans », ce genre de chose. Je n'avais pas trente ans et je ne pensais pas les paraître.

— Comment, le diable l'emporte ! s'écria Anthony, qui se fit violemment son champion, avec une émotion curieusement perverse, comment !...

— Eh bien, voilà, je ne peux pas aller le trouver.

— Mais quelle insolence ! insista Anthony avec nervosité, quelle insolence !

— Anthony, peu importe à présent ; la question, c'est que nous devons vivre jusqu'à lundi, et qu'il n'y a rien dans la maison sauf un pain, une demi-livre de bacon et deux œufs pour notre déjeuner. — Elle lui remit le contenu de son porte-monnaie. — Tiens, soixante-dix, quatre-vingts, un dollar quinze. Avec ce que tu as, cela fait à peu près deux dollars et demi, non ? Anthony, nous pouvons nous tirer d'affaire avec cela. Nous pouvons acheter des tas de victuailles — plus que nous ne pourrons en consommer.

Tout en faisant tinter l'argent dans sa main, il secoua la tête.

— Non. Il faut que je boive un verre. Je suis si fichtrement énervé que j'en ai le frisson. — Une pensée le frappa. — Peut-être Sammy accepterait-il un chèque ? Et alors, lundi, je peux me précipiter avec l'argent...

— Mais on a fermé ton compte.

— C'est vrai, c'est vrai — j'oubliais. J'ai une idée : je vais aller chez Sammy et je trouverai bien quelqu'un qui me prêtera quelque chose. J'ai horreur de le leur demander, pourtant... — Il fit soudain claquer ses doigts. — Je sais ce que je vais faire. Je vais mettre ma montre en gage. Je peux en tirer vingt dollars, et je la récupère lundi pour six *cents ;* elle a déjà été en gage autrefois, du temps où j'étais étudiant à Cambridge.

Il avait enfilé son pardessus et, avec un bref au revoir, il traversa l'entrée pour gagner la porte de l'appartement.

Gloria se leva. Elle s'avisait tout à coup de l'endroit où, sans doute, il irait tout d'abord.

— Anthony, cria-t-elle derrière lui, tu ne ferais pas mieux de me laisser deux dollars ? Tu n'as besoin d'argent que pour l'autobus.

La porte du dehors claqua — il avait feint de ne pas

l'entendre. Elle le suivit un instant du regard, puis alla dans la salle de bains, parmi ses onguents tragiques, et se mit en devoir de se laver les cheveux.

En bas, chez Sammy, il trouva Parker Allison et Pete Lytell assis seuls à une table, en train de boire un cocktail indien composé d'eau acidulée et de whisky. Six heures venaient de sonner et Sammy, ou Samuel Bendiri — de son nom de baptême — balayait un tas de mégots et de verre brisé qu'il poussait dans un coin.

— Hi, Tony ! cria Parker Allison à Anthony.

Parfois, il l'appelait Tony et parfois Dan. Pour lui, tous les Anthony devaient répondre à l'un de ces diminutifs.

— Asseyez-vous. Que voulez-vous prendre ?

Dans le métro, Anthony avait compté son argent et découvert qu'il possédait presque quatre dollars. Il pouvait donc payer deux tournées à cinquante *cents* le verre — ce qui signifiait qu'il aurait six verres. Il se rendrait ensuite à la Sixième Avenue et obtiendrait vingt dollars et un ticket de dégagement, en échange de sa montre.

— Eh bien, brigands, dit-il sur un ton jovial, comment va la vie criminelle ?

— Assez bien, dit Allison. — Il cligna de l'œil vers Pete Lytell. — Dommage que vous soyez un homme marié. Nous avons de bonnes occasions qui s'alignent vers onze heures, à l'heure de la sortie des spectacles. O mon vieux ! Oui, monsieur. Dommage vraiment qu'il soit marié. Pas, Peter ?

— Do... dommage.

A sept heures et demie, une fois terminées les six tournées, Anthony s'aperçut que ses intentions se réglaient sur ses désirs. A présent, heureux et joyeux, il s'amusait à fond. L'histoire que Pete achevait de raconter lui semblait incroyablement humoristique — et il décida, comme chaque jour, lorsqu'il arrivait à ce stade, que c'étaient de

« bigrement chics types, sapristi ! » capables de faire pour lui beaucoup plus qu'aucune de ses connaissances. Les bureaux de prêts sur gages restaient ouverts jusqu'à une heure tardive, les samedis soir, et il sentit que s'il prenait encore un verre, un seul, il atteindrait à une merveilleuse euphorie couleur de rose.

— Ah ! bon sang ! s'écria-t-il sur un ton contrarié, je suis venu ici sans mon portefeuille.

— Besoin d'argent liquide ? demanda Lytell avec aisance.

— J'ai laissé mon argent sur la commode, à la maison. Et je voulais vous offrir encore un verre.

— Oh ! laissez tomber. — Lytell, d'un geste dédaigneux, écarta la proposition. — M'est avis que nous pouvons payer à un copain tous les verres qu'il désire. Que voulez-vous prendre ? Du même ?

— Ecoutez-moi, suggéra Parker Allison. Si nous envoyions Sammy de l'autre côté de la rue, nous chercher des sandwiches, et si nous dînions ici ?

Les deux autres furent d'accord.

— Bonne idée.

— *Hey !* Sammy, voud'ions kvoufachiez kekchoge pou' nous...

Tout juste après neuf heures, Anthony se leva en titubant, leur dit bonne nuit d'une voix pâteuse, et se dirigea d'un pas incertain vers la porte, non sans avoir tendu à Sammy un de ses quarts de dollar, à la sortie. Une fois dans la rue, il hésita, puis se dirigea vers la Sixième Avenue où il se rappelait avoir souvent remarqué des maisons de prêt. Il dépassa un kiosque à journaux et deux drugstores — et s'aperçut ensuite qu'il se trouvait devant le bureau qu'il cherchait, à présent fermé et barricadé. Imperturbable, il continua ; un autre, un demi-pâté de maisons plus loin, était également fermé — tout comme deux autres du côté opposé de la rue, et un cinquième dans le square au-dessous. Voyant une faible lueur dans le dernier, il se mit à cogner à la porte de verre, et n'y renonça que lorsqu'un gardien apparut au fond de la boutique et lui fit signe avec colère de circuler. De plus en plus découragé, les idées de plus en plus brouillées, il traversa la rue et rebroussa chemin vers la 43e Rue. Arrivé au carrefour près de chez Sammy, il s'arrêta, indécis. S'il regagnait l'appartement pour satisfaire aux exigences de son corps, il s'exposerait à d'amers reproches ; pourtant, à présent que les bureaux de prêts étaient fermés, il ne savait où trouver de l'argent. Il finit par se décider à en demander à Parker Allison, après tout... mais il s'approcha de *Chez Sammy* pour trouver la porte close et les lumières éteintes. Il consulta sa montre... Neuf heures trente. Il se mit à marcher.

Dix minutes plus tard, il s'arrêtait distraitement au coin de la 43e Rue et de Madison Avenue, presque en face de l'entrée éclairée mais presque déserte de l'hôtel Biltmore.

Il resta là un moment, puis s'assit lourdement sur une planche humide parmi des débris de matériaux de construction. Il s'y reposa près d'une demi-heure ; son esprit n'était plus qu'un dessin mouvant de pensées en surface, dont la principale était qu'il lui fallait se procurer un peu d'argent et rentrer avant d'être trop soûl pour retrouver son chemin.

Soudain, comme il jetait un coup d'œil vers le *Biltmore,* il vit un homme debout sous le feu direct des lampes de la porte cochère, à côté d'une femme en manteau d'hermine. Tandis qu'Anthony l'observait, le couple avança et fit signe à un taxi. Anthony comprit, à l'infaillible identification de la démarche d'un ami, que c'était Maury Noble. Il se leva.

— Maury ! cria-t-il.

Maury regarda de son côté, puis se tourna vers la jeune fille, juste au moment où le taxi se rangeait devant lui. Avec l'idée confuse de lui emprunter dix dollars, Anthony traversa en courant à toutes jambes Madison Avenue et s'engagea dans la 43e Rue.

Quand il arriva, Maury se tenait devant la porte béante du taxi. Sa compagne se retourna et examina avec curiosité Anthony.

— *Hello !* Maury, dit-il, la main tendue. Comment vas-tu ?

— Très bien, merci.

Leurs mains retombèrent et Anthony hésita. Maury ne fit pas mine de le présenter et resta là à le regarder, dans un silence félin, inscrutable.

— Je voulais te voir... commença Anthony, hésitant. Il sentait qu'il ne pouvait pas solliciter un prêt, avec la jeune fille à moins de quatre pieds de lui ; il s'interrompit donc et fit un geste de la tête, perceptible, comme pour entraîner Maury à l'écart.

— Je suis assez pressé, Anthony.

— Je sais, mais... peux-tu, peux-tu ?...

De nouveau il hésita.

— Je te verrai une autre fois, dit Maury.

— C'est important...

— Je regrette, Anthony.

Avant qu'Anthony eût pu se décider à formuler sa requête, Maury s'était tourné froidement vers la jeune personne, il l'aidait à monter en voiture ; avec un « bonsoir » poli, il monta après elle. Il salua en inclinant la tête, de la fenêtre, et Anthony eut le sentiment que rien dans son expression n'avait le moindrement changé. Avec une hâte bruyante, le taxi s'ébranla et Anthony resta seul sous les lampadaires.

Il entra au *Biltmore,* sans raison sauf que l'entrée était proche, et, après avoir gravi le large escalier, trouva un siège dans une niche. Il était conscient d'avoir reçu une rebuffade, et aussi blessé et furieux qu'il pouvait l'être dans cet état. Néanmoins, la nécessité de se procurer de l'argent avant de rentrer ne cessait de le tenailler et, une fois encore, il compta sur ses doigts les connaissances auxquelles il pouvait s'adresser dans cette situation critique. Il pensa enfin qu'il pourrait joindre Mr Howland, son agent de change, chez lui.

Après une longue attente, il apprit que Mr Howland était sorti. Il retourna à la téléphoniste, se pencha sur son bureau en manipulant sa pièce de monnaie, comme s'il répugnait à partir insatisfait.

— Appelez Mr Bloeckman, dit-il soudain.

Ses propres paroles le surprirent. Le nom avait jailli du croisement de deux suggestions dans son esprit.

— Quel numéro, s'il vous plaît ?

A peine conscient de ce qu'il faisait, Anthony chercha Joseph Bloeckman dans l'annuaire du téléphone. Impossible de trouver personne de ce nom. Il s'apprêtait à refermer le livre lorsqu'il se rappela en un éclair que Gloria lui avait parlé d'un changement de patronyme. Découvrir Joseph Black fut l'affaire d'une minute, — après quoi il attendit dans la cabine que la standardiste appelât le numéro.

— Allô ! Mr Bloeckman — je veux dire Mr Black est chez lui ?

— Non, il est sorti ce soir. Y a-t-il un message pour lui ?

L'intonation était « cockney ». Il se rappela les riches inflexions déférentes de Bounds.

— Où est-il ?

— Mais, ah ! qui est à l'appareil, s'il vous plaît, monsieur ?

— Ici, Mr Patch. Une affaire d'une impo...portance vi'ale.

— Il est avec des amis au *Boul' Mich'*, monsieur.

— Merci.

Anthony prit les cinq cents de monnaie qu'on lui rendait et partit pour le *Boul' Mich'*, un établissement où l'on dansait, très en vogue, de la 45e Rue. Dix heures allaient sonner, mais les rues seraient obscures et peu animées jusqu'au moment où les théâtres se dégorgeraient, une heure plus tard. Anthony connaissait le *Boul' Mich'*, car il y avait été avec Gloria l'année précédente, et il se rappela qu'un règlement imposait aux clients la tenue de soirée. Tant pis, il ne monterait pas — il enverrait un chasseur chercher Bloeckman et l'attendrait dans le hall d'en bas. Pour l'instant, il ne doutait pas que son projet ne fût tout à fait naturel et, dans son imagination déformée, Bloeckman semblait un ancien ami.

Dans le hall d'entrée du *Boul' Mich'* il faisait chaud. De hauts luminaires jaunes éclairaient un épais tapis vert, avec, en son centre, un escalier blanc qui montait vers le dancing.

Anthony s'adressa au chasseur.

— Je désire voir Mr Bloeckman — Mr Black, dit-il. Il est là-haut, faites-le chercher.

Le chasseur secoua la tête.

— C'est interdit par le règlement de le faire chercher. Vous savez à quelle table il est ?

— Non. Mais il faut que je le voie...

— Attendez que j'appelle un garçon.

Après un bref moment, un maître d'hôtel apparut, porteur d'une carte sur laquelle s'inscrivait la liste des tables retenues. Il darda sur Anthony un regard cynique qui d'ailleurs manqua son but. Ensemble, ils se penchèrent sur la liste et trouvèrent la table sans difficulté — une réunion de huit personnes, avec Mr Black pour amphitryon.

— Dites-lui : Mr Patch. Très important.

De nouveau, il attendit, appuyé contre la balustrade, à

écouter les harmonies confuses de *Fou de jazz* qui flottaient par bouffées jusqu'au bas des marches. Une demoiselle du vestiaire, à côté de lui, chantait :

Là-bas, dans le sana des singes
Les fous du jazz sont assemblés
Là-bas, dans le sana des singes
J'ai laissé ma pure fiancée.
A peine entrée, s'est trémoussée
Jusqu'à en devenir cinglée
Laissons-la se dé-trémousser
Jusqu'à ce qu'elle ait récupéré...

Puis il vit Bloeckman qui descendait l'escalier et il fit un pas en avant pour aller à sa rencontre et lui serrer la main.

— Vous voulez me voir ? dit froidement le plus âgé des deux hommes.

— Oui. — Anthony inclina la tête. — Pour affaire personnelle. Pouvez pas venir un instant par ici ?

Bloeckman le regarda de près et le suivit jusqu'à un demi-coude formé par l'escalier, un endroit où ils se trouveraient invisibles et hors de portée de voix, pour toute personne qui entrerait au restaurant ou en sortirait.

— Eh bien ? demanda-t-il.

— Voulais vous parler.

— A quel sujet ?

Anthony se borna à rire — d'un rire niais, qu'il croyait désinvolte.

— Pourquoi voulez-vous me parler ? demanda Bloeckman.

— Kékipresse, mon vieux ? — il essaya de poser sa main, dans un geste amical, sur l'épaule de Bloeckman, mais celui-ci recula légèrement. — Comment va ?

— Très bien, merci. Ecoutez, Mr Patch, j'ai des invités

là-haut. Ils trouveront discourtois que je les abandonne trop longtemps. A quel propos voulez-vous me voir ?

Pour la seconde fois ce soir-là, l'esprit d'Anthony fit un bond soudain et ce qu'il dit ne fut point du tout ce qu'il se proposait de dire.

— Chcrois comprendre kvous avez empêché ma femme d' faire du cinéma.

— Quoi ?

Le visage rougeaud de Bloeckman s'assombrit en plans d'ombres parallèles.

— M'avez entendu.

— Ecoutez, Mr Patch, dit Bloeckman, avec calme et sans changer d'expression, vous êtes ivre. Vous êtes ivre à un degré dégoûtant et révoltant.

— Pas trop ivre pour vous parler, insista Anthony avec un regard mauvais. D'abord, ma femme n'veut rien avoi' d' commun avec vous. N'a jamais voulu. M'avez compris ?

— Taisez-vous ! dit son interlocuteur irrité. J'aurais pensé que vous respectiez assez votre femme pour ne pas la mêler à la conversation, dans ces circonstances...

— Vous occupez pas de comment j' respecte ma femme. Une chose : laissez-la tranquille. Allez au diable !

— Allons... je crois que vous êtes un peu toqué ! s'écria Bloeckman.

Il fit deux pas comme pour se retirer, mais Anthony lui barra le passage.

— Pas si vite, sacré youpin !

Un instant, ils se regardèrent, Anthony titubant légèrement, Bloeckman tremblait presque de fureur.

— Prenez garde ! cria-t-il d'une voix durcie.

Anthony eût pu se rappeler un certain coup d'œil que Bloeckman lui avait lancé à l'hôtel Biltmore, quelques années auparavant. Mais il ne se rappela rien, rien...

— Je le répéterai, sacré...

Alors Bloeckman frappa, avec toute la force du biceps d'un homme de quarante-cinq ans en bonne forme, frappa et atteignit Anthony en pleine bouche. Anthony s'effondra contre l'escalier, se ressaisit et décocha un swing frénétique à son adversaire, mais Bloeckman, qui faisait de l'exercice chaque jour et avait quelques notions de boxe, le para avec aisance et assena à Anthony par deux fois deux coups secs, rapides et foudroyants au visage. Anthony poussa un petit grognement et roula sur le tapis de peluche vert. Tout en tombant, il s'aperçut que sa bouche était pleine de sang et sa mâchoire semblait bizarrement décrochée par-devant. Il se releva avec effort, haletant et crachant ; comme il s'élançait vers Bloeckman debout à quelques pas de lui, les poings serrés mais non levés, deux serveurs, surgis de nulle part, le saisirent par le bras et le maintinrent, réduit à l'impuissance. Derrière eux, une douzaine de personnes s'étaient miraculeusement rassemblées.

— Je le tuerai ! cria Anthony en se débattant. Laissez-moi tuer !....

— Jetez-le dehors ! ordonna Bloeckman, hors de lui, juste au moment où un homme courtaud, tavelé de petite vérole, se frayait en hâte un passage entre les spectateurs.

— Un ennui, Mr Black ?

— Ce salaud a voulu me faire chanter ! dit Bloeckman. — Puis sa voix se haussa à une note de fierté un peu stridente — Il en a pris pour son grade !

Le petit homme se tourna vers un garçon.

— Appelez un agent de police ! ordonna-t-il.

— Oh non ! dit vivement Bloeckman. Je ne veux pas qu'on me dérange. Mettez-le à la porte, voilà tout... Pouah ! quelle honte !

Il se détourna et, avec une dignité consciente, se dirigea vers les toilettes tandis que six mains musclées s'emparaient d'Anthony et l'entraînaient vers la porte. Le « salaud » fut propulsé violemment vers le trottoir où il atterrit sur ses paumes et ses genoux, avec un bruit de claque grotesque et roula lentement sur le côté.

Le choc l'étourdit. Il resta étendu un moment, en proie à une souffrance aiguë, répartie dans tous ses membres. Enfin le malaise se centralisa dans son estomac, il reprit connaissance pour s'apercevoir qu'un grand pied le poussait.

— Circulez, salaud ! Circulez !

C'était le corpulent portier qui parlait. Une voiture venait de s'arrêter au tournant et ses occupants mettaient pied à terre — ou plutôt, deux des femmes appuyées au pare-boue attendaient avec une délicatesse offensée que cet obstacle scandaleux eût été ôté de leur chemin.

— Circulez ! Ou sinon j' vais vous *jeter* quelque part.

— Là... je vas le chercher.

C'était une voix nouvelle un peu plus indulgente — s'imagina Anthony —, un peu mieux disposée que la première. De nouveau, des bras autour de lui le soulevèrent à moitié et à moitié le traînèrent jusqu'à une ombre bienvenue, quatre portes plus loin, et l'accotèrent contre la façade de pierre d'une modiste.

— Très obligé, murmura Anthony d'une voix faible.

Quelqu'un rabattit son chapeau mou sur sa tête et il tressaillit de douleur.

— Bougez pas, camarade, ça ira mieux. Ces types vous ont drôlement sonné.

— Je veux retourner là-bas et tuer ce sale...

Il essaya de se lever mais tomba à la renverse contre le mur.

— Pouvez rien faire en ce moment, reprit la voix. Les descendrez une autre fois. J' vous dis la vérité, non ? J' suis en train de vous aider.

Anthony acquiesça, d'un signe de tête.

— Et feriez mieux d' rappliquer chez vous. Zavez perdu une dent ce soir, camarade. Vous le savez ?

Anthony, de la langue, explora sa bouche et vérifia l'exactitude de l'assertion. Avec un effort, il leva alors la main et repéra la brèche dans sa mâchoire.

— J' vas vous ramener chez vous, l'ami. Ousque vous habitez ?

— Oh ! pardieu. Pardieu ! interrompit Anthony qui serra passionnément les poings. Je vais leur en faire voir, à ce sale ramassis ! Vous m'aiderez et je réglerai les choses avec vous. Mon grand-père est Adam Patch, de Tarrytown...

— Qui ça ?

— Adam Patch, parbleu !

— Quoi, c'est-y qu'vous voulez faire tout le chemin jusqu'à Tarrytown ?

— Non.

— Alors, dites-moi ousque vous allez, l'ami, et j' vas vous chercher un sapin.

Anthony s'aperçut que son bon Samaritain était un individu courtaud, à la large carrure, mais assez décati.

— Ousque vous perchez, hein ?

Tout ivre et bouleversé qu'il fût, Anthony sentit que son adresse s'accordait mal avec sa folle vantardise à propos de son grand-père.

— Allez me chercher une voiture, ordonna-t-il en fouillant dans ses poches.

Un taxi passait. De nouveau, Anthony essaya de se lever, mais sa cheville semblait déboîtée et comme sectionnée en deux. Le Samaritain fut forcée de l'aider et grimpa dans le taxi après lui.

— Dites-donc, fit-il, vous êtes soûl et passé au bleu, pourrez pas rentrer chez vous si quelqu'un vous porte pas, alors je vas avec vous, et je sais que vous me dédommagerez. Ousque vous perchez ?

Un peu à contrecœur, Anthony donna son adresse. Quand la voiture s'ébranla, il appuya la têtre contre l'épaule de l'homme et tomba dans une torpeur terrible, pleine d'ombres. A son réveil, l'homme l'avait soulevé, déposé devant l'appartement de Claremont Avenue et essayait de le mettre sur pied.

— Pouvez-vous marcher ?

— Oui, un peu. Vous ferez mieux de ne pas entrer avec moi. — De nouveau, il fouilla dans ses poches, sans résultat. — Dites, constata-t-il sur un ton d'excuse, en titubant dangereusement, je crains de ne pas avoir le sou.

— Hé ?

— Je suis ratiboisé.

— Di-i-tes donc ! C'est pas vous que j'ai entendu promettre d' me régler ? Qui va payer la course ?

Il se tourna vers le chauffeur pour une confirmation.

— Vous l'avez pas entendu dire qu'il réglerait ça ? Et tout ce qu'il a dégoisé sur son grand-père ?

— En fait, dit Anthony un peu imprudemment, c'est vous qui avez parlé tout le temps ; néanmoins, si vous passez chez moi demain...

— Ah ! donnez-lui un bon coup, à ce sale type au rabais ! Si ç'avait pas été un salaud, on l'aurait pas mis à la porte.

En réponse à cette suggestion, le poing du Samaritain se déclencha comme un bélier et envoya Anthony s'écrouler contre le perron de l'immeuble où il resta inerte, tandis que les hautes bâtisses se balançaient dans tous les sens, au-dessus de lui...

Au bout d'un long moment, il revint à lui et sentit que le froid devenait beaucoup plus pénétrant. Il essaya de bouger, mais ses muscles refusaient de fonctionner. Brusquement anxieux de savoir l'heure, il chercha à tâtons sa montre, pour trouver sa poche vide. Involontairement, ses lèvres articulèrent la phrase de tous les temps :

— Quelle nuit !

Par un phénomène singulier, il était presque dégrisé. Sans remuer la tête, il leva les yeux vers le ciel où la lune ancrée déversait sa lumière dans Claremont Avenue comme au fond d'un abîme profond, inexploré. Pas un son, pas un signe de vie, hormis le bourdonnement continu dans ses oreilles, et au bout d'un instant Anthony lui-même rompit le silence, par un murmure distinct et étrange. C'était le bruit qu'il n'avait cesser de chercher à reconstituer, là-bas, au *Boul' Mich'*, lorsqu'il s'était trouvé face à face avec Bloeckman — le bruit irrécusable d'un rire sardonique. Et sur ses lèvres déchirées, ensanglantées, ce fut comme un pitoyable hoquet de l'âme.

Trois semaines plus tard, le procès prit fin. Le fil en apparence interminable des formalités légales, déroulé pendant une période de quatre ans et demi se rompit. Anthony et Gloria, d'une part, Edward Shuttleworth et un peloton de bénéficiaires de legs, de l'autre, témoignèrent et mentirent et se conduisirent mal en général, selon les degrés variés de leur convoitise et de leur désespoir. Anthony s'éveilla un matin de mars et prit conscience que le verdict serait prononcé à quatre heures de l'après-midi. A cette pensée, il quitta son lit et commença de s'habiller. A son extrême nervosité se mêlait un optimisme injustifié quant au résultat. Il croyait que la décision de la cour de première instance serait cassée, ne fût-ce qu'à cause de la réaction — due à la sévérité de la prohibition — qui se manifestait depuis peu contre les réformes et les réformateurs. Il comptait plus sur les attaques personnelles dirigées contre Shuttleworth que sur les aspects strictement légaux de la procédure.

Une fois habillé, il se versa un verre de whisky et entra ensuite dans la chambre de Gloria qu'il trouva déjà réveillée. Elle gardait le lit depuis huit jours, pour se dorloter, pensait Anthony, bien que le médecin eût dit que mieux valait ne pas la déranger.

— Bonjour, murmura-t-elle sans sourire.

Ses yeux semblaient anormalement grands et sombres.

— Comment te sens-tu ? demanda-t-il de mauvaise grâce. Mieux ?

— Oui.

— Beaucoup mieux ?

— Oui.

— Assez bien pour m'accompagner à l'audience cet après-midi ?

Elle fit oui de la tête.

— Oui. J'en ai envie. Dick a dit hier que, s'il faisait beau, il viendrait me prendre dans sa voiture pour faire un tour à Central Park — et regarde : la chambre est inondée de soleil.

Anthony jeta un coup d'œil machinal par la fenêtre, puis s'assit sur le lit.

— Bon Dieu, je suis énervé ! s'écria-t-il.

— Je t'en prie, ne t'assieds pas là ! dit-elle avec vivacité.

— Pourquoi pas ?

— Tu sens le whisky. Je ne peux pas le supporter.

Il se leva distraitement et quitta la pièce. Un peu plus tard, Gloria l'appela et il alla lui chercher de la salade de pommes de terre et du poulet chez le charcutier voisin.

A deux heures, la voiture de Richard Caramel arriva à leur porte et quand il s'annonça par le téléphone intérieur, Anthony conduisit Gloria à l'ascenseur et l'accompagna au coin de la rue.

Elle dit à son cousin que c'était une idée charmante à lui de l'emmener en promenade.

— Ne sois pas sotte, répondit Dick d'un air dépréciateur. Ce n'est rien.

Mais il ne le pensait aucunement, et c'était assez curieux. Richard Caramel avait pardonné beaucoup d'offenses à beaucoup de gens. Mais il n'avait jamais pardonné à sa cousine, Gloria Gilbert, une déclaration faite avant son mariage, sept ans plus tôt. Elle avait dit qu'elle ne comptait pas lire l'ouvrage de Dick.

Richard Caramel se le rappelait — il ne se le rappelait que trop depuis sept ans.

— A quelle heure dois-je attendre votre retour? demanda Anthony.

— Nous ne rentrerons pas, répondit Gloria, nous te rejoindrons là-bas à quatre heures.

— Bien, marmonna-t-il, j'y serai.

En haut, il trouva une lettre. C'était une note polycopiée qui, dans un langage familier condescendant, sollicitait les « boys » de payer leur écot à l'American Legion. Il la jeta avec impatience dans la corbeille à papier et, accoudé au rebord de la fenêtre, abaissa un regard aveugle sur la rue ensoleillée.

L'Italie — si le verdict était rendu en leur faveur, cela signifierait l'Italie. Le mot lui était devenu une sorte de talisman, un pays où les intolérables angoisses de la vie tomberaient de lui comme un vieux vêtement. Ils iraient d'abord dans les stations balnéaires et, parmi les foules vivantes et bariolées, oublieraient les mornes corollaires du désespoir. Merveilleusement rajeunis, ils se promèneraient de nouveau sur la Piazza di Spagna au crépuscule, mêlés au flot mouvant des femmes brunes et des mendiants en haillons, des religieux austères et pieds nus. La pensée des femmes italiennes l'émut vaguement — lorsque sa bourse pèserait à nouveau lourd, le romanesque même reviendrait peut-être à tire-d'aile s'y percher —, le romanesque des canaux bleus à Venise, des collines de Fiesole, vertes et dorées après la pluie, et des femmes, des femmes qui changeaient, se dissolvaient, se transformaient en d'autres femmes et sortaient de sa vie, mais demeuraient à jamais belles — et jeunes à jamais.

Pourtant, il lui sembla qu'à présent son attitude serait différente. Toutes les épreuves subies, toute la tristesse et la souffrance, lui étaient venues par les femmes. C'était quelque chose qu'elles lui infligeaient sous des formes différentes, inconsciemment, presque fortuitement. Peut-être parce qu'elles le trouvaient tendre et craintif, elles tuaient en lui tout ce qui menaçait leur souveraineté absolue.

Il se détourna de la fenêtre, affronta son reflet dans le miroir et contempla avec découragement le visage émacié, blafard, les yeux avec leurs croisillons de rides tels des filaments de sang séché, la silhouette voûtée et avachie dont l'affaissement même attestait la léthargie. A trente-trois ans, il en paraissait quarante. Eh bien, tout cela allait changer.

La sonnerie de la porte retentit brusquement et il sursauta comme s'il avait reçu un coup. Se ressaisissant, il sortit dans l'entrée, et ouvrit. C'était Dot.

LA RENCONTRE.

A sa vue, il battit en retraite jusqu'au salon. A peine comprenait-il un mot de-ci de-là dans le lent flux de phrases qu'elle déversait sans arrêt, l'une après l'autre, en un persistant monologue. Elle était vêtue décemment et pauvrement — un petit chapeau assez pitoyable orné de fleurs roses et bleues couvrait et cachait ses cheveux noirs. A travers ses propos confus, il démêla que plusieurs jours auparavant elle avait lu dans un journal un écho relatif au procès, et obtenu son adresse par le clerc de la cour d'appel. Elle était venue à l'appartement où une femme à qui elle avait refusé de dire son nom lui avait appris qu'Anthony était sorti.

Au salon, il resta près de la porte à regarder Dot, pris d'une sorte d'horreur tandis qu'elle continuait à jacasser. La sensation prédominante d'Anthony fut que toute la civilisation, cette routine qui l'entourait, était singulièrement irréelle... Dot travaillait chez une modiste de la Sixième Avenue, dit-elle. Elle se sentait bien seule. Elle avait été longtemps malade après le départ d'Anthony pour Camp Mills. Sa mère l'avait rejointe et ramenée en Caroline... Elle était venue à New York avec l'idée de retrouver Anthony.

Elle était terriblement sérieuse. Ses yeux violets rongés par les larmes, les douces inflexions de sa voix coupées de petits sanglots haletants...

Voilà tout. Elle n'avait pas changé. Elle le voulait toujours, et si elle ne pouvait l'avoir, elle devrait mourir...

— Il faut que tu partes, dit-il enfin, sur un ton d'une captieuse intensité. N'ai-je pas assez de soucis en ce moment sans que tu viennes me relancer ? Mon Dieu ! Il faut que tu t'en ailles !

Elle s'assit dans un fauteuil, en sanglotant.

— Je t'aime ! cria-t-elle. Peu importe ce que tu me dis ! Je t'aime !

Il hurla presque :

— Je m'en moque ! Va-t'en ! Oh, va-t'en ! Ne m'as-tu pas déjà fait assez de mal ? N'en as-tu pas-fait-*assez ?...*

— Frappe-moi, implora-t-elle, sauvagement, absurdement. Oh ! frappe-moi et je baiserai la main qui m'a frappée !

La voix d'Anthony se haussa jusqu'à devenir presque un cri.

— Je te tuerai ! clama-t-il. Si tu ne t'en vas pas, je te tuerai, je te tuerai !

La folie flambait dans ses yeux mais Dot, sans se laisser intimider, se leva et fit un pas vers lui.

— Anthony ! Anthony !

Il eut un petit grincement de dents et recula comme pour sauter sur elle — puis, changeant d'avis, jeta des regards éperdus autour de lui, sur le parquet et sur le mur.

— Je te tuerai ! murmura-t-il, en petits hoquets saccadés. Je te tuerai.

Il semblait ne pas démordre du mot, comme pour le forcer à se matérialiser. Enfin, effrayée, elle n'avança plus vers lui et, à la vue de ses yeux égarés, recula d'un pas vers la porte. Anthony se mit à errer de-ci de-là, du côté de la pièce où il se tenait, en poussant toujours son cri de malédiction. Enfin il trouva ce qu'il cherchait : une chaise de chêne, massive, à côté de la table. Avec un dernier hurlement rude et entrecoupé, il la saisit, la brandit au-dessus de sa tête et la lança, de toute sa force furieuse, vers le visage blanc, épouvanté, à l'autre bout de la pièce... Puis une obscurité épaisse, impénétrable s'abattit sur lui, abolit tout à la fois sa pensée, sa fureur et sa démence. Avec un bruit claquant, presque tangible, la face du monde changea sous ses yeux...

Gloria et Dick revinrent à cinq heures et l'appelèrent. Pas de réponse. Ils entrèrent au salon et trouvèrent, en travers du seuil, une chaise au dossier écrasé et ils s'aperçurent qu'un bizarre désordre régnait dans la pièce :

tapis déplacés, tableaux et bibelots renversés sur la table du milieu. Un parfum bon marché, douceâtre et écœurant, flottait dans l'air.

Ils découvrirent Anthony assis dans une tache de soleil sur le parquet de sa chambre à coucher. Devant lui s'étalaient, grands ouverts, ses trois albums de timbres, et quand Dick et Gloria entrèrent, il brassait un gros tas de timbres qu'il avait fait tomber du revers d'un des albums. Il leva les yeux, vit Dick et Gloria, les regarda, la tête de biais, d'un air de critique et leur fit signe de s'en aller.

— Anthony, s'écria Gloria avec passion, nous avons gagné ! Ils ont révoqué la sentence !

— N'entrez pas ! murmura-t-il d'une voix faible, vous risquez de faire du gâchis. Je les trie, et je suis sûr que vous allez marcher dessus. Il y a partout du gâchis, dans tout...

— Mais que fais-tu là ? demanda Dick, abasourdi. Tu retombes en enfance ? Tu ne te rends pas compte que tu as gagné ton procès ? Ils ont annulé le jugement de la Cour de première instance. Tu « vaux » à présent trente millions.

Anthony se borna à lui lancer un regard de reproche.

— Fermez la porte en sortant.

Il parlait comme un enfant mutin.

Avec une vague horreur qui montait du fond de ses prunelles, Gloria le dévisageait...

— Anthony, s'écria-t-elle, qu'y a-t-il ? que se passe-t-il ? Pourquoi n'es-tu pas venu ? Voyons, qu'y a-t-il ?

— Ecoutez, dit doucement Anthony, allez-vous-en, vous deux, tout de suite — tous les deux. Ou sinon je le dirai à mon grand-père.

Il souleva une poignée de timbres et les laissa retomber autour de lui, telles des feuilles multicolores qui tournoyaient et voletaient, ponctuant de taches éclatantes l'air ensoleillé : des timbres d'Angleterre, du Venezuela et d'Espagne — et d'Italie...

AVEC LES MOINEAUX.

L'exquise ironie céleste qui a dressé les listes du passage de tant de générations de moineaux a enregistré, sans nul doute, les plus subtiles intonations des passagers de paquebots, tel le *Berengaria*. Et sans nul doute elle était aux écoutes, lorsque le jeune homme au béret de tartan traversa vivement le port et parla à la jolie fille en jaune.

— C'est lui, dit-il. — Et il désigna une forme emmitouflée, assise dans un fauteuil roulant près de la lisse. — C'est Anthony Patch. C'est la première fois qu'il monte sur le pont.

— Oh ! c'est lui ?

— Oui. Il a eu l'esprit un peu dérangé, dit-on, depuis qu'il a touché son argent, il y a quatre ou cinq mois. Vous comprenez, l'autre type, Shuttleworth, le cagot, celui qui n'a pas eu la fortune, s'est enfermé dans une chambre d'hôtel et tiré une balle...

— Oh ! il a fait cela !

— Mais j'ai idée qu'Anthony Patch ne s'en soucie guère. Il a obtenu ses trente millions. Et il a emmené son médecin privé, au cas où il éprouverait un vague malaise à cet égard. Est-*elle* montée sur le pont ? demanda-t-il.

La jolie fille en jaune regarda autour d'elle avec précaution.

— Elle était là il y a une minute. Elle portait un manteau de zibeline qui a dû coûter une petite fortune. — Elle fronça le sourcil et ajouta, d'un ton décidé : — Je ne peux pas la souffrir, vous savez. Elle me fait l'effet de... en quelque sorte, d'être teinte et *pas nette*, si vous comprenez ce que je veux dire. Certaines personnes ont cet air-là, qu'elles soient nettes ou pas.

— Bien sûr, je sais, approuva l'homme au bonnet de tartan. Elle n'est pas désagréable à regarder tout de même... — Il s'arrêta. — Me demande à quoi il pense — à son argent, je suppose, ou peut-être a-t-il des remords au sujet de ce Shuttleworth.

— Probablement...

Mais l'homme au béret de tartan se trompait du tout au tout. Anthony Patch, assis près de la lisse, les yeux fixés sur la mer, ne pensait pas à sa fortune, car dans la vie il s'était rarement préoccupé d'esbroufe matérielle, ni à Edward Shuttleworth, car mieux vaut prendre ces choses-là du bon côté. Non, il s'absorbait dans une série de souvenirs à la façon dont un général se remémore une campagne victorieuse et analyse ses victoires. Il songeait aux dures épreuves, aux tribulations qu'il avait traversées. On avait essayé de lui faire payer les erreurs de sa jeunesse. Il avait été exposé à une misère cruelle, ses aspirations romanesques avaient été châtiées, ses amis l'avaient abandonné — même Gloria s'était retournée contre lui —, il était resté seul, seul — pour tout affronter.

A peine quelques mois plus tôt, les gens le pressaient de céder, de se soumettre à la médiocrité, de travailler. Mais il savait que son mode de vie se justifiait — et il s'y était tenu, obstinément. Et à présent les amis qui s'étaient montrés les plus vilains finissaient par le respecter, et lui donner raison sur toute la ligne. Les Lacy, les Meredith et les Cartwright-Smith n'étaient-ils pas venus les voir Gloria et lui, au *Ritz-Carlton*, juste une semaine avant leur départ ?

De grosses larmes lui embuaient les yeux et sa voix tremblait lorsqu'il murmura pour lui seul :

— Je leur ai montré ! La lutte a été dure, mais je n'ai pas cédé, et j'ai vaincu !

DU MÊME AUTEUR

Aux Éditions Gallimard

LE DERNIER NABAB

LA FÊLURE

L'ENVERS DU PARADIS

LETTRES

LES ENFANTS DU JAZZ

Impression Bussière à Saint-Amand (Cher),
le 26 juin 1984.
Dépôt légal : juin 1984.
Numéro d'imprimeur : 2798.
ISBN 2-07-037583-8/Imprimé en France.

33866